동화 청소년소설
쓰기의 모든 것

아이디어가 작품이 되는
이야기 구조의 힘

동화
청소년소설

쓰기의
모든 것

한정영 지음

다른

일러두기

이 책은 《어린이·청소년 소설쓰기의 모든 것》(2023)의 개정판으로, 초판의 본문 일부를 교체 및 수정 보완했습니다.

이 책의
활용 방법

대부분의 창작 이론서는 두 갈래입니다.

한 방향은, 이론의 재집약으로 개론부터 시작하여 원론적 설명으로 이어지는 창작 이론서입니다. 정의와 의의 등을 담고 아울러 정석(?)대로 플롯과 인물을 설명합니다. 문학 이론가의 각주가 상당수 따르고, 나아가 수없이 많은 작품을 한두 구절씩 인용합니다. 대체로 연구자나 비평가의 작법서가 이러한데, 이들의 가장 큰 약점은 창작 경험이 부실하다는 것입니다.

또 한 갈래는, '팁'을 설명하는 데 주력하는 창작 이론서입니다. 각주나 인용이 빠지는 대신 질문과 대답 형식의 '요령'을 설명하는 방식입니다. 이러한 창작 이론서는 창작 경험을 위주로 하고 있으나, 너무 파편적 설명이어서 처음부터 이야기를 만들려는 작가(지망생)들에게는 요령부득일 가능성이 큽니다. 전체를 파악하지 못하고 부분에만 집중하게 되면, 온전한 틀을 갖추기 어렵기 때문일 것입니다.

　　그러나 이제 막 이야기를 쓰려는 사람들에게 보다 더 중요한 것은, 기발한 소재가 없어도, 기억될 만한 인물이 없더라도, 당장 이야기를 시작하는 방법을 아는 것입니다. 창작 이론서는 이를 돕는 일에서 시작해야 하며, 따라서 이론의 반복 학습이나 집필 요령을 익히는 일은 이야기를 쓰기 시작한 다음에 고민할 문제입니다.

　　즉《동화·청소년소설 쓰기의 모든 것》은 이야기의 '작동'을 목표로 어떻게 아이디어를 얻느냐의 문제부터, 그 아이디어는 어떤 과정을 거쳐 연속된 사건으로 만들 수 있는지, 나아가 이렇게 떠오른 사건들을 어떻게 긴 이야기로 이끌어갈 것인지와 같은 의문에 대한 답안부터 제시할 것입니다. 왜냐하면 이 지점이 바로 작가의 실제적 '집필 시작점'이기 때문입니다. 즉 본격적인 집필에 필요한 설계도를 먼저 얻는 것이 중요하다는 뜻입니다. 그러므로 이 책에서는 이야기의 구조를 파악하는 일부터 시작하여 단 한 줄의 아이디어를 어떻게 10장의 스토리보드로 발전시킬 수 있는지 보여 줄 것이며 그리고 마침내 치밀한 작품 설계도가 될 플롯보드에 이르기까지, 또한 창작의 첫 장면을 효과적으로 담아내는 방법까지 안내할 것입니다.

이를 위해 다음과 같은 과정을 거쳤습니다.
무엇보다 다년간 개인의 창작 경험과 여러 대학에서의 강의 및 JY 스토리텔링 아카데미 수업(동화 쓰기, 청소년소설 쓰기)을 통해 얻은 강의 노트를 그대로 담았습니다. JY 스토리텔링 아카데미 수업에서는 단 한 줄의 간단하고 평범한 소재를 10페이지에 이르는 스토리보드로 발전시키는 방법과 이를 토대로 정교한 집필 계획서(플롯보드)를 얻는 과정을 수강생과 공유하였고, 이는 실제 작품으로 쓰여져 출판되었습니다. 이 모든 과정을 그대로 이 책에 반영했습니다.

다수의 작품을 예로 활용하기보다는, 창작 방법론의 각론에 대한 핵심을 두루 짚어 줄 수 있는 작품을 선별해 집중적으로 다루었습니다. 이를 위해 반복적으로 같은 작품을 예로 들기도 하였는데, 한 작품에 대한 통합적 분석이 이야기의 구조를 이해하는 데 필수불가결하며 또한 각자의 이야기를 완성해나가는 데 더 유의미한 지표가 될 것이라 생각했기 때문입니다. 즉 백 편의 작품을 나열하는 것보다, 당장 써야 하는 사람들에게는 열 편의 작품을 깊이 분석하는 게 유용할 것이라는 판단입니다. 그래서 이 작품이 어떤 과정을 통해 창작되었으며, 장면 혹은 사건이 어떻게 배치되었고, 장면 전환의 방법은 무엇인지, 언제 새로운 인물이 등장하고 어떤 역할을 하는지 같은 실제적 예제를 설명하는 일에 집중했습니다.

또한 이와 같은 의도로 꼭 필요한 경우가 아니면 문장의 직접 인용을 지양하고 구조와 맥락의 파악에 도움이 되도록 작품 전체를 아우르는 분석표를 부록으로 수록했습니다. 보다 적합한 설명을 위해 인용된 작품에는 필자의 작품도 다수 포함되어 있습니다. 아울러 생활 동화와 현실을 배경으로 하는 청소년소설, SF, 역사 등 다양한 분야를 언급하려 노력했고, 가능한 최근 작품을 예로 들었습니다. 이는 한편으로는 트렌드를 염두에 두면서 이 책의 창작 안내가 보다 다양한 분야에 지속적으로 적용될 수 있도록 하기 위함입니다.

1부 '작가 지망생들이 가장 궁금해하는 12가지 질문'은 동화와 청소년소설을 쓰려는 작가들을 위한 사전 지식입니다. 이 분야의 작가가 되기 위해서 반드시 해야 할 일과 동화와 청소년소설은 다른 장르와 어떻게 달라야 하는지에 대한 기초적인 안내, 그리고 JY 스토리텔링 아카데미 작가들과의 창작 수업을 통해 확인한 작가들이 가장 궁금해하는 관심사에 대한 해답을 함께 담았습니다. 동화와 청소년소설을 쓰려는 작가들을 위한 매우 현실적인 조언일 것입니다.

2부 '이야기의 구조'는 이 책에서 설정한 창작 방법론으로 본격 진입하기 위한 접근으로, 구조와 구성의 차이를 이해하는 일부터 이를 통해 보다 수월하게 창작을 시작할 수 있는 요령을 설명합니다. 즉 이야기를 만들기 위해서는, 플롯과 캐릭터의 문학적 의미를 이론적으로 익히는 것보다는 자신이 쓰려고 하는 이야기의 내·외연적 형체를 이해하는 것이 중요합니다. 특히 이야기의 구조에 관한 내용은, 동화와 청소년소설 외에도 성인 소설은 물론 여타의 서사 장르에도 응용할 수 있으므로 차후 장르 확장에도 도움을 줄 것입니다.

3부 '스토리보드와 플롯보드'는 이 책의 핵심으로, 단순한 하나의 아이디어를 어떻게 줄거리로 만들고 나아가 어떤 원리로 스토리보드와 플롯보드로 전환시킬 수 있는 지 설명합니다. 특히 스토리보드와 플롯보드는 '아이디어 구상→줄거리(시놉시스 synopsis) 짜기→집필'로 단순하게 이어지는 보통의 창작 프로세스를 보다 더 구체화한 것으로, 특히 입문자에게는 창작 과정 전체를 이해하는 데도 도움을 줄 것입니다. 창작의 가장 핵심적인 과정인 이 프로세스를 완전히 이해하면 어떤 소재든 작품으로 구체화할 수 있습니다. 창작자 대부분이 좋은 아이디어를 가지고도 이야기로 발전시키지 못하는 어려움을 해소하기 위한 방법인 동시에, 입문자가 가장 빠르게 하나의 완결성 있는 이야기를 만들기 위한 지름길을 제시할 것입니다.

이를 위해 '티핑포인트Tipping Point'의 개념을 도입하였고, 이는 이야기의 구조를 직관적으로 파악케 할 것입니다. 4부 '티핑포인트'에서는 티핑포인트의 의미와 이것을 어떻게 이야기 발상에 사용할 수 있는지, 이 개념이 어떤 방식으로 이야기 창작을 용이하게 만드는지 다양한 예를 통해 설명할 것입니다.

이처럼 4부까지가 집필을 위한 준비 과정이라면, 5부 이후에는 준비된 플롯보드로 본격적인 집필을 하면서 활용할 수 있는 (입문자도 자신의 습작품에도 당장 활용할 수 있는) 디테일detail에 대해 설명했습니다. 세부적인 부분들에서 다른 장르와 구분되는, 동화와 청소년소설이 가져야 하는 특성이 무엇인지 보여 줍니다.

5부 '디테일 강화 : 플롯과 사건'에서는 보다 흥미로운 사건을 만드는 방법을 제시합니다. 단순히 플롯과 사건에 관한 이론이 아니라, 지금 쓰고 있는 작품에 바로 활용할 수 있는 방법들입니다. 6부 '디테일 강화 : 캐릭터' 역시 같은 목적을 염두에 두고 구성했습니다. 특히 캐릭터는 동화와 청소년소설의 독자 연령대에 맞게 고려할 사항과 이들에게 적합한 인물을 창조하는 방법에 중점을 두었습니다. 7부 '디테일 강

화 : 퇴고'는 '끝날 때까지 끝난 게 아니다'라는 각오가 필요한 항목입니다. 왜냐하면 퇴고의 과정도 창작의 일부분이기 때문입니다. 퇴고까지 무사히 마쳐야 한 편의 작품을 다 썼다고 말할 수 있습니다. 어떻게 퇴고를 해야 보다 완성도 있는 작품을 만들 수 있는지 여러 작가들의 경험에서 찾은 실제적인 방법을 제안합니다.

8부 '합평'은 상당수의 작가가 참여하는 합평의 과정과 방법을 세밀하게 소개합니다. 합평은 가벼운 마음으로 다른 작가의 작품을 읽고 인상 비평印象批評을 나누는 것이 아니라, 또 하나의 집필 과정이라고 생각해야 합니다. 진행 중인 작품을 합평하는 경우라면, 더욱 자신의 작품에 큰 영향을 미치게 될 것이니까요. 효과적인 합평을 통해 자신의 원고를 어떻게 보다 나은 원고로 고칠 수 있는 지에 대한 대답을 담았습니다.

그리고 부록을 꼭 주목해 주세요.

부록으로 수록한 스토리보드, 플롯보드, 분석표는 이 책의 창작 이론을 돕기 위한 것입니다. 특히 분석표는 필자와 함께 수업한 작가(지망생)들이 수업 중에 다룬 작품을 분석한 것입니다. 단순한 줄거리를 정리한 것이 아니라, 구조 안에서 티핑포인트를 찾아내고 사건의 진행 요령 등을 파악했습니다. 이 분석표는 3부에서 제시한 플롯보드의 형태로 분석했기 때문에 3부 내용을 이해하는 데에도 적극 활용할 수 있습니다. 따라서 분석표를 통해 이야기의 구조와 이야기의 성립 과정 등 모든 부분을 점검할 수 있고, 시작할 지점을 선정하는 일이 왜 중요한지 이해할 수 있습니다. 다만 작가마다 기본 양식을 기준으로 서로 차이가 있습니다.

이것은 작가의 숙련도 등에 따른 차이이며 분석의 원칙은 다르지 않습니다. 이 책을 활용하는 가장 좋은 방법은, 이와 같은 분석표를 직접 만들어 이 책에 담긴 분석표와 비교해 보는 것입니다.

아울러 이 책은 주요 항목마다 내용을 도식화한 이미지를 넣었습니다. 그 이유는 창작 방법에 필요한 내용을 이미지로 각인함으로써, 직접 창작에 나섰을 때 쉽게 자신이 익힌 내용을 떠올릴 수 있도록 하기 위함입니다. 실제로 많은 창작 이론서의 설명들이 모두 필요한 내용이지만, 정작 자신의 작품을 쓸 때 전부 활용하지 못합니다. 그 모든 것이 한꺼번에 기억날 리 없기 때문입니다. 그러므로 내용을 읽으며 이미지로 동시에 기억하면 잊지 않고 글쓰기에 활용할 수 있습니다.

또한 연구자들의 문헌 이용을 거의 배제했습니다. 이 책이 철저하게 반복된 창작과 수업을 통해 얻은 결실만을 모은 것이기 때문이며, 즉 보다 실질적인 동화와 청소년소설의 창작 안내서가 되었으면 하는 바람에서입니다. 즉 많은 비평가나 연구자들이 이론을 엮고 꿰어내는 일은 책상 앞에서 하는 일이고, 당장 작품을 쓰려는 사람들을 위한 창작 안내서는 현장의 목소리를 담아내야 하는 일이기 때문입니다. 이는 '작가의 마지막 원고를 해체하는 일'과 '한 줌도 안되는 아이디어로 수백 장의 원고를 써내야 하는 일'과의 차이에서 오는 것입니다. 이 '무례한 생각'이 적어도 작가들에게는 위안이 되고 실낱같은 불빛이 되기를 희망합니다. 더불어 이러한 생각이, 동화와 청소년소설을 쓰는 작가들에게 자신이 쓰고 있는 모든 '이야기'의 정체성을 확인하는 계기가 되고, 더 나아가 장르적 완성도를 추구하는 출발점이 되기를 감히 기대해 봅니다.

이 책은 홀로 쓴 책이 아닙니다.

오랫동안 수업과 합평을 함께 진행해 온 JY 스토리텔링 아카데미 작가님들의 도움이 컸습니다. 이 책은 반복된 수업 과정이 큰 영감을 주었다고 해도 과언이 아닙니다. 작가님들과의 치열한 합평 과정이 이 책의 자양분이 되었달까요. 더하여 분석표 게재를 허락해 준 강혜승, 고수진, 고은지, 박미연, 이지혜, 김은영, 김정순, 조윤주 작가님께 고마움을 전합니다. 함께 오래도록 좋은 작품을 쓰는 작가가 되기를 희망합니다. 책이 완성되기까지 원고를 꼼꼼하게 보아 주신 도서출판 다른에 특별한 감사의 마음을 전합니다.

한정영

✚ 미리 알아야 할 용어

스토리보드 Story-Board	작가가 사건을 시간순으로 정리한 것입니다. 흔히 시놉시스라고 부르기도 합니다.
플롯보드 Plot-Board	작가가 실제 서술을 위한 집필 계획서의 개념으로 스토리보드를 플롯에 따라 재정리한 것입니다.
티핑포인트 Tipping Point	주인공의 인생이 뒤바뀔 만한 크나큰 사건이 일어나는 지점을 말합니다.
TP1	첫 번째 티핑포인트로, 구조상 주인공의 평화가 깨지는 지점이며, 처음과 중간을 가르는 부분입니다.
TP2	두 번째 티핑포인트로 구조상 주인공의 고난이 끝나고 다시 평화를 되찾는 지점입니다. 중간과 끝 부분을 가르는 지점으로, 클라이맥스climax에 해당합니다. 주인공에게 의식의 변화가 일어나는 지점이기도 합니다.
평정선	사건이 일어나지 않아 갈등이 거의 없는 평화로운 상태를 말합니다.
사건이행선	이야기가 진행될수록 사건이 점점 커지는 것을 나타내는 선으로, 뒤로 갈수록 평정선에서 멀어집니다. 보통은 오른쪽 꼭대기에 봉우리가 있는 산 모양의 선으로 표현됩니다.
기반 지식	이야기를 만들어낼 때 필요한 모든 지식을 뜻합니다.
주제 장면 Lead Scene	각 장에서 메시지를 함유하고 있는 가장 중요한 장면을 말합니다.
보조 장면 Secondary Scene	주제 장면과 어우러져 원인과 결과가 되는 부차적인 장면을 뜻합니다.
히스토리 History	사건을 포함한 특정한 인물의 사연을 말합니다. 주인공의 히스토리는 대체로 그 이야기의 플롯이 됩니다.

차 례

도서	출판사	저자	연도
《5번 레인》	문학동네	은소홀	2020
《꿀벌이 사라졌다》	이지북	현민	2024
《까칠한 아이》	대교북스주니어	남찬숙	2018
《굿모닝, 굿모닝?》	미래아이	한정영	2010
《너희는 안녕하니?》	다른	한정영	2017
《검정 치마 마트료시카》	다른	김미승	2020
《기묘한 귀신 해결사》	이지북	이호영	2022
《늙은 아이들》	고래가숨쉬는도서관	임지형	2020
《소녀 저격수》	미래인	한정영	2024
《닻별》	시공주니어	한정영	2022
《두메별, 꽃과 별의 이름을 가진 아이》	자음과모음	범유진	2021
《마지막 레벨 업》	창비	윤영주	2021
《바빌론의 사라진 공중정원》	생각의질서	한정영	2017
《모두가 원하는 아이》	웅진주니어	위해준	2021
《바다로 간 소년》	서해문집	한정영	2018
《소리를 보는 소년》	서해문집	김은영	2022
《시간 고양이》	이지북	박미연	2021
《시간 가게》	문학동네	이나영	2013
《아빠를 주문했다》	창비	서진	2018
《비보이 스캔들》	북멘토	한정영	2012
《안녕, 걱정 인형》	이지북	김은영	2023
《윤초옥 실종 사건》	사계절	전여울	2023
《열다섯, 벼리의 별》	단비청소년	백나영	2023
《아빠는 전쟁 중》	서해문집	한정영	2023
《식스틴》	서해문집	고수진 외	2024
《앵무새 돌려주기 대작전》	창비	임지윤	2014
《히라도의 눈물》	다른	한정영	2015
《수를 놓는 소년》	북멘토	박세영	2023
《경성 최고 화신미용실입니다》	다른	이호영	2021

작가 지망생들이
가장 궁금해하는
12가지 질문

재미있는 이야기를
만드는 재능은
타고나는 것일까요?

답 : 이야기를 만드는 재능은 누구에게나 있습니다. 이야기는 삶의 모방이며, 우리가 매일 겪는 삶의 에피소드episode 역시 이야기의 일부분이 될 수 있으니까요. 다만 특정한 장르로 만들기 위해서는 후천적 노력이 필요합니다. 그래야만 동화가 되고 소설이 될 수 있습니다. 누구에게나 있는 이야기적 재능과 달리, 이 후천적 재능으로 문학적 재능이 갖추어집니다.

작가로서, 그리고 창작을 안내하는 선생님으로서 가장 많이 받는 질문 중 하나가, '저에게도 글을 쓸 수 있는 재능이 있을까요?' 라는 질문입니다. 대부분은 해보지 않고는 모른다고 답하지만, 사실 이야기를 만드는 재능을 누구나 가지고 있습니다. 뿐만 아니라 심지어 누구나 그것을 즐기고 있습니다.

혹자는 OTT(over the top)로 넘쳐나는 이 시대를 '스토리텔링

Storytelling 시대'라 부르기를 주저하지 않습니다. 이 용어의 일반적 사용으로 인한 가장 큰 변화는 기존의 서사 장르(소설, 동화)가 가지고 있던 절대적 권위가 사라졌다는 것입니다. 무엇보다 스토리텔링이라는 용어는 장르적 구분을 폐기하고 적어도 인물과 사건의 '흔적'이 보이는 모든 서사적 '시도'들을 스토리텔링이라는 용어로 '통합'했습니다. 즉 '흔적'과 '시도', '통합'이라는 표현에서 알 수 있듯이 스토리텔링의 시대는 장르의 개별적 특성을 사실상 폐기하고 이야기 생산의 진입 장벽을 낮추었습니다. 웬만큼 흥미로운 이야기다 싶으면 출판의 기회를 얻게 되고 '작가님'으로 호명될 수 있다는 뜻이지요. 이때, '흥미로운 이야기'의 기준은 그 장르로서의 형식적 완성도나 문학성이 아닙니다. 오히려 트렌드에 얼마나 부합하는가, 얼마나 새롭고 기발한 소재를 다루었는가를 더 따지지요. 더구나 인터넷 매체와 기기의 발달로 웹 스토리web story 시장까지 열린 덕분에 수없이 많은 이야기가 넘쳐납니다. 그래서 대부분의 독자들은 자신이 읽는 이야기가 소설인지 동화인지 혹은 또 다른 장르인지 알지 못합니다.

이처럼 다양한 이야기가 생산될 수 있는 까닭은 무엇보다 사람이라면 누구나 가지고 있는 '이야기(적)' 재능 덕분입니다. 혹자는 '호모 스토리쿠스Homo Storycus'라는 신조어를 만들기도 했습니다. 이 말은 인간은 읽기든 쓰기든 이야기에 대한 관심이 지대할 뿐만 아니라 그 행위에 참여함으로써 즐거움을 얻는다는 뜻으로 받아들일 때, 동의할 여지가 많습니다. 앞서 말한대로 애초에 모든 이야기가 삶의 모방이라는 점은 여전히 유효하니까요.

어쨌든 이야기 재능이란, 단순하게는 우리가 직·간접적으로 경험한 삶의 내용을 이야기(적인) 형식을 빌려 표현하는 것입니다. 이를테면 우리가 무엇을 보았든 어떤 경험을 했든 또 무슨 생각을 했든 '누군가 중심이 될 만한 사람(주인공)을 내세워서, 특히 재미있는 사건의 형태'로 펼쳐 보이는 것이지요. 실제로 작가가 아니더라도 우리는, 길거리에서 누군가 싸우며 벌이는 소동을 보고도 그렇게 표현할 수 있습니다. 꿈에서 귀신을 만나 도망다닌 장면도 마치 한 주인공이 경험하는 생생한 이야기처럼 풀어낼 수 있지요. 동화나 소설 창작을 배운 적이 없는데도 말이지요. 이를테면 호모 스토리쿠스로서의 선천적 재능입니다.

그러나 중요한 것은, 아무리 재미있더라도 이렇게 펼쳐 낸 이야기를 문학 작품이라고 말하지는 않습니다. 다만 스토리텔링이라는 용어로 포괄할 수 있는 정도입니다. 문학 작품이 되려면, 소설이든 동화든 그 장르적 특성에 부합해야 하고, 특히 동화와 청소년소설은 내용적으로도 그 이상을 제시해야 합니다. 이를테면 2020년부터 어린이 출판 시장에서 유행처럼 번진 수많은 '귀신이야기' 이야기를 동화라고 부르지 않는 것처럼 말입니다. 물론 그렇다고 소설도 아니고요. 구태여 표현한다면 현대판 민담이나 설화 양식에 더 가깝다고 해 두지요.

이와는 달리, 동화는 문학이 가져야 하는 보편적 특질을 기반으로 장르의 형식적 완결성까지 갖추어야 합니다. 이를 위해서는 문학적 재능으로서의 글쓰기가 필요합니다. 즉 문학적 재능으로서의 글쓰기는 형식적 완결성 및 언어적 집적물로서의 미학성을 전제한다는 뜻입니다. 그래서 작가들 상당수가 문학 개론을 공부하고 창작 이론을 배우며 나아가 필사에 이르기까지, 이 모든 노력을 마치 작가가 되기 위한 통과 의례처럼 생각하기도 하는 것이지요. 더구나 동화와 청소년소설은 성인 소설과는 달리 독자에 대한 배려와 교육적 효과까지 고려해야 하는 특별한 장르입니다. 이것들을 동화와 청소년소설을 쓰기 위한 하나의 원칙이라고 가정한다면 동화와 단순한 '이야기'의 차이가 확연하게 느껴지지 않을까요?

한마디로 문학적 재능으로서의 글쓰기는 후천적 노력이 필요합니다. 즉 투박한 이야기적 재능으로서의 글쓰기는 작가의 즉흥적인 발화를 우선시합니다. 형식에도 연연하지 않으며, 미적 구조물로서의 완결성을 추구하는 것이 아니지요. 흥미롭기만 하면 되는 것인데, 이에 반해서 문학적 재능이 필요한 글쓰기란 다양한 훈련을 통해 장르적 특성을 받아들여야 합니다. 최소한의 형식을 갖추어야 하고, 특별한 독자(어린이와 청소년)를 전제로 한 소재의 선택과 언어적 표현까지 고려해야 하지요.

애초에 두 재능은 목표란 측면에서도 차이를 보입니다. 이야기적 재능으로서의 글쓰기에만 만족한다면 '오락적 기능'에 충실하면 됩니다. 이를테면 문학성을 고려할 필요도 없고, 소재적인 측면에서도 귀신과 구미호, 좀비, 외계인, 시간 여행과 같은 비일상적이며 과도한 상상력의 영역을 넘나들어도 상관없지요. 전개 방식에 있어서도 그 속도가 매우 빠르다는 특징 외에도, 소재 만큼이나 '과장된 역동성over dynamic'을 무기로 합니다. 문어적 표현과 구어적 표현이 뒤섞여 있기도 하는데, 이는 애초에 기획된 목적(흥미)에 충실하려는 태도입니다.

그리하여 형식적 디테일을 포기하기도 합니다. 가령 시점이 여러 캐릭터 사이를 무작위로 넘나드는 것은 물론, 한 문단 내에서 순식간에 많은 시간이 흐르거나 적절한 장면 전환 없이 갑작스러운 공간 이동이 발생합니다. 에피소드를 던져 놓은 듯한 양상은 흔한 일이 되어버렸습니다. 이런 상황에서는 문학 작품의 원칙처럼 이야기되는 리얼리티 reality나 개연성조차 거추장스러운 것이 될 수 있습니다. 그런데 중요한 것은, 종종 막 입문한 작가들이 이것이 작품의 완성도나 완결성에 큰 흠이 될 수 있다는 것을 알지 못하는 경우가 많다는 것입니다. 이미 이런 '원칙 없는' 상품들이 많이 쏟아져 판매되고 있기 때문이지요. 특히 입문하려는 작가들에게 기존의 출판물은 창작 방법의 바로미터로 작용하는 경우가 많다는 점을 상기하면 이상한 일도 아닙니다. 즉 상당수의 작가(지망생)들이 이미 이런 작품들로 창작 방법론을 배웠다면, 형식적 완결성으로부터 자유로워지려 할 것입니다. 왜냐하면 형식의 절차를 익히고, 내용의 적합성을 고려해서 한 편의 미적인 언어 구조물을 만드는 일은, 더디고도 지난한 일이기 때문입니다. 게다가 거기에는 미약하나마 작가로서의 도의적 책임 의식까지 필요합니다. 누가 이 번거로운 일에 선뜻 나서려 할까요? 그보다는 어떻게든 빨리 책 한 권이 나오는 쪽을 택하지 않을까요?

그래서 도리어 '그저 재미있기만 하면 되지 꼭 그런 형식이 필요하나요?'라는 반문을 할 것입니다. 그리고 몇몇 작가들은 그것을 '새로운 시도'라 주장하기도 하는데, 자신이 할 수 없는 것들과 실험은 엄격히 다른 차원의 문제입니다. 문학적 글쓰기는 단순히 언어의 자의적 배열이 아니라, 가장 세련된 언어적 표현 양식이라는 것을 잊어서는 안됩니다.

　　물론 이제 와서 형식적 완결성을 내세워 구태여 어느 편이 옳고 그르냐의 문제를 확인하려는 것은 아닙니다. 이야기의 형태는 다양할 수 있으니까요. 다만 누구나 선천적으로 가지고 있는 이야기적 재능을 마음껏 발휘할 것인지, 여기에 후천적 노력을 더해 문학적 글쓰기의 재능으로 발전시킬 것인지 그 방향을 스스로 정해야 한다는 뜻입니다. 이러한 태도는 스토리텔링 시대에 도리어 더 분명해야 합니다. 그래야만 어느 쪽을 선택하든 보다 더 그 목적에 충실할 수 있고, '잘' 쓸 수 있기 때문입니다. 그저 (어떤 글이든) 쓰는 사람이라는 의미에서 '작가님'이라고 불릴 것인지, '동화 작가'나 '소설가'로 불릴 것인지의 정체성 문제이기도 합니다.

작가는 일반 독자들과 작품 읽는 기준이 달라야 할까요?

답 : 동화 작가가 되려면 동화를 많이 읽어야 하고 청소년소설 작가가 되려면 청소년소설을 많이 읽어야 합니다. 이런 부단한 작업을 통해서 그 장르의 실체를 확인하고 익혀야 하지요. 그러나 수많은 독서가가 모두 작가가 아니듯이 독서량이 많다고 작가가 되는 지름길을 보장하지는 않습니다. 독자는 작품의 내용을 '해부'하려 하고, 작가는 건축가처럼 빈 터 위에 모든 요소를 '구축'하려 합니다. 이 차이를 이해하고 독자로서의 독서 습관 일체를 버리고 새로운 독서 습관을 갖는 일이 우선 필요합니다.

'소설가가 되려면 소설가처럼 살아야 한다'는 말이 있습니다. 소설가가 하듯이 생각하고, 또한 소설가처럼 생활하라는 뜻입니다. 참으로 일리 있는 말입니다. 왜냐하면 아마도 그들(소설가)은 매일 쓰고, 무엇을 쓸까 생각하고, 어떤 것이든 소설의 소재로 삼으려고 발 아래 채이는 돌멩이 하나를 보면서도 고민을 할 것입니다. 물론 책을 읽을 때도 그저 흥미로운 내용만 좇지 않을 것입니다. 남들이 쓴 소설을 보면서 '이 소재는 어떻게 얻었을까?' '아, 나라면 여기서 이렇게 썼을 텐데?' '이런 에피소드를 만드는 상상력은 어디서 왔을까?' 등의 생각을 할 것입니다. 필요하다면 메모를 할 것이고, 필사도 마다하지 않지요. 내가 하지 못한 디테일을 발견하면 관심을 갖고 책장을 접어 놓을 것입니다. 그래야 어떤 작가든 발전 가능성이 있습니다. 만약 책을 읽을 때 이렇게 접근하면 단순히 흥미진진한 전개나 주제만을 보는 것이 아니라, 플롯plot도 살필 것이고 어떻게 이런 캐릭터character가 만들어졌는지도 심사숙고할 것입니다. 더하여 문장도 꼼꼼히 보게 되지요. 완성도를 따지게 되고, 이런 모든 행위는 훗날 자신이 작품을 쓸 때 참고하고 활용하려는 의지에 다름아닙니다.

그런데 보통의 독자는 '흥미'를 가장 먼저 따집니다. 재미있는 책이 그들에게는 '좋은 책'입니다. 소설이나 동화를 시간 때우는 용도로 생각하는 사람들에게는 '흥미'를 넘어서는 합리적 기준은 없습니다. 독자가 어린이나 청소년이라면 더 말할 것도 없습니다. 그리고 비평가 연하는 독자들은 이보다 조금 더 전문적(으로 보일 수도 있는) 기준을 들이댑니다. 대표적으로 오마주hommage나 클리셰cliché 같은 용어들입니다. 우아해 보이는 외래어를 깃발처럼 내세워 이 작품이 기존의 작품을 얼마나 베꼈는지 살피며 지금 읽고 있는 그것을 기준으로 작품의 부족함을 토로합니다. 사실 클리셰를 언급하려면 기존에 독서량이 어느 정도 확보되어야 하기 때문에, 자신의 독서량을 과시하는 비평 방법처럼 보이기도 합니다.

그리고 사실성의 잣대를 들이댑니다. 이를테면 역사 드라마가 나오면 그것이 허구적 장르임은 뒤로 한 채, 진짜 그런 일이 있었는지를 작품의 비판적 기준으로 내세웁니다. 새로운 드라마가 시작되면, 학계의 사람들이 득달같이 달려들어 '고증'에 목매는 예가 바로 그렇습니다. 마치 '틀린 그림 찾기' 하는 모습이 떠오릅니다. 어떤 작가의 생활 동화가 발표되면 현장에 적을 두고 있는 사람들은 '요즘 교실은 이렇지 않다'든가 '지금 그런 단원은 배우지 않는다'라는 말로 작품의 흠결을 찾습니다. 좋게 말하면 실증주의적 관점이라 할 수 있지만, 허구는 실증주의와 상당한 거리가 있습니다.

그리고 주제의 적절성 여부입니다. 사실 주제는 트렌드와 교묘하게 맞물려 있어서, 지금 이 주제가 시의적절한지 묻습니다. 소설에 비해서 어린이·청소년 문학에서 이는 조금 더 과격합니다. 교육 관련 종사자들의 경우는 주제에 더 집중하는 경향이 있습니다. 문학 작품을 수업에 활용하기 위한 방편으로 보이는데, 관련 교과 과정까지 찾아내는 성의를 보이기도 하지요. 하지만 주제가 작품의 완성도를 결정하는 것은 아닙니다. 그런가 하면 연구자들은 '문학성'에 목을 매답니다. 더하여 자신이 지지하고 신봉하는 문학 이론을 잣대로 내세우지요. 이러한 비평적 수사는 사실 창작에 입문하려는 사람에게는 작가의 길 앞에 놓인 벽을 더 높게 쌓는 역할을 합니다. 여기에 더하여 자신이 선호하는 작가 혹은 특별한 작품 경향을 일방적으로 지지하기도 합니다. 여기에서 '주례 비평'이 탄생하기도 합니다. 이는 자신의 선호도에 따른 '독서 편식'에 다름아닙니다.

어쨌든 이들 모두는 창작 과정을 경험하지 않은 '독자'일 뿐입니다. 이런 독자로서의 독서 습관은 작가가 되는 데에 결정적인 시사점을 제공해 주지 않습니다.

작가(지망생)는 다른 시각에서 작품을 볼 필요가 있습니다. 우선 장르로서의 완성도와 완결성을 확인합니다. 대략 재미있는 이야기가 아니라, 동화로서 혹은 청소년소설로서의 확고한 정체성을 가지고 있느냐는 것이지요. 그러기 위해서는 한 편의 작품으로서 '처음-중간-끝'의 모양이 잘 갖추어져 있는지, 플롯이 어떻게 짜여 있는지, 인물 행동에 개연성이 있는지, 캐릭터는 잘 구현되었는지, 시점은 잘 유지되고 있는지 하는 것들을 확인해야 합니다. 나머지 조건들, 즉 기법이라든가 리얼리티, 적확한 문장 등의 하위 디렉터리directory 또한 완성도와 완결성을 뒷받침하는 요소들이므로 꼭 살펴보아야 합니다. 그리고 트렌드trend도 놓치지 않았으면 합니다. 이는 대중성을 확보하는 데 중요한 역할을 하니까요. 조금 더 문학적 순도가 높은 풍자와 아이러니irony, 상징과 모티프motif의 반복 사용, 알레고리allegory 기법 등 다양한 장치들을 살피는 것도 작가(지망생)이 책을 읽는 태도에 포함되어야 합니다.

이런 것들은 작가(지망생)가 직접 자신의 이야기를 만들 때 꼭 필요한 레시피recipe 같은 것입니다. 재료는 차고 넘치는데 그것으로 맛나고 훌륭한 요리를 만드는 방법을 알지 못한다고 생각해 보세요. 좀 억울하지 않을까요?

그리고 작가(지망생)라면 무엇보다 그 작품의 개성을 확인해 보기를 권합니다. 같은 소재를 다루더라도 이 작가는 (그리고 이 작품에서는) 그 소재를 어떻게 다루었는지, 다른 작품과의 차별성은 무엇인지 확인해야 합니다. 누구나 다른 작가가 사용한 소재를 반복 사용할 수도 있기 때문입니다. 그럴 개연성은 아주 높습니다. 하늘 아래 새로운 것이 없다는 말을 실감하게 될 것입니다. 더하여 욕심이 있는 작가라면, 같은 소재를 다루더라도 다른 작가의 작품보다 더 나은 작품을 쓰려는 욕심을 가지게 마련이니까요.

《경성 최고 화신미용실입니다》는 역사·청소년소설이며 일제 강점기를 배경으로 하고 있습니다. 몰락한 양반 가문의 소녀 인덕이가 엄마 아빠의 빈자리를 대신해 할머니의 약값을 벌기 위해 머리카락을 잘라 팔고 결국 미용사가 되는 이야기이지요. 그다지 트렌디한 소재를 다루고 있지도 않으며, 도리어 기성세대가 강요하는 봉건적 질서에서 벗어나 자신의 삶을 찾아간다는 여타의 역사 소설에서도 흔히 볼 수 있는 플롯입니다. 일반적인 독자의 시선은 여기서 크게 나아가지 않습니다. 그러나 이 작품은 사건의 진행이 매끄럽고, 또한 개별적 사건이 꼭 필요한 위치에 잘 배치되어 있습니다. 개성적 캐릭터의 사용이 흥미를 배가하는데, 그 나이대에 맞는 행동과 역할을 하기 때문입니다. 이 부분을 눈여겨 보아야 하는 이유는, 작가(어른)와 주인공(청소년)의 세대 불일치 때문에 작가가 주인공의 현실적 삶에 대한 이해가 부족할 수 있기 때문입니다. 여기에 더하여 문장이 안정되어 있을 뿐만 아니라 장면 전환이 매끄럽습니다. 티핑포인트의 위치가 적절하고 주인공의 목적 설정도 분명해 보입니다. 목적을 달성하기 위한 꾸준한 노력이 사건으로 적절

동화·청소년소설 쓰기의 모든 것

하게 잘 치환되어 있습니다. 물론 사건의 배치도 비교적 효율적이지요. 작가(지망생)라면 이런 점에 더 관심을 가져야 합니다. 완성도 있는 작품이라면 꼭 갖추고 있는 여러 요소의 적절한 사용 예시를 찾아 자신의 작품 집필 과정에 활용해야 한다는 뜻입니다.

이를테면 독자의 가장 최고 지향점은 비평(가)입니다. 그는 작가의 마지막 원고가 전부라 생각하고, 그 범위 안에서 작품의 내용을 중심으로 읽을 만한 지 따져 묻습니다. 하지만 작가(지망생)의 최고 지향점은 보다 '좋은 작품을 쓰는 작가'입니다. 그러므로 마땅히 마지막 원고까지 오게 된 과정도 추측할 필요가 있습니다. **지금 자신이 읽는 책이 어떻게 '그 작가의 마지막' 원고가 될 수 있었는지, 자꾸만 질문해야 한다는 뜻입니다.** 그저 독자는 마지막 원고만 필요할 뿐이지만, 그에 비해 작가(지망생)는 그 마지막 원고가 구축된 과정 모두를 경험해야 하는 사람이기 때문이지요. 어쩌면 마지막 원고보다 더 중요한 것은 그 '과정'을 이해하는 일일 것입니다. 그 모든 과정들이 바로 마지막 원고를 만들었기 때문입니다. 보다 빨리 작가가 되는 지름길은 독서의 습관부터 바꾸는 것입니다. 특히 (신인) 작가들에게 숱하게 '주제'에만 관심을 갖지 말고 작품의 '완성도'와 이야기의 '완결성'에 더 몰입하라는 것도 이와 같은 맥락입니다. 즉 쓸 때나 읽을 때나 대뜸 '주제'부터 따지는 일보다 (신인) 작가에게 더 필요한 일은, 자신이 읽은 작품이 어떤 과정을 거쳐 이와 같은 작품으로 탄생하게 되었는지 그 창작 방법론을 유추해내는 일입니다.

아이디어가 떠올랐다면
가장 먼저
무엇을 해야 할까요?

답 : 보통은 아이디어가 떠오르면 대뜸 마인드맵mind map을 권장합니다. 하지만 무언
가를 상상하는 것은 좋지만, 그렇게 해서 떠오른 모든 것들 중에서 실제 이야기에 사
용될 수 있는 항목은 얼마 되지 않습니다. 아직 기준이 정해지지 않았기 때문입니다.
아이디어가 어디에서 온 것이든, 그것이 '특정한 인물(주인공)의 처음-중간-끝'의 형태
로 발전할 수 있는지부터 살펴야 합니다. 아이디어는 특정한 배경(역사나 SF)일 수도
있고, 아주 재밌(어 보이)는 사건이나 에피소드일 수도 있으며, 특별한 인물, 생경한
장소일 수도 있지요. 하지만 그 어떤 것이라도 위의 조건을 만족시켜야 이야기로 발전
할 수 있습니다.

　뜻밖에도 작가 지망생에게 '쓰고 싶은 이야기가 있느냐?'라고 물
으면 '왕따에 대한 이야기를 쓰고 싶어요.'라든가, '다문화 가정의 아이
가 겪는 고통에 대해 보여 주고 싶어요.', '진정한 우정이 무언지 알려주

고 싶어요.'라는 결의를 다지곤 합니다. SF와 판타지가 인기가 많은 요즘에는, '2200년 경에 외계인들이 지구를 정복한 뒤 섞여 살아가는 이야기 어때요?'라든가 '사람들이 바이러스에 걸려서 전부 좀비로 변하는 이야기는요?'라는 질문을 던지기도 하지요. 모두 흥미롭기는 합니다. 그러나 이런 대답들은 따지고 보면 아주 포괄적이고 관념적인 주제에 불과합니다.

그리고 안타깝지만 이렇게 답하는 사람의 열 중 아홉은 끝끝내 그 이야기를 쓰지 못할 확률이 큽니다. 이야기의 작동 원리는 주인공에게 끊임없이 일어나는 사건이고, 이 사건의 해결을 위해 동분서주하는 구체적 행동이기 때문입니다. 즉 이런 추상적인 주제로 작품을 시작하려 하면 결코 글쓰기가 앞으로 나아가지 못할 것입니다. 그럼에도 불구하고 이런 대답이 먼저 나오는 이유는 무엇일까요? 초·중·고교를 다니는 동안, '이 글의 주제가 무엇인가요?'라는 선생님의 질의·응답에 익숙해져서 자연스럽게 그렇게 말하는지도 모르겠습니다. 학교에서 배운 문학 작품 분석이 대체로 주제 파악에 집중되었기 때문에 문학 작품을 쓰기가 더 어려워졌을 수 있다는 뜻이지요. 동화나 소설의 구성 요소 같은 내용을 기계적으로 외우게 하면서도, 이야기가 만들어지는 원리나 보다 완성도 높은 작품이란 어때야 하는지에 대해 가르쳐 주지는 않습니다. 지금도 제도권 문학 교육의 핵심은 기존의 작품을 지식 축적의 한 틀로 이해하는 데 더 많은 시간을 할애하고 있지요.

사실 글로써 자신이 생각하는 주제를 표현하는 방법은 아주 많습니다. 수필이어도 되고 논픽션이어도 됩니다. 그런데 하필 그것이 동

이야기의 발생 조건

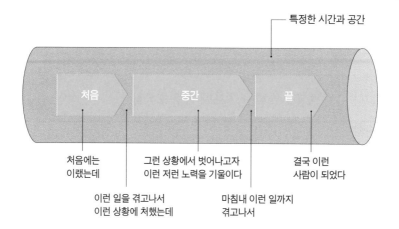

특정한 시간과 공간

처음 중간 끝

처음에는
이랬는데

이런 일을 겪고나서
이런 상황에 처했는데

그런 상황에서 벗어나고자
이런 저런 노력을 기울이다

마침내 이런 일까지
겪고나서

결국 이런
사람이 되었다

화나 소설이어야 한다면 장르적 특성을 고려해야 합니다. 이야기는 누군가의 삶을 구체적으로 담아내야 하는 양식입니다. 주제는 사건을 통해 드러내야 한다는 이야기를 수도 없이 들었을 것입니다. 그러므로 작가(지망생)는 '누군가(주인공)의 이야기를 써야겠다'고 다짐해야 합니다. 한 걸음 더 나아가 '나(작가)는 이런 상황에 처한 아이가, 이런 노력을 기울여서, 이런 사람이 되는 이야기를 쓰고 싶다'라고 말해야 합니다. 이 짧은 답에는 이미 희미하게나마 이야기의 '처음-중간-끝'의 구조가 보입니다. '이런 상황'이란 문제의 발생을 의미하고 '이런 노력'은 문제를 해결하기 위한 치열한 과정을, '이런 사람이 되는'은 인식의 변화(성장)를 의미합니다. 뿐만 아니라 이 답에는 이야기란 '특정한 주인공(아이)에 의해서 비롯되어야 한다'는 명제도 적시하고 있지요. **말하자면 주인공의 치열한 삶을 구체적인 사건의 형태로 담아내야 이야기가 만들어**

질 수 있다는 뜻입니다.

　즉 이야기는 주인공이 자신에게 닥친 문제를 해소하기 위해 끊임없이 노력하는 과정을 담아내는 데서 출발합니다. 그래서 작가는 '아이디어'를 주제가 아닌, 주인공의 구체적 행동에서 찾는 것이 좋습니다. 구체적 행동이 곧 사건의 의미이고, 이 사건은 연속된 형태로 배열됩니다. 결국 다시 '처음-중간-끝'이라는 맥락으로 회귀하지요.

　그리고 답을 이렇게 내놓으면, 여기에서 한 걸음만 더 나아가면 됩니다. 다름 아닌, 그 사건이 일어나는 특정한 시간과 공간을 설정하는 일입니다. 시간과 공간은 인물의 물리적 존재 기반을 마련해 주고 구체성을 부여해 주지요. 그러면 답을 조금 더 구체화할 수 있습니다. '나는, 2024년 여름, 서울에 사는 누군가(주인공)가, (처음엔) 이랬는데, 이런 상황을 겪고 나서, 그 상황에서 벗어나기 위해서 이런저런 노력을 기울이다가 결국 이런 사건까지 겪고 나서 마침내 (처음과는 다른) 이런 사람이 되는 이야기를 쓰고 싶다'와 같은 식이지요. 즉 시간과 공간에 따라서 동시대의 이야기가 될 수도 있고, 역사 동화(소설)나 SF가 될 수도 있습니다. 시공간의 설정이 '이런 상황'과 '이런 노력', 즉 구체적 노력의 종류를 결정하고 '이런 사람'의 모습도 그에 따라 다채롭게 구현되는 것이지요.

　이때, 문제의 발생을 의미하는 '이런 상황'이 강렬할수록 독자의 기억에 오래 남고 가독성도 높아집니다. '이런 노력'은 대체로 치열한 사건이 전개되는 구간이므로 작품의 거의 전체라고 보아도 무방하지요. 따라서 아이디어의 핵심은 사실 이곳입니다. 연속적인 사건의 전개야말로 독자가 작품을 손에서 놓지 않게 하는 비결입니다. 그래서 이 구간에서 작가는 주인공이 끊임없이 움직이고 쉴 새 없이 '꼼지락거리게' 해야 합니다. 이 과정이 잘 서술되어야 '(이전과는 다른) 이런 사람'으로 변모할 수 있습니다. 개연성을 획득할 수 있다는 뜻입니다. 특히 동화와 청소년소설에서는 인식의 변화가 매우 중요하기 때문에 더욱 그러합니다.

결론적으로 모든 이야기는 특정한 시공간(배경)을 조건으로, 한 인물의 삶을 처음-중간-끝의 형태로 구체화하는 것이라 할 수 있습니다. 이 말을 거꾸로 하자면 웬만큼 긴 장편 동화나 청소년소설도 이처럼 단순하게 정리할 수 있습니다.

《히라도의 눈물》은 '히라도에 살고 있던 한 소년이 사무라이가 되고 싶어 했으나, 자신의 출생 비밀을 알게 되어, 이런 사실을 고통스럽게 받아들이고 자신의 정체성을 인지한 뒤 도자기의 장인으로 거듭나려는 이야기를 담고 있다.'라고 간단히 말할 수 있습니다.

《닻별》은 '자신이 바람늑대의 후손임을 자랑스럽게 여기며 늑대 사파리에서 안내역을 담당하던 닻별이, 지진 발생 이후 자신이 복제된 늑대라는 사실을 알게 되면서 정체성의 혼란에 빠지지만, 곧 이를 극복하고 다른 늑대 무리와 함께 야생으로 돌아가는 이야기이다.'라고 정리할 수 있지요.

《경성 최고 화신미용실입니다》의 경우도 마찬가지입니다. 일제강점기, 신문물이 밀려드는 시기에 선비이자 독립운동가의 가문에서 자란 어린 주인공이 자아 정체성을 고민하다가 미용사가 되기로 결정하며 자신의 꿈을 지키기 위해 노력하는 이야기입니다.

결국 누군가(인물)의 삶에서부터, 나아가 그 삶의 굴곡(히스토리)에서 시작하지 않으면 아무리 흥미로운 소재나 신박한 주제라도 이야기로 발전할 가능성이 희박하다는 뜻입니다. 반대로 '누군가의 처음-중간-끝'이 있는 아이디어는 이야기로 발전할 가능성이 크다고 할 수 있습니다.

좋은 아이디어란, 드론이 날아다니고 자율 주행 자동차가 마음대로 지나다니는 아주 특정한 시공간적 배경이나, 왕따를 당하던 아이가 각성하여 일진 무리를 혼내는 멋진 에피소드, 사랑을 잃고 방황하는 비련의 인물과 같은 파편적인 생각의 '조각'이 아닙니다. 그것이 모티프가 된 '(처음-중간-끝이 있는) 일련의 사건' 혹은 특정한 인물의 히스토리에서 비롯되는 것입니다. 그러므로 아이디어를 떠올렸을 때 가장 먼저 해야 할 일은 주인공을 중심에 세우고 '처음-중간-끝'의 단서를 찾는 것입니다. 내 아이디어가 이야기로 발전할 가능성이 있는지 없는지의 일차적 기준은 바로 여기에 있습니다.

아이디어를 얻기 위해 무엇을 참고해야 하나요?

답 : 엄격하게 말하면, 재미있는 아이디어가 따로 존재하는 곳은 없습니다. 아이디어는 어디에나 있습니다. 아주 특별한 경험이나 신기한 소재만이 좋은 아이디어는 아닙니다. 가깝게는 자신의 기억을 비롯해 일상은 물론이고, 숨어 있던 역사나 자신만의 독특한 상상력까지 포함하면, 작가는 누구나 이 순간에도 아이디어가 될 만한 것들과 마주치고 있습니다. 다만 이야기의 모티프가 될 만한 적소適所를 기억하여 활용할 수는 있습니다.

동화나 청소년소설을 쓰려는 사람들이 하는 우문愚問 중의 하나는, '이야기의 소재는 어디에서 찾아야 하나요?'라는 질문입니다. 이때 친절한 선생님들은 '신문도 보면 좋고요, 지금 이슈가 무언지를 살펴보는 것도 도움이 될 것 같아요'라는 대답을 내놓고는 합니다. 물론 그 어디서든 아이디어는 얻을 수 있습니다. 순서가 정해져 있는 것도 아니지요. 다만 신인 작가일수록 자신이 얻은 아이디어로 이야기를 만들어가는 데에 익숙하지 않기 때문에 처음에는 보다 빨리 이야기를 만들기가 용이한 곳에서 아이디어를 얻어가는 것이 편리합니다. 다만 몇 가지 원칙만 사수한다면요.

보통 작가들의 1차적인 아이디어는 '자신'에게서 시작됩니다. 작가는 가장 먼저 자신의 삶을 참조한다는 뜻입니다. 그것이 동화든 청소년소설이든 문학은 인간의 삶을 모방한 것이고, 그렇다면 가장 잘 아는 누군가의 인생을 참고하게 되는데, 자신이 가장 잘 아는 인생은 바로 스스로의 삶이지요. 그래서 특히 동화와 청소년소설의 경우, 자신이 어렸을 때 겪었던 일을 종종 소재로 활용하곤 합니다. 실제로 경험한 일들이 이야기 속에서 에피소드나 사건으로 재탄생하는 것이지요. 이럴 경우 사건에 대한 지배력이 높아서 개연성을 확보할 수 있는 이점이 있습니다. 그러므로 자신의 삶을 참조하는 것은 자연스러운 일임과 동시에 가장 좋은 방법이기도 합니다.

그러나 오로지 자신의 삶만을 참조할 수는 없습니다. 기억에도 한계가 있을 뿐만 아니라, 그 당시의 어린이 세계와 지금의 어린이 세계가 많이 다를 테니까요. 특히 그 당시의 어린 주인공(작가 자신)의 생각과 행동이 지금 어린이(독자)에게 개연성 있게 다가오지 않을 수 있습니다. 이는 역사 동화와는 또다른 차원의 문제입니다. 역사 동화의 경우는, 비체험적 현실을 공적이고 객관적인 자료를 통해 개연성을 확보할 수 있는데, 개인의 역사(경험)는 주관적이어서 단순한 재연은 객관성 확보가 어렵습니다.

물론 이러한 '재연'의 차원도 자신에게 호기심 충만한 경험이 있을 경우입니다. 무난하게 평범한 어린 시절을 보냈다면 더욱 '쓸 거리'가 마땅치 않을 것입니다. 주인공은 특히 '어떤 문제'에 직면해야 하는데, 자신의 삶이 굴곡이 크지 않았다면 이 지점이 보이지 않을 것입니다.

그러므로 설사 경험 속에 그러한 쓸 거리가 있다고 하더라도, 그대로 단순 재생해서는 안 됩니다. 그럴 경우 자서전이나 다큐멘터리가 될 것이기 때문입니다. 그러므로 참조만 할 뿐 동화로 발전시키려면 그이상의 노력을 해야 합니다. 특히 한두 개의 에피소드라면, 그것이 앞뒤의 사건과 잘 연결이 되는지부터 따져야 합니다. 자신의 기억이 정확할 수는 있지만, 이야기의 전체 맥락에 적합하지 않을 수 있기 때문입니다. 또한 작품을 쓸 때마다 자신의 삶을 참조하는 일이 잦아서도 안 됩니다. 유사한 소재는 물론이고, 같은 장면이나 엇비슷한 에피소드가 작품마다 반복된다면 독자는 더 이상 그 작가의 작품을 볼 이유를 찾지 못할 것이기 때문입니다. 물론 자기 복제는 자신이 선호하는 분야의 반복적 집필에서도 자주 나타납니다. 같은 소재를 동화로도 쓰고, 청소년소설로도 발표하는 경우도 종종 발견되는데, 자기 복제는 반복할수록 작품으로서의 함량이 미달될 수 밖에 없습니다.

그래서 상당수의 작가들은 직접 체험을 마다하지 않습니다. 물론 그 어떤 장르의 작가라도 리얼리티를 위해서라도 자신이 쓰려는 대상에 대한 관찰이나 취재를 자주 하지요. 확실히 이는 소재에 대한 지배력을 높이는 데 도움이 됩니다. 그래서 특히 생활 동화에 관심이 있다면, 즉 아이들의 생활에서 소재를 얻고자 한다면 이런 노력을 게을리 해서는 안 됩니다. 아이들과 자주 접촉하고 아이들이 사용하는 언어 하나까지 세심하게 들여다보면 자연스럽게 아이들의 삶에 대한 지배력이 조금씩 높아집니다. 이런 과정을 꾸준히 이어가면, (주인공이 될 만한) 특정한 아이의 히스토리가 보이기도 합니다. 하지만 관찰이나 취재가 항상 정답일 수는 없습니다. 말하자면 관찰이나 취재는 하나의 모티프를 찾아내고 사실성을 확인하는 데 유용할 수 있지만, 이를 문학 작품으로 재탄생시키는 것은 별개의 문제라는 것을 잊어서는 안 됩니다.

물론 직접 체험도 늘 가능한 것이 아니므로 작가는 독서를 통해 그 모자란 부분을 채웁니다. 특히 자신이 쓰려는 장르와 같은 분야의 책을 읽는 것은 플롯과 캐릭터는 물론 문장과 상세한 기법과 디테일을 참고할 수 있어서 가장 큰 도움이 되지요. 물론 이것들을 염두에 두고 독서를 했을 때의 경우가 그렇습니다. 이때, 혹자는 자칫하면 기성 작가의 작품을 표절할 가능성이 있다는 이유로 작품을 쓰는 동안은 절대 다른 이의 작품을 읽지 않으려는 태도를 보이기도 합니다. 하지만 신인 작가의 경우, 그렇게 해서라도 한 편의 완성도 있는 작품을 쓸 수 있는 힘을 기르는 것이 더 중요합니다. 특히 신인 작가는 자신이 쓰는 모든 작품이 출판될 것이라는 근거 없는 자신감을 버리고 하나의 완성도 있는 작품을 썼다는 경험을 가지는 것이 우선임을 명심해야 합니다.

특정한 분야를 공부하여 소재로 삼을 수도 있습니다. 독자들은 새로운 소재에 민감하기 때문에 '신선한' 이야깃거리를 찾기 위해 특정한 분야를 집중적으로 독서하는 일도 좋은 아이디어를 찾는 방법입니다. 그러므로 어떤 작가들은 다큐멘터리나 논문 보는 일도 마다하지 않습니다. 최근 트렌디한 SF나 역사 분야의 작품을 쓰려는 경우는 더욱 그렇습니다. 목표로 하는 소재를 얻고 그 깊이를 확보하기 위한 공부는 소재의 확장에 도움을 줍니다. 그러나 단순한 교양 지식은 구조화되어 있지 않다는 점에서, 이미 구조화(처음-중간-끝) 되어 있는 다른 이의 삶을 참조하는 것과는 다릅니다. 즉 날것의 소재를 이야기로 만들어야 하는 어려움이 따릅니다. 하지만 다양한 작품을 쓰는 작가가 되기 위해서는 이런 노력도 게을리 해서는 안 됩니다. 기반 지식은 필연적으로 서로 충돌을 일으키면서 새로운 상상력을 자극할 것이기 때문입니다.

그래서 다시 한 번 말하지만 그 어떤 단계에서도 아이디어가 이야기의 가능성을 갖기 위해서는 '처음-중간-끝'의 형태로 구조화되어야 합니다. 다른 장르를 쓸 게 아니라면 말입니다.(질문 03 참고) 그래서 아이디어를 선택할 때도, 아주 희미하게라도 '처음-중간-끝'의 형태가 보이는 것을 우선 채집하기를 권합니다. 즉 어떤 좋은 소재다 싶은 것과 마주하면 깊이 있는 공부를 하기 전에 다음과 같은 공식(?)을 먼저 머릿속에 넣어 두세요.

'처음에는 ~이랬던 사람이, 어느 날 문득 ~이런 사건을 겪고 난 뒤, ~이런 사건과 이런 사건, 그리고 이런 사건을 거쳐서, 이런 사람이 되었어.' 어떤 소재든 이 구조 안에 들어오지 않으면 이야기로 발전할 가능성은 희박합니다. 즉 아무리 새롭다고 느껴지는 소재(인물이든, 특정한 장소든, 어떤 물건이든)와 만났더라도 그것이 이야기가 되려면 구조 속에 녹아들지 않으면 안 됩니다. 소재에 대한 욕심으로 섣부르게 이야기를 쓰기 시작하면 중도에 실패하기 쉽습니다. 소재는 이야기 안에 자연스럽게 놓여야 그 빛을 발합니다.

문학적인 작품에 필요한 요소가 따로 있나요?

답 : 보다 더 문학적인 작품은, 아주 단순하게 말하면 주인공(의 삶)이 얼마나 더 자신의 인간적 삶에 대해 진지하게 묻고 있느냐에 따라 달려 있습니다. 물론 그 근저에는 (당대의) 현실적 삶에 대한 개연성과 리얼리티가 전제되어야 하며, 그가 추구하는 삶의 내용이 인간의 보편적 삶을 보다 가치있게 만드는 것에 기여해야 합니다. 그래서 보통은 사회성과 개성, 역사성 등을 중요한 조건으로 내세우고 있습니다.

　　대부분의 독자와 창작자들은 '문학'이라는 말은 즐겨 씁니다. 자신이 쓰고 있는 글을 '문학 작품을 쓴다'라고 말하기를 주저하지 않지요. 그러나 '문학성'이 무언지 질문하면 대답하기 힘들어 합니다. 이는 스토리텔링 시대가 도래하면서 문학의 진정성을 따지는 것이 고리타분한 일이 되어버린 느낌도 없지 않아서 더욱 그렇습니다. 더구나 연구자들은 일반 대중에게 문학(성)을 적시하는 일에 매우 불친절합니다. 심지어 포털 사이트 지식 사전에 등재된 많은 연구자의 저서에도 문학에 대한 장황한 해설은 있으되, '문학성을 갖추었다'는 말이 무슨 뜻인지는 명쾌하게 해석되어 있지 않습니다. 그러고는 역설적이게도 연구자들은 작가들에게 '문학성' 있는 작품을 요구합니다.

물론 그렇다고 지금부터라도 문학성을 담보하는 글을 써야 한다거나, 문학성을 갖추지 않은 작품을 경계해야 한다는 의도는 아닙니다. 도리어 성인 문학(소설)은 그렇게 주장하는 문학 권력에 의해서 독자들로부터 철저히 외면받았고, 소위 '그들만의 리그'가 되어버린 지 오래입니다. 다만 문학성을 추구하는 것도 작가의 욕망 중 하나일 수 있다는 점에서, 또한 '더 문학적인 작품'과 '덜 문학적인 작품'의 차이와 경계를 인지했을 때, 어느 쪽으로든 그에 맞는 작품을 쓸 수 있다는 점에서 문학성에 대한 이해는 필요합니다.

문학 개론에서 말하는 문학의 기능은 크게 두 가지입니다. 하나는 교훈적 기능이고 하나는 오락(쾌락)의 기능입니다. 특히 교훈적 기능을 강조하는 것은, 문학을 통해서 대중을 '깨우치게' 하려는 의도를 담고 있기 때문입니다. 그러면서도 한편으로는 문학이 인간의 삶을 즐겁고 풍요롭게 만들어야 한다고 생각하므로 쾌락을 중요한 기능으로 여깁니다. 그러나 사실 모든 문학 작품은 둘의 균형을 맞추려는 노력을 하고 있습니다. 왜냐하면 '더 문학적인' 작품은 교훈적 기능에 충실하려 하고 '덜 문학적인' 작품은 오락의 기능에 충실하려 하기 때문인데, 서로 보완되지 않으면 흥미를 놓치거나 주제 전달(교훈)에 취약할 수 있어서입니다. 즉 더 문학적인 작품은 흥미(오락적 기능)롭지 않으면 독자를 확보하기 힘들고, 덜 문학적인 작품은 진정성(교훈)을 담지 못하면 정체성 혹은 존립 가능성을 의심받을 수 있기 때문입니다.

'더 문학적인 작품'이 강조하는 것 중 하나는 그 작품이 가지는 사회적 의미입니다. 하나의 문학 작품이 지극히 개인적 기록이 아닌 일반 독자를 전제로 한다는 점에서 작품의 메시지는 특히 대중 독자들에게 보편적 진리를 전달해야 합니다. 그래서 상당수 문학 작품의 메시지는 사회 통념상 지향해야 하는 가치를 추구합니다. 때와 장소에 관계없이 인권을 존중해야 한다든지, 친구들끼리 (왕따를 시키지 말고) 서로 아끼고 예의를 지켜야 한다든지, (특히 동화라면) 어린이는 그 스스로 독립된 존재로서 가치가 있다든지 하는 것들입니다. 불변하는 도덕적·윤리적 개념도 여기에 속할 것입니다.

물론 주인공은 이러한 메시지를 실현하는 방향으로 움직이겠지요. 반대로 반사회적(왕따, 인종 차별 등)이거나 비도덕적인(도둑질, 거짓말, 혐오, 차별 등) 관념들은 응징의 대상이 됩니다. 물론 사회의 변모에 따라 '사회 통념상 지향해야 하는 가치'는 조금씩 변화할 수도 있습니다. 인권 존중이나 환경보호 등과 같은 가치는 근대 이후 새롭게 추구되는 가치들입니다. 그러나 어떤 이야기에서든 주인공이 추구하는 가치(사실상 작가의 메시지)가 어떤 특정한 집단의 이익만을 대변하는 것이어서는 안 되며, 그 가치가 보편타당한 진리의 영역 안에 들어 있어야 합니다.

'더 문학적인 작품'은 또한 역사적 가치를 추구합니다. 즉 이 작품이 오래 살아남을 만한 가치가 있느냐의 문제입니다. 이를테면 생명력을 의미하는데, 사회가 변모해도 그에 견뎌낼 만큼의 합리적이고도 근본적인 인간의 삶에 관한 물음에 답해야 생명력을 갖출 수 있습니다. 그래서 역사성은 문학성의 중요한 덕목이 되지요. 더 문학적인 작품을 쓰고 싶다면, 이른바 트렌드에만 연연하지 말아야 합니다. 시의성은 딱 지금 필요한 이야기로서의 합목적성을 갖지만, 지나치게 대중을 의식한다는 비판에 직면할 수 있습니다. 당연히 수명이 짧을 수밖에 없겠지요. 유행이란 금세 지나갈 테니까요.

개별적 창의성과 독창성으로 대변되는 작가의 개성 역시 문학성을 갖추려는 작품이 가져야 할 중요한 요인입니다. 그 작가만이 가지고 있는 세계에 대한 해석이 작품의 존재 가치를 더욱 높여 주기 때문입니다. 실제로 상당수의 작가는 주제나 소재의 시의성에도 영향을 받으며, 유행하는 창작 방법론도 욕심을 냅니다. 그러므로 작가는 다른데, 각각의 작가마다 서로를 구분짓는 특성이 뚜렷해지지 않고 엇비슷한 내용이 만들어집니다. 물론 문학적인 작품보다 대중적인 작품에서 이런 현상은 훨씬 더 강하게 나타나지요. 예술지향적인 '더 문학적인 작품'에 비해 상업주의적 경향이 더 강한 '덜 문학적인 작품'이 트렌드에 더 민감하기 때문입니다. 또한 더 문학적인 작품은 때로 장인정신까지 요구되며, 덜 문학적인 작품은 단순 생산자의 사고를 강요하기도 합니다.

어쨌든 이 모든 기준은 '현실적 기반'을 전제로 합니다. 현실적 기반에서 벗어날 경우, 연구자들은 '비현실성'을 문제삼아 '문학성을 외면했다든가', '대중과 쉽게 손 잡았다'는 비판을 합니다. 당대적 진실에 소홀히 했다는 뜻이고 현실을 진정성 있게 담아내지 못했다는 뜻입니다. 그 때문에 최근까지 SF, 판타지 등의 작품에 대해 '장르 문학'이라고 칭했던 것입니다. 그러나 이 용어가 이른바 본격 문학(혹은 순수문학)을 추구하는 사람들이 그들의 공적 영역을 수호하기 위한 배타적 용어임도 인식하고 있어야 합니다.

하지만 아무리 문학적인 작품을 쓰려고 해도 이 모든 조건을 다 반영하기란 쉽지 않습니다.

《5번 레인》은 보다 문학적인 동화입니다. 기본적인 줄거리는 대회에서 1등을 하고 싶은 주인공 나루의 욕망을 다루고 있는데, 주인공의 액션이 크거나 사건이 버라이어티variety하지도 않습니다. 그러나 자신의 꿈을 스스로 찾아가는 주인공의 진심 어린 모습이나, 부정직하게라도 경쟁에서 이기는 것이 좋은 것이 아니라는 충고, 그 과정에서 나타나는 우정의 실천이라는 메시지는 매우 현실적이면서 이 작품을 읽는 독자들로 하여금 우리(특히 어린이)가 당대에 추구해야 할 가치가 무엇인지를 구체적으로 제시하고 있습니다. 그리고 이러한 가치는 현실성에 기반하고 시류를 타지도 않으며 불변하는 진리라 말해도 과하지 않을 것입니다. 때로는 이러한 주제를 '낡았다'라고 지적하기도 하지만, 불변하는 가치가 낡을 수는 없습니다. 다만 표현하는 방법이 진부할 수는 있습니다.

《열다섯, 벼리의 별》은 조선 후기(1880년대) 아버지의 죽음을 대가로 면천된 노비 출신의 여자 아이 벼리가 우연치 않게 '잉글리시'를 배우게 되고, 나아가 통역관의 꿈을 꾸고 이를 실현하려는 성장을 담은 청소년소설입니다. 이와 같은 주인공의 욕망은, 불편부당한 사회에 살면서도 자신의 꿈을 잃지 않고 도전을 멈추지 말아야 한다는 주제를 전달하는데, 당연히 이러한 메시지는 현재에도 유효합니다. '사회적 통념상 추구해야 하는 가치'를 주인공 벼리를 통해 구체적으로 보여 주기 때문입니다. 특히 그 가치를 실현하려는 주인공의 행동(설사 그것이 어린 주인공에게는 아주 버거운 것일지라도)이 구체적이어서, 당대의 부조리한 신분사회나 반여성적 봉건주의를 고발하는 데도 유효합니다. 그런 면에서 이 작품은 추구해야 할 가치와 지양해야 할 관념을 매우 생동감 있게 보여 주고 있습니다.

《소리를 보는 소년》은 시각 장애인을 주인공으로 등장시킵니다. 누군가의 도움을 받지 않으면 사회 활동이 불가능한 인물이지요. 그럼에도 불구하고 주인공 장만은 스스로 무언가를 하기 위해서, 더 정확하게는 쓸모 있는 사람이 되기 위해서 애씁니다. 조선 시대 장애인의 현실적 위상을 생각할 때 이런 장만의 행동은 무모한 모험일 가능성이 큽니다. 그러므로 끊임없이 밖으로 나가 자신의 일을 찾으려는 장만의 행동은 독자에게 단순히 삶에 대한 욕망만을 전달하는 것이 아니라, 그 과정을 통해 장애를 극복하려는 의지를 보여 주고 장애로 인해 차별받아서는 안 된다는 메시지를 함께 전달하고 있습니다. 이런 가치 지향은 어느 시대에나 옳은 일이며, 따라서 사회적 의미와 역사성을 확보합니다.

그런 반면, 보다 '덜 문학적인 작품'은 문학의 기능 중에서 특히 오락적 특성을 강조합니다. 이른바 놀이적 기능인데, 실제로 재미있는 이야기를 읽는 행위는 흥미로운 놀이를 즐기는 일과 다르지 않기 때문입니다. 그러므로 '덜 문학적인 작품'은 위와 같은 조건보다는, 작가의 보다 자유로운 상상력에 기대고 있습니다. 놀이란 보다 자극적일 때 흥미롭고, 제한없이 즐길 수 있어야 그 목적에 부합하기 때문이지요. 점잖은 체하고 격식을 갖추려 하거나 자꾸만 가르치려 든다면 그 '놀이'는 이미 본래적 기능을 상실한 것입니다. 놀이는 '현실적 삶의 전복을 일으키는 카니발'(미하일 바흐찐Mikhail Bakhtin)의 역할을 할 때 도리어 가장 효과적일지도 모릅니다. 그런 면에서 문학적 진정성에 힘을 주면 놀이적 역할은 미흡해지는 것이 보통입니다. 진정성은 대체로 엄숙함을 요구하는데, 이것은 놀이적 특성의 한 축인 자유분방한 상상력과는 다소 거리가 있기 때문입니다.

《열다섯, 벼리의 별》의 경우에도 극대화된 상상력보다는 억압적 현실에서 벗어나려는 주인공의 노력이 매우 진지하고 치열하지요. 이때 벌어지는 사건들은 단순히 흥미를 유발하기 위한 사건들이 아닙니다. 물론 주인공이 처한 배경도 당대적 리얼리티와 개연성을 유지합니다. 그래서 더욱 문학성을 갖추는 데 유리합니다.

그와 반대로 놀이적 기능을 추구하는 작품들은 전적으로 새로운 것을 추구하는데, 무엇보다 새로운 배경(장소 혹은 공간)을 탐색하는 데 민감합니다. 여기에는 그만한 이유가 있습니다. 새로운 배경을 탐색하는 일은 독자(아이)들에게 '새로운 놀이터'를 방문한 것과 다르지 않기 때문입니다. 매일 그네만 타다가 자이로드롭을 타고 롤로코스터를 탄다고 생각하면, 상상만으로도 즐겁지 않을까요?(물론 학업에 대한 부담이 크면 클수록 독자로서 어린이들은 도피처로서의 놀이터도 필요할 것입니다.) 최근

SF나 판타지가 트렌드인 것도 이와 관련있습니다. SF나 판타지가 펼쳐 보이는 공간은 어린 독자들이 한 번도 경험하지 못한 낯설고 새로운 공간입니다. 익숙함에서 오는 안정감보다, 낯섦에서 오는 모험을 원하는 것이지요. 이미 여러 번 탔던 '놀이 기구'가 아니라 '새 놀이 기구'라면 독자(아이들)가 관심을 갖지 않을까요? 더구나 이 모험이 자신(독자)까지 위험에 빠뜨릴 것이라고 생각하지 않기 때문에 만만해 보입니다. 그리고 이 모험의 승자가 자신(주인공에 자기동일화된 독자)이 될 것임도 알고 있습니다. 물론 이 뻔한 결론은 '덜 문학적인 작품'들이 가진 한계입니다. 원리는 간단합니다.

《시간 고양이》는 처음부터 문학성의 본류인 사회적 의미나 지속적 가치를 추구하기보다는 놀이성에 충실하고 있습니다. 바이러스 등으로 인해서 동물이 사라진 세계를 배경으로 하고 있다는 점이 다소 파격적으로 느껴지지만, 도리어 그런 점 때문에 전적으로 새로운 '놀이터'로서의 기능을 하게 되었습니다. 이 바탕 위에서 작가의 제한 없는 상상력이 마음껏 발휘되지요. 더구나 주인공 서림 앞에 딱 한 마리의 고양이가 나타나는데, 동물을 소유하는 것이 범죄나 다름없는 사회라는 점에서 이 설정은 아주 '흥미로운 놀이터'로서 손색이 없습니다. 사회적 의미나 역사성을 고려하지는 않았지만, 아이들(독자)에게 쾌락을 선사한다는 점에서 작품의 의미를 폄훼할 수는 없습니다. 무엇보다《시간 고양이》의 매력은 주인공 서림이 뒤바뀐 과거를 원래대로 되돌리기 위해 벌이는 모험입니다. 어린아이가 벌이기에는 다소 위험하고 과장되어 보이는 모험이지만, 누구나 상상해 보았을 법한 악당을 물리치고 정의를 실현한다는 내용은 말 그대로 '신나는 놀이터'의 기능을 하고 있습니다. 연이어 펼쳐지는 디테일한 사건은 마치 놀이를 단계적으로 안내하듯 긴장감 넘치는 재미를 선사합니다.

《바빌론의 사라진 공중정원》 역시 새로운 놀이터와 같은 낯선 공간이 이야기를 이끌어 갑니다. 바그다드라는 낯선 나라의 수도는 물론이고, 고대 역사 도시인 바빌론에서 만나는 우물의 방, 장미의 정원, 지구라트 모양의 계단과 수수께끼로 가득한 도서관과 전설 속 영웅의 싸움이라면 놀이적 기능이 충만하지 않을까요? 뿐만 아니라 한 단계씩 미션을 수행하고 그 다음 단계로 넘어가는 주인공의 모험은, 동일화 과정에 충만한 어린이 독자들에게 충분한 즐거움을 줍니다. 게임 속으로 들어가 높은 단계로 한 단계씩 진행하는 방식이라 게임에서 이겼다는 성취감을 주기도 하지요.

살펴본 것처럼 획일적으로 '더 문학적인 작품'과 '덜 문학적인 작품'의 경계를 구분하고 문학성을 운운하는 일은 매우 시대착오적이라고 할 수 있습니다. 재미있으면서도 문학성이 풍부한 작품도 주위에서 얼마든지 찾아볼 수 있으니까요. 문학성을 '더', 혹은 '덜' 담아내는 것이 문제가 아니라, 이야기의 완결성이 우선적인 목표가 되어야 합니다. 그 이후에 '더'와 '덜'의 문제에 능동적으로 대처할 수 있습니다. 문학성과 장르성은 옳고 그름의 문제가 아니라 작가의 취향과 선택의 문제가 되어야 합니다. 그리고 작가는 적어도 자신이 어떤 작품을 추구하고 있는지 명확하게 알아야 합니다.

동화(청소년소설)의 주인공은 꼭 어린이(청소년)여야 할까요?

답 : 물론 동화의 주인공은 어린이여야 합니다. '꼭 어린이일 필요는 없다'라고 주장하는 사람들이 종종 있기는 합니다. 이들의 논리는 대체로, '따뜻하고 독자에게 감동을 줄 수 있는 이야기라면 주인공이 어른이어도 괜찮다'라는 것입니다. 그러나 동화를 '소설'이라고 부르지 않고, 동화로 부르는 데에는 그만한 이유가 있지 않을까요? 동화라면, 어린이 주인공이 그들의 삶을 치열하게 살아가는 이야기여야 합니다.

어른이 등장하는 따뜻한 이야기는 수도 없이 많은데, 그것을 모두 동화라고 불러야 할까요? '(어린이가 주인공이 아니더라도) 따뜻하고 감동을 주는 이야기'를 흔히 미담이라고 합니다. 그것들을 모두 동화로 분류한다면 자칫 동화의 장르적 가치를 훼손하는 일이 될 수도 있습니다. 동화는 소설과는 다른 특화된 독자(어린이)를 가지고 있으며, 목적과 방향성도 다릅니다. 무엇보다 동화는 어린이의 세계를 보여 줌으로써 가치가 있는 것입니다. 따라서 어른이 주인공인 이야기는 동화라고 할 수 없습니다. 어른이 주인공이란 의미는 어른의 세계를 보여 준다는 것인데, 그 세계를 어린이가 미리 '예습'할 필요는 없습니다.

사실 동화가 '대체로 맑고 밝고 따뜻한 이야기'인 것은, 독자가 어린이이기 때문에 정서 발달에 더 유익한 내용을 담으려는 노력에서 오는 부수적인 특질일 뿐입니다. 따라서 동화를 그저 훈훈한 감동이나 전달하는 장르라는 수준으로 이해한다면, 동화의 장르적 가치 훼손을 넘어 독자인 어린이를 더욱 대상화하는 일이 되고 말 것입니다. 왜냐하면 어른의 세계를 보여 주면서 감동을 강요하는 일은 어린이를 단순히 교육이 필요한 불완전한 존재로 여기는 것과 다름없는 일이니까요.

그러므로 소설이 어른들의 복잡다단한 세계를 고민하듯, 동화는 아이들의 치열한 세계를 다루어야 합니다. 어른의 입장에서 보면 아직 아이들의 세계가 하찮고 유치해 보일 수도 있습니다. 그러나 아이들은 자신의 세계에서 나름의 고민과 방황, 갈등을 하며 보다 가치 있는 삶을 살려고 노력합니다. 친구가 화가 나서 토라진 일을 어떻게 풀 것인지, 엄마가 돈 버느라 밤늦게 돌아오는 바람에 혼자 지내야 할 때 슬기롭게 외로움을 극복하는 방법은 무엇일지, 엄마와 아빠가 이혼하면서 생긴 현실적인 어려움을 어떻게 해결할지, 매일 게임만 하다가 공부는 물론 일상생활까지 흐트러지는 상황이 온다면? 뿐만 아니라 친구가 학원 시험 때 커닝을 강요하면 생길 수 있는 일, 반 아이들이 나만 빼고 단톡방을 만든다면 어떻게 대처해야 할까, 학교에 가기 싫어 매일 지각하면 생기는 일이나, 인기가 많아졌으면 하는 바람, 살이 빠지고 날씬

한 아이가 되고 싶은 욕망, 게임을 질릴 때까지 할 수는 없을까…… 어린이들 세계에서 일어나는 이 모든 '하찮고 사소한' 문제들은 아이들에게는 매우 현실적인 문제입니다. 동화는 바로 이런 이야기를 다루는 것이어야 합니다. 당연히 그 속에 어린이 주인공이 있어야 합니다. 위와 같은 문제는 적어도 어른의 문제는 아니니까요. 그러므로 작가는 어린이의 세계에 발을 딛고 그 세계를 치밀하게 탐구해야 합니다.

청소년소설도 이와 다르지 않습니다. 오히려 청소년은 아이와 어른의 세계 사이에 끼인, 더욱 불안하고 애매한 존재로서 그 특수성은 한마디로 정의하기 어려울 정도이지요. 아이의 세계에서는 겨우 벗어났고, 그리하여 사춘기를 지나면서 (정신적으로는) 독립을 꿈꾸지만 결코 (경제적으로) 독립할 수 없습니다. 이런 아이러니 때문에 주변 사람들은 물론 그를 둘러싼 환경과의 갈등이 극에 달합니다. 하지만 더 큰 난관은 그럼에도 불구하고 어른들의 세상에 편입되기 위해 제도적 통과 제의 (입시, 취업 등)에 매진해야 한다는 사실입니다. 이러한 청소년의 세계는 어쩌면 어린이의 세계보다 더 복잡하고 무수한 갈등이 존재할 것입니다. 그들에게는 이미 아이와는 다른 자아가 있으므로 섣부른 교훈과 관념적 위로는 오히려 반발을 부를 것입니다. 즉 작가는 이러한 세계의 중심에서 청소년을 이해하려고 해야 하며, 그 바탕에서 작품이 출발해야 합니다.

《식스틴》은 다섯 개의 SF 단편을 모은 앤솔로지입니다. 통계나 빅데이터에 근거해서 성격에 맞는 상대를 찾아 연애를 하거나(〈DD 로맨스〉, 노수미), 오래 전 친구에게 한 잘못을 고백하지 못하는 우유부단한 인간 대신 똑같이 생긴 AI가 대신 그 일을 수행하는 이야기(〈나나와 다다〉, 김소정) 등은 '열여섯 살짜리 아이'가 겪을 수 있는 이야기입니다. 이때 중요한 것은, 각각의 주인공이 청소년(16세)에 걸맞은 사고와 행동을 하고 있다는 것입니다. 만약 이 주인공을 20세나 혹은 그 이상의 인물로 교체해도 이야기가 어색하지 않다면 이 이야기는 잘못 쓰인 것입니다. 즉 《식스틴》은, 대체 불가능한 열여섯 살짜리 아이로 주인공을 설정함으로써 청소년소설로써 의미를 갖게 됩니다. **한마디로 동화와 청소년소설은 그 연령 대의 아이들의 삶을 특화시킨 고유한 장르여야 합니다.**

덧붙이자면, '성인을 위한 동화'라는 말도 사실 '주변의 따뜻한 이야기를 다루고 있는 어른들의 이야기'일 뿐 동화는 아닙니다. 그러므로 이것을 아이들에게 읽히려는 시도 역시 선행 학습과 같은 어른들의 욕심입니다. 이를테면 기획된 어른의 감정을 아이들에게 이입시키려는 시도랄까요? 자칫 감동마저 강요하려는 어른들의 무모한 시도로 보일 수도 있습니다. 이러한 교훈과 감정의 선행 학습은 도리어 아이들에게 책 읽기에 대한 거부감만 일으킬 수 있으니까요.

마찬가지로 어떤 이야기에 주인공의 어린 시절부터 청소년 시절을 거쳐 성인에 이르는 내용이 모두 포함되었다고 동화나 청소년소설로 볼 수는 없습니다. 흔히 이러한 소설을 이니시에이션initiation이라고 부르는데, 즉 이때 주인공의 어린이·청소년 시절의 스토리는 성인이 되기 위해 치른 통과 의례에 지나지 않는 것입니다.

동화에서 어른은 어떻게 다루어져야 할까요?

답 : 동화에서 어른은 적대자이자, 화해의 대상입니다. 아이들은 필연적으로 어른과 어른이 만들어 놓은 세계와 싸울 수밖에 없습니다. 어른들은 현실을 강요하고 아이들은 이상을 꿈꾸기 때문입니다. 이처럼 어른이 만들어 놓은 세계와 아이들이 원하는 세계는 일치하지 않습니다. 그래서 갈등이 빚어지고, 아이들에게 이 갈등은 매우 현실적인 문제입니다. 그러나 싸우면서도 어른과의 화해를 통해 이 문제를 해결해 나가는 것이 바로 동화의 묘미입니다.

어린이가 발 딛고 살아야 하는 세상은 어른들에 의해 만들어졌습니다. 법, 질서, 정치 제도 등을 모두 어른이 만들었고 생활 규칙도 어른이 정합니다. 아이들은 이런 세계에 살아야 하며, 결국 어른들이 만들어 놓은 세계에 잘 편입되도록 양육되는 것입니다. 그러므로 구태여 어린이의 비자율성을 운운하지 않더라도 어른들이 만들어 놓은 세계는 아이들에게 반드시 호의적인 것만은 아님을 짐작할 수 있습니다. 그래서 곳곳에서 갈등을 일으킵니다. 공부를 잘해야 하고, 숙제를 해야 하고, 사소하게는 부지런해야 한다든가, 착해야 한다든가, 친구들과 잘 어울려 지내야 한다는 등의 다양한 규칙을 어른들로부터 강요받습니다. 엄청난 스트레스일 수밖에 없는 이 현실이 아이들에게는 당면한 문제입니다. **그래서 아이들의 삶은 나름대로 매우 치열할 수밖에 없습니다. 동화는 그 치열한 현장의 한가운데 있어야 하고 작가는 이 지점을 예리하게 파악해야 합니다.** 단순히 위로하고 격려할 것이 아니라, 그런 세계에서 살아나가는 방법을 가르쳐 주어야 합니다. 물론 주인공의 구체적 행동을 통해서 말이지요.

즉 아이들의 순수한 욕망과 어른들의 불손한 욕망이 자꾸 부딪치면서 갈등이 빚어지는 바로 이 지점이 동화의 출발점이 됩니다. 어른들의 욕망이 '불손'한 이유는 대체로 어른들은 여전히 아이들을 독립적인 개체로 인정하지 않고, 부모에 종속되어 있는 미분화된 존재라 여기며 자신들이 만들어 놓은 질서를 지키라고 강요하기 때문입니다. 그런 핑계로 어른들은 아이들의 삶에 적극 개입하고 명령하며, 그렇게 아이들은 자율성을 훼손당합니다. 물론 아이들도 어른들에 대항해 자신들만의 목표를 설정합니다. 바로 자신이 꿈꾸어 왔던 세계를 만드는 것이지요. 숙제가 없고 학원을 가지 않아도 되는 세상, 경쟁하며 치열하게 공부하기보다는 마음껏 뛰어놀고 먹고 싶은 것도 얼마든지 먹을 수 있는 세상이 그것입니다. 하지만 현실적으로 불가능하기 때문에 어른과 부딪칩니다. 엄마와 아빠, 혹은 선생님이 적대자(현실 세계의 지배자 역할)

로 자주 등장하는 이유는 그 때문입니다.

그렇지만 동화에서의 어른은 적대자이며, 동시에 화해해야 하는 대상입니다. 양쪽 세계의 조화 없이 상생할 수 없기 때문이지요. 물론 그렇다고 어른들이 적극적으로 나서서 아이들의 문제를 해결해 주고, 그것이 아주 당연한 것처럼 치부되어서는 안 됩니다. 동화에서의 어른은 화해의 대상이고 연대의 대상이지 의존해야 하는 대상이어서는 안 됩니다. 물론 어떤 이야기의 경우는 사건의 크기나 규모가 워낙 커서 어른들이 나서서 해결해야 하는 것도 있지만, 그렇다고 해도 동화는 그런 어른들의 간섭을 통해 문제가 궁극적으로 해결되어서는 안 됩니다. 이럴 경우 독자는 '결국 어른들이 나서지 않으면 우리(스스로)는 문제를 해결할 수 없어'라는 메시지를 받아들이게 되고 동화로서의 매력도 잃게 됩니다.

특히 할머니, 할아버지가 문제 해결에 도움을 줄 때 주의해야 합니다. 이를테면 신인 작가나 지망생이 가장 많이 반복하는 패턴은, 엄마 아빠를 적대자로 만들거나 혹은 부재 처리한 다음 할머니와 할아버지를 조력자로 등장시켜 이들의 도움을 받아 문제를 해결한다는 식의 이야기입니다. 규칙과 질서를 강요하는 엄마와 아빠의 잔소리에 바람막이가 되어 주고, 상처를 보듬어 주는 식이지요. 그럼으로써 이들의 행위는 '동심'과 등가물이 됩니다. 이런 '역할놀이'는 동화의 플롯을 아주 허약하게 만듭니다. 어른과는 싸우되, 섣부른 연대는 금물입니다. 할머니와 할아버지를 조심하세요. 물론 삼촌과 이모도 포함입니다.

《시간 가게》는 1등을 하고 싶어하는 윤아가 정체 모를 할아버지로부터 다른 사람의 시간을 정지시킬 수 있는 능력을 얻어 이를 이용해 1등을 하는 이야기로 시작합니다. 그런데 문제는 윤아의 생각입니다. 뜻밖에도 착하기 이를 데 없는 윤아는, 자신이 1등을 하면 엄마가 좋아할 것이고 그렇게 엄마가 행복해지면 자신도 행복해질 것이라 믿습니다. 심지어 1등만 하면 미래까지 행복해질 수 있다는 생각을 가지고 있습니다. 그 때문에 도리어 자신의 가장 행복했던 기억을 대가로 시간을 멈추는 능력을 얻지요. 그리고 결국 다른 이의 시간을 멈춘 뒤 커닝으로 1등을 합니다. 윤아의 잘못된 욕망과 욕망을 실현하기 위한 방법은 매우 부정직한 것인데, 이는 어른들이 만들어 놓은 경쟁 사회의 산물입니다. 물론 그 피해를 고스란히 다른 어린이(나영)가 보고 있지요. 더구나 그런 그릇된 사회의 질서를 유지하려고 노력하는 인물에는 엄마도 포함되어 있습니다. 윤아는 이처럼 어린이가 원하지 않는 세상과 싸워야 합니다. 《시간 가게》가 소설은 아니지만, '주인공은 타락한 사회에서 타락한 방법으로 저항한다'는 G. 루카치Lukács, György의 말을 확연하게 떠올릴 수 있는 대목이지요. 그러나 다행인 점은, 윤아가 어른의 힘에 의지해 위기를 극복하려고 하지 않는다는 것입니다. 할머니가 등장하여 조력자 역할을 하는 듯하지만, 적극적으로 윤아의 삶에 개입하지 않고 힌트만 줌으로써 윤아의 역할을 극대화합니다. 그리고 대견하게도 윤아는 스스로의 힘으로 엄마와 화해합니다. 어찌 보면 엄마 역시 더 나쁜 어른들이 만들어 놓은 부정직한 사회의 희생양이었으니까요. 그런 면에서 《늙은 아이들》은 어른과 어떻게 연대할 수 있을까에 대한 좋은 답이 될 수 있습니다. 세상의 아이들이 원인 모를 질병에 의해 하루아침에

70~80대의 노인으로 변하고, 주인공 해찬 역시 노인이 되어 수용소로 이송됩니다. 그러나 수용소는 질병의 원인을 철저히 숨긴 채 오로지 획일적으로 아이들을 관리할 뿐, 아무것도 설명해주지 않습니다. 이에 불안을 느낀 해찬과 친구들은 수용소를 탈출하기에 이르지요. 그런데 이때 B-821호가 탈출에 합류합니다. 특히 B-821호는 유독 '어른스럽게' 아이들 앞에 서서 산속 길을 안내하고 배고픈 아이들에게 산다래를 구해 와 허기를 채우도록 합니다. 특히 능숙하게 산토끼를 잡는 장면에서는 아이들이 할 수 없는 지혜를 발휘함으로써 그 존재감을 확연하게 드러냅니다. 그리고 그쯤에서 B-821호는 자신이 아이가 아니라 진짜 노인(학봉 할아버지)이라는 사실을 밝히며, 손자 대신 수용소에 왔음을 알리지요. 더하여 학봉 할아버지는 아이들이 학교에 다니면서 힘들었던 이야기를 들어주며 위로한 뒤, '(너희들의 아픔과 고통은 결국) 다 어른들이 제대로 못'해서 그런 것이라며 진심을 쏟아놓습니다. 이런 학봉 할아버지의 행동은 아이들과 어른의 연대가 가야 할 지향점을 분명하게 안내해 줍니다. 섣부른 미담의 제공자로서, 혹은 도피처의 역할에 머물지 않는다는 점에서 학봉 할아버지의 역할은 진정한 어른의 모습이 어때야 하는지 알게 해 주지요.

사실 어른이 만들어 놓은 세계와 더욱 치열한 싸움을 벌이는 것은 청소년입니다. 청소년은 어른의 세계에 맞닿아 있기 때문에 (어린이에 비해서) 어른 세계의 부조리함이 잘 보이는 데다가, 자아의 성장에 따른 정신세계의 확장으로 자율성이 강화된 상태이지요. 그러므로 청소년의 갈등은 훨씬 과격하고 어른과의 연대도 쉽지 않습니다.

《너희는 안녕하니?》는 음악을 하고 싶은 주인공과 현실적 어려움을 핑계로 이를 막아서는 아빠의 갈등이 크게 부각되어 있습니다. 겉으로 보기에는 양쪽 주장 모두 타당해 보입니다. 그러나 어른들은 대체로 세상이 이미 고착화되어 있다고 믿는 편입니다. '음악으로 먹고 살수 없다'는 신념이 아주 강하지요. 그럼에도 불구하고 음악으로 세상을 바꾸어 보겠다는 주인공 시우의 행동이 어리석게만 보입니다. 더구나 아빠는 가부장적이고 아주 완고합니다. 이처럼 화해할 수 없을 듯한 극단적 지점에서 도리어 화해가 필요합니다. 물론 이 화해에 이르기 위해서는 다양한 감정적 상처, 외로움 등의 인내가 필요합니다. 이 과정에서 '문제아'가 될 수도 있고, 그럴 경우 사회적으로 '도태된다'는 협박도 받아야 합니다. 그러나 어떤 경우에도 청소년의 생각은 존중받아야 합니다. 청소년소설의 합리적 목적은 여기에 있으므로 화해는 필수적이지요. 결국 시우는 자신이 가진 능력을 최대한 보여 줌으로써 아빠가 화해의 손길을 내밀게 합니다.

　이처럼 동화와 청소년소설의 주인공은 어른들이 만든 불편부당한 세계와 싸우기도 하지만, 한편으로는 착한 어른(어린 주인공을 인격적으로 대해 주고 주인공의 '문제'에 관심을 갖고 함께 해결하려는 사람)을 만나 갈등을 해소합니다. 이때의 어른은 주인공(아이)과 함께 '동심'을 회복하려 애쓰는 것이지요. 동심의 회복은 동화와 청소년소설이 지향하는 지점이기도 합니다.

동화와 청소년 소설은 항상 해피 엔딩이어야 하나요?

답 : 동화가 늘 해피 엔딩happy ending이어야 하는 것은 아닙니다. 다만 장르적인 특수성 때문에 해피 엔딩을 지향할 뿐입니다. 물론 이 장르적 특수성은 독자가 아이들이기 때문입니다. '있어야 할 세상'을 보여 주는 것이 동화가 가야 할 길이고 이는 동심과 맞물려 있습니다. 그러므로 동화는 해피 엔딩으로 나아가려 합니다.

유독 소설에 비해 동화는 해피 엔딩이 많습니다. 그런 탓에 어른의 눈으로 보면, 동화의 결말은 아주 유치해 보이거나 작위적으로 느껴질 때도 있고 당연히 완결성이 떨어져 보이기도 합니다. 하지만 동화가 소설에 비해 해피 엔딩이 많은 이유는 동화의 장르적 특성 때문입니다.

소설은 문제가 있는 보통 사람(주인공)의, 있는 그대로의 현실을 매우 사실적으로 그려내려고 애씁니다. '소설은 당대 사회 구조를 반영한다'는 말과 같은 의미입니다. 이때 '문제'는 이상과 현실의 괴리에서 비롯되고, 주인공은 어떻게든지 이상을 실현하려고 하지만 개인에게 현실의 벽은 높아서 좌절하기 쉽습니다. 소설가는 이런 현실에 대해 핍진성逼眞性을 가지고 있습니다. 그것이 소설가의 책무이기 때문이지요.

하지만 동화 작가의 책무는 '있는 그대로의 현실'이 아닌 '있어야 할 세상'을 보여 주는 것입니다. 즉 소설은 더 치열한 현실을 드러내는 장르이고, 동화는 이상을 추구하는 장르입니다. 이를테면 소설은 독자에게 '당신이 살고 있는 세상은 이토록 지옥입니다'라고 외치고, 동화는 '아이들아, 그래도 세상은 (우리가 하기에 따라서) 참으로 살 만하단다'라고 말합니다. 그러기에 동화 작가에게는 가치 있는 것을 찾아서 드러내야 하는 고통이 따릅니다. 동심의 기반은 여기에 있습니다. 이것은 앞으로 세상의 주인이 될 아이들에 대한 배려이기도 하지요.

그러므로 동화는 결말에 이르러 어떻게든지 주인공과 적대자가 화해를 시도합니다. 그것이 용서이든 연대나 평화이든…… 이런 덕목이야말로 모든 사람이 원하는 '이상'이기 때문이지요. 그 때문에 동화는, 때로는 그것이 조금은 억지스럽더라도 해피 엔딩을 지향합니다. 그리고 이것을 아이들은 교훈으로 받아들입니다. 동화가 교훈적 가치를 중시하는 태도가 여기서도 드러납니다. 억지로 주제를 전달하려 하지 않아도 이러한 결말에서 얻는 메시지야말로 가장 강도 높은 교훈이지요. 그러므로 조금은 비약적인 해피 엔딩일지라도 동화의 경우에는 치명적 결점이라고 할 수는 없습니다. 다만 완결성의 측면에서 그렇게 해결되지 않으면 안 되는 필연적 이유가 반드시 서술되어야 합니다.

《안녕, 걱정 인형》은 매우 현실적인 문제를 다루는 판타지 동화입니다. 흔히 말하는 '게임 계정 사기'에 휘말린 한 아이가 주인공이며, 보통 아이들이 그러하듯 단순히 게임을 잘 하고 싶은 주인공의 순진한 욕망과 이를 이용해 금전적 이익을 취하려는 나쁜 어른의 불순한 욕망이 대조를 이루고 있지요. 게임의 고수가 되고 싶은 주인공 현진(나)에게 어느 날, '아이언 맨'(게임 아이디)이 접근해 옵니다. 자신이 여행하는 동안 아이디를 빌려준다는 것이지요. 현진은 믿기 어려우면서도 아이언 맨의 아이디를 받아 게임에 응하고, 친구들의 부러움을 한몸에 받습니다. 그러나 아이언 맨이 가지고 있던 아이템을 탕진해버립니다. 이를 빌미로 아이언 맨은 현금을 요구합니다. 이런 일로 현진은 친구의 게임기를 훔쳐 아이언 맨이 요구하는 돈을 마련하려 하지만 결국 이마저도 실패하지요. 이후부터 현진은 전학 온 친구 해나(사실상 걱정 인형의 현현顯現)의 도움으로 아이언 맨에 맞섭니다. 이때 특이한 점은, 판타지 동화임에도 불구하고 초현실적 능력을 통해서가 아닌 매우 현실적인 방법으로 아이언 맨(매우 키도 크고 힘이 센 어른)과 다툰다는 것입니다. 물론 주인공처럼 범죄자와 맨몸으로 부딪칠 어린이는 없습니다. 그럼에도 불구하고 주인공이 이런 행동에 나서는 것은 '아무리 세상이 각박해도 우리(주인공)가 무엇이든 한다면, 우리가 원하는 세상을 지켜낼 수 있다'는 사실을 증명하기 위한 것입니다. 소설의 경우라면 작가가 독자에게 '보세요, 우리가 사는 세상은 이렇게 나쁜 일로 가득합니다'라고 말할 테지만, 동화이므로 '(그럼에도 불구하고) 포기하지 말고 우리 함께 노력해 봐요'라고 말하고 있는 것이지요.

《모두가 원하는 아이》의 주인공도 어른에 맞서 직접 싸웁니다.

제목처럼 모든 사람이 원하는 아이가 되기 위해 정신 성형을 받고자 하는 아이들 중 일부가 정신 성형을 거부하면서 어른들과 맞서지요. 짐작하다시피 이때의 '모두'는 사실상 어른입니다. 어른들은 자신이 바라는 대로 아이들을 만들고 싶어서 정신을 교정(수술)합니다. 발표 잘하는 아이, 공부 잘하는 아이, 음악 잘하는 아이를 만들기 위해서입니다. 이런 세상이 바로 어른들이 바라는 세상입니다. 아이들에게는 매우 부조리한 일이 아닐 수 없습니다. 인간으로서의 자율성을 말살하고 자신(어른)의 입맛대로 아이들을 양육하려는 음모입니다. 하지만 이러한 교정 시술은 부작용을 빚게 되고 외부에도 조금씩 알려집니다. 주인공 '나' 역시 정신 성형을 강요받지만, 자신과 많은 아이가 우상으로 여기던 아이돌 매리 제인과 함께 연구소를 탈출함으로써 어른의 세계에 저항합니다. 더 많은 아이가 이 탈출에 합류함으로써 '연대'의 메시지가 함께 따라옵니다. 물론 현실적으로 어른들이 완벽하게 설계한 이 연구소를 탈출하는 것은 어렵지요. 그래서 작가는 말미에 탈출하는 주인공의 입을 빌려, "다만 분명한 사실이 하나 있다. 친구들과 함께 달리는 지금 이 순간, 후회는 없다."라고 진술합니다. 탈출에 성공하는 것이 중요한 것이 아니라, 아이들에게는 시도하는 것만으로도 의미있는 일입니다. 그것은 용기 없이는 불가능한 일이며, 지켜야 할 가치를 보존해야 한다는 동심의 명제에 합당하기 때문입니다.

실질적으로 한 아이가 불의를 상대로 하는 싸움에서 승리를 거두기는 거의 불가능합니다. 그럼에도 불구하고 동화의 세계에서는 승리하는 것이 좋습니다. 물론 거침없이 어른의 세계에 맞서는 아이는 영웅처럼 보입니다. 따라서 소설의 관점에서는 과장이고, 덜 문학적으로 보일 수 있습니다. 하지만 동화는 이런 방법을 통해서 독자(아이들)에게 가치 있는 교훈을 전달합니다.

사실 이보다 더 치열하게 어른들의 세상에 맞서 싸우는 주인공의 모습은 《열다섯, 벼리의 별》에서 볼 수 있습니다. 봉건주의 사회, 반여성적 사회의 높은 벽에 갇힌 주인공 벼리는 하필이면 여성도 인간으로 살 수 있어야 한다는 꿈을 가지고 있으며, 남자도 하기 힘들다는 통역관의 꿈을 꾸고 있습니다. 그러나 이 생각은 당대 사회 구조를 지키려는 어른들(기득권)에게는 매우 위험한 도전입니다. 그러므로 벼리가 겪는 현실적 어려움은 당연한 것입니다. 그럼에도 불구하고 벼리는 자신의 꿈을 실현하고, 여전히 면천되지 못한 엄마를 면천시키기 위해서 김 대감과 담판을 짓기도 합니다.

물론 당대 사회 질서의 기득권을 상징하는 인물인 김 대감은 계급과 벼슬을 앞세워 도리어 벼리를 억박지릅니다. 전염병에 걸린 딸(미진 아기씨)을 살려내지 못하면 가만두지 않겠다(이때 벼리는 제중원에서 외국인 의사의 통역을 돕고 있었다)고 겁박까지 합니다. 여기까지는 매우 현실적인 흐름입니다. 그러나 벼리는 마침내 모든 어려움을 극복해내고 미리견(미국) 유학의 길에 오르게 됩니다. 물론 이것은 애초에는 적대적이었던 미진 아기씨가 벼리와 함께 서양 의사가 되겠다며, 벼리와의 동행을 아버지 김 대감에게 요청한 결과이긴 하지만, 현실적으로 이루어지기 힘든 희망적인 결말을 제시하는 것은, 동화와 청소년소설의 결말이 소설과 달라야 하기 때문입니다. 소설가였다면 결말을 다르게 쓰지 않았을까요?

　《수를 놓는 소년》도 마찬가지입니다. 주인공 윤승은 병자호란 때 청나라로 끌려갑니다. 사실상 노예 생활을 하지요. 심지어 채찍을 맞고, 이리저리 팔려 다닙니다. 그러다가 우연한 일로 자신의 유일한 재주인 수를 놓게 되고, 이 일이 계기가 되어 지배 계층의 환심을 산 뒤, 노예 생활에서 벗어날 수 있는 기회를 얻습니다. 그 배경만 보면 윤승이 처한 현실은 사실상 극복하기 힘들어 보입니다. 타국에서 노예가 된 소년은 이런 삶에서 벗어날 능력이 없기 때문이지요. 하지만 이런 혹독한 삶일지라도 윤승은 스스로를 믿고 자신의 능력을 펼침으로써 제3국으로 떠날 발판을 마련합니다. 현실적으로 불가능할 것처럼 보이기도 하지만 희망적인 결말을 제시함으로써 '따뜻한 세상'을 지향하는 동화와 청소년소설의 목적에 부합합니다. 이처럼 희망적 결말에의 '강박'은 독자가 어린이와 청소년인 문학 작품이 가야 할 길이기 때문이지요.

　《검정 치마 마트료시카》는 일제 강점기 사할린에 강제 징용된 노동자들의 실제 삶을 모티프로 한 청소년소설입니다. 러시아에 귀화해 하바롭스크에 살고 있던 주인공 쑤라는 갑작스럽게 사라진 아버지를 찾아 나서게 되지요. 전반부는 하바롭스크에서 사할린으로 가는 여정을 담았고, 중·후반부는 사할린 탄광의 강제 노동현장을 배경으로 이야기가 펼쳐집니다. 더 말하지 않아도 쑤라 앞에 놓인 현실이 매우 척박하다는 것을 눈치 챌 수 있습니다. 남의 나라에서 살고, 여성이며, 청소년인데다가 그 누구의 도움도 받기 힘들 것이라는 설정은 쑤라의 여정에 절대적 장애로 작용할 테니까요.

그러므로 결론이 해피 엔딩이기 힘듭니다. 실제로 제2차 세계 대전이 끝난 뒤에도 사할린으로 끌려간 한인 노동자들 대부분은 귀국선을 타지 못했으니까요. 물론 이 소설도 그와 흡사하게 마지막 장면을 그려내고 있습니다. 일본의 패망이 현실로 다가오고 일본군이 섬을 빠져나가자 조선인 노동자들이 항구 가까이에 나와 귀국선을 기다립니다. 하지만 끝내 귀국선은 오지 않습니다. 여기까지는 현실을 반영한 부분입니다. 다만 소설은 거기서 그치지 않고 주인공이 갑자기 조선어학교를 세워서 자신들의 삶을 새롭게 개척하기로 합니다. 그리고 작가는 거의 전면에 나서서, '쑤라는 이제 분명히 알 것 같았다. 어디서 살까가 중요한 게 아니라 어떻게 살까가 중요하다는 것을.'이라고 말합니다. 가히 에피파니epiphany라 할 만한 갑작스러운 깨달음에 이르는 동시에, 방금 전까지 귀국선이 오지 않아 절망하던 모습은 온데간데없이 사라집니다. 청소년소설이기 때문에 작가는 (학교를 설립했다는 내용이 사실이든 아니든) 당대 현실을 직시하는 쪽보다는 비현실적이지만 희망적 결론을 택했습니다.

이런 희망적 결론을 구태여 보여 주려는 이유는, 어린이 혹은 청소년이 살아가야 하는 세상을 비극적으로만 보이지 않도록 하기 위함입니다. 오히려 동화와 청소년소설은, '주인공은 이런 아뜩한 세상에서도 꿈을 잃지 않고 자신의 삶을 꿋꿋하게 살았단다'라고 말하는 게 목적이기 때문이지요. 바로 '있어야 할 세상'의 모습입니다. 따라서 이러한 지향점은 동화와 청소년소설이 애초에 소설과 다르게 기획되어야 한다는 사실을 적시해 주고 있습니다. 즉 동화나 청소년소설을 쓰려는 작가들은 그 장르가 가야 하는 지향점을 정확히 알아야만 결론의 작위성에서도 벗어날 수 있습니다. 물론 이런 역사적 사실을 배경으로 할 경우에는 특히 현실과 허구적 실재의 간극이 적을수록 좋겠지요.

덧붙여 말하자면 우리가 살고 있는 사회에서 개인의 힘은 사회적 메커니즘이나 집단의 힘, 자본주의적 속성 같은 것들을 이겨낼 수 없어서 소설은 대체로 비극으로 끝날 수밖에 없습니다. 즉 소설 속 주인공의 노력은 과정도 그렇지만 결말도 고통일 확률이 큽니다. 하지만 이 패배는, 그럼에도 불구하고 불가능한 것에 도전(가치 없는 세상에서 가치 있는 것을 찾으려는 노력)했다는 이유만으로도 미적 가치를 확보합니다. 그러나 동화는 불의에 패배하는 모습을 보여 주어서는 안 됩니다. 그보다는 그 불의를 어떻게든(설사 에피파니라도) 이김으로써 우리가 지향하는 소중한 가치를 지키려는 모습을 교훈적으로 승화시켜야 합니다. 따라서 동화와 청소년소설의 주인공은 자신이 지향하는 바가 뚜렷할수록 좋습니다. 그럴수록 주제가 도드라지고 그 주제는 곧 교훈으로 전달될 테니까요.

동화에서
판타지는
꼭 필요할까요?

답 : 판타지는 어린이 독자의 자유로운 상상력에 의해 발현된 욕망을 실현시켜 줄 수 있기 때문에 유의미합니다. 특히 판타지의 주인공은 현실에 머무를 때보다 훨씬 더 주체적이고 독립적입니다. 동심 구현에 더 적극적인 모습을 보이기도 합니다. 물론 작가의 입장에서도 공간을 물리적으로 확대할 수 있어서 다양한 이야기가 가능해지지요.

사전적으로 판타지는 현실과 다른 초자연적 소재, 또는 그러한 사건으로 점철되어 있는 세계를 다루는 이야기입니다. 물론 비현실적이라는 뜻입니다. 즉 판타지 속에서 일어나는 모든 사건은 과학적 설명으로부터 자유롭습니다. 물론 그렇다고 해서 논리적 진술로부터 완전히 자유로운 것은 아닙니다. 대신 마법과 마술이 적용되므로 현실과는 다른 질서를 갖게 되고 새로운 방식으로 세상이 유지됩니다. 뿐만 아니라 판타지는 시간과 공간의 제약을 받지 않습니다. 흔한 타임 슬립time slip과 이를 통한 공간의 이동이 여기에 해당되지요. 그러므로 판타지는, 그 이야기가 시작되는 순간 자신(주인공, 그리고 주인공과 동일시된 독자)이 무엇이든 할 수 있다고 믿게 됩니다. 이런 결과로 인해 현실 세계에서보다 판타지 세계에서의 주인공이 훨씬 주체적이며 적극적입니다. 따라서 모험을 마다하지 않는 용감한 주인공이 등장합니다. 이는 자유분방한 어린이에게는 그다지 호의적일 수만은 없는 논리와 규칙과 질서, 즉 이성의 지배를 받는 일상과는 너무나 다른 모습이지요.

판타지의 이러한 특징은 아이들의 사고 체계를 반영하고 있습니다. 더 정확히는 아이들의 기대, 나아가 욕구를 극대화한 것이 판타지 동화라고 할 수 있습니다. 그리고 이 말이 어느 정도 사실에 부합한다면, 작가는 판타지를 통해 아이들의 욕구를 해소해 주어야 합니다. 그 때문에라도 판타지는 필요합니다.

이와 같은 원론적 필요성 외에도 작가에게 판타지는 공간의 확장을 보장해 줍니다. 동화와 청소년소설은 성인 소설에 비해 협소한 공간을 사용합니다. 물리적으로 아이들의 활동 공간은 집을 비롯해 학교, 학원과 놀이터 등 지역 사회로 한정됩니다. 주제도 우정, 약속, 친절, 배려와 같은 보편적이고 추상적 주제에서 크게 벗어나지 않습니다. 그러므로 특히 우리나라에 '생활 동화'가 많은 이유는 전혀 이상할 것이 없습니다. 그래서 같은 이유로, 제한된 공간에서 벌어지는 사건은 종종 작품간의 차별성을 드러내기 힘들어서 클리셰를 극복하는 데에도 취약합니다.

그런데 공간이 확장되면 더 다양한 이야기를 다룰 수 있고 같은 주제라도 매우 색다른 흥미를 갖게 할 수 있습니다. 특히 판타지는 앞서 말한대로 시공간을 왜곡하게 되는데, 이는 인간(주인공)의 가장 기본적인 존립 기반을 바꾸는 것이어서 그 상황 자체가 본인에게는 긴장감을, 독자에게는 호기심을 배가시킵니다. 이런 상황을 주인공과 독자가 동시에 즐깁니다. 무엇보다 판타지 세계는 이성의 지배를 받기보다 즉흥적 감성의 지배를 받게 되는데, 현실에서의 해방 욕구 때문에라도 판타지는 독자(어린이와 청소년)들의 경쾌한 놀이터가 될 수 있습니다. 최근 들어 다양한 판타지가 동화와 청소년소설에 적극 등장하는 이유도 이 때문이라고 생각하면 됩니다. 다만 현실 속 세계의 일부가 변형을 일으키는 로우 판타지Low Fantasy가 유독 눈에 띄는 것은, 이러한 판타지는 작가의 입장에서도 그 세계의 구축이 어렵지 않기 때문입니다. 현실 세계와 독립적으로 존재하는 세계를 그리는 하이 판타지High Fantasy에 비하면, 단순한 장치 하나로 새로운 세계를 만들 수 있다는 매력이 있어서랄까요. 다만 그러한 '보다 손쉬움'에서 나온 발상이 지나치게 작위적일 경우가 많아서 주의해야 할 필요는 있습니다. 어떤 판타지라도 그 세계의 질서는, 그 나름대로 논리적으로 조화로워야 하니까요.

앞서 언급한 《시간 가게》는 판타지가 아니라면 그냥 1등을 하고 싶은 아이가 이런저런 방법으로 학교와 학원을 오가면서 고군분투하는 이야기에 머물렀을 것입니다. 그런데 주인공 윤아는 시간 가게 할아버지와의 거래를 통해 10분 동안 시간을 멈출 수 있는 능력을 얻게 됩니다. 할아버지가 준 시계를 차고 행복한 기억을 떠올리면 10분 동안 주위 사람들은 동작을 멈추고 오로지 자신만 움직일 수 있게 되는 것이지요. 이 대가로 행복한 기억 한 가지를 할아버지가 가져갑니다. 결국 윤아는 시간을 멈추고 남의 답안지를 커닝해서 1등을 합니다. 이처럼 시공간이 왜곡되면서 이야기는 새로운 국면을 맞게 됩니다. 오로지 주인공만 움직일 수 있고, 나머지 사람들의 시간이 멈추는 공간이라니! 독자들에게는 아주 매력적으로 탈바꿈한 공간이 되면서 긴장감도 높아지지요. 자기중심적 세계관이 극대화된 판타지 동화의 한 특징이기도 합니다. 이때 작가는, 주인공이 시간을 멈출 수 있다는 설정 한 가지만으로 이야기의 많은 상황을 바꾸어 놓았습니다.

《마지막 레벨 업》의 실제 공간은 학교와 집, 게임 룸이 전부입니다. 주인공 선우는 따돌림 당하는 아이이고 일진들에게 돈도 빼앗깁니다. 그러나 나약한 선우에게도 근육질의 용사가 되어 몬스터를 무찌르며 활약할 수 있는 세계가 있습니다. 다름아닌 VR 게임의 세계입니다. 더구나 이곳에서 선우는 위기에 빠진 자신을 구해 준 소녀를 만나 묘한 감정을 느끼기도 합니다. 물론 게임 밖으로 나오자마자 범호라는 일진 아이에게 거듭 돈을 빼앗기기는 하지만요. 어쨌든 선우는 게임 속에서 만난 소녀를 찾아 다시 게임 속 모험을 펼치게 됩니다. 마침내 선우는 소녀(원지)를 만나 아프리카와 하와이, 대평원을 누비며 게임이 요구하는 퀘스트를 하나씩 수행하고 심지어 원지의 도움으로 게임 속에서 범호 무리까지 혼내줍니다. 이처럼 가상의 세계는 독자에게 상상력을 불러일으키고 새로운 모험의 기회를 부여합니다. 더불어 무엇이든지 할 수 있다는 자신감까지 갖게 하지요.

공간이 확장되면서 이야기는 놀이의 기능이 폭발적으로 확대되었습니다. 즉 공간의 확대는 단순히 소재의 확장 차원이 아니라 동화의 본래적 기능을 보다 충실하게 수행할 수 있는 여건을 만들어 주기도 합니다. 생활 동화의 지나친 교훈주의를 지양하고 독자를 흥미로운 상상력의 세계로 이끌기 때문입니다.

《레플리카》는 해수면 상승으로 대도시의 도심 절반이 물에 잠긴 이후의 이야기를 다루고 있습니다. 현실적인 공간이 사라지고 동맹시(부자들이 해수면 상승을 피해 건설한 성벽 도시)와 제3 거류지(떠돌이와 빈민 클론이 사는 곳)라는 두 공간이 상징적으로 대립합니다. 여기에 위성지구(동맹시 주변의 구 도심지)와 비관리 구역(해수면 상승으로 섬이 된 일부 산악 지역) 등의 새로운 공간이 제시됨으로써 거기에 따른 사건도 화려하게 펼쳐집니다. 작가에게 이러한 새 공간의 창조는 매우 어렵고 힘든 일이지만

가장 간단한 판타지 양식

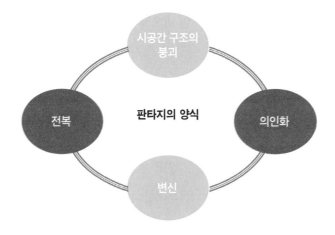

보다 흥미로운 이야기를 위해서도 공간의 확장은 꼭 필요합니다. 판타지는 그에 걸맞은 양식입니다.

　판타지의 가장 간단한 양식은 현실적인 시간과 공간의 구조를 붕괴시키는 것입니다. 시간을 거슬러 과거로 가거나 미래로 가는 행위입니다. 시간 질서를 파괴하면 공간의 변형이 함께 일어나기 때문에 이것만으로도 긴장감을 주기에 충분합니다.《바빌론의 사라진 공중정원》은 현재(바그다드)에서 이야기가 시작됩니다. 새론과 라온 남매는 알 수 없는 무리들에 쫓겨 바빌론까지 이동하는데, 이 과정에서 만난 또래의 친구 오르와 함께 할아버지가 남긴 수수께끼를 풀고 우물의 방에 이르지요. 그리고 이곳에서 우물 안으로 들어가는 나선형 계단을 따라 과거의 시간 속으로 이끌려 들어갑니다. 이 안에는 전설 속의 불가사의한 건물 공중정원이 있습니다. 두 남매와 오르는 공중정원 곳곳을 돌아다니며 거꾸로 흐르는 계단, 사람이 들어서면 좁아지는 장미 터널, 이야기 속 조각상들이 살아나서 공격하는 정원 등 다양한 위기를 겪습니다. 이처럼 시간 이동을 통한 공간 질서의 재편은 독자들의 흥미를 자극할 수 있습니다.

　어린이 독자가 가장 선호하는 양식은 전복顚覆입니다. 이는 현실적 질서를 뒤바꾸는 행위로써 작가는 새로운 사건을 기획할 수 있습니다. 힘이 약한 주인공이 초능력을 얻어서 세상을 바로잡는 이야기 등이 여기에 해당됩니다. 주인공은 괴력을 얻어도 좋고, 마법을 부려도 좋습니다. 이는 어린이 독자의 대중적 욕망에 가장 충실히 부응하는 형태입니다. 대체로 이들은 영웅적 인물로서 부당한 현실을 바로잡으려는 임무에 충실하지요.《기묘한 귀신 해결사》의 주인공 유원은 귀신을 볼 수 있는 능력이 있습니다. 말 그대로 악귀를 퇴치하는 퇴마사이지요. 세상이 나쁜 기운을 가진 귀신들에 의해 휘둘리며 흉흉한 사건들이 일어나자 그 원인을 좇아 귀신을 잡고 사건을 해결하는 방식이지요. 귀신을 보는 주인공의 특별한 능력으로 평범하고 일상적인 세계는 조금 뒤틀려서 사람과 귀신이 공존하는 세계를 만듭니다. 이런 세계는 당연히 무질서한 특성을 지니고, 주인공은 자신의 능력으로 이 질서를 바로잡으려는 노력을 하게 됩니다. 당연히 비현실적 존재와 싸우는 이야기이므로 사건의 형태나 싸움에서 이기는 방법도 이질적인데, 이러한 생경한 느낌이 독자의 호기심을 더욱 자극합니다.

　　변신(변형)도 좋은 방법입니다. 사람이 동물이나 사물로 변신하거나 몸을 감추는(투명인간 등) 형태는 독자(아이)들의 지대한 관심 대상입니다. 어린 독자일수록 주인공에 대한 동일화 과정이 빠르다는 점을 염두에 두면, 마음대로 몸을 바꾸어 주변을 놀라게 하는 것만큼 짜릿한 일은 없을 것입니다. 다만 이 방법은 판타지 중에서 가장 간단해 보이지만 가장 비과학적으로 보이며 따라서 현실적인 개연성을 확보하기 어렵습니다.《기묘한 귀신 해결사》에는 이와 같은 변신 모티프가 함께 들어 있습니다. 주인공 유원은 분신술을 써서 7개의 자신을 만들어서 흑거미 귀신을 공격하기도 하고(8장), 어른의 모습으로 변신하기도 합니다. 여기에 더하여 보조 역할을 하는 주작도 참수리로 변해 마을을 관찰하기도 합니다. 물상화 이론의 연장선에 있는 이와 같은 변신 시도는 국내외 전래동화에도 자주 등장하는 모티프라서 크게 낯설지는 않습니다. 다만 그 근거(과학이 아닌 개연성을 의미)가 애매하고 너무 손쉬워 보여서 극적 쾌감이 일어나기 어렵습니다.

　　의인화 역시 어린이 독자들이 선호하는 판타지 형식입니다. 동물을 좋아하는 어린 독자들은 인격화된 동물이 벌이는 사건에 쉽게 몰입되며, 이미 물상화 이론에 익숙해서 독서에 대한 장벽이 거의 없습니다. 《굿모닝, 굿모닝?》은 주인공 태풍이(나중에 굿모닝이라는 이름을 얻게 됨)는 낯선 공원에 버려집니다. 화재 현장에서 온몸에 화상을 입어 흉측해진 몸 때문에 미움을 받은 탓입니다. 이 티핑포인트로 인해 태풍이는 길거리에서 사냥꾼(개장수)과 마주쳐 붙잡힐 위기에 처하기도 하고, 두리라는 친구를 만나 서로 의지하기도 합니다. 이처럼 의인화를 활용할 때는 '우화적 서술'과 구분해야 합니다. 동물의 탈을 쓴 채 사람의 목소리를 내는 것이 우화라면, 의인화 동화는 동물 주인공이 자신의 생태적 특성을 유지한 채 인간적 사고를 갖는 것입니다.

　　《까칠한 아이》는 고양이 한 마리가 삼남매가 사는 집에 입양되면서 벌어지는 이야기를 담고 있습니다. 고양이는 까칠한 사춘기 소녀 지현 때문에 자신이 입양되었음을 알게 됩니다. 고양이는 바깥으로 나가 마음껏 자유를 누리고 싶어하지요. 그러다가 지현과 고양이는 서로 다른 이유로 집을 나가게 됩니다. 지현이는 엄마와 싸우고 가출을 하고, 고양이는 얼결에 그 뒤를 따릅니다. 그러나 이 사건이 계기가 되어 둘은 서로 교감을 나누고 서로 반반의 목적을 달성합니다. 지현은 무관심했던 엄마의 관심을 되찾고, 고양이는 이따금씩 지현이네 가족을 따라 외출할 수 있게 되었습니다.

이 두 작품에 등장하는 주인공은 동물로서 자신의 경계를 이탈하지 않으면서 인간 세계와 접촉하고 인간들의 모습을 풍자적으로 드러내 줍니다. 그리고 이 풍자는 사람들이 보편적으로 추구해야 하는 중요한 가치를 메시지로 전달합니다. 이와 같은 로우 판타지는 개와 고양이 같은 반려동물이 인간과 함께 생활함으로써 동화에서 자주 사용됩니다.

판타지는 이성 중심주의 사회에서 억압되었던 것들의 복원 형태를 띠고 있습니다. 위에서 열거한 판타지의 방법은 질서 있고 조화로우며 과학적으로 검증 가능한 것들만이 가치있는 것이라 교육받은 문명 세계에서는 추방된 요소들입니다. 판타지는 한편으로 매우 낭만주의적이며 인간의 무질서한 상상력을 가장 잘 대변합니다. 그러므로 내용 면에서도 꾸준히 추구할 만한 가치가 있으며, 동화에서는 더욱 그렇습니다.

역사 동화를 쓸 때 배경 설명이 얼마나 필요할까요?

답 : 최근의 역사 소설을 흔히 팩션faction이라고 부르는데, 전통적인 역사 소설이 아니라면 역사적 배경은 최소한의 범위 내에서 하는 것이 좋습니다. 리얼리티의 확보라는 차원에서 배경 설명에 치중하다 보면 독자가 이야기의 흥미를 잃을 수 있기 때문입니다. 팩션에서 역사란 하나의 배경일 뿐이며, 중요한 것은 사건을 통해 드러나는 인물의 성장 과정입니다.

문학 이론서를 들추다 보면 '소설은 당대 사회 구조와 동일성을 지향한다'는 말이 등장합니다. 이 말은 그 소설이 그리고 있는 시대를 그대로 재현하고 있다는 뜻입니다. 이때 '사회 구조'는 시대를 관통하는 정치적 시스템이나 경제적 조건, 이데올로기는 물론 풍습과 그 시대의 물리적 외관 등을 모두 포함합니다. 그러므로 잘 쓴 역사 소설을 통해 시대의 총체적 모습을 거칠게나마 파악할 수 있다고 이해해도 좋습니다. 이를테면《태백산맥》을 읽으면 독자는 빨치산의 활동 모습뿐만 아니라 한국 전쟁 당시 사회 구조를 파악할 수 있고,《분노의 포도》를 읽으면 1929년 대공황 무렵 미국의 적나라한 생활상을 비롯해 경제적 질서와 흑인에 대한 태도 등 그 시대를 관통하는 이데올로기까지 알게 되는 것입니다.

　　물론 이런 전제를 달지 않아도, 역사 소설을 쓰려는 작가들은 당연히 리얼리티를 얻기 위해 철저한 자료 조사를 하고 이를 작품에 담아내려고 합니다. 이것은 우리가 살아 보지 않은 시대에서 벌어지는 일을 독자에게 설득력 있게 전달하기 위해서도 필수적입니다. 독자들이 시대 배경을 이해하지 못하면 주인공과 인물들의 행동을 이해하기 힘들 것이라는 조바심 때문에 작가들은 최대한 묘사를 치밀하게 전개하려 합니다. 이것은 역사적 사건 자체를 소재주의화 한 작품일수록 더합니다.

　　하지만 독자는 소설을 읽으려는 것이지 역사 공부를 하려는 것이 아니므로, 상세한 묘사와 시대 배경을 설명하는 일은 (매우 어렵지만) 적절한 수준에서 또한 그 방법도 전략적으로 선택해야 합니다. 소설을 펼쳤는데 역사 공부를 해야 한다면 독자는 배신감을 느낄 테니까요.

　　어쨌든 리얼리티에 대한 강박은 작가에게는 자연스러운 현상입니다. 특히 작가도 독자도 경험해 보지 못한 세계를 그려낼 때, 작가는 자신이 만든 새로운(역사적으로 실재했던 세계라도 작가에 의해 재창조된) 세계를 완벽하게 보여 주려는 욕구가 충만하기 때문입니다. 훗날 독자들에 의한 '고증'의 압박이 미리 작용한 탓도 있을 것입니다. 그러나 전통 역사 소설이 아닌 팩션에서는, 더욱이 동화나 청소년소설에서는 보다 완화할 필요가 있습니다. 이는 팩션이 전통적인 역사 소설과 디테일에서 차이를 보이기 때문입니다.

　　전통적인 역사 소설과 최근의 역사 소설(역사 동화 포함)이 가장 크게 다른 점은 작가의 상상력이 차지하는 비중입니다. 일반적으로 역사적 기반 위에서 시작한다는 공통점은 있지만 전통적인 역사 소설은 '기록된 사실'에서 벗어나지 않으려 하고, 최근의 역사 소설은 '기록되지 않은' 가상의 사건을 주로 다루기 때문입니다. 그래서 최근의 역사 소설을 팩션으로 부르기도 합니다.

　　전통적인 역사 소설은 기록된 사실에 의존하고 그것을 매우 중요한 원칙으로 받아들였습니다. 그래서 주인공으로는 대체로 실존했던 인물 가운데 공적이 많은, 즉 위인을 주로 다루었습니다. 공적이 클수록 역사에 기록된 양이 많습니다. TV 주말 역사 드라마를 떠올리면 쉽게 이해할 수 있습니다. 이를테면 역사적 실증 위에 소설의 작법을 응용한 것이라 보면 될 것입니다. 그러나 역사는 도리어 기록되지 않은 분량이 훨씬 많습니다. 팩션은 바로 이 부분에 주목하고 여기서 모티프를 얻습니다. 그런데 기록되지 않았으므로 작가의 상상력이 더 많이 개입해야 합니다. 물론 주인공도 위인보다는 보통 사람, 아니 그보다 더 못한 사람입니다. 그런 면에서 팩션이 훨씬 민주적입니다. 사실 이런 단순한, 그러나 근본적인 차이가 팩션 쓰기의 기본 방향을 제시합니다. 물론 이것이 절대적인 원칙은 아니며 하나의 방법론일 뿐입니다.

팩션의 주인공으로 평민이거나 그보다 못한 인물을 다룰 때, 근대 이전의 어린이와 청소년은 대체로 주목받지 못했던 계층이었으므로 이들을 주인공으로 내세우는 것은 더욱 파격적인 발상이라고 할 수 있습니다. 즉 시대의 특성상 하층민(혹은 소외 계층) 캐릭터가 주어진 계급적·신분적 한계에도 불구하고 자기 삶의 주인으로 성장하는 모습을 그려내는 것은, 그것 자체로 좋은 플롯이 될 수 있고 실제로 많은 작품에서 표현되고 있습니다. 하층민이 귀족 계층에 비해 삶에 고난이 많을 것이 분명할 테니까요. 그래서 전통적인 역사 소설에서도 주인공을 다소 무리한 전개를 통해 천민 수준까지 떨어뜨렸다가 역경을 극복하게 하기도 합니다.

《열다섯, 벼리의 별》은 신분적 한계가 뚜렷한 천민 여자아이 벼리가 주인공입니다. 주인공의 이런 조건은 이미 험난한 삶의 여정을 예고합니다. 더구나 엄마는 아직 면천하지 못한 노비의 신분이며, 그러므로 벼리는 사실상 고아 아닌 고아로 외국인이 운영하는 학당에서 허드렛일을 도우며 연명하는 처지입니다. 물론 이런 설정도, 나아가 여자 아이가 영어를 익히며 자신의 꿈을 향해 나아가는 이야기의 방향성도 다소 과장되어 있긴 하지만 팩션이 어떤 길을 가야 하는지 명확하게 제시하고 있습니다.

또한 팩션은 미시적 서사를 다룹니다. 전통적인 역사 소설은 주인공이 영웅이기 때문에 '나라'와 '민족'을 운운합니다. 주인공은 나와 내 가족의 안위보다는 나라를 안위를 걱정하고 내 이익보다는 민족의

동화·청소년소설 쓰기의 모든 것

이익을 우선하는 패턴을 보여 줍니다. 이런 주인공의 거시적인 면모는 그의 계급적 위치(왕이거나 장군이거나 재상이거나)에 걸맞은 것이지요.

반면 팩션의 주인공에게 '나라'와 '민족'은 억압의 주체일 뿐입니다. 사실 이들에게는 나라와 민족을 구할 힘이 애초에 없으며 당연한 듯 치부되는 삶의 고통을 극복하는 데 급급할 뿐입니다. 그리고 그것이 삶의 목표가 됩니다. 그러므로 전통적인 역사 소설에 비해 팩션은 주인공의 삶의 경계 안쪽을 중심으로 미시적 서사를 다룹니다. 물론 이들의 삶을 고통스럽게 하는 1차적 원인은 태생적인 계급 및 신분적 한계, 비민주적 정치 질서, 차별과 혐오 등에서 비롯되는 것입니다. 따라서 이들이 자신의 불행을 스스로 벗어나고자 몸부림치는 모습이 매우 개인적으로 보일지는 몰라도, 그들의 욕망은 도리어 전통 역사 소설의 주인공이 갖고 있는 그것보다 훨씬 가치 있고 민주적인 욕망입니다.

또한 전통적인 역사 소설은 (주인공을 선택하는 순간) 주제가 주인공에 종속됩니다. '기록'이 분명할수록 그(주인공)가 한 일을 하지 않았다고 할 수 없고 하지 않은 일을 했다고 하기 어렵습니다. 뿐만 아니라 이미 여러 번 다루어진 인물일수록 기존의 고정된 이미지 때문에 그 인물을 새로운 시각에서 바라보기가 매우 힘듭니다. 이에 비해 팩션은 주제가 주인공에 종속되지 않습니다. '불특정한 한 소년(소녀)'은 작가가 어떻게 이야기를 전개하느냐에 따라 다양한 주제를 표출할 수 있습니다. 그러므로 주제에 대한 탄력성이 상대적으로 훨씬 커집니다.

이외에도 전통적인 역사 소설은 결과적으로는 역사를 '재현 rewind'하려는 시도이고, 팩션은 '재시도retry'가 목적입니다. 즉 역사

소설은 재해석 등의 전략을 앞세워 영웅 플롯을 재생산하려는 시도이고 팩션은 작가의 시선으로 그려내는 당대에 대한 재해석입니다. 이 재해석은 당연히 작가의 생각(이데올로기)을 반영하며 작가의 태도에 따라 독자는 그 시대(와 사건)를 새로운 시각에서 바라볼 수 있습니다.

《히라도의 눈물》의 역사적 배경은 임진왜란입니다. 기존의 전통적 역사 소설은 대체로 이순신과 같은 장수들을 주인공으로 내세우기 때문에, 어떤 작가가 쓰더라도 국난을 극복하려는 주인공의 의지와 그에 따른 영웅적 면모를 보여 주는 것이 주목적일 것입니다. 하지만 팩션은 그런 영웅 밑에서 싸우던 일개 병사, 혹은 포로로 일본으로 끌려가 노예가 된 평민, 부모를 잃고 고아가 된 소년처럼 다양한 층위의 사람들이 주인공으로 등장합니다. 당연히 지배 계층과 피지배 계층의 차이만으로도 전쟁의 모습은 다르게 받아들여질 수 있을 것입니다. 고통의 크기, 더 디테일한 이면의 모습도 그것 중 하나입니다. 실제로 《히라도의 눈물》은 전쟁 중에 부모와 함께 일본으로 끌려가 도자기 장인이 된 소년의 이야기를 다루고 있습니다. 전쟁이 한 사람의 삶을 얼마나 피폐하게 만들었으며 그 고통을 어떻게 견뎌냈는지 보여 줍니다. 이를 통해 당대의 사회 구조가 피지배 계층에게 얼마나 폭력적이었는지도 드러나지요. 일본에서 유럽으로 수출된 도자기가 사실은 조선인의 손에 의해 만들어졌다는 사실을 알게 되는 것은 덤입니다.

《경성 최고 화신미용실입니다》의 경우는 어떨까요? 시대 배경이 일제 강점기라면 가장 먼저 떠오르는 건 독립운동가들의 활약을 그린 이야기일 것입니다. 그런 이야기 역시 흥미를 끌 수 있겠지만 자칫

'국뽕'으로 치달을 수 있고, 실제로 독립투사를 주인공으로 내세워 영화로 제작된 상당수의 이야기는 그 테두리를 크게 벗어나지 못했습니다. 물론 영화가 그 어떤 장르보다 상업적인 영향도 있을 것입니다. 그런데 《경성 최고 화신미용실입니다》의 주인공 인덕은 몰락한 양반의 자식이며, 하필이면 당대에는 아직 익숙하지 않은 미용 기술을 배우려 합니다. 여기에도 실존 인물이 등장하지만, 이야기의 초점은 인덕의 성장에 맞추어져 있습니다. 동시대를 다룬 《소녀 저격수》는 무장 독립운동이 치열하던 백두산과 중국의 연변 등을 배경으로 하지만, 홍범도, 김좌진과 같은 영웅적 실존 인물이 주인공이 아닙니다. 오히려 일본군에게 끌려가 저격수로 혹독한 훈련을 받던 한 소녀의 시련을 담은 이야기입니다. 소녀는 사고로 기억을 잃고 살다가 시시각각 닥쳐오는 죽음의 위협을 가까스로 피해다니는 처지일 뿐입니다. 이런 과정에서 자신의 정체성을 확인하게 되고, 스스로 독립군 일원이 됩니다.

《바다로 간 소년》에는 '영웅'과 '불특정 주인공'이 함께 등장합니다. 장영실과 조선 초기 조공 무역에 의해 중국(명나라)으로 끌려온 화자火者(어린 환관) 소년이 바로 그들입니다. 장영실은 세종의 특명을 받고 명나라로 건너와 새 글자(한글)를 만들기 위해 언어학 관련된 책을 비밀리에 수집하다가 명나라의 궁궐 내 도서관에 숨어듭니다. 이곳에서 장영실은 억울하게 끌려와 명나라의 화자가 되어 간신히 목숨을 연명하며 살아가는 조선 출신의 소년(해명)을 만나지요.

이때 장영실이 주인공이 되었다면, (아무리 작가가 새로운 상상력을 발휘하더라도) 세종의 특명을 받아 여러 가지 어려움을 겪은 끝에 한글 창제에 필요한 자료를 구해 돌아가는 이야기가 중요한 플롯이 될 것입니다. 하지만 억울하게 중국까지 끌려온 한 아이에게는 성군으로 알려진 세종대왕조차도 '미천한 한 아이의 목숨마저 지켜 주지 못한 못된 왕'에 불과합니다. 즉 주인공이 달라짐으로써 독자는 당대 사회가 평민들에게 얼마나 가혹했는지 알게 됩니다. 그리하여 과연 소년의 삶이 어떻게 펼쳐질 지 이야기가 끝날 때까지 긴장감을 놓을 수 없게 됩니다. 따라서 열린 결말의 가능성도 열어 놓습니다. 이러한 인물이 주인공일 때 캐릭터가 훨씬 입체적이 됩니다. '잘 기록된' 영웅이 이미 '결말이 완성된' 사람이라면, 팩션의 '불특정한 주인공'들은 책장을 덮는 순간까지 그 결말을 알 수 없습니다. 이런 입체적 캐릭터는 전통적 역사 소설보다 훨씬 강도 높은 긴장감을 유지할 수 있습니다.

그러므로 팩션의 핵심은 단순한 배경 묘사가 아닙니다.《두메별, 꽃과 별의 이름을 가진 아이》와《윤초옥 실종 사건》를 비교해 보겠습니다. 시대적 배경은 약 100~200년 정도가 차이납니다.《두메별》은 일제강점기가 배경이고,《윤초옥 실종 사건》는 대략 조선 후기입니다. 두 작품 모두 자신을 짓누르는 신분 한계를 극복하기 위해 당대 현실과 싸우는 과정에서 겪는 우여곡절을 겪는 소녀의 이야기를 다루고 있습니다. 《두메별》이 청소년소설이고《윤초옥 실종 사건》가 동화라는 점을 빼면 메시지까지 닮은꼴의 작품입니다.

《두메별》은 초반부터 시대 묘사에 공을 들입니다. 그 덕에 백정을 중심으로 한 당대 신분 사회에 대한 이해가 충실해지고 리얼리티가 확보됩니다. 인물도 매우 현실감 있게 다가옵니다. 다만 초반 분량에 배경 설명을 넣으려다 보니 티핑포인트가 뒤늦게 나옵니다.

　　그에 반해《윤초옥 실종 사건》은《두메별》처럼 디테일한 묘사와 배경 설명을 하지 않습니다. 그저 조선 시대라는 것 외에 사회 구조에 대해 알 수 있는 정보를 거의 찾기 힘듭니다. 작품에 등장하는 삽화와 각 등장인물을 칭하는 언어 정도만이 '이 이야기가 조선 시대쯤이겠구나'를 짐작하게 할 뿐이며, 오로지 거듭되는 사건들로 독자를 안내하고 있습니다. 따라서 흡인력이 매우 좋습니다. 묘사와 배경 설명을 최대한 억제하고, 심지어 프롤로그처럼 이야기 전반부에 실종 사건을 다룸으로써 이야기의 몰입도를 높인 것이지요. 독자는 사건을 통해 인물의 히스토리를 확인하고 그가 어떤 일을 벌일까가 궁금한데, 자꾸만 무언가(묘사, 배경 설명)가 지나치게 끼어들면 흥미를 잃어버립니다. 더구나 독자가 어른도 아니고 어린이·청소년인 점을 고려하면 위험한 일이 아닐 수 없습니다. 물론《두메별》이 충실한 배경 묘사 등을 통해 당대적 리얼리티와 개연성을 충실하게 구축함으로써 보다 더 문학적이라고 말할 수 있고,《윤초옥 실종사건》의 경우는 독자를 위한 보다 더 현실적인 선택이라고 말할 수 있습니다. 독자의 나이가 어릴수록 경험해보지 못한 세계의 디테일은 도리어 독서의 진입장벽이 될 테니까요.

　　《아빠는 전쟁 중》의 경우는, 월남전이 종료되던 해인 1970년대 중반을 배경으로 하는데, 이 시대의 리얼리티를 위해 분홍 소시지, 새마을 노래, 채변 봉투, 국기강하식, 만화방과 당시 유행했던 만화 등을 적극 활용했습니다. 이런 디테일이 이야기의 전개에 방해만 되지 않는다면, 소품을 통해서도 당시대를 얼마든지 환기할 수 있습니다.

앞서 언급한 《소녀 저격수》의 경우도 마찬가지입니다. 백두산과 그 인근을 배경으로 무장 독립운동을 하는 독립군이 등장하고 하얼빈에 있었던 일본군 방역부대(731부대)와 마적단 등이 언급됨으로써 일제 강점기라는 사실을 짐작할 수 있지요. 연도를 언급하지 않고, 특정한 배경을 구체적으로 적시하면 당대의 환기가 가능합니다. 물론 현재와 가까운 과거일수록 디테일한 배경 묘사로부터 조금 더 자유롭긴 하겠지요.

무엇보다 시대 배경에 관한 묘사는 작가가 쓰고자 하는 장르에 따라 달라져야 합니다. 더구나 아이들은 아무리 시대 배경을 묘사해도 그것을 다 이해하지 못할 가능성이 큽니다. 독자가 어릴수록 그들을 대상으로 하는 작품은 탄탄한 배경 설정보다 보다 주인공의 보다 분명한 사건의 전개와 그것의 통일성 있는 흐름이 더 중요합니다. 그러므로 앞에서 언급했듯이 문학성을 추구할 것인가 대중적 접근을 노릴 것인가에 따라 배경 묘사를 전략적으로 접근하는 것이 좋습니다. 문학성을 추구하는 작품일수록 배경 묘사에 치중하여 작품의 완성도는 물론이고 예술성까지 추구하게 되고, 보다 대중적인 접근을 노리는 작품일수록 치밀한 배경 묘사보다는 주인공의 역동적인 움직임에 더 몰입케 하여 오락적 효과를 노립니다. 물론 어느 쪽을 선택할지는 작가의 몫입니다.

과학을 전공하지 않아도 SF를 쓸 수 있나요?

답 : 우선, 너무 많은 과학적 지식을 알리려고 하지 마세요. 역사 동화에서 배경 설명이 이야기의 본질을 침해할 수 있듯이, SF에서의 과도한 과학 지식 역시 똑같은 오류를 범할 수 있습니다. 과학적 정합성은 필요한 곳에서만 사용해야 합니다. 또한 원미래보다는 근미래를 배경으로 이야기를 시작하세요. 원미래보다 근미래가 예측이 수월할 뿐만 아니라, 과학적 정합성 측면에서도 처음 SF를 시작하는 작가에게 유리합니다.

　　좋은 SF를 쓰기 위해 가장 먼저 필요한 것이 무엇일까요? 열 중 아홉은 당연히 '과학 지식'이라고 답할 것입니다. 하지만 과학 소설, SF(science fiction)에서 우리가 더 주목해야 하는 쪽은 과학science이 아니라 소설fiction입니다. SF는 시간적 배경을 미래에 두고 있을 뿐, 작가가 궁극적으로 완성해야 하는 것은 소설입니다. 소설의 본질은 사건을 통해 특정한 인물의 삶을 조망하는 것이고, 과학은 미래라는 시간적 배경의 구체성 확보를 위한 물리적 도구일 뿐입니다. 미래 세계의 현실성을 과학적으로 증명해 보임으로써 개연성을 얻는 수단인 셈이죠.

SF에서는 과학의 발달에 따라 삶의 조건이 변화되고 그로 인한 사건들이 발생합니다. 그러나 작가는 어디에서 무슨 일이 일어나는가 하는 사건보다는 '사람들의 삶'에 주목해야 합니다. 현란한 과학 지식보다는 미래에 살고 있는 인물의 삶을 얼마나 밀도 있게 잘 그려내는지가 중요합니다. 독자의 입장에서 보아도 마찬가지입니다. SF를 읽음으로써 독자는 미래의 과학 지식을 익히려는 것이 아닙니다. (물론 그것이 부수적으로 얻어지는 결과물일 수는 있습니다.) 더구나 작가들은 저마다 자기의 작품에서 당당하게 사용하고 있지만, 여전히 한편에서는 작가가 그려내는 과학 기술記述을 공상空想에 지나지 않는다고 말하고 있습니다. 도리어 작가가 과학 지식에 집착할수록 작품이 지루해질 가능성이 큽니다. 독자는 fiction을 기대했는데, science만 있다면 당연한 일 아닐까요? 미래의 과학 지식에 대한 설명은 어린 독자에게는 더 어렵게 느껴질 가능성이 큽니다.

《시간 고양이》를 흥미롭게 만드는 것은 작품에 등장하는 타임머신, 스마트링, 뉴클린시티, 안드로이드 동물과 같은 과학 기술이 아닙니다. 동물이 사라진 세계에서 고양이 한 마리가 발견되는 사건, 그것으로 인해 밝혀지는 엄마의 사고 원인과 10년째 병원에 누워 있어야 했던 진짜 이유, 그 배후에 엄마의 가장 친한 친구가 얽혀 있다는 사실, 뒤틀린 현실을 돌려놓기 위한 주인공의 시간을 넘나드는 모험…… 이러한 요소들이 동화의 재미를 끌어갑니다. 플롯도 이 사건들을 중심으로 짜여

동화·청소년소설 쓰기의 모든 것

지겠지요? 앞서 말한 대로 독자들은 미래에 있을지도 모를 화려한 과학기술에 매력을 느끼는 것이 아니라, 당찬 소녀의 모험에 흥미를 느낀다는 사실을 잊으면 안 됩니다. **그러므로 작가는 더 밀도 있고 재미있는 이야기를 만드는 게 우선이라고 생각해야 합니다.**

《꿀벌이 사라졌다》는, 제목에서 보듯이 꿀벌이 사라짐으로써 상당수의 식물이 멸종되고, 결국 꿀벌이 하던 수분을 인간이 대신하고 있는 세상을 배경으로 하고 있습니다. 여기에 더하여 자본과 권력을 등에 업고 부를 누리는 가온 시와 늘 식량부족과 질병으로 시달리는 미리내 마을이 대조를 이룹니다. 이야기는 미리내 마을에 살면서, 가온 시의 농장에서 수분인으로 일하는 주인공 하니가, 완전히 사라진 줄로만 알았던 벌 한 마리를 발견하면서 시작됩니다. 벌 연구자였던 아빠 덕분에 벌의 생김새를 알고 있던 하니는 그 벌을 따라, 미리내 사람들에게는 금지된 가온 시에 몰래 들어가게 되고, 가온 시가 벌을 독점하고 있다는 사실을 알게 됩니다. 이에 하니는 벌을 미리내 마을까지 퍼트리기 위해 벌을 통제하고 있는 바이오 센터까지 잠입하는 모험을 서슴지 않습니다. 즉 이 작품은 과학적 정합성science을 전면에 내세우는 대신에, 주인공이 모험하며 스스로 성장하는 이야기fiction에 더 집중했습니다. 무엇보다 동화라는 점을 고려하면, 주제를 노출하는 데도 이편이 훨씬 낫습니다. 촘촘한 과학적 정합성을 내세웠다면 도리어 독자(어린이)가 이해하기 힘들었을지도 모릅니다.

또한 신인작가에게는 하드 SF보다는 소프트 SF가, 원미래

보다는 근미래가 대체로 작품을 쓰기 용이합니다. 아무리 과학보다 소설 쪽에 주목하라고 해도, 집필 과정에서 여전히 과학이 걸릴 테지요. 전혀 무시할 수는 없으니까요. SF 장르인데 미래 사회의 현실감이 떨어지면 난감할 테니까요.

바로 위에서 언급한 《꿀벌이 사라졌다》의 경우처럼, 보다 어린 독자(중·저학년)를 대상으로 하는 SF는 근미래를 다루면서도 과학적 장치를 최소화했습니다. 바이오 워치, 스마트 하이브, 로봇벌, 슬라이딩 킥보드 정도이며, 이 용어 중 일부는 이미 익숙한 것들이어서 이야기를 이해하고 집중하는데 큰 지장을 초래하지 않지요. 오히려 꿀벌이 사라진 이후, 인간의 삶의 조건 변화를 강조함으로써 이야기의 집중도를 높였습니다.

이처럼, 더구나 독자가 어린이, 청소년이라면 작가는 과학 기술을 깊게 파기보다는 과학이 바꾸어 놓은 미래 사회에 더 집중해야 합니다. 우주여행이 자유로워지고, 복제 인간을 통해 수명을 연장하며, 로봇의 상용화를 통해 노동에서 해방되며, 물리적 이동 시간이 획기적으로 줄어들면 인간의 삶이 어떻게 바뀔까요? 틀림없이 지금과는 다른 모습이 아닐까요? 그런 변화된 사회에서 사람들 사이에 벌어질 수 있는 문제에 초점을 맞추면 좋겠습니다. 물론 이것이 동화나 청소년소설이 걸어 가야할 길입니다.

디테일한 과학 기술 묘사와 과학적 정합성이 중요한 하드 SF에 비해서 소프트 SF는 특히 동화와 청소년소설에 더 잘 어울립니다. 정밀한 과학 논리가 다루어지기 시작하면 작가도 쓰기 힘들지만, 어린이와 청소년 독자들은 더욱 이야기를 읽는 재미를 느끼지 못할 것입니다. 그래서 하드 SF는 성인이 주요 독자층을 형성합니다. 특히 현재 기술의 발전상을 감안하여 그 가능성까지 매우 합리적으로 추론해야 하는 단계에까지 이르면, 독자가 매우 어려운 에듀테인먼트 스토리텔링이라고 받아들일지도 모릅니다.

그런 면에서 아주 먼 미래보다는 비교적 가까운 미래를 다루기를 권장합니다. 가까운 미래는 과학이 지금보다 발달하더라도 현재 세계관의 연장선에서 크게 벗어나지 않을 것이고, 예측 가능한 부분이 많으므로 작품의 세계관을 독자들이 이해하기도 쉽습니다. 반면 먼 미래를 그리려 한다면 작가도 그 세상을 쉽게 예측할 수 없기 때문에 자칫 SF가 아닌 판타지가 될 가능성도 있습니다.

《닻별》은 2050년의 한 동물원을 배경으로, 자신을 바람늑대의 후손이라고 믿는 늑대 닻별이 자신의 정체성을 찾아가는 의인화 동화입니다. 닻별은 회색늑대와 다른 몇 종의 동물 유전자를 결합해 태어난 일종의 '지성화된 동물'이며 시에라 동물원에서 회색늑대를 관리하는 역할을 맡고 있습니다. 이 작품에 등장하는 복제 동물은 복제 인간보다 훨씬 실용화 가능성이 높습니다. 진작부터 '복제 양 돌리' 같은 소동이 있기도 했고요. 어느 정도 알려진 이런 미래의 과학 기술은 구태여 설명을 보탤 필요도 없습니다. 이미 가능성을 인정받았고, 따라서 현재 과학과의 연관성 및 정합성을 의심받지 않습니다. 개연성이 충분하다는 뜻입니다. 그랬을 때 이제 작가에게 남은 것은 오로지 인물에게 벌어진 사건을 재밌게 그려내는 일뿐입니다. 독자 역시 과학적으로 복제 늑대를 검증하려 들지 않습니다. 그렇게(복제되어) 태어날 수 있다고 믿으며(개연성), 그런 상황에 처한 인물(닻별)이 어떤 선택을 할지 궁금할 뿐입니다.

《식스틴》에 실려있는 단편 〈DD로맨스〉는 출생률이 0.2%까지 떨어진 인구소멸 시대에 벌어지는 청소년의 코믹한 로맨스입니다. 주인공 연두는 세 살 때부터 친구인 항두가 데이팅 업체(DD로맨스)에 DNA와 자신의 빅데이터를 제공했다는 사실을 알게 됩니다. 물론 항두는 과학적 조건을 분석해 자신에게 꼭 맞는 여자친구를 찾으려는 것이지요. 이에 오래 전부터 항두를 마음에 두고 있던 연두는 업체를 찾아가 항두의 데이트 상대를 찾으려 소동을 벌입니다. 과연 이 이야기에 DNA와 빅데이터를 통한 매칭과 관련한 과학적 사실들을 길게 언급했으면 어땠을까요? **덧붙이자면, SF는 미래의 세상을 그리고 있지만 현재의 독자를 위한 것이라는 사실을 잊어서는 안 됩니다.** 2200년의 세상을 그린다고 해서 그 시대 독자를 위한 이야기가 아니란 뜻입니다. 그리고 우리가 쓰는 작품이 수십 혹은 수백 년 후에 읽힌다는 보장을 할 수도 없지요. 즉 지금 우리가 쓰는 SF는 배경만 미래일 뿐 담아내려는 주제는 지금 우리의 삶에 꼭 필요한 가치들이어야 합니다. 그런 면에서 SF는 당대 현실의 풍자적 기능을 수반하고 있습니다.

이야기를 어떻게 시작하면 흥미로울까요?

답 : 작가들은 이야기의 처음 부분이 흥미롭지 않으면 독자들이 읽지 않을 것이라는 조바심을 갖습니다. 이런 생각은 부분적으로 옳습니다. 그 때문에 독자의 흥미를 끌어당길 만한 다양한 방법을 알고 있어야 합니다. 긴장감을 조성하고, 빠른 전개와 일상의 파괴, 의외성 등이 해답입니다. 그러나 이와 함께, 형식적인 측면에서도 처음의 유연한 구성은 이후 사건 전개에도 영향을 미치기 때문에 매우 전략적인 접근이 필요합니다.

이야기의 핵심은 '중간'(과정)에 있고, 중간이 이야기의 모든 것입니다. 독자는 중간을 보기 위해 이야기의 '처음'을 펼칠 뿐입니다. 그럼에도 불구하고 처음은 단순히 형식적 완결성을 위해 존재하는 것 외에, 중간으로 향하는 길목임과 동시에 독자가 독서를 지속할 것인지 말 것인지 판단하는 1차 관문이기도 합니다. 처음이 얼마나 흥미로운가에 따라 독자의 첫인상이 결정되며, 이후 가독성의 열쇠가 된다는 뜻입니다. 뿐만 아니라 앞부분에 어떤 사건을 두고 시작하느냐에 따라 플롯의 모양도 바뀔 수 있습니다. 그러므로 처음 쓰기는 도리어 중간 쓰기보다 신중할 필요가 있습니다. 더욱이 어린이·청소년 독자들은 자발적 독서 기준이 거의 '흥미'에 초점이 맞추어져 있기 때문에, '처음'을 '전부'로 맹신하는 경향이 있습니다. 처음은 재미없지만 뒤로 갈수록 재미있을 것이라는 기대를 하지 않습니다.

그러므로 흥미로운 사건을 전면에 배치하여 초반에 독자의 흥미를 불러일으키려는 시도는 어느 작가들이나 관심이 많습니다. 그러나 흥미에 대한 부담 때문에 플롯에 무리가 가서는 안 됩니다. 이를테면 흥미로운 사건을 앞으로 끌어오기 위해서 (구성상) 처음에서 너무 먼 거리에 있는 사건을 끌어오면, 그 이전의 에피소드는 (가)전부 회상으로 처리하거나, (나)버려야 하기 때문입니다. 이럴 경우 처음 장면 이후부터 이야기가 느려지거나(가의 경우), 애초에 의도했던 이야기에서 이탈(나의 경우)할 수도 있기 때문입니다. (더 자세한 내용은 뒤에 티핑포인트를 자세히 설명하면서 함께 다룰 예정입니다.) 그러므로 작가는 자신의 스토리보드에서 무조건 흥미로운 사건을 앞으로 끌어당겨 시작할 것이 아니라, 이야기의 전체적인 균형과 통일성 또한 작가 자신의 역량을 감안하여 비교적 덜 흥미로운 사건이라도 흥미롭게 전개시킬 수 있는 능력을 개발해야 합니다.

이를 위해 가장 일반적인 몇 가지 패턴을 제시해봅니다.

첫 번째는 긴장감을 조성하는 것입니다. 《히라도의 눈물》은 어느 날 밤 주인공 세후의 집에 무서운 가면을 쓴 무사(사무라이)들이 들이 닥치는 장면으로 시작합니다.

요란한 말발굽 소리에 귀가 먹먹해졌을 때쯤, 예닐곱 개의 횃불이 사립문 앞에서 너울거렸다. 어디선가 개 짖는 소리가 요란하게 들렸고, 무슨 일인지 내다볼 틈도 없이 횃불은 곧 집 앞마당을 대낮처럼 밝혔다. 이어 무리의 제일 앞, 가면을 쓴 무사 하나가 말에서 내렸다. 눈은 새빨갛고, 날카로운 송곳니 두 개가 드러난 모습이 영락없는 귀신의 형상이었다. 무사는 늑대가 먹잇감을 살피듯 사방을 뒤둘러 본 다음, 천천히 가면을 벗었다.

허억!

뜻밖에도 그는 아카즈키였다. 다마쿠라를 주군으로 모신다는 사무라이, 고라이마치(高麗町)의 조선인들과 사기장을 감시하는 무사였다. 그는 급히 달려 나와 머리를 조아린 아버지의 목에 칼을 들이댔다. 잘 벼린 칼날이 횃불에 벌겋게 이글거렸다. 잠시 후, 칼은 하늘을 향해 치솟았다가, 허공을 가르며 다시 아버지의 목을 향해 날아들었다.

"아아악!"

세후는 비명을 지르며 발버둥쳤다.

눈을 뜨고 사방을 휘둘러보았을 때는 동녘 창문이 훤했다. 며칠은 그냥 지나친다 싶었는데, 또 같은 꿈이었다.

세후는 이마의 땀을 닦으며 일어나 앉았다. 온몸이 젖은 솜처럼 (‥‥)

−《히라도의 눈물》7~8쪽

놀란 아버지는 뛰어나가 머리를 수그린 채 엎드리고 곧 그들 중의 우두머리가 다가옵니다. 무사는 대뜸 새파란 칼날을 들어 허공을 가르는가 싶더니 아버지의 목을 내리치지요. 하지만 꿈이었습니다. 세후는 비명을 지르며 깨어납니다. 그래서 잠시 긴장감이 낮아지지만, 세후는 그 꿈이 처음이 아니라고 말합니다. 뿐만 아니라 그와 비슷한 일(현실에서는 무사들이 아버지를 데려다가 뭇매를 때렸음)이 있었다는 진술을 합니다.

특히 첫 장면을 묘사하는 중에 등장하는 횃불, 가면, 송곳니, 늑대, 칼과 같은 단어들은 긴장감을 조성하기에 충분하지요. 무언가 위험이 찾아올 것만 같은 느낌을 줍니다. 더구나 꿈은 일반적으로 어떤 징후나 예감, 징조를 떠올리게 합니다. 그러므로 꿈을 깬 뒤에 찾아온 평화가 진정한 평화가 아님을 독자는 어렴풋하게나마 인지하게 됩니다. 도리어 그 평화야말로 태풍의 눈임을 직감할 수 있습니다. 뿐만 아니라 며칠째 계속된 꿈이라는 대목에서, 독자는 이 첫 장면을 복선으로 받아들일 것입니다.

《식스틴》의 또다른 단편 〈기억의 미로〉 역시 시작 초반부터 극도의 긴장감을 조성합니다. 단편임을 감안하더라도, 귀가하는 열여섯 살짜리 소녀의 뒤를 '검은 모자'를 쓴 남자가 쫓아옵니다. 하필이면 비까지 내리고, 게다가 머릿속에는 알 수 없는 여자의 비명이 이명처럼 끊임없이 들려옵니다. 그래서 도망을 치며 112에 신고하려 하지만 하필이면 전화기를 놓쳐버리고 맙니다. 이처럼 주인공을 극도의 위기에 몰아넣음으로써 긴장감을 극대화하면 초반의 몰입감이 배가됩니다.

두 번째는 속도입니다. 이야기가 빠르게 전개되면, 독자들 대부분은 그 다음 장면을 확인하기 위해서 책에서 손을 떼지 않습니다. 전혀 예측되지 않기 때문에 얼른 지금 벌어지고 있는 일의 결과를 확인하고 싶어 하지요. 이런 방법은 초반에 독자의 관심을 끄는 좋은 방법 중의 하나입니다.

앞서 언급한 《바빌론의 사라진 공중정원》은, "거짓말처럼 아빠가 사라졌다."라는 문장으로 시작합니다. 그리고 무어라 그 경위를 설명할 틈도 없이 주인공 새론은 아빠가 남긴 '오후 4시까지 바그다드 중앙역'이란 메시지를 따라 급히 택시를 탑니다. 새론의 손에는 아빠가 남기고 간 삼각형 모양의 목걸이가 들려 있습니다. 가까스로 중앙역에 도착한 시간은 4시 10분 전이고, 그때 하필이면 아빠가 했던 또다른 말이 뒤늦게 생각납니다. '그는 너를 오래 기다려 주지 않을 거'라는 짧은 말 때문에 새론은 오빠 라온과 함께 역을 향해 달립니다. 하지만 그때 시계탑의 시계가 어느새 3시 52분을 가리키고 있습니다. 그리고 대합실로 들어가 정신없이 '그'를 찾습니다. 물론 그에 대한 정보는 없습니다. 어떻게 어디서 그가 나타날지 모르지요. 제한된 시간이 속도감에 더 불을 지피고, 긴장감을 이끌어 냅니다.

이처럼 이야기의 빠른 전개를 위해서는 지지부진한 설명과 섣부른 배경 설명을 포기해야 합니다. 하지만 상당수의 작가는 주인공의 행동 하나하나에 의미를 부여하고 싶어 하고, 왜 그런 행동을 해야 했는지 이유를 말하고 싶어 합니다. 어린이·청소년 독자에게는 낯설수밖에 없는 역사 동화(청소년소설)나 인류가 경험해 본 적 없는 미래를 다루는 SF를 쓸 경우에는 더더욱 '설명'에 대한 압박감에 시달립니다.

그러나 어떤 경우이든 나이 어린 독자들에게는 '설명'이 독이 될 수 있습니다. 그들에게 동화나 소설을 읽는 일은 '당장 주인공에게 무슨 일이 일어나는지'에 초점이 맞추어져 있지, '처음부터 어떻게 된 일인지 꼼꼼하게 살펴보자'에 초점이 맞추어져 있지 않습니다. 그러므로 대부분의 편집자들조차 차분한 설명보다 '일단 저지르고 보는' 것을 권장합니다. 독자에게는 논리적으로 앞뒤를 이해하는 일보다 당장 주인공에게 벌어진 일이 어떻게 전개되는지가 더 중요하기 때문입니다.

세 번째는 일상의 파괴입니다. 모든 이야기는 (특히 주인공에게) '문제'가 생겼기 때문에 시작된다고 했고, 이 말의 의미는 더 이상 이전의 일상이 지속할 수 없다는 뜻이기도 합니다. 그러므로 모든 이야기는 깨어진 일상을 되돌리려는 시도인 셈입니다. 다만 그 일상의 파괴는 대체로 주인공에 한정된 개인적인 것이어서 확장성이 부족합니다. 그러므로 보편적이면서 직접적인 일상의 파괴에 초점을 맞추면 보다 효과적으로 흥미를 이끌어 낼 수 있습니다.

《늙은 아이들》은 동화에는 흔치 않지만 1장 이전에 프롤로그가 나오는데, 기후 변화로 꿀벌들이 떼죽음을 당하는 장면입니다. 그리고 1장에서 친한 친구가 갑자기 아무 말 없이 학교에 오지 않습니다. 아무리 연락을 해도 메시지조차 없습니다. 그래서 선생님에게 물었더니 더듬거리며 분명한 대답을 하지 못하고 전학을 갔다는 말만 합니다. 그런데 더 어이없는 사실은 다음 날이 되자 더 많은 아이가 결석을 했고, 그 누구도 아이들의 정확한 행방에 대해서 알지 못한다는 것이지요.

이처럼 대상 독자들이 흔히 겪는 일상을 흐트러트리면 독자들은 이 어이없는 현상에 주목할 수밖에 없습니다. 한 개별적이고 특수한 상황에 있는 주인공의 일이 아니라 자신도 매일 경험하는 일상이 뜻밖의 일로 파괴되었으므로 '이런 일이 우리에도 일어난다면?'이라는 상상까지 유발할 수 있고, 이는 가독성에 힘을 실어 줍니다.

《앵무새 돌려주기 대작전》의 주인공 마니는 위인들의 명언을 자꾸 주입시키려는 엄마와 평범하게 직장에 잘 다니는 아빠, 그리고 다섯 살 동생 차니와 함께 살고 있습니다. 평범한 가족의 모습이지요. 그런데 마니의 집에 갑자기 앵무새 한 마리가 나타납니다. 이 앵무새는, 마니의 아빠와 동생 차니가 아빠 회사의 사장님 댁에 갔다가 얼결에 가져온 것입니다. 문제는 의도치 않게 앵무새를 훔쳐 온 꼴이 되고 말았다는 것입니다. 뒤늦게 심각성을 깨달은 가족들은 앵무새를 돌려주려고 마음먹습니다. 그리하여 온가족이 앵무새를 돌려주기 위한 '작전'을 세우지요. 더구나 아빠의 승진 문제까지 얽혀 있어서 이 '작전'은 가족들의 중대한 일이 됩니다. 일상의 평화는 깨지고 온통 앵무새로 인한 사건들이 펼쳐집니다. 이처럼 대상 독자들의 보편적 일상과 다름없어 보이는 주인공의 일상을 파괴하면, 그 일상의 친숙성 때문에 관심도가 높아집니다. 그런 점을 잘 활용하면 '생활 동화'의 수많은 아이디어를 얻을 수도 있습니다.

네 번째는 의외성입니다. 말 그대로 독자의 기대를 위반하는 방법이지요.《비보이 스캔들》은 여섯 명의 화자를 번갈아 등장시켜, 학교에서 자살한 한 아이의 사망 원인을 유추하는 이야기입니다. 그런데 흔한 청소년소설(임에는 틀림없으나)인 줄 알았던 이 소설의 시작은 뜻밖에도 판타지 소설의 한 대목입니다. 소설 속의 소설에는 어린 전사(입시를 앞둔 고등학생을 상징하는 것이 분명한)들의 거주지를 둘로 나누어 놓습니다. 그리고 우수한 전사들은 '아이스 랜드'라 불리는 최적 조건의 거주지에 살게 하고, 일정한 성적을 거두지 못하는 전사들은 '불의 지옥'이라 불리는 천민 영지에 머물도록 하지요. 아이스 랜드에 거주하는 전사들은 최고급의 대우를 받으며 고급한 언어를 쓰고 질서 있게 생활합니다. 하지만 불의 지옥에 머물러야 하는 전사들은 거주지의 환경이 매우 열악하고 그들이 나누는 대화조차 천박합니다. 그런데 아이스 랜드에 머물던 한 전사(주인공)가 어떤 잘못(그녀는 누군가를 사랑했습니다)을 저질러 불의 지옥으로 추방됩니다. 그리고 천박한 자의 표식으로 주홍글자를 목에 걸어야 했지요. 그래서 주인공은 자신을 벌레라고 표현합니다. 이 장면이 마무리되면 소설은 다시 현실로 돌아오는데, 그 첫 문장이 "나는 벌레가 되어가고 있었다."입니다.

흔한 학교 아이들의 생활을 다룬 소설의 첫 장면이 중세를 배경으로 하는 듯한 더구나 사랑 때문에 버림받은 여전사의 이야기라면, 그 의외성이 최소한의 호기심을 유발할 수 있습니다. 더구나 곧이어 시작되는 현실 소설의 또다른 주인공은, 판타지 소설 속의 주인공이 버림받은 이유가 자신 때문이라고 생각합니다. 판타지 소설의 낯선 내용을 현실로 끌어와 감정 이입함으로써 두 소설 간의 유기성을 암시하는 것이지요. 즉 판타지 소설이 단순한 인용이 아니라, 현실 세계에 대한 비유이거나 상징이며 유기적으로 이어져 있다는 뜻입니다. 그럼으로써 호기심은 조금 더 배가되고 아울러 가독성에 도움이 됩니다.

《아빠를 주문했다》는 제목부터 매우 파격적입니다. 그리고 보란 듯이 첫 장면부터 주인공 철민이 온라인 쇼핑몰에서 아빠를 구매할 수 있다는 광고를 보고, 대략적인 설명을 들은 뒤 충동적으로 아빠(대디 14호)를 구매하는 과정이 빠르게 이어집니다. 나아가 곧바로 대디 14호를 택배로 받고 '언박싱'합니다. 여기에 목만 있는 삽화까지 확인하고 나면, SF라는 점을 감안하더라도 매우 의외의 출발이 아닐 수 없습니다. 더 이상 독자는 머뭇거릴 여유가 없어지지요. 이 대디 14호가 어떻게 작동되어 무슨 일을 벌이는지 궁금하기 이를 데 없을 테니까요. 그런데 작가는 거기까지는 보여주지 않고, 엄마를 끌어들입니다. 엄마는 로봇을 집에 들이는 것을 싫어하기 때문에 철민은 얼른 대디 14호를 숨겨버립니다. 그리고는 작가는 이어서 천연덕스럽게 주인공을 학교로 보낸 뒤, 2장에 가서야 대디 14호와 본격적인 대화를 시작하게 합니다. 이처럼 의외의 시작은 독서 집중 구간을 연장합니다.

다섯 번째는 묘사입니다. 성인 소설이라면 치밀하고 정치한 묘사의 기술을 익히라고 말하고 싶지만, 도리어 동화와 청소년소설에서는 묘사에 천착할수록 역효과가 날 수 있어서 적극적으로 권하지는 않습니다. 어린이·청소년 독자들에게는 세밀한 묘사가 지루할 수 있습니다. 연이은 사건과 대화에 익숙하기 때문에 잦은 묘사는 도리어 어린 독자들의 가독성을 떨어뜨립니다. 특히 묘사가 치밀해지면 감각적이 되거나 트리비얼리즘trivialism에 빠질 수도 있고, 자칫 설명하는 느낌이 될 수도 있습니다. 그러므로 묘사를 잘하기보다는 정확하고 적확한 문장 쓰기에 더 집중하기를 권합니다.

그때, 벚꽃 한 잎이 눈앞에서 파르르 떨었다. 섣부른 비행을 시작한 작은 나비의 날갯짓이 그렇게 위태로울까 싶었다. 이어 여린 바람이 분다, 고 느꼈을 즈음 눈앞에서 팔랑이던 꽃잎 하나는 감쪽같이 사라졌고, 후드득 연분홍 꽃비가 내렸다. 검지 손톱만 한 꽃잎들이 일시에 눈앞을 가렸다. 햇살이 조각나 부서지면 저런 모양일 거란 생각이 들었다.

그러나 본관과 구관 사이, '지혜의 숲'이라 부르는 야외 정원에 딱 한 그루뿐인 벚나무에서 내리던 꽃비는 소나기처럼 금세 그쳤다. 정지된 동영상처럼, 아무리 기다려도 꽃비는 다시 내리지 않았다. 고목(古木)은 언제 그랬냐는 듯 의연하게 서있을 뿐이었다. 대신 낮은 피아노 소리가 물결처럼 들려와 화사한 벚나무 가지를 타고 오르는 듯하더니, 아까처럼 꽃잎이 흩날렸다.

꽃잎은 핑그르르 돌다가 곧 발 앞에 떨어졌다.

〈흑건〉

시우는 자신도 모르게 중얼거렸다. 그리고 소리를 따라 시선을 옮겼다. 구관 2층 가장 오른쪽, 반쯤 열린 음악실 창문이었다.

몸이 먼저 소리를 따라 움직였다. 시우는 음악실 쪽으로 걸었다. 피아노 소리는 시우의 걸음만큼이나 빠르게 높아졌다. 소리가 커질수록 걸음이 빨라졌다. 계단을 오를 때는 숨이 찼다.

– 《너희는 안녕하니》 8~9쪽

《너희는 안녕하니?》의 첫 장면은 이렇게 벚꽃을 묘사하면서 시작됩니다. 자극적인 사건과 빠른 전개에 익숙한 독자들에게는 다소 버거운 시작일 가능성도 있습니다. 다만 누군가(주인공)의 시선이 한곳에 정지되지 않고 일정한 방향을 갖고 움직입니다. 또한 시각에만 의존하지 않고 청각까지 활용합니다. 그러므로 한 가지 감각에만 의존한 평면적 묘사보다는 조금 더 역동성을 느낄 수 있습니다. 묘사의 입체성을 말하는 것입니다. 즉 묘사는 시각적인 것에서 청각적인 것으로 이동하여 소리의 고저장단에 따라 움직이는 주인공의 모습을 볼 수 있습니다.

하지만 이런 묘사라고 하더라도 오래 지속되면 가독성이 급격히 떨어질 가능성이 큽니다. 그러므로 묘사는 어떤 경우라도 짧고 간결해야 하며, 적확하고 또한 정확해야 합니다. 오로지 자세하게 그려내야 좋은 묘사가 아니라는 뜻입니다. 묘사가 어렵다고 말하는 것은 바로 이 때문이지요. 묘사가 사건의 전개에 자연스럽게 녹아들지 않으면 작가의 감성적 욕구를 자랑하는 일밖에 되지 않을 것입니다.

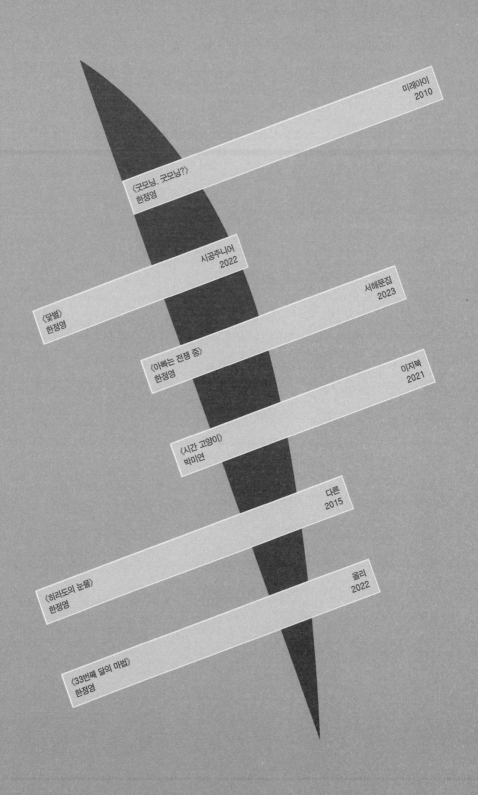

미래아이
2010

〈굿모닝, 굿모닝?〉
한정영

시공주니어
2022

서해문집
2023

〈닻별〉
한정영

〈아빠는 전쟁 중〉
한정영

이지북
2021

〈시간 고양이〉
박미연

다른
2015

〈히라도의 눈물〉
한정영

올리
2022

〈33번째 달의 마법〉
한정영

2 부

이야기의
구조

- 구조와 구성의 차이
- 처음–중간–끝
- 사건이행선과 입체적 구조
- 장면 편집

구조와
구성의 차이

모든 이야기는 '처음-중간-끝'으로 되어 있습니다. 이를 이야기의 구조라고 합니다. 흔히 줄거리라고 부르는 것이 이 구조의 축약 형태입니다. 즉 어떤 줄거리라도 시간순으로 사건을 요약한 다음 특정 기준에 따라 크게 '처음-중간-끝' 세 토막으로 구분할 수 있습니다.

이때 '특정한 기준'은 보통, 처음은 '평화롭던 주인공에게 어떤 문제가 생기는' 부분을 말하며, 중간은 '문제를 해결하기 위해서 다양한 방법으로 고군분투하는 내용(이 대체로 사건이라는 형태로 표현되는)' 부분을 말하며, 끝은 마침내 '문제가 해결되고 다시 평화를 되찾는' 부분입니다. 이처럼 주인공은 이야기 전반을 통해 서로 다른 세 층위의 삶을 살게 됩니다.

그러므로 섣불리 말하자면, 이야기를 만드는 핵심은 단순하게라도 '처음-중간-끝'을 만들 수 있느냐 없느냐에 달려 있습니다. 즉 아이디어 단계에서 떠올린 여러 사건을 '처음-중간-끝'의 형태로 늘어놓아야, 그 아이디어가 이야기로 발전할 가능성을 갖는다는 뜻입니다. 그것도 구체적으로, 또한 주인공을 중심으로 말이지요.

이러한 과정을 생략한 채, 좋은 아이디어가 떠올랐다고 '일단 집필'부터 시작하면 쓰다가 중단할 가능성이 90% 이상입니다. 왜냐하면 최초의 아이디어란 보통 특정한 하나의 에피소드이거나, 특별한 인물, 혹은 장소나 배경, 혹은 추상적인 주제에 불과할 것이기 때문입니다. 즉 이런 아이디어 속의 다양한 요소들이 사건을 중심으로 '처음-중간-끝'의 형태로 배열되고, 그것을 시간 순서대로 늘어놓을 수 있다면, 그것이 줄거리가 되고, 거기에 디테일을 더하면 흔히 말하는 스토리보드가 됩니다.

상당수의 창작 이론서는 이야기를 만들 때, 처음-중간-끝을 설명하면서, '처음'에는 주인공을 등장시켜 성격의 일부를 노출시키고 배경을 설명하며, 지금 쓰려는 이야기의 특징을 서술해야 한다고 말합니다. 그리고 '중간'에는 본격적으로 사건을 전개하여 긴장감을 높이고, 캐릭터의 성격이 완전하게 드러나게 해야 한다고 말하지요. 또한 '끝'에는 사건을 매듭짓되 여운을 남기라고 조언합니다.

대체로 틀린 이야기는 아니지만, '처음'에 해당하는 부분은 좀더 고민이 필요합니다. 왜냐하면 이 맥락에 따르면 작가는 첫 부분에, 특히 이야기의 배경을 낱낱이 설명해야 하고 앞으로 등장할 인물을 다 소개해야 하니까요. 실제 습작품의 상당수가 시작부터 배경 설명에 많은 지면을 할애하고 한참 뒤에 나올 인물까지 미리 소개하려고 애씁니다. 심지어 복선까지 담으려는 욕심도 부리지요. 만약 새로운 세계관을 제시해야 하는 SF나 역사 동화·소설이라면 앞부분에 대한 서술은 더욱 부담이 될 것입니다.

그렇게 초고를 써서 출판사에 가져가면 편집자 열 중 아홉은, '배경이나 과거에 대한 설명은 다른 곳으로 분산시키고, 일단 흥미롭게 읽히도록 앞부분을 수정하면 좋겠습니다.'라는 충고를 던집니다. 편집자의 이런 수정 요구는 사진이나 장면을 재배치하라는 뜻입니다. 그렇게 하면 시간 순서의 배열은 무너지고, '흥미로운' 전개를 위해서 장면의 편집이 이루어집니다. 어떤 장면은 과거가 되고, 설명을 한곳이 아닌 여러 곳에 분산 배치하여 현재 이야기의 속도를 높이는 방법이지요. 이렇게 수정하면 자연스럽게 플롯이 생겨납니다.

구조와는 달리 구성(플롯)은 (다양한 방식으로 설명할 수 있지만, 이 책의 특성에 맞게 정의하자면) **'사건의 극적인 배열'을 의미합니다. 이때 극적인 배열이란, 말 그대로 이야기를 보다 흥미롭게 전개시키기 위해, 나아가 장르적 특성의 완결성 등을 확보하기 위해 사건을 임의대로 재배치하는 것을 의미합니다.**

즉 아이디어 단계에서는 이야기의 줄거리를 시간 순서대로 배열(여기까지가 구조)한 다음에, 보다 더 흥미진진하게(극적) 써내려가는 것이 일반적인 순서라고 생각하면 되겠지요. 즉 구조와 구성의 차이는, 구조는 모든 이야기의 공통된 전개 방식을 말하는 것이고 구성은 작가가 임의대로 만들어가는 주인공의 히스토리라고 생각하면 됩니다. 그리고 바로 이것이 플롯이며 이야기의 집필 순서가 됩니다.

줄거리(구조)와 플롯(구성)의 차이

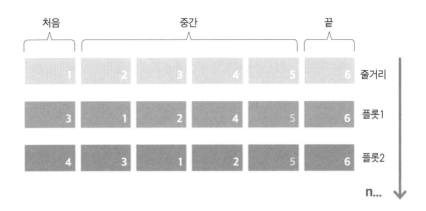

　　위 이미지처럼 사각형 박스를, 사건(또는 장면)으로 간주한다면 줄거리는 시간 순서대로(1~6) 배열되어 있습니다. 스토리보드도 이러한 형태로 쓰여 지겠지요. 하지만 작가의 적극적인 의도에 따라 사건은 재편집되어서 그 순서가 3-1-2-4-5-6 혹은 4-3-1-2-5-6 처럼 바뀔 수도 있습니다.

　　《히라도의 눈물》의 줄거리는 아래와 같은 식으로 전개됩니다.

　　임진왜란이 일어나던 해 세후(당시 생후 몇 개월이 지나지 않음)의 가족은 모두 일본군에 의해 납치되고 → 이 과정에서 배 안에서 병에 걸린 엄마가 죽고 시신은 바다에 던져집니다(이 사실을 세후는 알지 못함) → 나머지 가족들은 히라도에 정착하여 도자기를 굽고 농사를 지으며 연명하지요. → 세후의 아버지는 나름대로 일본인들에게 기술 좋은 사기장으로 인정받지만, 항상 고향인 조선으로 돌아가고자 하는 마음이 가득합니다. → 그러나 이런 심리를 억누르기 위해서 다마쿠라(히라도의 책임자)는 세후의 아버지를 일본인 여인과 혼인시킵니다. → 세후는 이 여인을 엄마로 알고 자랍니다 → 그럼에도 불구하고 아버지는 조선에서 쇄환사가 오자 그 배를 타기 위해 아내(세후의 일본인 엄마)를 두고 히라도 포구로 달려갑니다. → 그러나 이미 배는 떠나버리고 아버지의 조선행은 실패합니다. → 세후는 자신이 일본인이라 생각하면서, 자신도 훗날 훌륭한 사무라이가 되겠다는 꿈을 키우고 틈틈이 목검으로 검술을 연마하지요. → 그러나 이런 세후의 행동은 아버지의 호통으로 돌아옵니다. → ★ 하루는 아버지가 세후를 데리고 염료에 쓸 철분을 얻기 위해 산속으로 길을 나서고 → 세후는 이곳에서 강물에 빠질 뻔한 일본인 여자아이(나츠카)를 구해 줍니다.

이것은《히라도의 눈물》의 전반부에 해당하는 줄거리입니다. 그러나 실제의 집필은 이 순서를 따르지 않습니다. 이미지에서와 같이 시간 순으로 정리된 사건(혹은 장면)은 작가의 의도에 따라 플롯1 또는 플롯2와 같은 형태로 재배열되지요. 줄거리(스토리보드)가 동일하더라도 작가의 개성에 따라 수없이 많은 다른 형태의 플롯이 만들어질 수 있습니다. 이 작품은 세후가 아버지와 함께 산속으로 길을 나서는 부분★에서 시작되지만, 다른 작가라면 그 이전(또는 이후) 어느 부분에서 시작할 수도 있다는 뜻이지요. 이때 어느 지점에서 이야기가 시작되더라도 줄거리는 달라지지 않습니다.

작가가 이처럼 사건을 재배열하는 의도는 다양한데, 무엇보다

동화·청소년소설 쓰기의 모든 것

흥미롭게 이야기를 이끌어가기 위해서입니다. 그 외에도 미학성을 고려하거나 작가의 개인적 취향에 의해서 사건의 배열이 달라집니다. 대체로 사건이 재편집되면, 그에 따라 과거와 현재가 뒤섞인 형태가 됩니다. 이럴 경우 복잡해 보일 수는 있지만, 이후에 무슨 일이 일어날지 알 수 없는 상태가 되므로 긴장감이 높아집니다. 뿐만 아니라 이야기 전개상 필요도가 낮은 사건은 짧게 정리하여 가독성을 높이는 데도 도움이 됩니다. 작가가 자신이 보여 주고 싶은 것을 먼저 보여 줄 수 있다는 장점도 있습니다.

이때 시간 순서에 따라 사건을 배열한 줄거리를 스토리보드라고 부른다면, 플롯에 의해 재배치된 사건의 배열을 '플롯보드'라 부르기로 합니다. 즉 사건의 순서를 재편집하고 디테일을 어느 정도 확보한 계획서가 플롯보드이며, 바로 집필의 시작점입니다. 쓸 준비를 마친 것이지요. 장면의 재편집은 작가가 실제 집필에 들어가기 위한 마지막 설계도이니까요. 이는 상당수의 이야기가 줄거리대로(시간 순서대로) 쓰이지 않는다는 것을 의미합니다. 다만 동화는, 특히 독자의 연령층이 어릴수록 시간적 배열에 많이 의존합니다. 장면의 재편집이 심해지면 과거와 현재가 혼재되고, 배경과 설명이 뒤섞이게 되어 어린 독자들은 혼란스러울 수 있기 때문입니다. 그래서 저학년 동화의 상당수는 스토리보드가 곧 플롯보드가 되기도 합니다.

처음-
중간-끝

모든 이야기 구조는 처음-중간-끝의 형태로 되어 있다고 언급했습니다. 이 구조는 이야기가 어떤 원리로 형성되는지, 작가가 이야기를 쓸 때 무엇부터 시작해야 하는지에 대한 1차적인 답을 제시합니다.

이야기가 발생(처음)하면, 당장은 아무런 일(사건)이 일어나지 않습니다. 누군가(주인공)의 평화로운 일상이 짧게 소개됩니다. 그러나 반드시 주인공의 평화와 일상이 깨지는 순간이 옵니다. 이런 사건이 발생하는 지점(티핑포인트1, 이에 대한 상세한 내용은 뒤에 설명합니다.)을 기준으로 앞부분의 평화로운 상태에서 벗어나, 주인공은 깨진 평화를 되찾기 위한 노력을 되풀이합니다. 이때 주인공은 이전과 매우 다른, 낯선 경험을 하기 시작하며 대체로 고통스럽습니다. 티핑포인트에서 발생한 사건은 고난의 시작일 뿐, 다시 평화가 찾아올 때까지 다양한 사건이 발생하기 때문입니다. 그리고 마침내 여러 가지 사건들의 말미 쯤에 주인공을 가장 위협할 만한 큰 사건(티핑포인트2, 규모로 보나 충격의 여파로 보나 가장 큰 사건으로 보통은 클라이맥스라고 부릅니다.)이 발생합니다. 이 사건을 계기로 주인공의 문제가 해결되고 다시 평화로운 상태가 찾아옵니다.

이야기의 구조와 티핑포인트

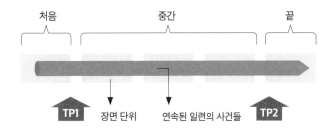

《닻별》은 시에라 동물원에 사는 바람늑대 닻별의 이야기입니다. 닻별은 다양한 동물의 유전자를 편집해 만든 클론으로, 사람에게 절대 복종하도록 길들여졌습니다. 사람들이 사파리를 관람하는 동안 닻별은 관람차 곁을 늑대 무리를 이끌고 따라갑니다. 사람들이 자연스럽게 늑대를 관람할 수 있도록 가이드 역할을 하는 것입니다. 혹시 늑대들이 사람들에게 달려들지 못하도록 통제하면서요. 이처럼 동물을 이용해 동물을 통제하는 시스템은 시에라 동물원만의 특장점입니다.

'그러던 어느 날' 시에라 동물원에서 멀지 않은 앞바다에 지진이 일어나고 그로 인해 동물원이 아수라장이 됩니다. 심지어 근처 원자력 발전소가 파괴되어 동물원 전체가 피폭되지요. 갑작스러운 지진 탓에 많은 동물이 죽고 살아남은 동물들은 살 길을 찾아 몸부림을 칩니다. 닻별은 자신이 돌보던 회색늑대들을 찾아다니지만, 겨우 만난 회색늑대 무리는 닻별을 공격합니다. 그동안 닻별이 회색늑대들을 옴짝달싹하지 못하도록 통제했기 때문에 이에 대한 반발입니다. 그렇게 닻별은 지진 이라는 재난과 늑대 무리와의 싸움이라는 이중의 고난에 부딪칩니다. 그리고 여기에 더해 자신과 같은 어린 바람늑대를 보호해야 합니다.

'처음'에 해당하는 부분에는 주인공을 소개하고, 시·공간적 배경 을 서술합니다. 아무 일도 일어나지 않습니다. 처음 부분에 주인공 닻별 이 회색늑대 무리의 우두머리와 약간의 실랑이를 겪지만, 닻별은 우월 한 덩치로 이들을 제압합니다. 그리고 평범한 날들처럼 시간이 흘러갑 니다. 평화로운 장면입니다. 작법서들에서 흔히 볼 수 있는 '처음 부분 에는 주인공을 소개하고, 시공간적 배경을 서술하며, 복선을 넣으라'는 충고와 별다를 것이 없습니다.

그러다가 '그러던 어느 날'로 환기되면서 '처음'과 결이 다른 이야기가 전개됩니다. 이 부분을 기점으로 이후의 이야기는 갑작스 럽게 긴장감이 증폭되고 생각지도 못한 일들이 연이어 발생합니다. 이곳부터가 중간이고, '그러던 어느 날'로 시작되는 장면(사건)이 바 로 티핑포인트1입니다. 이제부터 주인공은 처음과는 다른 삶을 살 게 됩니다.

중간에서, 주인공이 겪는 일은 대부분 고난이거나 고통입니다.

주인공이 아등바등하거나 '개고생'하는 일들이 벌어집니다. 맞습니다. 모든 이야기는, 아니 소설이나 동화는 한마디로 '(무언가를 이루기 위해) 주인공이 아등바등하는 일'을 담아내는 것입니다. 그러므로 작가는 이야기의 아이디어 단계에서부터, '(주인공이) 처음에는 이랬는데~, 이런저런 일을 거쳐서~, 이렇게 되었다'는 과정을 만들어야 합니다.

추상적으로 '나는 황금만능주의에 매몰된 한 인물의 삶을 다루고 싶어'라든가, '오로지 1등만이 가장 중요한 가치라고 여기는 세상에서 꼴지일지라도 괜찮다고 당당하게 외치는 아이들의 이야기를 그릴 거야'라는 식으로 접근하면 안 됩니다. 이런 아이디어는 대부분 실패합니다. 다시 강조하지만, '~이랬던 주인공이 ~이런 일이 생기고 나서, 이런저런 사건을 거치면서, 결국~ 이렇게 되었다'라는 식으로 접근해야 합니다.

주인공이 한바탕 크고 작은 사건을 겪고 나면 티핑포인트2에서 발생하는 사건에 의해 '중간'에서의 삶이 마무리됩니다. 그 다음에 주인공에게는 다시 평화가 찾아옵니다. 그런데 이때의 평화는 '처음'에서 주인공이 누리던 평화와는 다른 평화입니다. 삶의 질적인 면에서도 그렇고 그 평화를 받아들이는 주인공의 정신적인 면에서도 그렇습니다. 왜냐하면 주인공은 중간 과정을 거치면서 성장했기 때문입니다. 그러므로 처음-중간-끝을 나누어 보면 같은 주인공이라도 삶의 결이 다릅니다.

《닻별》에서 주인공 닻별 역시 이런 관점으로 살펴볼 수 있습니다. 애초에 닻별은 오로지 사람들의 명령에 따라서 행동했습니다. 회색 늑대들의 사정을 이해하기보다는 규칙에 어긋나지 않도록 통제하는 일이 더 중요했습니다.(처음) 그러나 지진과 늑대의 공격, 인간의 거듭된 추적 등, 고난을 겪은(중간) 닻별은 회색늑대를 위할 줄도 알게 되고, 자신을 죽이려 한 사람까지도 구해 줍니다.(끝) 이처럼 다른 성정性情을 갖게 된 까닭은 닻별이 '성장'했기 때문입니다. 결국 닻별은 회색늑대를 구하기 위해서 자신을 희생하기에 이릅니다. 그럼으로써 영원한 평화를 맞이하는데, 이 평화 역시 시작 부분의 평화와는 전적으로 다릅니다. 한결 성숙한 닻별이 스스로 선택한 평화이므로 더욱 가치가 있습니다.

《33번째 달의 마법》은 짧은 이야기라 구조가 조금 더 분명하게 보입니다. 주인공 봄이는 자신에게 부여된 마법-보름달이 뜰 때 의류 수거함의 옷을 입으면, 그 사람으로 살 수 있습니다-으로 새로운 동네의 의류 수거함을 뒤져서 태이와 몸을 바꿉니다.(처음) 이후에는 태이의 몸으로 생활하며, 뜻밖에도 자신을 죽음으로부터 구해준 장본인이 태이라는 것을 깨닫고(중간), 결국 사람의 몸으로 영원히 살 수 있는 기회를 포기하지요. 그리고 자신에게 딱 한 번 남은 소원을 태이의 회생-태이는 중병을 앓고 있지요-을 위해서 씁니다.(끝)

이처럼 대부분의 이야기에는 '처음-중간-끝'의 분명한 구조가 보입니다. 그리고 예측하겠지만 처음과 중간, 그리고 중간과 끝을 구분하는 지점이 존재합니다. 이 '구분점'이 티핑포인트입니다.(4부에서 설명) 즉 이야기를 만드는 출발점은 바로 이 구조에 대한 명확한 이해에서 시작됩니다.

동화·청소년소설 쓰기의 모든 것

사건이행선과
입체적 구조

앞에서 이야기의 평면적 구조를 이해했다면, 이번에는 입체적인 구조를 이해해야 합니다. 이때 이야기의 입체성이란, 사건이 단순 나열되어 있는 것이 아니라 앞뒤의 사건이 특별한 인과 관계에 의해 진행되며 정점에 이를 때까지 사건의 크기가 점진적으로 커져야 한다는 뜻입니다. 그 때문에 입체적인 이야기는 도식화 하면, 왼쪽에서 오른쪽으로 갈수록 완만하게 높아지다가 정점(오른쪽 끝)에 이르면 급격히 낮아지는 모양의 산을 닮았습니다. 이를 '사건이행선'이라 부르기로 합니다.

즉 다양한 마인드맵을 통해 쓰려는 이야기의 사건을 모았다면, 이것을 배치할 때 위와 같은 모양이 되도록 만들어야 합니다. 그 때문에 조금 난삽하게 표현하자면, 사건이행선의 왼쪽 아래(발단이나 전개에 해당하는 곳)에 비해 사건이행선의 오른쪽 위(절정에 해당하는 곳)에 있는 사건이 더 자극적이어야 합니다. 독자들이 이전의 자극보다 더 큰 자극을 받

이야기의 입체적 구조

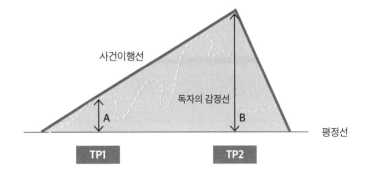

지 않으면 지루하게 느끼고 이후의 사건에 대한 기대감도 떨어지기 때문입니다. 즉 사건이행선이 맨 아래의 평정선(주인공에게 아무런 사건이 일어나지 않아 평화로운 상태가 지속되는 상황을 의미)에 가까울수록 사건의 강도와 규모가 작고(A) 또한 덜 자극적인 것이라 이해하면 됩니다. 그래서 절정 부분이 평정선에서 가장 멀어집니다.(B) 평화는 온데간데없고, 주인공을 극단적인 상황으로 몰고가는 사건이 계속된다는 의미입니다.

　　그렇다면 무엇이 독자들에게 '자극'을 줄까요? 바로 주인공의 고난입니다. 고난은 독자의 응원을 유도하고(이것은 곧 독자의 가독성을 유발합니다.) 이야기를 정점을 향해 밀어 올립니다. 사건이 지속적으로 발생하고 있다는 뜻입니다. 모험 이야기의 경우 정점 부분에 이르기까지, 주인공이 조금씩 더 힘이 센 적대자antagonist를 만나고 정점에서는 죽음과 맞서야 하는 과정을 떠올리면 쉽게 이해가 될 것입니다. 즉 정점에 이르기까지 사건의 강도는 어느 지점에서든 왼쪽 아래에 놓인 사건보다 규모가 크거나 주인공에게 더 위협적이어야 합니다. 그렇지 않으면 이야기가 앞으로 나아갈 원동력을 상실합니다.

이야기를 준비할 때, 몇 가지 원칙을 세워서 접근해야 합니다.

우선 내 이야기를 만들기 위해서 지속적으로 마인드맵을 진행하여 이야기에 들어갈 다양한 사건을 떠올립니다. 그리고 그 사건을 시간적 순서와 크기를 고려해서 줄 세우는 것입니다. 물론 시간적 순서와 사건의 크기가 일치하지 않을 수 있는데, 이럴 경우 가능한 사건의 크기를 우선시합니다. 이는 극적 구성을 위한 것입니다. 크기에 따라 배열된 사건을 이어 보면 사건이행선을 따라가게 됩니다.

노련한 작가라면 크기에 따라 배열하기 위해 배제한 사건을 회상 등의 방법으로 다시 끌어오기도 합니다. (또 다른 사건의 모티프로 혹은 복선으로 사용할 수 있으므로 어떤 사건이든 이야기가 끝날 때까지 버리면 안 됩니다. 이 방법에 대해서는 뒤에 더 자세히 설명하겠습니다.) 회상 처리되는 사건과 비교할 때, 현재 시점으로 발생하는 사건이 더 직접적이고 충격과 규모가 커 보입니다.

이야기의 정점에 가장 큰 사건을 놓아야 하는 것은, 그 부분에서 대체로 '인식의 변화'가 일어나기 때문입니다. 주인공의 인식(기존의 가치관이나 세계관 등)**이 적극적으로 변하기 때문에 이를 위해서도 가장 강한 자극이 필요합니다. 이는 일반적인 충격**(사건)**으로는 주인공이 근본적으로 변화하지 않는다는 뜻입니다.**

앞서 예로 든 《닻별》에서는, 동물원에 지진이 발생한 이후에 다양한 사건이 연달아 일어납니다. 우선 주인공 닻별이 지진으로 생긴 구덩이에 빠지고 → 버스에 갇힌 회색늑대 새끼를 구하려다가 라이벌인 모도리(회색늑대 우두머리)와 거미발 드론의 공격을 받고 → 자신이 자란 울프 랩으로 무사히 돌아가지만 → 자신을 돌보아 준 미리내를 찾아 동물원 밖으로 나갔다가 성게 드론의 거센 공격을 받고 부상을 입은 채 동물원으로 돌아온 뒤 → 바람늑대의 죽음을 목격하고 그들을 회색늑대가 죽였다고 오해하여 회색늑대의 무리와 거세게 싸웁니다. → 겨우 싸움은 멈추지만, 클로닝 인큐베이터에서 회색늑대 슈룹을 구하는 과정에서 다시 인간들의 공격을 받습니다. → 이런 일련의 사건을 겪은 뒤, 닻별은 회색늑대 무리와 함께 야생을 향해 나아갑니다. 그러나 사람들이 보낸 드론이 끝까지 추적해 옵니다. 피폭된 동물을 제거하고 복제된 동물들의 비밀을 감추기 위해서입니다. 결국 닻별과 회색늑대 무리는 막다른 골목에까지 다다릅니다. 바로 이때, 닻별은 모두를 구하기 위해서 고심하고 → 그러던 중 자신의 귀에 추적 장치가 삽입되어 있음을 알게 되고, 그것을 역이용하여 추적 드론을 따돌리기로 합니다. → 여기에 처음에는 모도리가 함께 하지만, 그마저 돌려보내고 닻별은 홀로 드론을 유인하며 결국 절벽 끝에 이릅니다. → 이곳에서 닻별은 스스로 강물로 뛰어들어 드론을 완전히 따돌립니다.

지금까지 열거된 사건의 크기를 비교해 보면, 긴장도가 차츰 높아지면서 후반부에 이를수록 주인공(과 일행)이 더 궁지에 몰리고 죽음의 위협이 가까워집니다. 이 과정에서 독자의 감정선도 함께 상승하며 크게 '자극'을 받습니다. 이처럼 사건의 배열은 사건이행선을 따라 순차적으로 강도가 높은 사건으로 이어져야 합니다. 사건의 강도를 순차적으로 배열하지 않을 경우에는 긴장감도 떨어지고, 독자는 사실상 끝난 것이나 다름없는 이후의 이야기에 크게 관심을 보이지 않을 것입니다. 왜냐하면 대부분의 이야기는 가장 큰 사건이 발생한 뒤에 곧바로 결말에 이르기 때문입니다. 즉 사건이행선의 그 어느 곳에서라도 위쪽 사건이 아래쪽 사건보다 작으면, 이야기는 앞으로 나아갈 동력을 상실하게 됩니다.

한 가지 부연하자면, 독자의 개인적 경험 차이에 의해 사건이행선과 독자의 감정선이 일치하지 않을 수 있습니다. 개별 사건의 특성에 따라 어떤 독자에게는 강한 자극이 되지만 어떤 독자는 자극을 받지 않을 수도 있지요. 이를테면 《닻별》의 경우 어떤 독자는 닻별과 늑대의 무리가 격렬하게 싸우는 장면에서 크게 자극받고, 어떤 독자는 성게 드론의 공격을 받고 닻별이 산 아래로 굴러떨어지는 장면에서 더 자극을 받는 식입니다. 그러나 대체로 독자의 감정선은 사건이행선의 모양을 따라가는 경향을 보입니다.(120쪽 이미지 참조) 이 글에서 구조의 입체성을 강조하는 까닭입니다.

장면
편집

모든 이야기는 '장면의 연속적 배열'입니다. 이때 장면이란, 사건은 물론 이를 생생하게 전달하기 위해 필요한 대화와 묘사, 배경, 주인공의 히스토리를 모두 포함합니다. 다르게 표현하면, 중요한 사건의 연속적 배열이라고 할 수 있습니다. 하나의 독립된 장면은 개별 사건의 완성된 형태를 전제로 하기 때문입니다. 그러므로 장면의 효과적 배치는 이야기의 가능성, 나아가 완성도를 결정하는 중요한 요소입니다.

스토리보드 단계에서는 장면을 시간 순으로 배열합니다(A, 이미지의 큰 사각형은 하나의 장면을 의미합니다). 작가의 의도에 따라 극적인 효과를 위해 장면의 위치를 바꾸어 줍니다(가, 나, 다의 과정을 거쳐 B와 같은 새로운 배열이 탄생합니다). 편집 과정을 거치는 것입니다. 이렇게 재배열한 스토리보드가 '플롯보드'입니다. 그럼으로써 작가만의 고유한 플롯이 완성됩니다. 이런 재배열이 필요한 이유는, 긴장감 높은 흥미로운 장면을

장면의 편집 과정

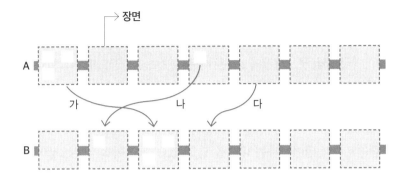

전면에 배치함으로써 초반부터 가독성을 끌어올릴 수 있기 때문입니다. 아울러 시점이 현재와 과거를 오갈 수 있기 때문에 작가가 작품을 보다 세련되게 이끌어가는 데 도움이 됩니다. 베테랑 작가들일수록 이런 유기적 편집 과정에 익숙합니다

그런데 장면은 앞서 말한 대로 여러 요소로 이루어져 있어서 장면을 통째로 옮기면 다소 무리가 따를 수 있습니다. 그래서 부분적으로 일부 요소만 옮기는 방법도 가능합니다(나, 작은 사각형은 장면을 이루는 다양한 요소들을 의미합니다. 사건, 배경, 해설 등). 속도감을 위해 현재 진행되는 사건만 빠르게 전개시키고 싶을 때 이런 방법이 유용합니다.

장면의 완성도를 높이기 위해 배경 설명이나 주인공의 세밀한 히스토리를 그때마다 삽입할 경우 자칫 이야기가 지루해질 수 있습니다. 이때 현재 일어나는 사건 외의 모든 요소들을 빼면 흐름이 빨라집니다.

물론 여기에서 제거된 다른 요소들은 다른 장면에 분산 배치하면 됩니다. 반대로 사건들만 연달아 일어나서 지나치게 이야기가 빠르게 진행되는 느낌이라면 묘사와 설명을 덧붙여 속도를 조절할 수도 있습니다.

《굿모닝, 굿모닝?》의 2장은 태풍이(굿모닝)의 꿈으로 시작합니다. 시골집 개천에서 불이 나고 위기에 빠진 공주를 구하려다 온몸에 불이 붙어 화상을 입은 자신의 모습을 되돌아보고, 이어 '좀비 개'로 불리며 사람들로부터 멀어졌다는 내용을 담고 있습니다. 이 회상은 2장의 보조 장면 역할을 하며, 독자가 왜 굿모닝이 버려졌는지 이해하도록 돕습니다. 그러나 회상이 앞부분을 차지함으로써 빠르게 진행되던 현재의 사건(갑자기 홀로 공원에 남겨져서 아저씨를 찾아다니다가 도심으로 진입하려는 과정)이 멈춥니다. 만약 여기에서 작가가 회상을 더 짧고 간결하게 정리하거나, 아예 제거한 뒤에 더 뒷부분에 배치한다면 이야기의 속도는 훨씬 빨라질 수 있습니다. 실제로 바로 다음 장면에 굿모닝이 수상한 두 남자(사냥꾼으로 불리는 개장수들)에게 붙잡힐 뻔한 위기가 기다리고 있습니다. 즉 사건과 사건이 맞물리면서 이어지게 배치할 때 긴장감과 속도감은 높아지게 마련입니다.

플롯보드를 만들 때 장면 편집을 조금 자세히 해 두면 집필 중에 방향을 잃거나 전혀 다른 이야기를 쓰는 위험도 피할 수 있습니다. 실제로 다 쓴 원고를 편집하는 것보다 플롯보드 상에서 편집하는 편이 훨씬 쉽습니다. 아직 완결되지 않은 형태에서 전체를 한눈에 볼 수 있기 때문입니다. 그러므로 원고를 다 쓴 뒤에도 플롯보드는 버리지 않고 가지고 있다가 편집할 때 활용하면 도움이 됩니다. 이처럼 플롯보드의 중요성은 다시 한 번 강조해도 지나치지 않습니다.

집필 전에 플롯보드를 통해 편집하는 과정을 거친다면, 작품의 전체적 구성을 공고히 다지고 작품에 대한 지배력을 높이는 데 도움이 됩니다. 작가에게 작품에 대한 지배력은 무엇보다 작품의 완성도에 기여할 뿐만 아니라, 요소들의 조직적인 배치를 통한 극적 구성의 유지를 위해서도 필수입니다.

각 장(章)에서의 장면 편집

보통 장편 동화나 장편 청소년소설은 10개 안팎의 장章으로 구성합니다. 그리고 각 장에는 1개 이상, 보통은 2~3개의 장면이 들어갑니다. 영화에서 말하는 시퀀스sequence 개념으로 이해하면 편리합니다. 이때 시

영화의 시퀀스와 소설의 장 비교

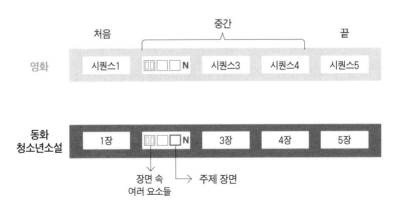

퀸스는 간단하게나마 '처음-중간-끝'의 형태를 이루는 연속적인 장면들이라고 정의할 수 있습니다. 하나의 장면이 한 장소에서 동일한 시간대에 일어나는 사건을 기본 단위로 하는 것에 비해 시퀀스는 여러 장면의 집합체이므로 시공간의 특별한 제한은 없으며 보통은 주제 단위로 끊습니다.

물론 각 장마다 한 개씩의 장면을 넣어서 독립성을 유지하고 메시지를 강화하는 것이 가장 좋은 방법이지만, 모든 장이 충분한 길이를 유지한 채 지속되기란 쉽지 않습니다. 이를테면 집중도가 높은 사건을 포함한 장면은 조금 더 길게 서술할 수 있지만, 그에 비해 짧은(그러나 제거할 수 없는) 사건을 포함한 장면도 있습니다. 즉 각각의 사건과 장면의 길이는 저마다 다릅니다.

그러므로 각 장을 구성할 때, 보통은 여러 개의 장면을 넣어 각 장의 활성도를 높입니다. 이때의 활성도란 주제적인 장면을 전면에 배치하고 그 주제를 보다 더 강조하거나 흐름의 강약을 조절하기 위해서 보조적인 장면을 함께 배치하는 것을 의미합니다.

각 장의 메시지를 결정하는 주요한 장면을 주제 장면Lead Scene이라 하는데, 주제 장면은 각 장의 핵심적 사건을 포함합니다. 이 핵심적 사건이 사실상 각 장의 메시지를 이끌어 가는 역할을 하게 되지요. 그리고 주제 장면 외에도 주제 장면의 원인이 되거나, 그 결과로 발생하는 소소한 사건을 포함하는 부차적인 장면이 있는데 이를 보조 장면Secondary Scene이라 합니다. 이때 보조 장면은 앞서 말한 대로 독립적인 장을 구성하기는 힘들지만, 전체적인 진행을 위해서 꼭 필요한 사건을 포함한 장면입니다.

《굿모닝, 굿모닝?》은 모두 12장으로 구성되어 있습니다. 영화라면 12개의 시퀀스겠지요. 1장에는 주인공 태풍이(굿모닝)가 주인 아저씨와 멀리 산책을 나와서 공놀이를 하는 장면 → 하수구를 헤치며 주인 아저씨가 던진 공을 찾는 장면 → 자신을 버리고 간 아저씨를 애타게 찾는 장면 → 주인을 잃어버린 자신을 자책하는 장면 → 이후 도심으로 들어가다가 사냥꾼을 만나는 장면(2장까지)이 차례로 연결되어 있습니다.

물론 앞서 말한대로 이 장면들 사이에 과거에 대한 서술이 군데군데 배치됩니다. 이들 장면 중 자신을 버리고 간 아저씨를 찾아서 헤매는 장면이 1장의 주제 장면이라고 할 수 있습니다. 주제 장면은 보조 장면보다 강렬한 인상을 주며, 다음 장에서 서술되는 장면의 구체적인 원인으로 작용합니다. 즉 이야기를 앞으로 나아가게끔 밀어낸다는 뜻입니다. 이를테면 각 장의 주제 장면만 모으면 그 책의 뼈대가 된다고 할 수 있습니다. 다만 뼈대만으로는 작품의 완성도를 추구할 수 없고, 이야기 자체가 에피소드만 던져진 것 같은 느낌을 줄 수도 있습니다. 그 때문에 그 외의 요소들(보조적인 장면과 회상, 배경, 해설 등)이 끼어들어 작품으로서의 완성도를 높이는 것입니다.

《시간 고양이》의 1장은 "검고 날렵한 그림자가 불쑥 앞을 가로막았다."라는 진술로 시작하는데, 정체는 고양이입니다. 1장 전체는 모두 고양이와 관련된 장면으로 구성되어 있습니다. 그러나 단일한 하나의 장면이 아니라 여러 개의 다른 장면이며, 다만 그 소재가 고양이일 뿐입니다. 첫 장면은 갑자기 나타난 고양이가 주인공 서림의 앞으로 휙 사라지는 단순한 장면이며 → 이어 서림은 놀라서(이 시대는 동물이 멸종된 시대이다) 얼른 병원에 입원한 엄마를 찾아가서 → 엄마에게 고양이가 그려진 그림책을 보여주는데, 하필 이때 사고 이후 처음으로 '고양이'라는 말을 꺼내고, 뿐만 아니라 창가에 고양이가 나타났다가 사라지지요. → 그리고 집으로 돌아가는 중에 다시 고양이를 만나고, 다시 한 번 놀라지만 고양이를 따라가는데 이유는 고양이의 주인을 찾아 주고 사례금을 받을 작정이었던 것입니다. → 그러나 하필이면 고양이가 접근 금지 구역으로 넘어갑니다. 그럼에도 불구하고 서림은 고양이를 따라가다가 웅덩이에 빠져 위기에 봉착합니다. → 도와달라고 소리치지만 아무도 오는 사람이 없고 서림은 절망합니다. 그런데 이때 두 개의 눈동자가 보입니다. 고양이였습니다. 서림은 고양이의 안내로 구덩이에서 빠져나옵니다.

이처럼 《시간 고양이》의 1장은 고양이를 둘러싼 여러 장면으로 조합되어 있는데, 이때 주제 장면은 당연히 주인공이 고양이를 따라가다가 구덩이에 빠지고 다시 그곳을 탈출하는 장면입니다. 그리고 나머지는 보조 장면입니다. 고양이로 인해 사건이 벌어진다는 강력한 암시를 주는 것이 1장의 가장 큰 역할입니다. 보조 장면에서도 고양이가 반복적으로 등장하여 이런 암시를 더욱 가속화하고 긴장감을 증폭시킵니다. 보조 장면은 주제 장면을 도와 보다 역동적인 이미지를 생성하므로, 주제 장면과 보조 장면이 상호 보완하도록 조합해야 합니다.

특히 이 작품은 고양이를 모든 장면에 배치함으로써(고양이로 인해 일어나는 사건들을 연이어 등장시켰다는 의미) 고양이가 중요한 모티프가 되게 하고, 보조 장면이 따로 놀지 않도록 구성했다는 점에서 매우 지혜로운 장면 배치 예시라고 할 수 있습니다. 즉 주제 장면과 보조 장면 여러 개가 뒤섞여 있는 상태라도 이처럼 하나의 모티프를 설정하면 이야기의 흐름도 난삽하지 않고, 하나의 큰 줄기를 이어나가는 느낌을 줄 수 있어서 종종 시도해 볼 만한 창작 방법입니다.

《아빠는 전쟁 중》의 3장도 비슷한 예로 설명될 수 있습니다. 3장의 전체적인 메시지는, 반장선거에서 명호에게 패한 신우의 분노 정도로 요약할 수 있습니다. 즉 반장선거에 패하고→굴욕적이게도 명호의 추천으로 환경미화부장이 됩니다→청소를 한 뒤, 열패감에 교실에 잠시 남았다가→(명호가 아이들의 주목을 받기 시작한 때를 떠올리고 학교 밖으로 나갑니다→)이때 학교 앞에 몰려있는 명호와 패거리들이 아빠를 홍보하는 모습을 발견하지요→이에 발끈한 신우는 명호에게 대들고 결국 명호를 질퍽거리는 운동장에 내동댕이칩니다. 즉 반장 선거의 패배와 그에 따른 분노의 표출을 주제 장면으로 설정하고, 그 사이에 명호의 히스토리를 배치한 형태입니다. 즉 어떤 경우에도 각 장은, 도드라지는 사건을 중심으로 그 장만의 고유한 메시지를 담고 있는 것이 좋으며, 또한 그래야 독자들의 기억에 오래 남습니다.

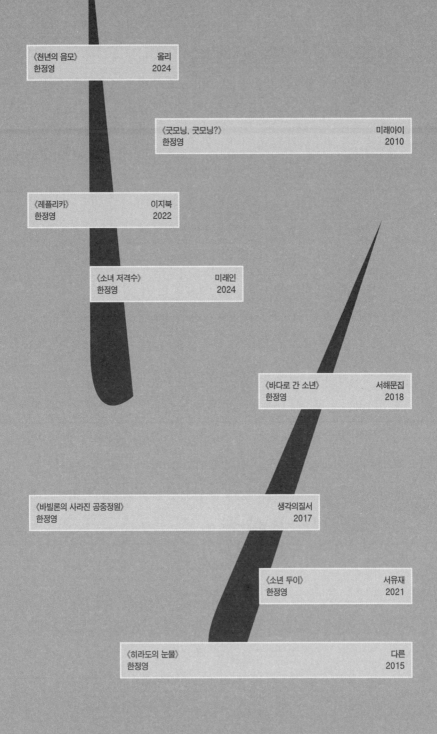

〈천년의 음모〉
한정영

올리
2024

〈굿모닝, 굿모닝?〉
한정영

미래아이
2010

〈레플리카〉
한정영

이지북
2022

〈소녀 저격수〉
한정영

미래인
2024

〈바다로 간 소년〉
한정영

서해문집
2018

〈바빌론의 사라진 공중정원〉
한정영

생각의질서
2017

〈소년 두이〉
한정영

서유재
2021

〈히라도의 눈물〉
한정영

다른
2015

3 부

스토리보드와
플롯보드

스토리보드
기본 활용

스토리보드란 자신이 쓸 이야기의 전반전인 줄거리를 정리해 놓은 것을 의미하는데, 흔히 시놉시스라 부르기도 합니다. 대체로 줄거리는 시간순으로 정리된 사건의 요약입니다. 하지만 실제 집필 과정에는 사건의 과거와 현재가 뒤섞이고, 배경 설명과 해설 등 다양한 요소들이 상존해야 하므로, 보다 조직적이고 짜임새 있는 자신만의 계획서가 필요합니다. 이것을 '플롯보드'라고 합니다. 즉 계획적인 글쓰기에 필요한 상세한 집필 계획서라고 할 수 있습니다. 단순하게는 스토리보드를 통해 늘어놓은 장면과 사건의 재배치(편집)를 통해 그 작품 고유의 플롯보드로 발전시키게 되는 것입니다.

　　작가들은 각자의 방식으로 자신이 쓸 이야기를 메모하고 정리합니다. 글쓰기는 개성이 강하게 표출되는 분야인 만큼 집필 방식도 자신에게 맞는 방식을 택하는 것이 가장 좋은 방법입니다. 다만 초보자일수록 한 편의 완성된 이야기를 요령 있게 정리하기란 쉽지 않기 때문에 보다 효율적인 접근 방법이 필요합니다. 기성 작가 역시 스토리보드와 플롯보드를 활용할 수 있다면 훨씬 효율적으로 작품을 쓸 수 있을 것입니다. 플롯보드 활용은 동화와 청소년소설뿐만 아니라 영 어덜트Young Adult는 물론 성인 소설의 그 어떤 장르에도 적용할 수 있습니다.

스토리보드 기본 유형

제목			
시공간 배경			
등장 인물	나		
1			
2			
3			
4			
5			
6	A	B	C
7			

스토리보드 단계별 진행 방법

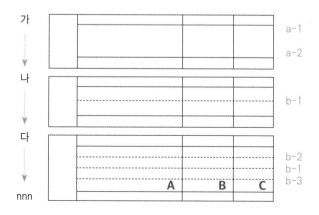

가 → 나 → 다 → nnn

A B C

a-1
a-2
b-1
b-2
b-1
b-3

위 스토리보드 기본 유형은 장편 동화(청소년소설)를 기준으로 하며, 따라서 왼쪽의 번호 순서(세로 점선)는 장편 동화에 나뉘어 있는 각 장을 의미합니다. 즉 장편 동화 혹은 청소년소설을 거칠게나마 구조화한 이미지라고 생각하면 됩니다.

그러나 주의할 점이 있습니다. 이 형식을 제시하면, 작가(지망생)들은 대뜸 이것과 똑같은 표를 그립니다. 10장까지 쓰려면 10칸까지 표를 만든 다음, 자신이 생각한 내용들을 적절하게 각 칸에 나누어 배치하지요. 이때 사건의 크기나 서술할 분량을 고려해서 나누어야 하는데, 대체로 단일한 사건을 기준으로 하거나 줄거리 상으로 비슷한 분량이 되면 나누는 경향이 있습니다. 그러나 스토리보드 상의 길이와 실제 집필 시에 쓰여지는 원고의 분량은 많은 차이가 있습니다. 즉 이 포맷은 이미 완성된 장편 동화를 기준으로 한 것이기 때문에 그와 같은 방법은 옳은 방법이 아닙니다. 이제 막 아이디어 단계인 이야기가 나중에 10장이 될지, 혹은 8장이 될지 알 수 없는 일입니다.

이 포맷을 활용하는 방법은, 우선 딱 한 칸(가로 점선)으로 시작하는 것을 원칙으로 합니다.

① 한 칸짜리 표를 만듭니다. 그리고 이 칸에 자신이 쓰려는 이야기에 필요한 (필요하다고 생각하는) 모든 내용을 적습니다. 마인드맵을 활용해도 좋습니다. 처음에는 시간적 순서나 논리성을 생각하지 않고 무작위로 적어도 상관없습니다. 이때는 가능한 단어가 아닌 문장의 형태로 써야 하며, 구체적일수록 좋습니다. 따돌림 당하기, 엄마에게 혼남, PC방에서 놀기, 놀이터에서 그

네타기처럼 주제어만 넣으면 안 됩니다. '~이러한 일이 생겨서 ~이런 짓을 하다가 ~이렇게 되었다'라는 방식이면 더 좋습니다. 이렇게 마인드맵을 하다 보면 한 페이지에서 그칠 수도 있고 두 페이지를 넘길 때도 있습니다. 분량은 중요하지 않습니다. 물론 주제어도 버리지 말고 일단은 표의 맨 오른쪽 칸(C 부분)에 옮겨서 메모해도 됩니다.

② 한 칸에 쓸 수 있는 만큼 넣었다면, 그 내용을 살펴보고 시간 순서에 따라 배열합니다. 그리고 배열한 내용들이 희미하게라도 처음-중간-끝의 형태를 보이는지 확인합니다. 만약 그런 구조적 형태가 보이면, 가로줄을 두 개 긋습니다. 그러면 칸이 세 등분이 됩니다.(가의 a-1과 a-2) 적어 놓은 에피소드들을, 단순히 앞부분에 들어갈 만한 내용(처음이라 생각되는 부분)은 위쪽에 넣고, 뒷부분에 들어갈 만한 내용은 아래쪽에 넣는다고 생각하면 됩니다. 그러면 자연스럽게 '처음-중간-끝'이 구분됩니다. 물론 이 과정 중에도 떠오르는 에피소드가 있다면, 위의 ①번 내용을 반복합니다.

③ 이야기의 대부분은 '중간'에 있습니다. 우리가 '모든 이야기는 과정이 중요하다'라고 말하는 것과 일맥상통합니다. 비율 면에서도 중간이 가장 깁니다. 이야기는 처음과 끝이 정해지면, 중간 부분의 확장에 돌입합니다. 대체로 중간의 확장은 큰 사건의 개수에 따라 결정됩니다. 이를 위해서 처음에는 아주 단순하게 중간 부분의 가운데 한 줄(b-1)을 긋고, 보다 앞부분에 들어갔으면 하는 내용은 b-1의 위쪽에, 보다 뒷부분에 들어갔으면 하는 내용은 b-1의 아래쪽에 배치합니다. 이때에도 ①번 내용을 반복합니다. 위에 어떤 사건

을 넣고, 아래에 어떤 사건을 넣을지에 대한 명확한 기준은 없으나, 입체적 구조의 원칙에 따라 보다 자극적이거나 큰 사건을 아래쪽에 놓습니다. 이때 작가의 직관이 발휘되는데 가끔 사건의 순서가 엉키기도 합니다. 하지만 어차 피 이 과정은 다시 반복될 것이고, 플롯보드화 시킬 때 개별 사건의 필요 유 무가 재결정될 것이기 때문에 일단 실수를 우려할 필요는 없습니다. 이 과정 의 반복은 작가에게 스스로 특정한 사건을 어디에 위치시킬지 지시해 줄 것입 니다. 여기까지만 와도 구조상 4장이 만들어집니다.

④ 물론 같은 방법으로 b-2와 b-3의 줄을 긋고 내용을 재배치합니다. 이것을 몇 번 반복하면, 자연스럽게 이야기의 차례가 구체화됩니다. 이야기가 길수록 b-n은 많아질 것입니다. 물론 이 방법에 익숙해지기 시작하면, 규모가 큰 사 건을 기준으로 b-1 → b-2, b-3의 순서에 따르지 않고, 세 번의 선을 한 번 에 그을 수도 있습니다.

그러나 여기에서 주의할 사항이 있습니다. b-n을 무작정 긋지 않는다는 것입니다. 이때 작가에게는 매우 예리한 직관력이 필요합니다. 자신이 쓴 내용이 사건으로 만 들어질 수 있고 또한 그것이 일정한 분량이 되어야 하며, 전체 이야기에서 꼭 필요 한 사건으로서 독립적 장을 구성할 수 있다고 판단될 때만 b-n을 그어 별도의 장을 만들어야 합니다. 즉 어림짐작으로라도 매우 큰 사건이라면 b-n을 긋고 독립된 사 건 혹은 장면으로 이끌어가도 됩니다. 그러나 그게 불가능해 보인다면, 다른 장면 들과 함께 같은 장 안에 들어가야 합니다. 이러한 직관력을 빠르게 키울 수 있는 방 법은 분석표입니다.(부록 참고) 책을 읽을 때마다 스토리보드 쓰듯이 분석을 반복 하면 크고 작은 사건에 대한 직관력을 높일 수 있으며, 사건이 왜 그런 순서로 배치되는지도 이해할 수 있습니다.

⑤ 이때 동시에 작업해야 할 내용이 하나 더 있습니다. 주인공 이외의 인물을 추가하는 것입니다. 이 스토리보드를 처음 보는 작가 지망생은, 대뜸(!) 자신의 이야기에 필요할 것 같은 인물을 미리 스토리보드에 쭉 열거해 놓고 시작합니다. 애초에 이야기를 구상할 때, 머릿속에 떠오른 모든 인물을 등장인물에 추가하지요. 그런데 결국 이야기를 쓰다 보면 처음에 중요해 보였던 인물이 축소되거나 반대로 하찮을 것 같은 인물의 비중이 늘어나는 경우도 있습니다. 이야기를 늘여가다 보면 새로운 인물이 필요한 경우도 생기게 마련이고요. 즉 사건의 전개에 따라 최초의 설정은 매우 많이 달라질 수 있다는 뜻입니다. 그러므로 처음에는 주인공과 적대자 정도만 놓고 이야기의 아이디어를 확대하는 게 좋습니다. 이것은 단순하게 시작해서 조금씩 복잡한 설정으로 나아가라는 뜻입니다. 그래야만 더 탄탄한 이야기를 만들 수 있습니다. 수많은 인물과 에피소드를 늘어놓으면 더 재미있는 이야기를 쓸 수 있을 것 같겠지만, 실제로 짜임새 있게 늘어놓는 일은 쉽지 않습니다.

결국 사건이 늘어날 필요가 있을 때 인물을 스토리보드에 추가하는 쪽이 더 안정적인 방법입니다. 이 말은 사건을 늘이기 위한 목적으로 인물을 추가할 수도 있다는 말이지요.

그러므로 스토리보드는 위에서 아래로 차례로 쓰는 것이 아니라, 한가운데에서 시작해 위아래로 퍼져나가는 방식으로 쓰는 것입니다. 칸 하나를 위와 아래로 확장하면서 줄거리(결국 하나의 긴 이야기)의 틀을 완성한다고 생각하면 됩니다.

동화와 소설의 텍스트를 분석해 보면, 각각의 서술마다 쓰임과 용도가 다양한 것을 알 수 있습니다. 가장 중요한 서술은 현재 진행되고 있는 사건입니다. 사건의 서술은 주인공을 중심으로 한 주요 인물 간의 액션과 리액션이 중심을 이루며, 이에 필요한 대화와 지문, 약간의 묘사가 핵심입니다. 사건은 장면을 만드는 주요소에 해당합니다. 사실상 이 서술이 특정한 장면의 거의 전부라고 해도 과언이 아닙니다. 그 때문에 사건과 장면을 잘 구분하지 않는 경우도 많습니다. 다만 장면은, 특정한 사건 자체 외에도 보조적인 요소가 더 필요하다는 사실만 인지하고 있으면 됩니다.

이야기는 현재 진행되고 있는 사건을 중심으로 서술해야 합니다. 물론 전체 이야기에서 독자가 가장 관심을 갖는 부분도 사건입니다. 이것이야말로 이야기의 뼈대, 즉 구성(플롯)이기 때문입니다. 하지만 앞서도 말했지만, 현재 진행되는 사건의 서술 외에도 필요에 따라 과거에 관한 서술과 배경 설명은 물론 단순한 해설이 들어갈 때도 있습니다. 예를 들어《소년 두이》의 스토리보드 2장에는 3개의 회상 장면이 들어가 있습니다. 이는 특정한 사건의 완성도 혹은 심층화를 위해서도 필요하며, 기술적으로 보면 각 장의 원고 분량을 맞추는 데에도 필요하지요.

그런데 이따금 에피소드 중에 배경 설명이 과하거나 갑자기 떠오른 주인공의 과거 서술을 끼어드는 경우가 있습니다. 창작의 경험이 풍부한 작가에게도 종종 발생합니다. 이럴 경우 단점은, 독자에게 현재 진행 중인 사건 외의 모든 서술이 '단순한 설명'으로 읽히는 착시 현상이 일어날 수 있습니다. 쉽게 말해 지루해진다는 뜻입니다. 그러므로 현재 진행되는 사건 외의 요소들은 (작품 속에서야 적절하게 뒤섞여 있지만) 스토리보드 안에서는 분리시켜 전략적으로 집필 준비를 해야 합니다.

즉 현재 진행되고 있는 사건만을 따로 떼어서 A쪽에 배치합니다. 이때 현재 진행되고 있는 사건의 가장 큰 특징은 역동성입니다. 즉 주인공이 바로 '내 앞에서' 또는 '나와 함께' 뛰고 달리는 사건들이 A를 차지합니다. 독자의 입장에서 보더라도 주인공의 오래된 과거 서술이나, 시대 배경에 대한 긴 설명 따위는 지루하기 이를 데 없습니다. 말하자면 이야기의 핵심은 역동성을 무기로 하는 '현재 일어나고 있는 연속적인 사건'에 있고, 이 사건의 배열이 바로 플롯의 거의 전부라고 해도 과언이 아닙니다. 완성된 이야기를 모두 읽고나서 줄거리를 써 보아도 대체로 A에 놓인 사건 중심으로 쓰게 된다는 사실을 확인할 수 있습니다.

B, C : 현재 사건 이외 요소 분리

SF나 역사 동화(청소년소설 포함) 같은 장르는 대체로 세계관을 재창조하는 경우라서, '지금은 어떤 시대이고, 이러한 상황이다'라는 전제가 있어야 독자가 작품을 이해하는 데 도움이 됩니다. 때문에 작가가 세계관 설정에 초반부터 몰입합니다. 더구나 독자가 어린이·청소년이다 보니 더 조바심을 내며 상세하게 설명하려 합니다. 하지만 그럴 경우, 이야기가 앞으로 나아가기 어렵습니다. 현재 사건이 연속적으로 전개되지 않으므로 독자에게는 지루하게 읽힙니다.

그러므로 현재 진행되는 사건 외의 서술은 최대한 뒤쪽으로 분산 배치해야 합니다. 장황한 배경 설명으로 이야기의 속도를 지연시키는 것보다 위험한 일은 없으니까요. 독자는 인내심이 많지 않습니다. 독자는 배경 설명을 다 이해하고 이야기에 몰입하기보다는, 위에서 말한 대로 당장 주인공이 '지금 여기 무얼 어떻게 하고 있는지'를 더 궁금해

합니다. 앞서 말한 바와 같이, 이야기의 한 축은 '놀이적 체험'이기 때문입니다. 그럼에도 불구하고 배경이나 주인공의 과거(히스토리)는 아주 중요하기 때문에 '분산 배치'의 방법을 택하는 것입니다. 따라서 작가는 꼭 필요한 설명의 경우에도 최소한의 분량을 적절하게 유지해야 하는 것이 원칙입니다. (미리 말하자면, 스토리보드를 만드는 과정에서 이에 해당하는 요소들은 B와 C로 이동시킵니다.)

《바빌론의 사라진 공중정원》은 아예 초반부에 설명을 과감하게 포기합니다. 이야기가 시작되면, 주인공 새론은 일단 목적지(이 목적지도 자신이 설정한 것이 아니라 알 수 없는 목걸이와 함께 아빠의 메모에 남겨진 것입니다)를 향해 달립니다. 아빠가 왜 그런 메시지를 남겼는지, 삼각형 모양의 목걸이는 어디에서 났는지, 도대체 어떻게 바그다드까지 왔는지에 대한 설명은 1장이 다 지날 때까지 드러나지 않습니다.

주인공 새론과 쌍둥이 오빠 라온은 중앙역 대합실에서 목걸이의 주인으로 보이는 소년(오르)을 만나는데, 누군가 그를 뒤쫓고 있다는 사실을 알아챕니다. 이어서 추격자를 피해 소년까지 포함해 세 명이 함께 달아납니다. 정차해 있는 열차에 숨어들고 화장실에 몸을 감춥니다. 속도감이 절정에 다다릅니다. 그리고 그때, 셋이 탄 열차가 출발합니다. 결국 남매는 소년과 함께 더 낯선 곳(바빌론)으로 향합니다. 그렇게 1장이 마무리되고 이와 같은 일이 벌어진 이유의 일부는 2장에 가서야 비로소 설명됩니다. 지나치게 빠르다는 느낌마저 없지 않지만, 더디고 느린 것보다는 독자의 관심을 더 받을 수 있습니다.

《소년 두이》의 플롯보드에서는 현재 사건 이외 요소를 어떻게 분리하는지 확인할 수 있습니다. 4장에서 약초가 필요하다는 아버지의 쪽지를 받은 두이는 집에 남아 있는 약초를 찾아(나중에는 직접 캐서) 가져 가기로 합니다. 물론 엄마에게 제지당하고 두이는 다시 돌아와 책을 읽 어야 하지요.

이렇게 현재 사건을 전개하면서, 혹시 필요할지 모르는 두 가지 의 내용을 B칸에 남겨 두었습니다. 약초에 관한 설명과 엄마의 과거 회 상입니다. 약초에 관한 설명을 통해 주인공 두이가 가진 약초에 대한 애 정과 아버지와의 심리적 결속을 암시합니다. 이는 두이가 아버지를 위 해(엄마의 반대에도 불구하고) 약초를 찾아 떠나게 되는 동기로도 활용됩니 다. 엄마의 과거 회상은 엄마의 두이에 대한 애정을 보여주는 동시에 엄 마와 아빠가 다른 생각을 가지고 있음을 암시합니다. 그리하여 두이에 게 '두 사람의 틈바구니에서 적당한 줄타기가 필요할 것'이라는 숙제를 은근히 던져 줍니다. 그러나 아무리 좋은 의미를 내포하고 있더라도 과 거에 관한 서술이나 배경에 대한 정보는 역시 현재 진행되고 있는 이야 기의 속도를 떨어뜨립니다. 그러므로 스토리보드 활용에서 아래와 같 은 추가 전략이 필요합니다.

⑥ 위의 과정을 지나면서, 이야기의 배경, 주인공의 과거, 꼭 필요한 일반적 설명에 해당하는 서술은 B칸으로 이동시킵니다. 그런 뒤에 그 내용을 몇 개 의 조각으로 분리하고, 꼭 필요할 것 같은 내용만 현재 진행되는 사건 사이에 넣습니다. 즉 현재 사건 진행에 필수적인 배경 설명만 일부 서술하고 나머지 는 가능한 여러 장에 나누어 기술적으로 삽입합니다. 그리고 필요성 여부를

알 수 없는 에피소드 조각들은 C로 이동시켜 놓습니다. 다만 이와 같은 스토리보드 만들기가 익숙해지면 C를 B에 통합하여 A와 B로만 만들어도 됩니다.(《히라도의 눈물》 플롯보드 참고)

현재 진행되고 있는 사건(A) 이외의 나머지 요소들을 구태여 B와 C에 배치하는 이유는 그것이 가진 비역동성 때문입니다. 이러한 비역동적 요소들은, 사건이행선을 따라 이야기를 위로 밀어올리는 힘이 없거나 미약하고 따라서 이야기를 정체되도록 만들기 때문입니다. 긴장감을 주기보다는 독자에게 사고思考를 강요하지요. 실제로 해설이나 배경 설명 대부분은 작가가 이야기를 자신이 원하는 대로 이끌어가기 위해 독자를 설득하려는 시도입니다.

⑦ 이런 과정을 거치면 A에는 현재 진행되고 있는 사건, 즉 골격만 남습니다. 이것이 플롯의 기본적인 모습입니다. 그러므로 자신이 정리한 스토리보드가 한 편의 재미있는 이야기가 될 가능성을 탐지하는 것도 A를 중심으로 전개된 내용에서 찾아야 합니다. 여기까지 스토리보드를 정리했는데 A가 부실하다면 이야기를 재구성하거나 보완해야 합니다.

여기까지 이해했다면, '스토리보드 → 플롯보드'의 생성 원리가, 위에서 아래로 순차적으로 이어지는 것이 아니라, 방사형이라는 것을 알 수 있습니다. 즉 한 칸에서 시작하여 중간을 중심으로 위(처음)와 아래(끝)를 분리하고, 다시 중간을 보완하면서 새로 생겨나는 인물과 배경을 위(또는 옆)로, 그 외의 비역동적 요소(배경 세부, 주인공이 아닌 인물의 히스토리 일부, 설명 등)을 오른쪽(B와 C영역)으로 분리하여 완전한 플롯보드를 만들어내는 것입니다.

앞서 설명을 통해, SF나 역사 동화라도 복잡한 세계관 설정보다는 주인공의 행동(액션과 리액션으로 만들어지는 사건)이 더 중요하다는 것을 눈치챘을 것입니다. 사실 이제 막 작품을 쓰기 시작한 작가는 새로운 세계관을 만들기 힘듭니다. 아직 그 분야에 대한 지배력이 없어서이기도 하고, 더 난감한 일은 새로운 세계관을 만들다 보면 설명이 많아지기 때문이지요. 클리셰를 피해야 한다는 강박 때문에 설정만 더 복잡해지기 쉽습니다. 이럴 경우 설정이 작가의 능력을 압도하게 되는데, 작가가 이런 상황에 갇히면 이야기가 작동하지 않습니다.

집필 과정에서 B에 있는 보조적 서술들이 A에 펼쳐져 있는 현재 사건들 틈에 부분적으로 파고들 때, 항상 현재 사건 서술 이외 다른 서술들은 간략하게 핵심만 짚어야 합니다. 그래야 이야기가 중간에서 머뭇거리지 않습니다. 애써서 자세하고 세밀하게 장면과 배경을 묘사할 필요가 없습니다.

이와 같은 전제로 《소년 두이》의 플롯보드가 만들어졌습니다. (339쪽 플롯보드 참고) 그런데 《소년 두이》는 배경 설정, 과거 회상 등의 비현재적 서술들이 주로 이야기 앞쪽에 몰려 있습니다. 물론 《소년 두이》뿐만이 아니라 대부분의 이야기가 형태상 이런 모습을 띠고 있습니다. 중반부 이후는, 작가가 본격적으로 긴장감이 큰 사건들을 배치하여 흥미롭게 이야기를 전개하고 있다는 뜻이지요. 결국 이야기의 가독성을 끌어올리고, 지속적 독서의 가능성을 확보하기 위해서는 앞쪽 부분의 전략적 장면 배치가 매우 중요함을 알 수 있습니다.

물론 이 플롯보드는 한 번에 쓰여지지 않았습니다. 플롯보드는 모두 5차례 큰 수정을 거치면서 완성되었습니다. 번호 없이 서술된 부분이 최초의 스토리보드이고, ②~⑤회에 걸쳐 수정하면서 플롯보드까지 발전한 것이라고 보면 됩니다. 물론 문장과 문단 사이에도 세밀한 수정이 시도되었으나, 이를 다 분리할 수가 없어서 주요 서술을 중심으로만 번호 표시를 했습니다. (부록 참고)

그런데 이를 인지하고 플롯보드와 출간 후 내용 분석을 비교해 보면, 일치하지 않는다는 사실을 알 수 있습니다. 우선 제목과 장소의 이름이 바뀌기도 했고, 중간중간 사건의 설정과 내용이 약간의 차이를 보입니다. 이러한 편차는 어디서 오는 걸까요?

본격적으로 집필을 시작하고 플롯보드에 맞춰 동화(소설)를 쓰는 동안, 작가는 수많은 생각을 하며 내적으로 발전합니다. 한 작품에 집중할수록 이야기가 더 치밀해지는 것은 당연한 일입니다. 자료의 폭이 넓어질수록 새로운 아이디어가 떠오르는데, 그에 따라 사건이 조금씩 수정되거나 디테일의 보완이 이루어집니다. 필요에 따라 플롯보드에 없는 인물이 한둘 등장할 수도 있지요. 특히 뒷부분으로 갈수록 사건의 크기와 내용이 조금 더 차이가 나는데, 이는 작품 전체에 대한 관조가 가능해져서 극적 사건의 구성이 더 자유로워지기 때문입니다. 즉 이미 2/3 정도까지 집필을 마쳤다면, 그 동안 작가는 작품에 대한 지배력이 높아지고 참고 자료도 더 늘어서 뒷부분에 이르면 기존에 계획했던 내용보다 더 동적이고 전체 흐름에 어울리는 사건을 추가할 수 있게 된다는 뜻입니다. 그래서 캐릭터의 이름이 바뀌기도 하고, 지명이 다른 이름으로 수정되기도 합니다.

그렇다면 꼭 처음부터 스토리보드(플롯보드)가 필요한지 문제를 제기할 수 있지만, 위와 같은 자연스러운 변화는 도리어 플롯보드가 있음으로써 발전이 가능한 것입니다. 작가는 누구나 작품이 완전히 끝날 때까지 자신이 쓰려 했던 것보다 더 나은 작품을 지향하기 때문입니다. 반대로 플롯보드 없이 간단한 메모나 줄거리만으로 집필을 시작할 경우, 곳곳에서 집필 중단의 위험이 따를 수 있습니다. 또한 도리어 위와 같은 이유(내적 발전) 때문에 앞쪽의 내용이 허술해 보이기도 해서, 결국 처음부터 다시 쓰는 일도 빈번합니다. 이럴 경우 집필 기간이 필요 이상으로 길어지고, 완성된 작품이 애초에 의도했던 방향과 일치하지 않는 경우도 많습니다.

그러므로 플롯보드를 여러 차례 수정하고 최대한 상세히 작성할수록 완성된 작품의 분석표와 더욱 닮아갑니다. 비록 일정한 차이가 존재하더라도 그 플롯보드가 작품을 탄생시킨 것입니다. 감성적인 첫 문장이 생각났다고 이야기가 쓰여지는 것이 아닙니다. 기막힌 에피소드 하나가 떠올랐다고 한 편의 작품을 완성할 수 없습니다. 동화(청소년소설)는 긴 설명문이나 논문보다 훨씬 다양한 요소로 이루어졌으며 매우 치밀한 사고 과정이 필요합니다. 플롯보드는 이를테면, 작품의 구성structure과 완성되어가는 과정process이 모두 들어 있습니다.

시작점
설정

스토리보드를 완성한 다음, 작가는 시간순으로 배열한 사건들 가운데 어느 부분을 시작점으로 잡을까 고민합니다. 물론 중·저학년 동화의 상당수는 시간적 순서에 따른 진행을 많이 하지만, 중·고학년이나 청소년으로 갈수록 조금 복잡해지더라도 극적 서술을 위해 시간적 사건 배열과 다르게 구성하게 됩니다.

시작점 설정을 위한 고민

이를테면 초반에 호기심을 끌어당기기 위해, 조금 충격적인 사건이 포함된 장면을 제일 앞에 놓는 경우를 흔히 볼 수 있습니다. 즉 위의 이미지를 장면의 시간적 배열이라 가정하고 2번 이후, 가령 1번에서 멀어지는 부분을 시작점으로 잡을수록 그 이전의 사건 모두가 과거로 치환되므로 집필할 때 부담이 될 수 있습니다. 예를 들어 4번의 장면을 시작점으로 잡을 경우 1~3번의 장면은 과거에 해당되므로, 작가는 4번 이후의 장면을 서술하면서 1~3번을 과거 처리하여 사건 중간에 삽입해야 합니다. 물론 7번이나 8번이 시작점이 되면 과거 서술에 대한 부담은 더더욱 커집니다. 그러므로 시작점을 잘 살피는 것도 실제 서술에서의 부담을 줄이고 동시에 극적 구조의 효과를 높이는 방법입니다. 집필을 시작한 뒤에 바로잡으려면 매우 복잡하고, 원고의 상당 분량을 버리고 다시 써야 하는 일이 발생할 수 있기 때문에 스토리보드에서 미리 점검해 두는 게 좋은 방법이라고 할 수 있습니다.

《소년 두이》의 주요 사건을 시간 순서대로 늘어놓으면 아래와 같습니다.

(1) 두이 아버지가 음죽도로 귀양을 와서 죽을 뻔하다가 두이 어머니를 만남.

(2) 두이 어머니와 혼인하고 두이를 낳음.

(3) 두이가 아버지와 약초를 캐러 다님.

(4) 아버지의 먼 친척이 찾아와 한양으로 가자고 회유함.

(5) 아버지와 함께 무인도에서 약초를 캐오던 두이가 총성을 듣고 달려감.

(6) 아버지는 양이洋夷의 배에 탄 환자 치료를 위해 집에 돌아오지 않음.

(7) 아버지를 기다리며, 섬에 전염병이 돌고 있다는 사실을 알게 됨.

(8) 엄마가 두이를 섬에서 빼돌리기 위해서 몰래 배를 탐.

(9) 두이가 탄 배가 진도에 내리지 못하고 우여곡절 끝에 음죽도로 되돌아옴.

(10) …

《소년 두이》의 시작 지점은 4번입니다. 그러므로 1~3번 장면은 모두 과거가 되어, 현재의 이야기가 전개되는 동안 분산 배치되었습니다. 즉 시작점을 늦게 잡으면 스토리는 빨라질 수 있고 상대적으로 몰입감을 높일 수는 있지만 과거 서술에 대한 부담이 커지기 때문에 판단을 잘해야 합니다.

뿐만 아니라 시작점의 설정은 위와 같은 이유 때문에라도 필연적으로 플롯의 형태에 영향을 미칩니다. 나아가 서술 방법에도 영향을 주지요. 이를테면 앞의 이미지에서 1~2번이 시작점이 되면 이야기는 시간순에 따라 전개되므로 차분하게 진행되겠지만, 7~8번 쪽에서 시작하면 앞 장면의 상당수가 축약 서술되어야 하므로 역동성 때문에라도 다급해 보일 수 있지요. 이를 참고해서 《히라포의 눈물》(111~112쪽 줄거리 참고)을 다시 보면, 현재의 시작점 설정이 작품의 분위기와 빠르기에도 부분적으로 영향을 미쳤음을 알 수 있습니다.

플롯보드 보완

장면 편집을 통해서 적절한 시작 지점을 찾았다면, 스토리보드가 플롯보드로 전환된 것입니다. 줄거리를 늘어놓은 것이 아니라 실제로 쓸 순서를 정했기 때문입니다. 이제부터는 디테일 강화에 나섭니다. 물론 조금 성급하게 이 정도에서 바로 집필에 들어갈 수도 있습니다. 다만 그 전에, 각각의 장이 독립적으로 적절한 메시지를 확보하면서 일정한 길이도 담보할 수 있는지, 전체적인 맥락은 이상이 없는지 등을 확인해야 합니다.

특히 A칸에 들어 있는 사건 중에서 확장력이 없어 보이거나 일정한 분량을 채울 수 없을 것 같은 부분을 중점적으로 보완하고, 그게 불가능하다면 B나 C칸으로 이동시킵니다. 짧은 메모만으로는 판단할 수 없을 경우, 간략하게 직접 서술을 해봅니다. 작가의 숙련도나 노련미에 따라서 가능할 수도 불가능할 수도 있기 때문입니다.

각 장의 디테일 보완에 유용한 요소들

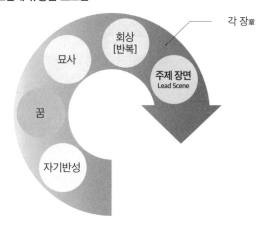

앞서 말했듯이 A의 한 칸은 장편 동화(청소년소설)의 한 장에 해당하는 부분입니다. 그러므로 다시 한 번 말하지만 스토리보드를 만들 때, 함부로 한 칸을 연장하지 않는 게 좋습니다. 각 장은 물리적으로도 적절한 양이 담보되어야 하기 때문입니다. 기계적으로 선을 그어 한 칸 한 칸을 늘리다 보면, 정작 집필할 때 원고의 적절한 양을 확보하지 못해서 당황하는 경우가 허다합니다.

이와 같은 원칙을 지킨 후에도 각 칸이 적절한 양을 확보하지 못했을 경우, 디테일을 확보하여 각 장이 독립적 역할을 하도록 해야 합니다.

꿈의 사용

꿈은 일종의 트릭trick입니다. 복선의 역할도 할 수 있고, 지금까지 진행된 사건을 정리하는 역할도 할 수 있습니다. 꿈을 통해 작가의 심리 상태를 우회적으로 표출할 수도 있지요. 《히라도의 눈물》의 경우는 첫 장면이 꿈입니다. 갑작스럽게 집안으로 들이닥친 사무라이의 공포스러운 모습은 물론, 아버지가 그들 앞에 무릎을 꿇고 있는 모습이 작품 전체를 아우르는 불길한 상징으로 작용합니다.

《레플리카》의 12장(숲속의 도망자)은 주인공 세인(세븐틴)의 꿈으로 시작합니다. 수술대 위에 누군가가 누워 있고, 의료진이 그의 장기를 하나씩 꺼내 비닐봉투에 담습니다. 그리고 간, 위, 심장이 담긴 비닐봉투에는 각각 다른 사람의 이름이 적혀 있습니다. 마지막 남은 껍데기는 쓰레기통에 처박히지요. 그래서 머리통을 살펴보니 다름 아닌 자신의 얼굴입니다. 이 끔찍한 꿈은 주인공의 불안한 심리를 대변하기도 하고, 한치의 앞도 알 수 없는 주인공의 미래를 상징하기도 합니다. 독자는 이 장면에서 주인공의 향후 삶이 평탄치 않으리라고 생각할 것입니다. 이처럼 꿈은 다양한 위치에서 다양한 의미를 전달할 수 있습니다.

그러나 꿈은 너무 오래 지속되어서는 안 됩니다. 꿈은 짧고 임팩트할 때에 효과가 있으며, 보통의 에피소드보다 길어지면 작위성만 두드러집니다. 물론 자주 반복되어서는 안 되고 피치 못하게 반복될 경우, 서술 방법을 달리 하는 게 좋습니다. 꿈의 사용은 환기의 효과가 있으나, 반복되면 그만큼 진부해집니다.

배경 정리

한 칸을 독립적인 장으로 만들고 싶은데 도무지 현재 사건의 아이디어가 떠오르지 않는다면 이야기의 배경을 정리해 둡니다. 특히 역사 동화나 SF·판타지 같은 작품은 언급되어야 할 배경 설명이 많기 때문에, 아직 앞 장에서 활용하지 않은 배경을 정리해 두면 효과를 볼 수 있습니다. 이러한 효과를 더욱 살리기 위해서는 배경 설명을 최대한 유예시키는 것이 좋습니다.

또한 현재의 실생활을 다루는 내용의 경우, 시작점을 늦추는 것도 디테일 확보를 위한 방법일 수 있습니다. 시작점을 늦추면 회상해야 할 내용이 많아지니까요.

앞서 언급한 《레플리카》의 경우 1장(로즈 게임)에서는 컴퓨터에서 하던 게임을 현실로 옮겨 온, 실제 몸을 사냥하는 게임이 빠르게 전개됩니다. 2장(거리의 외눈박이 소녀)에 들어선 뒤에, 그것도 보조 장면(세인이 엄마의 AI를 해킹해서 운전면허증을 훔침)이 하나 지나간 뒤에 주인공 세인이 여자친구를 만나는 장면에 이르러서 배경 설명을 시작합니다. 해수면 상승이 2049년부터 시작되었다든지, 이를 피하기 위해 돈 많은 사람들은 도시 북쪽에 방파제로 보호받는 동맹시를 결성한 일 등을 설명합니다. 그 다음 장면에서는 여자친구가 롯 타워에 대해서 묻고 그걸 알지 못하는 세인에게 설명해 주는 방식으로, 클론이 살고 있는 제3 거류지의 상징적 건물인 롯 타워에 대해 이야기합니다. 롯 타워는 이 소설의 핵심적 사건이 일어나는 공간이 됩니다.

이렇게 대략 2~3쪽 분량을 배경 설명에 할애한 까닭에, 1장에서 빠르게 전개되던 이야기는 잠시 머뭇거립니다. 그러나 곧바로 눈이 하나밖에 없는 클론을 만나면서 다시 긴장감이 높아지고 현재 사건으로 되돌아옵니다.

2장에서 잠깐 설명한 배경은 소설 전체의 설정 가운데 일부입니다. 추가적인 배경 설명은 사건이 진행되며 다시 등장합니다. 4장(바이크 헌터)에는 동맹시에 사는 아이들이 매우 경쟁이 치열한 학습을 받고 있다는 정보가 등장하고, 6장(기억의 통로)에서 다시 세인이 동맹시에서 살게 된 과정을 아빠의 히스토리로 말해 줍니다. 그럼으로써 동맹시의 구체성이 드러나고 동시에 세인의 현재 위치도 확인할 수 있습니다. 물론 그 사이에는 여자친구가 납치되어 세인이 구해내는 장면, 녹두를 만나 자신이 클론이라는 말을 듣고 놀라는 장면들이 현재의 사건을 이끌고 있습니다. 이처럼 배경을 적절히 분산시키면 호기심을 유발하는 동시에, 현재 사건들의 연속성을 유지할 수 있습니다.

현재 진행되는 사건의 배경에 해당되는 과거의 특정 사건도 분산합니다. 《아빠는 전쟁 중》의 경우, 주인공 신우는 반장선거를 앞두고 자신에게 돌아올 표를 염려하며 왜 아이들이 자신에게 등을 돌렸을까, 고민합니다. 이는 독자도 궁금해할 만한 내용이지요. 이것의 실체는, 전쟁 영웅이었던 아빠가 상이군인으로 돌아오면서 사실상 '정신이상자'로 취급받으면서 그 권위가 사라지자 아이들도 신우의 곁을 떠나간 것입니다. 그러나 이를 한꺼번에 노출시키지 않고, 신우가 아이들의 '골목대장'이 된 이유(29~32쪽)부터, 새로운 '영웅'(명호)의 등장 과정(39쪽), 아빠가 전쟁 트라우마를 겪고 사실상 패잔병처럼 돌아오던 모습(49쪽), 이어 정신이상 증세를 보이는 장면(81쪽)까지 차례로 분산하여 서술하고 있습니다.

그러나 (동화와 청소년소설이라면) 어떤 경우에도 배경이 지나치게 복잡해서는 안 됩니다. 낯선 배경은 그것이 역사든, SF 혹은 판타지이든, 사건이 벌어지고 있는 물리적 조건일 뿐이므로, 그것이 설명만으로 채워져서는 안 된다는 뜻이지요. 즉 새로운 배경은 사건의 모티프가 되어야 하며 대체 불가능한 소재로 기능해야 합니다. 화려한 배경은 서술을 힘들게 하고 독자에게는 지루함을 줄 수 있습니다. 배경이 사건을 압도하지 않도록 주의해야 합니다.

입체적인 주인공

작품에 보다 문학성을 강화하고 싶다면, 주인공이 스스로 반성하는 장면 분량을 늘리면 효과적입니다. 장르 문학은 평면적 주인공이 사건 중심으로 이야기를 밀고 나가는 경우가 많은 데 반해, 문학성이 높은 작품은 입체적 주인공을 만들기 위해 상당한 노력을 기울입니다. 입체적인 주인공은 인간이 보편적으로 추구해야 할 가치를 전달해야 하므로 회의와 반성도 필요합니다. 입체적인 인물을 적절히 활용하면 이야기가 지나치게 긴장되는 것을 막을 수도 있습니다. 필요 이상으로 길게만 서술하지 않는다면 디테일 확보를 돕는 요소라 할 수 있습니다. 대체로 심리 묘사의 형태로 이루어지지만, 단순한 묘사보다는 대화나 행동을 통해 심리를 외부로 드러내는 방법을 적극 권장합니다.

물론 묘사는 성인을 대상으로 한 소설에서는 '꽃'이라 비유할 만큼 중요한 요소입니다. 왜냐하면 언어의 가장 세련된 사용이 선명하게 보이는 부분이기 때문입니다. 작가가 언어를 얼마나 잘 다루는지에 대한 척도가 되기도 합니다. 하지만 묘사는 동화와 청소년소설에서 주의해야 할 요소 중 하나입니다. 동화는 특히 독자(어린이)의 독서 지속 가능 시간을 고려하여 잘 하지 않는 편이지요. 긴 분량의 묘사는 독자를 지루하게 만들기 때문입니다. 그러나 새로운 물건에 대한 호기심을 전달할 때, 아주 특이한 인물을 묘사할 때, 독자(어린이)가 경험해 보지 못한 공간에 대한 궁금증을 풀어야 할 때와 같은 경우에는 호기심을 불러일으키는 묘사를 충분히 활용하는 것도 방법입니다. 다만 지나친 심리 묘사나 감성적 묘사는 하지 않는 것이 좋습니다.

《바다로 간 소년》은 청소년소설이라는 점을 감안하더라도 심리 묘사가 조금 비대한 편입니다. 첫 장면에서 주인공 해명은 진 대인에게 회회어(아랍어)를 가르치러 갔다가 함께 정원을 바라봅니다. 이때 샨샨(진 대인의 7살짜리 딸)이 해명을 잘 따른다며 '자네한테 시집이라도 가겠다고 하면 어쩔 텐가?' 하며 농을 건네지요. 해명은 얼굴이 붉어지면서 농담이 지나치다며, 더구나 외국에서 끌려온 주제에 가당치도 않은 일이라며 자책을 합니다. 그리고 자신은 온전한 남자도 아니라고(화자) 한탄합니다.(16쪽) 이러한 심리 묘사는 다른 진술이 없더라도 해명의 처지를 설명하는 데 도움이 됩니다.

이어지는 장면에서, 해명은 진 대인의 집에서 나와 다시 숙소로

동화·청소년소설 쓰기의 모든 것

돌아가는 길에 느닷없이 누군가에게 납치되듯 끌려갑니다. 그리고 그곳에서 어윤수를 마주칩니다. 그는 조선에서 해명과 또 다른 어린 소년들 수십 명을 강제로 끌고 온 장본인입니다. 그 때문에 매우 겁을 먹습니다. 정신이 아뜩해지고, 머리를 저으며 잘못 본 것이라며 속으로 울부짖듯 합니다.(29쪽) 이런 다소 과장되어 보이는 심리적 진술은 해명에게 특별한 사연이 있고, 두 사람 사이에 말 못 할 사정이 있음을 짐작케 합니다.

이처럼 심리 묘사는 주인공의 성격을 구체화하고 독자의 공감을 불러일으켜 주인공을 응원하게 만듭니다. 이 과정에서 가독성을 높이기도 합니다. 하지만 앞서 말한 것처럼 이런 심리 묘사가 과도하게 나오면 이야기가 앞으로 나아가지 않고 한곳에 머물러 있는 느낌을 주기 때문에 적절한 양과 횟수를 조절해야 합니다. 특히 동화는 청소년소설보다 훨씬 더 적은 양이어야 합니다.

그리고 무엇보다 감정 묘사에 주의해야 합니다. 독자(어린이와 청소년)는 작가(어른)가 경험한 내용의 다양한 감정선을 갖고 있지 못하기 때문에 너무 디테일한 감정 묘사는 독자에게 독이 될 수 있습니다. (6부 '주인공의 감정 표현 강도' 참고)

회상과 반복

회상은 반복의 역할을 수행하면서 주제를 돋보이게 합니다. 작가의 목적성을 분명히 드러내는 방법이기도 합니다. 즉 특정한 장면의 반복은 주인공이 그 사건에 몰입하고 있다는 증거로 제시되며, 독자는 그럼으로써 그 사건이 매우 중요하다는 힌트를 얻게 됩니다. 나아가 이러한 환기는 독자로 하여금 독서의 목적과 방향을 흐트러지지 않게 하는 역할도 합니다. 다만 기술적인 변주가 필요하긴 합니다. '복붙'하는 방법도 있지만, 그보다는 꿈을 통해 유사하게 반복한다던가, 앞에서는 구체적으로 벌어졌던 것을 뒤에서는 요약 설명한다던가, 다른 인물의 입을 통해서 말하게 하는 방법을 사용할 수 있습니다.

《굿모닝, 굿모닝?》은 2장 첫 장면이 꿈으로 시작하는데, 사실 이 부분은 꿈이라기보다는 회상에 가깝습니다. 현실에서 강변의 억새에 불이 났을 때 굿모닝(이때의 이름은 태풍)이 주인인 공주를 구하러 나섰다가 온몸에 불이 붙어 흉측한 모습이 되었는데, 그것을 그대로 꿈으로 재현하기 때문입니다.(23, 24쪽) 그리고 그 이후, 얼굴이 흉측해지자 가족이라고 생각했던 사람들이 한겨울인데도 굿모닝을 집 밖으로 내보내는 장면이 회상 처리되어 있습니다. 더구나 사람들은 굿모닝이 공주를 물었다고 오해하고 있지요. 실제로는 굿모닝이 공주를 구하려고 불길에서 끌어냈을 뿐입니다.(25쪽) 그러나 굿모닝은 도리어 화상 때문에 '좀비 개'로 불리기 시작하고 동네 아이들이 돌을 던지며 놀립니다. 뿐만 아니라 공주마저도 굿모닝을 원망하는 장면이 회상됩니다.(43, 44쪽) 이후에도 굿모닝의 회상은 반복적으로 등장하면서 굿모닝의 이전 주인에 대한 미련과 애착을 보여 줍니다. 또한 사람들의 반응과는 달리 사건(화재가 나서 결국 집에서 쫓겨남) 이후에도 도리어 주인을 이해하려는 모습을 보여 줌으로써 주제를 강조하는 역할을 하기도 합니다.

회상과 반복은 이처럼 한편으로는 주인공의 히스토리를 강화하면서 동시에 주제를 강화하는 역할을 합니다. 《소녀 저격수》는 표면적으로는 일본군과 맞서는, 어린 저격수 소녀(설아)의 이야기를 다루고 있습니다. 그러나 내면적으로는 자신의 정체성을 찾아가는 이야기이기도 합니다. 설아는 11살 때, 크게 다쳐서 죽을 뻔하다가 살아났는데, 깨어나 보니 할아버지가 자신을 돌보고 있었지요. 모든 기억을 잃었기 때문에 설아는 당연히 할아버지를 가족이라 믿고 평범한 소녀로 자라납니다. 그러나 할아버지의 죽음을 계기로 자신에게 출생의 비밀이 있다는 사실을 알게 됩니다. 실제로 설아는 일본군에 의해 약물과 고난도 훈련을 통해 길러진 인간 병기였습니다. 따라서 설아는 특정한 사건을 만날 때마다, 베일 벗기듯 자신을 둘러싼 비밀을 하나둘씩 파헤쳐 나갑니다. 이 과정에서 회상과 반복이 강화됩니다. 자신이 지나쳐 온 모든 사건을 떠올리며 자신의 정체성에 대한 퍼즐을 맞추어 가고, 이는 틈틈이 반복되면서, 구체적인 설아의 '히스토리'를 만들어 냅니다. 그럼으로써 캐릭터로서의 개성이 강화됩니다.

올리
2022

《33번째 달의 마법》
한정영

《닻별》
한정영

시공주니어
2022

리틀씨앤톡
2019

《멍멍, 난 개똥이가 아니야》
한정영

《소년 두이》
한정영

서유재
2021

이지북
2023

《시간 고양이 3》
박미연

《앵무새 돌려주기 대작전》
임지윤

창비
2014

썬더키즈
2023

《한밤중 마녀를 찾아간 고양이》
한정영

4 부

티핑포인트

- TP1과 TP2의 역할
- 사건이행선을 고려한 티핑포인트 설계
- 티핑포인트 위치 선정

TP1과
TP2의 역할

티핑포인트Tipping Point는 '갑자기 (격정적으로) 뒤집히는 지점'을 의미하는 말로, 보통 사회적 현상을 설명하는 용어입니다. 이외에도 '어떤 일이 급속하게 발생하는 시점'이나, 그리하여 '엄청난 변화가 초래되(기 시작하)는 부분', 따라서 '(그 지점을 기준으로) 앞과 뒤가 현저히 다른 양상을 보이게 되는 특별한 시점' 같은 의미를 내포하고 있지요. 이 용어로 이야기의 구조를 이해하면 창작에 중요한 시사점을 얻을 수 있습니다.

　　이야기의 줄거리를 정리하면 '처음-중간-끝'의 형태를 보이는데, 이것을 구조라고 한다고 앞에서 설명했습니다. 구조는 모든 이야기에 적용됩니다. 이때 대부분의 이야기는 중간의 비중이 가장 크고, 따라서 모든 이야기는 '과정이 중요하다'고 할 수 있습니다. 그렇다면 처음과 중간, 그리고 중간과 끝을 구분하는 기준은 무엇일까요? 미리 답하자면, 그 구분은 티핑포인트(TP)에 의해서 결정됩니다.

티핑포인트 위치에 따른 이야기 전개

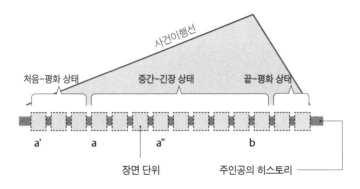

심청은 태어난 지 7일 만에 어머니를 여의고 눈이 먼 심 봉사의 손에 자란다. 심봉사는 심청을 위해 젖동냥을 마다하지 않았고, 그런 정성 덕분인지 어느새 자란 심청은 눈 먼 아버지를 극진히 보살폈다.

그러던 어느 날이었다. 심 봉사는 사람들에게서 공양미 삼백 석을 시주하면 눈을 뜰 수 있다는 이야기를 듣는다. 그 말에 심 봉사는 덜컥 시주를 약속한다. 하지만 자신이 그만한 능력이 없었기에 전전긍긍하고, 마침내 심청이까지 그 사실을 알게 된다.

결국 심청은 상인에게 공양미 삼백 석을 받고 자신의 몸을 팔기로 한다.

심청전의 대략적 줄거리(앞부분)입니다. 이때, '그러던 어느 날이었다'가 눈에 띄는데, 어떤 이야기든 반드시 이 지점이 생깁니다. '한 사람이 있었어. 원래는 이렇게 살았는데, 그런데 어느 날 이런 일이 생긴 거야.'라는 식이지요. 바로 이 '어느 날'로 시작되는 사건이 TP입니다. 이 사건이 무슨 일이 갑자기 뒤집히는 지점이고, 엄청난 변화가 초래되는 지점이지요. 편의상 이 지점을 TP1이라고 하겠습니다.(a)

TP1을 기점으로 주인공은 이전과는 다른 삶을 살게 됩니다. TP1 이전에 주인공이 누리던 평화가 깨졌기 때문입니다. 균형이 깨지고 평범한 삶에 균열(나아가 파괴)이 생기면서 조화로운 일상이 사라졌습니다. 이제 주인공은 산산조각난 평화를 되찾기 위해 애써야 합니다. 고난이 시작되는 것이지요. 따라서 이야기는 TP1에서 발생한 문제가 해결될 때까지 긴장 상태를 유지합니다.

TP1이 지나고 나면 사건은 점점 더 강도가 높아집니다. 이 말은 주인공의 고난의 강도가 강해진다는 뜻이기도 하고, 뒤쪽으로 갈수록 갈등의 폭이 커진다는 뜻이기도 합니다. 사건이행선을 왼쪽 아래에서 오른쪽 위로 그리는 이유는 그 때문입니다. 그러므로 작가는 스토리를 구상할 때 사건의 크기가 작은 것을 앞쪽에 놓고, 뒤쪽으로 갈수록 큰 사건을 놓아 독자의 호기심을 유도해야 합니다. 이것을 잘 조절하지 못하면 독자는 중간에서 흥미를 잃을 수도 있습니다.

그러다가 또 다른 TP를 만납니다.

왕비가 된 심청은 홀로 남아 있을 아버지를 그리워하다가 맹인들을 위한 잔치를 열기로 한다. 한편 이 소식을 듣게 된 심 봉사도 맹인 잔치에 참석하기로 하고 뺑덕어멈과 함께 길을 나선다. 하지만 뺑덕어멈은 심 봉사가 가지고 있던 경비를 모두 가지고 달아나고, 그 바람에 심 봉사는 갖은 고초를 겪는다.

그리고 우여곡절 끝에 잔치 마지막 날에 심 봉사는 맹인 잔치에 도착하고 극적으로 심청을 만나 재회한다. 그리고 그 순간 눈을 뜬다.

이야기가 어느 정도 무르익으면, '마침내' 혹은 '우여곡절 끝에', '결국' 같은 단어와 만납니다. 이 부분이 이전까지 주인공의 험난한 여정의 끝을 알리는 부분입니다. 이때 발생한 또 하나의 큰 사건 역시 TP라 부를 수 있습니다. 편의상 이 지점을 TP2라 칭하겠습니다.(b) 위의 경우처럼 똑같이 적용하면, 이 TP2를 기준으로 그 앞과 뒤의 주인공의 형편이 달라집니다. 앞쪽의 TP1과의 차이는 TP2를 끝으로 더 이상 주인공에게 고난이 없다는 것입니다. 그리고 평화가 찾아옵니다.

물론 이때 찾아오는 평화는 TP1 이전의 평화와는 다른 성숙한 평화입니다. TP1 이후에 주인공이 온갖 시련과 고난을 겪으며 인식의 변화가 일어났기 때문입니다. 인식의 변화는 성장의 증거이고요. 특히 동화와 청소년소설은 '성장'을 중요하게 생각하기 때문에 TP2 이후의 평화는 확연히 달라야 합니다. **이처럼 모든 이야기는 최소한 두 개의 TP를 갖습니다.**

이러한 구조는 스토리보드나 플롯보드에서 다를 것은 없지만, 플롯보드에서는 다만 TP1의 위치가 종종 조정됩니다. 그리고 조정된 위치에 따라 실제 집필이 이루어집니다. 가장 앞에 두고 이야기를 시작할 수도 있으며(a'), 조금 더 뒤로 미룰 수도 있습니다.(a") 작가의 의도에 의해 장면 또는 사건의 위치를 조정해 줄거리를 플롯으로 바꾸는 것입니다. 물론 이에 따라 플롯의 모양새가 달라집니다.

그러나 TP1의 위치가 일정하지 않은데 비해서 TP2는 거의 변함이 없습니다. 클라이맥스가 지나고도 이야기가 계속된다면 그 이후에 지속되는 사건은 독자의 흥미를 끌지 못하기 때문입니다. 지금까지 나온 가장 강력한 사건이 발생하는 지점을 TP2로 설정해야 합니다.

이처럼 TP를 이해하면, 이야기의 구조를 보다 쉽게 이해할 수 있고, TP1과 TP2를 이용해 보다 빠르게 이야기의 줄거리를 만들 수 있습니다. 물론 이것은 자신이 떠올린 아이디어와 에피소드 조각이 한 편의 이야기로 발전할 수 있는지 점검하는 바로미터이기도 합니다. 즉 아무리 짧고 간결해도 주인공의 삶을 평화를 깨면서 그의 삶을 위협할 만한 일(TP1)이 발생하게 하고, 거듭되는 사건으로 주인공을 고난에 빠지게 하되 (동화와 청소년소설이라면) 결코 포기하지 않고 그 고난이 아무리 거셀지라도(TP2) 무사히 목표(목적)에 이르게 하는 것이지요. 반대로 신박한 아이디어라도 TP를 2개 만들 수 없다면, 그 아이디어는 영원히 아이디어에 머물 수도 있습니다. 상당수의 작가(지망생)가 이런 뻔한(?) 구조(처음-중간-끝)를 안다고 하면서도, 정작 완결성 있는 이야기를 만들어내지 못하는 이유는 그때문입니다.

사건이행선을 고려한 티핑포인트 설계

••••
•••

TP를 능숙하게 활용할 수 있다면 이야기를 만들기 위한 첫걸음을 구체적으로 내딛는 것이라고 할 수 있습니다. 막연한 마인드맵에서 나아가 보다 목적 지향적인 생각의 통로를 열었다고 할 수 있지요. 즉 목적지를 알고 집을 나서는 것과 어디를 가야 할지 모른 상태에서 집을 떠나는 것의 차이라고 할까요? '강릉 쪽에 바다를 내다볼 수 있는 좋은 펜션으로 가자!'라는 말과 '바다가 보이는 좋은 숙소가 없을까?'의 차이라면 더 확실하게 이해가 되려나요?

즉 집을 나설 때 목적지가 설정되면, 그에 따라 우리는 주어진 조건에 따라 교통 수단을 고려하고 빠르게 갈 것인지 즐기며 가도 되는지 결정합니다. 그리고 일단 집을 나선 다음에는 그 계획에 따라 움직이지요.

TP1은 아무것도 하지 않던(혹은 아무런 일도 일어나지 않은 상태, 즉 반드시 깨어져야 하는 기존의 평화 상태) 주인공에게 목표를 설정해 주는 곳입

티핑포인트의 강도 설계

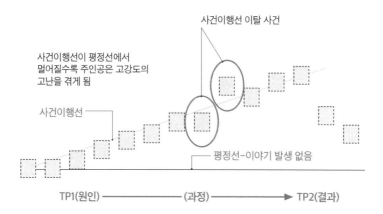

니다(이때 목적지는 정해져 있을 수도 있고, 앞으로 정해야 할 수도 있음). 당연히 평화가 깨졌으니 그것을 원래대로 되돌려야 합니다. 평화의 회복을 위해 주인공이 본격적으로 사건에 뛰어든다는 뜻입니다. 그리고 이 과정을 통해 주인공은 성장합니다.

　　TP1부터 독자는 주인공에게 본격적으로 주목합니다. 주인공에게 변화가 생기고 긴장감이 높아지기 시작했으니까요. 일상에서도 우리는 아무 일도 일어나지 않는 사람보다는 변화가 계속 일어나는 사람에게 주목합니다.

　　이제 작가는 TP1에서 어떤 사건을 일으킬 것인지 고민해야 합니다. TP1에서 작가는 스스로도 감당할 수 있어야 하고, 주인공도 감당할 수 있는 사건을 만들어야 합니다. 그러므로 작가는 TP1의 강도, 크기 등을 잘 설계해야 합니다. 특히 TP1 지점은 그 이야기의 첫 번째 사건이 발생하는 지점이므로 이때의 사건 크기가 이후 사건 크기를 결정하게 됩니다.

작가는 우선, 이야기의 종류와 특성에 따라서 자신의 능력치를 감안해야 합니다. 이를테면 작가가 직·간접적 경험이 풍부한 소재라면 사건의 강도, 크기가 커도 상관없습니다. 하지만 반대의 경우라면, 처음부터 일을 크게 벌이면 이후에 사건을 진행시키기 어려울 수도 있습니다. 사건 진행이 자연스럽지 못하거나 사실성과 개연성에 치명적 오류가 생길 수도 있고, 심지어 거짓 진술을 하게 될 우려도 있습니다.

예를 들어 많은 자료 조사에 의존해야 하는 SF나 역사 동화의 경우가 특히 그러합니다. 그 시대(역사)나 자신이 만든 세계(SF)를 장악하지 못하면 작품이 진행되지 않을 수 있습니다. 그래서 허점을 보완하느라 배경 설정이 과해지기도 하고, 그와는 반대로 배경 설정을 해 놓고도 감당이 되지 않아서 역사 동화나 SF의 특징을 살리지 못한 채 현실 동화처럼 쓰기도 합니다. 이를테면 작가는 자신이 쓰려는 이야기에 대한 장악력이 높아야 한다는 뜻입니다.

또한 작가는 주인공에게 얼마나 규모가 큰 사건을 던져줄 것인지 고민해야 합니다. 대체로 작가는 독자의 주목을 끌기 위해서 주인공에게 강력한 고난을 던져줍니다. 물론 이런 시도 자체가 문제가 있는 것은 아니지만, 작가는 종종 자신에게 '이런 일이 아이들에게 일어날 수 있을까?'라고 질문해 보아야 합니다. 앞에서 말한 것처럼 TP1에서 일어나는 사건은 이 이야기의 최초 사건이나 다름없으므로 이후의 사건은 이보다 강도 높게 전개되어야 하는데, 최초의 사건이 규모가 너무 크면 그 이후의 사건은 자칫 주인공이 감당하지 못할 수도 있습니다. 사실 이에 대한 답은 우리의 경험과 기억, 그리고 수많은 동화와 청소년소설에 이미 들어 있습니다. 다만 '흥미'에 대한 조바심 때문에 보다 자극적이고 과격할 정도의 사건을 주인공에게 겪게 하는 것이지요. 물론 이런 점이 중요한 것은 독자가 어린이·청소년이기 때문입니다. 독자가 어른이라면 사건의 강도에 굳이 제한을 둘 필요가 없습니다.

일단 TP1이 발생했다면, 그 시점부터 더 이상 주인공은 멈추어 있어서는 안 됩니다. 끊임없이 생각하고 대화하고 움직여야 합니다. 주인공의 입장에서는 최대한 빨리 문제(TP1)를 해결(TP2)해야 하고, 작가의 입장에서는 TP1에서 잡아당긴 독자의 호기심을 놓쳐서는 안 됩니다.

이때 작가는 자신이 정해 놓은 사건이행선에서 이탈하는 사건을 전개하지 않도록 주의해야 합니다. 하방향으로의 이탈은 흥미를 떨어뜨립니다. 뒤이어 일어나는 사건이 이미 지나간 사건보다 긴장감이 떨어지는 경우입니다. 반면 갑작스러운 상방향으로의 이탈은 비약의 느낌을 주거나 사건이 과장되어 보일 가능성이 있습니다. 능력치가 5인 주인공이 아무 설명 없이 갑자기 7을 사용한 느낌이랄까. 흥미를 유지하는 것은 좋지만 사건이행선에서 너무 벗어나서는 안 됩니다.

그래서 사건이행선과 평정선이 이루는 각도가 아주 적절해야 합니다. 동화는 특히 연령대마다 교양과 독서 수준의 편차가 커서 이 각도를 매우 유연하게 조절해야 합니다. 저학년 동화일수록 좁은 각도에서, 고학년 동화나 청소년일수록 조금 더 넓은 각도에서 유지되어야 합니

동화·청소년소설 쓰기의 모든 것

다. 물론 너무 큰 각도(성인 소설)를 이루어도 문제가 될 수 있습니다.

　　TP2에서는 앞에서 일으킨 문제가 해결되고, TP1과 TP2 사이에서 던져 놓은 '떡밥을 회수'해야 합니다. 그리고 TP2가 TP1과 맞닿아 있음을 보여 주어야 합니다. 즉 지금까지 주인공이 TP2를 향해 달려온 것은 TP1의 발생 때문이라는 것을 독자가 느끼게 해야 한다는 의미입니다. 이처럼 일관된 맥락으로 엮어질 때 비로소 완결성 있는 작품이 됩니다. 그것이 동화이고 소설입니다. 단순히 에피소드를 늘어놓은 것이 아니라 계획에 따라 조직적으로 쓰인 하나의 언어적 구조물, 즉 '작품'인 것이죠.

　　TP1과 TP2 사이에 연관성이 부족하다면, 그 이야기는 더 써야 하거나 잘못 쓴 것입니다. 강릉에 있는 바다가 보이는 펜션을 예약해 놓고 엉뚱한 곳에서 놀고 있다면, 아직 목적지에 다다른 것이 아니지요. TP2는 TP1이 유발한 것입니다. TP1이 없었다면 TP2도 존재하지 않았을 것입니다. **작가는 의도한 목적지에 도달할 때까지 작품을 끝내서는 안 됩니다.**

　　앞서 예로 든 《닻별》의 TP1은 시에라 동물원에 지진이 일어나는 사건입니다. 이 사건으로 평화가 깨지고 한 치 앞도 예측할 수 없는 상태가 됩니다. 갈라진 땅은 물론이고 힘의 균형이 유지되던 회색늑대와의 갈등이 단숨에 불거지면서 적대 요소가 많아집니다. 주인공 닻별은 이전과 전혀 다른 삶을 살게 되는 것이지요. 이제 TP1의 내용을 알았으니 이후부터 TP2까지의 내용은 예측할 수 있습니다. TP1과 TP2 사이에서 닻별은 끊임없이 고난을 겪습니다. 주인공이 성장하기 위한 필수적인 과정입니다. 그리고 그 성장의 증거가 TP2에서 결과로 나타납니다. 닻별은 자신과 같은 바람늑대는 물론이고 회색늑대까지 구하고 스스로 희생하는 길을 택합니다. 이전의 닻별은 오로지 주인이 시키는 대로만 행동하는 융통성 없는 늑대였지만, 성장하면서 심지어 자신의 적대자들의 생명까지 소중하게 여기는 늑대가 되었으니까요. 이 지점에 다다르면 비로소 주인공은 평화로운 상태가 됩니다.

더 간단한 예를 들 수도 있습니다. 《앵무새 돌려주기 대작전》의 경우, TP1은 '어쩌다가 앵무새를 가방에 넣어'(실제로 1장의 제목이기도 합니다.) 옴으로써 발생합니다. 앞서도 말했지만, 이 앵무새가 집안에 들어옴으로써 집안은 발칵 뒤집힙니다. 더구나 '(아빠 회사의) 회장님 새'이기 때문에, 더하여 주인에게 허락도 없이 가져온 새이므로 주인공 '나'의 가족들은 그야말로 공황 상태에 빠집니다. TP1의 모습은 대체로 이렇습니다. 그러므로 웬만한 독자는, 결국 앵무새를 돌려주어야(TP2) 이 이야기가 마무리될 것임을 알게 되지요. 말하자면 주인공은 TP1로 인해 발생한 문제를 해결하기 위해 동분서주하게 되고, 그 결과로 TP2를 맞이하게 되는 것입니다. 이처럼 TP1과 TP2의 매칭은 작품의 완결성에 중요한 역할을 하게 됩니다.

《시간 고양이3》와 같은 타임 슬립이 적용된 동화는 TP를 찾는 일이 훨씬 용이합니다. 타임 슬립하여 낯선 세계로 진입하는 것이 모험의 시작을 알리는 지점이자, 이곳이 TP1입니다. 아울러 다양한 사건(혹은 미션)을 겪은 후에 다시 원래의 자리로 돌아오는 부분이 바로 TP2입니다.

티핑포인트
위치 선정

티핑포인트를 강조하는 이유는, 그것의 위치에 따라서 이야기의 안정적 흐름을 유지하는 데 중요한 역할을 할 뿐만 아니라, 전체적인 모양새를 결정(플롯)하는 데도 적지 않은 기여를 하기 때문입니다. 나아가 이야기의 빠르기도 TP1의 위치에 따라 달라집니다. 서술 방법도 그에 따라 바뀔 수도 있습니다.

앞서 말한 것처럼 TP1이 앞에 있을수록 이야기의 흐름이 빠르며, 뒤에 위치할수록 흐름이 느려집니다. 또한 TP2가 너무 빨리 나오면, 그 이후의 이야기는 긴장감이 현저히 떨어진 상태이므로 사족처럼 느낄 수 있습니다. 따라서 티핑포인트 위치 선정은 전략적으로 매우 중요한 테크닉이라고 할 수 있습니다.

그렇다면 티핑포인트의 적절한 위치는 어디가 좋을까요? 10장 안팎으로 나눈 장편 동화를 예로 들어 보겠습니다. 일반적으로 TP1은

티핑포인트의 적절한 위치

1장의 끝부분이나, 적어도 2장에서 일어나는 것이 좋습니다. 그리고 TP2는 마지막 장의 직전(10장으로 이루어진 동화라면 9장)에서 이루어지는 게 좋습니다.

TP1이 2장 이내(A)에서 이루어져야 이야기의 속도감을 확보하고 가독성을 높일 수 있습니다. TP1이 늦으면 늦을수록(B) 독자는 (주인공의) 무엇에 집중해야 할지 모르는 상태이므로, 주인공은 가능하면 앞(2장 이내)에서 목표를 설정해야 합니다.

간혹 TP1이 첫 장면부터 시작되는 예도 있습니다. 《한밤중 마녀를 찾아간 고양이》는 '(나는) 마침내 바람의 길을 건넜어.'라는 문장으로 시작합니다. 그럼으로써 TP1의 서막이 열립니다. 이어 '목을 물어뜯던 놈의 섬뜩한 숨소리'라든가, '아찔했어', 나아가 '설마 마녀가 도운 걸까?'라는 진술이 등장함으로써 주인공 '나'에게 무언가 심상치 않은 일이 벌어졌음을 직접 암시하지요. 더하여 자신이 자랐던 집을 향해 달려가 엄마를 찾는데, 아무리 발버둥쳐도 엄마는 나를 알아보지도 못하고

동화·청소년소설 쓰기의 모든 것

울음소리조차 듣지 못합니다. (주인공에게는) 기막힌 이 일들이 모두 1장 안에서 소화가 됩니다. 그럼으로써 이야기의 속도가 매우 빨라집니다. 《33번째 달의 마법》도 시작하자마자 주인공 고양이 봄이가 길거리를 달립니다. 자신이 살던 마을을 벗어나, 앞으로 사람으로 살기 위해서 비밀이 담긴 의류 수거함을 찾아 나섭니다. 이야기는 고양이가 달리는 속도만큼이나 빠르게 전개되는데, 항상 이야기의 속도는 독자가 충분히 소화할 만큼의 빠르기여야 합니다.

TP1이 너무 늦게 나올 경우에는 앞부분이 지루해지는데, 이때 유사 TP를 활용하는 방법도 있습니다. 유사 TP는, TP처럼 주인공을 긴장 상태 혹은 갈등 상태로 만들 만큼 충격이 큰 사건을 TP1이 나오기 전에 배치하여 일단 독자의 시선을 잡아 놓는 역할을 합니다.

위에서 예로 든 《소년 두이》의 경우를 보면, 사실상 TP1은 3장에 있습니다. 음죽도에 역병이 돈다는 게 사실로 알려지고, 어머니의 반대에도 불구하고 아버지가 환자들을 치료하기 위해 역병의 진원지로 떠납니다. 그리고 어머니는 주인공 두이를 섬 밖으로 보내려고 마음먹습니다. 주인공의 일상이 크게 흔들리기 시작하고, 평화가 깨지는 지점이지요. 실제로 두이는 4장에서 엄마를 따라 사람들의 눈을 피해, 많은 돈을 써서 섬 밖으로 탈출하는 배에 올라탑니다.

《소년 두이》는 TP1 발생 이전에 유사 TP를 활용하고 있습니다. 1장에서 두이는 아버지와 함께 무인도에 다녀오다가 섬 전체를 울릴 만한 총소리를 듣습니다. 포구로 달려가 보니 이양선이 섬 앞에 나타났고, 마을이 떠들썩해집니다. 이양선이 단순히 식수를 얻고 고뿔 환자를 치료하려는 목적에서 접근한 것이라 더 큰 문제는 생기지 않지만, 이 일로 두이와 가족에게 조금의 변화가 감지됩니다. 아버지가 집에 들어오지 않는 일, 그리하여 어머니와의 갈등이 시작됩니다. 이 부분에서 두이의 평온한 삶이 완전히 뒤틀리지는 않지만 이전과는 다른 기류가 가족들 사이에 흐르고 긴장감이 높아지기 시작합니다. 그래서 유사 TP는 독자를 TP1이 있는 곳까지 유인합니다.

그렇다면 TP1과 유사 TP는 어떻게 구분할까요. 무엇보다 TP1는 TP2와의 매칭을 염두에 두면 됩니다. TP2 부분에서 이루어지는 주인공의 목표 성취가 앞의 어떤 사건에 의해서 발생했는지를 찾아보는 것이지요. 그리고 무엇보다 TP1은 앞서 말한 바와 같이, 주인공이 이전까지 누리던 평화가 완전히 깨지는 부분이고, 험난한 사건이 시작되는 부분이라는 점을 알고 있으면 됩니다.

이를테면《멍멍, 난 개똥이가 아니야》의 경우는 앞부분에 유사 TP라 할 만한 지점이 몇 곳 있습니다. 주인공 캔디(나중에 개똥이라 불림)는 고양이 빨코와의 갈등으로 매우 심기 불편한 상황이 되고 쉴 새 없이 다투기도 합니다. 하지만 불편하기는 해도 평화가 완전히 깨지지는 않습니다. 캔디에게 평화가 깨지고 삶의 조건이 전적으로 바뀌는 부분은, 주인공의 가족들이 뿔뿔이 흩어지고(이 부분도 TP1은 아니고 암시일 뿐이지요, 이후에도 혹독한 시련이 찾아오지는 않으니까요), 슈퍼 아줌마에게 끌려간 이후입니다. 마침내 캔디는 삶의 조건이 달라집니다. 이후부터 캔디는 슈퍼 바깥의 냄새나는 개집에서 살게 되고, 마음대로 먹지도 못합니다. 아이들은 캔디를 개똥이라고 부르며 놀리고, 심지어 배를 쿡쿡 쑤셔대기도 합니다. 즉 집을 떠나는 순간이 바로 TP1 지점이라고 할 수 있습니다. 물론 TP2에서 캔디는 주인 아저씨의 도움으로 자신이 낳은 새끼들과 함께 무사히 집으로 돌아오게 됩니다.

TP2는 그 사건이 일어난 후 딱 한 장 정도만 더 지속된 뒤 이야기가 끝나면 좋습니다.(C) 만약 TP2가 일어난 뒤에도 2장 이상이 진행된다면 긴장감이 떨어집니다. 이미 해결이 난 문제이니까요. 원고 분량 확보가 목적이 아니라면 TP2가 지난 뒤에는 늘어지지 않는 게 좋습니다. 그래서 TP2 발생 직후에 이야기가 끝나는 경우도 흔히 볼 수 있습니다.

《한밤중 마녀를 찾아간 고양이》의 모든 문제가 해결되는 부분은 마지막 8장입니다. '나'는 마녀를 만났고, 가까스로 용기를 내서 자신의 몸을 되돌려줄 것을 부탁하지요. 이에 마녀는 거절하지만 구름이 할아버지의 도움으로 마녀의 마음을 움직입니다. 그럼으로써 마녀는 처음 '나'가 건너왔던 그 길로 가서 '축 늘어진 고양이 한 마리(고양이 사체)'를 품에 안고 박제실로 돌아옵니다. 그럼으로써 박제가 된 '나'는 동물원 입구에 놓이고 다시 엄마를 볼 수 있다는 희망을 갖게 되지요. 즉 마지막 8장에 TP2와 에필로그 느낌의 후일담까지 모두 담겨 있는 셈이지요.

《5번 레인》 　 문학동네
은소홀 　 2020

《바빌론의 사라진 공중정원》 　 생각의질서
한정영 　 2017

《33번째 달의 마법》 　 올리
한정영 　 2022

《소리를 보는 소년》 　 서해문집
김은영 　 2022

《경성 최고 화신미용실입니다》 　 다른
이호영 　 2021

《시간 가게》 　 문학동네
이나영 　 2013

《교서관 책동무》 　 파란자전거
김영주 　 2022

《시간 고양이》 　 이지북
박미연 　 2021

《나는 조선의 소년 비행사입니다》 　 다른
한정영 　 2019

《소녀 저격수》 　 미래인
한정영 　 2024

《안녕, 걱정 인형》 　 이지북
김은영 　 2023

《꿀벌이 사라졌다》 　 이지북
현민 　 2024

《닻별》 　 시공주니어
한정영 　 2022

《부로두웨 마술단》 　 서해문집
박미연 　 2023

《레플리카》 　 이지북
한정영 　 2022

《히라도의 눈물》 　 다른
한정영 　 2015

《몬스터 차일드》 　 사계절
이재문 　 2021

《바다로 간 소년》 　 서해문집
한정영 　 2018

《유원》 　 창비
백온유 　 2020

《한밤중 마녀를 찾아간 고양이》 　 썬더키즈
한정영 　 2023

《아빠는 전쟁 중》 　 서해문집
한정영 　 2023

《열다섯, 벼리의 별》 　 단비청소년
백나영 　 2023

5 부

디테일 강화
: 플롯과 사건

사건 중심 이야기와
인물 중심 이야기

물론 사건과 인물을 분리할 수는 없습니다. 사건이란, 적어도 하나(주인공) 이상의 인물이 겪는 긴장의 결과물이기 때문입니다. 그럼에도 불구하고 어떤 이야기는 끊임없이 변화-성장하는 인물의 모습에 초점을 맞추고, 어떤 이야기는 연속적인 사건, 그 자체를 보여 주기 위해 애씁니다. 가령 '우연한 기회에 초능력을 갖게 된 아이가 자신의 힘을 숨긴 채 지내며 아이들을 괴롭히는 악당을 하나씩 혼내 주는 통쾌한 이야기'라면, 사건 중심의 이야기를 쓰겠다는 뜻입니다. 반면 '부모님이 안 계시고 할머니와 단 둘이 사는 한 아이가 꿋꿋하게 자신의 삶을 헤쳐나가는 이야기'의 경우는 인물 중심의 이야기를 쓰려는 것이지요.

즉 자신이 내놓은 아이디어를 위의 경우처럼 가만히 살펴보면 그 이야기가 무엇에 더 중심을 두어야 하는지 알 수 있습니다. 대체로 보다 더 문학적인 작품은 사건이 인물의 변모에 종속되며, 보다 오락적 기능에 충실한 작품은 인물의 변화와 성장의 측면보다는 더 다양하고 화려한 사건들을 연속적으로 펼쳐 놓습니다. 왜냐하면 앞서 말한 것처럼 이야기의 놀이적 기능에 더 충실하려 하기 때문입니다. 이때 전자에 사용된 인물을 입체적 인물이라 하고, 후자에는 주로 평면적 인물이 사용됩니다.

사건 중심 이야기와 인물 중심 이야기 비교

특히 사건을 오락적 기능에 충실하게 하려는 경우, 이때 벌어지는 사건은 의외성 및 돌발성은 물론이고 다소 과장되기도 합니다. 충격이 강할수록 독자가 작품에 깊이 빠져들기 때문이지요. **사건 중심의 이야기에서 가장 중요한 것은 빠른 목표 설정입니다. 주인공이 이루어야 하는 목표를 보다 선명하게 제시해서 독자들이 응원하게 하는 것이지요.** 아주 특별한 누군가를 위기에서 구한다든가, 보물과 같은 매우 가치 있는 무언가를 찾는 일이라든가, 정해진 시간에 어느 특별한 곳에 이르러야 하는 이야기가 모두 여기에 해당합니다. 판타지나 추리, 모험 동화들이 대체로 이와 같은 형식을 취하고 있습니다.

《바빌론의 사라진 공중정원》의 주인공 새론과 라온 남매, 그리고 오르는 '공중정원'을 찾아가는 것이 목표입니다. 소설은 공중정원으로 향하는 여정으로 되어 있습니다. 일단 우물의 방(5장)을 찾은 일행은 거센 파도를 일으키는 출렁다리를 어렵게 통과하고, 조각상이 살아 움직이는 정원을 지나지요. 이어 물 위를 걷기도 합니다(물 속에 수수께끼를 풀어야 볼 수 있는 징검다리가 놓여 있음). 이처럼 사건 중심의 이야기는 보다 강도 높은 사건이 연속적으로 배치되어 독자를 자극합니다. 인물의 내적 변화보다는 사건의 역동성이 이야기를 이끌고 있는 것입니다.

그 다음은, 연속성입니다. 차별화되고 차등화된 사건이 연속적으로 발생하여 이야기가 끝날 때까지 긴장감을 유지시키는 것이 관건이지요. 그래서 대체로 주인공에 반하는 인물을 미리 설정해 두었다가 연속적으로 등장시키는 것이 좋습니다. 감당할 만큼 만만한 적대자부터 시작하여 감당하기 힘든 적대자를 차례로 등장시켜 사건이 점층적으로 커지도록 만드는 방식이지요.

이때의 사건은 대체로 외부로부터 비롯됩니다. 평면적인 주인공은 애초에 정의로워서 스스로 문제를 일으키지 않으며 평화를 지향하기 때문이지요. 그런데 그 평화를 깨는 누군가(적대자)가 있기 때문에 그와 싸워 이기려는 것입니다. 그러므로 다양한 적대자가 다양한 방법으로 주인공을 괴롭혀야 합니다. 그 괴롭히는 방법이 속된 말로 '신박할수록' 독자는 흥미를 느낍니다. 그것은 곧 새로운 사건을 의미하니까요.

《시간 고양이》는 첫 장을 열면서부터 흥미로운 사건이 시작됩니다. 동물이 사라진 시대에서 주인공 서림이 살아있는 고양이를 만나고 → 그 고양이를 팔아 안전하고 풍요로우며 미래가 보장된 뉴클린 시티에 가려고 마음먹지만 → 뜻밖에도 그 고양이가 오래 전, 엄마가 키우던 고양이라는 사실을 알게 되지요. → 그러나 이미 거래를 약속한 사람이 찾아오면서 추격전이 펼쳐지고, 겨우 추격자를 따돌리지만 → 추격자가 복제동물연구소 소장이라는 사실을 알게 됩니다.

이처럼 《시간 고양이》는 사건의 속도가 주인공의 사고思考 과정을 앞지릅니다. 결국 독자가 생각할 겨를도 없이 사건이 파노라마처럼 펼쳐진다는 뜻이지요. 실제로 작품 속 주인공 서림은 시시각각으로 닥쳐오는 다양한 사건을 마주하면서 각개전투하듯 하나씩의 사건을 뚫고 앞으로 나아갑니다. 그 덕분에 독자 역시 주인공처럼 숨 가쁘게 책장을 넘겨야 합니다. 이때 사건은, 대체로 주인공의 개인적 심성에서 비롯된 것이 아니라, 외부로부터 닥쳐오는 것이고, 주인공은 이들 사건에 적극적으로 맞서도록 그려져야 합니다.

그런 반면, 인물 중심 이야기의 주인공은 등장 단계부터 문제의 소지가 다분합니다. 그 스스로 갈등의 씨앗을 가지고 있습니다. 왜냐하면 특정한 인물에 관한 이야기를 하겠다고 마음먹는 계기는 대체로 그 인물의 탄생 자체가 매우 특별한 '사연'(인물의 히스토리)을 가진 경우가 대부분이기 때문이지요. (아이들이나 어른들로부터) 비상식인 대우를 받고 있거나, (편부모나 가난과 같은) 비정상적인 환경에 처해 있는 것이지요. 그리고 이 인물들은 이와 같은 조건들에 대해 매우 민감합니다. 너무나 예민하여 그냥 지나치지를 못하지요. 그러므로 주인공은 이런 열악한 환경에서 벗어나려고 무던히도 애를 쓰곤 합니다. 사실 이만한 사연을 갖고 있지 않고는 주인공이 될 수가 없지요. 소설의 경우에 주로 해당되지만, '모든 소설의 주인공은 문제적 인물'(루카치)이라는 진술에 유의할 필요가 있습니다.

생활 동화의 주인공 상당수가 클리셰를 우려할 만큼 유사한 사회적·경제적 위치에 놓이는 이유도 여기서 비롯됩니다. 더하여 청소년소설이나 영 어덜트의 경우는 반사회적인 인물이나 지배 이데올로기에 반하는 인물이 주인공으로 선택되기도 합니다. 어린이(동화)에 비해 청소년은 벌어지는 사건을 감당할 수 있는 능력이 훨씬 크기 때문입니다. 그리고 보다 더 문학성을 추구하는 작품일수록 인간(어린이와 청소년)의 삶을 억압하는 요소들을 찾아내 그것들로부터 담대하게 일어서는 주인공의 모습을 그리려 하기 때문입니다.

그러므로 인물 중심의 이야기는, 사건의 다양성을 목표로 하지 않으며 단일한 사건일지라도 그 안에서 주인공의 성격이 변모하는 과정을 잘 그려내는 것이 관건입니다. 왜냐하면 주인공의 '변모'는 부딪치는 사건에만 달려 있는 것이 아니라, 심리적 갈등과 그에 따른 반성과 의지의 확인 같은 과정이 필요하기 때문입니다. 동화와 청소년소설에서는 이와 같은 변모를 성장이라고 표현합니다.

앞서 언급한《경성 최고 화신미용실입니다》의 경우, 주인공 인덕이는 스스로 문제를 내포하고 있습니다. 그는 현재 자신이 처한 환경에 '불만'이 많고 이런 상황을 개선하려는 의지가 뚜렷하지요. 비록 독립운동을 하러 떠났다지만 가족을 돌보지 않는 어머니와 아버지, 현실적 삶의 어려움에도 양반 가문의 질서를 놓지 않으려는 할머니의 모습은 자신의 현재적 삶을 소중하게 여기는 인덕이에게 모두 극복해야 할 대상입니다. 여기에 더하여 일제 강점기라는 시대적 한계는 차치하고라도 신문물이 목전까지 들이닥친 상황에서 배움의 의지마저도 꺾인 상태입니다. 그리하여 인덕이는 당대적 삶의 족쇄를 상징하는 긴 머리칼을 자르기로 하지요. 표면적으로는 할머니의 약값을 마련하기 위해서입니다. 이런 행동은 매우 도발적인데, 주인공의 성격 자체가 사건을 더 크게 키우는 형국입니다. 더 나아가 인덕이는 단발한 머리칼을 다듬고 가꾸는 미용사가 되려고 합니다. 이러한 화려한 변모가 주인공의 캐릭터를 매우 입체적이며 개성적으로 만듭니다. 물론 그렇다고 작위적이지 않습니다. 이러한 행동은 자신의 삶을 적극적으로 실현하겠다는 의지의 표현이기 때문입니다. 또한 억압적 현실에 대한 도전입니다. 그럼으로써 인덕이는 성장할 수 있습니다. 비록 청소년이지만 스스로의 삶을 바로 세우려는 전형적 인물상을 보여 줍니다. 문학성은 이곳에서 발현됩니다.

그러므로 사건 중심의 이야기를 쓸 것인지 인물 중심의 이야기를 쓸 것인지에 관한 문제는 작가에게는 중요한 시사점을 제공합니다. 사건 중심의 이야기는 더 풍부한 오락성을 목적으로 하기 때문에, 작가는 빠른 전개와 의외성과 변칙적이더라도 변화무쌍한 사건의 개발은 물론 다양한 적대자에 대한 여러 가지 아이디어가 필요합니다. 인물 중심의 이야기는 삶의 교훈을 제시하는 역할을 하는 것이 목적이므로 끈기 있게 인물을 탐구하는 자세와 당대 세계에 대한 깊이 있고 현실적인 물음이 반복되어야 합니다. 이럴 때 간혹 철학적인 물음이 등장하기도 합니다. 더하여 사건 중심의 이야기에서는 주인공의 성장을 굳이 증명하지 않아도 되지만, 인물 중심의 이야기에서는 주인공의 성장과 변화가 또렷하게 드러나야 합니다. 이는 결국 이야기의 장르적 특성은 물론 플롯을 결정하게 될 것입니다.

그래서 인물 중심의 이야기는 간혹 등장하는 모든 인물에 대한 애착이 강한 면모를 보입니다.《유원》의 예를 보아도 그러한데, 아기였을 때 불이 난 아파트에서 살아난 주인공 유원은 물론, 불이 났을 때 기지를 발휘하여 동생(유원)을 창밖으로 던진 언니와 밖에서 유원을 받아 낸 아저씨(친구 수현의 아빠)와, 유원의 답답한 내면을 파고들어 결국 친구가 되는 수현은 물론이거니와 죽은 언니를 십 년이 넘도록 추모하는 언니의 친구, 그리고 엄마와 아빠까지, 이 모든 인물이 과거의 한 사건(화재)을 가운데 두고 치열한 자기 나름의 삶을 보여 주고 있지요. 주인공 유원이, 이처럼 저마다 뚜렷한 삶의 지향점이 분명한 인물들 틈에서 홀로서기를 시도합니다. 주인공의 이 지난한 노력이 보여 주는 결실은 '성장' 그 자체입니다. 그럼으로써 '개인'의 문제를 '모두'의 문제로 치환하는 데 성공하고 문학성을 확보하지요.

동화·청소년소설 쓰기의 모든 것

스토리텔링
조건선 활용

대부분의 단편은 물론, 장편의 경우에도 한 사람의 일생 전체를 다루는 소설은 드문 편입니다. 그런데도 여러 창작 이론서에서 공통적으로 구상 단계에서 '주인공의 자서전'을 써 보라고 권유하는 이유는 무얼까요? 동화와 청소년소설의 경우에도 이 조언이 유용한 걸까요?

주인공의 자서전을 쓰는 가장 큰 이유는, 자신이 쓰려는 이야기의 지배력을 높여 주기 때문입니다. 작가는 자신이 쓰려는 인물(주인공)의 삶 전체를 관조한 뒤에야 비로소 그에 대해 충분히 이해할 수 있습니다. 그리고 이러한 이해는 주인공을 작가의 의도대로 그려내기 위한 필수 조건입니다.

인간의 삶을 도식화하면 다음의 이미지와 같습니다. 사람들은 누구나 저마다의 굴곡된 삶을 살고 있습니다. 평정선을 기준으로 파고가 높을수록 힘들고 고통스러운 일이 많았다는 의미이고 파고가 낮아

스토리텔링 조건선으로 보는 일생

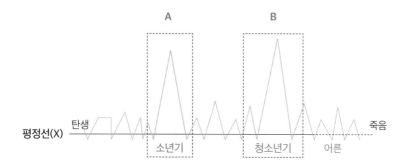

서 평정선에 가까우면 비교적 평이한 삶을 살았다는 뜻입니다. 작가는 파고가 큰 부분에 주목합니다. 그때 '특별한 문제'가 있었다는 뜻이고, 이야기는 바로 그 문제로부터 시작되니까요. 즉 작가는 주인공의 삶에서 가장 파고가 높은 부분을 선택해서 '한 작품'으로 표현하는 것입니다. 소년기(A)의 파고를 다루면 동화로 쓰여질 것이고, 청소년기(B)에 있는 파고에 주목하면 청소년소설로 발전할 것입니다. 물론 성인 소설도 마찬가지입니다.

앞서 설명한 높은 파고 A(동화) 또는 B(청소년소설) 부분을 더 입체적으로 확대하면 아래와 같은 이미지로 표현할 수 있는데, 파고가 높다고 무조건 좋은 이야기로 발전할 수 있는 것은 아닙니다. 우선은 최소한 '처음-중간-끝' 혹은 '발단-전개-절정-결말'의 구조(Z)를 가지면서 사건들이 사건이행선을 따라 움직여야 합니다. 그렇지 않고 앞서 말한대로 이야기가 평정선 근처에서 머무르게 되면(X박스 안에 갇혀 있으면) 이야

스토리텔링 유효 구간

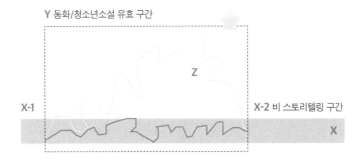

기로서의 매력이 떨어집니다.

그러므로 Y박스에서처럼 굴곡은 평정선에서 적당한 거리를 두고 치솟아 Z의 모양처럼 되어야 합니다. 다만 이 Y박스에 위쪽 방향 화살표를 추가한 것은, 성인 소설의 경우에는 더 높이 사건의 강도가 치솟을 수 있다는 뜻입니다. 동화와 청소년소설에서의 사건의 강도는, 지나치게 자극적이거나 독자 대상에 어울리지 않는 내용을 피해 적절한 수준(Y박스 안쪽)에서 조절해야 합니다(4부의 '사건이행선을 고려한 티핑포인트 설계' 중 평정선과 사건이행선이 이루는 각도 참조).

하지만 그럼에도 불구하고 작가는 파고가 높은 구간은 물론, 파고가 낮은 앞뒤 부분까지 잘 알고 있어야 합니다. 작가의 목표는 Y구간의 이야기를 쓰는 것이지만, 비록 Y구간에 직접적인 사건으로 구체화되지 않더라도 필요에 따라 X-1, X-2구간에서 벌어진 주인공의 삶을 참조해야 하기 때문입니다. Y구간에서 벌어지는 (주인공을 둘러싼) 사건, 주인공의 성격 등 상당 부분은 X-1구간의 삶에서 영향받았을 것입니다. 더하여 사건의 진행과 결말은 X-2구간의 삶을 작가가 어떻게 규정해 놓았느냐에 따라 역시 Y구간에서의 일부 사건과 결말이 영향받을 수 있습니다. 만일 후속편을 생각하는 작가라면 X-2구간의 삶이 더욱 중요해집니다. 즉 이야기의 시작 부분은 X-1의 영향을 받고 끝 부분은 X-2를 참조해서 쓰여진다는 뜻입니다.

《히라도의 눈물》은 주인공 세후가 15살(청소년기, B구간에 해당) 무렵의 약 1년 남짓한 시간을 다룹니다. 그런데 아버지를 비롯한 다른 사람들에게 듣는 형식으로 구축된 세후의 삶은 거기서 그치지 않습니다. 조선에서 가족이 모두 함께 끌려왔으며 친엄마가 배 안에서 죽었고 새엄마가 극진히 키웠다는 사실 등은 X-1구간에 있지만, 현재의 이야기를 위해서 필요할 때마다 파편적으로 등장합니다. 뿐만 아니라 소설에 등장하지는 않지만, (기획 단계에서) 작가가 준비한 주인공의 또 다른 삶의 흔적들이 Y구간의 이야기 완성을 위해서 동원됩니다. 《히라도의 눈물》 결말에서 주인공 세후가 오란다(네덜란드)로 떠나는 장면으로 끝을 맺는 것 또한 X-2 구간에 있는 뒷이야기를 염두에 두었다고 할 수 있습니다.

다시 정리하면, 동화나 소설은 주인공의 특별한 시간대를 클로즈업하고 그 부분의 허구적 시간을 재편집합니다. 그렇지만 이야기에 담기지 않는 부분까지도 고려해야 자신이 쓰려는 이야기에 대한 지배력이 상승합니다. 뿐만 아니라 X-1, X-2구간의 삶을 상세하게 정리하다 보면 Y구간의 완성도를 높이는 더 좋은 아이디어를 얻는 효과도 기대할 수 있습니다.

그렇다면 X-1, X-2구간을 어떻게 정리하면 좋을까요?

우선 창조하려는 인물(주인공)의 탄생 배경을 적습니다. 출생의 비밀이 얼마나 많은 이야기의 주요 소재로 등장하는지 고려한다면, 시작부터 범상치 않은 인물을 만드는 첫 단추가 될 것입니다. 그 다음은 성장 과정입니다. 이는 인물의 성격 형성이나 기본적인 히스토리에 영향을 미칩니다.

주인공이 살았던 공간에 대한 상세한 기록도 유용합니다. 어떤 공간이냐에 따라 이 또한 사건의 모티프가 될 수도 있고, 하나의 상징이 되거나 은유로 작용할 수도 있습니다.

주인공이 관계를 맺는 다양한 인물들도 촘촘하게 정리해 두어야 합니다. 관계 인물들은 본격적인 이야기에서 다양한 방법으로 활용할 수 있기 때문입니다. 사건의 대부분은 인물과 인물 간의 충돌로 만들어지니까요. 더하여 부모의 성격과 함께, 그들이 우호적이었을지 아니면 적대자 역할을 했을지도 고려합니다.

가족과의 관계는 주인공의 삶의 방향에 치명적인 영향을 미칠 가능성이 높습니다. 모든 이야기는 1차적으로 '한 개인(주인공)'의 이야기이기 때문입니다. 아무리 명작이라고 불리는 이야기라도 결국은 한 개인의 이야기에서 출발하지요. 그리고 이 작품이 문학성을 획득하고 나면 '마치 처음부터 많은 사람을 위해 쓰여진 것처럼' 보이는 것입니다. 나아가 부모의 직업이나 주인공의 유전적 특성 및 재능 등은 주인공이 가지고 있는 능력의 합리적 이유, 즉 개연성을 만드는 데 도움을 줄 수 있습니다.

　　이외에도 누구에게도 알리지 않은 채 감추고 있는 비밀 한 가지, 신체적 특징(특히 약점), 외모, 경제력 등은 꼼꼼하게 메모할수록 본격적인 이야기를 전개할 때 좋은 참조 항목reference이 됩니다. 이는 작가가 주인공에 대해 쓸 수 있는 에피소드 수를 늘려 줍니다. 상당수의 작가(지망생)가 사건을 이끌어나가지 못하는 이유 중의 하나는 주인공에 대한 참조 항목이 부족하기 때문입니다.

　　그리고 가급적, 이야기가 끝난 뒤에 (동화 혹은 청소년소설이므로) 주인공이 어떻게 성장했는지 예측해 두면 좋습니다. 그에 따라서 집필 중인 이야기의 방향을 조정하고, 특히 결말을 그에 맞게 수정해야 하니까요. 특히 동화와 청소년소설은 있어야 할 세상(해피 엔딩)을 추구하므로 이후의 삶에서 주인공이 어떤 평화를 얻었는지 구체적으로 설정해 놓으면 결말의 안정감을 높이는 데 도움이 됩니다. 가끔 에필로그로 끝맺는 작품은 이러한 노력의 소산이라고 할 수 있습니다. 앞서 예를 든《히라도의 눈물》주인공 세후는 오란다로 가서 정착한 뒤 자신의 재주를 인정받습니다. 이후 오란다인과 혼인하여 그 다음 세대가 '대항해 시대'을 맞아 아메리카로 나아가는 과정까지를 염두에 두었습니다.

사건의
형성 과정

너무나 뻔해서 설명할 필요도 없어 보이지만, 의외로 '사건이란 무엇일까?'에 대한 질문에 정확하게 대답할 수 있는 작가는 많지 않습니다. 대체로 '(주인공에게) 어떤 문제가 발생하는 것', '(주인공에게) 무언가 복잡한 일이 벌어지는 것' 정도로 정의할 것입니다. 그러나 단지 사전적 의미를 인지하는 것이 중요한 게 아니라, 동화나 소설에서의 사건이란 어떤 형태로 표현되는지 이해하는 것이 중요합니다. 그래야만 사건을 구체적으로 풀어나갈 수 있기 때문입니다. 알다시피 사건이 얼마나 흥미로운지에 따라 작품의 일차적인 성패가 판가름납니다.

가장 흥미로운 사건은, '오로지 주인공에 의한, 주인공을 위한, 주인공의 사건'입니다. 이 말은 모든 사건이 주인공을 중심으로 일어나야 한다는 뜻입니다. 그러므로 나중에 추가 설명하겠지만, 어떤 작품에 대해 '조연이 더 매력적이에요'라거나 '주인공보다 빌런이 더 흥미로

위요'라는 식의 말은 작품에 대한 칭찬이 아니라 흠결입니다.

보통 사건과 갈등을 동일한 의미로 이해하는 경우가 많습니다. 그러나 엄밀하게 보면 사건은 갈등의 극단적 형태입니다. 서로 다른 두 인물이나 집단의 갈등(정서적 충돌)이 고조되어 주인공의 물리적 행동(물리적 갈등)으로 표출될 때, 흔히 '사건이 일어났다'라고 말합니다. 가볍게는 언쟁에서부터 과하게는 폭력까지 모두 포함합니다. 그러므로 갈등이 없는 사건이란 존재할 수 없으므로 작가는 '갈등→사건'을 연속된 형태로 이해하는 것이 좋습니다. 정리하자면, 모든 사건은 작게는 사소한 의견 상충 과정에서 출발하여 그것이 심리적 동요를 일으키고 결국 이것을 해소하기 위해 물리적 해결 방법을 찾게 되는데 그 지점이 바로 사건의 시발점입니다.

사건이란 무엇일까?

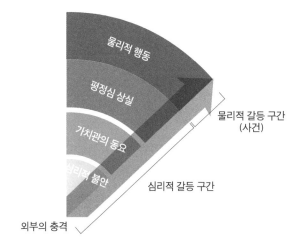

그러므로 작가는 갈등이 시작되었음을 적극적으로 표현해야 합니다. 우선 주인공이 **갈등 상태가 되었다는 것은, 이전의 평화로운 상태가 깨졌음을 의미합니다.** 이때 주인공은 가장 먼저 심리적·정서적으로 불안을 경험하게 됩니다. 이 불안은 독자에게 긴장감을 유발합니다. '무슨 일이 일어날지도 모른다.'는 생각이 들게 하며 동시에 이야기에 집중하게 만듭니다. 물론 모든 갈등이 곧바로 사건으로 치닫지는 않지만, 적어도 갈등은 사건이 일어날 것이라는 예고입니다.

《몬스터 차일드》는 프롤로그에서 알 수 없는 괴물이 축사에 침입하고 송아지를 해칩니다. 하지만 프롤로그는 단순한 이미지 캡처와 다름없으므로 이야기의 본격적인 시작은 1장부터입니다. 아주 조용한 시골 마을에 하늬와 산들 남매가 전학을 옵니다. 그러나 두 아이는 MCS 환자로 언제든 괴물로 변할 수 있습니다. 때문에 다른 사람의 눈이 많은 도시를 벗어나 치료 및 도피의 목적으로 시골 마을로 온 것이지요. 즉 두 사람은 MCS 환자임을 철저히 숨기고 있습니다. 그런데 이 시골 마을에는 MCS 환자인 연우가 살고 있었고, 연우는 자신이 MCS 환자임을 숨기지 않습니다. 실제로 괴물로 변하여 운동장을 뛰어다니기도 하지요. 그래서 아이들은 연우를 괴물이라고 부릅니다. 그런 탓에 주인공의 내적 갈등은 아주 클 수밖에 없을 것입니다. 그것은 사건이 일어나기 직전까지 긴장의 형태로 표현됩니다. 이런 상황에 이르면 독자의 대부분은 과연 어느 시점에서 주인공이 괴물로 변할지 궁금해서 자꾸만 책장을 넘길 것입니다.

주인공이 갈등을 시작했다는 또하나의 증거는, 가치관이 흔들리는 것입니다. 갈등이 해결되지 않은 채 그 상태가 지속되면 주인공은 가치관을 수정해야 할 필요성을 느낍니다. 그렇지 않고서는 갈등 상태를 극복할 수 없기 때문이지요.(그러므로 작가는 '처음엔 이랬던 주인공이 이런 모습으로 변화한다'는 이야기 구조의 공식을 그대로 구현하면 됩니다.) 이때 가치관의 수정은 단순히 발상의 전환이나 생각의 변화를 넘어서는, 주인공이 이전까지 가지고 있던 삶의 지향점이 달라지는 정도의 큰 변곡점일수록 좋습니다. 즉 작가는 주인공이 매우 크게 흔들리고 있다는 사실을 보여주어 사건의 발생이 눈앞에 닥쳐왔음을 예고하는 것이지요. 그럼으로써 독자의 긴장 상태가 지속되고 집중력 또한 높아집니다.

갈등의 가장 최고조 단계는 평정심을 잃는 것입니다. 정서적 불안의 심화로 인해 가치관이 흔들린 주인공은 스스로 통제할 힘을 잃어버립니다. 이어서 갈등 요인(적대자 또는 그 역할을 하는 외부 환경 등)을 해소하기 위해 보다 적극적으로 물리적 행동에 나서게 되지요. 사건의 시작입니다. 이와 같은 일련의 과정으로 사건이 형상화됩니다.

《바다로 간 소년》의 해명은, 어느 날 북경 거리를 지나다가 노리개를 파는 좌판 앞에 멈춥니다. 자신이 회회어를 가르치고 있는 진대인의 어린 딸이 생각나서였지요. 그래서 선물이라도 살까 구경하는데, 정체를 알 수 없는 젊은 남자가 다가와 노리개를 사 주겠다고 제안합니다(외적 요인의 개입으로 갈등 상태를 예고). 하지만 조선에서 강제로 끌려와 어린 환관이 된 해명은 궁궐 밖 북경 바닥에는 진대인 외에는 단 한 사람도 아는 사람이 없던 터라 무척 당황합니다(평화가 깨지고 심리적 불안이 시작됨). 그래서 피하려 하지만 젊은 남자가 따라옵니다(심리적 불안의 고조). 그리고 마침내 젊은 남자는 해명이 가장 두려워했던 어윤수 대감이 보냈음을 실토하지요. 어윤수는 어린 해명을 잔혹하게 끌고 가 거세를 하고 환관이 되게 한 장본인입니다. 그는 자신의 권력을 이용해 조선에서 온 어린 환관을 자신의 목적에 이용하려 합니다(사건의 전개). 그 바람에 해명은 온몸이 굳어버린 듯 움직이지 못합니다. 그런 해명에게 젊은 남자는 자신이 조선에서 온 장영실임을 고백하고 도움을 청합니다. 명나라 황실 도서관에서 책을 빼돌려달라는 부탁이었지요. 장영실은 세종의 명을 받아 새 문자를 만들기 위해 다양한 어학 서적을 구하고 있었습니다. 하지만 명나라 황실의 환관이 된 해명에게는 외국인을 은밀하게 만나는 것조차 목숨을 걸어야 하는 일입니다. 그러므로 사건이 극단적으로 치달을 수 있는 발판이 마련됩니다. 이후 해명은 장영실로부터 세종이 백성들을 아껴서 새 문자를 만들려 한다는 말을 전해 듣고 분노합니다. 그런 임금이 왜 진작 자신과 같은 어린 백성 하나 지켜 주지 못 했느냐고 화를 내며 평정심을 잃습니다. 이후 해명의 고민은 깊어지고 독자는 이어서 보다 큰 사건(다양한 물리적 행동)이 벌어질 것임을 예측할 수 있습니다. 물론 이후 해명이 장영실의 부탁을 들어줄 것인지 아니면 자신이 살기 위해서 그로부터 등을 돌릴 것인지는 알 수 없습니다.

　　이렇게 갈등이 단계적으로 이어지고, 긴장 상태를 고조시킨 후 주인공의 물리적 행동을 차례로 체현하는 경우는 보다 긴 장면, 그리고 주인공의 입체적 성격을 강화할 때 사용하면 좋습니다.

외부의 충격에 곧바로 반응하여 단숨에 적대자에 대한 격한 물리적 충돌로 이어 가는 경우도 있습니다. 《레플리카》의 주인공 세인은 여자친구 리아와 함께 취재 목적으로 하층민과 클론이 사는 제3 거류지에 도착합니다. 살벌한 분위기의 공간에서 누군가와 자꾸 부딪히고 (외부 요인의 작용으로 갈등의 시작), 그 틈에 함께 걷던 리아가 사라진 사실을 알게 됩니다. 높은 곳에 올라가 둘러보니 리아가 납치되고 있습니다. 이때 세인은 생각할 겨를도 없이 달려가 납치범들과 마주하고 곧바로 물리적 행동을 보여 줍니다. 이처럼 《레플리카》에서는 주인공의 물리적 행위가 《바다로 간 소년》에 비해 매우 빨리 일어납니다. 이는 세인이 해명보다 더 긴급한 상황에 직면해 있기 때문이기도 하지만, 또 다른 전략적 이유도 있습니다.

갈등의 과정을 짧게 줄이거나, 생략하면 이야기의 속도가 빨라집니다. 특히 초반의 정서적 충돌에 의한 내면적 갈등을 제거하면 주인공의 또렷한 물리적 행동선만 남습니다. 《레플리카》처럼 장르적 성격이 강하고 모험과 액션 위주의 작품들에 어울리는 방식입니다. 놀이적 효과를 최대치로 끌어올려 주기 때문이지요. 반면 고뇌하는 주인공을 통해 문학성을 얻고자 한다면 '갈등→사건'의 과정을 밀도 있게 서술하여 주인공의 정치한 심리 변화는 물론 행위의 개연성을 확보하는 게 좋습니다. 그래야만 주인공의 입체적 성격이 잘 드러납니다.

갈등의
발생과 확장

대부분의 이야기는 주인공의 갈등에서 시작합니다. 갈등이 사건을 만들고, 결국 애초에 일어났던 갈등이 해소되어야 끝이 납니다. 한 작품 안에서 주인공에게 갈등이 없는 상태는 1/10도 되지 않습니다. 작가는 주인공에게 '문제'를 만들기 위해 그를 갈등 상태로 만들어야 하며, 이 목적을 달성하려면 누군가와 부딪쳐야 합니다. 이때 '누군가'를 흔히 적대자라 부릅니다.

　　보통은 주인공과 같은 자연인이 적대자로 상정되며, 대체로 주인공과 세계관 혹은 이데올로기에서 대립합니다. 물론 단순히 의견 차이로 갈등하기도 합니다. 사소한 생각의 차이가 나중에 큰 충돌을 만들어내는 일도 비일비재하니까요. 적대자는 인물이 아닌 특정한 사회나 집단이 되는 경우도 있습니다. 인간의 가장 기본적인 권리나 자유를 억압하거나 불평등한 상황을 야기하는 지배 이데올로기, 부조리한 사회

시스템 등은 주인공의 평화로운 삶을 위협하기 때문에 갈등이 발생합니다.

그리고 이런 갈등 상태에 놓이면, 주인공은 반드시 자신의 또 다른 자아와 충돌합니다. 외부의 자극이 지속될 경우 주인공은 끊임없이 선택과 타협을 강요받습니다. 이때 자아 간의 갈등이 일어나는데, 이 역시 외부에서 비롯된 갈등의 결과입니다. 이런 자아 간의 갈등은 보다 결정적인 사건으로 치닫게 하는 계기가 되기도 합니다. 때로는 갈등을 확대시키지 않고 그대로 끝낼 수도 있는데, 그 경우 사건이 확장될 가능성이 희박해지므로 이야기는 그 지점에서 끝이 납니다. 대개의 주인공은 갈등 상황을 쉽게 끝내지 않습니다. 도리어 물리적 갈등을 증폭시키고 모험이 시작되어야 하는 정당성을 확인하기 위해 자아와의 갈등을 심화합니다. 그럼으로써 자신의 입체적인 성격을 드러내는 것이지요. 동화와 청소년소설 상당수에도 주인공이 큰 결정을 내리기에 앞서 '고민'하거나 지속적으로 '생각'에 빠지며 '혼잣말'하는 장면을 종종 볼 수 있는데, 바로 자아 간의 갈등을 표시하는 부분입니다.

그러나 대부분의 이야기 속 갈등은 어느 한 양상만이 존재하는 것이 아니라 복합적인 성격을 지닙니다. 전체적으로는 개인 간의 갈등을 다룬 이야기처럼 보이지만 배경 혹은 상황이 그 갈등을 더 강화하거나 촉발시키기도 합니다. 주인공이 특정한 집단이나 사회적 시스템에 반발하여 벌어지는 갈등도 대체로 그 집단을 대표하는 적대자가 있어서 주인공은 그와 대립하게 됩니다. 주인공이 선한 세계를, 적대자가 악의 세계를 대표하는 방식입니다. 갈등의 성격이 복합적일수록 독자를

갈등을 만드는 복합적인 요소

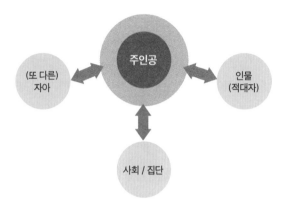

더 집중시키는 효과가 있습니다.

물론 이런 점을 인지하더라도 처음 동화나 소설을 쓰는 작가들은 이를 적절하게 사용하기는 힘듭니다. 이야기를 쓰기 시작한 지 얼마 되지 않았다면, 우선은 개인과 개인의 갈등에 주목해야 합니다. 앞서 말했다시피 개인 간의 갈등은 아주 사소하고도 흔히 주변에서 볼 수 있는 것에서부터 시작해도 괜찮습니다. 동화처럼 어린 독자들을 위한 이야기라면 오히려 아이들의 고만고만한 다툼을 보여 주는 것이 더 효과적이기도 합니다. 왜냐하면 아이들은 가정과 학교보다 더 큰 사회에 대한 경험이 부족하기 때문에 다양하고 깊이 있는 세계를 보여 주는 것이 도리어 독서에 방해가 될 수도 있습니다.

《5번 레인》은 이를 잘 활용한 작품입니다. 주인공 나루는 수영대회에서 1등을 하고 싶은 욕망이 아주 큽니다. 하지만 나루에게는 항상 자신보다 앞서 1등을 차지하는 초희라는 큰 벽이 있습니다. 나루는 나름대로 훈련을 통해 1등을 되찾으려 하지만 마음대로 되지 않습니다. 결국은 충동적으로 초희의 수영복을 훔치기에 이르지요. 초희가 자신의 목표를 방해하고 있다는 판단에서 비롯된 행동입니다. 이처럼 1등에 대한 욕망은 아이들이라면 누구에게나 있을 법한 것이고, 라이벌을 이기고 싶은 욕구 또한 낯설지 않은 아이들의 모습입니다. 물론 이처럼 갈등이 일상의 흔한 일에서 머물면 흥미가 반감될 수 있으나, 치밀한 심리 묘사와 남자친구와의 관계 발전 과정을 또 다른 플롯으로 이끌어가면서 지루함을 덜어내고 있습니다.

그러나 적대자의 능력이 출중할수록 갈등은 더 커지고, 주인공이 상대할 수 있을 만큼 만만하면 갈등은 미약해진다는 사실을 잊어서는 안 됩니다. 그런 이유 때문에 보다 장르적인 작품을 쓰는 작가들은 더 힘센 '악당'을 등장시키고, 또 주인공에게도 이들을 이길 만한 능력치를 부가하지요. 물론 이럴 경우 사실성은 떨어지지만 사건의 규모가 커져서 갈등은 크게 증폭됩니다.

결국 갈등을 심화시키고 주인공을 더 어려움에 처하게 하기 위해 가장 간단한 방법은 적대자의 능력을 강화하는 것입니다. 이때 적대자는 그런 능력으로 주인공의 약점을 공략하여 주인공이 (이전까지 자신이 가지고 있던 가치관을 포기하더라도 눈앞에 닥친 갈등의 한복판에 뛰어들 만큼) '심각한 결심'을 하게 만들어야 합니다. 사건으로 한 걸음 더 나아가게 해야 한다는 뜻입니다.

《부로두웨 마술단》의 주인공 동희에게 1차적으로 갈등 원인을 제공하는 사람은 아버지입니다. 사실 동화나 청소년소설의 특성 상, 주인공이 미분화된 자아로 취급되는 한계 때문에 상당 수 동화와 청소년소설의 갈등은 가족 간에 일어납니다. 동희 역시, 자신은 마술사가 되고 싶은데, 인력거꾼인 아버지로부터 선생님이 되어야 한다는 압박을 받고 있습니다. 그러나 마술사가 되고 싶다는 배경에, 비록 나이는 어리지만 가난에 대한 현실적인 판단과 유정에 대한 동경이 포함되어 있어서 그 욕망이 매우 간절합니다. 그러므로 아버지와의 갈등은 클 수밖에 없고, 결국 동희는 아버지에게 뺨까지 얻어 맞습니다.(84~85쪽) 물론 그럼에도 불구하고 동희는 자신의 목표를 수정하지 않습니다. 하지만 동희가 갈등해야 하는 대상은 아버지에 머물지 않습니다. 아버지의 죽음으로 갈등의 대상이 사라지는 듯하지만, 현실적으로 고아가 되었고, 뿐만 아니라 일제 강점기라는 시대 배경은 동희에게 더욱 강력한 적대자의 역할을 합니다. 실제로 동희는 일본인의 전유물이다시피 한 마술을 배우려고 기노쿠라 마술단에 들어가지만, 조선인에 대한 차별 등으로 인해 좀처럼 기회가 쉽게 찾아오지 않습니다.

이 작품에서 보여 주듯, 적대적 요소를 강화하는 효과적인 방법 가운데 하나는 적대자를 한 인물에만 머물게 하지 말고 그를 둘러싼 집단 혹은 사회 구조까지 확대시키는 것입니다. 그럴 경우 갈등의 폭이 깊어지고 주인공의 위기감이 커지는 동시에, 행동에 사회적 의미까지 담게 되어 문학성 확보에도 도움이 됩니다. 개인의 갈등이 사적인 영역에 머물지 않고 공적인 영역까지 확대되면 작품의 주제가 보편타당한 진리를 추구하게 되기 때문이지요.

그런데 주인공은 오로지 외부의 타자를 상대로만 갈등하지 않습니다. 외부의 자극으로 인해 자신의 또 다른 자아와도 갈등합니다. 심리적 갈등 과정을 디테일하게 보여 주면 독자의 긴장감을 유도하고 동일화 과정을 이끌어내는 효과가 있습니다. 적절히 활용하면 평범해 보이는 갈등에 깊이를 부여할 수 있습니다.

《시간 가게》의 주인공 윤아는 1등을 해야 한다는 압박감이 큽니다. 엄마로부터 비롯된 이 압박감은 당연히 주인공의 욕망으로 치환되어 목표가 되지요. 윤아는 어느 날 우연히 시간을 파는 가게 들르게 됩니다. 시간 가게의 주인은 하루에 10분(을 정지시킬 수 있는 능력)의 시간을 사는 대신 행복한 기억을 하나 달라고 요구하고, 윤아는 이에 응합니다. 이후 윤아는 시험 시간에 10분의 시간을 정지시켜 다른 아이의 답안지를 보고 베낀 후 처음으로 1등을 하게 됩니다. 여기까지 오는 동안 윤아는 끊임없이 선과 악 사이에서 고민합니다. 뿐만 아니라 시계를 사용할 때마다 반복적으로 똑같은 심리적 갈등을 겪습니다.

하지만 심리적 갈등에 지나치게 많은 시간을 할애하면 독자는 지루해 할 수 있습니다. 특히 동화나 청소년소설에서는 길지 않아야 합니다. 너무 깊어도 안 되고요. 지나치게 섬세한 심리 묘사는 도리어 아이들의 경험 밖의 일이라서 그런 상황 자체를 의아해 할 수 있습니다.

결국 외부의 자극에서 비롯된 갈등은, 사소한 개인 대 개인의 단일한 갈등에서 시작하되 종국에는 개인의 차원을 넘어서 개인과 사회 전반을 아우르는 방향성을 갖는 것이 좋습니다. 또한 심리적 갈등을 선택과 판단의 과정으로 사용하는 것이 중요합니다.

사건을 강화하는
3가지 방법

작품에 대한 가장 비관적인 평가는 '이 작품은 재미가 없습니다'라는 말입니다. 이러한 지적은 단순히 내용이 흥미롭지 않다는 의미에 국한되지 않고, 사실상 그 작품의 '사형 선고'나 다름없지요. 직관적 재미에 더 민감한 어린 독자들을 만나야 하는 동화와 청소년소설에서는 특히 치명적이지요. 결국 '다시 쓰세요!'라는 말과 다름없으니까요.

이때 작가가 흥미를 위해서 가장 많이 사용하는 방법이 사건의 수위를 높이는 것입니다. 가령 성인 소설에서는 살인 사건, 하드 코어와 하드 고어는 물론이고 금기를 깨는 일이 빈번해집니다. 그래서 일반 독자가 보편적으로 허용하는 수준의 정서적 마지노선을 넘나듭니다. 시쳇말로 '19금'이라 불리는 제 요소들도 대부분 여기에 해당됩니다. 조금 더 문학적인 작품이든 덜 문학적인 작품이든 가릴 것 없이 말이지요. 결국 또 다른 소재주의적 일탈이라고 볼 수 있습니다.

어쨌든 이런 무리수를 두는 것은 결국 '재미가 없다'는 말을 '사건이 흥미롭지 않다'와 동일한 의미로 해석하기 때문입니다. 하지만 아무리 살인 사건이 일어나도 흥미롭지 않은 작품이 있고, 옷 한 벌 훔치는 사건(《5번 레인》)인데도 긴장감 넘치는 작품도 있습니다. 전자의 경우는 사건을 평면적으로 서술한 경우이고, 후자의 경우는 사건을 입체적으로 구체화했기 때문입니다. 이때 '평면적 서술'이란 사건을 단순히 시간적 순서에 의해서 기계적으로 에피소드를 배열했다는 뜻이고, '입체적으로 구체화했다'라는 말은 다양한 수사修辭를 사용했다는 의미입니다. 그리고 이 말은 사건을 흥미롭게 만들기 위해서는 매우 면밀하고 다양한 방법론이 존재한다는 반증이지요.

사건을 흥미롭게 만드는 요소들

사건을 흥미롭게 만들기 위한 몇 가지 적극적인 방법이 있습니다.

첫 번째는 자기 동일시입니다. 재미있는 이야기를 읽는 모든 독자는 주인공을 응원합니다. 나(독자)의 욕망을 주인공이 대신하고 있다는 믿음 때문입니다. 이러한 자기 동일시는 독자가 '저 아이(주인공)는 나와 다를 게 없는 아이구나'라고 생각하는 순간 빠르게 시작됩니다. 그러므로 독자의 연령층에 맞는 주인공을 또래의 아이가 겪을 법한 현실적인 사건에 놓이게 하는 것이 좋습니다. 물론 행동 및 감정 표현 또한 과장되지 않아야 합니다. 그래야 흔히 말하는 '공감'이 가능하고 감정이입의 강도도 깊어지지요. 더불어 사건의 신빙성을 높여 줍니다. 독자가 '나에게 일어날지도 모르는 일'이라 생각할 때, 현실적 삶에 참조할 목적으로라도 더욱 관심을 갖고 보게 됩니다.

여기에 더하여 주인공의 욕망을, 독자의 층위에 맞도록 디테일하게 디자인합니다. 또래 독자들이 일상생활(학교, 학원, 성적, 숙제, 친구, 가족 등)에서 흔히 겪는 현실적 욕망부터, 선과 정의가 실현되는 비현실적 욕망까지 모두 가능합니다. 전자는 조금 더 문학적으로 보일 테고 후자의 경우는 조금 덜 문학적으로 보이겠지요. 이를테면 《시간 가게》의 주인공 윤아는 1등을 하고 싶은 욕망 때문에 시간을 멈추고 커닝을 하지만, 그래도 독자는 응원의 끈을 놓지 않을 것입니다. 한편으로는 그래도 1등을 했다는 쾌감과 이제 어떤 방법으로 자신의 잘못을 고백하고 원래의 자리로 돌아갈까를 동시에 생각하게 될 것입니다. 앞서 말한 《5번 레인》의 주인공 나루가 1등을 하고 싶어서 초이의 수영복을 훔치는 행위도 비슷한 맥락에서 이해할 수 있습니다.

두 번째는 사건의 도발성입니다. 도발성은 물리적 차원으로 보면 돌발성이고, 심리적인 측면에서는 의외성입니다. 돌발성은 '갑자기 이런 사건이 일어난다고?'라는 생각이 들게 할 것이고, 의외성은 독자를 '설마 이런 사건마저 일어날 줄은 몰랐어.'라는 느낌으로 몰아갈 것입니다. 물론 그 어떤 차원이든 작가의 주도면밀한 계획이 뒷받침되어야 하는 것이지요.

　　무엇보다 도발적인 사건은 주인공의 삶을 뒤흔듭니다. 그것이 긍정적 방향이든 부정적 방향이든 직전까지의 흐름을 갑작스럽게 바꾸어 독자를 당황스럽게 만들지요. 이때 주인공은 어떤 식으로든 그 사건에 대응하기 때문에 인물의 움직임이 부산해질 수밖에 없고, 자연스럽게 독자의 흥미가 유지됩니다.

　　《안녕, 걱정 인형》은 처음부터 도발적인 사건이 벌어집니다. 한밤중에 엄마의 휴대 전화기로 발신자를 알 수 없는 전화가 걸려 옵니다. 이 전화는 주인공 '나'(현재)로 하여금 '나는 네 엄마의 전화번호도 알고 있어.'라는 기억을 떠올리게 하고, 나는 졸지에 불안에 시달립니다. 잘못 걸린 전화라고 혼자 자위하지만, 연이어 인터폰이 울리고 인터폰 화면에는 헬멧을 쓴 남자가 나타납니다. 그리도 얼마 후에는, 마침내 '30만 원이야. 알지? 바로 연락해 받으러 갈 테니까'라는 문자가 도착합니다. 이 정도면 도발적이다 못해 저돌적이기까지 하지요. 이런 도발적 사건은 뒤에 나올 내용을 기대하게 하기 때문에 흥미 유발에 더없이 좋은 환경을 만들어 줍니다.

　　《레플리카》의 첫 장면 역시 매우 도발적입니다. 컴퓨터 게임으로 하던 '인간 사냥'이 현실에서 벌어집니다. 더구나 주인공 세인의 능력이 출중해서 건물과 건물 사이를 뛰어넘으며 사냥감인 인간(클론)들을 하나씩 해치웁니다. 첫 장면이기 때문에 더욱 도발적으로 보입니다. 뿐만 아니라 여자친구 리아를 따라 제3 거류지에 갔다가 만난 미스테리한 소녀 녹두가 대놓고 세인에게 복제 인간이라고 밝히는 사건도 거침없이 이어집니다. 결국 이로 인해 세인은 자신이 복제 인간일지 모른다는 의심을 하게 됩니다.

《소리를 삼킨 소년》의 도발성도 눈길을 끕니다. 함묵증에 걸린 주인공에 앞에서 벌어진 살인 사건이라니요! 이는 매우 선정적으로 보일 수 있지만, 그저 평범하고 잔잔하게 흐를 만한 이야기의 긴장감을 높이고, 또한 여느 청소년소설처럼 '사회 편입(학교 생활과 친구 관계)을 위해 홀로 고군분투하다가 누군가(어른)의 도움으로 자신의 길을 찾았다'는 식으로 평이하게 진행될 사건이 만만치 않음을 독자에게 전달하지요.

이처럼 도발적인 사건은 강도 면에서 독자의 주목을 받으며, 주제를 이끌어 가는 주요한 사건이 됩니다. 그러나 도발적인 사건이 무조건 큰 사건을 의미하지는 않습니다. 앞서 말했지만 너무 큰 사건은 작가가 감당해야 하는 부담도 크기 때문에 크기가 적절해야 하고, 당연한 말이겠지만 그 사건이 이후의 사건들과 유기적인 관계를 맺을 때에만 '도발성'의 진정한 목표를 수행할 수 있는 것입니다.

세 번째는 사건의 선명성입니다. 어떤 사건이든, 특히 동화와 청소년소설의 경우에는 독자들의 다양한 직·간접 경험이 부족함을 고려해야 합니다. 그러므로 사건은 보다 분명하고 단순해야 합니다. 즉 어렵고 복잡한 설정, 지나치게 새로운 소재는 도리어 독이 될 수 있습니다.

《몬스터 차일드》는 사실상 판타지에 가깝습니다. 그런데 이 이야기에서 일어나는 사건은 놀라울 정도로 단순하고 선명합니다. 하늬와 산들 남매는 자신들이 MCS 환자인 것을 숨기는 것이 최대의 과제입니다. 그로 인해 발생하는 에피소드는 초등학생이라면 그럴 법하다 싶을 정도로 너무나 현실적입니다. 무리한 설정이 없고 개연성이 충분합니다.

SF의 배경이 되는 과학 설명이 난해하거나 지나치게 주관적인 세계관으로 설정한 판타지라면 작가 본인은 흥미로울지 모르지만 어린 독자들이 이해하기 어렵습니다. 배경으로부터 비롯되는 사건을 온전히 이해할 수 없고 흥미가 떨어질 것입니다. 역사 동화 역시 독자가 시대 배경에 대한 사전 지식이 부족하면 사건을 전반적으로 이해하는 데 어려움을 겪습니다. 하지만 그럼에도 불구하고 배경은 단순하고 짧게 설명하는 것이 좋습니다.

《교서관 책동무》는 조선 초기를 배경으로 하고 있지만, 주인공 지성이 겪는 사건들은 어렵거나 난해하지 않습니다. 그때의 그만한 또래가 겪을 수 있는 사건들을 촘촘하게 연결시켰습니다. 자신이 좋아하는 책을 아빠에게 빼앗기고 훌쩍이는 일이라든가, 땅바닥에 글자를 쓰다가 양반 놀이한다고 친구들에게 놀림받는 장면은 현실감은 물론 단순하면서도 명쾌해서 읽는데 불편함이 없습니다. 자신을 구박하는 친구가 있는데도 필방에 머무르며 좋아하는 장소에 머무는 것이나, 빗자루질을 하면서 글자 모양을 닮았다고 좋아하는 모습은 또래 아이들의 전형적인 모습이지요.

《아빠는 전쟁 중》의 경우에도, 비록 현재의 독자들에게는 낯선 배경(1970년대)이지만, 주인공이 빼앗긴 반장 자리를 되찾기 위해서 벌이는 사건들은 10대 소년들이 벌일 법한 소동으로 읽히며 당대적 현실감을 느낄 수 있게 해줍니다. 소시지 반찬이 든 누나의 도시락을 바꿔치기하는 일이나, 소시지 반찬을 아이들에게 먹이고 은근히 표를 기대하는 모습, 뿐만 아니라 고모에게서 얻은 귀한 초콜릿까지 내주며 친구들을 자기 편으로 만드는 장면에 이어, 아버지를 뒤에서 욕하는 친구들을 변소(화장실)에서 똥빗자루를 흔들어 대며 혼쭐내주는 장면은 사건의 선명성에 일조합니다.

인물이 많이 등장하여 인물 간의 관계가 복잡해져도 선명성이 떨어집니다. 주인공이 아무리 적극적으로 이야기를 끌어가더라도 전체적으로 산만해지는 것을 피하기 어렵습니다. 최소한의 인물이 제 역할에 최대한 충실하도록 하는 것이 선명성 확보에는 더 도움이 됩니다. 더하여 단일한 구성을 갖는 게 좋습니다(5부 '단순 구성의 필요성'에서 추가 설명). 메인 플롯에 서브 플롯이 복잡하게 얽혀들기 시작하면 선명성은 떨어지고 가독성이 나빠지면서 흥미가 반감되기 때문이지요.

긴장감을 높이는 4가지 방법

긴장이란 평화롭지 않은 상태입니다. 무슨 일인가 벌어질 전조이며, 이야기가 고여 있지 않고 흐른다는 뜻입니다. 역동성이라고 할 수 있습니다. 그러므로 이야기의 긴장감이 떨어지면 독자의 가독성이 현저하게 저하됩니다. 긴장감 없는 이야기는 흥미롭지 않기 때문입니다. 매우 높은 수준의 긴장감을 항상 유지할 수는 없더라도 일정 정도의 긴장감은 갖추어야 합니다. 특히 어린이·청소년 독자들은 어른 독자에 비해 재미없는 책은 빨리 포기합니다.

첫 번째, 인물(특히 주인공)을 끊임없이 움직이도록 해야 합니다. 이는 이야기가 긴장감을 유지하기 위한 가장 기본적인 요소로서 말 그대로 물리적 이동을 포함해, 인물이 무엇을 하기 위해 손끝 하나라도 움직이고 있어야 한다는 뜻입니다. 상대의 행동에도 민감하게 반응하고,

동작 자체가 클수록 좋겠지요. 대화에도 적극 참여합니다. 대화는 인물의 성격 형성에도 도움을 주지만 사건의 방향성은 물론 예고의 역할도 할 수 있습니다. 그런 반면 성인 소설에서 자주 쓰이는 대상에 대한 관조적 서술은 피하고, 묘사는 짧은 것이 좋습니다.

《소녀 저격수》는 일본군에 의해 저격수로 훈련된 한 소녀의 이야기를 다루고 있는데, 주인공 설아의 행동선은, 시작부터 굵고 뚜렷합니다. 이는 주인공의 활발한 움직임에서 비롯됩니다. 미리 말하지만, 주인공의 행동이 역동적으로 그려지면 몰입도가 높아지고 독자들이 이해하기도 쉬워집니다. 마적단에게 쫓기며 달아나는 프롤로그는 제외하더라도, 설아는 1장에서부터 갑자기 나타난 늑대 3마리와 싸우고→겨우 달아났더니 할아버지를 해치려는 마적단과 일본군에 맞서게 되지요(1장)→결국 할아버지는 세상을 떠나고, 그러나 뜻밖에도 독립군 산막

긴장감을 높이는 방법

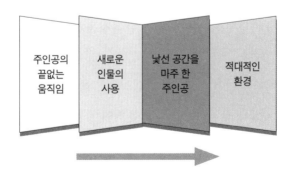

에서 할아버지를 해치려 했던 마적단의 한사람과 마주치고(2장)→시내의 한 음식점에서는 역시 할아버지가 피습될 때 함께 있었던 일본군을 만나 쫓기다가(3장)→결국 다시 산으로 돌아갔다가 할아버지가 숨겨놓은 총을 발견합니다→그리고 그 총으로 할아버지를 살해한 일본군을 찾아 나섭니다.

주인공의 이런 움직임은 독자에게 쉴 틈 없이 달리는 느낌을 주어 긴장감을 유지시킵니다. 작가는 주인공을 계속 위험에 빠뜨려야 한다는 것을 잊어서는 안 됩니다. 특히 공간을 바꾸어가면서 뛰어다니는 주인공의 모습은 독자로 하여금 그 다음 장을 더 읽고 싶게 합니다.

《한밤중 마녀를 찾아간 고양이》야말로 주인공이 동물원 안을 쉬지 않고 뛰어다닙니다. 오로지 마녀를 찾아가기 위한 일념으로 주인공 여름이는 삵의 우리로 들어가기도 하고, 다시 여우 우리를 지나 올빼미에게 쫓깁니다. 정해진 시간 안에 마녀의 집까지 찾아가야 하기 때문입니다. 심지어 가장 무서운 늑대와 마주치고, 살아남기 위해 또 달립니다. 3장과 4장은 그야말로 숨 막히는 도주 신scene이 연이어 펼쳐지는 것이지요. 뒤미처 자신이 삶과 죽음의 경계에 있는, 결코 살아있는 생명체가 아님을 깨닫게 되는데, 독자는 이 과정을 통해 쉴틈없이 긴장감을 유지하게 됩니다.

즉 작가는 어떤 식으로든 주인공을 밀폐된 곳에 머물게 하지 말고, 밖으로 내보내 끊임없이 '달리도록'하여 역동성을 확보해야 합니다. 《소리를 보는 소년》에서, 작가가 주인공 장만을, 시각장애인임에도 불구하고 자꾸만 바깥으로 내보내는 것은, 이런 관점에서 이해할 수 있습

동화·청소년소설 쓰기의 모든 것

니다. 이를테면 작가는, 최소한의 환경과 조건만으로도 주인공이 끊임없이 움직이도록 해야 합니다.

　　두 번째, 새로운 인물을 등장시킵니다. 이 경우, 주인공은 그가 적대자가 아님이 판명될 때까지 긴장감을 놓을 수 없을 것입니다. 물론 적대자로 확인되면 긴장감의 폭은 더 커질 것이고, 적대자가 아닌 어시스턴트일 경우에는 문제 해결의 키로 사용될 수 있기 때문에 그의 역할을 기대하게 됩니다. 그래서 작가는 자신의 작품에 등장시킬 인물을 한꺼번에 내놓지 말고, 필요에 따라 순차적으로 등장시키는 것이 좋습니다.

　　앞서 말했던《닻별》을 캐릭터 위주로 보면 새로운 인물이 긴장감을 유지하는 데 얼마나 도움이 되는지 이해할 수 있습니다. 1차적 긴장감은 주인공 닻별이 살던 시에라 동물원 인근에서 지진이 발생하면서 시작됩니다. 평화로웠던 동물원은 금세 폐허로 변하고 함께 살던 수많은 동물이 지진의 희생양이 됩니다. 하지만 1차 긴장 요소만으로 긴장감을 지속시킬 수는 없습니다. 아무리 긴장감이 높았더라도 독자는 금방 그 상황에 익숙해지고 그것을 더 이상 긴장 요소로 받아들이지 않기 때문입니다.

　　그래서 곧 새로운 인물이 등장합니다. 다름 아닌, 평소에 주인공 닻별을 좋지 않게 생각하던 회색늑대 무리의 새끼입니다. 닻별은 이 회색늑대를 버스 안에서 발견하고 도움을 주려 합니다. 그러나 뜻밖에도 새끼 늑대는 겁을 먹고 달아나지요. 이 상황 자체는 약간의 긴장감을 유지하는데 도움을 주고, 뒤이어 회색늑대 무리의 우두머리인 모도리를 만나면서 긴장이 증폭됩니다. 회색늑대 무리의 죽음이 닻별에게 원인이 있다는 오해를 하는 모도리는 닻별을 적대시하고 싸움을 벌이지요. 이후 닻별은 바람늑대들이 함께 살던 울프 랩으로 돌아오고 동료이자 형제였던 바람 17호를 만납니다. 바람 17호를 통해서는 많은 바람늑대들이 죽었다는 사실을 알게 됩니다. 하지만 바람 17호는 닻별의 어시스턴트라서 금세 긴장감이 사라지지만, 그의 입을 통해서 나온 말들은 또 다른 긴장감을 만들지요. 즉 새로운 인물의 등장은, 등장 자체가 주는 긴장감과 그의 행동과 말에서 2차, 3차의 긴장감을 만들 수 있습니다. 이후에도 닻별은 동물원 밖으로 나가 또 다른 바람늑대를 만나기도 합니다. 그리고 그때마다 인물은 새로운 사건의 연결 고리로 사용됩니다. 즉 주인공 외에도 모든 인물은, 그가 소모적으로 쓰이지 않는 이상, 일정한 히스토리를 가지고 있기 때문입니다.

세 번째, 주인공을 낯선 공간에 데려다 놓습니다. 낯선 공간 자체가 이미 주인공에게는 호의적이지 않습니다. 그 공간을 인지하고 위험하지 않은지를 확신할 때까지 주인공은 긴장감을 놓을 수 없습니다. 익숙하지 않은 공간에 들어서면, 이를테면 아무리 밝은 대낮이라도 어디에서 무엇이 튀어나올지 모른다는 생각부터 하게 되니까요. 이는 사람들 누구에게나 해당되는 말입니다.

《레플리카》의 주인공 세인(세븐틴)은 자신이 복제 인간이라는 사실을 알게 되자, 스스로 동맹시의 안락한 집을 떠납니다. 가장 안락한 공간인 집을 떠났다는 사실 자체가 이미 모험과 고난을 암시하지요. 그는 동맹시 사람들이 항상 멸시하고 위험하다고 인식하고 있던 위성지구와 제3 거류지를 반복해서 방황합니다. 이곳을 지나다니면서 세인은 수많은 복제 인간과 마주치지요. 그리고 한 번도 경험해 보지 못한 그들의 비참한 삶이 곧 자신의 삶이 될 것이라는 사실에 충격을 받습니다. 그런 상황 자체가 주인공을 더더욱 낯섦에 허덕이게 만듭니다. 이런 주인공의 상태를 바라보고 있는 독자는 더더욱 위험한 사건이 벌어질 거라고 예상하게 됩니다. 더구나 동맹시의 보안요원들로부터 쫓기는 신세가 되자 세인에 대한 위험도가 높아지고 이는 팽팽한 긴장감을 야기합니다. 그리고 낯선 사람과의 만남이 이어지고 그의 낯선 공간 여행은 계속됩니다.

　　이미 언급했지만《닻별》은, 주인공의 끊임없는 낯선 공간과의 싸움입니다. 익숙했던 공간이 지진으로 인해 하루아침에 갑자기 낯선 공간이 되었습니다. 아무런 문제가 없던 공간이 갈라지고 찢어져서 도무지 한 걸음조차 쉽게 내디딜 수 없는 곳으로 바뀌었으니까요. 뿐만 아니라 닻별은 자신을 돌보고 명령을 내리던 미리내를 찾으러 동물원 밖으로 나갑니다. 이곳은 정말이지 닻별이 한 번도 나서 본 적이 없는 곳입니다. 실제로 닻별은 사람들이 사는 마을을 돌아다니면서 긴장감을 놓지 못하지요. 앞서 언급한《꿀벌이 사라졌다》의 경우도 비슷한 예라할 수 있습니다. 주인공 하니는 벌이 사라진 시대에 살고 있습니다. 이로 인해 하니의 주거지인 미리내는 식량부족과 빈곤에 시달리지요. 그러던 어느 날, 살아있는 벌 한 마리를 따라 가온 시에 몰래 잠입하게 됩니다. 전기 담장을 넘어 미리내 마을과는 달리 꽃과 나무가 가득한 가온 정원에 이르지요. 주인공에게 낯선 이 공간은 위협의 요소로 작용하며 본격적인 모험의 시작을 알리게 됩니다.

《몬스터 차일드》는 MCS 환자가 된 남매가 시골의 학교로 전학을 오면서 이야기가 시작됩니다. 어느 불특정한 시간이 되면 발작이 시작되면서 온몸에 털이 자라고 눈빛이 변하며 야생동물처럼 난폭해지는 이 병력 때문에 두 아이는 조심스럽기 짝이 없습니다. 즉 아이들에게는 친숙한 공간인 학교가 더더욱 낯선 공간이 됩니다. 그것은 이 질병이 발병하면 살아 있는 동물을 잡아 뜯어먹는 등 매우 혐오스러운 행태를 보이는데, 주변 사람들이 이 환자의 존재 자체를 매우 싫어하기 때문입니다. 즉 이 질병을 감추고 있어야 하는 남매에게 학교는 가장 위험한 공간 중 하나가 됩니다. 지금 이 아이들에게 학교가 유일한 사회생활 공간이기 때문입니다. 즉 주인공에게 강한 핸디캡을 줄수록 낯선 공간이 더 위험한 공간이 되는 것이지요. 그렇게 긴장감을 유지할 수 있습니다.

이처럼 주인공을 거듭 낯선 공간 앞에 데려다 놓는 일은 모험을 반복하는 동화에 유용하게 쓰일 수 있습니다. 같은 패턴으로 이야기가 전개되지만, 공간의 상이성 때문에 패턴으로 보이지 않는 효과가 있어서 시리즈물을 기획할 때 유용합니다.

네 번째, 적대적 환경입니다. 이때 환경은 주인공의 생각과 의지에 반하는 사회 구조나 이데올로기를 말하는 것입니다. 여러 가지로 '불편한' 환경은 주인공을 심리적으로 압박하게 되고, 나아가 물리적 동요를 일으키게 하지요. 직접적인 적대자 외에도 주인공에게 불리한 환경을 제공하면 주인공은 당장 적대자와 만나지 않더라도 안정감을 박탈당하고 평화가 깨질지도 모른다는 위협을 끊임없이 느끼게 됩니다. 그럴 경우 긴장감이 높아집니다.

방금 전에 예를 든《몬스터 차일드》의 경우에서도 새로운 공간 (학교) 외에도 MCS 환자들을 괴물이라고 놀리며 손가락질하는 아이들, 뿐만 아니라 MCS 환자들을 혐오하는 마을 사람들은 치료센터 건립을 반대하는 시위까지 벌입니다.(4장) 이처럼 주변 환경은 MCS 환자들에 대해 적대적이며 이러한 분위기는 주인공에게 공포심마저 들게 합니다.

앞서 언급한《열다섯, 벼리의 별》의 주인공 벼리가 가진 통역사의 꿈은, 그것 자체가 여성에게 (금기는 아니더라도) 뛰어넘을 수 없는 벽과 같은 것이지요. 즉 조선 후기의 봉건적 사회 배경은 여성에게 수동적 태도를 강요하기 때문에 이러한 당대 사회는 주인공에게 적대적일 수밖에 없고, 욕망을 포기하지 않는 이상 이러한 환경이 주인공을 억압하리라는 것을 예측할 수 있습니다. 적대적 환경은 이처럼 주인공이 적극적으로 어떤 행동을 취하지 않더라도 그 환경에 충실히 적응하거나 복종하지 않는 한 긴장감을 유발하는 요소로 작용할 수 있습니다. 그런데 만약 적대적 환경에 주인공이 적극적으로 대응하면 어떻게 될까요?

앞서 언급한《소리를 보는 소년》의 주인공 장만은 시각 장애인이라서 주변의 모든 환경이 적대적입니다. 당장 혼자서는 자기가 살고 있는 방 문턱도 넘기 힘든 상황입니다. 이는 독자로 하여금, 주인공이 집을 나서는 사소한 행동에서조차 긴장을 놓지 않게 합니다. 그럼에도 불구하고 장만은 바깥으로 나가서 일을 하고 싶어합니다. 역동성까지 함께 갖춘 상태가 되는 것입니다. 장애인에 대해 차별이 극심했던 조선 시대에 장만의 이런 행동은 적대적 환경의 범위를 넓히고, 이는 나아가 사건 유발의 직접적 통로가 됩니다. 아니나 다를까, 장만은 시작 부분부터 화재에 휘말립니다. 장만의 잘못이 아니었지만, 시각 장애인이라는 이유로 누명을 뒤집어쓰고 자신도 부상을 입습니다.

《나는 조선의 소년 비행사입니다》는 일제 강점기를 배경으로 하는데, 주인공 동주는 비행사가 되고 싶어 합니다. 당시 조선인이 비행사가 되는 유일한 방법은 일본으로 건너가 비행병 학교에 입학하는 길뿐입니다. 하지만 집안 형편도 넉넉하지 못하고, 아버지 또한 일본에 대한 적대감 때문에 동주의 일본 유학을 반대합니다. 그의 목표(희망)는 그것을 생각하는 순간, 적대적 환경과 만납니다. 그럼에도 불구하고 동주는 비행병 학교에 입학합니다. 물론 그런다고 적대적 환경이 개선되지는 않습니다. 우여곡절 끝에 비행사가 된 뒤에도 적대적 환경은 변함이 없습니다. 훌륭한 성적을 받고도 정비병이 되니까요. 이후 이런저런 일을 겪고 마침내 비행기를 탈 수 있게 되지만, 도리어 전쟁이라는 상황은 긴장감을 극대화시킵니다. 적대자와의 대결이 아니어도 이런 긴장감 강화 요소는, 주인공이 잠시 행동을 멈추어도 끊임없이 이야기를 나아가게 합니다.

동화·청소년소설 쓰기의 모든 것

단순 구성의
필요성

아이들을 위한 이야기일수록 '단순한 구성(플롯)'이 좋다고 말합니다. 왜냐하면 아이들은 복잡한 이야기일수록 집중하기도 힘들고 이해하기 어렵기 때문입니다. 그런데 이처럼 너무나도 당연한 사실을 거듭 강조하는 이유는 무얼까요? 우선은 '구성이 너무 단순하면 재미를 떨어뜨리지는 않을까' 하는 오해를 미리 방지하기 위해서입니다. 맞습니다. 상당수의 작가가 '단순한 구성'을 '단일한 사건'으로 오해하고 있습니다. 틀림없이 '다른 말이지만 언뜻 보기에 같은 의미를 품고 있는 것'처럼 보이거든요. 하지만 아닙니다.

구성은 (단순하든 복잡하든) 하나의 사건을 의미하는 것이 아니라, 도리어 여러 사건의 연속체입니다. 다만 의미없이 나열되어 있는 것이 아니라, 한 편의 이야기가 '더 극적인 효과를 갖도록'(이 말은 '더 재미있게'라든지 '그럴 듯하게'라든지, 하는 말로 대체할 수도 있습니다) 지능적으로 배치되어 있는 것이지요. 즉 지금 읽고 있는 책에 등장하는 그 사건은, 작가가 특별한 목적을 가지고 그 자리에 의도적으로 배치한 것입니다.

구성에 대한 정의는 '사건의 극적인 배열' 외에도 많습니다. '형상화를 위한 여러 요소를 유기적으로 배열하거나 서술하는 일' 또는 '특정 사건들을 선택한 결과로 만들어진 사건의 흐름' 같은 식으로도 설명할 수 있습니다. 이런 정의는 이론적으로는 맞지만, 실제 집필하는 데에는 '극적인 효과' 부분에 주목하는 편이 훨씬 도움이 됩니다. 그리고 사건의 연속체란 말에는 시간의 흐름과 공간의 변화까지 내포되어 있습니다(실험적인 성인 소설에는 시간은 정지하고 공간만 바뀌거나, 시간은 흐르되 공간의 변화가 없이 진행되는 이야기도 있기는 합니다). 각각의 사건은 특정한 시간과 공간에서 전개되니까요.

메인 플롯과 보조 플롯

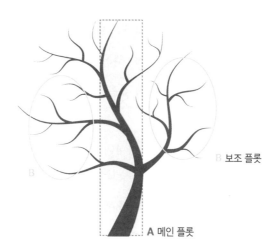

B 보조 플롯

A 메인 플롯

그렇다면 단순한 구성의 의미는 무얼까요? 우선 구성은 주인공의 히스토리를 기반으로 합니다. 이를테면 주인공의 삶의 궤적이지요. 그것을 독자는 사건의 형태로 만나는 것입니다. 이때 딱 한 사람(주인공)의 히스토리에만 집중하면 단순한 구성이 됩니다. 이미지의 A영역에 해당됩니다. 나무의 가장 굵고 튼튼한 가지를 말합니다. 주변 인물의 이야기(A영역 바깥의 잔가지, 즉 B영역)는 최대한 언급하지 않고, 오로지 주인공에게 벌어진 일만 집중적으로 서술하는 것이지요. 초등학교 중·저학년 이하의 어린 독자들을 위한 동화는 특히 이런 방법을 고수할 필요가 있습니다.

이럴 때 좋은 점은, 한 사람(주인공)에 대해서만 이해하면 되니까 접근의 벽이 낮아지고 읽기가 수월해집니다. 당연히 이해도 빠를 것입니다. 그러므로 이야기의 길이가 웬만큼 길어져도 독자가 따라가기에 큰 무리가 없습니다. 그러나 앞서 말했듯 아무리 단순한 구성이라도 사건의 연속체임에는 변함없습니다. 단편 동화 일부만이 '단순 구성=단일 사건'의 공식을 만족시킬 수 있을 뿐이지요.

그러므로 단순 구성의 핵심은, 하나의 사건만으로 동화나 청소년소설을 쓰라는 말이 아니라, '(번잡하게 여러 인물의 히스토리까지 기웃거리지 말고) 주인공 중심의 여러 사건을 보다 탄탄하게 잘 늘어 놓으라'는 의미에 더 가깝습니다. 즉 주인공과 관계없는 사건의 개수를 적절히 줄이고 대신 주인공과 관련이 깊은 각 사건마다 밀도를 높이며, 사건과 사건의 인과성을 확보하여 '여러 사건의 연속체이지만, 마치 한 덩어리의 사건'으로 보이도록 하는 것입니다.

《33번째 달의 마법》에서 주인공 봄이 자신이 살던 마을을 떠나 아주 빠르게 이웃 마을로 달려갑니다. 사람들을 놀라게 하며, 귀신이 산다는 언덕을 넘어 쉬지 않고 이웃 마을에 이르지요. 그리고 고양이가 그려진 의류 수거함을 뒤져 한 아이의 옷으로 갈아입고 사람이 된 뒤에 그 옷의 원래 주인을 찾아갑니다. 그런데 옷의 주인인 태이는 놀라지 않고, 자신의 엄마를 위해서 몇 가지 부탁을 한 뒤 순순히 집을 떠납니다. 이상한 생각이 들어 고민하던 중, 엄마의 등장으로 태이가 자신의 생명을 구해 준 사람이라는 것을 알게 됩니다. 봄이는 마녀를 찾아가 자신의 마지막 소원을 태이를 위해서 쓰기로 하고 다시 고양이의 삶으로 돌아옵니다.

줄거리만으로도 아주 간결한 동화라는 것을 알 수 있습니다. 실제로 모든 사건은 주인공 봄이의 것입니다. 물론 저학년 동화이기 때문에 분량도 많지 않아서 더더욱 주인공 한 사람의 히스토리에 집중했고, 사건의 개수도 적어서 밀도가 높아 보입니다. 이는 사건의 인과성 강화에도 도움을 주었습니다. 또한 회상(왜 애꾸눈 고양이가 되었는지, 어떻게 마녀와 만나게 되었는지) 부분도 길지 않아서 현재 사건 중심의 주인공 히스토리만 도드라져 보이는 모습이지요.

하지만 모든 이야기가 단순 구성으로만 이루어지지는 않습니다. 이야기를 엮다 보면 필요에 따라 주인공이 아닌 다른 사람의 히스토리도 언급하게 됩니다. 물론 이때 언급되는 다른 사람의 히스토리는 가능한 주인공과 관련된 것이어야 합니다. 이미지 전체를 보면, A영역 바깥

동화·청소년소설 쓰기의 모든 것

으로도 가지들이 뻗어 있습니다. 이 가지들이 바로 주인공이 아닌 다른 인물들의 히스토리이고 또 다른 플롯이 됩니다. 이때 A영역에 해당하는 주인공 중심의 히스토리를 메인 플롯이라고 하고, 그 외의 가지들(다른 인물의 히스토리)을 서브 플롯이라고 부릅니다. 메인 플롯 외의 서브 플롯이 있는 이야기는 복합 구성이 되는 것이지요.

필요하다면, 복합 구성을 활용합니다. 이야기는 복잡해지지만 한편으로는 풍성해지고(읽을 거리가 많아지고), 그에 따라 이야기가 더 구체적이 됩니다. A가 튼튼해진 상태에서 B의 잔가지가 뻗고, 여기에 잎사귀(디테일)까지 갖춘다면 나무의 모양새는 훨씬 보기 좋을 것입니다. 하지만 그렇더라도 서브 플롯이 너무 많아서는 안 되며, 특히 그 어떤 서브 플롯이든 메인 플롯보다 많은 분량을 차지해서는 안 됩니다. **주인공이 아닌 인물의 히스토리가 더 중요하게 부각되면 안 된다는 뜻입니다. 즉 주객이 전도되고 주인공에 대한 집중도가 흐트러지는 것이지요.**

《아빠는 전쟁 중》의 경우는 유독 주변 인물의 히스토리 분량을 줄이고 주인공 신우(나)의 히스토리에 집중하고 있습니다. 공부도 잘 했고, 인기도 있었지만, 무엇보다 월남전 참전용사인 아빠의 후광으로 신우는 '골목대장'으로 군림합니다. 그러던 어느 날, 경쟁자로 송명호가 부상합니다. 신우가, 아빠가 월남에서 찍어 보낸 사진 한 장 – 가슴에 수류탄을 주렁주렁 달고 M16 소총을 들고 서 있는 – 으로 관심을 모았듯이 송명호 역시 사진 한 장 – 자신의 아빠가 대통령과 찍었다고 주장하는 단체 사진 – 과 아빠의 새까만 승용차로 모든 아이의 중심이 되고, 마침내 반장이 됩니다. 심지어 이런 배경을 앞세워 송명호가 자신 (신우)과 가장 가까웠던 친구 유미까지 빼앗아 갔다고 생각하기 이르지요. 이제 더 이상 신우는 전쟁놀이의 주인공이 될 수 없습니다. 그런데 신우는 이 모든 상황이 늠름하고 씩씩했던 아빠가 말도 못 하는 바보가 되어서 돌아온 탓이라 생각하지요. 물론 아빠의 이러한 비극적 귀환은 전쟁 공포증 때문입니다. 따라서 이야기의 전개 과정에 따라 주변 인물, 특히 아빠와 송명호의 히스토리는 필수불가결합니다. 하지만 두 사람의 히스토리는 위에서 언급한 내용 외에 크게 언급되지 않습니다. 대체로 현재 일어나는 사건을 통해서만 이야기될 뿐입니다. 이럴 경우의 이점은 이야기가 산만해질 위험으로부터 비교적 안전하다는 것입니다.

그런가 하면 《히라도의 눈물》의 메인 플롯은 주인공 세후를 중심으로 짜여져 있습니다. 사무라이가 되고 싶었으나, 자신의 출생의 비밀을 알게 된 후 사기장의 길을 가야만 했던 소년의 이야기가 플롯의 핵심입니다. 그런데 이 과정에서 소년 세후는 같은 마을에 사는 조선인 친구에게 놀림을 받기도 하고, 아버지가 왜벌단과 소통하다가 발각되어 죽음 직전에 이르는 장면을 목격하기도 하며, 일본인 사무라이와 맞서기까지 합니다. 이처럼 주인공 세후를 둘러싼 사건들이 이야기의 메인 플롯을 형성하고 있습니다.

하지만 세후의 히스토리 외에도 아버지의 히스토리와 엄마의 히스토리, 심지어 칠보 아재의 히스토리와 나츠카의 히스토리도 서브 플롯치고는 제법 분량을 차지하고 있습니다. 이로 인해 소설이 그리려는 세계가 확장되고, 독자에게는 또다른 흥미를 유발할 수 있습니다. 이를테면 아버지의 히스토리를 통해 임진왜란을 직접 겪은 세대가 겪는 고통을 그대로 전달할 수 있고, 엄마의 히스토리를 통해 전쟁의 이면에 숨겨진 한 여성의 아픔을 체감할 수 있지요. 칠보 아재의 거듭된 배신과 그 결말을 통해 조선 시대의 지배 계층이 얼마나 조선 백성을 돌보지 않았는지까지 엿볼 수 있습니다. 이처럼 복합 구성은 단순 구성에 비해 더 폭넓은 세계관을 펼쳐 놓습니다.

특히 이때 주인공이 아닌 인물의 히스토리를 서술하고자 종종 시점을 이탈하는 경우도 비일비재합니다. 이와 같은 편의적 선택은 작품의 완성도를 해칠 수 있음을 잊어서는 안됩니다.(6부 〈서술 시점의 유지〉 참조) 이런 이유 때문이 아나라도 지나친 세계의 확장은 아직 세상에 대한 경험이 많지 않은 어린이 청소년 독자에게는 도리어 이해할 수 없는 이야기가 될 가능성이 있습니다. 뿐만 아니라 메인 플롯과 서브 플롯은 별개로 진행되는 것이 아니라 복합적으로 엉켜서 진행되기 때문에 자칫 혼란을 줄 수도 있습니다. 물론 작가도 쓰기가 만만치 않을 것이고요. 그러므로 동화와 청소년소설은 독자 대상에 따라, 또한 소재나 주제에 따라 단순 구성과 복합 구성의 난이도를 조절해야 할 필요가 있습니다.

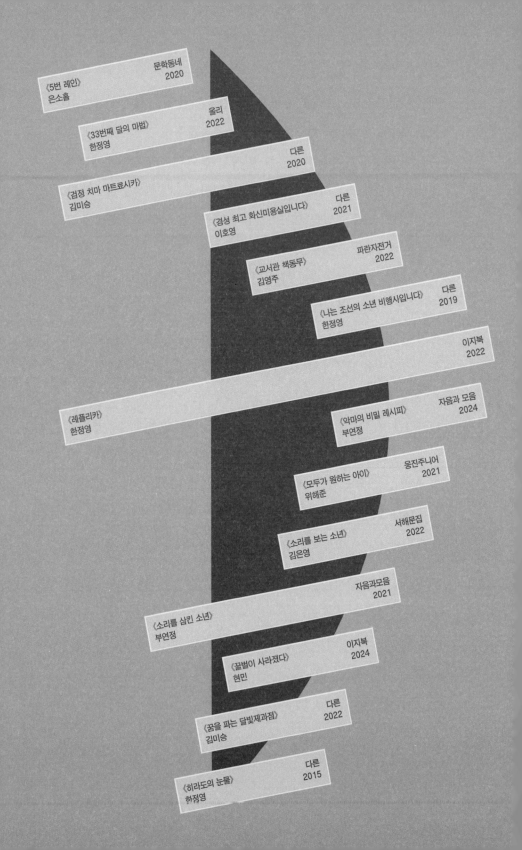

〈5번 레인〉
은소홀
문학동네
2020

〈33번째 달의 마법〉
한정영
올리
2022

〈검정 치마 마트료시카〉
김미승
다른
2020

〈경성 최고 확신미용실입니다〉
이호영
다른
2021

〈교서관 책동무〉
김영주
파란자전거
2022

〈나는 조선의 소년 비행사입니다〉
한정영
다른
2019

〈레플리카〉
한정영
이지북
2022

〈악마의 비밀 레시피〉
부연정
자음과 모음
2024

〈모두가 원하는 아이〉
위해준
웅진주니어
2021

〈소리를 보는 소년〉
김은영
서해문집
2022

〈소리를 삼킨 소년〉
부연정
자음과모음
2021

〈꿀벌이 사라졌다〉
현민
이지북
2024

〈꿈을 파는 달빛제과점〉
김미승
다른
2022

〈히라도의 눈물〉
한정영
다른
2015

6 부

디테일 강화
: 캐릭터

문제를
일으키는 주인공

일부 작가와 많은 독자, 하물며 연구자들까지도 작품의 성패를 논할 때 가장 먼저 '좋은 캐릭터'를 꼽습니다. '매력적인 인물 하나면 된다'는 말도 서슴지 않습니다. 하지만 그것은 결과론적인 이야기입니다. 캐릭터는 생물과 같아서 주인공은 자신이 겪는 사건에 따라 변화하기 때문입니다. 그러므로 시중에 난립하는 성격 유형 분류 방법(에니어그램 같은 종류)을 통해 주인공의 성격을 규정하는 방법은 권하지 않습니다. 언제 어떤 사건을 만나 주인공이 어떻게 변할지 알 수 없는데(이것이 이야기의 매력인데) 미리 성격을 규정하면 사건이 규격화된 성격에 종속될 위험이 크기 때문입니다. 실제로 그런 성격 유형의 분류는, 작품마다 다른 인물의 성격을 획일적으로 분류하는 오류를 범할 수 있습니다.

주인공은 모든 사건을 홀로, 그것도 온몸으로 감당해야 합니다. 더구나 모든 이야기는 아이디어 단계에서부터, 이후 스토리보드를 거쳐 실제 원고를 쓰는 동안 최초에 구상한 대로 똑같이 쓰여지지 않습니다. 집필 도중에 작가의 생각이 변하거나 발전하기 때문입니다. 더 박진감 넘치는 사건, 흥미로운 에피소드를 넣으려 하는 건 작가의 본능이니까요. 필요에 따라 새로운 인물이 투입되고 적대자의 능력에도 변화가 있을 수 있습니다. 즉 사건의 변화나 강도, 다른 인물의 추가 등에 따라 필연적으로 주인공은 변화할 수밖에 없습니다. 그러므로 최초에 자신이 구상한 대로 주인공 캐릭터를 이끌어가겠다고 고집할 필요가 없습니다.

더 큰 문제는 개별적 성격 구현에 치중한 까닭에 인물, 특히 주인공이 가져야 하는 기본 요소를 무시한다는 것입니다. **인상적인 캐릭터는 무엇보다 캐릭터가 가지고 있어야 할 기본적인 조건에 충실하다는 점을 잊지 말아야 합니다. 이 '조건'은 인물을 구체화시키고 살아 있는 인물로서 기능하게 하는, 특히 주인공이 꼭 가져야 하는 '디폴트default값'입니다.**

작가에게는 각자가 세상을 이해하는 방식이 있습니다. 주인공은 이러한 작가의 세계관을 고스란히 물려받고 그에 따라 삶의 방향을 설정합니다. 주인공이 자신의 역할을 수행하는 것도 이 세계관을 기준으로 하는 것입니다. 어떤 세계관을 가졌느냐에 따라 주인공의 행동 양식, 사고의 기준과 방법이 달라집니다. 하지만 세계관은 사람마다 서로 다르기 때문에 다른 이들과의 충돌이 불가피합니다. 여기서 갈등이 발생하며, 세계관이 확고할수록 갈등의 세기도 강해집니다.

주인공의 기본 요건

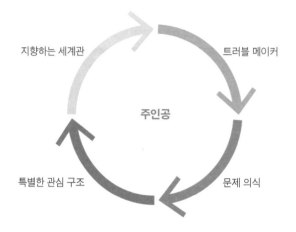

이를테면 '나는 세상이 이런 모습(○)이라고 생각해. 그런데 너는 왜 그런 모습(◇)이라고 하는 거야?'라는 생각에 이르면 갈등이 시작될 수밖에 없겠지요.《교서관 책동무》의 주인공 지성은, '책을 좋아하며 마음껏 글을 읽을 수 있는 세상'(○)을 꿈꾸는 아이입니다. 그러나 이런 지성의 생각과 달리 그의 부모는 사실상 천민이었기에, '노비(어머니가 관노비였으므로 지성도 곧 관노비가 될 예정)가 책을 읽으면 도리어 화를 부르는 세상'(◇)에서는 절대 지성이 책을 읽으면 안 된다고 믿고 있습니다. 이것이 지성의 부모가 가진 세계관입니다. 결국 아버지는 지성의 책을 빼앗아 불사르지요. 실제로 또래의 친구들조차 땅바닥에 글자를 쓰며 노는 지성을 '쭉정이 양반'이라고 비웃습니다. 그러나 지성은 도무지 자신이 꿈꾸는 세상을 포기할 수 없었기에 어떻게든 책을 읽을 수 있고 글씨를 쓸 수 있는 곳을 찾아 나섭니다. 결국 필방에서 일하게 되고, 이를 계기로 장영감을 만나 어렵사리 글자까지 익히는 행운을 얻습니다. 만일 지성이 자신의 세계관을 포기하고 강요된 세계관을 받아들였다면 혹독한 삶을 살 필요도 없었을 것입니다. 그러나 주인공 지성이 자신이 꿈꾸는 세상에 대한 욕망은 아주 곧고 뚜렷해서 당대 보통 사람들과 갈등을 겪게 됩니다. 이것은 주인공의 운명 같은 것이며, 세계관 설정 하나만으로도 이야기는 역동성을 갖게 됩니다.

비슷한 예는《소리를 보는 소년》에서도 볼 수 있습니다. 시각 장애인이지만 어떻게든 아버지에게 보탬이 되고 싶다는 생각을 가진 주인공 장만의 생각은 곧 그의 세계관이 됩니다. '장애인일지라도 할 수 있는 일이 있다'라는 생각을 하고, 그런 세상을 꿈꾸기에 독경사가 되려는 희망을 품습니다. 그리고 명통시(조정에서 운영하던 독경사 양성 기관)에 들어가기로 마음먹지요. 그것만이 장애인인 자신이 사람대접을 받으며 살 수 있는 유일한 길입니다. 이런 주인공의 세계관은 적대적인 현실과 부딪치며 사건을 일으킵니다.

이처럼 작가의 입장에서는 주인공의 세계관을 보다 뚜렷하게 설정하고, 그 세계관을 지키려는 의지를 심어 줄 필요가 있습니다. 쉽게 타협하지 않도록 다소 고집스러운 모습을 갖게 두는 것도 나쁘지 않습니다. 대체로 작품의 주인공은 고집쟁이들이 많습니다. 원칙주의자라든가, 신념이 유독 강한 사람, 올곧은 사람이 주인공으로 많이 선택되는 이유도 그 때문이겠지요.《소리를 보는 소년》의 장만이 그렇고,《교서관 책동무》의 지성도 마찬가지입니다.

그런 의미에서 주인공은 말썽꾼입니다. 그가 있는 곳에서는 늘 문제가 발생합니다. 적어도 작품이 끝날 때까지는 말이지요. 이는 주인공이 시쳇말로 '프로 불편러'이기 때문입니다. 그가 바라는 세상은 이상적인데 실제 우리가 살고 있는 세상은 부조리로 가득합니다. 대부분의 사람은 그 불편을 피하거나 감수합니다. 그러면 '문제의 중심'에서 벗어날 수 있고, 적어도 표면적으로는 또한 당분간은 아무런 일도 일어나지 않기 때문입니다. 피해를 보거나 목숨이 위태로운 상황도 모면할 수 있습니다.

하지만 주인공은, 특히 의지가 강한 주인공일수록 그 불편한 일을 참아내지 못하고 '문제'를 일으킵니다. 그 때문에 게오르크 루카치의 말처럼, 모든 주인공은 '문제적 인물'이라고 볼 수 있습니다. 《교서관 책동무》에서 주인공 지성은 안전을 추구할 수 있는 기회를 여러 번 거부합니다. 노비도 번듯하게 책을 읽는 세상을 꿈꾸지만 않았어도, 즉 책을 좋아하지만 않았어도 지성은 고초를 당하지 않았을 것입니다. 하지만 그것은 지성이 추구해야 할 진정한 가치였기 때문에 거부할 수 없었지요. 즉 지성은 자신의 세계에 대한 확고한 의지가 있었기 때문에 '불편러'에게 닥칠 수밖에 없는 모험을 감수합니다. 이 모험은 작품의 가독성을 확보하는 원동력이며, 작품의 존재 가치가 됩니다.

《모두가 원하는 아이》의 주인공 나(재희)는 어른들이 원하는 아이가 되기 위해서 정신성형연구소에 들어와 있습니다. 이는 대부분의 부모가 아이들이 자신이 바라는 대로 성장해 주기를 바라는 이기적인 마음을 풍자합니다. 이때 아이들은 도리어 자신의 꿈과 정체성을 잃고 진정한 '나'를 잃어버릴 위험에 처하는 것이지요. 그러나 어린이는 매우 나약한 존재여서 어른(부모)이 시키는 대로 따라야 하고, 심지어 치치처럼 부모에게 관심받지 못하는 자신을 미워하기도 합니다. 주인공 재희는 이러한 현실이 몹시 '불편'합니다. 그래서 우연한 기회에 무료로 정신 성형을 받을 수 있게 되지만 이를 거부합니다. 뿐만 아니라 자신은 물론 많은 아이들이 추앙하던 아이돌 매리 제인과 함께 연구소를 탈출하는 용기를 발휘합니다. 이는 '불편러'들만이 할 수 있는 무모한 행위이지요. 이 무모한 행위는 성인 소설에서 '낭만'과 비슷한 역할을 합니다. 동화와 청소년소설이 전하려는 주제를 주인공의 행동을 통해 보여주는 것입니다. 지금도 수많은 아이가 부모가 바라는 대로 되기 위해서 학원을 다니고, 공부에만 매달리는 현실에서 꼭 필요한 '불편러'입니다.

이처럼 '불편러'들은 대체로 '문제'가 있는 곳 한복판에 있어야 합니다. 왕따를 당하는 아이들이 있는 곳, 차별받는 다문화 가정의 아이가 있는 곳, 1등만 강요하는 엄마가 있는 곳, 자신의 꿈을 인정하지 않는 곳. 대부분의 작품이 바로 그런 곳에서 고군분투하는 주인공을 그리고 있습니다. 그렇지 않아도 '불편러'인데 문제가 있는 곳에 던져지면, 주인공은 아주 강하게 '자신을 불편하게 하는 것(사람)'에 반응합니다. 주인공의 사고 또한 단순한 불편에서 보다 구체적인 '문제 의식'으로 발전하게 됩니다. 그리고 문제가 커질수록 주제는 선명해집니다. 주제는 인물의 행동과 결정에 의해 완성되는 것이므로 문제를 해결하려는 시도는 곧 작가가 작품에서 말하려는 주제가 되는 것입니다.

일제 강점기를 배경으로 하고 있는《꿈을 파는 달빛제과점》의 주인공 단이는 엄마와 함께 운영하던 팥죽 가게를 모야 제과점의 미우라 사장에게 빼앗깁니다. 재료값을 갚지 못했다는 이유에서입니다. 그러나 생계를 위해서 단이는 바로 그 미우라 사장이 운영하는 무야 제과점의 점원으로 취업하지요. 이런 배경은 단이로 하여금 당연히 '프로 불편러'가 되도록 유도합니다. 즉 여기에 주인공의 욕망이 더해지면 갈등의 씨앗이 될 테니까요. 과연 단이는 하필이면 이 제과점에서 주최하는 제빵 경연에 참여하려 합니다. 하지만 일본인인 미우라 사장은 '누구나 제빵 경연에 참여할 수 있다'는 포스터를 내걸고도 조선인의 경연 참가를 허락하지 않습니다. 물론 '프로 불편러'의 욕망은 바로 이러한 불편부당한 사회적 조건에 저항할 수밖에 없습니다. 단이는 조선인을 차별하면서도 빵에 대해서만큼은 열정이 대단하던 미우라 사장과 직접 담판하여 참가 자격을 얻어내기에 이릅니다. 물론 미우라 사장 외에도 히로세(사장의 조카)와 일본인 점원들의 교묘하고도 노골적인 방해 공작에 의해 단이의 친구인 정태는 경연을 포기하지만, 단이는 끝끝내 경연에 나섭니다. 이처럼 '불편러'는 그 불편의 해소에 몰입하고, 이 몰입의 과정이 강렬한 플롯을 만들어냅니다.

주인공이 문제의식을 확인한 후에 그 상황을 관통하는 과정에서 주제가 잘 드러나고 있습니다. 주인공이 '프로 불편러'일수록, 보통 사람이라면 '그럴 수도 있지'라고 지나칠 만한 부분에 대해서도 면밀히 자신만의 현미경을 들이대고 관찰합니다. 물론 이를 위해서 주인공은 매우 성실해야 하고, '불편러'로서의 촉수가 아주 예민해야 하지요. 아울러 이러한 조건이 주인공으로 하여금 특별한 구조에 관심을 갖게 합니다.

《교서관 책동무》의 지성은 왜 하필 책에 관심을 가졌을까요.《나는 조선의 소년 비행사입니다》의 조안은 왜 다른 것도 아닌 하늘을 나는 꿈을 꾸었을까요? 주인공의 특정한 대상에 대한 관심(혹은 집착)은 주인공만의 세계를 이끌어 내고, 동시에 다른 작품과의 차별성을 가능케 합니다. 작가는 조선 시대에 노비나 다름없는 아이가 관심 가질 만한 것이 책밖에 없어서 그 대상을 선택한 것은 아닐 것입니다. 더 현실적인 대상을 찾을 수도 있었을 것입니다.《교서관 책동무》 또한 일제 강점기를 배경으로 하는 작품의 주인공이 왜 조선 독립에 관심을 갖지 않을까라는 물음도 마찬가지입니다.《나는 조선의 소년 비행사입니다》 즉 특별한 관심 구조는 작가가 세계를 보는 또 다른 방법이자 통로이며, 그것에 대한 깊이 있는 천착은 소재 측면에서의 유용성은 물론 이후 쓰여질 작품에 좋은 전범典範이 될 수 있습니다.

이처럼 주인공이 가져야 하는 '디폴트 값'으로서의 기본 요건은 이후 캐릭터 강화에 꼭 필요할 뿐만 아니라, '특별한 캐릭터'를 만드는 데도 반드시 필요한 요건이라고 할 수 있습니다. 아주 특별하고도 매력적인 캐릭터는 이런 요건을 충족한 다음, 그것을 기반으로 탄생합니다.

서술 시점의 유지

동화나 청소년소설에 비해 영화는 시점의 사용이 자유롭습니다. 시작부터 주인공이 아닌 다른 인물, 그것도 여러 인물의 시점이 활발하게 등장합니다. 전지적 시점처럼 보이는데(B), 이는 영화가 동화나 청소년소설과는 달리 공간 예술이기 때문입니다.

영화와 소설의 시점 차이

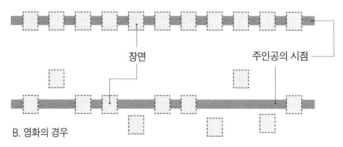

A. 동화와 소설의 경우

장면   주인공의 시점

B. 영화의 경우

영화에서는 공간의 변화가 시간을 대체하여, 시간의 흐름을 표현합니다. 그러므로 공간의 잦은 교체는 이야기 흐름을 빠르게 만듭니다. 공간을 어떻게 활용하는가에 따라 이야기의 흥미에 상당한 영향을 미칩니다. 더구나 영화에서의 공간은 시각적이고 직관적입니다. 관객의 사고 과정이 필요치 않다는 뜻이지요. 그런 반면 동화와 소설의 공간은 디테일한 묘사에 의해서 탄생되며, 그것이 물리적 실체감을 얻으려면 독자의 상상력이 작용하는 시간이 반드시 필요합니다.

> 조안은 반사적으로 한 건물 앞 처마 밑에 섰다. 그러자마자 노랫소리가 들려왔다. 뒤를 돌아보니, 유리문에 경성끽다점(찻집)이라는 글씨가 쓰여 있었다. 동경으로 떠나기 전에는 친구들과 힐끗거리며 지나던 곳이었다. 조안은 잠시 망설이다가 안으로 들어갔다.
>
> 끽다점 안은 담배 연기가 자욱했고, 서양 노래가 흐르고 있었다. 그 사이사이에서 사람들의 목소리가 들려왔다. 이리저리 돌아보니 양장을 한 남녀가 마주 앉아 있기도 하고, 어깨가 각진 제복을 입은 남자 무리도 보였다. 또 한쪽에는 초여름인데도 풀을 잘 먹인 삼베 두루마기를 입은 노인이 꼿꼿한 자세로 앉아 있었다.
>
> – 《나는 조선의 소년 비행사입니다》 133~134쪽

이처럼 동화나 소설은, 1차적으로 공간에 대한 디테일한 묘사가 필요하며 이 묘사를 기반으로 독자가 상상력을 동원해서 그 공간을 그려내야 합니다. 그래야 구체성이 확보되어 독자의 이해도 빠릅니다. 특

히 역사 동화(소설)나 SF 등, 작가는 물론 독자가 한 번도 직접 가보지 않는 곳이 배경이라면 공간을 이해하는 데 더 많은 시간이 걸리지요. 이런 면에서 동화와 소설은 시간 예술에 해당합니다.

영화에서는 새로운 공간을 보여 주는 것만으로도 관객들의 흥미를 고조시키고 사건을 암시할 수 있습니다. 따라서 한 인물에만 초점을 맞추어 진행한다면 오히려 흥미가 떨어집니다. 특정한 인물(주인공)이 물리적으로 이동할 수 있는 공간에는 한계가 있고 시간도 소요됩니다. 그러므로 다양한 공간을 연출할 수도 없지요. 즉 시점을 단일화 하면 공간 변화로 얻는 효과가 사라지는 것입니다. 최악의 경우 브이로그를 찍는 느낌이 들지 않을까요?

그래서 영화는 주인공이 등장하는 두 장면 사이에 다른 인물이 등장하는 장면을 끼워 넣기도 합니다. 그러면 그만큼의 시간이 흘렀음을 관객은 암묵적으로 받아들이게 되고 따라서 주인공의 공간 이동이 자유로워집니다. 물론 자연스러워 보이고요. 즉 영화는 시점의 이동이 활발해야만 이야기의 속도감이 살아납니다. 그래서 시나리오의 신(#) 넘버를 살펴보면 아주 중요한 사건이 일어나는 장면이 아니고는 에피소드의 길이가 짧습니다. 아니, 중요 사건이라도 중간에 다른 인물의 시점을 끌어다 놓는 일도 비일비재합니다. 이는 긴장감을 잠깐씩 이완시켜서 관객의 시선을 오래 사로잡으려는 의도이기도 합니다.

그런데 소설이나 동화의 경우, 시점의 이동이 잦으면 혼란이 불가피합니다. 특히 독서 경험이 많지 않은 어린이와 청소년들에게는 이야기 전개를 따라가는 것만으로도 매우 버거운 일이 될 수 있지요. 내가 '누구의 삶'에 집중하고 있는지 모릅니다. 영화처럼 시각적으로 주목해야 할 만한 것도 없고 모든 것을 읽고 상상하여 간추려야 하는 시간도 필요한데, 그 사이에 독서에 대한 흥미를 잃을 가능성이 더 큽니다.

더 나쁜 점은, 시점을 옮겨 다니다 보면 가끔은 주인공보다 더 매력적인 조연의 모습이 그려지기도 한다는 것이지요. 왜냐하면 (주인공이 아닌) 특정한 인물에게 시점이 고정되면, 그 인물의 히스토리가 집중 발현되어 그 사이 주인공에 대한 관심도가 떨어지기 때문이지요. 이때 특정한 인물의 히스토리가 주인공보다 극적이면 이 인물이 더 매력적으로 보일 가능성도 있습니다. 그러므로 동화와 소설의 시점은 단일성을 유지하는 것이 좋습니다.(A) 어떤 에피소드를 제시하더라도 상관없지만, 독자가 읽는 도중에 '내가 누구에 관한 이야기를 읽고 있는 것일까?'라는 질문을 하게 만들면 안 되니까요.

그렇다면 시점의 잦은 이탈은 왜 일어날까요. 외적으로는 영화나 드라마 같은 장르의 영향을 받았을 것이라는 추측이 가능합니다. 실제로 최근의 OTT 시장의 증가는 스토리 상품에 대한 접근도를 높였고, 이는 작가(지망생)에게 상당한 영향을 미쳤을 것입니다. '스토리텔링은 결국 거기서 거기'일 것이라는 생각이 충만한 시대이고 보면 이는 단순한 의심만은 아닐 것입니다. 실제로 플롯이니 캐릭터니, 갈등이나 긴장감, 복선, 반전 등의 용어를 모든 스토리 장르에서 쓰고 있으니까요. 그리고 내적으로는 흥미 고조를 위해서 혹은 다른 인물의 히스토리를 알려 주고 싶을 때, 하지만 주인공의 시점 안에서 내용을 전달하기 어렵다는 판단에 따라 보다 손쉬운 방법을 선택한 것입니다.

때로는 편집자가 작품의 완성도보다 내용의 흥미나 새로움 같은 요소를 더 중시하는 경우도 있습니다. 심지어 공모전 당선 작품들에서도 그러한 경우를 자주 볼 수 있는데, 이 역시 같은 이유에서일 가능성이 큽니다. 흥미에 도움이 된다면 시점의 이탈이 작품성을 해치지 않는다는 판단이랄까요? 물론 시점 이탈이 일어난다고 해서 작품이 읽히지 않는 것은 아닙니다. 필요하면 사용할 수도 있습니다. 하지만 최대한 작품의 완성도를 끌어올리기 위해서는 형식적 측면도 놓치지 않으려는 노력이 필요합니다.

특히 시점의 이탈과 전지적 시점을 혼동해서는 곤란합니다. 전지적 시점은 편의에 따라 장별로 시점을 나누는 것이 아니라, 모든 장에 골고루 적용되어 사건의 극적 전개에 기여해야 합니다. 이를테면 특정한 장￼만 주인공이 아닌 다른 인물의 시점으로 전개해서는 안 되며, 어떤 인물이 등장하더라도 비중의 차이는 있지만 시점을 골고루 분산시켜야 한다는 뜻입니다. 만일 특정한 장에서 시점의 변화를 주려면 내용적 당위성과 실험적 개연성이 명백해야 합니다. **편의에 따른 시점의 이동은 작품의 완결성만 떨어뜨릴 뿐입니다.**

한 작품 안에서 시점이 분산되는 예외가 있기는 합니다. 가령 최근 활발하게 창작되고 있는 피카레스크식 구성입니다. 보통 피카레스크식 구성은, 작품 전체를 아우르는 아우터outer 스토리와 여러 개의 메인 스토리로 이루어진 것이 보통이지요. 이때 아우터 스토리는 작품 전체의 통일성을 유지하는 역할을 하며, 개별적으로 여러 개의 이야기가 메인 스토리로 존재하며, 주인공도 각각 다릅니다. 가령 《악마의 비밀 레시피》는 마계의 후계자 데몬과 그의 집사 파파주(말하는 까마귀)가 '악마의 레시피'라는 식당을 인간계에 오픈하면서 이야기가 시작됩니다. 이들의 이야기가 아우터 스토리로 전개됩니다. 물론 데몬이 인간계까지 내려와 식당을 오픈한 데에는 그만한 이유(인간의 나쁜 감정을 수거해 그것으로 마력을 높이는 것)가 있고, 외적으로는 아우터 스토리의 당위성을 확보해 줍니다. 즉 데몬이 오픈한 식당에 세 명의 아이가 차례로 찾아오고, 이들은 각각의 사연을 가지고 있습니다. 세현, 지영, 민준입니다. 세현은 만년 5등을 하는 수영선수이고 어떻게 해서든지 1등을 하고 싶어 합니다. 지영은 친구의 우정을 의심하는 중이고, 민준은 재혼의 시도가 의심되는 엄마와 극도로 사이가 나쁩니다. 데몬은 이들을 끌어들여 특정한 음식을 먹게 하고, 각각 생길 수 있는 최악의 미래를 보여줌으로써 나쁜 선택을 피해 갈 수 있도록 해줍니다. 이처럼 데몬을 중심으로 한 아우터 스토리와 개별적으로 전개되는 3개의 메인 스토리가 함께 앞으로 나아가기 때문에 각각의 시점이 필요합니다. 즉 이런 피카레스크식 구성은 아우터 스토리에 더하여 메인 스토리의 개수만큼의 시점이 독립적으로 존재합니다.

이처럼 처음부터 전지적 작가 시점 혹은 피카레스크식 구성으로 이야기를 전개할 의도가 아니라면, 시점이 제2, 제3의 인물로 분산되는 일은 지양하는 것이 좋습니다. 그래야만 작품의 통일성을 추구할 수 있고 사건의 일관성도 유지됩니다.

극적 인물을 만드는
3가지 조건

예술 분야의 용어를 일상에서도 종종 사용하는 예로 '극적'이라는 단어가 있습니다. 흔히 '드라마틱dramatic'이라고도 표현합니다. 이때의 드라마는 '극劇', 연극을 뜻합니다. 연극은 등장인물의 대화(약간의 행동 포함)로 이야기가 전개되는 장르입니다. 극중 인물의 역할 비중이 다른 장르에 비해서 압도적으로 우세하지요. 적절한 묘사와 틈틈이 끼어드는 설명이 모두 합해져서 사건을 만들고 장면을 형상화하는 동화나 청소년소설과는 달리, 연극에서는 인물이 (작가의 개입 없이) 그 모든 것을 혼자서 표현해야 합니다. 그 탓에 희곡에서의 인물은 다른 장르에서의 인물보다 훨씬 많은 말을 하고, 그 말을 관객에게 효과적으로 전달하기 위해서 다양한 동작과 표정을 보여 줍니다. 사건이 눈앞에서 벌어지는 것처럼 현장감 있는 연기를 하기 때문에 이야기에 입체감이 있고 생동감이 넘치지요. 반면 동화나 소설 속 인물의 대화는 직접성이 없고 작가의 개입(묘사가 서툴거나 설명으로 이어질 경우에는 더더욱)이 빈번해서 감정 이입을 하기까지 시간이 걸립니다. 초반에는 진정성이 없어 보이기도 합니다. 영화의 인물 또한 다양한 촬영 기술과 편집의 도움을 받기 때문에, 연극에 비하면 인위적 느낌이 큽니다.

사람들이 연극의 인물에 쉽게 공감하는 까닭은 이처럼 현장감이 큰 역할을 합니다. 마치 그(주인공)가 이야기 속의 인물이 아니라 실제로 존재하는 인물처럼 보입니다. 그래서 사건을 마주하는 태도와 방식이 진실되어 보이고 더욱 인간적으로 느껴집니다. 관객(독자)은 그러한 인물을 신뢰합니다. 우리는 이와 같은 인물을 '극적 인물'이라고 합니다.

이런 인물은 대체로 입체적입니다. 일관된 목표가 있으며 이를 적극적으로 지향하는 모습을 보여 줍니다. 예기치 못한 사건 앞에서도 수동적으로 혹은 (작가의 조정에 따라) 기계적으로 움직이지 않습니다. 도

극적 인물의 필수 조건

리어 사건을 자신이 변화하고 발전하는 계기로 삼고자 하지요. 때로 과장되어 보이기는 해도, 이런 인물은 등장하는 것만으로도 작가의 메시지를 전달할 수 있습니다.

그렇다면 극적 인물이 되기 위해 꼭 필요한 조건은 무엇일까요?

우선 첫 번째는 '강력한 삶의 의지'입니다. 이때의 삶이란 단순한 생존은 물론, 불편부당한 당대적 상황에 맞서 '보다 더 나은 삶'에 대한 욕구까지 포함합니다. 이 욕구가 강할수록 주인공이 겪어야 하는 갈등과 사건 역시 격렬해집니다. 하지만 그럼에도 불구하고 이 인물은 기꺼이 그 모든 상황을 마주하고 맞부딪쳐 나갑니다.

일제 강점기를 배경으로 한《경성 최고 화신 미용실입니다》의 주인공 인덕이는 몰락한 양반가의 아이로, 부모님은 부재하며(독립운동가) 당장 약값이 필요한 할머니와 단둘이 살고 있습니다. 인덕이는 할머니의 약값을 벌어야 할 처지이고, 아무런 재주가 없었던 탓에 머리카락을 잘라 그 비용을 마련합니다. 할머니는 조선 여인의 마지막 자존심이라 여기는 머리카락을 잘랐다며 노발대발하지만 인덕이는 현실적삶을 벗어나 '보다 더 나은 삶'으로 나아가는 길을 선택합니다. 그리하여 할머니에게 오래 전 도움을 받은 적이 있는 오엽주를 따라가 미용을 배우기로 합니다. 이때부터 인덕이의 새로운 삶에 대한 도전이 시작되고, 그 의지를 꺾지 않음으로써 인덕이는 다양한 갈등과 사건에 직면하게 됩니다.

이 작품에서 인덕이의 의지는 현실적으로 실현 불가능한 것일

수도 있습니다. 하지만 자신의 삶을 포기하지 않는다는 점에서 매우 역동적인 인물이 되지요. 기존의 가치관에 얽매이지 않고 스스로 앞날을 개척하겠다는 투지는 인물의 입체성을 더해 줍니다. 이처럼 인물이 자율성을 확보하고 스스로의 존재 가치를 증명할 때 극적 인물이 됩니다. 독자의 흥미를 끄는 매력, 자질 같은 것이라 할 수 있지요. 신체적 조건이나 외모 같은 데서 드러나는 매력보다 인물에게 더 중요한 것은 내면적 매력입니다. **그(주인공)가 우리(독자)의 욕망을 대변하면서 그것을 반드시 이루려는 노력을 멈추지 않는 모습을 보여 주는 것입니다. 그럴 때 독자는 대리 만족과 동시에 인물을 신뢰하게 됩니다.**

《33번째 달의 마법》의 주인공 봄이도 삶에 대한 의지가 남다른 인물입니다. 동물 학대를 당하고 죽음 직전까지 이른 경험이 있던 터라 더욱 그럴 것입니다. 봄이는 어떻게든 마녀가 준 기회를 놓치지 않기 위해 33번째 달이 뜨는 날, 위험을 무릅쓰고 새로운 의류 수거함을 찾아갑니다. 그리고 마침내 인간(태이)의 옷을 입고, 그 아이 대신 인간의 삶을 살기로 마음먹습니다. 그런데 하필이면 그 옷의 주인이 자신을 구해 준 사람이라는 것을 알게 됩니다. 결국 사람이 되는 대신 태이의 삶을 되돌려 줍니다. 이러한 반전을 통해 삶에 대한 의지란 단순히 살아가는 것이 아닌 보다 '참된 삶'을 의미한다는 것을 독자들에게 전달합니다. 이 점에서 봄이의 선택은 매우 극적으로 보이지요.

극적 인물의 두 번째 조건은 의지를 실현하기 위한 '구체적 행동' 입니다. 의지가 강할수록 매우 거센 갈등(사건)을 마주할 텐데, 주인공은 이에 어떻게 맞설까요? 이때의 구체적 행동은 주인공을 변화시켜 극적 인물로 이끌어가는 키워드가 됩니다.

《소리를 보는 소년》은 구체적 행동이라는 측면에서 보면 파격적이기까지 합니다. 앞서 말한 대로 주인공은 시각 장애인이고 물리적인 역동성을 구현하기 힘듭니다. 그럼에도 불구하고 주인공 장만은, 첫 장면부터 구체적 행동에 나섭니다. 물론 동생의 도움을 통해서이지만, 이 '일'에 대한 집착은 주인공의 목표에 대한 의지를 선명히 보여 주는 역할을 하며, 이후 메시지 전달의 핵심적 역할을 하지요. 구체적 행동의 의지는 여기에서 멈추지 않습니다. 주인공 장만은 앞이 보이지 않아서 화재의 직접적 피해자가 되지만, 중요한 것은 이런 사고를 당한 후에도 '일'에 대한 의지를 버리지 않는다는 점입니다. 이런 구체적인 행동은 주인공을 더욱 분명한 캐릭터로 만들고 이후 메시지를 전달하는 데도 직접적인 영향을 미칩니다. 즉 독경사가 되는 꿈을 꾸게 되는 계기를 마련하는 것이지요. 이처럼 독자는 주인공의 구체적 행동을 통해, 바로 눈앞에서 한 아이가 성장하는 모습을 보게 됩니다. 또래의 독자들은 장만을 친구로 응원할 것이고, 어른 독자들은 장만의 이런 모습을 대견해 할 것입니다. 이러한 자기동일시는 독자의 감동을 이끌어냅니다.

《천년의 음모》의 주인공 제나는 자신의 왕국을 구하기 위해서 미래(2151년)에서 현재(2031년)로 시간 여행을 떠났습니다. 그러나 제사장 하야로비로부터 '대종탑 아래로 가세요.'라는 지시만 받았을 뿐 아무것도 알지 못하는 제나는 한동안 자신 앞에 닥친 현실에 수동적으로 반응합니다. 그러다가 과거에서 온 은파를 만나, 마침내 자신의 정체성을 확인한 뒤, 적극적으로 이 모험에 뛰어들지요. 자신들을 뒤쫓는 흰 가면의 추격자와 끊임없이 싸우고, 마침내 도시 파괴 음모의 근거지에 다다르기도 합니다. 그럼으로써 도시 파괴의 진실 앞에 마주 서지요. 뒤미처 폭풍이 몰아치는 마지막 날, 달아나기를 멈추고 수백 년 전의 배를 몰고 거대한 파도를 막아냅니다. 이어 여전히 도시 파괴의 음모를 멈추지 않는 팔색 거미단의 마법사와 마지막 승부를 벌이는 과정까지 주인공 제나의 구체적 행동은 이어집니다. 특히 이처럼 판타지와 같은 장르동화(청소년소설)의 경우는 주인공의 구체적 행동이 더더욱 역동적일 필요가 있습니다.

극적 인물의 세 번째 조건은 '개연성의 검증'입니다. 아무리 주인공이 끊임없이 움직이더라도 현실적인 개연성이 부족하면 단지 '이야기 속의 인물'에 머물고 말지요. 극적인 인물은 세상에 없을 것만 같은 특별한 인물이 아니라, 내 옆에 있는 것처럼 누구보다 생동감이 넘치는 입체적 인물이어야 합니다. 그래서 극적 인물을 창조하기 위해서는 의외성에 초점을 맞추기보다는 있는 그대로의 상태에 개성을 드러내 주는 것이 더 빠른 방법입니다. 그래야 더 개성적인 인물로 거듭날 수 있습니다.

이를테면《소리를 삼킨 소년》의 주인공 태의의 경우가 대표적인데, 작가는 아스퍼거증후군과 함묵증에 걸린 소년의 일반적인 특성을 잘 표현하고 있습니다. 타인에 대한 경계심과 따라서 쉽게 친구조차 사귈 수 없어서 오로지 별 관찰에만 흥미를 느끼는 소년의 모습이 사실성 있게 그려지지요. 즉 작가는 이 소년의 핸디캡을 억지로 드러내려하지 않으면서, 다만 여기에 살인 사건 목격이라는 뜻밖의 사건에 휘말리게 함으로써 주인공의 개성을 드러냅니다. 이때부터 태의는 살인 사건의 범인을 추적하기 시작하는데, 그러나 절대 어른처럼 행동하지 않고, 우선 반장에게 도움을 청하지요. 이런 태의의 일련의 행동은 개연성을 확보하고, 동시에 흥미까지 자아내지요.

물론 역사나 SF 같은 장르도 마찬가지입니다. 배경이 현재가 아닐 뿐, 과거든 미래든 당대적 사건에 직면한 주인공의 생각과 행동이 지금의 시각으로 보아도 그럴듯해야 개연성을 확보할 수 있습니다. 이를테면 '내가 저 시대에 살았더라도 그랬을 거야!'라는 느낌이겠지요? 부연하자면,《경성 최고 화신미용실입니다》는 역사 소설이기 때문에 현실적 검증 외에 역사적 검증을 더 필요로 합니다. 흔히 말하는 리얼리티는 당대적 현실을 되살릴수록 생생하게 살아납니다. 간단하게는 그 시대에 썼던 소품을 되살리는 것에서부터 사회 구조를 간접적으로 드러내는 일까지 필요합니다. 인덕이의 부모님이 독립운동 중이라는 사실, 조선 후기를 살아 온 할머니가 봉건주의와 근대 사이에서 갈등하는 모습, 일본 경찰에게 끌려가는 오엽주 사장 등은 시대의 모습을 간접적으로 드러내어 작품의 리얼리티를 확보합니다. 특히 이야기 초반, 할머니의 약값을 벌기 위해 인덕이가 머리를 잘라 파는 장면은 작품의 전반적 주제를 담고 있을 뿐만 아니라 당대 사회 구조를 상징하는 역할을 함으로써 이후 벌어지는 모든 사건의 개연성 확보에 도움이 됩니다.

등장인물의
히스토리

등장인물의 히스토리를 구성하는 다양한 에피소드들

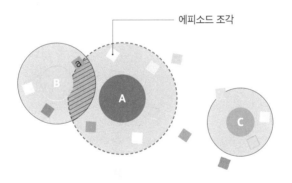

에피소드 조각

집필을 시작하기 전에 대부분의 작가는 마인드맵 등을 통해 수많은 에피소드를 떠올립니다. 그런데 이 흩어져 있는 에피소드들은 어떤 '하나의 기준'을 중심으로 모여야 의미 있는 사건으로 발전할 수 있습니다. 물론 이 기준은 주인공입니다. 아무리 흥미로운 에피소드라고 할지라도 주인공과 관련된 사건이 아니면 작품에서 제 역할을 할 수 없습니다. 오히려 이야기 전개를 방해할 수도 있지요.

　그래서 작가들은 수많은 에피소드 중 주인공과 직접적으로 관련된 것들을 우선 정리합니다.(큰 원의 점선) 하지만 가끔은 여러 가지 이유로 주인공과의 연관성이 부족한 에피소드를 과감하게 버리지 못하기도 합니다. 너무나 놓치기 아까운 재밌는 에피소드여서 혹은 아무리 보아도 주인공과 관련이 있을 듯 싶어서 등 다양한 이유가 있습니다. 특히 (주인공이 아닌) 어떤 인물들은 주인공과 관련이 있기 때문에(B의 경우) 그와 관련된 에피소드까지 다 담으려고 합니다. 그러나 B와 관련된 에피소드 중에는 A와 관련된 것도 있지만(a), 그렇지 않은 에피소드도 있습니다. 이런 에피소드는 배제해야 합니다. 왜냐하면 이 이야기는 A의 이야기이지 B의 이야기가 아니기 때문입니다. 그러므로 B와 관련된 에피소드 중에서 사용할 수 있는 에피소드는 A의 히스토리 범위 안에는 에피소드(빗금 부분)뿐입니다. A와 접점이 전혀 없는 C의 에피소드는 쓰지 않는 게 좋겠지요.

　그럼에도 불구하고 B와 관련된 모든 에피소드를 다 보여 주려 시도하는 경우도 있는데, 이때 종종 시점의 이탈이 일어납니다. A의 시선 범위가 B의 시선 범위 전체에 미치지 못하기 때문입니다. 그런데도 B의 사건을 보여 주려면 시점이 B로 이탈하는 것을 피할 수 없습니다. 심지어 이런 욕심이 과하면 주인공과 아예 관계가 없는 인물의 사건까지 끌어다 놓습니다.(C) 그 이야기가 직접적으로 A가 겪은 에피소드가 아니라도 작품 이해에 도움을 준다는 생각에서입니다. 하지만 그 도움

동화·청소년소설 쓰기의 모든 것

은 미미하거나 작가의 착각인 경우가 많습니다. 대개는 작품의 완성도를 해치기 십상입니다. 독자는 여러 사람의 인생을 동시에 머릿속에 넣어야 하니까 이야기 전개를 따라가는 부담이 커질 테고 결국 작가가 전달하려는 주제가 흐려집니다.

다시 강조하지만, 주인공이 사건의 중심에 있어야 합니다.(A) **모든 사건은 주인공을 중심으로 일어나야 하고, 주인공과 (가능한) 직접적인 관련이 있는 사건을 담아야 합니다.**

앞서 예로 든 《히라도의 눈물》에는 주인공 세후 외에도 개성적인 인물들이 나옵니다. 틈만 나면 고향(조선)으로 돌아가고자 발버둥치는 아버지, 몰락한 사무라이 가문의 딸이라는 이유로 조선인과 혼인해야 했던 어머니, 세후가 아재라고 부르던 조칠보, 세후를 좋아하는 나츠카 등이 그렇습니다. 그래서 이 조연들의 히스토리도 일부 제시됩니다. 이중 아버지의 히스토리가 가장 빈번하며 내용도 많습니다. 그리고 엄마의 히스토리는 세후가 오란다(네덜란드)로 가게 될 것이라는 사실을 알고 난 뒤에 대화 형태로 서술됩니다.(10장) 칠보 아재는 세후에게 헤엄과 무술을 가르쳐 준 이야기(1장, 2장)와 세후 아버지에게 도자 기술을 가르쳐달라고 하는 일과 아버지를 미행하는 것을 세후가 발견하는 일(5장, 6장) 등에, 그리고 노예로 끌려가는 마지막 장에서 서술됩니다.

주인공을 제외한 인물 중 아버지의 히스토리가 가장 많은 비중을 차지하는 것은 주인공과 가장 밀접한 인물이기 때문입니다. 무엇보다 아버지는 물리적으로도 한집에 사는 가족이므로 세후의 삶에 가장 큰 영향을 미치는, 사실상 하나의 이야기를 이끌어가는 또 다른 한 축입니다. 즉 주인공 외의 인물 히스토리는 주인공의 삶에 직접 간섭하거나 정신적 영향이 클수록 늘어납니다. 서브 플롯에서도 가장 큰 비중을 차지하지요. 하지만 그럼에도 불구하고 아버지의 히스토리 가운데 주인공 세후의 삶과 관련이 적거나 영향을 미치지 않는 부분까지 서술해서는 안 됩니다. 그 외의 다른 인물의 경우는 더 말할 것도 없습니다. 주인공과 관련 없는 히스토리는 이야기 전개를 느리게 하거나 완결성을 떨어뜨릴 뿐입니다.

이야기가 길어질수록 주변 인물의 히스토리가 많아집니다. 이런 경우일수록 작가의 집중력이 필요합니다. 《레플리카》는 1권에서 2권에 이르기까지 주인공은 동맹시와 제3 거류지, 위성지구 등 다양한 공간을 오가기 때문에 그가 중요하게 맞부딪치는 인물들의 히스토리는 때때로 중요한 역할을 합니다. 복제 인간 주인공 세븐틴의 원체元體인 세인은 특히 세븐틴과는 뗄래야 뗄 수 없는 관계이므로 그 히스토리가 매우 구체적입니다. 친엄마를 배신한 아버지에 대한 반발로 공부를 포기하다시피 한 일, 결국 그로 인해 강제로 위성지구의 병원에 입원하게 되며, 훗날에는 세븐틴과 게이머 대 몹으로 만나기까지 하지요. 여기에 더하여 위성지구 출신이면서 동맹시의 안보국장이란 최고 요직에 이르게 되는 아버지의 히스토리 역시 이야기의 전체에 걸쳐서 두루 언급됩니다. 종국에는 세븐틴의 개인적 적대자이자, 하층민을 억압하는 동맹시 시스템의 상징이므로 더욱 그렇습니다. 특히 아내에 대한 배신과 연이은 전략적 결혼(이는 세인의 방황에도 큰 영향을 미칩니다)의 히스토리는 이야기의 시발점을 더 먼 과거로 이끌어갑니다. 사실 이런 정도까지의 히스토리는 독자에게 부담이 될 것입니다. 즉 이 히스토리가 주인공의 시선 안(A영역)에 있는지 다시 한번 생각해볼 여지가 있습니다. 또한 남편으로부터 배신당하고 아이까지 빼앗긴 후, 그 아픔을 가까스로 극복하고 반동맹시의 수장이 되는 세인의 엄마가 가진 히스토리도《레플리카》를 조금 더 복잡하게 만드는 요인으로 작용하지요. 즉 아무리 흥미로운 히스토리라도 주인공과의 거리가 멀면 멀수록 이야기의 흐름을 지체시키고 독자로 하여금 독서에 대한 부담을 느끼게 합니다. 주인공의 삶이 궁금해서 시작했을 뿐인데, 자꾸만 다른 사람의 이야기를 하고 있다면 독자의 인내력을 시험하는 일이 될 것입니다.

    그러나 가끔 특정한 인물의 히스토리가 (그것이 더구나 매우 흥미로울 경우) 주인공과 밀접한지 판단이 어려울 때가 있습니다. 이럴 때는, 그 히스토리(사건도 마찬가지)가 없어도 이야기의 본질을 흩트리지 않는다면 주인공과의 밀착도가 깊지 않은 것입니다.

빠른 목표 설정과
현실성 고려

작가는 주인공에게 가장 먼저 목표를 정해 주어야 합니다. 목표가 생긴 주인공은 그 이전에 비해 매우 빠르고 적확한 방법으로 앞으로(결론을 향해서) 나아갈 것이기 때문입니다. 뿐만 아니라 목표가 뚜렷한 주인공일수록 목표의 성취를 위해 어떤 일에든, 그것도 매우 구체적인 방법으로 뛰어듭니다. 이때 주인공의 역동성이 강화되고 인물의 특성도 부각됩니다. 이야기를 전개에 필요한 사건들 역시 주인공의 목표에 부합하는 것들로만 연결해야 합니다.

목표 설정은 플롯을 선명하게 만듭니다. 이때 작가는 마인드맵을 통해서 떠올린 수많은 아이디어(사건) 중에서 필요한 것만 취할 수 있게 됩니다. 아울러 주인공의 목표가 빨리 주어지면 인물들의 활용도 탄력성을 얻게 됩니다. 목표에 부합하는 인물만 취사선택할 수 있다는 뜻이지요.

반대로 목표 설정이 더뎌지면 작가는 어떤 사건을 만들지 고민하게 되고 진행의 어려움을 겪습니다. 작품의 진도가 잘 나가지 않는다면, 작가는 주인공에게 목표를 제대로 부여했는지 의심해 보아야 합니다. 주인공에게 절실하지 않은 목표를 부여한 경우에도 이야기가 동력을 상실합니다. 목표 실현 여부가 주인공의 삶에 크게 영향을 미치지 못하는 것이라면 주인공의 능동적 행동을 끌어내기 어렵습니다.

주인공의 빠른 목표 설정으로 얻는 이점

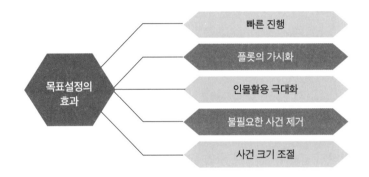

《검정 치마 마트료시카》는 초반부터 주인공의 목표가 뚜렷하게 제시됩니다. 러시아에 살던 주인공 쑤라는 어느 날 며칠째 집에 들어오지 않는 아버지를 수소문하다가 아버지가 사할린으로 끌려갔다는 사실을 알게 됩니다. 그리고 지체없이 아버지를 찾으러 사할린을 향해 길을 떠납니다. 열차를 타고 배까지 타야 하는 여정을 마다하지 않지요. 작품의 전반부는 마치 기행 문학紀行文學처럼 쑤라가 사할린까지 이르는 과정을 촘촘하게 보여 줍니다. 과연 어린 여자아이가 어떻게 하바롭스크에서 그 먼 사할린까지 갈 수 있는지가 궁금해서라도 독자는 마음을 놓을 수가 없지요.

1940년대라는 당대적 상황과 러시아에 살지만 귀화한 조선인의 아이(쑤라는 우등생이지만, 카레이스키라는 이유로 상을 받지 못한 경험이 있습니다)라는 설정은 물론, 어린 여자아이가 여행에서 겪게 될 수많은 고충이 금방 떠오르게 할 것입니다. 그러나 당면한 목표 앞에서 쑤라는 멈추지 않습니다. 천신만고 끝에 사할린 탄광에 도착합니다. 그리고 이곳에서도 아버지를 찾기 위해 온갖 어려움을 마다하지 않습니다. 작가가 쑤라에게 부여한 목표는, 사할린까지 붙잡혀 와서 억울하게 탄광 노동자로 살다가 죽어간 조선 사람들의 삶을 면밀하게 포착하라는 것이고, 위와 같은 방법으로 쑤라는 작가의 의도를 실현하는 데 큰 도움을 줍니다.

주인공의 **빠른 목표 설정**은 가독성과도 밀접한 관계가 있습니다. 특히 어린 독자들일수록, 빠르게 목표를 향해 나아가는 주인공에게 공감하기 쉽습니다. 이때 주인공의 목표가 독자의 목표로 치환되어 가독성이 높아집니다. 주인공을 응원하면서 작품에 몰입하는 것이지요. 반대로 작품이 어느 정도 진행된 이후에도 독자가 여전히 주인공이 무엇을 하려는지 모르겠다면 가독성이 떨어집니다. 그래서 작가는 이럴 때 다짜고짜 자극적인 사건을 터트리거나 뜬금없이 새로운 인물을 등장시키기도 합니다. 이럴 경우 뒷부분에 어떤 영향을 미칠지 알 수 없는 사건들이 뒤엉키기도 하고 필요성을 알 수 없는 인물이 등장하기도 합니다. 사건이나 인물이 소모적으로 쓰이게 되고 작품의 완성도를 떨어뜨립니다. 작위적으로 보일 위험도 커집니다.

아무리 자극적인 사건이나 인물일지라도 주인공의 목표에 부합하지 않는다면 이야기의 완결성에 기여할 수 없습니다. 그러므로 작가는 자신이 쓰고 있는 이야기를 들여다보고, '내가 지금 무엇을 위해 이런 사건을 만들었고, 이런 인물을 등장시켰을까?'라는 질문과 함께, '이 사건 또는 인물이, 주인공이 목표를 향해 달려나가는 과정에 꼭 필요한가?' 묻고, 그에 대답할 수 있어야 합니다. 아울러 목표의 크기를 적절하게 설정해야 합니다. 성인 소설과는 달리 동화와 청소년소설의 주인공은 아직 독립적 개체가 아니므로 주인공이 현실적으로 감당할 수 있는 크기의 목표여야 합니다. 또한 목표가 사건의 크기도 결정하기 때문에 세부 설정에도 신경을 써야 합니다.

《5번 레인》은 주인공 나루의 목표는 수영대회에서 1등을 하는 것입니다. 소박해 보여도 목표가 처음부터 뚜렷하고 매우 현실적입니다. 그러므로 나루가 자신의 목표 실현을 위해 벌이는 일(사건)도 독자(어린이)의 세계에서 현실적으로 일어날 법한 것들입니다. 나(독자)의 주변에 있을 것 같은 인물에 더하여, 그런 아이들이 누구나 꿈꾸는 '1등'이라는 목표가 바로 '내 것'이라는 생각이 들게 할 수 있지요.

그런데 이따금 보다 장르적인 동화(청소년소설)에서는 목표가 다소 과장된 경우-나라(민족)를 구하거나 지구의 멸망을 막거나-가 있습니다. 이럴 때 독자는 현실적으로 스스로 할 수 있는 일과 주인공이 가지고 있는 능력치의 차이가 커서 공감하지 못할 수도 있습니다. 이런 경우는, 주인공에게 그 목표가 얼마나 절실한지 보여주면 됩니다. 《꿀벌이 사라졌다》의 주인공 하니는 가온 시가 독점하고 있는 벌을 자신이 살고 있는 미리내까지 날려 보내는 것이 목표인데, 이 목표 자체는 다소 추상적으로 보입니다. 그래서 꿀벌을 날려 보내는 일이, 향후 식물을 자라게 해서 식량문제를 해결해 주는 것은 물론, 그 식물이 아픈 사람들을 위한 치료약 개발에도 쓰이고, 나아가 아빠가 남긴 유언의 실천임을 강조하지요. 그것은 '우리' 모두의 일임을 피력하는 것입니다. 이쯤 되면 독자도 하니의 목표가 어떤 의미인지를 깨닫게 되고 주인공을 응원하게 됩니다.

그런데 적합한 목표 설정과 관련해서 한 가지 고민할 부분이 있습니다. 과연 주인공이 추구하는 목표는 꼭 실현되어야 할까요? 성인소설이라면 꼭 그렇지 않아도 되지만, 동화와 청소년소설의 경우는 가능한 목표를 이루는 편이 좋습니다.

《검정치마 마트료시카》의 경우는 역사적 사실을 기반으로 하고 있어서 누구나 비극적 결말을 예측할 수 있습니다. 하지만 작가는 주인공 쑤라를 통해서 다소 갑작스러운 깨달음이기는 하지만, 희망적 결말을 이끌어 냅니다. 조선으로 돌아갈 수 있을 때까지 학교를 세워 조선말을 가르치겠다는 결심이 그것입니다. 현실적으로 불가능해 보일 수도 있지만, 도리어 그런 목표를 세우는 주인공의 의지를 보여 줌으로써 절망을 제어합니다. 동화와 청소년 문학이 추구하는 결말이 어떠한 형태인지 잘 말해 주고 있습니다.

주인공의 감정 표현 강도

주인공이 겪는 다양한 감정을 표현할 때, 작가는 최선을 다해 주인공의 심정을 독자에게 호소하려고 합니다. 그러나 감정 표현을 할 때만큼은 도리어 작가가 게을렀으면 하는 바람이 있습니다. 이유는 아무리 동화와 청소년소설을 쓰더라도 작가는 어른이기 때문에 과장되기 쉬워서지요.

작가는 보통 주인공의 감정을 묘사할 때, 자신(작가)의 경험을 참고합니다. 실제로 많은 작법서에서 그렇게 충고하는데, 그게 아니더라도 작가의 그런 행위는 무척 자연스러운 것입니다. 그런데 문제는 '너무나' 자연스럽다는 데 있습니다. 여과 장치를 가동하지 않기 때문이지요. 소설이라면 작가와 독자 사이의 간극이 거의 없기 때문에 어떤 식으로 감정을 표현하든 아무런 문제가 되지 않겠지만, 독자와 작가 사이의 세대 차이가 큰 동화나 청소년소설의 경우, 작가는 자신이 가지고 있는 성인으로서의 감정을 전부 쏟아내서는 안 됩니다.

모든 사람은 성인이 될 때까지 매우 많은 감정을 경험합니다. 기쁨, 슬픔, 분노, 미움, 질투, 안타까움, 상심, 좌절…… 물론 어린이와 청소년도 이러한 감정을 경험하지요. 하지만 어린이와 청소년이 가지고 있는 감정의 경험에 비해 어른의 감정 경험이 훨씬 다채롭고 다양합니다. 즉 독자와 작가 사이의 감정 경험이 깊이는 물론 결마저 차이가 있다는 뜻입니다.

슬픔에 대해 예를 들어볼까요? 반려동물을 잃었을 때, 소중한 물건을 잃어버렸을 때, 믿었던 친구가 멀리 전학갔을 때, 형제나 부모님이 돌아가셨을 때, 애인에게 버림받았을 때 우리는 슬퍼합니다. 그런데 이때, 반려동물을 잃고서 또는 소중한 물건을 잃고서 겪은 슬픔은 어린 아이들도 경험할 수 있지만 부모나 형제의 죽음으로 비롯된 슬픔은 경험하지 못한 경우가 더 많습니다.

그런데 작가는 주인공의 슬픔을 표현할 때, (자신도 모르게) 자신이 살아오면서 겪은 가장 슬픈 경험을 참조합니다. 이를테면 어린 주인공이 친구와 헤어져서 슬퍼하는 감정을 표현해야 하는데, 때때로 자신이 경험한 가장 슬픈 일(이를테면 부모를 잃었을 때 경험한 슬픔)을 참조하기도 한다는 뜻이지요. 이것은 물론 작가 자신도 모르게 일어나는 연상 작용 같은 것입니다. 그렇게 슬픈 감정을 묘사하고 도리어 만족해 합니다. 하지만 친구와 헤어졌을 때와 부모를 잃었을 때의 감정 깊이는 다릅니다.

조금 도식적으로 말하자면 친구와 헤어졌을 때의 슬픈 감정의 강도가 5 정도라면 부모를 잃었을 때의 강도는 10 정도 될 텐데, 이럴 경우 감정의 과잉 상태가 되는 것이지요. 즉 독자는 주인공이 슬프다는 것은 알겠는데, 10의 강도는 경험해 보지 못했기 때문에 주인공의 슬픔이 도리어 낯선 감정처럼 느껴질 수도 있습니다. 즉 작가는 감정 표현에 대해서도 절제할 필요가 있습니다.

> "사장님."
>
> 그녀를 안아주려는 인덕이의 손이 벌벌 떨리고 있었다.
>
> "어쩜 좋아. 흐흐윽."
>
> 오엽주는 고개를 세차게 흔들며 머리를 쥐어뜯었다.
>
> "사장님."
>
> 향심이와 미정이도 울며 달려왔다. 그렇게 네 명의 여인은 목놓아 울었다. 하지만 불길은 더 크게 소리 내어 그 울음까지 먹어치웠다.
>
> 큰불이 지나간 자리에는 을씨년스러운 검은 형체만 남았다. 화신미용실은 흔적도 없이 사라졌다.
>
> -《경성 최고 화신미용실입니다》169쪽

주인공 인덕이는 눈앞에서 불에 타 사라지는 미용실을 바라봅니다. 자신의 희망과 기대까지 불로 인해 사라지고 있음을 알고 있지요. 그런 모습을 보면서도 드러내는 감정의 폭은 그다지 깊지 않습니다. 절제했나 싶을 정도로 작가는 일정 수준을 넘지 않습니다. 그럼으로써 신파로 빠져들지 않게 조절하고 있습니다. "울음까지 먹어 치웠다"는 평범해 보이지만 은유적인 묘사가 모든 감정을 응축적으로 잘 표현하지요.

"내가 집을 떠나올 때, 엄마가 해 준 말이 있어. 그걸 너한테도 해 주고 싶어."

"무슨……?"

조안은 살짝 미간을 찡그린 채 다카하라의 다음 말을 기다렸다.

"잘 다녀오렴. 손끝 하나 다치지 말고. 끼니도 꼭꼭 챙겨야 해! 엄마가 기다리고 있을게."

순간 조안은 숨이 탁 막혔다. 약간 어설프긴 했지만, 일본 땅에서는 처음 듣는 조선말이었다. 게다가 엄마라니? 기다린다니? 조안은 무릎을 꺾고 그 자리에 주저앉을 뻔했다. 자신도 모르게 벌린 입을 다물 수가 없었다.

"이, 이 새끼……. 미쳤어!"

생각과는 다르게 그런 말이 튀어나왔다. 그것도 조선 말로.

- 《나는 조선의 소년 비행사입니다》212쪽

《나는 조선의 소년 비행사입니다》의 마지막 장면에서 주인공 조안은 자신에게 적대적이던 다카하라와 화해를 이루어낸 데 이어 그와 함께 마지막 가미카제 비행을 앞두고 있습니다. 두 사람은 모두 다시는 돌아올 수 없다는 것을 알고 있습니다. (물론 가미카제가 무엇인지 알고 있는 독자도 마찬가지입니다.) 이때 다카하라는 엄마가 자신에게 해 준 말을 흉내 내며 조안을 향해 격려 아닌 격려의 말을 해 줍니다. 그것도 일본 땅에서 조선 말로, 그리고 하필 이미 세상을 떠난 엄마를 들먹거리면서. 자칫하면 신파가 될 위험이 큰 부분입니다. 숨이 막히고 무릎을 꺾는다는 표현에서 그런 위험이 감지되지요. 그러나 더 나아가지 않고, 역설적인 말(짧은 욕설)로 감정의 외적 표현을 해 냅니다.

즉 감정을 표현하더라도 슬펐다거나 기뻤다는 식의 직접적 표현보다는, 그런 감정 때문에 인물이 행하게 되는 의외의 행동(언어적 표현 포함)을 제시함으로써 감정이 추상적이거나 관념적으로 표현되는 위험을 피할 수 있습니다. 더구나 죽음을 앞에 둔 상황이라 더더욱 감정의 깊이를 더해서 표현하기 쉽지만, 그럴 경우 이야기가 지체되는 역효과를 낳기 때문에 감정의 표현은 적정한 수준에서 정리되어야 합니다.

작가가 감정의 강도 조절에 실패하면(대상 독자의 현실적 감정선을 이해하지 못하면) 최악의 경우에는 감정 소모가 심한 캐릭터처럼 보일 수도 있습니다. 동화나 청소년소설의 어려움은 이런 데에도 있습니다.

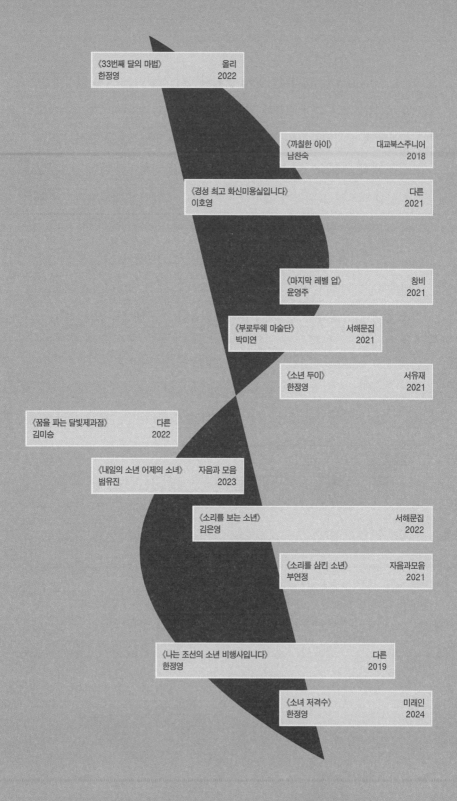

《33번째 달의 마법》　　　　　　　올리
한정영　　　　　　　　　　　　　2022

《까칠한 아이》　　　　　　　　대교북스주니어
남찬숙　　　　　　　　　　　　2018

《경성 최고 화신미용실입니다》　　　다른
이호영　　　　　　　　　　　　　2021

《마지막 레벨 업》　　　　　　　　창비
윤영주　　　　　　　　　　　　　2021

《부로두웨 마술단》　　　　　　서해문집
박미연　　　　　　　　　　　　2021

《소년 두이》　　　　　　　　　서유재
한정영　　　　　　　　　　　　2021

《꿈을 파는 달빛제과점》　　　　다른
김미승　　　　　　　　　　　　2022

《내일의 소년 어제의 소녀》　　자음과 모음
범유진　　　　　　　　　　　　2023

《소리를 보는 소년》　　　　　　서해문집
김은영　　　　　　　　　　　　2022

《소리를 삼킨 소년》　　　　　자음과모음
부연정　　　　　　　　　　　　2021

《나는 조선의 소년 비행사입니다》　　다른
한정영　　　　　　　　　　　　　2019

《소녀 저격수》　　　　　　　　미래인
한정영　　　　　　　　　　　　2024

디테일 강화
: 퇴고

- 클리셰와 주 골격, 보조 골격
- 주제를 드러내는 사건의 구체성
- 대화의 6가지 용도
- 퇴고 단계별 확인사항

클리셰와
주 골격, 보조 골격

•••• ••••

비평가나 독서량을 과시하는 독자들이 작품을 읽고 흔히 하는 비평적 수사가 '클리셰'입니다. 인상 비평에 해당하지요. '틀에 박힌'이라는 뜻을 함유하고 있는 이 용어는, '새로운 소재'에 몰두하는 경향이 짙은 최근 더욱 회자되고 있습니다. 스토리텔링 콘텐츠를 접할 기회가 예전보다 많아졌기 때문입니다. 그 때문에 입담 좋은 독서가들은, 그것(특정한 대사 혹은 사건이나 장면)을 어느 장르에서 보았든 상관하지 않고, '본 적이 있다'라고 말함으로써 자신의 지식을 과시합니다. 그리고 클리셰가 마치 작품의 큰 흠결인 양 지적하곤 합니다. 창의성 부족을 내세우며 작품을 폄훼하기도 하지요.

그러나 작가는 진부한 장면이나 틀에 박힌 사건을 내세우더라도 자신이 쓰려는 장르의 이야기를 만들 줄 알아야 합니다. 클리셰는 그러고 나서 걱정해도 늦지 않습니다. 완결성 있는 이야기를 만들 수 있는

동화·청소년소설 쓰기의 모든 것

능력이 없다면 아무리 창의적인 소재를 개발해도 쓸모가 없어지니까요. 특히 이제 막 동화나 청소년소설을 쓰려는 작가들이라면 더욱 명심해야 합니다.

클리셰를 완벽하게 피할 수 있는 작품은 어디에도 없습니다. 도리어 그것을 응용할 줄 알아야 합니다. 클리셰는 앞서 말한 것처럼 '이전에 어디선가 본 적이 있다'는 의구심에서 시작되는데, 그렇다면 오히려 작품으로의 진입 장벽이 높지 않다는 뜻이라고 생각하면 어떨까요? 어린이·청소년 독자들은 성인에 비해서 독서량이 절대 부족하기 때문에 클리셰가 오히려 대중성을 확보해 줄 수도 있습니다. 새롭다고 무조건 재미있을 것이라고 여기는 것도 선입견에 속합니다. 예를 들어 역사동화나 SF를 어려워 하는 이유를 생각해 볼까요? 아이들에게 낯선 것은 어려울 가능성이 큽니다. 그래서 작가들은 상황을 충분히 설명하기 위해 전반부를 배경 설명에 많이 할애합니다. 그러다가 결국 지루한 이야기가 되어버리지요. 그러므로 공연히 말 많은 독서가들의 지적에 휘둘릴 필요가 없습니다.

그리고 특정한 사건 일부나 대화 등 세부적인 요소의 클리셰는 집필 과정에서, 혹은 퇴고 중에 얼마든지 수정이 가능합니다. 정말로 클리셰를 걱정해야 한다면, 줄거리에 해당하는 이야기의 전반적인 흐름과 방향입니다. 전반적으로 클리셰를 피해서 이야기를 전개하도록 수정한다면, 디테일에서도 클리셰를 방지하는 데 도움이 됩니다.

우선 우리가 쓰려는 이야기의 아이디어를 생각해 봅니다. 그리고 마인드맵 등을 통해 가능한 사건을 나열해 보고 그것들을 '처음-중

클리셰 극복하기

간-끝'의 순서대로 배치합니다. 물론 이 순간에도 클리셰를 고민할 것입니다. '이건 어디서 본 것 같은데?'라는 식으로 말이지요. 우리의 상상력은 우리가 경험한 것을 떠올리기 때문에 당연한 일입니다. 우선은 그래도 줄거리부터 완성합니다. 그러면 주 골격이 보입니다.(A)

하지만 예상했던 대로 이렇게 완성된 줄거리는 그다지 새롭지 못할 가능성이 큽니다. 특히 이야기가 시작되는 순간, 끝을 향해서 오로지 직진하는 모습만 보일 가능성이 높습니다. 경험이 없는 작가일수록 이야기가 뻔해지고, 개연성은 있지만 흥미가 떨어진다는 말을 듣기 십상입니다. 그러므로 이때, 보조 골격을 이용합니다.(B)

《소리를 삼킨 소년》은 이를 잘 활용한 작가의 센스가 돋보입니다. 이 작품은 표면적으로 함묵증에 걸려 사회성이 없고 가정 형편마저 불우한 아이의 성장을 다루고 있습니다.(주 골격) 이렇게만 보면 청소년소설의 흔한 주제를 다루는 것 같습니다. 이런 클리셰는 너무나 흔하지요. 그런데 뜻밖에도 이 아이는 우연히 살인 현장을 목격하게 되고, 범인이 남긴 유일한 단서인 향수 냄새만으로 범인을 찾기 시작합니다.(보조 골격)

즉 이 작품의 표면적 흥미와 빠른 전개는 주인공이 '어떻게 불행을 극복하는지'에 있지 않고 범인을 찾는 내용에 집중되어 있습니다. 추리 소설의 기법이 차용되어 독자들은 언제, 어떻게 범인이 잡힐지 궁금해 하게 되지요. 더구나 주인공은 말을 할 수 없는 최악의 조건을 가지고 있기 때문에 더욱 이야기가 흥미롭게 전개됩니다. 이러한 장치들로 가독성을 확보하고 있습니다. 그리고 추리가 끝나고 범인이 붙잡히는 순간, 독자는 성장한 주인공과 대면합니다.

이것이 보조 골격의 힘입니다. 보조 골격을 내세우면, 일차적으로 사건이 다양해지고 깊이가 확보되며 그럼으로써 읽을거리가 풍부해집니다. 경우에 따라서 보조 골격은 은유, 혹은 알레고리 역할도 할 수 있습니다.

그런데 과연 작가는 이런 류의 추리 소설을 쓰고 싶어 했을까요? 물론 아닙니다. 작가가 애초에 담아내려 했던 것은 '어떤 사연에 의해서 함묵증을 갖게 된 소년이 어떻게 성장하는가'입니다. 이 소설은 청소년 소설이기 때문입니다. 그리하여 함묵증을 가진 아이가 현실에서 친구들과 부딪치며 겪는 내용을 그리려 했을 것입니다. 하지만 그럴 경우 소위 '클리셰' 운운하는 비평에 직면하고 말 것입니다. 그래서 작가는 살인 사건을 넣었습니다. 그럼으로써 표면적 진행은 살인 사건의 범인 찾기에 맡기고 내면적으로는 소년의 성장에 초점을 맞출 수 있었지요. 보조 골격을 범인 찾기에 두고, 그 주 골격의 목적(주인공의 욕망)이 실현됨과 동시에 보조 골격의 목표가 동시에 실현되게 한 것입니다.

아무리 흔한 스토리(주 골격)라고 하더라도 전혀 어울릴 것 같지 않은 스토리(보조 골격)를 끼워 넣으면 새로운 이야기를 만들 수 있습니다. 주 골격과 보조 골격은 서로 밀고 당기며 간섭하기 때문에 전체적으로 이야기가 새롭게 보입니다. 문학적 완성도 또한 높습니다. 주 골격과 보조 골격을 능숙하게 활용한다면, '사건을 어떻게 더 다양하게 만들까?'라는 질문에 스스로 답을 할 수 있습니다. 뿐만 아니라 원고 분량을 확보하는 데에도 도움이 되기 때문에 장편을 쓸 때 아주 유리합니다. 사실 이와 같은 방법은 이미 널리 쓰이고 있습니다. 이를테면 모험 이야기에 로맨스를 넣는 방식 등이 대표적인 경우라고 할 수 있겠지요. 이처럼 보조 골격을 적절히 활용한다면, 주 골격의 판에 박힌 듯한 주제 전달 방식을 피해 구체적이고 새로운 방식의 전개도 가능합니다.

주골격과 보조골격을 가장 평이하면서도 효과적으로 이용하는 방법 중의 하나는, 주인공을 다른 세계로 보내 자신의 문제를 타자화시켜, 이를 계기로 스스로 깨닫는 힘을 갖도록 하는 것입니다.《내일의 소년 어제의 소녀》는 주인공이 처한 갈등과 고민을 해소하기 위한 방법으로 판타지를 활용합니다. 교통사고로 아빠를 잃은 주인공 태웅은, 스스로 강하고 힘센 사람이 되어서 엄마를 지켜야 한다고 생각하는 어른스러운 아이입니다. 그래서 태권도 도장도 열심히 다니지요. 그러나 어쩐지 키도 크지 않고, 도리어 뜨개질을 비밀스러운 취미로 가진 아이로 성장한 자신을 발견하게 되지요. 그 바람에 특히 최민석(일진)으로부터 '남자답지 못하다'는 말을 듣습니다. 뿐만 아니라 최민석은 태웅에게 강제로 치마를 입히고, 태웅은 이런 모습을 자신이 연모하는 여학생에게 들킵니다. 치욕스러움을 느낀 태웅은 학교에 가지 않기로 마음먹습니다. 그러던 중 엄마와 동행한 원주 여행(서낭당 나무)에서 태웅은 조선시대로 타임슬립합니다. 그리고 이곳에서 자신과는 정반대로, 조선시대의 여자임에도 불구하고 금강산 여행을 가겠다는 김금원을 만납니다. 이때 태웅은 김금원으로부터, 자신이 치마를 입어서 충격을 받은 게 아니라 폭력에 졌기 때문에 화가 났다는 말을 듣고 자신에게 당면한 문제 해결의 실마리를 발견하게 됩니다. 그리고 다시 학교로 돌아오자, 하은으로부터, 아이들이 자신(태웅)을 (힘이 약한데도 일진에게 맞섰다는 이유로) 용감한 아이라며 칭찬하고 있다는 말을 전해 듣지요. 이에 태웅은 더 용기를 얻고 최민석이 보는 앞에서 보란 듯이 뜨개질을 하며 자신의 문제를 해결합니다.

이 작품은, 《소리를 삼킨 소년》과 비교하면, 마치 두 사람의 이야기를 읽는 듯한 느낌을 주고 있습니다. 특히 실존 인물을 소재로 사용하여 더더욱 그런 느낌을 가질 수 있습니다. 그러나 이 소설은 틀림없이 태웅의 이야기이며, 판타지 속 김금원은 주인공이 처한 문제를 타자화시킨 예라 할 수 있습니다. 즉 주인공이 스스로 역발상을 통해 자신의 문제를 해결하도록 도움을 주는 것이지요.

《마지막 레벨 업》의 경우는 주인공 선우와 게임 속 세상에서 만난 원지의 이야기가 마치 하나의 덩어리처럼 전개됩니다. 주인공 선우는 현실 속에서 왕따를 당하고 일진의 폭력에 시달리는 이른바 아웃사이더outsider입니다. 그러나 현실과 달리, 선우는 게임에서는 그 누구보다 영웅적 면모를 과시합니다. 심지어 게임 속에서 만난 원지의 도움으로 현실에서 자신을 괴롭힌 범호와 그 일당을 혼내 주기도 합니다.

이 작품은 '현실과 가상'이라는 두 가지 배경에서 벌어지는 일을 번갈아 보여 줌으로써 어느 한편에만 몰입했을 경우 빠질 수 있는 클리셰(왕따 이야기이거나 게임 속에서 모험하는 이야기)를 극복합니다. 이렇게 양면을 다 살리면서 이야기를 이끌어가는데, 여기에 원지라는 친구를 만나면서 그 아이의 비극적인 히스토리가 부각됩니다. 그러면서 마치 주인공이 두 사람인 것처럼 두 아이의 이야기가 엉킵니다. 후반부에는 원지의 히스토리가 워낙 강하고 충격적이어서 '누가 진짜 주인공일까' 하는 생각마저 들게 합니다. 그러나 두 사람에게 얽힌 문제를 사실상 선우가 해결하면서 이야기가 마무리됩니다. 즉 주인공(선우)이 이끌어가는 주 골격에 또 다른 인물(원지) 히스토리를 인상적으로 삽입하여 보조 골격으로 삼아 새로운 느낌을 준 것입니다.

보조 골격으로 반려동물을 이용하는 경우도 있습니다. 《까칠한 아이》의 주인공 지현이가 바로 제목의 주인공입니다. 지현이에게는 아주 불편부당한 현실이 있는데, 그것은 다름아닌 엄마가 공부 잘하는 언니와 비교하며 윽박지르기도 하고, 그런가 하면 막내는 어리다고 싸고도는 모습을 보입니다. 그 사이에 끼인 지현이는 사춘기를 맞아 더욱 더 '까칠한 아이'가 됩니다. 여기까지만 보면 흔한 초등학생 아이가 겪는 성장통 정도로 보입니다. 생활 동화에서 자주 보이는 이야기입니다. 따

동화·청소년소설 쓰기의 모든 것

라서 주제도 그리 참신하거나 돋보이지 않습니다. 흔히 말하는 클리셰만 강한 느낌이랄까요. 그런데 이 이야기는 그 흔한 방법을 사용하지 않습니다. 이때, 엄마는 지현이의 까칠함이 어디에서 오는지 관찰하기보다 반려 동물(고양이)을 데려옴으로써 해결하려 합니다. 이 접근은 다소 무리가 있어 보이지만, 의외로 이 고양이의 시점으로 이야기를 전개함으로써 재미를 줍니다.

시골에 살던 고양이는 엄마의 친구에 의해 지현이네 집으로 분양되고, 그때부터 고양이가 지현이를 관찰하는 방식으로 이야기가 전개됩니다. 그래서 표면적으로 이 작품의 나레이터는 고양입니다. 더구나 고양이에게도 나름의 목표가 있습니다. 답답한 집을 벗어나 자유로운 고양이가 되는 것입니다. 즉 이야기가 지현이(주 골격)와 고양이(보조 골격)라는 두 축을 통해 흘러갑니다. 그 덕분에 흔한 소재가 도리어 흥미로운 이야기를 만들고 있습니다. 고만고만한 아이를 고양이의 시선으로 본다는 즐거움이 작품의 개성을 이끌어가고 있습니다. 즉 주 골격과 **보조 골격의 조화가 흔한 이야기를 창의적으로 만드는 효과를 가져다 준 것이지요.**

물론 보조 골격을 효과적으로 활용하는 것은 쉽지 않습니다. 그림에서 보는 것처럼 주 골격과 보조 골격의 티핑포인트 위치가 조금씩 다를 수도 있기 때문입니다. 그러나 작품에서 클리셰를 피하고 싶을 때 시도해 볼 만한 방법입니다. 다만 보조 골격이 복잡할수록 어린 독자들이 이해하기 힘들 수 있다는 점은 염두에 두어야 합니다.

주제를 드러내는
사건의 구체성

편집자는 종종 작가에게, '이 작품에서 작가님이 궁극적으로 말하고자 하는 게 뭐죠?'라는 질문을 합니다. 주제를 묻는 것이지요. 물론 이런 질문은 독자들도 흔히 합니다. '당신의 생각을 나에게 분명하게 말해 주지 않을래요?'라는 느낌이랄까. 특히 동화와 청소년소설은 성인 소설에 비해서 교훈을 강조하려는 속성 때문에 편집자가 조금 더 노골적으로 묻기도 합니다.

그래서인지 몰라도 작가(지망생)들의 '주제'에 대한 강박은 아주 큰 편입니다. 어떤 작품을 쓸 것인지 질문하면 대체로 '주제'와 관련된 언급을 가장 많이 하지요. 이것은 학교에서 문학 작품을 처음 배울 때 기계적으로 주제, 소재, 제재를 분류해 놓은 참고서의 영향인지도 모릅니다. 실제로 독서 모임 등에서 책을 추천하는 기준도 주제에 집중하는 현상을 보이고 있습니다.

창작 경험이 길지 않은 작가가 주제를 자유자재로 다루는 것은 쉽지 않습니다. **주제는 주로 추상적인 단어나 문장으로 표현되는데, 작가는 그것을 노골적인 설명이 아닌 구체적인 사건을 통해 보여 주어야 하기 때문입니다.** 그러므로 신인 작가라면 주제부터 설정하고 글을 쓰지 않았으면 합니다. 거듭 말하지만 신인 작가에게 우선적으로 필요한 것은 유행하는 주제를 설정하는 일이 아닌, 자신이 쓰려는 장르적 특성을 잘 갖춘 완성도 높은 작품을 쓰는 것입니다. 사건 전개를 통한 자연스러운 보여 주기가 아닌, 자칫 무리하게 주제를 드러내려 시도하면 교양주의라는 말을 듣거나 장르 자체가 에듀테인먼트 스토리텔링처럼 보일 수도 있습니다.

그러므로 주제의 전달은 직접적 진술보다, 어떻게든 구체적 사건 안에서 자연스럽게 전달하는 것이 가장 좋은 방법입니다.

"너 처음 봤을 때부터 마음에 안 들었어. 어디 건방지게 여자가 제빵사가 되겠다고 나서? 삼촌이 따로 생각이 있다 하셔서 참으려고 했는데, 도저히 불쾌해서 참을 수가 있어야지. 대일본제국 신민인 내가 조선인 따위와 경연을 해야겠어? 어차피 너와 정태는 들러리일 뿐이지만, 그래도 이 히로세가 제빵사가 되는 역사적인 날에 조선인과 겨뤘다는 오점을 남길 수는 없지. 그러니까 경연엔 나오지 않는 게 좋아."

－《꿈을 파는 달빛제과점》, 128쪽

위의 진술은 《꿈을 파는 달빛제과점》의 주인공이 아닌, 사실상 적대자인 히로세가 하는 말입니다. 그럼에도 불구하고 역설적으로 이 진술에는 사실상 주제가 담겨 있습니다. 일제 강점기에 조선인 여자아이가 제빵사가 되기 위해서는 얼마나 험난한 과정을 거쳐야 하는지 히로세를 통해 진술함으로써 주제를 간접적으로 파악할 수 있도록 해주는 것이지요. 물론 주인공 단이는 '우린 절대로 이대로 물러서지 않아' 라고 다짐을 더하지요.

이처럼 대부분의 작가는 직·간접적인 방법을 통해 주제에 대한 애착을 보입니다. 왜냐하면 어떤 문학 작품도 작가의 의도가 고스란히 독자에게 전달되는 경우는 드물기 때문입니다. 비언어적 작가의 의도는 언어적 행위(텍스트)를 거치고, 그것이 독자에게 읽히는 동안 작가의 언어 사용 능력과 독자의 언어 해독 능력에 따라 여러 번 변질 또는 왜곡됩니다. 더욱이 장편일수록 그 작품이 드러내는 주제는 복합적인 경우가 많습니다. 여러 가지 사건이 담기는 탓이지요. 좀 극단적인 예이기는 하지만,《토지》나《태백산맥》의 주제를 한 마디로 정의할 수 있을까요?

이야기가 길어질수록 한 작품 안에서도 독자가 관심을 갖는 부분이 달라지고 따라서 감동받는 지점도 다릅니다.《33번째 달의 마법》의 경우 불과 100쪽 분량의 저학년 장편 동화인데도, 독자들은 다양한 주제를 언급합니다. 고양이 학대와 관련해 동물권을 말하는 독자도 있고, 자신의 목숨을 구해준 은인에게 보답하는 마음이 감동적이었다고 말하기도 합니다.

이처럼 주제는 무엇보다 독자가 작품을 자의적으로 대하는 방식입니다. 독자는 자신이 읽은 작품에서 무언가를 얻어야 한다고 생각

동화·청소년소설 쓰기의 모든 것

하는 경향이 있습니다. 이는 학습된 결과로도 보이는데, 특히 책 읽기의 놀이적 과정(쾌락의 기능)을 고려하지 않는 독서에서는 '주제 찾기'가 책 읽기의 유일한 목적처럼 보입니다. 그러므로 독자는 습관적으로 주제를 찾으려 하고, 독자 각각의 느낌에 따라 주제라고 파악하는 내용이 달라지게 됩니다.

그럼에도 불구하고 작가가 말하고자 하는 주제를 잘 드러내고 싶다면 어떻게 해야 할까요? 주제는 무엇에 의해 잘 드러나고, 혹은 잘 드러나지 않는 걸까요?

위에서도 말했지만, 주제를 잘 드러내려면 사건을 구체적으로 형상화해야 합니다. 사건의 구체성은, 디테일과 함께 주인공의 인상적인 액션action으로 채워집니다. 이때 '액션'이란 주인공이 외부 사건에 대해 반응하는 모든 양식으로서, 행동은 물론 그가 하는 말과 생각을 모

사건의 구체성을 강화하는 요소

두 포함하며 일관성이 있어야 합니다. 행동은 최대한 동적이어야 좋고 말은 그의 성격에 걸맞으며 사건의 주도권자로서의 면모가 드러나야 합니다. 그의 생각 역시 사건 해결이나 목표를 향한 의지를 분명하게 느낄 수 있어야 주제 의식이 보다 분명하게 드러나지요.

《부로두웨 마술단》의 주인공 동희는, 앞서 언급한 대로 아버지의 반대에도 불구하고, 또한 일제 강점기라는 불리한 상황에서도 자신의 꿈을 실현해 나가려는 당찬 소년으로 그려집니다 – 사실 이 내용이 곧 주제에 해당합니다. 물론 중요한 것은, 이 주제를 형상화해내는 방법입니다. 그 방법의 핵심은 주인공이 다양한 물리적·정신적 역경을 이겨내는 과정의 디테일에 있다고 할 것입니다. 바로 주인공의 구체적 행동을 말합니다. 실제로 동희는 온갖 방해에도 불구하고 기노쿠라 마술단 시험에서 정식 마술단원이 되기도 하며(물리적), 덴쓰네 마술단의 스카우트 제의를 받아 일본으로 가는, 소위 '출세의 길'이 열리지만 이를 포기하는 면모(정신적)를 보여주기도 합니다. 그리고 자신만의 마술을 보여주겠다는 목표를 가지고 '길거리 마술'도 마다하지 않지요. 작가는 주인공에게 이런 구체적 실천력을 보여줌으로써 주제를 드러내고 있는 것입니다.

주인공은 항상 목표를 위해 쉼 없이 움직이고 생각하고 말해야 합니다. 살아 움직이는 인물이어야 한다는 말과 일맥상통하지요. 한마디로 표현하자면 '역동성'이라 할 수 있습니다.

《소리를 보는 소년》의 주인공 장만이는 시각 장애인이면서도 왜 그토록 밖으로 뛰쳐나가려는 것일까요. 바로 그런 이유 때문에 역동성이 생깁니다. 정상인에게는 아무것도 아니겠지만 앞을 볼 수 없는 장만이에게는 밖을 나가는 일조차 모험입니다. 그런 그가 독경사가 되기 위해서 스승을 찾아다니고 동료의 구박까지 견뎌냅니다. 이토록 움직이기 힘든 처지의 주인공이 자꾸만 움직이므로 주인공의 행동이 매우 인상적일 수밖에 없습니다. 바로 이 **인상적 행동이 주제를 선명하게 만듭니다.**

《소년 두이》에서 주인공 두이는 쓰러진 아버지를 대신해 두드러기 형제섬으로 약초를 캐러 갑니다. 병졸들이 삼엄하게 지키는 경계선을 뚫고 무인도로 향하지요. 물론 그곳에서도 다양한 위험에 직면합니다. 그리고 마침내 약초를 구해 진도 현감이 탄 배에 의해 구조되었을 때 두이의 주제적 행동이 잘 드러납니다. 두이는 큰 부상으로 무인도에 남은 친구 수달이를 구해달라고 요청하는 동시에 전염병이 아직 잦아들지 않은 음죽도로 자신을 데려다 달라고 말합니다. 목숨을 건 행위이지요. 두 주인공 모두 무모하리만큼 큰 액션을 보여 줌으로써 수면 아래 있던 주제를 자연스럽게 드러내는 효과를 낳습니다. 즉 두이는 무인도에 홀로 남겨 둔 친구도 구하고, 섬에서 전염병에 걸려 죽어가는 사람들도 살려내라고 현감에게 외칩니다. 배 한 척은 무인도로, 또 다른 배는 다시 음죽도로 향하라고 간절히 부탁합니다. 이에 현감이 거절하자 두이는 자신은 배에서 뛰어내려서라도 사람들을 구하겠다고 말합니다. 이런 행동은 이 작품의 메시지를 매우 선명하게 전달합니다.

이처럼 **주제는 작가가 설명한다고 드러나는 것이 아니라, 구체적이고 큰 행동으로 드러내야 합니다.** 그러므로 앞으로는 편집자가 '이 작품에서 말하고 싶은 게 무엇인가요?'라고 묻는다면, '혹시 내가 주제를 덜 드러냈나? 어느 곳에 보다 분명하게 서술해야 하는 걸까?'라고 생각하면 안 됩니다. 도리어 '주인공의 액션을 역동적으로 드러내지 못했나?'라고 되물어 보아야 합니다.

사실 역동성은 재미와도 관련이 있습니다. 주인공이 끊임없이 움직여서 나(독자)도 숨이 차는 것 같은, 그런 재미있는 이야기가 더 오래 기억에 남고 주제를 잘 부각시킵니다.《소녀 저격수》의 주제는, 아주 거칠게 말하자면 한 소녀의 '자기 정체성 찾기'입니다. 사실상 일제강점기 중 일본군의 실험 대상이 되어 전쟁 병기로 훈련된 소녀가 훈련 중 낙오되어 모든 기억을 잃었습니다. 의병 출신 할아버지가 소녀를 돌보았으나, 어느 날 할아버지가 죽음으로써 잃어버린 기억을 하나씩 되찾고 자신이 누구인지를 깨닫게 되는 과정을 그리고 있지요. 중요한 것은 이 정체성 찾기가 단순한 사색이나 기억을 떠올리는 일에서 멈추지 않는다는 것입니다. 소녀는 기억을 되찾기 위해서 자신을 살해하려는 나비단장 사사키를 직접 찾아가 목숨을 건 전투를 벌이기도 합니다. 뿐만 아니라, 자신이 누구인지 깨달은 뒤에도 일본군의 행군을 지연시키는 독립군의 작전을 함께 수행함으로써 멈추지 않는 역동성을 보여주지요. 이 과정을 통해서 독자는 왜 주인공이 그토록 위험한 모험에 스스로 뛰어들었는지 알게 됩니다. 그리고 그런 행위는, 누구에게나 스스로의 정체성을 파악하는 일이 얼마나 중요한지를 (독자에게) 깨닫게 합니다. 바로 그것이 주제입니다. 이를테면 작가의 재미있게 쓰려는 노력이 결국 주제도 선명하게 드러낸다는 사실을 확인할 수 있습니다.

대화의
6가지 용도

동화와 청소년소설은 성인 소설에 비해 대화가 상대적으로 많습니다. 직접화법을 통해 이야기를 역동적으로 보이게 하는 것이 대상 독자(어린이와 청소년)들의 집중력을 높이기 때문입니다. 그래서 묘사를 통해서 디테일을 확보하는 것(성인 소설)보다 인물들 간의 발화를 우선시합니다. 묘사는 언어의 미학적 유희에 익숙하지 않은 어린이들에게 도리어 지루할 수 있습니다. 다양한 언어의 쓰임새에 대한 경험이 부족하기 때문입니다.

실제로 대화는 큰 따옴표(" ")에 묶여 있기 때문에 시각적으로도 눈에 띄고, 그러한 이유로 강조되는 효과를 줍니다. 따라서 성인 소설에 비해 대화가 압도적으로 많은 동화에서는 인물 간의 대화를 전략적으로 사용할 필요가 있습니다. 주제를 강조하거나 사건을 안내하는 방법 등으로 말이지요.

대화의 전략적인 사용법

다만 대화를 기계적으로 사용하는 일은 피해야 합니다. 이를테면 두 사람이 마주하고 있다고 "밥은 먹었어?", "응.", "그럼 언제 먹을 거야?" 같은 일상적인 대화를 나누어서는 안 됩니다. 동화나 청소년소설에서 인물들의 대화는 아래와 같은 목적으로 사용되어야 합니다.

첫 번째는 사건을 발전시킬 목적으로 사용합니다.

식사를 마칠 때쯤, 인덕이는 결심한 듯 할머니에게 말을 꺼냈다.

"할머니, 저 엽주 언니한테 가서 일을 배워보고 싶어요."

"뭐라고? 네가 뭘 배운다는 소리인 게야?"

할머니는 오엽주와 인덕이를 번갈아 보았다. 별안간 이게 무슨 소리인가 하는 얼굴이었다.

"엽주 언니는 신식 미용 기술을 배워 왔대요. 전 언니에게 그걸 배워보고 싶어요."

"안 된다. 오늘 엽주와 종로에 다녀왔다더니, 철없는 소리를 하고 있구나."

할머니는 오엽주를 힐끗 보더니 인덕이를 타이르듯 말했다. 엽주가 무슨 이야기든 해서 인덕이를 말려주기를 바라고 있는 눈치였다.

-《경성 최고 화신미용실입니다》37쪽

대화만 읽어 보아도 살짝 긴장감이 드러나고 있습니다. 두 인물 간의 확고하게 다른 의지가 충돌하면서 사건의 모티프가 되고 있지요. 앞으로 점차 갈등이 심화될 것을 예고합니다. 그러므로 독자는 이 대화를 보며 다음에 무슨 일이 일어날지 궁금해할 것입니다. 이런 종류의 대화는 중간에 묘사를 제거해도 그 현장감을 충분히 전달할 수 있습니다.

두 번째는 중요한 정보를 전달할 목적으로 사용합니다.

"하지만 제로센도 이제는 그루망을 대적하기 버거워. 적기는 끊임없이 개발되는, 제로센은 제자리거든. 자네가 보기에는 무엇이 가장 큰 문제인가?"

그저 고개만 끄덕이고 있는데, 문득 이토 준야가 물었다.

하지만 조안은 선뜻 대답할 수가 없었다. 그래서 잠시 이토 준야를 쳐다보았다. 소년비행병학교를 졸업한 지 고작 9개월 남짓밖에 되지 않은 신참 정비병이 대답할 수 있는 말인가 싶어서였다.

(중략)

"엔진이 기체에 비해 무겁습니다."

"맞아. 그건 민첩함을 위해 기체의 무게를 과감하게 줄였기 때문이지. 또?"

"몸체의 철판이 너무 얇아서 조종사들을 보호해 주지 못합니다. 그리고……."

그 즈음에서 조안은 다시 눈치를 보았다. 그러자 이토 준야는 고개를 끄덕였다.

-《나는 조선의 소년 비행사입니다》 26~27쪽

노련한 전투기 조종사이자 사실상 조안에게는 스승이나 다름없는 이토 준야와의 대화는 단조로워 보이긴 하지만, 제로센이라는 비행기에 관한 사실적 정보를 전달합니다. 제로센은 훗날 조안이 타야 하는, 가미카제에 가장 많이 동원된 비행이기이기도 하지요. 더하여 이 대화는 실전에 투입된 지 얼마 되지 않았음에도 비행기에 대한 상식이 만만치 않은 조안의 모습을 보여 주는 데에도 일조합니다. 즉 조안이 얼마나 조종사가 되고 싶었는지, 그리하여 자신이 타고 싶은 비행기에 대한 애정이 얼마나 많았는지 짐작할 수 있는 대목입니다. 정보의 전달과 인물의 욕망을 우회적으로 암시하는 역할을 하는 대화라 할 수 있습니다.

다만 정보가 포함된 대화는 딱딱해지기 쉬우므로, 이런 경우는 적절한 감정 표현이 함께 어우러지면 지루함을 덜어내는 데 도움이 됩니다. 즉 대화가 단순한 Q&A 방식에 머물지 않고 보다 자연스러운 형태를 유지할 수 있다는 뜻입니다.

세 번째는 등장인물 간의 관계를 규정할 때 사용합니다.

할머니는 갑작스러운 인사에 얼른 여인을 일으켜 세웠다.

"마님, 저 엽주예요. 오 서방네 막내딸이요."

여인이 할머니의 두 손을 꼭 잡으며 말했다. 그제야 할머니는 여인을 알아본 것 같았다.

"뭐? 네가 엽주란 말이냐? 어느 새 이렇게 고운 색시가 되었구나?"

할머니는 놀라움과 반가운 마음이 가득한 미소를 지었고, 여인은 눈가에 맺힌 눈물을 훔쳐내었다.

(중략)

"역시 아기씨셨군요."

인덕이는 그제야 여인을 찬찬히 보았다. 차림새가 바뀌어서 몰라봤지만, 어제 인덕이를 도와준 바로 그 여인이었다.

"어니, 여긴 어떻게……."

인덕이는 여인과의 인연이 놀랍고 신기했다.

"어쩐지 얼굴이 낯익었어요. 작은 마님 얼굴을 꼭 닮으셨네요."

(중략)

"마님, 제가 얼마 전 종로 화신백화점에 새로 가게를 열었습니다. 사람들 머리 모양도 만들어주고, 치장도 해 주는 곳이지요. 미용실이라 부릅니다."

"그럼, 박물 장수 같은 거냐? 쿨럭, 쿨럭. 요새 사람들이 좋아한다는 서양 물건을 파는 게야?"

– 《경성 최고 화신미용실입니다.》19~21쪽

엽주로 불리는 이 여인은 전날, 인덕이 곤란한 상황에 빠졌을 때 도와준 은인입니다. 그런데 그 여인이 찾아와 할머니를 '마님'이라 부르고 인덕에게는 '애기씨'라 칭합니다. 그럼으로써 할머니와 엽주의 관계가 한 번에 정리됩니다. 더구나 (인용문에는 없지만) 방금 전 오엽주는 '고급 양단 치마가 흙에 더러워지는 것 따위는 안중에 없'이 마당에서 큰절을 한 터였습니다.

물론 관계를 규정한다는 의미는, 족보나 상하 관계를 포함하여 서로 간의 친밀도는 물론 도움을 주고받는 관계인지 적대적 관계인지도 포함이 됩니다. 이 대화는 두 사람의 관계를 정의하면서 동시에 이후 전개될 사건을 유추하게 합니다. 즉 이런 대화는 이후 사건 전개의 실마리가 되기도 합니다. 특히 초반의 이러한 관계 설정이 설명이 아닌 대화를 통해 이어짐으로써 독자에게는 얕으나마 긴장감을 불러일으킵니다.

네 번째는 등장인물의 성격을 우회적으로 전달할 때 사용합니다.

덕수는 장만의 손을 잡아 앞으로 쑥 끌어당겼다.

"여기 저희 형 손 한번 보십시오. 손도 크고 빨라서 새끼 꼬는 일은 세 명 몫을 해낸다니까요. 솜씨는 또 얼마나 좋은지, 올 하나 풀리는 법이 없어요. 나리, 절 한번 믿어 보세요. 저희를 이대로 돌려보내면 분명 후회하실 겁니다."

평소엔 딱 열세 살 아이지만, 형의 일에 나설 땐 완전히 애늙은이였다. 배포가 얼마나 좋은지 장만도 혀를 내두를 정도였다.

덕수의 말이 끝나자, 참봉이 호탕하게 웃으며 말했다.

"허허. 요놈 봐라. 어린놈이 입 한번 요란하게 잘 놀리는구나. 어른 말을 잘라 먹는 건 괘씸해도 형 생각하는 마음이 기특해서 넣어주는 게야. 어디 너희 형

실력 한번 보자꾸나."

- 《소리를 보는 소년》 9쪽

첫 화자는 덕수(주인공 장만의 동생)이고, 두 번째 화자는 참봉입니다. 덕수는 형에 대해서, 참봉은 덕수에 대해 이야기합니다. 두 개의 대사는 각각의 인물의 특징적인 단면을 여실히 보여 줍니다. 여기에 묘사가 곁들여지면서 인물의 입체성이 도드라집니다. 이야기가 앞으로 나아감과 동시에 인물을 어떻게 사용할 것인지, 작가의 의지가 드러난 부분이기도 하지요.

다섯 번째는 인물의 감정 상태를 드러낼 때 사용합니다.

동희는 마음껏 울지도 못하는 유정이 안쓰러워 저도 모르게 유정의 손목을 꽉 쥐며 외쳤다.

"아니야! 난 유정이 네가 필요해."

놀란 유정이 빤히 쳐다보자 얼굴이 벌개진 동희는 재빨리 말을 덧붙였다.

"아니 그러니까 내 말은, 이제는 나랑 같이 마술을 하자고."

"마술을? 내가 어떻게…?"

"기노쿠라 단장님이랑 만든 새 마술단에서 같이 마술을 하면 돼."

"정말? 이런 날, 받아주실까?"

믿을 수 없다는 듯 유정은 자신의 손을 내려다보며 조심스럽게 물었다.

- 《브로두웨 마술단》 129쪽

이 직전까지의 상황은, 일본에 다녀온 유정이 손가락이 잘려 더 이상 마술을 할 수 없게 된 절망적인 상태입니다. 그런 유정에게 동희는 자신의 속마음을 전달하고 있습니다. '벌개진 얼굴'이라는 묘사가 아니더라도 고백 같은 말에서 풋풋한 연애 감정이 녹아 있고, 그런 말을 내뱉고 스스로 당황하며 주워담는 말에서 유정에 대한 남다른 심경이 고스란히 잘 드러나 있습니다.

여섯 번째는 행동에 대해 언급할 때 사용합니다.

그 사이, 와장창하고 산가지 통이 바닥에 나뒹구는 소리가 나고 사나운 욕지기가 오고 갔다.

"우리가 사기꾼한테 왜 돈을 줘?"

"그러게. 이런 걸 점괘라고 봐주다니, 땡전 한 푼 없으니 썩 꺼져."

그 말에 장만은 덕수의 손을 꽉 잡았다. 점괘라니, 통에 산가지를 넣고 다니면서 점괘를 봐주는 이면 맹인일 텐데, 맹인과 시비가 붙어 큰 싸움까지 일어난 건가? 장만은 그 말에 그냥 지나칠 수가 없었다.

"뭐 이런 잡놈들이 다 있어? 사례비로 장난을 치면 천벌을 받아."

"뭐라? 이 어린놈이 맹인이라 불쌍해서 봐줬더니 천벌? 자자, 그럼 이 주머니라도 한번 털어보시던가."

– 《소리를 보는 소년》 159쪽

이 이야기의 주인공은 시각 장애인입니다. 그러므로 소리를 듣고 상황을 판단할 수밖에 없습니다. 그러므로 (독자보다도 먼저) 주인공이 주변에서 일어나는 상황을 알아야 하므로 작가는 다른 사람들의 발화를 보다 구체적으로 서술할 수밖에 없을 것입니다. 그 덕분에, 시정잡배에게 농락당하고 있는 시각 장애인 점쟁이의 상황이 잘 드러나 있습니다.

대화가 이렇게 쓰였을 때 공통점이 있습니다. 무엇보다 대화와, 그 앞뒤에 관한 묘사나 상황 설명이 따로 놀지 않고 밀착감을 준다는 것입니다. 그랬을 경우 독자의 가독성이 높아지고 특정 부분이 장면으로서의 완성도를 갖는 데도 기여합니다.

앞서 설명한 것처럼, 목적을 갖고 용도에 맞게 대화를 적재적소에 사용하면 작품의 완성도에 크게 기여할 뿐만 아니라 가독성을 촉진하고 주제를 강화하는 데에도 도움이 됩니다. 그러므로 대화는 절대 소모적이거나 분량을 채울 용도로 사용해서는 안 됩니다. 대화를 통해 인물을 얼만큼 구체적으로 구현하는가에 따라 대화가 갖는 의미가 달라지니까요.

퇴고 단계별
확인사항

•••••
•••••

전체적인 프로세스를 염두에 두고 보면, 작가마다 작품을 써나가는 방법은 다양합니다. 거칠게 초고를 완성한 다음 여러 번 고치기도 하고, 수정을 최소화하기 위해 처음부터 꼼꼼하게 쓰는 작가도 있지요. 그러나 어느 편을 선택하더라도 퇴고를 피할 수는 없습니다.

그런데 작가마다 다르겠지만 흔히 퇴고를 '문장을 고치고 다듬는 일'이라고 생각하는 경우가 많습니다. 그래서 무작정 초고를 써 놓고 문장 정리를 시작합니다. 하지만 좋은 문장만으로 완성도 높은 작품이 되는 것은 아닙니다. 문장은 전체적인 구조와 맥락에 어울려야 합니다. 심지어 내용의 종류와 흐름, 세세하게는 사건의 종류에 따라서도 더 어울리는 문장이 있습니다. 더구나 장편의 경우, 최소 수개월의 집필 시간이 걸리기 때문에 앞부분의 문장과 뒷부분의 문장이 달라지는 경우도 있습니다. 작품을 쓰는 동안 발전하기 때문이기도 하고, 전개가 처음 의

도와는 다른 방향으로 가는 등의 이유로 그러한 결과가 나타날 수 있습니다. 그러므로 문장의 수정은 기술적인 양상과 감성적 측면이 모두 작용하는, 글쓰기의 가장 마지막 절차라고 생각하면 됩니다.

그래서 퇴고 과정에서는 문장 수정을 최종 목표로 두고, 이를 위해서 재편집 및 디테일의 수정과 보완이 우선 필요합니다. 이는 작품의 완성도와 밀접한 관련이 있습니다.

퇴고의 단계

퇴고를 위해서는 사전 준비가 필요합니다. 무엇보다 자신의 작품을 보는 시각을 객관화해야 합니다. 그래야만 보다 원활하게 수정할 수 있습니다. 이것은 누구나 아는 일이지만 쉽지 않습니다. 객관화는 완성도가 높은 작품에 대한 다양하고 많은 스키마schema를 갖고 있을수록 유리하고, 스키마는 수많은 직·간접 경험에서 얻을 수 있습니다. 이를 위해 작가의 상당수는 합평 모임을 갖기도 합니다. 내 작품 뿐만이 아니라 다른 작가의 글이 수정되는 과정을 경험해 보는 것도 중요하니까요.(8부 합평 참고) 그게 아니라면 다양한 수업을 통해서 이쪽 분야에 경험이 풍부한 기성 작가에 의지하기도 합니다. 그래서 이제 막 작품을 쓰기 시작한 작가라면 비교 대조 등 단순한 방법부터 사용해 보기를 권합니다. 비교 대상이 많을수록 자신이 쓴 글을 객관적으로 보는 눈을 키울 수 있기 때문입니다. 자신의 작품과 같은 주제나 소재를 다루었거나, 플롯이 흡사한 작품들을 찾아내 읽고 비교하는 것도 좋은 방법입니다.

간혹 몇몇 작가는 자신의 작품을 쓰는 중에는 다른 작가의 작품을 읽지 않는다고 말합니다. 그 작품으로부터 자신의 작품이 영향받을지도 모른다는 것이지요. 그런 점을 절대적으로 배제할 수는 없을 것입니다. 그러나 대체로 자신의 작품에 대한 집중력이 부족할 경우 이런 일이 발생합니다. 작가는 스스로를 믿어야 합니다. 그런데 생각해 보면 영향을 받는 것은 나쁜 것이 아닙니다. 세상의 모든 작가는 서로 평생 동안 영향을 주고받습니다. 표절을 하지 않는 이상 영향을 주고받는 일은 아주 자연스러운 것이지요. 게다가 만약 신인이나 지망생의 경우라면 영향받는 것을 두려워할 것이 아니라, 도리어 적극적으로 수용하고 배워야 하지 않을까요?

그리고 시차를 두고 자신의 작품을 다시 보기를 반복합니다. 작품을 쓰는 동안 작가는 자신의 작품에 사실상 '중독'되어 있어서 객관화가 더욱 어렵기 때문입니다. 이 중독 현상은 보는 시각을 더 좁게 만들고, 또한 수도 없이 보았던 내용이라 매우 견고해 보이는 착시 현상을 일으켜서 수정에 대한 유연성을 떨어뜨립니다. 그래서 시차를 두고 다시 보면 부족한 점이 종종 발견되는 것입니다.

어느 정도 객관적 시각을 얻었고(최소한의 비교 대상이라도 확보했다면) '중독' 현상을 다소 누그러뜨렸다면, 본격적인 퇴고에 들어갑니다. 처음 집필할 때도 그러했듯이, 수정하는 첫 단계는 세세한 곳에 집중하기보다 긴 집필 시간 때문에 발생할 수 있는 문제부터 점검합니다.

먼저 큰 사건 단위(또는 장면 단위)로 다시 읽습니다. 그러면서 이야기의 전체 맥락 속에서 그 사건이 그 자리에 있는 것이 맞는지 살핍니다. 더 극적인 진행을 위해서 특정 사건을 다른 곳으로 이동할 필요가 없는지 확인하라는 뜻이지요. 그러면서 동시에 각 사건의 개연성 및 사건 간의 연관성을 확인합니다. 앞에서 일어난 사건의 목적과 방향이 뒤에서 일어난 사건의 그것에 못 미치거나 아예 달라질 수도 있기 때문입니다. 이는 작품에 치명적인 결점으로 작용할 것이기 때문에 면밀하게 살펴야 합니다. 또한 캐릭터의 일관성을 놓치지는 않았는지 확인합니다. 이 역시 긴 집필 시간 때문에 발생하는 문제입니다. 캐릭터가 특정한 사건에 부딪치면서 변모하고 발전하는 것은 당연한 일이지만, 특별한 이유 없이 돌변해서는 안 됩니다. 사실 최초에 설정한 캐릭터를 깜빡 잊고 전혀 다른 인물로 묘사하는 경우가 더 흔하지요.

아울러 시간과 공간의 변화도 확인합니다. 가령 몇 달이 지났는데 여전히 같은 계절은 아닌지, 가을인데 목련이 피어 있지는 않은지, 겨울인데 주인공이 반팔 옷을 입고 있지는 않은지 등을 비롯해 시간의 변화에 따른 공간의 변화를 밀도 있게 잘 묘사하고 있는지까지 확인해야 합니다. 이런 부분의 오류가 생기면 작가의 역량을 의심받게 됩니다.

더불어 공간을 평면적으로 보지 말고 입체적으로 봅니다. 이는 공간을 바라보는 시선을 다양화시키라는 뜻입니다. 자기 눈높이에서 보이는 것들만 묘사하지 말고 위와 발 아래, 뒤와 옆까지 골고루 활용하는 센스가 필요합니다. 같은 장소라도 카메라가 다양한 위치에서 공간을 보여 주는 영화나 드라마를 연상해 보면 좋겠지요. 특히 공간 묘사는 간단한 것이라도 사건의 구체성을 높여 주기 때문에 꼭 필요한 작업입니다.

이런 과정을 확인했다면, 다음으로는 보다 면밀하게 문장을 점검합니다. 단순히 오타나 맞춤법을 점검하고 감각적인 문장을 쓰라는 이야기가 아닙니다. 좋은 문장은 홀로 존재하지 않습니다. 이웃하는 문장과의 관계 안에서 제 역할을 다할 때 좋은 문장이 됩니다. 특히 동화와 청소년소설에서 멋을 내려는 감성적 문장을 추구하는 일은 없어야 합니다. 어린 독자들은 어른의 감성에 익숙하지 않아서 도리어 집중력을 떨어뜨리기도 합니다. 동화와 청소년소설은 사건의 흐름을 통해 감정을 이끌어나가는 것이지 온갖 수사를 동원한, 인위적 감수성으로 가득한 문장으로 채워나가는 장르가 아닙니다. 나아가 동화나 청소년소설은 SNS의 댓글창이 아닌, 치열한 아이들의 삶이 벌어지는 현장임을 인지하기를 바랍니다. 어린 독자들에게 가장 훌륭한 문장은 정확하고 적확하여 뜻이 곧바로 통하는 문장입니다.

만약 작품을 쓰기 시작한 지 얼마 되지 않았다면, 무엇보다 간결하고 짧은 문장을 써야 한다는 원칙 만큼은 지켰으면 합니다. 특히 동화와 청소년소설은 그 독자 대상을 고려해서라도 필요합니다. 문장이 길어지면 부분적으로 화려해 보이는 효과가 있고, 이에 따라 멋스러움을 즐기는 작가들이 종종 긴 문장으로 독자의 시선을 끌려 합니다. 하지만 문장이 길어지면 어린 독자들은 그 의미 해석에 어려움을 겪을 수 있습니다. 즉 짧고 간결해야만 절대적 어휘 수가 적은 독자들에게 작가가 의도한 바의 의미를 정확하게 전달하는 데 유리합니다. 뿐만 아니라 비문법적 서술을 피하는 데도 도움이 되고 앞뒤 문장의 논리적 연결에도 무리가 없습니다. 간혹 문장이 짧으면 개성이 사라진다고 걱정하는 작가들도 있지만, 개성보다는 정확하고 적확한 문장이 우선입니다. 하나의 작품도 완성도 있게 써 내지 못하는 작가에게 문장의 개성이란 무의미한 것입니다. 개성은 그 다음의 일입니다.

그리고 부연하면, 퇴고를 더 폭넓게 '이야기의 흐름을 수정하고 사건과 장면을 재편집하며 문장을 다듬는 행위'라고 이해한다면 실제 퇴고는 쓰는 과정 중에도 일어나야 합니다. 이를테면 쓰는 중에도 고쳐야 할 부분은 고쳐야 하고, 그래야만 이후에 이어지는 사건이 의도에 맞게 진행될 수 있기 때문이지요. 그러므로 필요하다면 퇴고는 이야기가 쓰여지는 순간부터 시작되는 것이라고 보아야 합니다.

8 부

합평

- 합평이 필요한 이유
- 합평을 하는 법
- 합평을 받는 법

합평이
필요한 이유

아무리 많은 경력을 쌓은 작가라 하더라도 다른 사람에게 출판되기 전의 원고를 보여 주는 일은 매우 조심스럽습니다. 그런 뒤에는 항상 단순한 인상 비평부터 때로는 디테일하게 장단점이나 흠결을 지적하는 방식으로 평가가 따르기 때문입니다. '좋은 작품'이라는 언급이 아니라면 상처가 되기 쉽고, 나아가 창작 의욕에도 영향을 미칠 수 있습니다. 그러다보니 동료 작가가 불쑥 내민 작품을 받아든 '독자'도 무어라 말하기도 쉽지 않습니다.

그럼에도 불구하고 상당수의 작가는 '날 것'의 원고를 애써 다른 이에게 보여 주기를 마다하지 않습니다. 특히 경력이 짧은 작가들일수록 자신의 작품에 대한 확신이 없기 때문에, 다른 이의 시선을 빌려서라도 완성도를 높이기 위한 방책으로 그만한 방법이 없습니다. 즉 보다 나은 원고를 출판사에 보내기 위해서입니다. 그러므로 한 번의 합평은, 홀로 자신의 작품을 열 번 되돌아보는 일보다 훨씬 많은 시사점을 얻을 수 있습니다.

'보다 나은 작품을 위해서'라는 대명제 아래, 합평은 '상처'만 잘 보듬는다면 단점보다 장점이 훨씬 많습니다. 합평을 통해 작가는 자신이 쓰고 있는 작품이 적절하게 쓰여졌는지 확인할 수 있습니다. 창작 경험이 짧은 초기에는 직접 그 판단을 하기 어렵습니다. 자신이 쓴 원고가 한 편의 동화 또는 청소년소설로 읽힐 수 있는지의 문제부터 캐릭터는 잘 그려졌는지, 플롯은 적절한지, 사소하게는 리얼리티와 개연성의 문제, 그리고 문장에 이르기까지. 그렇다면 이런 판단을 직접 하기 어려운 까닭은 무엇일까요?

무엇보다 자신의 작품을 객관적으로 볼 수 있는 눈이 없어서인데 이는 **창작 경험 부족과 더불어 한 작품에 몰입할 때 생기는 '사고의 관성' 때문입니다.** 대부분의 작가는 홀로 작품을 씁니다. 아이디어를 떠올리고 스토리보드를 꼼꼼하게 작성하고, 집필하는 모든 단계를 스스로 감당해야 합니다. 장편 동화나 청소년소설을 쓴다면, 작가는 그 작품이 끝날 때까지 수개월 동안 같은 내용을 반복해서 쓰고 지우며 수없이 생각합니다. 그래서 작품에 대한 지배력이 높아집니다. 이때 믿음이 생겨납니다. 하지만 사실 그런 이유 때문에 도리어 사고의 유연성이 사라지고 비평의 칼날이 무뎌집니다. 즉 자신이 믿고 싶은 쪽으로 사고의 방향이 치우치는 것이지요. 이를테면 옳고 그름(가령 크게는 '이 사건을 이곳에 넣어야 하는지'와 같은 것들이고 작게는 '여기서 주인공이 이런 말을 하는 게 맞을까?'와 같은 것들입니다)조차 판단하기 힘들어집니다. 집필의 막바지 단계에 다다르면 이런 현상은 더더욱 심해지고, 빨리 마무리를 짓고 싶은 조바심이 더해져서 다양한 가능성을 유보하고 일단 초고의 끝을 향해 내달립니다. 실제로 상당한 작법서에서도 끝까지 써보는 게 중요하다고 말하고 있어서 용기(?)가 생기지요. 경험이 많은 작가들은 그렇지 못한 작가들에 비해 이 문제에 조금 더 능동적으로 대처할 수 있지만, 신인 작가일수록 사고의 관성에서 벗어나기 힘들지요. '보는 눈'은 그러므로 한계에 직면하게 됩니다. 결점이 보이지 않으며, 설사 보이더라도 그를 대체할 방법을 찾지 못합니다. 그리고 찾는다고 해도 어떻게든 '내부'에서 찾으려 합니다. 이를테면 작품을 허물고 다시 쌓거나, 상당 부분을 쳐낼 생각은 하지 못합니다. 그동안의 수고가 아까워서라도 엄두가 나지 않을 것입니다.

이때 합평에 참가한 여러 작가의 다양한 시선은 지은이가 가진 사고의 관성을 깨 줍니다. 다만 이 관성은, 작품이 마무리되는 동안 자신의 그릇된 믿음을 더욱 확신하도록 만들기 때문에 단순한 비평이라도 합평을 받는 작가에게는 매우 혹독하게 들릴 수밖에 없습니다. 어쩌면 그 비평이 자신이 공들여 쓴 원고에 대한 사형 선고처럼 들릴 수도 있으니까요.(이 관성의 가장 극단적 형태는 자신을 너무 신뢰한 나머지 다른 이의 비평을 무시하고 일관되게 자신의 생각을 방어하는 것입니다.)

그럼에도 불구하고 합평에 나서는 이유는, '다양한 길'이 있을 수 있다고 알려 주기 때문입니다. 문학 작품은 개성을 특히 존중합니다. 독자의 입장에서는 더 그렇습니다. 같은 작품을 두고 다른 해석을 내놓을 수 있고, 감동의 폭이 다른 이유도 개성 때문입니다. 글을 쓰는 입장에서도 마찬가지입니다. 같은 소재를 두고서 작가들은 각각 다른 이야기를 씁니다. 캐릭터와 플롯이 달라지고 다른 사건과 에피소드를 사용합니다. 심지어 캐릭터를 똑같이 지정해 주어도 아마 작가마다 다른 이야기를 써낼 것이 틀림없습니다. 그러므로 같은 작품을 두고 다양하게 이야기하는 현장을 목격할 수 있지요. 그 다양한 이야기를 듣는 것만으로도 작품 수정과 보완에 많은 도움이 됩니다.

합평을 하는 입장에서 생각해도, 작품의 변모 양상은 창작 과정에 매우 흥미로운 간접 경험을 제시합니다. 창작 능력은 결국 지속적인 창작 경험을 통해 확장됩니다. 그러므로 이론적으로는 빠른 시간 안에 많은 작품을 직접 써 보는 것이 가장 좋은 방법입니다. 그러나 장편은 일 년에 한두 편 이상 쓰기 어렵습니다. 그러므로 빠른 경험이란 현실에서는 얻기가 거의 불가능합니다. 그 대안이 합평에 있습니다. 작품을 발표하는 작가는 합평의 결과에 따라 지속적으로 작품을 수정 보완할 것이기 때문에, 이 과정을 함께 확인하는 일은 자신이 직접 작품을 쓰며 경험하는 것만큼 작품을 '보는 눈'을 키워 줍니다. 단점이 보완되고 사건과 캐릭터가 체계적으로 형성되는build-up 현장을 목격할 수 있습니다. 이런 경험이 반복되면 어느 새 보는 눈이 '쓰는 길잡이'의 기능을 하기 시작합니다.

그래서 이런 이유 때문에라도 **합평은, 완성된 작품 단계에서만 하는 것이 아니라 아이디어 제출 단계에서부터 시작하는 것이 가장 좋습니다.** 사실 이미 다 쓴 작품의 옳고 그름이나 재미의 유무 등을 따지는 합평은 큰 효과를 주지 못합니다. 아이디어 단계부터 의견을 주고 받으며, 어떻게 아이디어가 스토리보드(줄거리)가 되고 어떤 과정을 거쳐 플롯보드로 만들어지는지 플롯보드를 따라 본격적인 집필이 어떻게 이루어지는지를 모두 경험하는 것이 가장 좋습니다. 아이디어를 떠올리고 그것으로 줄거리를 만들어서 플롯을 짜는 일 모두가 창작 과정이기 때문입니다. 그리고 그렇게 해야만 '상처'의 강도를 줄일 수 있고, 치유와 성장을 반복하게 되는 것이지요. 어찌 보면 완성된 원고로 하는 합평에서 받을 큰 상처에 대한 매를 미리 맞는 효과도 있어서 창작 의욕 저하를 사전에 예방할 수도 있습니다.

　　또한 합평은 작가를 늘 긴장 상태로 만들어 놓습니다. 혼자 쓸 때보다 (다른 작가에게 흠을 보이지 않기 위해서라도) 모든 집필 과정에서 최선의 방법을 선택하지요. 그러므로 작품을 제출하기 전까지 그 작가로서는 최선의 결과물을 제출하게 됩니다. (물론 이 말은 작가는 합평에 대해 최선을 다해야 한다는 뜻이기도 합니다.) 이는 작가가 한 번의 합평에 의해서 그만큼의 성장이 가능하다는 뜻입니다. 최선을 다했는데도 보지 못한 것이 있었고, 그것을 다른 작가들의 합평을 통해서 들었으니, 최선에 더하여 한 걸음 더 내디딘 것이니까요. 즉 합평은, 내게 없는 '눈'을 빌리는 것이고 따라서 그 눈은 보다 좋은 작품을 써나가는 길라잡이 역할을 할 수 있습니다.

합평을
하는 법

합평에 대한 보수적이고 고전적 이미지는 '해당 작품의 흠결(이라고 생각되는 부분)을 찾아서 공개적으로 지적하는 것'입니다. 뜻밖에 합평에 참여하는 작가(지망생)들은, 이때 자신의 문학적 지식을 총동원해서 작품이 어디가 어떻게 잘못되었는지 확인하려고 애씁니다. 자신의 작품을 검토할 때도 하지 않는 디테일까지 꼼꼼하게 살피지요. 이런 자세가 나쁜 것은 아닙니다. 다른 작가의 작품을 꼼꼼하게 읽고 문학 이론이나 창작 방법론을 적용해서 어색한 부분을 찾는 일은, 훗날 자신의 작품에 어떤 문제가 있는지 스스로 찾아내기 위한 연습이 되기 때문입니다.

그러나 당연한 말이겠지만, '지적'은 합리적이어야 하며 감정적인 비평이나 단순한 호불호를 기준으로 삼아서는 안 됩니다. 그리고 기계적으로 창작 방법론을 들이대기보다는 작품 자체에서 문제를 찾아야 합니다. 비평을 목적으로 문학 이론을 앞세우는 일은 적절하지 않습니다. 그런 태도는 가장 마지막 원고만 보고 그것을 작품의 전부라 생각하는 비평가의 몫입니다.

또한 지적 이후에는 '대안'을 제시할 수 있어야 합니다. 대안을 제시하지 못하는 지적은 '지적을 위한 지적'에 지나지 않습니다. 대안을 받아들일 것인지에 대한 선택은 전적으로 작품을 제출한 작가의 몫이지만, 대안으로 아이디어 하나 제시할 수 없다면 지적하지 않는 게 좋습니다. 무책임한 자세일 뿐만 아니라 작품을 보는 눈이 성숙하지 않았음을 스스로 고백하는 것이니까요.

즉 합평은 단순히 작품을 쓴 작가를 향해 다양한 지적을 늘어놓는 공간이 되어서는 안 됩니다. 작품을 보다 발전적으로 수정하고 보완할 수 있는 다양한 의견을 제시함으로써 실제로 해당 작품이 보다 완성도 있게 쓰여질 수 있도록 도와야 합니다. 합평에 참여하는 작가 자신이 그런 도움을 받기 위해서도 꼭 필요한 자세입니다. 합평의 본질은 보다 나은 작품을 완성하기 위한 여러 길을 제시하는 것에 있다는 사실을 잊어서는 안 됩니다. 흠결만 들추고 막연히 다시 써야 한다는 의견만 제시하는 방식은 낡은 권위주의의 소산입니다. 이런 경우, 작품을 제출한 작가는 자신의 문제가 어디서 비롯되었는지 알지 못한 채 자신의 능력을 탓해야 합니다. 물론 이런 '상처'는 비평한 사람에게도 돌아갑니다. 매우 비생산적이 아닐 수 없습니다.

합평 현장에서 제시하는 의견은 매우 구체적일수록 좋습니다. '이 작품은 전반적으로 분위기가 우울하네요. 그 부분이 수정되었으면 좋겠어요'라든가, '왜인지 집중이 안 돼요. 잘 안 읽힙니다' '인물의 성격이 조금 더 개성 있게 드러나면 좋겠어요'라는 식의 관념적이고 추상적인 언급은 합평의 가장 안 좋은 태도입니다. 어떤 지적이든 근거가 명확해야 합니다. 타인의 작품을 비평하는 태도에서 그 작가의 창작 능력이 그대로 드러납니다. 위와 같은 질문을 아래처럼 바꾸어 해야 합니다.

공간과 시간의 선택, 그리고 사건 A와 B가 이 작품의 분위기를 우울하게 만들고 있습니다. 묘사에 비, 밤, 구름, 눈물 등의 단어가 반복적으로 나옵니다. 또한 A사건은 지하실에서 일어나고, B사건은 불 꺼진 복도에서 일어나기 때문입니다.

연속적으로 배열된 사건이 서로 연관성이 없습니다. 앞에서는 주인공과 관련된 사건인데, 시점이 바뀌면서 주인공과의 관련성이 떨어지는 사건이 이어집니다. 이는 집중도를 떨어뜨리고 있습니다. 그러다보니 사건의 일관된 흐름이 보이지 않고 산만해 보입니다.

이 작품에 등장하는 인물들의 성격이 엇비슷한 느낌이 들어요. 대화에서 말투가 비슷하고, 사건을 대하는 태도가 뚜렷하게 구분되지 않거든요.

동화나 청소년소설은 구체성을 기본적인 서술 방법으로 삼고 있는 문학적 서사이기 때문에 그에 대한 합평 역시 구체적이어야 합니다. 그러나 관념적이고 추상적인 지적보다 더 나쁜 태도가 있습니다. 바로 아무 말도 하지 않는 것입니다. 물론 입을 닫는 이면에는 '내 지적이 타당한가'에 대한 걱정스러움도 있고, 상대가 받을 상처가 두려워서일 수도 있습니다. 정말 무슨 말을 해야 할지 몰라서인 경우도 있겠지요. 혹 어떤 이유에서든 쉽게 말을 떼기 어렵다면 질문을 하세요. 왜 이런 소재를 골랐는지, 캐릭터에 대한 힌트는 어디서 얻었는지, 글을 쓸 때 어떤 부분이 가장 어려웠는지 등의 질문도 좋습니다. 합평의 구성원들은 대부분 작가이거나 작가 지망생이므로 작은 규모의 '작가와의 만남'이기도 합니다. 그러므로 질문하고 답을 듣는 것만으로 자신의 창작 활동에 시사점을 줍니다. 결국 합평은 많은 말이 오가야 얻어가는 것도 많아집니다. 이런 관점에서 합평을 매우 전문적이고 창의적인 '브레인 스토밍 brainstorming'이라고 생각하면 좋겠습니다.

아이디어와 스토리보드 단계의 원고

합평 모임 또는 수업에 따라 완성된 작품을 다루기도 하고 아이디어 단계부터 의논하는 경우도 있지만, 오래 지속하는 모임이라면 아이디어부터 차근차근 짚어나가는 쪽을 권장합니다. 설계도가 완벽할수록, 기초가 탄탄할수록 좋은 집을 지을 수 있다는 건 누구나 아는 사실이니까요. 아이디어를 발전시켜 줄거리를 만들고 스토리보드와 플롯보드까지 확장하는 과정 모두가 집필 과정에 해당된다는 사실을 잊어서는 안 됩니다. 오히려 신인 작가에게는 이 과정이 더 중요할 수도 있습니다.

아이디어와 스토리보드를 보는 단계에서는 제출된 원고가 한 편의 이야기로 만들어질 수 있는지 가능성을 확인합니다. 아이디어는 대체로 에피소드이거나 특이한 공간, 물건 등에서 시작하지요. 즉흥적이고 단편적인 곳에서 아이디어가 많이 창출된다는 의미입니다. 하지만 그런 면에서 다양한 이야기를 나눌 수 있는 시발점이기도 합니다. 다만 이것이 이야기로 발전하기 위해서는 주인공을 중심으로 '처음-중간-끝'의 형태를 갖출 수 있어야 합니다. 비록 다른 작가의 작품이지만 내 작품을 쓰듯 고민해 보기를 권합니다. 이는 자신의 작품을 그렇게 만들어 가는 연습이기도 합니다. 자신의 생각이 틀릴까 두려워 아무 말도 하지 않는 경우도 잦은데, 동화나 소설은 그 '틀린 가정'에서도 해답을 찾아낼 수 있다는 것을 잊어서는 안 됩니다.

　　줄거리를 쓰기 시작했다면 이야기로서의 가능성과 함께 구조의 최적화에 초점을 맞추어야 합니다. 이때 구조의 최적화는 '처음-중간-끝'을 보다 선명하게 만드는 것입니다. 1차적으로 두 개의 티핑 포인트의 위치와 매칭이 적절한가를 확인하면 구조의 합리성은 충분히 엿볼 수 있습니다. 그리고 이를 바탕으로 사건의 일관성, 이야기의 통일성을 점검합니다. 이때 점검의 기준은 주인공입니다. 아이디어를 떠올리고 줄거리를 늘리는 과정에서 상당수의 작가는 재미있는 사건에만 몰입해 주인공과 직접적으로 관련이 없는 에피소드를 넣기도 하고, 주인공이 아닌 다른 인물들의 히스토리를 필요 이상으로 나열하기도 하지요. 그럴 경우, 목적지를 향해 가는 주인공의 뚜렷한 행동선이 희미해질 수 있습니다. 즉 줄거리와 스토리보드 단계는 이야기의 핵심이 될 중심선을 보다 분명하게 그려내는 과정이므로 합평은 이에 초점을 맞추어야 합니다.

또한 사건이 크기와 규모 등에 따라 순차적으로 잘 배열되어 있는지 확인합니다. 이른바 입체성을 염두에 두고 보는 것입니다. 그리고 그 순서에 따라서 한 번 더, 두 개의 티핑포인트가 각각 이야기의 본격적인 입구와 출구 역할을 하고 있는지 확인해야 합니다. 즉 TP1은 가장 낮은 단계의 사건이면서 연속된 사건의 시발점이고 TP2는 가장 높은 단계의 사건이면서 사건의 마무리 지점이기 때문입니다. 특히 이런 부분들은 일단 집필에 들어가면 고칠 수 없거나, 고치더라도 상당량을 수정해야 하는 '큰 틀'과 같은 것입니다.

플롯보드라면, 여기에 더하여 시작 지점의 합리적 타당성을 확인하고 설명과 배경 등 비역동적 요소(이야기를 빠르게 앞으로 밀어내는 현재 사건들을 제외한 나머지 요소)들의 분산 배치가 잘 되어 있는지도 확인합니다. 특히 역사 동화나 SF라면 더욱 관심을 가지고 보아야 합니다. 독자가 경험하지 못한 세계를 다룰 때 작가는 필요 이상으로 배경을 설명하는 경향이 있기 때문입니다. 독자는 항상 배경보다는 '그래서 지금 주인공은 어떻게 되었는가?'에 관심이 많습니다. 아울러 스토리보드가 플롯보드로 진화하는 과정에서 이야기 구조의 완결성이 흐트러지지 않았는지도 점검합니다.

반면에, 아직 쓰여지지 않은 원고이므로 디테일에 대한 지나친 참견이나 개입은 금물입니다. 스토리보드나 플롯보드는 설계도일 뿐이라는 사실을 잊지 말아야 합니다.

집필 시작 단계의 원고

합평의 좋은 점 중 하나는, 여러 사람의 충고와 관심에 의해 보다 좋은 원고로 거듭 발전하는 현장을 목격할 수 있다는 것입니다. 그러므로 자꾸만 평가하려 하기보다는 제출된 원고를 자신의 원고라 생각하고 스스로 그 원고를 보다 더 낫게 고치려고 시도하는 게 좋습니다. 그 경험이 체화되어 자신의 작품을 쓸 때도 유효하게 적용될 테니까요. 반복해서 말하지만, 창작 경험은 많을수록 좋다는 사실을 잊어서는 안됩니다. 그러므로 다른 작가의 작품일지라도 종종 직접 수정해 보는 작업도 권장합니다. 실제로 이런 과정을 거치면 합평할 때 보다 실질적인 조언을 할 수 있겠지요. 경험만큼 좋은 창작 방법론은 없으니까요.

집필을 시작한 원고에 대한 합평은 정말 현실적인 조언이어야 합니다. 시간과 공간이라는 구체적 배경이 드러나고, 이야기의 전반적인 분위기와 성격이 예시되며, 호기심이 충만해야 하고, 작품에 대한 전반적인 정보를 안내하는 곳이 이야기의 앞부분입니다. 뿐만 아니라 독자가 어린이 청소년이란 특성 때문에 호흡도 (성인 소설에 비해) 가볍고 빨라야 합니다. 작품의 앞부분이 이러한 조건을 잘 갖추고 있는지 일차적으로 확인합니다.

그리고 문장의 적합성을 살펴봅니다. 대부분의 작가는 작품의 앞부분에 힘을 주는데, 시작 부분을 어떻게 '구축'하느냐에 따라 이야기의 분위기는 물론 플롯에까지 영향을 미칠 수 있다는 것을 본능적으로 알고 있기 때문입니다. 즉 중간 이후는 앞부분의 성취 여하에 따라서 매우 잘 쓰여질 수도 있고, 어렵게 끌려갈 수도 있습니다. 그 때문에 앞부분을 여러 번 고쳐쓰기를 마다하지 않습니다. 특히 앞부분은 아이디어 단계부터 줄거리를 짜고 다시 플롯보드까지 작업하는 동안, 그 모든 작업의 첫 결과에 해당되는 곳이기 때문에 작가의 집중도가 가장 높습니다. 그러므로 작가는 이곳에서 얼른 이 작품에서 목표하는 의도를 드러내고 독자들의 흥미를 사로잡기 위해 조바심을 내지요. 자기 작품의 1차 승부(?)를 여기서 내려 합니다.

문장을 살펴야 하는 이유는, 바로 이런 작가의 부담과 고민이 문장을 통해 가장 잘 드러나기 때문입니다. 문학은 언어로 표현하는 장르라는 사실을 잊어서는 안 됩니다. 실제로 아무리 흥미진진한 사건이나 호기심을 끌 만한 에피소드라도 문장을 어떻게 쓰느냐에 따라 무겁고 지루할 수도 있습니다. 합평할 때는 이와 같은 점을 염두에 두고 문장을 살펴봅니다. 문장을 볼 때는 독자도 염두에 두어야 합니다. 어린이와 청소년에게 적절한 문장인지 확인해야 한다는 뜻입니다. 지나치게 감성적인 표현이 많다든가 분위기를 이끌어가기 위해서 묘사에 과도하게 집중하는 것은 아닌지를 확인합니다. 더불어 장르에 따른 문장의 적합도를 살펴야 합니다. 독자들은 작품마다 그 작품에 대한 기대가 다르기 때문입니다. 보다 문학적인 작품인지 장르성이 강한 작품인지에 따라 문장의 빠르기와 길이를 결정하고 나아가 단어의 선택도 고려해야 합니다.

그러나 이때 주의할 것은, 꼼꼼하게 한 문장씩을 점검해서 작가 고유의 문체를 살리는 것보다 문장과 문장 사이의 인과적 관계 및 논리성을 확인하는 일이 먼저입니다. 즉 좋은 문장이란 개별적 문장의 꾸밈에 있는 것이 아니라, 이웃 문장과의 어울림이 어색하지 않아야 하고 그 속에서 유의미한(작가의 목적에 적절한) 메시지를 전달해야 합니다. 맥락도 없이, 인과 관계나 논리도 없는 독립적 개별 문장을 치장하는 일은 절대 지양해야 합니다. 그러나 한편으로는 완성되지 않은 원고이므로 섣불리 주제를 운운하지 않도록 주의해야 합니다. 작품을 쓴 작가가 자신보다 창작 경험이 적다고 해서 이후 작품의 전개 방향을 함부로 제시해서도 안 됩니다. 어떤 경우에도 작품은 그 작가의 것이기 때문입니다. 모든 이야기는 작가의 상상력에 기반한 자율성에 맡겨야 합니다.

완성된 초고

다 쓰여진 초고에 대해서 가장 우선적으로 합평해야 하는 부분은 완성도입니다. 형식과 내용이 애초에 목표했던 동화(청소년소설)에 부합하는지 확인해야 합니다. 동화로서 장르적 특성을 잘 갖추고 있는지 살펴보아야 한다는 뜻입니다. 앞서 말한 것처럼 동화는 상대적으로 짧고 따뜻한 내용을 담고 있으며 교훈을 주려 한다는 특성 때문에 민담식 서술은 물론 미담까지 동화로 읽히는 경향이 있습니다. 그런 서술을 절대 해서는 안 된다는 뜻은 아니지만, 애초에 동화를 쓰려 했다면 그 장르에 합당하게 쓰여졌는지에 대한 확인은 필수적입니다. '이런 것도 동화가 될 수 있지 않나요?'라는 의문에 대한 바르고 정확한 대답을 해 줄 필요가 있다는 뜻입니다. 열심히 무언가를 쓰는 것도 중요하지만, 작가는 자신이 무엇을 쓰는지 알아야 합니다. 물론 여기에 더하여 보다 더 문학적인 작품을 추구하는지 아니면 장르 문학을 지향하는지에 따라 그에 합당한 비평의 잣대를 들이대야 합니다.

특히 어린이(청소년) 주인공이 삶에서 직접 부딪치는 이야기(그저 따뜻한 내용을 담는 것이 아니라 주인공 세대의 현실 문제를 다루어야 한다는 뜻)인지, 그러므로 그들의 고민이 잘 드러나는지, 이를 두고 벌어지는 사건이 주인공의 성장을 잘 보여 주고 있는지에 주목해서 봅니다. 동화와 청소년소설의 핵심은 인식의 변화 과정을 통해 주인공의 성장을 보여 주는 일입니다. 동시에 성인 독자를 대상으로 하는 성장 소설과도 달라야 합니다. 작가가 스스로 이를 판단할 수 있는 '보는 눈'은 작품의 완성도를 위해 꼭 필요합니다.

사건은 일관성이 있는지도 중요합니다. 앞서 말한 것처럼 모든 사건은 주인공과 직접적으로 연관된 것(주인공이 사건을 주도)이어야 하며, 정점에 이르기까지 점진적으로 커져야 합니다. 그러기 위해 사건들끼리 연관성이 높아야 합니다. 그래야 이야기가 한 방향으로 잘 흘러가고 있다는 느낌을 주고 가독성이 높아집니다. 이는 완결성에도 영향을 미칩니다.

주인공을 중심으로 한 인물의 성격도 고려해야 합니다. 평면적 인물은 일관성을 잘 유지하는지, 입체적 인물은 그 변모의 과정이 합당한지를 살펴야 합니다. 평면적 인물은 목표 성취에 대한 의지가 강하고 어떤 경우에도 그 의지를 굽히지 않으므로 사건을 대하는 태도(대화 포함)에 일관성이 있습니다. 닥치는 사건마다 이를 대하는 방법이나 화법이 다르면 안 되지요. 도리어 사건마다 동일한 반응을 보여 줌으로써 성격을 강조할 수 있습니다. 그런가 하면 입체적 인물은 어떤 사건을 만나느냐에 따라 다른 반응을 통해 성격 변화의 변곡점을 주어야 합니다. 성격이 변화해도 되지만 그럴 만한 타당한 이유가 있어야 한다는 뜻입니다. 이는 대체로 자아 성찰이나 특별한 사건을 통해서 일어나며, 그 변곡점이 충분한 설득력을 가져야 합니다. 작가는 자칫 인물을 어디서든 변화시켜야 한다는 생각 때문에 적절한 변곡점을 놓치기도 하고, 변화 지점을 설정하기 위해서 억지로 사건을 만드는 경우도 있습니다. 이는 자신의 작품에 대한 객관성을 잃을 때 나오는 현상입니다.

그리고 완결성입니다.

완결성은 '매듭짓는 일'이며, 하나의 작품으로서 더하거나 덜어 낼 것이 없는 상태를 말합니다. 사건은 적절한 지점에서 종결되어야 하고, 그 이후에는 독자가 더 이상 어떤 사건도 기대하게 해서는 안 됩니다. 시리즈의 경우도 마찬가지입니다. 각 권에 해당하는 이야기는 그 자체로 종결되어야 합니다. 뒷이야기를 궁금하게 만드는 예고 장치와는 별도의 문제입니다. 이를테면 작품이 덜 끝난 느낌이라는 느낌을 주어서는 안 된다는 뜻입니다. 하나의 이야기는 완결성을 통해 독립적 작품으로 존재할 수 있는 것이지요. 그러므로 **완결성을 살피는 일은 곧 작품이 하나의 미적 구조물로서의 가치를 확인하는 일이 됩니다.**

따라서 작가는 주인공 외에, 모든 인물에 대해 책임을 지고 있는지도 살펴야 합니다. 주인공은 물론이지만, 소품의 역할을 하는 정도가 아니라면 모든 인물의 삶도 '그래서 그 이후에 어떻게 되었는지?'에 대한 답을 주어야 합니다. 대체로 작가들은 사건을 이어나가는 도중에 보다 더 재밌고 의외의 사건을 만들기 위해서 새로운 인물을 자주 등장시키는데, 이를 소모적으로 사용하는 경우가 많습니다. 이런 경우 완결성에 큰 흠결이 되고, 작위적 인물이라는 비평에서 자유로울 수 없습니다. 이런 현상 역시 사고의 관성 때문에 빚어집니다. 작가는 자신이 작품에 사용하는 모든 요소들을 옳다고 믿습니다. 그래서 어떻게든 작품을 이끌어가기 위해 소모적 인물도 활용하게 되는 것입니다.

그 외에도 시점은 잘 유지되는지, 장면 전환은 매끄러운지, 리얼리티와 개연성의 문제를 살펴보면 됩니다. 그리고 끝으로 주제를 살펴봅니다. 성인문학에 비해 동화나 청소년소설에서는 반드시 교훈을 담아야 한다는 강박이 심한 편입니다. 주제가 뚜렷할수록 동화와 청소년소설은 그 장르적 특성에 잘 부합한다는 보수적인 시각 때문입니다. 그러나 주제에 대한 부담감 때문에 사건의 연결이 자연스럽지 못하거나, 인물이 작가의 앵무새 노릇만 하는 경우가 있고, 심지어 설명하는 식으로 주제를 노출시키기도 합니다. 이는 작품의 완성도 측면에서도 옳지 않기 때문에 경계해야 합니다.

합평을
받는 법

'초고는 재난의 현장'(제임스 스콧 벨 James Scott Bell)이라는 말이 있습니다. 합평 받을 작품을 제출해 놓고 상처를 받는 가장 큰 이유는, 대부분의 작가(지망생)가 자신의 작품에 대한 자부심이 강하기 때문입니다. 오랜 시간 썼고 나름대로 공을 들였기 때문에 당연할 수밖에 없지만, 처음 제출한 스토리보드나 초고는 그 원고가 책으로 나올 때의 기준으로 보면 가장 '날 것'입니다. 실제로 초고와 마지막 원고 사이에는 수도 없이 많이 수정과 보완이 거듭되므로 도리어 그 자부심은 잠시 내려놓는 게 좋습니다. 그래야 지속적인 합평의 과정을 견딜 수 있습니다. 합평을 포기한다면 모를까 혹은 작가의 길을 포기한다면 모를까, '더 좋은 작품'을 추구해야 하지 않을까요?

합평의 내용에 대해서도, 흠결을 지적했다고 생각하지 말고 내가 미쳐 떠올리지 못한 그 상상력은 어디에서 비롯되었을까를 고민해야 합니다. 사실 합평을 받는 입장에서는, 설사 다른 작가들이 단점만을 지적했더라도 자신의 작품이 수렁에 빠질 위험에서 건져 준다고 생각하는 게 맞습니다. 이 역발상은 합평이 고난의 과정이 아니라 성장의 과정이라는 생각을 갖도록 해 줍니다.

아이디어와 스토리보드 단계에서 합평을 받을 때 가장 위험한 생각은, '아이디어니까 일단 던져 놓고 보자'는 식의 안이함입니다. 어차피 원고 상태도 아니고 줄거리에 불과하다는 생각에서인지 모르지만, 아이디어가 작품의 첫 단추이듯 이야기의 가능성을 확인하는 곳도 이곳입니다. 합평에 내놓는 작품은, 그것이 아이디어든 줄거리든 자신이 할 수 있는 한 최선의 결과물이어야 합니다. 그래야만 합평을 통해 최고의 결과를 얻어낼 수 있습니다.

그리고 이를 위해서는 자신이 어떤 작품을 쓰겠다는 방향성에 대한 확신 또는 의지가 중요합니다. 보다 더 좋은 작품을 위해서 이 방향성은 나중에 수정될 수도 있지만, 적어도 그런 계기가 오기 전까지는 작가 자신의 목표가 분명한 것이 좋습니다. 그렇지 않으면 경험이 적은 작가일수록 합평의 내용에 따라 흔들립니다. 더구나 합평에 참여한 작가들이 매번 같은 말을 하지는 않기 때문에 평가를 들을 때마다 자신의 아이디어나 줄거리가 흔들리면 작품이 일정한 방향성을 잡기 힘듭니다.

물론 확신이나 의지를 유지하는 가장 좋은 방법은, 그것이 아이디어든 줄거리든 주인공의 히스토리를 염두에 둔 '처음-중간-끝'의 형태와 최대한 가까운 상태의 원고를 제출하는 것입니다. 가령 '기후 위기로 지구에서 더 살 수 없게 된 인간이, 10만 광년 떨어진 새로운 행성을 발견하고 개척해 나가는 이야기는 어때요?'라는 식이거나, '왕따를 당해서 게임만 하는 아이가 게임 속으로 들어가는 이야기는 어때요?' '백두산 화산이 폭발해서 북한 난민이 한국으로 넘어 오는 이야기를 쓰려고요.' 같은 경우를 가정해 봅시다. 이런 발상들에는 구조가 보이지 않고 다만 희미하게 배경만 보일 뿐입니다. 이에 대한 합평은 어떨까요? 합평의 내용도 일정한 방향성이 없을 것입니다. 던져진 배경 안에서 떠올릴 수많은 마인드맵 정도일 것입니다. 애초에 이런 결과를 원했다면 모르지만, 사실상 아이디어가 더 발전할 가능성은 크지 않습니다.

막 쓰기 시작한 원고를 합평에 낼 때도 마찬가지입니다. '이제 시작했기 때문에 초고임을 감안해 주세요! 큰 틀만 잡았어요'라는 평계를 대면 곤란합니다. 아이러니하게도 이러한 거친 초고를 제출한 작가도 합평에서 좋은 반응을 얻지 못하면 상처를 받습니다. 최소한의 긍정적 평가, 아니 최선의 평가를 바란다면 출판사에 보내는 마지막 원고라는 생각으로 작품을 제출해야 합니다. 원고의 내용은 말할 것도 없고 맞춤법과 띄어쓰기까지 포함하여 자신이 할 수 있는 최선을 보여 주어야 합니다. 합평에 참여한 작가들로부터는 항상 자신이 낸 원고의 수준만큼, 딱 그 정도의 합평을 받을 수 있을 것이라 기대해야 합니다. '일단 이렇게 시작해도 되는지만 확인해 주세요'라든지, '생각나는 대로 써 봤어요. 의견을 들어보고 고치려고요'라는 식의 변명을 해야 하는 원고라면 미루는 것이 좋습니다. 자신이 노력하지 않았음을 고백한 꼴입니다.

집필을 시작한 뒤에는 어느 정도 진행된 원고보다, 막 시작한 원고의 합평에 더 주의를 기울여야 합니다. 그 이유는 시작 부분이 가장 복잡한 양상을 보여서이기도 하고, 분위기와 방향을 결정짓기 때문입니다. 따라서 앞부분이 흔들리지 않아야 이후 집필이 수월해집니다. 실제로 중간 부분의 수정은 큰 틀을 흔들지 않지만 앞부분의 수정은 이야기 전체를 흔들고 플롯을 다시 짜야할 수도 있으므로, 합평을 받는 입장에서는 다수의 작가가 제안한 의견을 면밀하게 검토할 필요가 있습니다. 이 지점에서는 '몇 번이고 다시 써도 좋다'는 각오가 필요합니다. 여기서 바로잡지 못하면 그 이후에는 더 큰 '재난'이 초래될 수 있음을 상기해야 합니다.

초고가 끝난 원고는 앞서 말했듯 '재난 현장'으로 인식하고 보다 많은 '처방'을 받아야 합니다. 이때 '전체'와 '부분(디테일)'을 나눕니다. 전체에 대한 합평은 통일성과 완결성을 바탕으로 이야기 전체가 짜임새 있는지, 흐름에 문제는 없는지를 확인하는 기준으로 활용해야 합니다. 보통 '전체'의 수정은 사건의 재배치를 중심으로 한 수정과 보완으로 생각하고 합평의 결과에 따라 수정해서 살릴 부분과 버려야 할 부분을 과감하게 결정합니다. 어느 작가든 자신이 쓴 원고에 애착이 커서 쉽지 않겠지만, 통일성과 완결성에 기여할 수 없다고 판단되면 결단이 필요합니다. 극단적인 경우에는 초고에서 큰 줄기만 남기고 모두 폐기하더라도 성공한 것이라 생각해야 합니다. 그래서 합평은 신인 작가들에게 더욱 가혹할 것입니다. 하지만 '어떻게든 살려야 한다'는 생각보다는 버리는 연습을 더 많이 해야 합니다. 완성도 혹은 완결성 있는 작품이란 보다 많은 것을 담아내는 것이 아니라, 조금이라도 작품에 기여하지 못하는 것들에 대한 과감하게 버리는 데에서 시작된다는 것을 잊어서는 안 됩니다.

'부분'의 수정은 문장. 장면 전환, 단일한 시점 유지 등 셀 수 없이 많을 것입니다. 다행스럽게도 합평에 참여한 작가들은 모두 각자의 관심사가 조금씩 다르기 때문에 전체와 부분에 이르기까지 다양한 의견을 들려줄 것입니다. 그러므로 합평에서 문제가 된 내용들은 최대한 수정에 반영하는 것이 좋습니다. 합평은 이를테면 집단 지성의 힘을 활용하는 것이므로 비평의 내용이 다양할수록 적용하고 응용하는 잣대가 풍부해질 것이니까요. 물론 합평의 내용이 모두 옳다는 뜻은 아니지만, 다양한 의견을 듣는 것만으로도 큰 공부가 될 것임은 분명합니다.

사실 합평은 그때마다 자신의 능력을 검증받는 기분이고, 치부를 드러낸다고 표현할 만큼 용기가 필요한 일입니다. 이 말은 합평에 참여하면서 칭찬을 기대하지 말란 뜻입니다. 칭찬만 받는다면 구태여 합평에 참여할 이유는 없으니까요. 뿐만 아니라 '합평에서 맞는 매'는 '독자들로부터 맞는 매'를 미리 맞는 것이라 생각해야 합니다. 합평이 혹독할수록 독자들로부터 칭찬받는 지름길이라는 자기 최면이 필요하지요. 수많은 흠결로 가득한 작품을 독자 앞에 내놓는 것은 만용이지만, '날것'을 내놓고 스스로를 담금질하려는 것은 용기입니다. 그런 의미에서 합평을 견뎌야 하는 혹독한 시련으로 생각할 것이 아니라, 오히려 황량한 들판을 풍성한 곡식이 열리는 옥토로 바꾸려는 농부 같은 마음으로 대하는 것이 좋습니다. 나아가 상상력이 가득한 풀밭을 찾아 헤매는 외로운 유목민(작가)에게 목초지를 안내하는 길잡이별(합평)이라 생각하면 어떨까요?

분석표
플롯보드

분석표
플롯보드

다음의 분석표와 스토리보드, 플롯보드는 단순히 주제 파악을 하기 위해서 또는 줄거리를 정리하기 위해서 쓰인 것이 아닙니다. 특히 분석표는 창작 실습 과정에서 작품의 구조를 파악하기 위해 정리한 것입니다. 수업에 참여한 작가들이 직접 작성한 것으로, 다음과 같은 점에 유의해서 보면 구조를 통한 창작의 원리를 파악하고 실전에 적용하는 데 크게 도움이 될 것입니다. 분석의 틀은 작가마다 조금씩 다르지만 원리는 같다는 점을 염두에 두어야 합니다.

첫 번째, 장면은 어떻게 배치되어 있는가?

(사건을 포함한) 장면의 배치는 동화나 청소년소설을 쓸 때 가장 기본적인 사항입니다. 장면의 인과적인 배치가 그 작품의 플롯을 결정

하며, 이른바 극적 구성의 핵심입니다. 또한 완성도 및 사건의 자연스러운 배열을 결정짓습니다. 그러므로 장면의 배치를 잘 살피는 것만으로도 스토리보드와 플롯보드를 쓰는 방법의 기본을 익힐 수 있습니다. 이러한 분석을 반복하면 스토리보드의 이해가 쉽고 그 프로세스를 파악할 수 있습니다. 물론 장면(또는 사건)의 크기를 비교하고 의도적으로 특정한 장면을 빼거나 자신이 생각한 장면을 넣는 연습을 해 보는 방법도 권장합니다.

두 번째, TP의 위치를 확인

TP의 위치를 확인하는 일은, 그 이야기를 '처음-중간-끝'으로 나누어 살핀다는 뜻입니다. 즉 이야기의 구조를 머릿속에 그려 넣으면 그 이야기의 줄기를 단순하게 파악하는 일이 가능해집니다. 이는 자신이 쓰려는 이야기의 스토리보드를 만들 때 유용하게 활용할 수 있습니다. 즉 모든 이야기가 '처음-중간-끝'으로 되어 있다는 사실을 체화시키면 자신이 마인드맵 해 놓은 장면들을 처음부터 그에 맞추어 재배열하는 능력을 향상시킬 수 있다는 의미입니다. 그러나 간혹, 특히 TP1을 찾기 어려운 경우도 있습니다. 그 때문에 분석하는 작가마다 제시하는 TP1의 위치가 다를 수 있습니다. 따라서 자신이 직접 분석하며 서로 비교해 보는 것도 좋은 공부가 될 것입니다.

세 번째, 현재 사건과 나머지 서술을 분리

모든 이야기는 주인공에게 현재 벌어지고 있는 사건을 핵심적으로 서술합니다. 즉 주인공에게 닥치는 사건이 사실상 이야기의 전부라는 뜻입니다. 이 현재 시점의 이야기가 곧 플롯이고요. 그러나 모든 이야기는 현재 벌어지는 사건만을 서술하지 않습니다. 과거를 회상하고, 배경을 설명하고, 때로는 상황을 묘사하기도 합니다. 현재 진행되는 사건과 이런 서술 요소를 분리시켜 점검함으로써 스토리보드에서 플롯보드로 전환시킬 때 유용하게 활용할 수 있습니다. 즉 플롯보드는 집필 직전의 디테일한 계획서와 같은 것이므로 사실상 집필의 밑그림을 미리 그린다고 생각하면 될 것입니다.

네 번째, 본문의 내용을 이해하는 용도

이 책에서 가장 중요한 핵심은 단순한 하나의 아이디어로 줄거리를 꾸미고, 스토리보드를 완성하며 플롯보드까지 이르는 과정을 익히는 것이라고 했습니다. 그러므로 일부분을 자주 인용하는 것보다 이야기를 전체와 부분으로 나누어 볼 수 있는 분석표가 자신의 책을 집필하는데도 현실적 도움을 줄 것입니다. 읽지 못했어도 줄거리와 장면을 파악하면 본문의 내용을 보다 더 쉽게 이해할 수 있습니다.

《히라도의 눈물》_한정영 플롯 보드 (분석: 한정영)

제목	사무라이 킴(가제)	
배경	**시간적 배경(플롯)** : 1614년 전후-임진왜란이 끝나고 조선과 일본의 전후 처리 회담이 진행되면서, 조선에서는 조선인 포로를 송환하기 위해 일본에 세환사를 보내고 이어서 통신사를 보낸다. **공간적 배경(픽션)** : 히라도섬-일본 나가사키현 북쪽에 있는 섬이다. 구릉 형태의 산지가 북동, 남서 방향으로 이어져 있고 최고점은 해발 고도 535미터의 야스만산이다. 옛날부터 동아시아 해상 교통 요충지로 알려져 있다. 16세기 중반에는 포르투갈 선박을 타고 온 예수회 선교사 사비에르가 그리스도교를 선교했다. **김맹진(49세)** : 대대로 사기장이었다. 임진왜란 때 일본으로 끌려와 아리타 부근에서 도공으로 일한다. 주위의 도공 중에서 유일하게 청자 기술을 가지고 있지만 처음에는 이 기술을 공개하지 않는다. 2차 세환사를 따라가려다가 실패한다. 일본으로 끌려올 때 아내를 잃고 일본에서 다마쿠라의 시종이 었던 일본 여자와 혼인한다. **김세후(9세~13세)** : 한 살 때, 아버지, 누나와 함께 일본으로 끌려온다. 그러나 이 상황을 전혀 기억하지 못한다. 일본인 엄마의 보살핌을 받고 자랐다. 그래서 자신에게 친엄마가 따로 있다는 사실을 알지 못하고, 오히려 일본인 엄마를 친엄마로 알고 마른다. 아버지, 아버지가 모두 사기장이었던 닥분에 도자기에 대한 안목이 남다르다. ① 정체성 혼란 : 조선인 아버지와 일본인 엄마인 사이에서, 아버지는 조선인임을 강요한다. 그러나 엄마도 일본인이고 사는 곳도 일본이라, 본 적도 없는 조선이 몹시 낯설다. ② 일본인 엄마를 두었다는 이유로 조선인(조선 사기장과 가족들이 사는) 마을의 또래 아이들로부터 왕따를 당한다. 이런 일들로 인해 세후는 더욱 사무라이가 되고 싶어 한다. **김세영(18세 전후)** : 세후의 누이. 배 위에서 죽임을 당한 어머니와 조선인에 대한 기억 때문에 정신이 오락가락 한다. 정신이 명멸할 때는 왜군이 조선인을 죽인 이야기를 생생하게 들려주기도 하고, 도자기에 그림을 넣는데 솜씨가 보통이 아니다. 죽은 어머니의 그림 솜씨를 물려받았다.	**김맹진이 끌려간 이유** : 고려청자의 맥이 끊긴 상태에서, 몇 안 되는 고려청자를 빚을 수 있는 사람이기 때문. **김맹진이 청자기술을 전수하지 않는 이유** : 고려 시대에는 도자 기술을 오로지 아들에게만 물려주었다. 그 전통을 유지하려고 있으며, 상감청자 등 청자 기술을 보유하고 있는 몇 안 되는 도공이다. 기술을 전수받지 못하는 것에 대한 반발심으로, 조정보다는 김맹진을 '왜발인'이라고 거짓 증언한다. 그로 인해 김맹진은 죽다가 살아난다.

330

등장인물

아라가기 유이 : 다마쿠라가 데리고 있던 시종. 김맹진이 일본에 오자 그와 혼인한다. 다마쿠라가 김맹진을 일본에 붙잡아 두고자 사실상 강제로 혼인시킨 것인데, 김맹진은 두 아이를 돌보아야 했으므로 이를 받아들인다. 세후를 극진히 보살피고, 세후도 그녀를 친엄마로 알고 자란다. 김맹진의 왜별단과 내통한 것으로 오해받아 일본군이 칼을 휘두를 때 뛰어 들어 세후와 김맹진의 사내아이를 구한다. 원래 그녀의 역할은 김맹진을 감시하고 다마쿠라에게 보고하는 것이었다. 그러나 아이를 키우고 김맹진의 사람됨을 알고 그 가족들을 진심으로 사랑하게 된다. 순정적인 여인의 표상이라고 된다. 거기에는 나름 숨겨진 사연이 있다. 제후끼리의 싸움 당시 부를 모두 잃었는데, 그녀 혼자만 살아남자 다마쿠라가 데려다가 키운 것이다.

조철보 : 아버지보다 10살쯤 작은 도공(이 되려는 사내). 세후는 그를 삼촌이라고 부른다. 조선에서 있을 때 이웃 마을에 살았고, 술주정뱅이였다. 특별한 재주는 없다. 그러나 조선에서는 오히려 반쪽이 왜놈이라는 말을 들으며 괄시당한다. 일본으로 끌려왔다가 다시 일본으로 돌아왔다. 그래서 누구보다 조선을 혐오한다. 김맹진으로부터 도공 기술을 전수받고자 하지만, 김맹진은 혼한 백시기 만드는 법만 대충 청자 만드는 법은 전수하지 않는다. 세후가 조선에 대한 정보를 전해 듣는 참구이기도 하다. 결국 나중에는 김맹진을 배신한다.

아가조키 : 김맹진이 사는 지역을 감시하는 하급 사무라이. 세후의 독서를 보고는 사무라이가 되는 교육을 틈틈이 시킨다.

다마쿠라 : 아리타 지역의 유력 가문의 중간 실세, 타무라 료와는 사촌 형제 혹은 이복 형제.

타무라 료 : 아리타와 그 일대의 영주를 다스리는 다이묘.

나츠카 : 세후와 엇비슷한 또래의 일본 여자아이, 다마쿠라의 딸 또는 조카 정도.

익수 : 이웃에 사는 조선인 시기장이 아들, 세후보다 두세 살 많다. 익수의 아버지는 조선에서 간장를 돕는 역할을 하다가 방자되어 죽음(혹은 반죽음)에 이른다. 어머니와 아버지가 일본군에 잔악하게 죽었고, 자신은 삼촌과 함께 끌려온 경우라 일본인을 몹시 증오한다.

왜별단 : 임진 정유재란 후, 이순신을 섬겼던 군사의 일부, 의병 등이 일본에 돌아가야 했으므로 이를 받아들인다. 일본에 대한 보복 전쟁을 준비하기 위해 만든 비밀 결사. 조선 정부에서도 돕고 있으며, 명나라에서도 지원한다는 소문이 돈다.(픽션) 당시 일본은 조선과 명나라의 보복을 대비해 해 해안 곳곳에 성을 쌓았었다. (팩트)

나츠카의 가정사 : 할머니, 할아버지가 대마도 사람. 할아버지가 조선을 드나들며 장사를 했다. 대마도 사람들은 상당수가 대대로 조선인이라는 의식을 가지고 있으며, 조선(옛 백제)의 후손을 따르는 사람들도 있다. 또는 나츠카의 엄마가 조선인으로 설정.

나츠카와의 관계 : 일본인이라 실어하지만, 그녀가 일본인이 아니라면 좋을 하고 바란다. 마음속으로는 좋아한다.

익수 : 세후가 끌려온 때는 1593년, 익수가 끌려온 때는 1596년(정유재란 때). 그러므로 익수는 4~6세 때 끌려온 것으로 하여 일본군이 전 인물을 낳길 기어하는 것으로 설정하는 것이 어떨까?

	스토리텔링	subscribe & viewpoint / information
1	1-1 볕볕 드는 오후, 아버지가 집을 비운 사이에, 세후는 검술 훈련(사무라이가 되기 위해서) 또는 수영 등등을 하고 있다. 그런데 며칠째 다마쿠라의 집에서 머물다가 느닷없이 나타난 아버지. 세후는 얼른 목검을 숨긴다. 그것을 본 아버지, 장시 얼굴을 찌푸리지만 느닷없이 재빨리 대강의 짐을 챙기고 후 세후와 세영을 데리고 집을 나선다. 어머니(아라가키 유이)가 말리지만 아버지는 단호하게 집을 나선다. 마침 장작을 쌓아 주러 온 조첨보도 말린다. 그래도 소용없다. 아버지는 말에도 대답하지 않고, 30리 길을 한달음에 달린다. 오전에 떠났다는 세환사 일행을 따라잡기 위해서다. 1-2 높은 언덕에 이르렀다. 항구가 보이고, 세환사 일행이 떠나는 모습이 보인다. 아버지는 해가 지고 바다조차 보이지 않을 때까지 바다를 바라본다. 1-3 하는 수 없이 집으로 되돌아온다. 그때 어머니는 따뜻한 밥과 아버지가 좋아하는 생선을 구워 놓고 기다리고 있다. 하지만 아버지는 도자기를 깨부수고 행패를 부린다. 밥에 손대지 않는다. 어머니에 대한 오해 때문이다. •• 아버지는 어머니에게 "당신이 한 짓이 아니냐?" ("당신은 알고 있었잖아?")라고 다그친다. 어머니는 아니라고 말하지만 아버지는 소리를 지르고, 그런 모습에 세후는 아버지에게 섬섬함을 느낀다. 이때 다마쿠라가 방문한다. 아버지는 다마쿠라와 밀담을 나눈다.	사무라이가 되려는 첫 번째 이유이다. 조선인 아이들의 놀림이 심하다. 특히 엄마가 일본인이기 때문에. 하지만 사무라이가 되려는 이유를 점점 더 심화시켜 나갈 것. • 김맹전의 집을 자주 드나들며 섬부들도 하고 일도 돕는다. 도자 기술을 배우기 위해서다. •• 세환사가 온다는 사실을 알고, 일부러 다마쿠라가 자신의 집에 머물도록 한 것이다. 아버지는 이것이 어머니의 짓이라 생각하고 계속 미워한다. 1차 세환사 때도 그랬기 때문이다. •• 밀담에서, 그릇을 많이 만들어 실적이 좋으면 조선과 국교가 재개되었을 때 부산포에 보내 준다는 약속을 한다.
2	1-1 며칠 동안 멍하니 바다만 바라보던 아버지가 어느 날 새벽에 세후를 깨운다. "일어나거라! 도자기를 만들어야겠다!"그러더니 가마를 청소하고 몰레 등을 수리하더니, 흙을 찾아오라고 말한다. 도자기 만들기를 서두른다. 아버지 말에 따라 세후는 돌아다니며 흙을 찾는다. 자도(구주면 검은 색으로 변하는 흙으로, 청자를 만들 때 사용)를 찾으라고 하는 것 또는 영주가 좋아하는 첫그릇을 구울 흙을 찾는 것으로 설정 안로, 소나무 등도 포함. 이 대목에서 당시 일본 사람들은 백자기를 중심으로 한 자기를 즐기고, 청자는 귀하지만 빛을 사람이 없다는 등의 내용을 서술한다.	아버지는 그동안 자기가 빛고 싶은 것만 빛어서 늘 밖에 났었다. 그런데 다마쿠라와의 밀담 후 다양한 도자기를 빗는다. 청자도 빗는다. 청자 기술은 세후에게만 알려 준다.

동화·청소년소설 쓰기의 모든 것

1-2

자토를 찾다가 물에 빠진 나츠카를 구해 준다. 이때 품에 넣어 넣어 두었던 도자기(엄마가 어설프게 만들어 준 고양이 모양의 도자기 신포)를 잃어버린다.

아버지에게 어설프게 배운 엄마가 구워 준 고양이 모양 도자기. 고양이는 행운을 가져다준다는 일본 사람들의 믿음이 있음.

3-1

마침 후 아버지는 세후를 데리고 자신이 만든 도자기(청자)를 가지고 30리 떨어진 해안(항구)으로 간다. / / 가지고 간 여러 종류의 도자기 중에서 바닷가 풍경이 그려진 접시는 초립을 둘러 쓴 사내가 모두 사간다. 그런데 그 남자의 모습이 익숙하다. 세후는 고개를 끄덕인다. 이상한 건 아버지에게 그것에게 돈을 받는 듯 그냥 받는 것이다.

세영이 그림을 그리고, 아버지가 만든 도자기는 '왜쇌단'에게 전해주기 위한 것이다. 이 도자기의 일부는 항구에 도착한 왕인(동인도 회사 소속의 네덜란드 사람)에게도 전해지고, 그가 이 도자기를 사고 싶어 하여 김명진을 찾아오는 계기가 된다.

3-2

항구에서 집으로 오는 길, 아버지는 불길이 있다며 읏마을로 향하고 세후는 집 쪽으로 향한다. 그런데 누군가 따라오는 기척이 느껴진다. 처음에는 안마을 쪽 조선인 아이들이 자신을 괴롭히기 위해서라고 생각한다.

그러나 바위 모퉁이에서 숨었다가 보니 나츠카이다. 예쁜 나츠카에게 아무 말도 못하고 서 있는데, 고양이 도자기를 내민다. 어쩔 줄 모르고 있다가, 꽃을 잊어주고 '이런 곳에서 길을 잃을 수도 있다'며 돌아가자고 한다. 돌아오다가 조선인 아이들을 만난다.

조선인 아이들과 시비가 붙고, 결국 싸움이 일어난다. 세후는 5:1로 조선인 아이들과 싸운다.

이길 듯 질 듯 하다가, 결국 지치던 끝내 쓰러지지 않고, 일어나고 또 일어난다. 이들 중에 억수가 있다.

이때, 아가츠키가 나타난다. 그는 조선인 아이들을 나무란다. '공연한 시비를 걸어 온 사람을 공격하는 것은 예의에 맞지 않는다. 너희들은 선비의 나라에서 온 아이들이 아니야?' 그래도 억수는 동맹이를 들고 아가츠키와도 맞서려 한다. 그러자 아가츠키는 감을 뽑는다. 하는 수 없이 억수는 물러난다.

애초에 도자기를 직접 팔 수는 없었지만, 특별히 허락을 받아 파는 것으로 설정한다. 장에 나갈 때는 반드시 때가 있어야 하며, 특히 운짐 사람들이 많이 드나드는 날에 항구로 나간다.

…항구에서 아버지와 세후의 대화

아버지가 항구에 들어선 배를 저다보며 말한다. '저 배…… 저 배의 갓봉이 호리병 모양을 보거라. 저 배가 우리 마을 해안에 왔지. 그리고는 어른 아이 할 것 없이 닥치는 대로 사람을 죽이고, 또 끌고 갔지. 그리고 저 배도 보았다. 저 새 모양의 세거진 갓봉……. 일본 땅에 처음 왔을 때, 그 항구에서 보았던 배…… 그런데 저 배들이 왜……? 다시 전쟁이 일어나려는 건가?'

엄마가 일본인이라는 이유로, 반쪽 조선놈이라고 놀린다.

3

	스토리텔링	subscribe & viewpoint / information
4	**4-1** 아버지의 명으로 가마를 청소하고 있다. 어머니와 단란한 모습. 누이도 쟁쟁하게 걸 있다. 그릇에 그림을 그린다. 누이는 그림을 곧잘 그린다. 세후. "누나는 그림을 누구한테 배웠어?" / "응? 엄마(조선인 엄마)" / "엄마?"하면서 엄마(일본인 엄마)를 쳐다본다. 그러나 엄마는 씩 웃고 돌아선다. 누이는 히히 웃으면서 그림을 그린다. 맨나무죽을 화병에 그려 넣는다. 접시에도 그림을 그린다. 잘 그린 그림이다. 이 과정에서 오가는 대화. 세후. "난 엄마(조선인 엄마)를 닮았어! 우리 엄마는 그림 잘 그려!" / 세후. "무슨 일이야? 누나, 우리 엄마(일본인 엄마)는 그림 못그리잖아!" / 세영. "아니야! 우리 엄마 그림 잘 그려. 그리고 엄마(일본인 엄마)는 그림(복숭아꽃) 좋아해!" / 세후. "누나, 왜 그래? 우리 엄마는 복숭아 담아진(일러지)이 있잖아. 몰라?" **4-2** 그리고 있는데, 다마쿠라와 함께 이삼평과 서양인이 나타난다. 서양인은 청자 사금파리를 내민다. 아버지가 빚은 도자기가 틀림없는지 확인한다. 이삼평이 말한다. "이 양인이, 자네가 빚은 청자를 사고 싶다고 하네. 하지만 아버지는 대답이 없다. **4-3** 조철보가 아버지에게 청자 기술 을 가르쳐 달라고 조르지만 거절한다. "자네는 백자기나 굽게. 그것만으로도 충분하지 않은가?" / "하지만 서양인에게 청자를 구워 주면 많은 돈을 벌 수 있다잖아요. 그리고 이런시 부산포도 보내 준다고 하지 않았습니까?" / "자네가 그럼 어떻게?" / "지금 그게 중요합니까요? 저에게 일러주시면 제가 돕겠습니다요!" 그러나 아버지는 묵묵부답이다.	처음 서양인을 보고는 몹시 놀란다. 청자는 구우면 원래 크기의 90% 수준으로 줄어든다. 이때 좋아들면서 뒤틀리거나 구김이 발생한다. 즉 완벽한 청자 만들기가 이주 어렵다. 이것을 막기 위해서는 특별한 기술이 필요하다.
	5-1 나츠키와 함께 꼬마 만들기(베토 반죽)를 한다. 세후가 만든 고양이를 보여 주거나 가마에서 놀기도 한다. 그런데 이때 아버지가 등장한다.	아버지와 세후의 말싸움 "아버지와 저는 강 길이 달라요. 아버지는 열심히 자기 빚어서 조선으로 가세요. 저는 여기에 남을 거예요. 그리고 사무라이가 될 거예요."

동화·청소년소설 쓰기의 모든 것

5	**5-2** 집으로 돌아온다. 그런데 아버지가 흥을 낸다. "찾아 온 흙도 엉망이고, 떡메질을 어찌 이따위로 해 놓았단 말이냐?" / "……!" / "도대체 정신을 어디에 두고 있느냐 말이다? 도 자기를 구울 때는 온 정성을 하나도 모으라고 했거늘?" 그리고 아버지는 세후가 만든 도자기를 다 깨뜨린다. 특히 청자 중에서 나즈카를 주려고 만들어 놓았던 고양이까지. 이때, 세후는 아버지에게 대든다. 그리고 뺨을 맞고 뒤쳐나간다. **5-3** 세후는 이야기조를 찾아간다. 위로를 받기는 하지만 마침내 집을 나갈 결심을 한다. 아키즈키는 자신과 친구인 사무라이를 소개해 주고, 그를 찾아가라 말한다.	"무슨 말이야? 조선놈이 무슨 사무라이야?" "알아요. 반쪽은 조선놈이고 반쪽은 왜놈의 피가 흐르지요. 그러니까, 뭣이 되든 상관없지 않아요?" "이놈아! 너는 조선인이라고" "그만 두세요. 내 몸에는 어머니의 피도 흐른다고 요 아버지는 조선으로 돌아가세요. 저는 사무라이가 되 어서 주군을 섬기고, 땅을 받아 마을을 다스릴 거 예요"
6	**6-1** 세후는 마침내 해가 뜨기 직전 집을 떠난다. **6-2** 그러나 사람을 읽고 곧바로 쫓아온 아버지. 세후를 붙잡고 집으로 들어온다. **6-3** 집으로 돌아오니 난장판이다. 일본 군인과 무사들이 들이닥쳐 그동안 빚은 그릇을 다 깨 뜨리고 살벌하다. 일본군 대장이 묻는다. "네놈이 왜반과 내통했다는 게 사실이냐?" "무슨 말씀이오?" / "다 알고 있으니 바른대로 불어라. 왜놈이 놈들에게 무엇을 넘겨주었 느냐?" / "난 그런 거 모르오. 다만 이 아이가 집을 나간다기에 붙잡으러 갔을 뿐이오!" 하지만 아무리 발버둥쳐도 소용없다. 이때, 일본군 대장 이 왜반은 놈들을 보았다고 하지 않았느냐?" "빘소. 우리와 똑똑히 보았소. 우리와 쪽으로 튀던 것을. 그러더니 놈도 그쪽으로 가셨다고."그 이야기를 듣고 일본군이 끌고 가던 대장은 끌고 가려 한다. 그러나 일본군이 어머니를 거칠게 밀치고 어머 니는 위로 쓰러지며 머리를 부딪히고 정신을 잃는다. 어머니가 심각한 상태가 된다.	아버지가 새벽에 집에서 나온 것은, 그림이 그런 진 도자기를 팔기 위한 것이었다. 조칠보는 아버지를 왜반단으로 몰다시킨 후, 가마를 빼앗을 생각이었다.

	스토리텔링	subscribe & viewpoint / information
7	**7-1** 목숨이 위태로울 지경이었던 아버지는 나츠카의 도움으로 풀려난다. 하지만 아버지는 고문 후유증으로 만신창이가 되고 말았다. 돌아온 아버지는 거의 살아남을 수 있어, 아서!에 전념한다. 세후에게 말한다. "어서 도자기를 굽거라! 그래야 살아남을 수 있어, 아서!" 하지만 세후는 선뜻 나서지 못한다. 그러자 다시 아버지가 말한다. "도대체 왜 그러는 게냐? 아직도 사무라이에 대한 미련을 버리지 못한 것이냐? 넌 조선인이라고 몇 번을 말했느냐?' 세후, '아버지, 그런 말씀 마세요.' "세후야! 넌 정말 조선인이다! 일본의 피는 단 한방울도 섞이지 않았다!"그리고 아버지는 세후의 출생의 비밀에 대해서 들려준다. 조선에서 끌려올 때의 이야기부터 시작해서 ①친엄마가 따로 있다는 것. 이 즈음까지 말했을 때, 누나(세영)가 가마로 온다. 그리고 붓을 들어 또 그림을 그린다. 이때부터 아버지는, ②친엄마의 죽음과 세영이가 미친 이유 ③세영이 그림을 잘 그리는 이유(어릴 때 엄마가 가르쳐주었고, 그 영향을 받았다) ...그리하여 사무라이가 되어서는 안 되는 이유 기타 등등을 이야기를 들을 수 있게 된다(저러하지 않게!!!!) 그 이야기를 듣고 세후는 큰 충격에 빠진다.	나츠카의 정체를 알게 된다. 여기에서 한꺼번에 말해 주기는 하지만, 앞에 이와 관련된 이야기를 복선 형태로 넣어 놓는다. 특히 정신이 오락가락하는 세영이가 톡톡 던지는 말들. 이때 세후는 그 말들이 조선인 엄마를 가리키는 것이었음을 깨닫는다.
	8-1 세후는 정체성의 혼란에 빠져 있다. 열심히 도자기를 빚고 있다. 몸에 배인 뛰어난 솜씨. 그러나 그럼에도 마음을 잡지 못한다. 나츠카가 방문하지만 모든 걸 저한다. **8-2** 아버지 옆에서 도자기를 굽고 유약을 바르고 물레를 돌린다. 그런데 아버지가 잘 빚은 도자기 앞에서 넘어져 도자기를 깨뜨린다. 그리고 일어나 괜찮다면서 조병구이한 도자기에 양자을 하려 한다. 바로 앞에 둔 조각도를 담자로 한다. 세후는 아버지의 눈이 멀기 시작함을 알게 된다.	세후의 독백 '결국 나는 사무라이가 되어서는 안되는구나. 아버지 많이 사실이라면 많이다. 내 어머니를 죽인 사람들이 사무라이들이라니......! 그렇다고 아버지를 따라 조선으로 간다고? 그럼 나를 친어들처럼 보살펴 준 엄마에게도 받지 못한다고 하지 않는가? ...... 하지만 아무리 이곳에서 열심히 살아봤자, 조선인도 일본인도 아닌......?'

8	8-2-1 아버지가 초벌구이 된 7개의 도자기(호병? 접시? 이것들은 직접 내다 팔 것들이다)를 누나(세영)에게 주고 특별한 그림을 그리라고 한다. 이때 아버지는 이상한 사설을 발견한다. 그 그림이 어디서 본 듯한 모양이다. 주변 해인의 그림이다. 문득 세영은 아버지에게 묻는다. "아버지, 정말 아버지는 왜별단과 관계 없으신……!" / 아버지, "아무 말 말거라. 네가 무엇을 알았더라도 난 대답하지 않을 것이다" / 그 마음 듣고 세영은 아버지가 첫 번째 사실이라는 게 사실이라는 것을 깨닫는다.	아버지는 세영을 통해서 해인의 그림을 그리고, 그것을 시장에 파는데, 실은 조선인 첩자를 만나기 위해서다. 이 그림으로 왜별단은 해인의 모양과 부대의 위치 등을 파악하게 된다.
9	9-1 다시 양인과 이삼평이 방문한다. 동인도 회사가 이 지역의 도자기를 대량 구매하겠다고 나선다. 대신 조건이 둘 있다. 하나는 반드시 아버지의 청자를 포함시킬 것, 둘째는 대량 구매할 때 도자기를 운반할 노비들과 청자에 대해 식견이 있는 도공 반드시 한 사람을 배에 태울 것(기술 이전). 이로 인해 고민한다. 청자에 대해 아는 사람은 이 마을과 아리타를 통틀어 네다섯밖에 되지 않는다. 여기에는 아버지와 옥주의 아버지, 세후도 포함된다. 물론 아버지가 첫 번째 후보이다. 아버지가 한편으로는 패쎄라서 보내려는 것이다. 9-2 아버지의 실수가 계속된다. 자주 넘어지고 헛짚는다. 결국 세후는 아버지의 눈이 멀기 시작했다는 것을 알게 된다. 9-3 이런 중에도 세후의 정체성에 대한 고민은 계속된다. 조선으로도 돌아갈 수 없고, 일본에 남는 것도 자신의 마음을 괴롭힐 것이라 판단한다. 고민한 끝에 세후는 이삼평, 또는 다무라를 찾아간다. 자신의 내밀란으로 가겠다고 말한다. 대신 아버지를 지켜달라고 말한다. 다무라는, 그렇다면 "너의 실력을 보여라!"라고 말한다. 이에 세후는 3개월 내에 아버지가 빚은 것과 똑같은 도자기를 몇 개를 굽기로 한다.	"세후! 조각도 좀 이리 건네다오." 아버지는 공방에 두고도 조각도를 찾았다. 걸음을 걸을 때 보니, 바닥을 쓸면서 걸었다. 발을 땅에서 떼지 않는 것이었다. 그리고 시선은 명하니 앞쪽만 쳐다보았다. 조금 멀리 걸을 때는 더 했다. 맞다. 그건 장님들이 걸음 떼나 하는 걸음걸이였다.

스토리텔링	subscribe & viewpoint / information
10-1 아버지는 눈이 불편함에도 불구하고 세훈에게 보다 상세하게 청자 빛는 법, 그 비밀들을 알려 준다. 세훈는 열심히 음각까지 한다. 두각에 동인도 회사의 배가 도착했다는 연락을 받는다.	그동안 왜 조첩보에게 청자를 가르쳐주지 않았느지 세훈에게 말해 준다.
10-2 세훈는 사무라이 둘과 함께 네덜란드로 가는 배(동인도 무역회사의 배)를 탄다. 해안에는 어머니와 누이, 나츠키가 나와 있다. 어머니가 말한다. "아버지는 내가 잘 돌봐 드릴 테니 걱정 말거라." / "……!" / "그리고 넌 나의 친아들이었다. 입양치 못했지만, 너 하나 올바르게 키우려고 네 동생도 낳지 않았어. 아니, 네 동생을 낳으면, 내가 그아이를 더 예뻐할 까봐, 세훈아. 엄마 마음…… " / 달려들어 "어머니!"하면서 끌어안는다. 세훈는 배 위에 우뚝 선 언덕 위를 쳐다본다. 아버지의 모습이 보인다. 세훈는 주먹을 꽉 쥔다.	• 역수와의 대화 세훈. "넌 알고 있었지? ……내가 한쪽이 왜인이 아니라는 것 말야." / "응. 아버지한테 들어서 알았어. 그런데 내가 양어머니 믿고 사무라이가 된다고 설치는 게……"등의 이야기.
10	

《소년 두이》 **플롯보드** (분석: 한정영)

제목		소년 두이	
	두이	유배 온 아버지와 현지 주민인 엄마 사이에서 태어났다. 두이가 자라는 동안, 아버지의 누명(?)은 회복되어 있다. 공부를 하여 입신양명하고 싶은 욕망이 있다. 그러나 아버지는 정치 현실(당쟁)에 신물이 나서 두이가 과거를 보는 일에 반대한다.	②속종 연간 을병대기근과 전염병
	멱석(수달)	②두이의 친구―그러나 한두 살 더 많다.(01-버전에서 추가)	
등장 인물	두이의 아버지 (조나천)	두이의 아버지도 당쟁 과정 중 역모를 도왔다는 누명을 쓰고 섬에 유배되었다. 유배 온 지 10여 년 후, 신원이 회복되지만, 한양을 등지기가 싫다. 정치 현실에 신물이 났기 때문이다. 그러므로 두이에게도 공부하란 말을 하지 않는다. 그는 그저 산천을 떠돌며 약초를 캐며, 자연과 함께 유유자적 할 뿐이다. 조나천은 두이가 시골에 만족하며 농사나 지었으면 하는 생각이고, 정 무언가 하려면 의원이 되었으면 하는 바람뿐이다. ③벼슬을 할 때 청나라도 다녀왔으며, 청나라 말을 할 줄 안다. 고향(경기도 어딘가?)의 가족들은 역모 사건 때 대부분 죽었다. 전염병이 돌았을 때, 의원을 돕다가 병에 걸려 목숨을 잃고 만다.	―조선 시대 질병 관련 기관 혜민서 : 백성진료 활인서 : 빈민구제 및 격리시설
	두이의 어머니와 외할아버지	두이의 어머니(남모수) : 도리어 두이의 어머니는 두이를 충동질하여 공부하게 한다. 이 바람에 두이의 엄마 아버지는 가끔 싸움을 하기도 한다. 어머니는 섬 생활에 기움이 난 사람이다. 두이의 할아버지(남화) : 두이의 할아버지도 의원이었다. 조나천이 유배왔을 때, 자상은 물론 고문으로 운물에 난 상처를 돌봐주었다. 두이의 어머니는 옆에서 간호를 도왔고, 그 덕분에 건강을 회복하게 되고 그 계기로 혼인하게 되었다.	

물리적 배경
태라도(남해안에 있는 가상의 섬). 진도와 멀지 않다. 대병도 소병도 부근으로 설정한다. 두 개의 큰 마을로 구성되어 있다. 내태리도와 외태리도로 되어 있다. 내태리도가 조금 더 마을이 크다. 두이는 외태리도에 산다.

③전염병 발생 원인 : 청나라에서 일본으로 가는 배가 풍랑을 만나 남해 쪽으로 표류했다. 이 배 안에는 유럽 사람들이 다수 타고 있었고 그들 중 이미 환자(감기 증상)가 있었다. 빨리 일본으로 가서 치료하고자 했으나 풍랑으로 발이 묶였고, 심하게 파손된 배 때문에 항해가 불가능해 지고 이에 따라 태라도에 불시착해 도움을 청하는 과정에서 유럽 독감이 유행한다. 구선한 고열과 설사 증세를 호소하며, 동시에 탈진으로 목숨을 잃는다. 목숨을 잃는 사람은 넋지 않아도 빠르게 전파된다.

인물 배경
한때 한양에서 버슬아치였던 조나천은 역모에 연루되어 태라도로 귀양을 온다. 귀양 온 지 5년 후, 역모에 대한 오해가 풀려서 신원이 복원되지만 돌아가지 않는다. 이미 가족을 잃은 데다가 현실 정치에 환멸을 느껴서이다. 선비가, 그리고 버슬아치가 백성을 위해야 하는데, 모두 자 안위에만 힘쓴다. 그것이 어제 버슬아치의 참모습이란 말인가? 조나천은 그대로 섬에 머물며 남촌(농사도 짓고 이런 훈채를 내며 살았다)의 딸(두이의 어머니, 남묘수과 혼인한다. 조나천이 귀양왔을 때 남촌으로 죽어가던 것을 남촌이 살려냈고, 옆에서 거들던 남묘수가 연정을 느껴 혼인한 것.

④사실 남묘수는 섬에서의 고된 삶에서 벗어나고 싶고, 나아가 자손이 같은 고통을 받으면 안 되겠다는 생각에서이다.

이후, 조나천은 아이(두이-주인공)와 함께 섬을 오르내리며 선을 공부시킨다. 남촌과 함께 약초도 캐고, 자연을 벗삼아 안빈낙도 안분 지족한다. 그러면서도 조나천은 남묘수의 부탁대로 두이를 공부시킨다. 물론 조나천은 아이에게 버슬을 탐하진 말고 과거를 보지 말라 하지만, 남묘수는 끊임없이 공부해서 과거를 보여야 한다고 말한다. 너의 아버지 처지 못 되 것은 그 힘이 크지 못해 그런 것이니, 너라도 임 신양명하여 아비의 못 다한 꿈을 이루어야 한다고 말한다. 사실 두이도 과거에 뜻이 있어 열심히 공부하며 실제로도 잘 한다.

상황
설정

스토리텔링	subscribe & viewpoint / information
1 ③두이는 아버지와 함께 태리도 포구 옆 작은 나루터에 내린다. 지금 막 섬 옆의 엄지섬(태리도 부근의 무인도, 섬 한가운데에 엄지손가락 닮은 바위가 있어 붙여진 이름)에 다녀오는 길이다. 이런저런 약초를 캐왔다. 아버지는 아주 좋아한다. 경쾌한 발걸음으로 집으로 향한다. 그러나 두이는 집으로 향하는 발걸음이 가볍지만은 않다. 엄마와 아버지가 다툴 게 뻔하기 때문이다. 사실, 마지못해 아버지를 따라 무인도를 간 것이어서 영 마음이 짬짬하기 이를 데 없다. 그런 마음으로 집으로 향하는데, 포구 쪽에서 종포 소리가 들린다. 두이는 천둥소리라 생각하지만, 아버지는 단번에 종포 소리라는 걸 알아차린다. 아버지가 약초 바구니를 두이에게 주며, 집으로 가라고 한다. 그러나 두이는 얼결에 아버지를 따른다. 포구가 아주 북적하다. 사람들 틈을 비집고 들어가 보니, 상인인(또는 청나라 사람, 혹은 왜인과 청나라 사람이 섞어 있다) 몇 명이 포구 앞에 작은 배를 매고 무어라 외치고 있다. 그 앞에는 포졸들과 사람들이 무리 지어 서 있다. 무어라 그러는지 알 수가 없다. 색리(관리 이름 필요?)가 나와 있지만, 쩔쩔맨다. 사람들이 몹시 웅성거리는데, 아버지가 나선다. 아버지는 뭇사람도 청나라 말을 할 줄 안다. 아버지의 통역에 따르면, 청나라 배가 사상인들을 일부를 태우고 제나라로 가기 위해 남쪽 바다를 향해하다가 배 안에 급한 고뿔 환자가 발생했다. 약이 없어 치료를 못 하고 있고 물도 떨어졌으니 도움을 받자는 것이다. 사람들을 해칠 생각은 없다는. 덕분에 소란은 진정되고, 사람들은 줄어진다. 그러나 아버지는 이윽과 색리 한사람, 도움이 될 만한 사람 두엇과 배를 타고 먼바다에 떠있는 서양인의 배로 가기로 한다. 이때 엄마가 나서서 말리지만, 아버지는 매를을 설명하며, 끝내 서양인의 배로 나아간다. 그 모습을 보고, 어머니가 두이에게 말한다. "도대체 선비의 매의란 것이 무엇이냐? 사내 대장부가 낮은 손에 잡지 못하고 무슨 매의란 것이 있단 말이냐?"	

스토리텔링	subscribe & viewpoint / information
	향리와 셔리

③사양인들의 배가 돌아간 지 열흘쯤이 지났다. 하지만 아빠는 고작 닷새만에 또 밖으로 떠돌기 시작했다. (사실 그물 혼자 때문이다.) 아버지를 생각한다. (회상)

두이는 공부에 집중하려 하지만 잘 들어오지 않아서, 밖으로 물을 마시러 나온다. 그러다 가 밖의 소리를 듣게 된다.

엄마, "내태리도에 전염병이 돌고 있다는 게 사실이에요?" 아버지, "그게 무슨 말이오?" 엄마, "바른대로 말해주세요. 내태리도에 다녀온 사람에게 들었어요. 거기 벌써 나흘 새 열다섯 명이 고뿔 증세를 보이면서 쓰러졌다고. 당신도 거기 다녀왔지요?" 아버지, "다녀왔지만, 아직은 모르오." 엄마, "무슨 말이에요? 게다가 우리 마을 사람에 대해 섯 명도 헤민서(헤민서는 내태리도에 있다면) '이런 말도 다투다가 아버지의 큰소리에 일단 어머니가 더 이상 말을 하지 않는다.

두이는 무언가 불길한 예감에 사로잡힌다.

새벽, 잠을 자고 있는데, 엄마가 아버지 몰래 두이를 깨운다.

⑤"어서 일어나거라!" "아버지는?" "아버지는 아직 주무신다. 깨시기 전에 얼른 가야 해." "잊일은 내가 책임진다." 그래도 선뜻 움직이지 못한다.

(회상1 / 회상2)

회상하는 사이 엄마는 두이의 짐을 싼다. 새벽길을 달린다. 두이, "지금 배가 있어요?" 엄마, "가보면 안다" / 두이, "이 사실을 아빠가 알면?" / 엄마, "내가 책임진대도 그러느구나. 그리고 내가 이곳을 떠나야 할 이유는 또 있다. 잊지?" 두이는 그 밑에 고개를 끄덕인다. 과거사험 때문이다. 아버지는 머무르라 했지만, 엄마는 과거를 보러 했다.

③부둣가에 이른다. 그런데 엄마는 태리 포구가 아니라, 쉼 없이 걷고 뛰어서 군선 포구(섬 안에 급한 일이 생겼을 때, 군사 용도로 쓰는 포구)로 간다. 그곳에 배가 있다. 포흥들이 긴급 연락용 배라고 하지만, 몇몇 양반들도 타고 있다. 몰래 섬을 빠져나가려는 사람들이다. 엄마는 품에서(또는 두이의 보따리에서) 급물이를 꺼내 바물로 준다. 그러자 배에 태워 준다.

③(열흘 동안 아버지가 청나라 배에 오간 이야기에 대한 회상) (섬에는 훈장 장도는 있지만, 화시이 높은 선비가 없다. 아버지가 그나마 글을 많이 읽은 사람이다.)

⑤ (짧게 회상 장면 1)

어젯밤, 어머니와 아버지는 전염병을 두고 싸웠기 때문이다. 전염병의 조짐을 걱정한 엄마가 두이를 섬에서 탈출시기려 함. 아버지는 두이만 몰래 빼돌릴 수 없다고 말함. 지금은 초기이니, 잘 막으면 더 퍼지지 않을 거라 말하고, 걸리하여 잘 버티면 된다고 말함. 아직 외태리도 무사하다고, 등등이 말로. 그러나 어머니는 하나밖에 없는 자식이메라 그 낳을 수 없다고 말한다.

2

동화·청소년소설 쓰기의 모든 것

(짧게 회상장면 2)
엄마가 이러는 데에는 특별한 이유가 있음. 어렸을 때도 한번 역병이 돌았었고, 이때 엄마(두이의 외할머니)가 죽었다. 아버지(외할아버지, 남촌)는 금보가 되었다. (또는 청력이나 시력을 잃었다.)

⑤그러자 아버지가 화를 냈음. 이 과정에서 왜 전염병 돌게 됐는지, 간략하게만 서술한다.

⑤(짧게 회상장면 3)
한달 전에 당숙이 찾아와서 아버지를 다시 데려가려 했음. 그러나 설득 실패하여 두이라도 보내라고 했으나, 아버지가 말렸음. 이때 엄마는 주소를 챙겨두고, 꼭 보내겠다고 말함.

④그 직전, 엄마는 한양의 당숙이 한 말을 꺼내고 두이에게도 상기시킨다. (화상3) 엄마는 당숙이 준 주소를 두이에게 꼭 찾아가라 이르고 금붙이를 허리춤에 챙겨 준다.

⑥ 두이는 배에 오른다. 막 출발하려는데, 저편에서 누군가 달려온다. 포졸 몇과, 아버지도 있다. 포졸들은 배를 세우려 한다. 사공도 배를 세우려 하는데, 양반 하나가 나서서 겁박하고 뇌물을 주어 배를 그냥 가도록 한다. 아버지의 외침 소리가 들린다. 배가 떠난다.

스토리텔링	subscribe & viewpoint / information
두이가 탄 배가 물길 통해 나간다. 배에는 사람이 꽉 차있고, 모두 걱정 어린 얼굴들. 그 사이에서 아이 울음소리도 들린다. 그런 중에 배 난간에 바짝 다가앉은 두이는 착잡하다. ④아버지가 걱정되기도 하고, 왠지 아버지를 배신하는 마음도 들기 때문이다. 회상 ②배가 육지 선착장에 닿는다. 앞의 사람부터 내리기 시작한다. 그러나 열댓 명이 내리지도 못했는데 양쪽에서 권현들이 달려와 가로막는다. 그리고 다시 배를 타고 돌아가라고 윽박지른다. 실랑이가 벌어진다. 아기 엄마가 울며불며 매달리고, (변술한 적이 있는) 노인인 '내가 누군지 아느냐?'며 권현을 물리치려 한다. 그러나 요지부동이다. 권현 중 우두머리가 나와서 강제로 돌려 세운다. (+a, 누군가 담아내려 하다가 붙잡힌다.) 결국 두이는 배에 다시 오른다. 한동안 배는 출발하지 못하고 서있기만 한다. 밤이 깊고, 하루가 지난다. 그즈음, 배 안에 혼자가 발생한다. ④한편으로는 전염병이 증세와 유사한 대가 있다. 그러자 혼자서 그 가족을 따돌리고, 마침내 뭍이 혼자를 바다에 던져버리자는 사람도 있다. 이때 두이가 나선다. "지금 섬에서 돌고있는 전염병은, 이라이라하다고, 그런데 아이는 그런 증세는 없다. 그걸로 봐서, 아이는 다른 곳이 아파서 그런 거다." 그 앞에 어른 일부는 "네가 뭘 아느냐?"라면서 일축한다. 그런데 이때 누군가 나서서, "그래는 남핵두이의 함아버지)의 손자요. 집에서 보고 배운 게 있을 테니, 첫소리만은 아닐 게요. 하루를 더 지켜 보면 전염병인지 아닌지 알 수 있을 게요."라고 말한다. 그러자 사람들은 진정을 한다. (이 아이의 아버지가 나중에 섬에서 두이에게 도움을 준다.) ③그때 누군가가 대뼝도(진도 옆의 섬)로 가자고 한다. 그곳에서 배를 갈아타면 진도로 갈 수 있을지 모른다고 말한다. 배는 대뼝도로 향한다. 대뼝도에 도착하는 배는, 대뼝도에 상륙도 하기 전에, 대뼝도 사람들의 공격을 받는다. 아무리 외쳐도 돌을 던지고 활을 쏘아대는 사람도 있다. ⑤결국 배는 후퇴하고 다시 태리도로 돌아온다.	②아버지의 과거에 관한 이야기-배경에서 가 자옴. 특히, 두이는 아버지와 함께 신을 오르내리고 무인도를 오가며 약초를 캔던 때를 떠올린다. +할아버지에 관한 일 포함. 한참 이야기를 하고, 밤이 이슥해서 잠으로 돌아왔는데, 엄마가 발효향을 내린다. 어디 갔다 왔느냐, 먼저 혼을 낸다. 두이는 이해할 수가 없다. 그러나 용기를 내서 아버지에 대해서 묻는다. 그러자 더 호를 낸다.(01-버전에서 추가)

(행 번호: 3)

4	집에 돌아온 두이. 그러나 아버지는 일단 회춘리를 때린다. 그리고 당분간 집안에만 틀어박혀 있으라고 말한다. (일종의 격리[조치]) ③섬이 이제 심각해졌음을 서술한다. 엄마는 집에서 꼼짝 말라고 이르고, 아버지는 며칠 째 돌아오지 않는다. ⑤(아버지는 약초를 챙겨서 내배터로의 의원댁에 갔다. 이상성을 오르내리느라 의원도 전염병에 걸렸기 때문에 두이 아버지의 도움을 필요로 했던 것을 서술. 참아버지와 아버지의 관계 추가서술.) 그래도 언제 떠날지 모르니 공부를 하고 있으라는 불호령 때문에 꼼짝 않고 있던 두이는, 집을 나와 빗신 언덕 위로 간다. 마음이 잘 내려다보이는, 이런저런 생각에 잠겨 있다. 그러고 있을 때 친구가 찾아온다. ③우선, 친구와 함께 이야기를 나눈다. 내배터로의 마을 사람들이 눈에 띄게 줄었다. 동굴로 숨어 들어간 사람도 있다고 한다. 돈 좀 있고, 빽있는 사람들은 몰래 배를 타고 어디론가 나갔고. 그러나 지금은 온 섬을 통제하고 있다. 조정에서 섬을 비밀 것이란 소문이 돌린다. 먹을 것이 부족해지면서, 도둑이 들기도 한다는 사실을 친구에게서 듣는다. ⑤그러다가 친구가 '이러고 있을 때가 아니지'라면서 주머니에서 무언가를 꺼내 놓는다. 종이 쪽지인데, 약초 이름이 전독 들어 있다. 친구, "네 아버지가 찾으라고 하셨대. 쪽지를 펼쳐두 두이는, 한두 개를 빼고는 모두 잘 안다. 친구, "찾기 어려운 것들이야? 내가 도와줄까?" 고민하다가 두이는, 친구와 함께 산을 오르내리며 약초를 찾기 시작한다. 그리고 약초의 성분 특징을 짐작하여 어떤 전염병인지 추측하게 된다. 해질 무렵에 집 가까이 내려온다. 친구가 가져가겠다고 했으나 두이는 왠지 쪽지를 지닌 구석이 있어 함께 아버지에게 가지고 간다. 그런데 엄마가 가로막는다. 엄마는 힘을 내며 어디 가느냐 묻고 친구는 자초지종을 말한다. 그러나 엄마는 가지 못하게 한다. 약초는 친구가 들고 간다.	④ (약초설명) 호흡곤란, 발열, 기침과 설사에 필요한 약초를 찾는다. 물론 산에 없는 것도 있다. 그리고 그 어떤 것중의 하나는 무인도 있는 것도 있다(흰 민들레 같은 종류). 누이는 무인도에서 아버지와 함께 그것(약초)을 찾았던 기억이 아련 듯이 난다. 엄마의 기억과 회상 엄마는 자신이 왜 그러는지 아느냐며 두어를 잘 달래는 말을 한다. 엄마의 과거와 외향이 마치 이야기를 들려준 바지 이야기를 들려준다. (출세에) 눈 먼 여인이 아니라, 여성으로서 이 삶을 악람받은 여자로서의 엄마에 대한 이야기) 한편으로는 엄마도 이해가 된다.

	스토리텔링	subscribe & viewpoint / information
	두이는 엄마의 명에 따라 밤 구석에 처박혀 다시 책을 읽는다. 밤이 깊어간다. 아버지가 써 준 (명석이가 가져온) 약초 쪽지를 보다가, 엄마 기척이 들리자 얼른 이부 책 속에 넣어버린다. 엄마 기척이 들어온다. (엄마와 대화-엄마의 과거)	아버지의 글귀 아버지가 못 변이나 거 절했다는 내용 포함(+ 진정한 벼슬이란 백성을 위하는 것이라는 글귀도 발견)
5	②마을 사람들이 전염병을 피해 산으로, 무인도로 달아난다는 말을 하면서 엄마도 어딘가로 떠나야겠다고 마음을 먹는다. 어느 날 밤, 엄마는 다시 섬 탈출을 시도한다. 서둘러 두이를 데리고 절벽 아래 바닷가로 간다. 거기에 작은 배 한 척이 띄워져 있다. 사람들은 열댓 명이 타고 있다. 이들은 몰래 섬을 빠져나가려는 사람들이다. 엄마 역시 두이를 물으로 빼돌리려는 것. 두이는 이렇게까지 해야 하나 싶다. 그런데 기척이 다가가더라는데, ⑤ 친구가 곯을 막으셨다. 아버지가 쓰러졌다는 소식을 알린다. 그럼에도 불구하고 엄마는 두이를 배에 태우려 한다. 두이는 이러지도 저러지도 못한다. 엄마는 '아빠는 내가 돌볼 테니 엄 려 얼라'며 두이를 배에 태우려 한다. 그런 실랑이를 벌이는 사이에 포졸들이 우르르 몰려간다. 포졸들은 배에 탔던 사람들을 모두 잡아간다. 한바탕 소동이 일어난다. 다시 집으로 돌아온다. 집으로 돌아온, 두이의 마음이 편치 못하다. (담숙과 아버지의 대화 회상) ⑤일단 한밤 전에 담숙이 방문했을 때, 아버지와 나누던 이야기를 회상한다. 내키지 않는 마음으로 책을 뒤적거린다. 아무래도 안 되겠다. 살아서 떠철 전 친구가 준 약초 쪽지를 찾는다. 그러다가 책 사이에서 누군가(한양의 벼슬아치)가 아버지에게 보낸 서찰을 발견한다. 서찰에는 아버지에게 벼슬자리를 천거하는 내용이 담겨 있다. 서울에 벌떡 일어난 두이는 아버지를 찾아가기로 한다. ⑤ 외태리도를 지나, 폐허가 된 내태리도에 잠입한다. 그리고 우여곡절 끝에 아버지가 일하는 의원 부근에 다다른다.	

346

6	⑤그러나 의원 안으로 들어갈 수가 없다. 발을 동동 구르다가, 누군가가 나와 두일을 부른다. 동네 아저씨이자, 의원에서 일하던 사람이다.(명서의 아버지로 설정하는 게 좋을 듯) 아저씨는, 무언가를 건네준다. "혹시라도 네가 오면 이것을 건네주라고 하시더라. 그렇지 않아도 명서이를 시켜서 네게 보내려고 했다. 그리고는 정신을 놓으셨어."라고 말한다. 받아들고 보니, 전염병에 관한 모든 것이 담겨 있다. 혼자의 증상은 물론, 어떤 약초가 치료에 도움이 되는지까지 쓰여 있다. ②그때, 아저씨가 아버지가 말하는 이 약초가 무엇지 아느냐고 묻는다. 그러나 그림도, 이름도 알 수 없는 약초이다. 두이는 알 듯도 하고 모를 듯도 하다. 일단 집으로 발걸음을 돌린다. 집으로 돌아온 두이는 무엇인가 이런저런 생각을 하다가, 문득 그 약초가 무엇지 알아낸다. 아버지와 무인도를 드나들면서 캤던 약초이다. 두이는 약초를 캐러 가기로 결심한다. 두이는 어머니에게 편지를 써 놓고, 명서와 함께 섬을 나선다. 명서은 숨겨 두었던 조그만 배를 구해 준다. 두이는 무인도에까지 이르고 섬에 발을 던지만, 전염병을 피해서 온 사람들이 들어오지 못하게 한다. 밤이 깊을 때까지 무인도 주변을 맴돈다. 그러고 있느네 갱풍이 불어 위험에 처하게 된다.
7	②우여곡절(밤에 몰래 배를 대고 절벽을 기어오르는 등이 이야기) 끝에 무인도의 힘한 산저를 찾는다. 약초 군락지를 발견한다. 그러나 이때 섬사람들이 두이를 쫓는다. 두이는 달아난다. ④그리고 부상 입은 두이에서 마을 사람들에게 붙잡힌다. 어느 음악에 팔과 다리를 묶인 채 건넌다. 사람들은 두이를 살릴까, 죽일까 이야기를 나눈다. 몇몇이 살려 보내 줄 수 없다고 말한다. 그들은, "이 아이가 태리도로 돌아가면 우리가 이곳에 있는 것을 알림 테고, 그러면 우리는 섬을 버리고 달아나야 할지도 모릅나다. 차라리 아이를 바다에 엔민해저서 무슨 짓이든 하려 한다."라는 이야기를 나눈다. 이들은 지금 전염병 때문에 엔민해저서 무슨 짓이든 하려 한다. 결론이 나지 않아서, 그들은 다음 날 아침에 결정하기로 한다. 두이는 자신이 죽을지도 모른다고 생각한다. 그런데 새벽녘 누군가 두이에게 다가와 묶은 줄을 풀어준다. 가만히 보니, 무인가 배 위에서 구해 준 아이의 아버지다. 열른 도망가라고 한다. 두이와 명서은 함께 미친 듯이 도망친다.

스토리텔링	subscribe & viewpoint / information
②두이는 해안가로 간다. 배는 보이지 않는다. 마을 사람들이 저버렸기 때문이다.	
④명석은 서둘러 굵은 나뭇가지를 꺾고 잘라 이어붙여서 허름한 뗏목을 만든다. 그리고 두이를 태운다. 가라고 말한다. 그리고 자신은 가지 않는다. 자신이 전염병에 걸린 것 같다고 말한다. 어차피 뗏목에는 두 사람이 탈 수 없다고 말한다. 망설이다가 두이는 혼자 뗏목에 탄다.	
②두이는 가득 생각한 끝에 셀물을 이용해서 헤엄을 쳐보기로 한다. 그때 마을 사람들이 뒤쫓는다. 망테기를 두른 채, 두이는 헤엄을 치기 시작한다. 가까스로 무인도를 벗어나지만 기력이 다한다. 막 쓰러지려 할 때, 어머니가 배를 끌고 마을 사람들과 함께 나타난다. 두이는 구조된다. 두이는 약초를 어머니와 의원에게 건네고 잠이 든다. 자신이 전염병 증세가 있음도 알려 준다.	
②눈을 떴을 때, 침상 저편에 아버지가 누워 있다. 눈으로 대화를 나눈다. 그리고 잠시 후 엄마가 들어온다. 명석은 어제 죽었느냐고 묻는다. 엄마도 병자의 얼굴 동기로 했다. 엄마와, 아버지와 눈의 대화를 나눈다.	

8

348

동화·청소년소설 쓰기의 모든 것

《나는 조선의 소년 비행사입니다》 분석표 ①: 플롯 중심(분석: 고은지)

나는 조선의 소년 비행사입니다

제목		나는 조선의 소년 비행사입니다
등장인물	조안	열여섯. 본명은 정동주. 어릴 적, 우연히 여의도 상공을 날던 제로센과 그 안에 타고 있던 비행사에 매료되어 하늘을 나는 비행사(아라와시)가 되리고 한다. 누나의 지원으로 도쿄의 육군 소년 비행학교에 입학하지만 조선인이라는 이유로 많은 차별을 당한다.
	이토 준야	조안이 속한 대대의 소대장으로 전설적인 비행 실력을 보유한 인물이다. 조안의 능력을 한눈에 알아보고 제자로서 애착을 갖지만, 인류애보다는 일본 군인으로서 원죄적인 원칙을 선택하게 되고 결국 조안과는 다른 길을 걷는다. 조안의 공격에 최후를 맞이한다.
	기조무라	제3 정비반장. 소년 비행사 케이스케이의 사촌형. 정비병으로 배정받은 조안을 살뜰히 챙겨 준다. 청다오 비행장에서 적군의 폭격으로 목숨을 잃는다.
	다가하라	열일곱. 비행술이 뛰어나다. 소년 비행학교에서부터 조안을 의도적으로 괴롭힌다. 작품의 후반으로 갈수록 다가하라의 진심이 서서히 드러나면서 자신과 조안에게 솔직해지는 모습을 보인다. 마지막을 조안과 함께 한다.
	누나	조안의 누나. 이혼 어머니와 아버지, 자신의 동생인 조안을 살뜰히 보살핀다. 조안의 전폭적인 지지자로 소년 비행학교에 입학할 수 있도록 물심양면으로 지원을 아끼지 않는다.
	아버지	조안의 아버지. 일본의 만행으로 한쪽 다리를 절었지만 이혼 아내의 억척을 마련하기 위해 일본인 밑에서 억척스럽게 일한다. 조안이 아라와시가 된다고 했을 때 강하게 반대한다.
	나가무라	청다오 교육대대의 비행 훈련 참모장. 이토 준야의 상관. 본토에서 특공 명령이 떨어지자 망설이는 이토 준야에게 특공 명령을 내리도록 채근한다.
	이쿠다 조코	열넷. 이토 준야가 조안을 쫓아다니며 배우라는 지령을 내려 다가하라가 특공을 받은 직후부터 조안을 따라다니게 된다. 다가하라를 존경한다고 했으나 특공에서 실패한 다가하라에게 매서운 비난을 하는 인물이다.
배경		공간적 배경 : 청다오 비행장 →여의도 비행장 →지린 비행장 시대적 배경 : 1930년대~1945년 (일제 강점기 중 ~ 조선 광복 약 한 달 전)

장(章)	현재 진행되고 있는 사건	배경이나 주인공의 과거	
	[장면1] (유도로) 조인은 유도로 옆으로 누워 눈을 감고 꿈을 꾸고 있었음.	(묘사) 바다와 하늘의 묘사, 어렴풋이 들려오는 어머니의 목소리 '너는 자랑스러운 아라와시야'.	**[발단]** · 전지적 작가시점
	[장면2] (활주로) 조인의 잠을 깨우는 가츠무라의 외침. 꽃이 핀 비행기를 정비하러 활주로의 동쪽 끝으로 향하는 조인은 다른 소년 비행사들은 무사히 활주로에 착륙했으나 자신이 정비해야 할 대상인 이토 준이의 비행기(16번기)가 보이지 않자 당황.	(서술) 이토 준이의 뛰어난 비행 실력과 본 비행(신입 비행사들과의 첫 출격과 제로센의 약점). (과거회상) 매개체 : 푸른 하늘 조인이 13세 때, 여의도 비행장에서 비행기와 아라와시를 보고 첫눈에 반해 비행사가 되리라고 마음먹었던 시절의 회상.	· 새로운 등장인물 물 : 이토 준이
1. 이륙의 시간이 될 거야	**[장면3]** (활주로) 그러는 사이 저 멀리 이토 준이와 다른 소년 비행사들의 비행기가 보였고, 가장 마지막에 착륙한 이토 준이의 비행기는 기체의 한쪽 바퀴가 망가졌음에도 불구하고 안정적인 균형을 유지함. 사람들은 이토 준이의 완벽에 가까운 비행솔에 혀를 내두름.		
	[장면4] 16번기가 멈추고 조인은 이토 준이 쪽으로 다가가 안부를 살핌. 동시에 다가와서 조인의 멱살을 잡고 조인의 정비 미숙을 탓하셨지만 이토 준이는 미군 전투기에게 충돌을 맞섰다며 다가하라를 제지함.	(설명) 조인과 다가하라와의 관계 : 소비 하고 때부터 유독 조인에게 못니를 부리던 다가하라.	· 새로운 등장인물 물 : 다가하라
	[장면5] (밤, 활주로) 저녁도 거르고 이토 준이의 비행기를 살피러 가는 조인. 내무반으로 돌아가는 길, 더 이상 하늘을 향한 꿈을 꿀 수 없는 자신의 신세가 원망스러웠음.	(독백) '왜 이래야 해?', '이제 돌아가는 일만 남았구나'. (회상) 힘들게 자신을 비행학교에 보내준 누나와 아버지가 했던 이른 말들.	

	[장면6] (내무반) 신참들이 내무반에서 들리는 오늘 비행의 모험담. 그들의 이야기를 들으며 자신이 그 자리에 있었다면 어땠을까를 상상하다가 고개를 가로젓는 조인.	(화상) 9개월 전, 성적도 월등했지만 주먹질 한 방에 비행사에서 탈락했고, 그것을 비웃었던 다가하라의 말이 떠오름.
	[장면7] (건물 입구 계단) 계단에 앉아 있는 조인에게 말을 거는 이토 준이. 이토 준이가 조인에게 자신의 비행기 정비를 맡긴 까닭을 이야기함. 그 뒤, 조인에게 제로센의 문제점을 물었고, 평소 그것을 정확히 간파하고 있던 조인은 세 가지의 문제점을 꼽음. 이토 준이는 조인에게 다시 비행기를 탈 수 있는 기회를 오가들람. 절대 비행기를 타지 말라는 알쏭달쏭한 말을 남기고 자리를 떠남.	(두 사람의 대화에서 드러나는 것들) : ① 조인의 제로센에 대한 애정 ② 당시 일본군의 전략인 제로센의 문제점 ③ 소비하교에서의 성적이 월등히 좋았지만 조선진이라는 이유로 비행사가 될 수 없었던 조인의 처지.
2. 다시 찾은 곰	[장면1] (내무반 안) 이토 준이의 말뜻이 궁금한 조인. 혹시나 하는 마음에 귀를 쫑긋 세우는 자신이 스스로 어리석게 느껴짐. 그동안 얼마나 비행을 하고 싶었는지 일련의 사건들이 떠오름. 그럼에도 불구하고 동요된 결과는 정비병이었고 지금은 그저 때가 되면 누나와 엄마 곁으로 돌아가야겠다는 다짐을 하며 세번을 맞이하는 조인.	(화상) 엄마의 약값을 대신하여 누나가 마련해 준 여행 경비를 하루를 쓰지 않겠다는 조인의 다짐. 그래서 소비하교에서의 힘든 훈련을 늘 모범적이고 우수하게 해냈지만 조선진이라는 이유로 결국 정비병으로 배정받게 될 일. 다가하라의 악행에 대항했을 때 아무도 조인의 말을 들어주지 않았던 일.
	[장면2] (세면실) 정비반장 가츠무라가 세면실에서 숨죽여 울고 있었음. 친동생 같은 케이스케가 돌아오지 않았다는 사실에 그는 밤새 슬퍼했었고, 더 이상 제로센이 앞에서 활약하지 못하는 점을 인정함. 적기가 눈 앞에 왔다며 조인에게 절대로 비행기를 타지 말라고 경고하는 가츠무라.	(설명) 미국의 전투기 개발에 추격 당한 제로센. 모함을 옮게 된 제로센이 청다으 비행장으로 오게 된 이유와 그 사이에 돌아오지 못한 비행사들이 점점 늘고 있는 상태.	• 새로운 등장인물 : 가츠무라

3. 열렬히 희망한 다	[장면3] (굼슴 사이렌) 사이렌이 울리자 모두 각자의 위치로 이동했고, 하늘에는 미군기 넉 대가 넘어감. 12대의 제로센이 출격했지만 모두 희망했고, 아무 일 없었음. 교관실에서 찾는 연락이 옴.	
	[장면4] (교관실) 소비 출신의 정비병 열두 명이 모인 교관실. 나카무라가 모인 병사들에게 전투 비행사로 보직 변경을 명함. 이토 준이는 비행사로 희망하지 않는 사람이 있거든 물러서라고 했으나 조인은 물러나지 않음.	(독백) 아라와시가 될 수 있다는 희망과 어젯밤 이토 준이와 가츠무라가 자신에게 전심으로 비행기를 타지 말라고 건넸던 충고 사이에서 갈등하는 조인.	★유사 **TP** 조인의 보직 변경 조건이 보직 변경 (정비병→전투 행사)
	[장면1] (하늘, 후련 중) 파전을 하며 후련을 하는 조인. 다카하라와 소라모토의 협공에도 불구하고 해수면에 물보라를 일으키는 방법으로 모의 전투에서 승리함. 후련을 마치고 하강하는 비행기 안에서 지난 석 달간의 일을 회상하는 조인. 그러면서 이토 준이에게 고마움을 느낌. 그리고 자신이 해냈다는 뿌듯함에 가슴 한 구석이 벅차오름.	(회상) 이토 준이와 거칠지만 섬세한 후련. 임대일 쾌환 후련에서 생사의 위기를 느꼈던 공포. 그때 깨달은 '조종사는 적보다 먼저 자기 자신과 싸워 이겨야 한다'는 교훈.	[전개]
	[장면2] (활주로→교관실 문 앞) 가츠무라의 한대, 조인이 가츠무라의 정비 숨셔를 청한. 이토 준이를 만나려 가다가 우연히 듣게 되 나카무라 중사와 이토 준이의 대화. 특공을 위해 급강하 후련과 자공비행 후련을 중점적으로 시키리라는 나카무라 중사. 고작 열여섯 살밖에 안 된 아이에게 특공 지시를 따르게 해야 하냐며 반문하는 이토 준이. 오카나와에 미군이 상륙했고 도쿄가 공습을 당했으니 이야기를 듣고 덧믈을 잇지 못하는 이토 준이. 둘의 대화를 듣고 혼란에 빠진 조인. 문밖에서 조인을 만난 이토 준이는 다시 한 번 조인에게 비행사가 될 걸 후회하지 않느냐고 물었고 조인은 대답하지 못함. 한동안 명하니 자리에서 있는 조인.		
	[장면3] (내무반) 내무반으로 들어온 조인에게 청천을 하는 소라모토. 거기에 동료에게 내일은 제로센을 직접 탄다는 맘을 듣고 더욱 설레는 조인.	(회상) 과거 경성역에서 자신을 배웅하던 누나. 누나에게 고향 방문단이 되어돌아오겠다는 다짐을 했던 조인. (연상:상상) 고향 방문단이 되어 여의도에 내렸을 때, 누나와 엄마가 반겨 주는 모습.	

<table>
<tr><td>

꿈과 다르게 특공을 목적으로 제로센에 타게 되는 조안
</td><td></td><td></td><td></td></tr>
</table>

		TP1	
		꿈과 다르게 특공을 목적으로 제로센에 타게 되는 조안	

[장면4] (내무반) 나카무라 중사와 이토 준이가 내무반으로 들어왔고, 나카무라 중사의 신병훈련 지원서 작성 요청이 이어짐. '특공'의 뜻을 이해하기 위해 여러 질문이 오고 가던 중. 다가하라가 선두로 목숨을 내놓으며 특공에 지원하겠다는 뜻을 밝힘. 무슨 일이 일어나는지 파악하고 있는 조안에게 다져고째 다가하라는 희망사에 '열렬히 희망한다'고 표기하라며 분이 풀리지 않았느지 자신의 오른쪽 볼에 힘살을 쏨 볼어뜯어 그 순간 모두가 미졌다는 생각이 듦.

(경과) 특공대 지원서에 표기를 한 순간부터 지금까지 : 악몽에 시달리고, 내무반에서 음음을 토해내고, 급강하 비행 훈련 순간에도, 공중경보가 울리고 작기를 피해야 하는 순간에도 제정신을 차리지 못하는 조안.

[장면1] (활주로, 공습경보) 무언가에 홀린 듯 남동쪽 끝을 향해 계속해서 걷는 조안. 그리고 그 뒤를 따르며 조안을 계속해서 부르는 이토 준이. 미군기가 계속해서 총을 쏘는데도 피하지 않고 그냥 서서 지켜보는 조안을 거칠게 밀어 정신을 차리게 하는 이토 준이. 조안을 구하려다가 이토 준이의 이마가 찾아져 피가 흐름.

(회상) 소학교 졸업반 시절, 비행기 그림을 그리고 글라이더를 만들며 비행기에 대한 막연한 꿈을 키우다가 아이로에서 제로센을 보고 첫으예 만하게 되었던 일. 그러나 처음 제로센을 타던 날, 기츠무라의 격려에도 불구하고 특공군이 되어 제로센과 함께 연합군의 함선에 달려드는 자신의 모습이 그려졌던 조안.

4. 이. 제로센

[장면2] (활주로, 공습경보 해제 후) 조안에게 두렵냐고 묻는 이토 준이. 감지기 이토 준이의 멱살을 잡으며 다 알고 있었냐고, 조선인 하나쯤은 쓰고 버려도 되는 소모품이나마 소리 지르는 조안. 군인으로서의 의무와 인간적인 그녀사이에서 갈등하는 이토 준이. 이에서 원론적인 이야기만을 늘어놓는 이토 준이에게 자신의 이곳까지 오게 된 것은 제로센 때문이었다고 솔직하게 털어놓는 조안.

(화상) 소학교 졸업반 시절, 비행기 그림을 그리고 글라이더를 만들며 비행기에 대한 막연한 꿈을 키우다가 아이로에서 제로센을 보고 첫으예 만하게 되었던 일.

[장면3] 기츠무라 중사가 폭격에 의해 부상을 입어 위독하다는 소식을 듣고 그에게 달려가는 조안. 죽어가는 기츠무라의 손을 붙잡은 조안. 기츠무라는 마지막 힘을 다해 조안에게 꼭 살아남으라는 말을 남김.

(묘사) 활주로를 지나며 보게 되는 전쟁의 참상들, 병동에서 부상병 고통스러워하는 병사들.

• 꿈에 그리던 제로센을 탔으나 현실은 특공으로 죽음을 앞두며 비행해야 하는 조안. (꿈과 다른 현실을 마주한 조안)

5. 떠난 자의 목소리	[장면4] (내무반) 아무튼 꾸며 댄을 힘들게 보내는 조인. 갑자기 출격 명령이 떨어짐. 조인은 무거운 몸과 흐미한 정신을 이끌고 대문으로 향하는 폭격기를 후위하는 임무를 맡게 됨. 모두가 출격 명령이 떨어짐. 이토 준이의 출격 명령이 떨어짐.	(비행대장의 대사) 당시 일본은 만주 침청이오. 제주를 비롯한 비행장에 폭격 당함. 미국 항모에 대대적 폭격을 감행하기로 결정하여, 제주에서 출격한 폭격기로 후위를 맡을 예정.
	[장면5] (하늘, 이륙 후) 이토 준이의 지휘로 폭격을 후위하는 소비 비행병들. 그때 적기가 등장하고 이토 준이가 본대를 방어하라는 신호를 보냄. 미군기 두 대가 조인을 쫓지만 유려한 비행술로 그들을 따돌린 조인. 그러나 위기의 순간에도 기관총을 쏘는 것에는 자꾸 멈칫거리게 됨. 소리모듈에 의해 위험에서 살아남기는 했으나 대오가 흐트러진 일본군 폭격기들이 수없이 바다로 떨어짐.	(묘사) 일본과 미군의 공중전.
	[장면1] (비행사 대기실) 혼자 있는 조인. 케이스케, 가츠무라, 기미조라의 목소리가 들렸고 그 소리에 기관총이 맘을 듣지 않아 적군을 쏠 수 없었던 상황을 자신도 모르게 연명처럼 되뇌임.	(회상) 전투 시, 고장 난 비행기 안에서 사투를 벌였던 조인. 기까스로 비행기가 맘을 들었고 후퇴 명령에 따라 본대로 돌아오며 엉엉 울음을 터트림.
	[장면2] (비행사 대기실) 다가하라는 사흘 전이 일을 들먹이며 비행사가 될 자격이 없는 하심한 조센진이라고 함. 조인의 목숨을 준 다가하라는 점점 손에 힘을 주었고 조인은 숨이 막히는 와중에도 전쟁은 일본인이라는 말을 이어나감.	(회상) 사흘 전, 전투를 끝내고 비행기에서 내리자마자 다가하라는 조인을 때려눕힘. 다가하라는 조인이 기관총을 쏘지 않았기 때문에 자신의 절친인 기미조라가 죽었다면서 조인에게 소리침.
	[장면3] (비행사 대기실) 이토 준이의 등장. 위협적인 다가하라의 행동을 제지시킴. 다가하라는 이토 준이에게 왜 조인에게 책임을 묻지 않느냐고 따짐. 이토 준은 아는 그런 다가하라에게 자신은 케이스케의 죽음에 대해 다가하라에게 한마디도 한 적이 없음을 상기시킴. 이토 준이의 말에 다가하라는 낮을 붉고 서 있었고 케이스케의 죽음에 대해 묻는 조인의 질문에 허둥대며 사라짐.	• (복선 암시) 케이스케의 죽음이 다가하라와 관련되어 있음.

	[장면4] (내무반) 밤이 깊어 가는데도 전쟁에서 지고 있는 일본에 대해 수군거리는 비행사들의 대화. 그때, 그에, 지난 비행장으로 가는 이유가 자신들에게 특공 임무를 맡기기 위해서라는 소식을 누군가가 전했고, 모두가 미쳐가고 있다는 말을 되뇌이며 오히려 두려움을 넘어 차분해진 마음으로 어둠을 맞는 조인.	(조인의 환상) 예전에 자신이 여의도 비행장에서 비행기를 몰았던 차디보다 더 모습을 환영으로 마주함. 누나에게 자신이 돌아왔음을 알리며 사람들이 듣고 있는 '환영 피켓'을 보며 꽃다발을 받는 자신의 모습.	
	[장면5] (하늘) 굵은 빗줄기로 이륙 명령이 다소 늦어짐. 날씨가 흐려 시야가 어두웠고 바람의 세기도 거세어서 많은 어려움을 느낌. 날씨 때문에 편대비상 착륙을 위해 조선을 방문함. 여의도 비행장에 착륙하는 조인. 윤세난스러운 비상 착륙을 위해 조선 모래의 비상 정비병이 착륙함을 가슴벅차하며 가슴벅찬 경험함.		
6. 집으로 가는 주 면 길	[장면1] (내무반, 오후) 혼자서 내무반에 있던 조인을 찾아온 이토 준이. 고향에 왔음에도 집에 가지 않는 이유를 묻자 조인은 자신이 가면 자신이 돌아올 것 갈나며 반문함. 그러면서 특공을 앞에서도 자신이 가르치는 제자들을 죽음으로 내모는 이토 준이의 비겁함을 맞짐. 이토 준이는 자신은 군이이기 때문이라는 원론적인 변명과 함께, 청다운에 와서야 그 소식을 듣게 되었다는 솔직한 심정을 토로함. 조인에게는 오늘 밤 지린으로 출격 예정이나 8시까지 돌아오라며, 너는 돌아올 것이라는 말을 남기고 떠남.	(두 사람의 대화) 일본과 연합군과의 전투 상황 : 오키나와에 미군이 상륙해 있으며 함대의 맞지 않음. 연합군의 반도 공격이 본격적으로 시작되었고 현재 반도로 가는 모든 일본기를 차단하고 있는 상황임.	
	[장면2] (고향 집으로 가는 길) 망설이다 고향 집으로 내달리는 조인. 여의도→마포→종로 본정통 어딘가의 외다리. 고향 집으로 가는 길이 맞겠거리는 조인. 가다가 들린 외다리에서 밀려오는 좋음에 잠시 눈을 감음. 악몽을 꾸다 열멸결에 외다리 잠에서 깨어나게 되고 열멸결에 카페를 주문함.	(꿈) 하늘을 날 듯인 듯 했으나, 옆 비행기가 추락하고 자신의 비행기는 말을 듣지 않는 와중에 그러암에게 공격을 받는 악몽.	
	[장면3] (키다리 안) 누나에게 뭐라고 말해야 할지 고민하는 조인. 커피 한 모금을 마시고 앞 테이블에 앉아 있던 사람들이 버리고 간 잡지를 읽는 조인. 잡지에는 '드넓은 하늘로 날아오른 조선 항공병에게'라는 제목의 조선인이 시가 쓰여 있었으며, 조인은 시를 읽고 화가 나 주먹을 불끈 쥠. 내친김에 일어나 밖으로 나온 조인. 정차 없이 걸었다고 생각했으나 결국 도착한 곳은 집 앞.	(경과) 비행사가 된 이후, 누나에게 편지를 보내지 않은 조인. 쓰다가 올까나 뭐 연주기도 했지만 자신 원래를 금지한 일본의 조치도 있었음.	

[장면4] (집 앞→집 안) 누나의 얼굴만 보고 오자고 결심한 조안은 대문 너머를 기웃거림. 엄마의 기침 소리가 들리지 않자 이상한 생각이 들어 집 안으로 들어 갔다가 누나를 만나게 된 조안. 조안이 엄마의 안부를 물었으나 누나는 대답 없이 눈물만 흘림.	(회상) 아라와사기가 되는 것을 반대 하던 아버지의 고함 소리와 그 안에 묻어 있던 애틋함에 대한 원망(아 버지는 삼일 만세운동 때 일본인에 의해 한쪽 다리를 맞아 영영 못쓰게 되었음. 그 후로 일본 사람이 처린 전당포에서 일하면서 조선 사람들 에게 손가락질 받았지만 어머니의 약값을 벌기 위해 구성을 떠는 것임을 알고 있던 조안. 애들들의 총알 받이가 될 뿐이라며 세상을 원망하 던 아버지의 한탄과 비웃음).	
[장면5] (집 안) 엄마의 부고를 뒤늦게 전해 듣고 자신이 엄마의 약값을 비행학고 에 가기 위해 써버려서 그런 것 같은 죄책감에 통곡하는 조안. 누나는 8시까지 돌 아가야 하는 조안에게 경성꺼 저녁값을 차려 줌. 누나는 조안에게 꼭 돌아가야 하 느 거냐며 붙잡고 조안은 내적 갈등을 하다가 돌아가야 한다고 말함. 누나는 조안 이 비행사의 꿈을 꾸면서 늘 긴직했었던 비행사 광고지를 내보이며 일본어 패망 할 거라는 흉흉한 소문이 들린다며, 조안은 괜찮은지 안부를 계속해서 물음. 조안 은 자신은 정비병이라며 누나를 안심시킴. 마침 술에 취한 아버지가 집으로 돌아 오는 인기척이 들렸고 못 본지 못 붙잡는 누나를 뿌리치고 골목 한 가통으로 뛰어 들어옴. 뜻밖에도 그곳에는 다가하러가서 있었음.	(아버지의 노래) 황성 옛터 밤이 되 니, 월색만 고요해 ~	
[장면1] (지란 비행장) 금강하, 상승 훈련만 계속해서 반복하고 있는 보름(그 동 안 열흘 받이나 같은 훈련을 반복, 활주로에 불안정하게 착룩하면서도 다시 이 곳에 동아온 사실을 새삼 느끼는 조안.		

동화·청소년소설 쓰기의 모든 것

	(회상) 여의도 비행장에서 자신을 미행했던 다카하라. 조인은 이 미행을 이토 준코가 시켰을 것이라 생각했고, 이토 준코이와 비열한 짓에 화가 남. 하지만 조용하게 미행하는 조안의 물음에 마저 묻는 고개만 가웃거림.			
7. 활성 옛 터에 밤 이 되니	**[장면2]** (활주로) 활주로에 착륙하지 이쿠다 조크라는 선참 비행병이 조안에게 오늘 야간 비행이 있을 거라는 소식을 전함. 연료군이 제차 도료를 공습하고 있는 상황임. 조안은 이 쿠다 조크 같이 야간 소비들이 전황 패하을 위해 특공에 나가고 싶어 하는 정신 상태를 듣고 미친놈이라고 생각함. 다카하라가 내일 특공조에 뽑혔다는 사람도 전담받음. **[장면3]** (비행사 대기실) 다카하라의 특공 소식을 듣고 심란해진 조인. 자신을 가장 괴롭혔던 사람이 특공에 나가는데 무거워진 스스로가 이해되지 않는 조인. 내무실에는 이미 이토 준코를 포함한 많은 사람들이 모여 있었고, 비행사들은 내일 특공을 나가는 다카하라와 소리모토에게 옮기를 주기 위해 군가를 부름. 다카하라는 다음 군가의 선창을 조인에게 넘기며 조인의 직다정에서 구겼던 서블을 읽고 그 감자 한 구성에 쓰여 있던 《마쓰다 오장을 찬미하여》의 노래 가락도 조선블로 어설프게 부름. 다카하라는 당혹하는 조인에게 "내일은 내가 마쓰다 오장이고, 모레는 네놈이 마쓰다 오장이다!"라는 말을 함. 그 때, 이토 준코는 아버지를 생각하며 연장함. **[장면4]** (내무실) 비행을 하며 추락하는 악몽을 꾼 조인. 포를 쏘아대는 적군은 다름 아닌 다카하라. 조인은 식은땀을 흘리며 일어났고 창가에 조용이 앉아 있는 다카하라를 발견함. 다카하라의 눈에서 반짝거리는 것을 보았고, 다카하라가 앉아 있었던 침상의 온기를 손으로 쓸어내리는 조인. **[장면5]** (유도로) 출정식이 시작됨. 군가를 부르기 시작했고, 관습대로 비행장이이 나누어준 마지막 술잔을 바닥에 던져 깨뜨리며 충정을 얼림. 14명의 특공 비행사가 모두 지나가고 그들을 향하는 많은 사람들이 환호성이 들림. 조인은 그것이 마치 장례 행렬 같다는 생각이 듦. **[장면1]** (활주로) 다카하라의 19번기가 회향함. 다카하라의 회향을 보고 이쿠다 조그는 특공을 나갔다가 살아 돌아오는 것은 특공대원의 수치라며 전후 사정을 마주치지도 않고 말함. 조인은 다카하라의 비행기로 달려갔고, 이토 준코는 먼저 도착해 있었음.			

8. 돌아온 가미카제	[장면2] (활주로) 비행기에서 내린 다카하라는 무슨 일이냐는 질문에 기상 상황이 안 좋아 후퇴 명령을 받았다는 말을 했음. 그러나 뒤따라온 후카 비행사는 후퇴 명령은 없었으며 다 카하라가 도망쳤다고 진술함. 이토 준이는 상대편의 입장을 각자 달할 수 있도록 기회를 줌. 소대장이 명령을 다카하라는 후퇴로, 후카 비행사 둘은 공격 후 공격 신호로 받아들였다고 함. 비행대장은 양측의 말을 듣고 전투 중이어서 신호를 못 볼 수도 있지만 특공의 임무에 후퇴란 없다며 질책함. 이토 준이는 아무 이야기도 하지 않음. 특공은 실패로 돌아감. [장면3] (내무반) 특공에서 돌아온 다카하라의 평소와는 다른 모습에 신경이 쓰이는 조안. 비행사들은 모두 다카하라를 손가락질 함. 조안은 그들 모두가 다 미쳐간다고 생각함. 조안 은 자신의 처지에 누구를 연민하나 싶은 생각이 듦. [장면4] (식당 건물) 조안은 이루다 조금가 다카하라에게 왜 특공에서 돌아왔냐며 마저 묻 는 장면을 목격하게 됨. 조안은 이루다 조금에게 그만하라고 소리를 질렀지만 이루다 조금 는 멈추지 않음. 바로 그때, 다카하라는 이루다 조금이 먹상을 붙잡고 내갔 게 어떤 심정인 지 상상이나 할 수 있냐며 목을 조름. 조안의 만류로 싸움은 끝났지만 조안은 다카하라, 뱡 사, 이토 준이 모두가 미쳐간다고 생각함. [장면5] (내무반~복도~비행사 대기실) 잠이 오지 않는 조안. 복도로 나가 걷는데 바운 번 개와 천둥이 쳤고, 빗소리에 누나의 목소리가 환청으로 들림. 집으로 돌아가고 싶은 마음이 사무쳤고 몸이 심하게 떨림. 그때, 2층 비행사 대기실에서 울음소리가 들려 그곳으로 발걸 음을 옮김. [장면6] (비행사 대기실) 혼자 울고 있는 다카하라를 발견한 조안. 다가가려는 조안에게 케 이스케의 죽음이 자신이 저질러 대열에서 이탈했기 때문이라는 것을 고백함. 왜 조선진들은 하나 같이 두려움이 없냐며, 그런 용기가 가증스럽고 보기 싫었다는 숙마음을 털어놓음. 다카하 라는 조안에게 자신의 엄마가 조선인이라는 사실을 말했었고 지켜 주지 않는 조선의 아픈들을 뒤로하고 일본인으로 살고 싶었던 진심을 말함.

동화·청소년소설 쓰기의 모든 것

				【절정＋결말】

9. 나는 조선의 소년 비행사 입니다

[장면1] (내무실→비행사 대기실) 잠에서 깨어나 비행사 대기실에 붙은 특공 대기자 명단을 다시 확인하러 가는 조안. 그 곳에서 자신의 원래 이름 '장동주'를 되뇌임. 특공을 나가기 전 활주로의 풍경을 가득 담아 보던 조안은 길을 걷다가 문득 특공 명단에서 이규다 조국의 이름이 빠진 것을 뜬듯게 알게 됨. 다시 확인해 본 자리에는 다카하라의 이름이 새롭게 올라와 있었음.

[장면2] (출정식) 다카하라의 표정을 살피는 조안. 비행대장은 단상 아래 특공 비행사 16명에게 히로마루 어깨띠를 걸어 줌. 술잔을 깨트리고 전 특공대원이 활주로로 위치하라는 명령을 받고 조안은 재빨리 다카하라에게 가서 연유를 물음. 다카하라는 조안에게 밤새 어머니가 만든 센닌바리를 전달해줌을 보여 줌. 다가하라는 조안이 특공 명단에 있는 것을 보고 조안과 함께라면 두렵지 않을 것 같다는 생각에 자신을 특공 명단에 넣어달라고 부탁했다는 사실을 밝힘.

[장면3] (활주로) 그때, 이규다 조국가 자신의 특공 기회를 빼앗았다며 다가하라에게 달려들어 조안은 그런 이규다 조국를 제지함. 다가하라는 이규다 조국에게 달려우면 두렵다고 말해야 사람이라며 이렇게 죽어도 조국은 나희들에게 아무 것도 해 주지 않는다고 말함. 그러면서 이 잔인한 나라가 나에게, 그리고 우리에게 어떻게 평생 삶이남아서 고통스러워하라는 말을 남기고 자신의 비행기로 향함.

(희상) 어제 오후, 자신의 이름이 적힌 특공 명령서를 확인하였을 때, 온갖 감정이 휘몰아침. 이규다 조국 같은 어린 소년도 출정한다는 사실에 화가 남.

(희상) 이토 준이에게 내보내는 이유를 전쟁터에 내보내는 이유를 묻자 나가라와 같은 이야기를 반복하는 이토 준이. 이토 준이에게 맞으면서도 '당신은 참 나쁜 사람입니다!'라고 속으로 외치는 조안.

	TP2 아리와서가 아니 조선의 소년 비행사로 최후를 맞이하려는 조인의 선택.	
【장면4】(활주로) 주기장에서 마주한 이토 준아. 이토 준아는 자신이 이번 후위 비행 편대의 소대장을 맡으려고 말함. 조인의 앞에 서서 비뚤어진 하노마루 어깨 띠를 바로 펴 주자 조인은 "당신은 나의 꿈을 이뤄 주셨지만, 또한 나의 꿈을 짓밟은 사람 중 하나입니다. 그리고 나는 조선인입니다."라고 말하며 어깨띠를 바람에 날려버림. 비행기 탑승 전 다가하라는 누구보다도 선한 얼굴로 다시 만날 날을 약속하며 엄마가 자신에게 해주었던 안부를 독고에게 말해 줌. 먹먹해진 가슴을 부여잡고 조인도 비행기에 탑승함.

【장면5】(이륙 후, 비행기 안) 특공 소대장의 지시에 따라 대열을 맞추는 조인. 선수에 선 이토 준아의 비행기를 보며 '당신의 저랑거리가 될 수 없다'고 고백하는 조인. 오키나와에 거의 다다랐을 때, 연료가 모자란 것을 알고 있음에도 조인은 오른쪽으로 기수를 돌려 경성으로 향함. 조인을 따라오는 19번기 다가하라. 어느 순간 이토 준아의 비행기가 바짝 다가와서 다가가라는 신호를 보냄. 거정하는 조인에게 경고 사격을 하는 이토 준아. 이토 준아의 경고 사격에 정신을 잃고 아래로 추락하는 다가하라. 다가하라의 마지막 모습을 보고 소리를 지르는 조인.

【장면6】(비행기 안) 이토 준아에게 배운 비행술로 이토 준아의 기체를 망가트려 추락시킨 조인. 그에게 다시 만나자 말하는 말을 남기고 바다 천천히 나는 조인. 준이어 또 다른 일본의 후위 전투기들이 조인을 조준 사격했고 나는 조선의 소년 비행사입니다'라는 말을 되뇌이며 조용히 눈을 감는 조인. | | |

동화·청소년소설 쓰기의 모든 것

《나는 조선의 소년 비행사입니다》 분석표 ②: 사건 및 에피소드를 시간 순으로 재정리(분석: 고은지)

제목	나는 조선의 소년 비행사입니다
1 조안의 가족의 삶	- 3·1 만세운동 때, 일본군에 의해 한쪽다리를 영영 못쓰게 된 아버지. - 생계와 아내의 약값을 벌기 위해 일본인 주인으로 있는 전당포에서 수금사원으로 일하며 조선 사람들의 손가락질을 받는 아버지. - 매일 들리는 기침 소리만큼 엄마의 병색이 짙어가고 아버지도 엄마를 위해 돈을 모음. - 누나는 엄마 대신 살림을 도맡아 함. 누구보다 동주를 아끼는 듬직한 지원군. ▲ 일제 강점기 빼앗긴 나라에서 가족의 생계를 책임지며 살아남아야 했던 사람들의 모습.
2 경성, 여의도 비행장	- 그 이후 학교에서 열리는 비행기 그리기 대회, 만들기 대회에서 두각을 나타내는 조안. 비행기가 마음에 들어옴. - 소학교 졸업반 시절, 여의도 비행장에서 처음으로 제로센과 그 안에 있던 아라와시를 보던 날. 조안의 꿈이 시작됨.
3 경성, 조안의 집	- 꿈을 키우던 조안은 소년 비행학교 공고를 보게 되고 아버지에게 허락을 받으려 함. - 아버지의 격렬한 반대, 아라와시가 웬 말이냐며 왜놈들의 총알받이가 될 뿐이라고 함. - 누나는 어머니의 치료비로 모은 돈을 조안의 학비로 보태기로 했고, 아버지 몰래 경성역에서 조안을 배웅함.
4 소년 비행학교	- 소년 비행학교에서 두각을 나타내는 조안. 뭔든지 잃음. ① 실탄사격 1등 ② 빨리행군도 해냄 ③ 특수제조, 검도 ④ 모스 부호 익히기 및 암호 해독 ⑤ 행글라이더 타기 ⑥ 정비 훈련 - 그것을 시기하고 늘상 조안을 괴롭히는 다가하라. 시치미를 떼는 다가하라와 주머니칼을 벌임.
5 소년 비행학교	- 최상위 성적이었음에도 정비병에 배정받은 조안. - 교관실을 찾아가 따지지만 결과는 바뀌지 않음. 조선인이기 때문이라고 짐작.
6(이야기 시작점) 청다오 비행장	《오전》 - 정비병으로 이토 준야의 비행기(16번기)를 정비하고 있는 조안. - 이토 준야의 비행기가 활주로에 착륙했고 이토 준야는 멋진 착지를 선보임. - 다가하라의 참견

	《오후》
7
청다오 비행장	- (가는 길) 꽃이 피어 있는 이토 준이의 비행기를 살피러 가는 조안. - (돌아오는 길) 내무반에서 들려오는 오늘의 모두의 모습들, 그에 비해 초라함을 느끼는 조안. - 계단에서 이토 준이를 만나게 되고 이토 준이와 제로센에 대해 이야기를 나눔. 이토 준이는 조안에게 다시 기회가 와도 비행기를 타지 말라고 의문스러운 조언을 함.
8
청다오 비행장	- 이토 준이의 말이 궁금한 조안. 내무반에서 새벽녘까지 사색. - 세면을 하러 갔을 때, 케이스케이 죽음으로 숨죽여 울고 있는 가츠무라 발견. - 가츠무라 또한 조안에게 절대로 비행기를 타지 말라는 조언을 함. - 사이렌이 울려 공습경보, 각자 위치로. - 일이 마무리되고 난 뒤, 교관실로 호출. - 정비병들에게 머지 변경을 명함. 이토 준이와 나가무라의 경고 사이에서 갈등했지만 자신이 품어왔던 꿈을 위해 보 직 변경에 응함.
9
청다오 비행장	《당시 일본군 상황》 - 제로센의 결함이 발견되는 것에 비해 비행 적기(그루망)은 계속해서 진화. - 오키나와에 미군이 상륙했고 도쿄가 공습당함. - 본부에서는 특수 지시가 내려 온 상황. - 이토 준이의 거칠지만 섬세한 훈련으로 약 석 달 간 비행술을 익히는 조안. ① 꼬리잡기 훈련에서의 활약 ② 기초체력 훈련 ③ 일대일 귀환 훈련 - 자신이 꿈에 가까워질 수 있도록 해 주는 이토 준에게 고마운 조안.
10
청다오 비행장	- 교관실 문 앞에서 나가무라 중사와 이토 준이의 특공 관련 대화를 듣게 됨. 훈련에 빠진 조안. - 내무반으로 돌아오자 동료들이 환대. 내일부터는 제로센을 타게 되다는 소식까지 듣게 됨. - 내무반으로 온 나가무라 중사와 이토 준이. 대원들에게 특공 관련 공지를 내렸고, 지원서 작성을 유도. - 훈련을 느끼고 있는 조안에게 다가하려의 여부. 그리고 이어지는 다가하려의 기행. - 특공 지원서에 지원하기를 하는 조안.

동화·청소년소설 쓰기의 모든 것

11 청다오 비행장	- 그날 이후 계속해서 아픈 악몽. - 정신을 차리지 못하고 고통스러워하며 울렁임에도 활주로를 배회하는 조인을 이토 준이가 대피 시킴. - 그런 이토 준이에게 따지고 소리 지르는 조인. - 가츠무라 중사의 부상 소식을 듣고, 조인은 가츠무라의 마지막 가는 길을 배웅함. 가츠무라는 조인에게 꼭 살라는 말을 남김.
12 하늘, 비행기 안	- 출격 명령이 떨어짐. - 일본군과 미군의 공중전. - 조인은 이상하게 기관총을 쏠 수 없었음. - 위기의 순간을 넘기고 가까스로 후퇴하는 조인. - 비행기에서 내리자 다카하라가 다가와 조인의 멱살을 잡고 기관총을 쏘지 않았기 때문에 기무라가가 죽었다며 주먹질을 함.
13 청다오 비행장, 대기실	- 비행사들의 위패가 모셔진 비행사 대기실에서 환청을 듣는 조인. - 다카하라의 등장. 비수 같은 말을 쏟아내는 그에 맞서 조인은 전쟁은 일본이 일으킨 거고 조선인 등에 칼을 꽂은 것도 일본이라는 말을 함. - 이토 준이가 나타나 위협적인 다카하라의 행동을 제지시켰고, 계속해서 열을 내는 다카하라에게 케이스케의 죽음을 언급함. - 다카하라는 황급히 사라짐.
14 여의도 비행장	- 지란 비행장으로 가는 출격 명령. - 날씨가 흐려져 판대는 비상착륙을 위해 조선을 방문하게 됨. - 여의도 비행장에 도착.
15 조선, 내무반	- 내무반에서 집에 가지 못하고 주저하는 조인. 그런 조인을 찾아온 이토 준이. - 한참을 망설이다 집에 가보기로 함.
16 집으로 가는 길(적다점)	- 집으로 가는 길. 생각이 많아진 조인은 자꾸만 망설임. 적다점에 들어가 잠시 생각을 정리하다 잡지에서 특공 예찬 시를 보게 되고 분노를 느낌.

17 조선 경성	- 고향집에 도착한 조안. - 누나는 조안을 보며 버선발로 맞이했고, 무사한 모습에 안심함. - 엄마의 부고를 듣고 조안은 누나와 함께 통곡함. - 가기 전 누나가 차려준 풍성한 저녁상을 받았지만 많이 먹지 못하는 조안. - 아버지의 노랫소리가 들리듯 도망치듯 자리에서 빠져나옴.
18 조선 경성	- 조안이 고향길로 향하는 모든 순간을 미행한 다카하라. - 각다쿠에서 조안이 던져버렸던 시를 챙김. - 다카하라의 급독에서 부딪혀 소스라치게 놀라는 조안. 이토 준이가 다카하라에게 자신을 미행시켰다고 오해.
19 지란 비행장	- 다카하라는 조안의 집으로 가서 돌아오지 않을 것이라고 생각. 그것을 이토 준에게 믿고하면 자신을 특공에서 제외시켜 줄 것이라는 믿음으로 미행을 한 것이었음. - 신참 비행병이 투입됨(이쿠다 조코, 14세).
20 지란 비행장, 내무반	- 계속되는 굽양하, 상승 훈련 : 특공에 필요한 훈련. - 다카하라를 따라다니던 이쿠다 조코가 조안을 따라다니기 시작. 이쿠다 조코에게 다카하라가 특공 명단에 들어갔음을 듣게 되고 괜히 신경이 쓰이는 조안.
21 지란 비행장	- 비행사들이 내일 특공에 참여할 다카하라와 소라모토에게 응원을 하기 위해 모여 있었음. - 군기가 오가는 가운데 다카하라가 조안이 각다쿠에서 버려두었던 노래 가락을 어설픈 조선말로 부름. - 하지만 조안은 아버지가 즐겨 불렀던 황성 옛터에 밤이 되니 들림.
22 지란 비행장	- 출정식 날 새벽, 다카하라의 곁에 찾아 있는 눈. 그가 떠난 침상을 손으로 한 번 쓸어 보는 조안. - 출정식을 하며 군가를 부르고 마지막 술병을 떨어뜨리는 파포먼스가 펼쳐남. - 특공조의 출발.
	- 다카하라는 적기와 싸우던 중 소대장의 명령을 후퇴 명령으로 알아들었다며 회항하여 비행장으로 돌아옴. - 뒤따라온 호위 비행사는 다카하라의 마음 부인하며 다카하라가 무서워서 도망간 것일 뿐이라고 함. - 이토 준이의 정리로 상황은 마무리되었지만 이쿠다 조코를 빌못한 많은 비행사들은 다카하라를 손가락질함. - 식당에서 이쿠다 조코와 다카하라의 충돌.

23 지란 비행장, 대기실	- 2층 비행사 대기실에서 들려오는 울음소리의 주인공은 다카하라. - 다카하라와의 대화로 다카하라의 어머니가 조선인이란 사실, 자신이 조선인에게 그렇게 못되게 군 이유, 전쟁에 대한 솔직한 심정 등을 알게 되는 조안.
24 지란 비행장	- 비행사 대기실에 붙어 있는 특공 명단에 자신과 이쿠다 조구의 이름이 함께 있음을 확인한 조안. - 이토 준안에게 찾아가 14살 어린아이(?)까지 전쟁으로 내몰아야 하나며 따짐. 원론적인 대답만 하는 이토 준안에게 '당신은 참 나쁜 사람입니다'라고 하는 조안.
25 지란 비행장	- 다음날, 이쿠다 조구의 이름이 빠지고 대신 다카하라의 이름이 올라와 있음을 확인한 조안. - 출정식에서 이토 준안의 손길을 거부하는 조안. - 출정식이 끝나고 다카하라에게 달려가 상황을 묻자, 다카하라는 엄마가 자신에게 전해 준 인부를 똑같이 조안에게 전해 주며 조안과 함께라면 두렵지 않을 것 같았다고 함.
26 지란 비행장, 활주로	- 다카하라에게 모진 말을 하며 자신의 특공 기회를 빼앗아 갔다며 화를 내는 이쿠다 조구. - 그런 이쿠다 조구에게 두려우면 두렵다고 말해야 이 미친 짓이 끝난다며, 이 나라가 나와 우리에게 한 일을 평생 살아 남아서 고통스러워하라는 말을 남기는 다카하라.
27 하늘, 비행기 안	- 비행에서 대열을 맞추다 오키나와에 거의 다다랐을 무렵 경성으로 비행기를 돌리는 조안. - 그를 따라오는 다카하라. 이토 준안의 경고 서격으로 다가하라. - 이토 준안에게 배운 비행술로 이토 준안을 추락시키지만 또 다른 호위 전투기들이 조안의 비행기를 공격. - '나는 조선의 소년 비행사입니다'라는 말을 되뇌이며 조용히 눈을 감는 조안.

《경성 최고 화신미용실입니다》 분석표 (분석: 고은지)

제목		경성 최고 화신미용실입니다
등장인물	김인덕	14세. 호기심 많고 강단 있는 성격의 여자아이. 어머니 아버지가 독립운동을 위해 만주로 떠나시고 할머니와 단 둘이 살아가면서 지극정성으로 할머니를 위함. 미용 기술을 배우기 위해 성실한 자세로 일하고 실력 향상을 위해 고군분투 함. 자신의 꿈을 이루기 위해 노력하는 모습이 주인공.
	할머니	어렸을 적부터 인덕이를 키운 할머니. 이름 있는 양반 가문의 안주인이었으나 나라가 일본에 넘어가면서 돈보다 중한 것이 있음을 알고 나라를 위해 일하는 남편과 자식을 위해 자신의 자리에서 최선을 다함. 인덕의 든든한 지원자.
	오영주	인덕이에게 미용 기술을 가르쳐주는 스승이자 멘토. 본래 인덕이네 집에서 일하던 노비의 손녀였으나 인덕이 할머니와 할머니의 도움으로 오영주 아버지가 사업을 하게 되었고, 오영주 자신은 일본에서 미용 기술을 배워 조선으로 돌아오게 됨. 경성으로 돌아온 뒤, 할머니를 찾아오고 미용 기술을 배우겠다는 인덕이를 선뜻 받아 많은 가르침을 전해 주는 인덕의 멘토.
	이향심	17세. 오영주의 먼 친척으로 화신미용실의 수습생. 처음에는 인덕이와 티격태격하지만 시간이 지날수록 인덕이와 함께 성장하면서 인덕이를 지지하고 돕는 든든한 언니 역할을 함.
	임미정	인덕, 향심과 함께 일하게 된 화신미용실의 수습생. 쌔쌔하고 발랄한 성격으로 처음부터 인덕이와 잘 지냄. 인덕이와 함께 성장하면서 자신의 진정한 꿈을 함께 나아가는 소녀.
	러시아 대사 부인	러시아 대사의 부인으로 우연한 인연을 맺은 뒤로 오영주에게 자신의 머리와 화장을 맡긴다. 인덕의 사람됨과 실력을 한눈에 알아봄. 나타을 넓어 일본인들에게 무시당하는 조선인 오영주와 김인덕의 든든한 후원자.
	이옥란	경성 최고의 기생 출신 기수. 우연한 기회로 화신미용실에 오게 되어 인덕이에게 머리를 맡기게 됨. 이후 인덕이에게 머리를 맡기게 됨. 이후 인덕이의 실력을 믿게 되고 인덕이에게 자신의 전담 미용사가 될 것을 제안함.
배경		일제 강점기, 경성(서울)의 초봄(1934년) ~ 봄 (1935년 3월 1일)

동화·청소년소설 쓰기의 모든 것

장(章)	현재 진행되고 있는 사건	배경이나 주인공의 과거
01. 냄비 머리를 자르고	[장면1] 할머니네 약값을 벌기 위해 자신의 냄가머리를 자르러 전화점에 간 인덕. 생각보다 너무 적은 돈(3천)을 대가로 준다는 전화점 주인과 한푼이라도 더 받으려는 인덕의 실랑이. [장면2] 갑자기 등장한 이름 모를 여성의 홍정에 끼어들어 인덕의 머리채를 더 비싼 값에 사겠다고 하자 전화점 주인은 곁국 10천이 돈을 지불하며 가까스로 인덕의 머리채를 손에 넣음. [장면3] 만족스런 값에 홍정을 하게 된 인덕이 여인에게 다가가 인사하자 여인은 인덕을 요리조리 살펴보며 어디 사는지 물음.	[발단] 주인공 등장, 주인공의 처한 상황과 시대 상황(일제 강점기) 설명. → 겨울부터 시작된 기침으로 지난밤, 피까지 토한 할머니의 심각한 상태(화상). → "인연이 되면 또 만나자 꾸나." 이 대사로 앞으로의 여인과의 사건이 계속해서 진행될 것을 암시.
02. 할머니의 손님	[장면1] 단발이 된 인덕을 보며 놀라는 할머니. 인덕이 판 것은 단순히 머리카락이라심을 넘어서 조선인의 넋, 자부심이라는 할머니의 말에 인덕은 돈만 주면 무엇이든 할 수 있다고 대듦. 할머니가 인덕의 뺨을 때림. [장면2] 속상한 인덕은 집을 나가고, 마음 아귀에서 여러 가지 생각을 냄. [장면3] 다음 날 할머니는 인덕이 가장 좋아하는 두부 반찬을 해 주며 화가 난 인덕을 달렜고, 인덕은 할머니에 대한 미음이 사라지는 것을 느낌. [장면4] 오염주가 할머니를 찾아옴. 오염주와 할머니의 인연이 밝혀지고, 인덕은 전화점에서 자신을 도와줬던 여자가 오염주인 것을 알고는 뜻밖의 인연에 놀름. [장면5] 오염주는 그간의 일을 할머니에게 말씀드리며 감사의 뜻으로 거금을 드리려 하지만 할머니는 한사코 거절함. 인덕은 할머니와는 다른 생각이었지만 처마 입 밖으로 돈을 달라는 말을 하지 못함.	[전개] 오염주와의 만남(멘토와의 만남과 앞으로 펼쳐질 새로운 사건에 대한 기대감). → 독립운동을 떠난 부모님, 만석꾼이었던 할아버지, 목욕 인덕이를 기운 할머니. → 오염주는 인덕을 업고 자란 노비였음. 인덕이 할 아버지가 큰 재물로 포목점을 한 부모 덕에 일본 유학을 하고 지금의 성공을 함 수 있었음. 하지만 할머니는 미양실을 하는 오염주의 지엽을 전하다고 생각하는 경향을 숨기지 못함.
03. 종로의 통정이 새로우니	[장면1] 시장에서 다서을 파는 인덕. 하지만 잘 팔리지 않음. [장면2] 다시 파는 인덕 앞에 나타난 오염주. 인덕은 오염주와 식당에 가서 장국을 먹음. 오염주는 인덕의 머리에 관심을 보이자 오염주는 인덕의 머리를 다듬고 화장을 해 줌.	→ 군이 만들기 힘든 다서을 만들어 팔기를 고집하는 할머니

	장면 내용	비고	TP
	[장면3] 변화된 자신의 모습을 보고 놀라는 인덕. 오염주는 인덕에게 앞으로 무엇을 하고 싶냐고 물어 봄. 인덕은 우선 돈을 벌고 싶다고 했고, 오염주는 그런 인덕을 다시이 잘 팔릴 새로운 장소(종로)로 안내함.	→ 돈을 벌어 할머니를 병원에 모시고 가고 싶은 인덕.	 미용일을 반대하는 할머니(미용일을 천하게 여기고 가치를 인정하지 않는 시대상을 보여줌)
04. 인생의 봄	[장면1] 오염주의 권유로 종로 한복판에서 다시을 파는 인덕. [장면2] 다방을 운영하는 중년 여성이 노릇에 힘입어 인덕이 파는 다시을 모두 사감. 인덕은 장사의 재미을 느낌. [장면3] 인덕과 장사를 마친 오염주는 할머니에게 미용 기술을 배우고 싶다면 자녀을 대접한다며 소고기묵국을 끓여 함께 식사함. 인덕은 할머니에게 미용 기술을 배우고 싶다고 말하고, 오염주 또한 인덕과 함께 사시감. 하지만 할머니는 완강하게 거부함. [장면4] 오염주가 돌아간 뒤, 인덕은 할머니와의 실랑이 끝에 오염주에게서 미용 기술 배우는 것을 허락받음.		
05. 화신미용실 수습생	[장면1] 화신미용실에 도착한 인덕. 수습생의 이향심, 임미정과의 만남. [장면2] 인덕의 하루 : 수건 빨기, 바닥 쓸기, 물통 정리, 인사, 청대, 그러다 오염주의 보조로 일할 기회가 되었으나 귀부인의 머리에서 빗듬과 매를 보고 경악. 인덕의 표정을 보고 오염주는 자신이 과거에 어떤 사람이었는지는 잊으라며 충고함. 인덕은 미용일의 힘든 경을 깨닫기 시작함. [장면3] 향심, 미정과 함께하는 숙소의 생활	→ 미정의 성격과 향심의 성격이 대화와 행동으로 묘사됨. → 미용일로 고단한 인덕의 꿈에 나타나는 할머니.	
06. 물세례	[장면1] 향심과 인덕의 실랑이. 인덕이 밀려던 수건이 화로에 닿으면서 불이 붙으려 하자 향심이 인덕과 화로를 향해 물을 끼얹음. 화가 난 인덕은 급기야 향심과 머리채를 잡고 싸우기에 이름. [장면2] 두 사람은 오염주에게 천물을 맞으며(묵은 물고사야 정신들 처럼) 잘못을 반성했고, 앞으로는 다투는 일 없이 숙소 생활을 하기로 약조함. 둘은 별도로 한 달간 세탁실에서 빨랫감 찾아오는 일을 맡기로 됨.		

| 07.
엄마랑 살
엄마랑 살
인덕이 | [장면1] 모두 퇴근하고 혼자 미용실에 남아 있는 인덕. 오염주가 미용실에 들러 인덕에게 단팥빵을 건네주고 "많이 힘들지?"라며 위로의 말을 건넴.
[장면2] 오염주는 지갑에서 사진 하나를 꺼내 자신과 인덕의 과거를 설명해 줌. (사진 : 오염주, 오염주 아버지, 갓난아기인 인덕)

[장면3] 인덕이 스스로 얽혔던 매듭을 풀고 자신의 정체성과 가족의 입장을 이해하게 되는 과정, 그리고 스스로 하는 고백 '난 할머니 말씀을 조금도 귀담아 듣지 않았다고 함.
[장면4] 자신의 꿈을 이야기 하는 오염주, 그리고 인덕에게 이를 함께 가자고 함. | → 오염주와 그녀의 가족이 위험에 처했을 때 두발 벗고 도움을 준 인덕의 할아버지. 넓은 마음으로 튼튼한 조선의 여성이 되라고 응원해 준 인덕의 할머니.

→ 왜 할머니가 인덕이 머리를 자르고 왔을 때 그렇게 화를 내셨는지, 어째서 부모님은 자기를 혼자 두고 만주로 떠나셨는지, 할아버지는 그 많던 재산을 독립 자금으로 대셨는지에 대한 의문 해결. |
| 08.
어떤 미
용사가
되고 싶
니 | [장면1] 오염주가 수습생들에게 "어떤 미용사가 되고 싶니?"라고 물음. 인덕의 목표는 '조선에서 가장 돈 잘 버는 미용사'.
[장면2] 소포 겉의 머리를 다듬으며 빗질해 가위질을 일러주는 오염주. 머리칼 자르는 일을 꼼꼼히 기록하는 인덕. 공책에 손님에게 웃음을 주는 미용사가 되자'라고 목표를 적음.
[장면3] 오염주가 세 사람에게 그간 익힌 미용 기술 시험을 보겠다고 선언. 부상으로 구라파에서 만든 가위에 이름을 새겨 주는 것.

[장면1] 오염주의 심부름으로 남촌에 있는 러시아 대사 사모님에게 선물을 전하러 가는 인덕.
[장면2] 러시아 대사의 집에 도착한 인덕은 볼쇼이 사람을 볼라도 대담이 없자 정원으로 들어갔는데, 그 순간 사리크(개)가 인덕을 좋아하며 보자기를 물고 흔들기 시작. | → 여기서부터 인덕의 미용 사로서의 목표가 설정되기 시작. 꿈이 점점 구체화되고 대의적 성격으로 변화됨. (조선에서 가장 돈 잘 버는 미용사 → 손님에게 웃음을 주는 미용사)

→ 종로에서 남촌까지 가면서 펼쳐지는 거리 풍경 : 경성시대의 주택 양식 묘사. |

09. 행복을 주는 미용사가 되다	[장면3] 대사의 딸인 미카가 사리그를 불러 세웠고, 사리그의 행동을 수상함. 통역사에게 자신이 대사관에 온 목적을 밝히며 대사 부인을 만나게 되는 인다. [장면4] 오염주가 선물한 배써 댕기와 뒤꽂이. 배써 댕기를 착용하는 밥을 몰라 여기저기 감아 보는 미카에게 인다은 배써 댕기와 뒤꽂이로 미카의 머리를 정성껏 다듬고 구며 줌. [장면5] 행복해 보이는 미카를 보며 대사 부인은 오염주와 놀러 와서 미카의 친구가 되어달라고 했고, 선물로 러시아, 유럽, 미국의 패션 잡지를 건네며 지금처럼 사람들을 행복하게 하는 미용사가 되라는 응원의 말을 전함.	→ 꿈의 확장 : 사람들을 행복하게 하는 미용사.
10. 라이벌, 그것한 번 해 보자	[장면1] 대사 부인이 준 서양 잡지를 보며 서양의 제각기 다른 머리 스타일과 자유분방함을 알게 되는 인다. [장면2] 오염주가 파마 시범을 보는 수습생들. 오염주는 일본 유학 시절을 떠올리며 파마 기술을 배우기 위해 라이벌과 노력했던 과거의 이야기를 들려줌. [장면3] 오염주는 세 사람에게 서로 라이벌이 되어 경쟁하고 협력하면서, 한 달 뒤 단발과 파마 시험을 준비하라고 통보함. [장면4] 받아다니 각자의 머리를 지지며 파마 연습을 하던 중에 인다이 나무판지에 사람의 머리를 대신할 것을 만들었고, 두 선배에게 함께 연습하자는 제안을 함. [장면5] 항심과 미정은 제안을 받아들이고 각자의 장점을 살려 열심히 노력함.	→ 옛날 파마 기술이 묘사 (온도체크 방법, 인두 사용 방법 등) → 세 인물의 관계 발전 : 서로 경쟁하며 되는 라이벌 관계로 개로 성장.
11. 꼴째 미용실	[장면1] 인다이 아이디어로 화신미용실이 쉬는 날에 맞춰 미용실을 열게 된 세 사람. [장면2] 빨래터에서 놀고 있는 아이들에게 공짜 미용실을 열게 된 사내아이들의 머리 먼저 자를 수 있게 된 세 사람. 항심과 미정이 녹숙하게 머리를 자르는 동안 인다은 다른 물로 아이들의 머리를 씻겨 주는 일을 맡음. [장면3] 점점 손님이 많아지자 항심은 인다에게 애들 머리는 함께 자르자며 자신의 가위를 내밈. 인다이는 처음으로 사람의 머리를 다듬어 봄. [장면4] 두 번째 손님은 말을 못 하는 아이였는데, 인다이 머리를 정성껏 다듬어 주자 장생긴 얼굴이 드러남. 항제는 인다에게 '춤추는 가위누나'라는 별명을 지어 줌.	→ 옛 평동의 지명 : 명치정.

동화·청소년소설 쓰기의 모든 것

	[장면]	→
12. 빛나는 가위의 주인	[장면1] 시험 보는 날, 시험의 주제 발표 : '숨겨진 아름다움' [장면2] 인덕이 마주하게 된 손님 : 한쪽 볼에 흉터가 있어 흉터를 가리기 위해 왼쪽과 오른쪽을 모두 머리로 가리게 된 안타까운 사연의 손님. [장면3] 손님의 마음을 헤아리면서도 어울리는 머리를 찾아 손님에게 제안하는 인덕. 노란 공책을 펼쳐 보이며 손님에게 설명하고, 실전에 나서고 집중하기 시작. [장면4] 손님은 매우 만족했고, 인덕도 결과에 상관없이 손님이 만족하면 그걸로 된 것이라고 생각함. [장면5] 점수 발표 : 가위의 주인은 예상대로 향심. 그러나 인덕은 하나도 아쉽지 않음. 오히려 김응 받은 것에 보람을 느낌으로 보조 미용사로 한 뼘 성장했음을 스스로 느낌.	→ 집중하면서 떠오른 하나의 생각 : 언젠가 오염주가 인덕에게 "이 일은 할머니를 위한 일이야, '나'를 위한 일이냐? 물음. / 지금 이 순간 온전히 자신의 일이라고 느낀 인덕.
13. 부를봉 호텔 출장	[장면1] 이른 아침, 세 사람이 즐거움. 이팝나무로 계절의 바뀐 것을 느낌. [장면2] 택시를 타고 부르봉 호텔로 출장을 가는 오염주와 인덕. 호텔 연회장 뒤쪽 보장 실에서 둘을 부른 뿐을 기다림. [장면3] 오염주가 자리를 비운 사이 손님들에게 먼저 다가가 화신미용실로 오라고 홍보하는 인덕. 그것을 고깝게 본 주근깨 미용사가 인덕을 가로막고 조선인 미용사 따위 라며 적을 운운함. [장면4] 실력으로 모쳐럴 게 없다고 주장하는 인덕에게 주근깨는 자신의 인두를 써서 파마를 하면 인정하겠다고 제안. 노력했으나 마음먹은 대로 인두는 움직여 주질 않았고 파마에 실패하는 인덕. 주변의 비웃음을 사고 호텔 밖으로 도망처 나옴.	→ 서양의 사프롱 대신 연회가 있을 때, 출장 미용사를 부르는 일본과 서양의 고관 대작들 → 주근깨 역시 조선인이었지만 자신이 조선인이라는 이유로 노력함 기회조차도 공평하게 주어지지 않았다는 점을 중요고, 할머니가 하셨던 비슷한 말에 일본이 지배하는 조선에서 산다는 것의 고나움을 새삼 느낌.
14. 본디 즐거운 일	[장면1] 호텔 하단에서 울고 있는 인덕과 마주친 러시아 대사 부인과 마카. 마카가 인덕이 손을 잡았고 인덕을 호텔 안으로 다시 들어감. [장면2] 분장실에 들어간 러시아 대사는 주변에 몰려드는 일본인 미용사를 제쳐두고 오염주에게 향함. 오염주에게 화장과 머리 손질을 맡기려 하자 서너 명의 일본인 미	→ 돈을 벌기 위해 혈안이 된 일본인 미용사들에게 는 잇가시처럼 보이는 화신미용실.

	장면	
	용사들이 정식 일본인 미용사가 아닌 오엽주에게 머리를 맡기는 이유를 물음. 대사 부인은 기품 있게 똑같은 머리를 하는 일본인 미용사는 재미가 없다며 거절. [장면3] 미카이 머리를 정성스레 다듬어 주는 인덕. 그러면서 오늘 주근깨와 미용을 정성으로 생각하여 즐거움을 잊었던 것을 알게 됨. [장면4] 대사 부인은 인덕에게 머리 손질을 맡겨 보자고 제안하지만 인덕은 지금은 실력이 없지만 전력을 다해 노력해 실력이 쌓이면 그때 기회를 달라고 요청하고, 대사 부인은 눈을 찡긋하며 수락함. [장면5] 미용실로 돌아가는 택시 안에서 오엽주는 경기를 하는 것은 매우 힘들다는 것을 알려 줌. 그리고 남과의 경쟁처럼 보이는 것 같지만 결국 자신과의 싸움임을 잊지 말라고 응원함.	
15. 갑자기 내린 소나기	[장면1] 비 오는 날, 오엽주와 수습생들이 아침 모임. 오엽주는 앞으로 미용에서도 화장수와 크림들을 판매할 예정이라고 함. [장면2] 일본인 순사들이 미용실에 들이닥치더니, 미용실에서 화장품을 판다는 이유로 오엽주를 경찰서로 연행함. 오엽주는 이후의 수습을 세 사람에게 부탁함. [장면3] 불안에 떠는 세 사람. 향심은 화신백화점 사장에게 도움을 청하러 가고, 미정과 인덕도 불안감을 떨치기 위해 더 열심히 일함.	→ 비 오는 날, 종로의 길 상태(일본인 거주 지역과의 차별), 일본이 화장품을 독점한 상황. → 이제 온 수상한 손님에 대한 회상.
16. 미리 약속한 손님	[장면1] 불안한 시간이 더디 가자, 인덕은 헛생각을 하지 않기 위해 미정이의 머리를 다듬어 주겠다고 함. [장면2] 인덕이 약속했던 미정의 머리 손질을 끝내고 나자, 정오에 오기로 했던 예약 손님이 도착함. 미리 약속했던 중요한 손님은 평양 출신 기생 가수 이옥란이었음. 오엽주의 지시대로 꼭 해야 하는 상황이었음. [장면3] 여자로 화신미용실로 꾸며온 이옥란과 실랑이를 하는 인덕. 결국 고 마담의 눈썰미에 따라 인덕이 이옥란의 머리를 만지게 됨.	→ 미용하는 애들을 천것이라고 하는 이옥란의 막에 발끈하는 인덕.

동화·청소년소설 쓰기의 모든 것

17. 재능과 노력	[장면1] 미정이 응원으로 힘을 얻고, 노란 공책을 펼쳐 들어 이옥란을 똑바로 쳐다보는 인덕. 어울리는 스타일을 고르고 이옥란과 어울리는 분위기를 만들어 나가는 인덕. [장면2] 머리가 아주 마음에 든 이옥란과 그 마음. 마음에게 자기와 같은 수습생에게 기회를 줘서 고맙다고 인사하는 인덕. 마음은 인덕에게 재능 있는 애들이 노력까지 했을 때가 기대된다는 응원을 듣고 큰 산 하나를 넘은 느낌을 받음.	→이옥란의 캐스팅 과정 : 재능 있는 사람이 노력하면 정해진 답이 없다.
18. 변해가 는 나비 가 되고	[장면1] 화신미용실에 취재를 나온 〈삼천리〉 잡지 기자. 오영주는 인터뷰를 통해 미용은 수술만 곱게 다듬는 것이 아니고 몸을 깨끗하게 만드는 것이라는 신념을 당차게 말함. [장면2] 경찰서에 다녀온 후, 그리고 이옥란의 머리 스타일이 알려지고 난 후, 더욱 유명해진 화신미용실. [장면3] 고 마담은 오영주와 소속 가수와 배우들의 전속 보장을 맡는 계약을 체결하러 옴. 그 사이 이옥란은 인덕에게 자신의 전속 미용사를 하라고 제안했으나 인덕은 거절함. [장면4] 이옥란과 대화로 오영주와는 또 다른 방향으로 자신의 삶을 개척하는 여성의 삶을 알게 됨.	→'난 예술가가 아니야. 난 장사꾼이야. 돈과 인기를 얻어 보니 알겠더라고. 장사가 얼마나 좋은 건지 알아!'
19. 타버린 꿈	[장면1] 인덕과 휴일 날짜를 정하는 향심, 미정. 몸을 축내며 일하는 인덕을 걱정하는 언니들. 인덕을 위해 휴가를 주기로 하고 인덕인 모아둔 돈을 지어 함께 나를 찾아가기로 함. [장면2] 할머니를 찾아가는 인덕에게 자신들이 돈을 모아 인삼 커피를 사서 내미는 향심과 미정. 언니들의 마음에 감동하며 내일을 기다리며 단잠에 빠진 인덕. [장면3] 밤 사이 방화점에 불이 나고 화신미용실은 흔적 없이 타버림. 오영주와 세 사람은 목놓아 울었고, 가지고 있던 모든 것들이 흔적 없이 재로 사라져버림.	[절정] TP 꿈의 산실인 방화 점이 불탐. 더 이상 오영주 밑에서 일 을 할 수 없고, 다시 혼자 힘으로 모든 고난을 헤쳐나가야 하는 인덕.

			[결말] 할머니의 응원이 로 자신의 꿈에 한 발짝 다가가는 인덕. 전과 달리 이제는 오염주의 도움 없이 스스로 성장할 수 있을 만큼의 힘이 생김.
20. 언 땅에 숨은 봄	[장면1] 악몽을 꾸고 일어나는 인덕. 할머니는 인덕을 데리고 야트막한 언덕을 올라 산나물을 캠. 그러면서 꽃이 피지 않았다고 죽은 건 아니게, 오히려 식물 속에서 꽃을 피우지 않는 것은 현명한 자연의 섭리라는 말을 하심. [장면2] 향심이 인덕을 찾아옴. 향심에게 받은 노란 곳책. 향심을 따라 미옹 행상일을 하기로 다짐하는 인덕. [장면3] 만만치 않은 행상일을 해나가는 인덕. 그러다 서촌의 한 기정집으로 출장을 가게 되었는데, 그곳에서 만난 이옥란. [장면4] 인덕이 옥란에게 왜 이렇게 자신에게 잘해 주냐고 묻자, 옥란은 특별히 잘해 주는 거 없다며 콧방귀를 끼지만, 그녀의 무심한 듯한 응원에 힘을 얻는 인덕.	→ 화신백화점 화재 이후 악몽에 시달리는 인덕. 그런 인덕에게 힘이 되고자 언 땅에 숨어있는 꽃을 알려 주려는 할머니. → 향심을 통해 전해지는 미정과 오염주 사장의 소식.	
21. 할머니 는 단발량	[장면1] '화신미용실 헤어소'를 인덕, 향심, 미정이 열게 됨. 행상에서 인연을 맺은 기생들과 주변 사람들의 도움으로 헤어소를 열 수 있게 되었음. [장면2] 사람들에게 파마를 선보이고 단발로 머리를 자를 사람을 자원받는데, 인덕이 손을 듦. 할머니는 스스로 비녀를 빼고 인덕에게 단발령으로 만들어 달라고 부탁함. 놀란 인덕. [장면3] 그때 한 선비가 나타나 할머니의 단발량을 반대하고, 할머니는 자신이 이런 것 실을 하게 될 까닭을 전함. 선비 또한 할머니의 말에 수긍하여 자신의 머리도 자르겠다는 의사를 표현함. [장면4] 여러 사람이 여기저기서 서로 사람들에게 머리를 맡기려 했고, 인덕은 눈물이 나려는 것을 애써 참음. 인덕은 할머니의 머리를 다듬기 전에 '손님, 저는 경성 최고 최신의 미용사 김인덕입니다.'라는 소개로 하러 숙여 인사함.	→ 머리칼을 지키는 것이 조선을 지키는 것이라 생각했지만, 정작 조선 땅에 사는 아이들이 꿈을 찾지 못한 것을 보고 나란히 이제는 이들을 보지 않은 것을 후회하게 되었다고 말함. 젊은이들이 자기 꿈을 이루는 데 조금이라도 도움이 된다면 할머니는 백번이라도 나설 것이라고 함.	

374

장(章)	현재 진행되고 있는 사건	배경이나 주인공의 과거

■ 캐릭터의 역할

① 할머니 : 신분이 높고 지체 높은 양반가의 안주인이지만 돈보다 더 중한 것이 무엇인 좋은 것이 무엇인 줄 알고 실천하는 어른이 표본. 그러나 처음에는 할마니도 미용 일을 천한 일이라고 생각하는 점이 없지 않았고, 머리길을 지키는 것이 조선을 지키는 것이라는 명분을 좇았음. → 인덕을 포함한 조선의 젊은 청년들이 정말 살아가야 하는 명분 만들기 위해 명분 보다는 실리를 처리는 것이 중요함을 깨닫고 난 후, 자신의 머리를 인덕에게 맡기며 변화에 앞장섬.

② 오염주 : 인덕이 멘토 역할을 하며 인덕에게 미용 기술과 미용사에게 필요한 자질을 가르침. 승승장구하던 오염주 앞에 화마가 닥치고 화신 미용실이 불타면서 좌정하지만 그 좌정을 딛고 다시 일어나 인덕이 헤어숍을 응원하고 조력해 주는 역할을 함.

③ 항성과 미정 : 인덕과 함께 오염주 밑에서 미용 기술을 배우는 수습생. 기술을 익히는 것에 중점을 두다가 작품 후반부로 갈수록 진정한 자신의 꿈을 찾아 인덕과 성장하는 모습을 보임. 인덕에게는 라이벌에서 차차 든든한 지원군이 되어주는 인니들로 변모함.

④ 이옥란 : 처음에는 싸가지 없는 모습을 보이며 인덕에게 함부로 대하는 듯 하지만 뒤부터는 장사꾼으로 살아가는 자신의 삶의 지론을 솔직하게 털어 놓으며 오염주는 또 다른 당당한 여성의 모습을 보임. 겉은 차가워 보여도 속으로는 늘 인덕을 응원하고 기회를 주는 든든한 서포터즈 역할을 하고 있음.

《굿모닝, 굿모닝?》 분석표 (분석: 조윤주)

제목		굿모닝, 굿모닝?
등장인물	굿모닝 (태풍이)	화재 때문에 털이 벗겨져 흉측한 외모를 가진 개. 진돗개의 피를 물려 받아 충성스럽지만 사고로 인해 공주 가족에게 버려져 유기견이 됨.
	할아버지	굿모닝을 좋아하고 아껴 주는 존재로, 가족들과 떨어져 언덕 위에 혼자 살고 있음. 종일 고물을 줍고 무료 급식소에서 식사를 해결하는 독거노인으로 공원에서 굿모닝을 만나 함께 살아가게 됨.
	공주 아빠 / 공주 엄마	굿모닝의 첫 번째 주인이었지만 딸 공주를 물고 속에서 물었다는 이유로 굿모닝을 좋아냄.
	두리	굿모닝을 위기에서 구해 준 강아지. 주인한테 버려진 경험이 있는 강아지로 사람에 대한 적개심이 강하고 생활력 또한 강함. 굿모닝이 버려졌다는 사실을 알려 주는 존재로, 혼자 사는 방법을 일러 주며 굿모닝을 도와 줌. 직설적인 화법을 구사하여 때로는 굿모닝에게 계상처를 주지만, 결국 굿모닝을 찾아와 만나게 해 주는 역할을 하며 찾아와 함께하며 굿모닝의 가족이 됨.
	공주	열 살 여자아이, 굿모닝이 물렸에서 구해 기적적으로 살아남. 처음에는 굿모닝을 좋아했으나 사고 이후로 굿모닝을 미워함.
	시나몬 고양이	굿모닝을 위기에 빠트리고 위협하는 역들로 이들 또한 소외되고 외로운 존재들임.
시점/배경	1인칭 주인공 시점	가을~겨울 즈음의 시내 중심가
마지막 산책		[장면1] 공원 산책하는 태풍이와 아저씨 → 아저씨가 던진 공을 찾는 태풍이 [장면2] 하수구 → 풀밭 공을 찾는 태풍이 → 하수구 → 사라진 아저씨 → 아저씨를 찾는 태풍이 [장면3] 도시 한복판 아저씨를 찾아 헤매는 태풍이 → 다시 공원(풀밭) [장면4] 공원 풀밭(처음 있던 장소) 시간이 흘러 지녁에서 밤이 됨 → 종일 풀밭 걸어 배가 고파 이자 밑에 주저앉음

[감정변화]
→ 편안하고 즐거운 태풍이
→ 아저씨가 없어져 불안함

→ 불안+아저씨가 다시 왔으리라는 기대감
→ 포기/체념/기대감
"밤이슬이 젖으 다리가 후들거렸지만, 그래도 자꾸만 걸었다."

[발단]
주인공(태풍이)의 등장

TP1
주인을 잃어버린 태풍이: 편안하고 즐거운 상태에서 다급하고 불안한 심리로 변함

사냥꾼을 만나다	【장면1】 꿈 (돔숙) 공주네 시골집 앞 개천 → 붙이 남 → 붙길 속에서 발견한 공주 → 등에 붙씨가 떨어져 털이 탐 → 꿈에서 깸 【장면2】 과거 회상 공주네 안방에서 쫓겨남 → 공주를 몰았다는 누명을 씀 → 집안에서 집 밖으로 쫓겨남 → 쓰레기통을 뒤지다 다시 겸음 → 공터 → 담장 위 【장면3】 풀땅 → 공원 밖 → 공터 → 굿모닝을 잡으려는 두 남자(사냥꾼)를 만남 → 누렁개(두리)의 도움으로 벗어남(담장) → 담장 위로 달려감	→ 꿈직한 꿈 • 굿모닝의 겉모습이 '좀비개'로 불릴만큼 흉측하다는 것을 보여줌 → 억울함 → 두려움	꿈/과거 회상 장면 : 굿모닝의 과거와 버려진 이유에 대해 설명 【전개】 붙칠을 빠른 굿모닝을 두리가 구함:위험하는 존재 (사냥꾼)+도와 주는 존재(두리)
고물상의 두리	【장면1】 고물상(두리의 집) 두리와 고물상에 온 굿모닝 → 두리에게 사냥꾼의 정체를 듣게 됨 → 두리에게 버림받았다는 사람을 듣고 충격을 받음 → 과거를 회상하며 버려진 이유에 대해 생각함 → 두리에게 돌아갈 곳이 없다는 말을 들음	→ 두려움 버림받은 걸 인정하지 못함(현실부정, 혼란스러움) → 충격	
밥 타는 할아버지	【장면1】 고물상 → 공원 고물상을 나와 두리와 헤어짐 → 다시 공원 【장면2】 꿈 붙길이 이는 꿈 【장면3】 공원 팔각정 음식냄새에 이끌려 트럭 앞으로 감 → 음식을 받으러 줄서는 사람들을 봄 → 맴돌다가 돌을 맞음 → 도망치다가 사냥꾼 만남 → 할아버지와의 첫 만남 → 할아버지에서 벗어남 → 굿모닝이라는 이름이 생김 → 할아버지와 헤어짐	→ 아저씨와 만날 거라는 기대감 → 두려움 → 편안함	【전개】 할아버지와의 첫 만남 굿모닝이라는 이름이 생김 .. '굿모닝이요, 굿모닝' →제목과 연결되는 지점
깡패 고양이	【장면1】 공원(이자 밑) 할아버지에 대한 생각 → 배고픔 【장면2】 공원 밖 두리에게 찾아감 → 공터/거리에서 사람들에게 흉측한 모습 때문에 욕을 먹음 → 도둑고양이로부터 공격을 받음	→ 두려움	【전개】 자신의 흉측한 모습 때문에 사람들에게 욕을 먹고 고양이에게 공격을 받음

버려진 사람들	【장면1】 고물상 두리와 만남 → 이자씨, 공주, 할아버지에 대한 생각을 함 【장면2】 고물상 할아버지를 보러 공원에 가기로 함 → 사람들로부터 배신당한 두리의 마음을 들음 → 무료 급식소의 존재를 알고 할아버지의 처지에 대해서도 알게 됨 【장면3】 공원 팔각정 할아버지와의 두 번째 만남 → 할아버지가 받음 좀 → 할아버지가 같이 가지고 저 인하지만 같이 가지 못함 → 할아버지의 잘 가라는 인사	→ 그리움 → 할아버지에게 동질감을 느낌 → 고마움	
혼자 살아가 는 법	【장면1】 고물상 → 시장 두리에게 혼자 살아가는 방법을 알려달라고 함 → 시장에서 캔들 만남 【장면2】 길거리 붕어빵 집에서 아이들 놀래켜 붕어빵을 물고 감 → 먹이를 구하는 방법을 알게 됨 【장면3】 고물상 버림 받은 개는 혼자 살아야 한다는 두리의 말이 불편함	→ 홀로서기를 연습하는 두리 → 불편함 → 불편함	【전개】 혼자 살아가는 법을 배울 때 우는 굿모닝은 음식을 훔치는 방법을 배움
할아버 지의 파란 대문 집	【장면1】 공원 할아버지와의 3번째 만남 → 반가워하는 할아버지와 그에 응하는 굿모닝 → 열 흘 동안 할아버지와 만나면서 불안함 붙안함 해소 → 할아버지의 심장 소리를 느낌 【장면2】 고물상 → 공원 두리와 헤어지기로 결심 → 할아버지와 살겠다고 하겠다고 하자 두리가 따라나서고 사람 을 따르는 굿모닝을 두리는 이해하지 못함 → 두리와 헤어짐 → 할아버지를 따라가는 굿모닝 → 매일 기다려 주는 굿모닝이 고마운 할아버지 → 할아버지를 따라가는 굿모닝 【장면3】 언덕 → 할아버지 집 순수레를 타고 언덕을 지나 언덕 꼭대기에 이름 → 파란 대문에 도착	→ 불안함에서 편안함으로 바뀜 → 결심 → 반가움 → 신남	【전개】 두리와 헤어지고 할아 버지와 함께 살게 되 는 굿모닝

동화·청소년소설 쓰기의 모든 것

작품명	장면 내용	정서	구성
안녕, 굿모닝?	【장면1】할아버지 집 할아버지의 쪽방 묘사 →할아버지가 굿모닝을 씻겨 줌 →할아버지에게 자리를 씻겨 주는 장면(서로에 대한 상처를 보듬으며 치유함) →굿모닝에게 자리를 마련해 줌(굿모닝에게 드디어 안식처가 생김) →"자, 우린 한 식구가 되자 아!" →할아버지가 가족사진을 보여 주며 가족을 소개함 →할아버지의 처지를 알게 됨 →굿모닝이라는 의미도 알게 됨 →서로의 가족을 생각하며 상처를 매만지는 할아버지와 굿모닝이라 가족이 서로에게 되자고 약속함	→ 따뜻함, 안정감, 위로 • 대비 : 할아버지의 쪽방은 굿모닝이 오갈 데 없는 처지와 굿모닝이 보잘 것 없는 모습(외관)을 보여 주는 상징물 ★할아버지와 굿모닝의 상황은 처참하지만 서로에 대한 마음은 이와 반대로 따뜻하고 정다운 느낌을 줌.	【전개】 서로 가족이 되자고 약속하는 할아버지와 굿모닝
우리 할아버지랍니다	【장면1】거리 손수레를 끌고 집 밖으로 나선 할아버지와 굿모닝 →고물을 줍는 할아버지 【장면2】공터 사냥꾼이 있는 공터로 간 굿모닝 →사냥꾼과 마주쳤으나 아무 일도 일어나지 않음 →다시 할아버지와 고물을 줍는 굿모닝 【장면3】급식소 앞 →골기 →골목길 【장면4】고물상 함께 밥을 먹는 굿모닝과 할아버지 →밤이 되자 기득찬 수레 두리를 만날까 두려운 굿모닝 →고물상에 좋일 주은 물건을 팔고 돌아오는 둘 →두리가 궁금한 굿모닝	→ 두려움+안심 → 두리에 대한 두려움+궁금증	【전개】 할아버지와의 일상을 함께 하는 두리가 궁금함
사라진 굿모닝	【장면1】신호등(입주일 후) →도로 할아버지와의 일이 익숙해진 굿모닝 →공주의 냄새를 맡고 쫓아가는 굿모닝 →도로가에서 공주의 차를 발견하지만 놓침 →도로의 사거리까지 뛰어가다가 멈춤 【장면2】도로 →건널목 119 구급대원들으로부터 도망 →인도로 뛰어가는 굿모닝 →할아버지가 아닌 공주를 기다리는 굿모닝 【장면3】건널목 →공원 두리에게 할아버지가 자신을 기다리고 있다는 사실을 알게 됨 →멀리서 할아버지를 봄 →쫓겨나 두리의 사정을 알게 됨 →자신의 잘못을 깨우는 굿모닝 →할아버지와 함께 할아버지 집으로 가는 굿모닝	→ 다급함 → 기대감 → 미안함, 고마움	【위기】 ①할아버지와 일을 하다 공주의 냄새를 맡고 쫓아가는 굿모닝(할아버지와 이별) ②자신을 기다리고 있는 할아버지에게 다시 달려감

아침에 만나요	[장면1] 할아버지 집 아파서 일을 쉬는 할아버지를 두리와 굿모닝이 옆에서 지키고 있음 → 공주를 못 잊어 행동을 반성함 → 잠이 듦 [장면2] 할아버지 집(불) 불이 나서 할아버지를 깨움 → 사람들을 불러온 굿모닝 → 아직 빠져나오지 못한 할아버지 → 할아버지를 구하러 간 두리와 굿모닝 → 불길 때문에 무서워서 들어가지 못하는 굿모닝과 이를 설득하는 두리 → 또다시 불에 붙이 붙은 굿모닝 → 할아버지를 구한 두리와 굿모닝 → 좋음이 쓰어지는 굿모닝	→ 반성 → 두려움을 극복	[절정/결말] TP2 (성장/극복) ①할아버지를 버린 자신의 행동을 반성하는 굿모닝 ②'불'이라는 트라우마를 극복하고 할아버지를 극복까지 지켜 냄

■ 장면 분석

장면	상징	의미
고물상/무료 급식소	사회에서 소외되고 버려진 둘이 처지를 상징하는 장소	소외
공터(쓰레기)	굿모닝이 버려진 장소+할아버지를 만나게 된 장소. 상처의 공간이자 치유의 공간	상처 → 치유
시장	굿모닝이 삭막한 세상과 맞닥뜨리며 자신의 정체성에 대해 의문을 갖는 공간	정체성
공주네 집	굿모닝이 첫정이며 굿모닝이 그리워하는 공간이자 트라우마가 된 공간	상처(트라우마)
할아버지 집	할아버지와 가족이 되는 공간. 서로의 상처를 보듬으며 위로를 얻는 곳	치유, 위로
건널목(신호등)	공주를 찾으러 할아버지를 버리고 건넛목에서 도로로 뛰어나간 굿모닝의 모습을 보여 주는 공간. 이곳에서 공주를 기다리다가 두리디가 두리로부터 할아버지의 사정을 듣고 할 아버지에게 돌아갈 결심을 하는 장소	깨달음(성장)

■ 인물 관계도

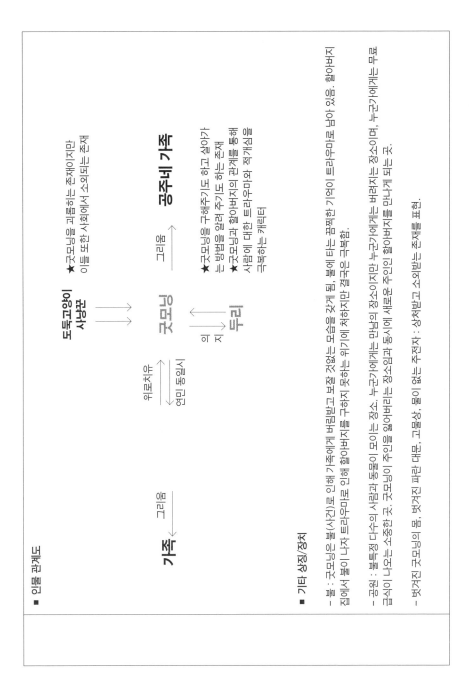

독특고양이 사냥꾼

★굿모닝을 괴롭히는 존재이지만 이들 또한 사회에서 소외되는 존재

위로치유
인민 동일시

가족 ──그리움──→

굿모닝
의지
↕
무리

공주네 가족 ──그리움──→

★굿모닝을 구해주기도 하고 살아가는 방법을 알려 주기도 하는 존재
★굿모닝과 함께지의 관계를 통해 사람에 대한 트라우마와 적개심을 극복하는 캐릭터

★굿모닝을 구해주기도 하고 싶이가는 꿈적한 기억이 트라우마로 남아 있음. 함께지는 트라우마로 인해 치하지만 결국은 극복함.

■ 기타 상징/장치

- 불 : 굿모닝은 불(사건)로 인해 가족에게 버림받고 보잘 것없는 모습을 갖게 됨. 불에 타는 꿈적한 기억이 트라우마로 남이 있음. 함께지 집에서 불이 나자 트라우마로 인해 함께지를 구하지 못하는 위기에 처하지만 결국은 극복함.

- 공원 : 불특정 다수의 사람과 동물이 모이는 장소. 누군가에게는 만남의 장소이지만 누군가에게는 버려지는 장소이며, 누군가에게는 무료 급식이 나오는 소중한 곳. 굿모닝이 주인을 잃어버리는 장소임과 동시에 새로운 주인인 함께지를 만나게 되는 곳.

- 벗겨진 굿모닝의 몸, 벗겨진 피란 대문, 고물상, 불이 없는 주전자 : 상처받고 소외받는 존재를 표현.

《교산관 책동무》분석표 (분석: 고수진)

교산관 책동무

제목		내용	참조
등장 인물	지성	판노비인 어머니를 따라 15세가 되면 판노비가 될 처지. 글 읽기를 좋아하지만 아버지의 반대로 속상하다. 글 읽기 좋아하는 사람이 되고 싶다. 대훈군을 만나 중요한 일을 맡게 된다.	(발단) - 지성의 욕망 : 책, 글자 - 장애물 : 아버지(대립 관계), 　노비 신분 - 조력자 : 어머니
	대훈군	노비 출신이다. 그래서 노비라는 신분 때문에 어무것도 이루지 못한다. 지성의 마음을 누구보다 잘 읽는다. 지성을 더 큰 세상으로 이끈다.	
	천달	지성을 죽이려 앙반이라고 몸싸움을 벌인다. 그러나 지성의 도움을 받은 후부터 든든한 조력자가 된다.	
	선경	대훈군의 부탁을 받고 지성이 귀동냥으로 천자문을 익힐 수 있도록 도와준다.	
	덕구, 최교리	노비 주제에 더 큰 꿈을 꾸는 지성과 대훈군을 무시한다. 대훈군을 무너뜨리기 위해 역모죄로 모함한다.	
장(章)		현재 진행되고 있는 사건	참조
1. 흥진 책		- 어머니가 지성에게 준 책을 도로 가져가려고 한다. 이젠 나리가 찾고 있다는 것이다. 그래서 지성은 크게 실망한다. (지성이 신분은 노비) - 갑자기 나타난 아버지가 책을 빼앗아 지성에게 직접 태우도록 한다. - (과거 설명) 화전민이었던 아버지를 관노비였던 어머니가 받아 주었다. - 그날 밤, 지성은 악몽에 시달린다. (책을 향한 강증을 보여 준다. 꿈을 통해 주인공의 심리 상태를 우회적으로 드러내고 있다.) - 새벽, 상처받은 지성의 마음은 어둡고 서늘하다.	(발단) - 지성의 내적 갈등. - 장애물 : 아버지(대립 관계), 　노비 신분 　노비 선분 - 조력자 : 어머니
2. 욕정이 앙반		- 땔감을 모으는 노비 아이들이 하얗고 글 읽기를 좋아하는 지성을 앙반이라고 비웃는다. - 지성이 천달을 들이받지만 큰 일방적으로 얻어맞는다. - 지성은 할아버지를 떠올리며, 천달이와 아버지가 틀렸다는 걸 보여 주겠다는 의지를 다진다.	(발단) - 지성의 내적 갈등. - 장애물 : 천달(대립 관계).
		- 지성은 금산을 읽다는 천을 보고 자신이 좋고 겁을 먹는다. 그런 지성 앞에 여자아이(선경, 아씨에게 글을 가르쳐 줌기가 나타나서 금산이라는 글자를 알려 준다.	(발단→전개)

동화·청소년소설 쓰기의 모든 것

장면	내용	분석
3. 거신 순수건	- (선경의 설명) 글자를 모르는 사람들이 산에 들어갔다가 굴에 끌려가기도 한다. - 지성은 천참 어머니가 산에 들어가려는 것을 막았다. 천참 어머니가 쓸모 있는 사람이 된 것 같아서 뿌듯하다. - 시낭가에서 선경에게 받은 손수건을 빨면서 선경을 떠올린다. (선경에 대한 호감) - 천참 어머니와 아버지는 메림새를 가지고 와서, 지성이 도와준 일을 부모님께 이른다.	- 선경과 만남 (우호 관계로 발전 암시). **TP1** 금산 사건으로 쓸모 있는 사람이 된 것 같아 뿌듯함을 느낀다.
4. 덕구 팔방	- 지성은 천참 덕분에 덕구 팔방에서 일하게 된다. - 팔방 주인은 지성에게 붓정리를 맡기고 나간다. - (화상) 아버지가 찾아버지의 붓을 아궁이에 던지자, 지성은 분노했었다. - 팔방 주인은 지성이 붓을 진열해 놓은 솜씨에 감탄한다. 그때 덕구가 나타나 지성을 무시한다. - 지성은 덕구와 자신이 비교되어 초라하다. (처림새, 아버지, 책, 신분)	(전개) - 천참 : 대림 관계에서 조력자로 변화 - 새로운 공간 등장 : 덕구 팔방 - 팔방 주인은 조력자? - 장애물 : 덕구(대림 관계)
5. 산토끼 세필봇	- 지성은 덕구의 괴롭힘 때문에 팔방 생활이 고되다. 그러나 붓과 종이를 보고 만질 수 있다는 기쁨이 있기에 견딜 수 있다. - 지성이 어떤 선비에게 붓을 골라 주는 것을 보고 있던 한 양반(대호군)이 자신의 붓도 추천해달라고 한다. - 대호군은 노비라는 이야기를 듣고 후에 집으로 붓을 가져 오라는 심부름을 시킨다.	(전개) - 새로운 인물(대호군)이 등장해서 지성에게 새로운 과제를 내린다. (새로운 사건 암시)
6. 카툰방 전자문	- 지성이는 대호군의 집에 갔다가 선경과 마주친다. - 선경이가 대호군의 손녀에게 전자문을 가르쳐 주는 동안, 지성이가 가동낮으로 전자문을 익히게 된다. (대호군의 의도였음) - 선경이는 지성에게 대호군이 어떤 분인지 알려 준다.	(전개) - 지성에게 새로운 기회가 주어진다.
7. 주먹질	- 지성이 대호군의 집에서 전자문을 공부하는 동안 덕구의 심술이 더욱 심해진다. - 덕구는 지성이 자신의 책을 훔쳐봤다는 트집을 잡더니, 주먹질을 시작한다. 마침 대호군이 들어와서 이 장면을 본다. 그리고 팔방 주인에게 지성을 교사관으로 보내라고 한다. - 팔방 주인이 대호군의 중신에 대해 연급을 하려다가 만다.	(위기) - 대호군이 지성에게 두 번째 기회를 준다. - 갈등 상황이 기회로 이어진다.

장(章)	현재 진행되고 있는 사건	참조
8. 다시 만난 책	- 지성은 교서관에서 마음을 쓸다가 최 교리와 마주친다. 최 교리는 지성이가 대호군의 집무실에서 일한다는 말을 듣자마자, 얼굴을 구기며 면잔을 준다. - 대호군이 지성에게 책을 정리하도록 한다. 지성은 그곳에서 상강행실도를 보고 지난 일을 떠올리며 서러움에 눈물을 흘린다. 대호군은 그런 지성에게 기회를 주겠다고 한다. - (회상) 지성에게 글을 가르쳐 주신 함아버지. - 천덤은 지성이 당당해진 모습에 기뻐한다.	(위기) - 대호군의 도움으로 지성이 조금씩 성장한다. - 장애물 : 최 교리(대립 관계)
9. 깨진 벼루	- 지성은 교서관에서 일도 하고 지금까지 본 적 없던 글자도 배운다. (한글에 대한 복선) - 최 교리가 지성에게 다가와 트집을 잡으며 실랑이를 벌이던 중 최 교리의 관복에 먹물이 튄다. (대호군의 도움) - 최 교리가 시킨 무리한 심부름(목판을 옮기는 일)을 하다가 발을 헛디뎌서 넘어진다. 마침 지나가던 천덤이 구해 준다. (대호군이 나타나 상황을 파악)	(위기) - 훈민정음에 대한 복선 등장. - 최 교리의 괴롭힘.
10. 위험한 글자	- 대호군은 지성에게 훈민정음을 가르쳐 준다. 그리고 다른 이에게도 가르쳐 주기를 제안한다. - 지성이 함아버지와 대호군 사이의 과거 인연을 암시한다.	(절정) - 지성의 목적 : 훈민정음을 배우고 알리기.
11. 역모	- 지성이 교서관에서 천덤에게 훈민정음을 가르쳐 준다. 그때 누군가 들어오더니 의심스럽게 쳐다본다. - 지성과 천덤이 최 교리의 심부름을 마치고 돌아오니, 일부러 폐지함에 버리듯 두고 간 연줄 종이가 서재 버렸다. 아무래도 누군가 가져간 듯하다. - 선경이 다급하게 달려와, 대호군이 역모에 휘말렸다며 비밀함을 없애고, 기록 일지를 대체하게 전해야 된다는 말을 전한다.	(절정) - 역모로 인해 긴장감이 높아진다. - 지성의 목적 : 훈민정음을 지켜라
12. 부서진 종이함	- 지성이 대호군의 집무실에서 종이함을 찾아서, 그 안에 있던 종이를 화로에 태우다가 누군가의 공격을 받고 쓰러진다. - 집무실→집무실 뒤→호랑이가 나오는 뒷산→대호군 집→헛간	(절정) - 복선의 활용 : 호랑이가 나오는 뒷산(금산 조치). - 빠르게 공간을 이동하며 긴장감을 높임.

동화·청소년소설 쓰기의 모든 것

13. 배우지 못한 이름	지성이 눈을 뜨자 두 손과 발이 꽁꽁 묶여 있었고, 그런 지성을 닥구와 최 교리가 내려다 보고 있었다. 최 교리는 지성이 손에 쥐고 있던 종이에서 선경의 이름을 발견하고는 선경을 잡으러 나간다. 헛간에 불이 나서 죽을 위험에 처하자, 지성은 인간들을 써서 헛간을 탈출하려고 한다. 하지만 아무 소용이 없는 듯 정신을 잃어가던 즈음에 천일이 나타나서 두 사람을 구해 준다.	(절정) - 복선의 활용 : 선경과 지성의 이름이 적힌 종이. - 화재와 탈출 상황을 이용하여 긴장감을 높임. - 주인공 부각시키기 : 지성과 닥구 / 지성과 천일의 행동 비교.
14. 선택	교서관 화재 사건 후, 대호군은 보이지 않는다. 지성은 대호군에게 받은 농사직설로 아버지의 농사를 돕는다. 훈민정음이 반포되고, 대제학 이론이 지성에게 교서관으로 다시 오라는 제안을 한다. 때마침 선경이 나타나서 대호군의 서찰을 전한다. 지성은 '배우라'는 서찰을 받고, 대제학의 제안을 받아들이기로 결심한다.	(절정) TP2 대제학의 제안을 받아들이는 지성.
15. 교서관 책동무	노비 대신 교서관의 시종이 된 지성과 전령으로 일하는 천일은 대화를 나누며 퇴청한다.	(결말) - 두 사람의 대화를 통해 주변 인물들과 사정을 간접적으로 전달하고 있다.
내용	《플롯 분석》 [처음] 글을 좋아하지만 노비로 살아야 한다는 한계가 있다. ⇨ [TP1] 선경을 만남. 금산 사건 ⇨ [낙구팔방] 대호군을 만남. 귀동냥으로 천자문을 익히고 한다. [교서관] 비밀글자를 배우고 가르친다. 대호군을 도와 비밀글자를 지킨다. ⇨ [TP2] 다시 교서관으로 들어가기로 결심한다. ⇨ [끝] 교서관 사충의 삶을 살아간다.	

《B라인 분석 : 지성이 할아버지 부분》

	(스토리보드 상) B라인에 해당하는 내용	특징
1	15쪽, 할아버지&아버지와 어머니의 과거	아버지가 어머니를 대하는 행동을 본 후, 이어지는 지성의 설명 → 출신 신분에 대한 정보가 담겨 있음
2	23쪽, 아버지와 할아버지의 상반된 입장	아버지의 눈빛을 떠올리며 → 아버지의 행동에 대한 이유를 설명
3	24쪽, 지성은 할아버지가 가로쳐준 산(山)자를 바닥에 적으며, 고비를 이겨내겠다고 다짐한다.	무시 당한 후에 할아버지 기억 회상 → 용기를 얻음
4	41쪽, 할아버지의 붓	붓을 진열할 때 할아버지 붓이 버려진 기억 회상 → 아버지와 지성의 갈등
5	84~85쪽, 할아버지가 지어주신 이름의 뜻	대호군을 보며 할아버지를 떠올림 → 할아버지의 책에 대한 열망, 지성의 이름에 담긴 뜻, 아버지의 반대, 할아버지의 뼝
6	104쪽, 순주 이름을 지성이라고 지어놓은 이르신	대호군의 기억 회상 → 대호군의 은인이 지성의 할아버지일지도 모른다는 암시

할아버지에 관한 기억이 6개로 쪼개어져서 곳곳에 배치되어 있음. 지성이 어떤 이유로 글을 글을 좋아하게 되었는지, 아버지는 왜 반대하는지에 대한 이유를 설명해 줌. 후에 대호군과의 인연에 필연성을 부여함.

《아빠는 전쟁 중》 분석표 (분석: 김정순)

제목	아빠는 전쟁 중
제목	
등장인물 신우	주인공, 중학교 1학년 남자 아이, 베트남 전쟁에 참전 중인 아빠는 늘 신우에게 자랑스러운 존재였다. 어느 날, 아빠가 베트남에서 돌아오게 되는데 뭔가 이상하다. 신우가 알던 늠름한 모습이 아니다. 신우의 일상에도 변화가 생긴다.
아빠	베트남 참전 군인. 베트남에서 돌아온 이후 정신이 온전치 못하다.
명호	어릴 때는 신우가 전쟁놀이에 간신히 끼워주는 존재였지만 중학교에 와서는 신우를 제치고 반장 선거에 당선된다.
철민	어릴 때부터 가깝게 지낸 한 동네 친구다. 신우가 싸울라치면 나타나 말린다.
유미	초등학교 때부터 옆집에 살아 어려서부터 가깝게 지내던 친구다. 신우가 좋아하는 인물.
누나	신우와 아빠가 위기에 몰릴 때 당차게 변호해 주는 인물이다.
엄마	아빠를 다독이고 곁에서 잘 보살펴준다.
배경	■ 시대적 배경 : 1970년대 ■ 공간적 배경 : 한국, 강원도 원주
형식	■ 대상 / 장르 : 청소년, 장편소설 ■ 한 줄 소개 : 베트남전쟁에 참전했던 아빠가 집으로 돌아오면서 신우에게 벌어지는 이야기. ■ 표지 : 군복을 입은 아빠의 모습을 책 표지 전면에 그려져 있다. 물감을 두껍게 덧칠한 그림은 한 편의 작품을 보는 듯한 느낌과 함께 후기심을 불러일으킨다. 아빠 옆글에 덧칠된 물감들은 얼핏 상처처럼 느껴지기도 한다. ■ 시점 : 1인칭 주인공 시점 ■ 구성 : 총 13장으로 구성

장(章)	현재	인물, 배경, 회상 등	구성, 인물, 기타
1장 학교 가는 길	집 → 학교 가는 길 - 반장 선거가 있는 날 아침, 신우는 누나 도시락 반찬에 소시지를 자기 반찬통으로 옮겨 담아 대문을 나선다. - 학교 가는 길 철민이를 만나 승민이가 자신을 싫기로 했냐고 묻고 다짐을 받는다. - 학교 가는 길 김철 쌤 상회 앞에서 눈을 쓸고 있는 아빠를 만난다. 아빠는 신우에게 학교 가냐고 묻지만, 신우는 대답하지 않고 모른 척하며 학교로 향한다. - 학교 앞 신우는 명호와 유미가 함께 있는 것을 목격하고 주먹을 꽉 쥔다.	▲ 시공간적 배경 1970년대, 한국, 베트남 전쟁은 진행중. ▲ 주요 인물 - 주인공 신우: 어려서부터 반장을 도맡아 해왔으나 베트남전에 참전했던 아빠가 돌아오고 집 밖에 돌아다니기 시작하면서부터 뭔가 자신의 위치가 전과 다르다고 느낀다. - 아빠: 베트남 참전 군인, 집에만 있다가 요근래 동네에 나오기 시작했다. ▲ 과거 회상 - 아빠가 돌아오고 나서 조금씩 일상에 균열이 가기 시작했다. 제일 먼저 명호가 전쟁놀이에 나오지 않았다더니 급기야 내년에 반장에 좋아한다는 소문이 나기 시작했다. 아이들도 하나둘 비밀부에 나타나지 않기 시작했다.	발단 ▲ 시점 1인칭 주인공 시점 ▲ 인물 신우, 아빠, 누나, 철민, 명호, 유미 ▲ L.S 신우는 반장 선거날 학교 가는 길에 아빠를 보고 모른척 한다.
2장 일주일에 딱 한 장 사진 한 장	학교 교실 → 학교 화장실 - 점심시간 신우의 소시지 반찬은 금방 동이 났지만 명호는 김밥을 싸가지고 와서 열 명도 넘는 아이들이 명호를 따라 나간다. - 신우는 상민, 창수 대신 화장실 청소를 하러 가다가 화장실을 보게 되고 뒤이어 명호가 따라가는 걸 보게 된다.	▲ 과거 회상 - 유미는 어렸을 때부터 옆집에 살아 매일 붙어 다닌 신우의 친구였다. 유미마저 명호에게 빼앗긴 것이 아닌지 신우는 학교에서도 그 생각을 떨쳐버리고 있었다. - 초등학교 4학년 미술 시간에 근육 입은 아빠 사진을 그려서 아이들에게 아끼기가 어색한 경험을 떠올린다. 그때 명호가 전쟁 놀이를 하자고 했고, 신우보고 대장이라고 한 것도 명호였다.	발단 ▲ 인물 신우, 철민, 명호, 태광, 정표 ▲ L.S 아빠 사진 한 장으로 신우는 아이들 사이에서 대장이 되지만 잊혀지만 지금은 아빠 때문에 아이들이 등을 돌리게 된다.

	발단 ▲ 인물 신우, 명호, 철민, 선생님, 친구들 ▲ L.S 신우는 명호에게 3표 차이 로 반장 선거에서 떨어진다. **TP1** 반장 선거에서 명호 가 당선됨.

▲ 과거 회상
- 신우는 공책 사이에 끼워둔 사진을 꺼내 보다
가 명호와 아빠 사진을 떠올린다. 인천공항에
서 대통령과 함께 사진을 찍었다는 얼굴도 잘 보이지
않는 사진을 꺼내보이던 명호. 아이들은 그
사진을 보고 이제 대장은 명호가 해야하는 것
아니냐고 떠들던 기억을 떠올린다.

3장
반장 선거
	학교 → 집에 가는 길
	- 3표 차이로 명호가 반장에 당선이 되고 신우는 열
	  열 환경미화부장이 된다.
	- 학교 청소를 마치고 홀로 남은 교실에 앉아 있던
	  신우는 홀로 교실을 나온다.
	- 신우는 아이들을 피해 가고 싶었지만 문방구 앞에
	  몰려있는 아이 중에 명호와 눈이 마주친다. 명호
	  가 아빠 흉내내는 것을 보자 신우는 명호에게 달
	  려간다.
	- 때마침 국기 하강식이 거행된다. 명호는 신우를
	  피해 달아나지만 붙잡힌다. 신우가 명호를 거칠
	  게 밀어 명호는 진흙으로 고꾸라진다.

- 신우는 철민을 따라간다. 화장실 모퉁이 뒤편에
서 보니 철민이 쫀드기를 먹고 있다. 신우는 명호
가 준 거라 생각해 화가 나지만, 반장 선거 때문에
참는다.
- 화장실 안쪽에서 또 아이를 말하는 소리가 들린
다. 신우아빠가 미쳤다는 이야기를 명호가 했다
는 것과 명호를 찍을 거라는 이야기를 듣은 신우
는 빗자루로 아이를 정강이와 배를 찌른다.
- 철민이 어느 틈엔가 와서 말리고 이게 다 나혀 아
빠 때문이라는 말에 신우는 한동안 움직일 수 없
었다.

장(章)	현재	인물, 배경, 회상 등	구성, 인물, 기타
4장 아빠가 돌아왔다	집 - 신우는 집에 돌아오자 아빠가 있는 방문을 열고 들어가 부어가 차밀어 반장에 떨어졌다며 아빠에게 개정선물 치라리고 한다. - 잠시 후 신우는 아빠가 선물해준 뱃지가 없어진 것을 알게 되고 명호와 싸웠던 곳에 가서 찾으려고 방문을 나서려는데 명호 엄마 목소리를 듣게 된다. - 명호 엄마는 명호 얼굴이며 옷을 엉망으로 만들어 놨다며 치료비와 세탁비를 내놓으라고 했다. - 누나가 이 소리를 듣고 명호가 먼저 아빠를 놀려서 그런 거라고 한다. - 잠시 후에 술에 취한 명호 아빠가 나타나 반장이로 명호가 아빠을 베풀러며 횡설수설한다.	▲ 과거회상 - 아빠가 집으로 돌아온다고 한 날, 신우는 학교까지 가까스로 조퇴해 원주역으로 찾아갔다. 그러나 아빠는 신우가 생각하던 모습이 아니었다. 집에 와서도 아빠는 엄마가 준비한 이불을 마다한 채 창고에 가서 머칠을 나오지 않았다. 창고에서는 아빠가 기끔 하는 이상한 말이 들려왔다.	전개 ▲ 인물 신우, 명호, 누나, 아빠, 명호 엄마, 명호 아빠 등 ▲ L.S 신우는 아빠가 선물해준 뱃지를 잃어버리고 명호 엄마는 신우를 찾아 온다.

		전개
		▲ 인물 신우, 명호, 유미, 담임 선생님, 철민, 정표 등 ▲ L.S 명호는 신우에게 재변봉투를 건게 하고 신우는 모욕감을 느낀다.

▲ 과거 회상
- 신우는 김제 쌀 상회 앞에서 어른들이 모여 이야기하는 것을 듣게 된다. 명호 아빠가 대통령 그쪽 일을 하게 되어 자동차를 주었다는 것. 떼마침 뒷자리에서 명호 얼굴이 보이고 아이들은 너도나도 차를 태워달라 한다. 신우는 예전에 명호가 보여줬던 인천공항 사진이 진짜였다고 생각하게 된다. 하지만 신우는 명호에게 태워달라고 하지 않았다.

**5장
재변봉투**

장면이 할머니네 → 학교가는 길 → 교실

- 재변봉투를 해 가야 하는데 변을 보지 못한 신우는 집밖이 할머니네 개울을 담어 재변 봉투에 넣고 학교에 간다.

- 학교 가는 길에 유미를 만난다. 유미가 팔짱을 끼자 부끄러워진 신우는 팔을 빼어내고 먼저 앞서 간다.

- 유미는 그간 신우와 명호 사이에 있었던 일에 대해 이야기하자 신우는 그새 명호와 유미가 둘이 만난 건가 싶어 화가 치밀어 오른다.

- 유미는 명호가 과외를 한다고 이야기해 주고 공부 마저 명호한테 빼앗길 거냐고 하자 신우는 정신이 이 번쩍 든다.

- 학교에 가니 명호가 신우에게 재변봉투를 건으라고 한다. 아이들은 신우 자리에 재변봉투를 던지듯 두고 간다. 화가 치민 신우가 명호를 한 대 치려고 다가가는 순간 담임 선생님이 들어온다.

- 담임 선생님이 건네 준에 반 아이들의 재변봉투를 담아 정리하던 신우는 터진 재변봉투에서 흐른 똥을 만진다. 손과 옷이 엉망이 된다.

장(章)	현재	인물, 배경, 회상 등	구성, 인물, 기타
6장 전쟁놀이	집 → 남자 개구리신 본부 - 아빠를 지키라는 엄마, 누나의 당부에 집에 있던 신우는 철민이 본부가 이상하다며 다녀와서 형들이 접수했다는 말을 듣는다. - 철민을 먼저 돌려보내고 신우는 아빠를 두고 본부로 향한다. - 그곳에 형들과 명호가 있었다. - 땡통 형이 신우에게 이제부터 명호에게 대장이라고 부르라고 하자 신우는 싫다고 한다. - 땡통 형은 신우 아빠가 전쟁에 가서 미쳐 돌아왔다고 하고 신우는 빽 소리를 지른다. - 땡통 형은 본부 안에 스티로폼 등을 공사장에서 훔쳐 왔냐고 하고 자신의 아빠와 똑같다고 한다. - 형들이 밀치자 신우는 뒤로 넘어진다. 개똥이 온몸에 묻고 눈물이 난다. 꿈에서처럼 아빠가 나타날까, 자신도 모르게 아빠를 찾고 있었지만 없었다. 신우는 이 모든 것이 아빠 때문인 것 같아 원망스럽다.	▲ 과거 회상 - 그게 철민이와 놀다가 집에 돌아왔을 때 신우 아빠는 장독대에서 자신의 전쟁 중이었다. 아빠는 집에 돌아온 후부터 가끔 그렇게 장독대에 올라가 전투 중이다. 포격을 맞은 것처럼 머리를 감싸고 장독대 뒤에 숨기도 하고 '돌격' 하며 앞으로 돌격하기도 한다. 엄마는 그런 아빠를 사람들이 볼까 두려워, 또 밖에 나가 잘못될까 싶어 아빠 방 밖에 문을 잠가 두었다. 그러는 아빠를 데리고 여기저기 병원을 다녀오더니 전쟁 트라우마 때문이라며 사람들과 어울려야 한다고 했다. 아빠가 밖에 나가 사람들을 만난 것은 그리 오래되지 않았다.	위기 ▲ 인물 신우, 철민, 땡통 형, 명호 ▲ I.S 신우는 명호와 형들에게 본부를 빼앗기고 돌아온다.

동화·청소년소설 쓰기의 모든 것

장		꿈	위기
7장 미행	본부 앞 → 만화방 → 아파트 공사장 → 정부이 할머니네 - 카길수록 아빠와 닮았다는 말에 신우는 잠에서 깬다. 만화방에서 첨민과 만화를 보던 신우가 깜빡 잠이 들었던 모양이다. - 만화방 주인이줌마와 화장품 판매원 이줌마는 신우에게 아빠가 공사장에서 돈 벌러 다니느냐고 묻는다. - 신우는 엄마 전 맴통 형의 떠올리며 그 길로 아파트 공사장으로 간다. - 공사장에서 애국가가 울려도 멈추지 않고 새마을 모자를 쓰고 무거운 짐을 지고 옮기는 사람을 목격한다. 바로 신우 아빠. - 신우는 숨죽여 아빠를 미행하고 아빠는 정부이 할머니네 마루에 짐을 내려놓는다. 아파트 공사장에 있던 것들이 있다.	▲ 꿈 - 신우는 본부 앞에서 맴통 형과 명호 일당을 아빠와 함께 도토리 세 종을 싸서 물리치는 꿈을 꾸게 된다.	위기] ▲ 인물 신우, 첨민, 만화방 주인 이줌마, 화장품 판매원 이줌마, 아빠 ▲ L.S 신우는 아빠를 미행하게 되고 공사장 점을 정부이 할머니네 옮기는 아빠를 보게 된다.
8장 배신	학교 → 집 → 김제 씨상회 부근 → 만화방 - 신우는 패슨림을 보러 만화방 가지는 첨민을 뿌리치고 집으로 간다. - 아빠를 무도 하고 유미와 떡복이를 먹으러 집을 나선다. 이 번 시험에서 1등을 하면 유미가 떡복이를 사준다고 했다. - 김제 씨상회가 다가올 때, 신우는 명호가 탄 자동차에 유미가 타는 것을 목격한다.		[위기] ▲ 인물 신우, 유미, 명호, 첨민 ▲ L.S 시험에서 1등 하면 떡복이를 사준다던 유미가 명호네 처를 타고 가는 것을 목격한다.

장(章)	현재	인물, 배경, 회상 등	구성, 인물, 기타
9장 도둑아빠	- 신우는 만화방에 가서 구석진 자리에 앉는데 창밖으로 아빠가 리어카를 끌고 옆차이 미는 모습을 목격하게 된다. - 철민이 만화방에 왔지만, 신우는 머릿속에 유미와 명호의 모습, 아빠와 옆차이 할머니가 계속 생각나 멍하니 티비만 바라보고 있다. - 만화방에서 레슬링 중계가 시작될 때 유미가 찾아와 경찰이 아빠를 잡아가려 한다고 전해준다. 집으로 가는 길 → 집 - 신우는 허겁지겁 집으로 뛰어오고 그런 신우 뒤를 유미가 따라온다. - 집에 도착하자 동네 사람들과 경찰이 있다. - 명호 엄마가 아빠를 도둑으로 몰자 신우 누나는 증거가 있냐고 당차게 이야기한다. - 결국 신우 아빠는 경찰서에 가서 조서를 받고 각서를 쓰고 돌아온다. - 늦은 밤, 신우는 엄마와 아빠가 나누는 대화를 문 밖에서 듣게 된다.	▲ 아빠의 과거 회상과 엄마와의 대화 - 경찰서에 다녀온 아빠는 한밤중에 엄마에게 베트남 전쟁에서 있었던 일을 이야기한다. 처음에 전쟁에서 이겨 돌아갈 생각을 했는데 전우가 하나를 전쟁 통에 죽고 자신이 총을 쏘아야 하는 사람들이 선량한 민간인이며 자신의 엄마처럼 느껴졌다고. 죽은 전우를 구하러 간 기억을 끝으로 병원에서 뭐어서 깨어났다고. - 아빠는 엄마에게 전쟁이 끝났냐고 묻고 엄마는 그래서 사람들의 물건을 훔쳤냐고 아빠에게 묻는다. 아빠는 대답이 없다.	절정 ▲ 인물 신우, 유미, 동네 사람들, 경찰들, 신우 아빠, 신우 엄마, 신우 누나, 고모 ▲ L.S 신우 아빠가 도둑으로 몰려 경찰서에 갔다 오다.

학교 → 시장 골목 만두 가게 → 집			절정
10장 아빠가 부끄러워?	- 국민교육헌장을 다 외우지 못해 청소를 하게 된 신우는 청소를 하다 말고 가려 하자 정표가 먼지를 건다. - 정표가 너희 아빠가 전쟁에서 아군 쏘고 도망쳐 온 것처럼 너도 그러는 거냐고 하자 신우는 정표 멱살을 잡고 주먹을 날린다. - 선생님이 보게 되고 신우는 우리 아빠는 도둑이 아니라고 소리치고 학교를 뛰쳐나온다. - 돌아다니다 중앙골목 시장 아는 만두가게 처마 밑에서 비를 피한다. 점점 배가 고프고 한기가 올라 오지만 집에 가면 지금쯤 학교에서 있었던 일을 엄마도 다 알고 있을 것이고 혼날 게 뻔하다. - 사방이 어두워지고 무서운 생각이 들 때쯤 만두가게 처마 밑을 나섰다. - 집에 돌아온 신우는 엄마와 누나가 이사에 관한 하는 이야기를 듣는다. - 몸이 불덩이 같아진 신우는 정신을 잃는다.		▲ 인물 신우, 은천, 담임 선생님, 엄마, 누나 ▲ L.S 신우는 아빠를 조롱하는 정표의 말을 참을 수 없어 정표를 때리고 학교를 뛰쳐나온다.

장(章)	현재	인물, 배경, 회상 등	구성, 인물, 기타
11장 비밀	집 → 점박이 할머니네 - 꿈에서 깨어 보니 아빠가 신우 옆에 바싹 붙어 신우를 내려다보고 있다. - 신우는 아빠에게 왜 이런 모습으로 돌아왔냐고 묻는다. 아빠는 시선을 피하고 슬그머니 밖으로 나간다. - 신우는 혼자 방에 누워 있다가 벌떡 일어나 집 밖으로 나가 아빠를 따라간다. - 아빠가 예상대로 점박이 할머니네로 들어갔다. 문 밖에서 할머니와 아빠가 나누는 이야기를 듣는다. - 방문을 열고 나온 할머니와 마주치게 되고 할머니는 아빠와 함께 밥 먹고 가라고 한다. - 신우는 방에 들어가 아빠와 적당한 거리를 두고 앉는다.	▲ 신우의 꿈 - 신우는 아빠의 몸으로 베트남 전쟁터에 있는 꿈을 꾼다. ▲ 과거 회상 - 아빠는 6.25 전쟁 때 동생과 엄마를 잃었던 기억을 떠올리고 할머니에게 이야기한다. ▲ 주요 인물 - 점박이 할머니: 아들이 월남전에 가서 실종되었다. 그러나 신우 아빠에게는 실망할까 봐 말하지 않았다. 신우 아빠가 아들이 되어 주겠노라 했다고. 신우 아빠는 점박이네 할머니 망가진 문도 고쳐 주고 수도도 고쳐준다. 할머니 아들은 누룽지를 좋아했다. 할머니는 신우에게 아빠가 좋은 사람이라고 말해준다.	결말 ▲ 인물: 신우, 아빠, 점박이네 할머니 ▲ L.S 신우는 아빠를 뒤따라가 아빠가 점박이네 할머니의 아들처럼 할머니를 도와드렸다는 것을 알게 된다.

396

12장 뜻밖의 진실	본부 → 동네 언덕 → 병원	▲ 과거 회상	결말
	- 오후 1시쯤 본부에 혼자 간 신우는 본부를 부순다.	- 신우는 본부에 가서 아이들과 작전 회의 했던 기억을 떠올린다.	▲ 인물 신우, 신우 아빠, 누나, 엄마
	- 아이들과 마주치기 싫어 돌아가던 중, 동네 언덕 위쪽에서 불길이 이는 것을 보게 된다.	- 어제 점방이네 할머니 집에 갔을 때 일을 떠올린다. 할머니가 나는 이빠 수저에 김치를 올려주었고 아빠가 그걸 보고 그랬는지 신우 순가락에 김치를 올려주었다.	▲ L.S 명훈네 집에 불이나게 되고 아빠는 불난 집에서 사람을 구하다 쓰러지다.
	- 가보니 새댁 아줌마네 집과 명훈네 집에서 불이 나 있었다.		
	- 사람들이 하는 이야기로 반지를 훔쳐 간 도둑이 명훈 아빠라는 것을 알게 된다.		
	- 아빠는 불길 속에서 사람을 들쳐 엎고 나오고 있었다.		
	- 아빠를 향해 달려 나가던 나를 누군가 붙잡았다. 아빠는 쓰러지고 어디선가 엄마의 목소리가 들려오는 듯했다. 괜찮아. 아빠는 씩씩하니까, 라고.		
	- 정신을 차려보니 병원이었다. 눈 뜨자마자 누나에게 아빠가 어찌 되었는지 물었다.		
	- 계단을 성큼성큼 뛰어올라 아빠 병실로 간 신우는 아빠가 신우를 부르는 것을 듣게 된다.		
	- 뒷말은 들리지 않았지만, 입 모양으로 미안하다고 말하는 것처럼 느껴졌다.		

장(章)	현재	인물, 배경, 회상 등		결말
		과거 회상		결말
13장 임시반장	동네 → 병원 → 학교 - 철민은 신우에게 명호가 일요일 새벽에 필요한 것만 챙겨 급히 이사 갔다고 전해준다. - 학교에 가니 아이들은 명호 아빠가 사업에 실패해 도둑질을 했다며 뒷담을 한다. 신우는 듣기가 싫다. - 교무실에 시험지를 가지러 간 신우는 선생님들이 하는 이야기를 듣고 베트남 전쟁이 끝났다는 것을 알게 된다. - 선생님은 명호 대신 신우에게 1학기 동안 임시 반장을 하면 어떠냐고 제안한다. - 미술 수업 시간, 반공 포스터를 그리는데 신우는 큰 글씨로 전쟁 멈춰라, 고 쓴다.	▲ 과거 회상 - 신우가 병원에 있을 때 유미와 명호가 찾아왔다. 명호가 빚지를 돌려주고 이사간다고 했다. 유미 말에 따르면 신우를 시샘하던 아이들이 명호에게 반장 나가라고 부추겼고 신우가 부러워서 그랬다는 것.		▲ 인물 신우, 철민, 유미, 명호, 담임 선생님, 기술 선생님, 체육 선생님 ▲ L.S 전학간 명호를 대신해 신우는 임시 반장이 되고 전쟁을 멈추길 바라는 메시지를 담은 포스터를 그린다. TP2 명호가 전학하게 되고 신우는 임시반장이 됨.
내용 분석	주인공의 목표 반장 선거에서 명호 이기기(아빠 때문에 자신이 명호에게 지게 됐다고 생각함) → 명호에게 공부와 유미를 빼앗기지 않기 위해 고군분투(아빠 이해하기)			

이야기 구성

발단 1~3장	전개 4~5장	위기 6~8장	절정 9~10장	결말 11~13장
- 신우는 반장 선거 날 학교 가는 길에 아빠를 보고 모른 척한다. - 아빠 사진 한 장으로 신우는 아이들 사이에서 대장이 되었지만, 지금은 아빠 때문에 아이들의 미움을 받게 된다. - 신우는 명호에게 3표 차이로 반장선거에서 떨어진다.	- 신우는 아빠가 선물해준 뱃지를 잃어버리고 명호를 찾아온다. - 명호는 신우에게 새 번호를 걸게 하고 신우는 모욕감을 느낀다.	- 신우는 명호와 형들에게 반분을 빼앗기고 돌아온다. - 신우는 아빠를 미행하게 되고 공사장 검은 점박이 할머니에게 옮기는 아빠를 보게 된다. - 시험에서 1등을 하면 떡볶이를 사준다던 유미가 명호네 처럼 믿고 가는 것을 목격한다.	- 신우 아빠가 도둑으로 몰려 경찰서에 갔다온다. - 신우는 아빠를 조롱하는 정표의 말을 참을 수 없어 정표를 때리고 학교를 뛰쳐나온다.	- 신우는 아빠를 뒤따라가 아빠가 점박이네 할머니를 그 아들처럼 챙기는 도와드렸다는 것을 알게 된다. - 명호네 집에 붙어 살게 되고 아빠는 붙난 집에서 사람을 구하다가 신우는 임시 반장이 된다. - 베트남 전쟁은 끝났고 전학간 명호를 대신해 신우는 임시 반장이 된다.

인물

인물	역할
유미	조력자. 신우가 좋아한다. 신우가 공부를 더 열심히 하게 해 주고, 결말 부분에 가서 명호가 신우를 만나 뱃지를 돌려주고 마음을 전할 수 있게 도와줌.
명호	대립 세력. 늘 1등에 대장으로 도덕된 신우의 일상에 균열을 일으키는 인물. 급기야 중학교에 올라가서는 신우를 제치고 반장 선거에서 당선됨.
엄마	아빠가 다시 회복될 수 있도록 보듬어주는 인물.
아빠	처음엔 신우에게 원망의 대상이었으나 결말 부분에 이르러서는 신우가 아빠를 이해하게 됨.

《열다섯, 벼리의 별》 분석표 (분석: 박미연)

제목		열다섯, 벼리의 별 – 박나영
등장인물	벼리	아버지의 죽음과 어머니의 희생으로 노비에서 양인이 된 소녀. 갈 곳이 없어서 서양화당에 들어가 3년 동안 잉글리시를 배웠다. 갈 곳 모아 어머니와 함께 사는 것이 꿈이었던 벼리에게 새로운 꿈이 생긴다. 통역가가 돼서 사람들을 돕고 싶다.
	스크랜튼	여학당의 선생님. 벼리의 꿈을 응원하고 도와준다.
	늦단이	시장에서 만난 갈 곳 없는 아이. 허당의 두 번째 학생으로 들어온다. 공부에 뜻이 없는 듯하지만 나중에는 자전걸을 만드는 벼리를 돕는다.
	미진 아기씨	오라비의 죽음 때문에 벼리를 미워한다. 잉글리시를 배우려는 아버지의 명이 탐탁치 않다. 하지만 역병에 걸린 자신을 도와준 벼리에게 마음을 연다. 여의사가 되고 싶다.
	김 대감	자신의 출세를 위해서라면 못할 것이 없는 인물. 이번에는 딸에게 잉글리시를 배우게 권력을 쥐고 싶어 한다.
	아델라	제중원의 여의사. 벼리에게 미리견에 가라는 제안을 한다.
배경	1880년 조선	서양 여러 나라와 조약을 맺으며 개화 정책을 펼친 1880년의 조선. 급변하는 정세 속에서 잉글리시의 중요성이 커지던 때.

장(章)	현재 진행되고 있는 사건	참조
1. 도둑맞은 편지	- 제중원 여의사 아델라와 함께 운종가에 김장이로 나온 나. 물건을 산 대가로 잠째미를 받는 것이 목적이다. 서촌가게에서 돈을 챙긴 나는 기분이 좋다. - 그러나 김첨지 아델라를 길에서 옳게 되자 당황한 나는 찾아 헤맨다. 설상가상 꼬마 여자에 외부당하면서 다리도 다치고, 돈도 잃어버린다. 동수 오라비를 만나 사정을 얘기한다.	별단 1 - 주인공(나) 소개 : 돈을 좋아한다. - 배경 소개 : 서양문물이 들어오던 구한말. - 아델라와 돈을 한가번에 얽나든다.

		발단 2
2. **악연일지 인연일지**	제중원에 와봤지만 아델라는 없다. 눈물이 쏟아진다. 그때 동수 오라버니가 아델라를 데려온다. 그런데 아델라 뒤에 이카 내 돈을 훔쳐 간 꼬질한 여자에, 눗단이가 있다. 오늘부터 나와 함께 해당에서 공부를 하게 됐다 한다. 양인해당에 오라는 아이들이 없어서다. 눗단이를 보자 삼 년 전 내 모습이 생각났다. 면전이 되나는 봇집 하나 들고 집을 나왔지만, 갈 곳이 없어 동수주막에서 하드렛일을 가져 다주던 동수오라버니에게 정동 여학당 이야기를 듣고 스크랜튼을 만났다. 낯설었지만 익숙해질 여가가 없었다. 잉클리쉬를 부지런히 배웠다. 그렇게 3년을 여기서 보냈다. 스크랜튼은 내게 눗단이와 내가 비슷한 처지라며 말한다. 하지만 자기가 훔치지 않았다며 뻔뻔하게 구는 눗단이가 미워 머리를 쥐어박았다. 엄마를 찾으며 우는 눗단이를 보며 내 처지를 떠올린다. 노비인 어머니. 어머니를 위해서라도 결심히 발범이를 해야 한다.	– 눗단이가 하당에 들어온다. – 3년 전 스크랜튼을 만나 잉클리쉬를 배우게 된 사연.
3. **서찰의 기억**	말쌍만 피우는 눗단이에게 언문을 가르치지만 통 진전이 없다. 영어를 배우겠다는 남자는 많은데 여학당에는 여전히 여학생이 없다. 그러다 북촌 김 대감에게 서찰이 온다. 김 대감의 집 노비였던 아버지는 그를 대신해 태형을 받고 죽었다. 삼년전 그의 집에서 도망나왔는데 들켰나 싶어 무섭다. 편지를 확인해보니 자기 여식에게 와서 영어를 가르쳐달라는 내용이었다. 김장이를 하면 돈을 주겠다는 스크랜튼의 말에 고개를 끄덕인다.	전개 1 – 여식에게 영어를 가르치겠다는 김 대감의 서찰. – 김 대감 때문에 죽은 아버지 사연.
4. **출세라니**	가마를 불러 스크랜튼과 함께 김 대감이 집으로 가는 길. 광통교에서 길이 막힌다. 나는 우연히 심정일을 이야기하고 있는 전기수를 보는데, 그의 말을 양인에게 유창하게 옮겨주는 관복을 입은 한 남자를 본다. 과거 합병냐 장수었으나 영어 하나로 출세했다는 역관이었다. 나 역시 잉클리쉬로 잘 먹고 잘 살 수 있지 않을까 희망이 생겼다.	전개 2 **TP1** – 잉글리시로 출세했다는 역관을 보며 희망을 가진다. (동기 부여)

장(章)	현재 진행되고 있는 사건	참조
5. 섬돌 위에서	- 김 대감의 집에 도착하자 아버지의 죽음과 어머니의 희생으로 면천이 됐던 과거가 떠오른다. - 미진 아기씨는 스크랜튼을 만나자 불쾌한 기색을 숨기지 않는다. 게다가 한때 노비였던 내가 통변을 하는 것도 기분이 나쁘다. 여전히 나는 노비에 불과한 것 같아 주춤거렸다. - 김 대감은 미진에게 이제 곧 남녀 구분 없는 시대가 올 거다. 잉글리시를 익혀 자신에게 힘이 되어 달라 한다. 나는 잉글리시를 배우려면 통변을 하는 내가 꼭 필요할 거라고 설득한다. 미진 아기씨는 고개를 끄덕이더니 나보고 밖으로 나가라 한다. 나는 문 밖에서 스크랜튼의 말을 통역했다. 나는 바들 맞으며 엄파벳을 알려주었다. 아기씨는 빠르게 글자를 익혔다.	전개 3 - 아버지의 죽음과 어머니의 희생. - 권세를 위해 딸에게 잉글리시를 가르치려하는 김 대감. 여전히 자신을 노비로 대하는 미진 아기씨.
6. I can	- 김 대감의 집에서 돌아오자마자 쓰러져 3일 만에 정신을 차렸다. - 전기수의 말을 통역해주던 역관들 떠올리며 나도 그렇게 되고 싶다 생각한다. 스크랜튼에게 내 과거에 대해 말하며 통역가가 되겠다고 하자 스크랜튼은 크게 기뻐하며 빈 노트를 선물로 준다. 나는 노트에 그간 배운 을 배운 을 I can 으로 바꾸자 흐뭇했다. Yon can 을 I can 으로 바꾸자 흐뭇했다.	전개 4 - 통역가가 되겠다는 결심+노력.
7. 넘어야 할 산	- 김 대감 집에 혼자 가겠다는 스크랜튼에게 역관이 되려면 피해선 안 된다고 생각한 나는 함께 가겠다고 한다. - 미진 아기씨는 오늘도 날 문 밖에 세워둔다. 공부를 얼마하지도 않았는데 그만 하겠다고 하자 김 대감이 호통 낸다. 역병으로 죽은 아들 대신 네가 이 집안을 위해 실력을 키워야 한다며 어찌 버리보다 못하냐고 호통을 친다. 미진 아기씨는 차마 김 대감에게 대들지 못하고 내 앞에서 서책을 찾아버리고는 당장 나가라고 한다. 매번이로 돌아가신 아버지와 옥받이가 된 내 처지가 중첩되어 슬펐다.	전개 5 - 미진 아기씨와 갈등. 여전히 옥받이인 자신의 신세.

8. 아무것도 모르면서	- 오늘은 늦단이까지 데리고 스크랜튼과 함께 시장으로 향했다. 양반 여식들은 신학문에 관심이 없으니 나같이 갈 곳 없는 아이를 설득해 학당에 데려가기 위해서다. 하지만 사람들은 서양 도깨비라며 돌멩이를 던지거나 소금을 뿌리기까지 한다.	전개 6 - 학당 학생을 모으기 힘든 상황.
9. 딕셔너리	- 시장을 나온 나는 혼자 서책 가게에 간다. 영어 사전을 집어 들지만 한문으로 된 건 없다. 그런 게 나오면 엄청 인기를 끌 거라는 책방 주인 말에 나도 그걸 가져오겠다고 코웃음친다. - 학당으로 돌아온 나는 늦단이에게 말 찾기 놀이를 하자고 제안한다. 눈에 보이는 모든 것들을 적기 시작한다. 궁금해하는 스크랜튼에게 나는 사전을 만들고 싶다고 얘기하자 도움을 주겠다며 나도 단어를 많이 모았다. 어떻게 묶을지 고민하다 쓰임에 따라 묶기로 했다. - 그런데 갑자기 제중원에서 마세 아저씨가 헐레벌떡 찾아왔다.	전개 7 - 한문 사전을 만들겠다는 결심+노력.
10. 사람을 살리는 일	- 이삼일 전부터 병자가 가득 들어와 일손이 부족하다. 특히 통역이 필요한데 아델라가 내 얘기를 했다고 한다. 가마니 동수 오라버니가 입 가리개를 내밀며 증세가 역병이랑 비슷하다며 걱정한다. 한 사내가 여자를 업고 왔다. 여의사 아델라의 어려운 영어를 정신을 바짝 차려 통역했다. 주사를 놓으려 하자 놀란 남편이 아델라를 밀쳤다. 나는 조선의 침 같은 거라고 설명하자 받아들인다. - 너무 많은 사람이 이왔다. 몇 년 전 김 대감의 집에서 역병에 걸린 갓집 도련님 생각이 났다. 겨우 정신을 처리고 방자들 사이를 오가며 쉼 없이 통변을 한다. 그런데 미진 아기씨 가까이에 실려 들어온다. 아델라는 어느 병자보다 먼저 치켜 보자고만 한다. 김 대감에게 통변을 하자 김 대감은 미진이 잘못되면 나와 어머니에게 책임을 물을 거라며 협박한다. - 아기씨의 열은 좀처럼 내려지지 않는다. 역병으로 죽은 오라버니 이름까지 부르며 앓는다. 붙이 나서 죽을 뻔했던 나를 강진 도련님이 구해준 일을 떠올렸다. 그 며칠 뒤 도련님은 죽었다. 미진 아기씨는 오라버니가 죽은 게 나 때문이라 생각했다. 나는 미진 아기씨를 정성껏 돌봤다.	위기 1 - 역병이 돌아 바쁜 제중원에서 통역을 함. - 병에 걸린 미진 아기씨. 살리지 못하면 책임을 물을 거라는 협박.

장(章)	현재 진행되고 있는 사건	참조
11. 깨져 버린 꿈	– 나들을 꼬박 앉고 아기씨가 눈을 떴다. 수고했다는 김 대감에게 어머니를 면전시켜 달라 청했다. 하지만 김 대감은 단칼에 거절한다. 집에 가고 싶다는 아기씨를 데리고 가버린다. – 담포가 흐르쥐 혼자 수가 좋았다. 이렇다는 약을 주며 아기씨에게 전해주라 한다. 그러면서 내가 사람을 살린 거라며 그만다 한다. 이제는 하당으로 돌아가라 한다. – 김 대감 집에 가보니 아기씨는 많이 회복된 모습이다. 날 보며 이제는 잉글리서를 배우고 싶다고 한다. 그러면서 나에게 잉글리시가 지붕이던데 이렇게 해야 하나, 넌 왜 하나도 묻는다. 나는 통변사가 돼서 날 필요로 하는 사람들에게 도움을 주고 싶다, 대답한다. 아기씨의 태도가 한결 따뜻해진 느낌이다. – 김 대감은 어머니의 면전 대신 엽전을 내민다. 그걸 아기씨가 보고 있다. 꿈이 깨진 느낌이다.	위기 2 – 어머니의 면전 부탁을 거절하며 화내는 김 대감. – 많이 변한 듯한 미진 아기씨.
12. 전진하는 길	– 하당에 돌아오자 늦단이 그동안 금자를 모은 걸 내민다. 그 뒤로 며칠 동안 자전을 만드는 일에 집중했다. 마침내 첫 번째 자전을 완성해 시장으로 갔다. 늦단에게 거울을 사주고, 혼자 서책방으로 갈 것. – 주인은 반기면서도 값을 깎으려 했다. 그때 전기수의 말을 통역했던 역관이 들어왔다. 내가 만든 자전을 보더니 영어를 말을 걸었다. 한참이나 대화를 한 후 청전을 해주며 자전 도 열 권이나 주문했다. 그러면서 내게 응원을 해주었다. – 그런데 늦단이가 보이지 않는다. 찾아 헤매다 할매들에게 실랑이를 벌이고 있는 걸 찾는다. 내 주머니를 찾아주고 싶어서 갔던 것. 순간 싸움이 나고, 겨우 빠져나온다. 늦단의 마음이 고맙다. – 하당으로 돌아와 나는 앞으로 자전을 열 권까지 만들겠다고 한다. 스크랜드는 무척 기뻐한다.	절정 1 – 직접 만든 자전으로 인정을 받음. – 늦단이의 진심을 알게 됨.

13. 세 번째 학생	– 제중원에 들렀다가 아렐라에게 'free'라는 말에 대해 듣게 된다. 미국에서는 누구나 동등하다며, 내게 미리견에 가라고 제안한다. 가슴이 두근거린다. – 그때 학당에 미진 아기씨가 혼자 왔다는 말을 듣는다. 아기씨는 앞으로 여기 와서 배우겠다고 한다. 그러면서 제중원에서는 고마웠다 한다. 이로써 세 번째 학생이 생긴 것이다. – 나는 내가 만든 자전을 아기씨에게 보여준다. 한 권 달라는 말에 직접 만들면서 공부를 해보는 게 어떻겠냐 한다.	결정 2 TP2 – 모두가 동등한 미리견에 가라는 제안. – 미진 아기씨가 세 번째 학생으로 등록.
14. 가고자 하나 갈 수 없는	– 나는 자전 판 돈을 털어 언문 소설을 아렐라에게 선물한다. 아렐라는 나를 미리견에 보내기로 했다며 통변가가 될 수 있는 좋은 기회라 했다. 하지만 어머니와 돈 생각에 쉽게 결정할 수가 없었다. – 고민하는 내게 미진 아기씨가 용기를 주지만 역시 벅찬 선택이다. 나는 스크랜튼에게 가지 않겠다고 말한다. 마음이 바뀌면 언제든 말하라 한다. 결심을 했는데 마음 한 구석이 휑했다.	결정 3 – 아렐라의 제안에 고민하는 나.
15. 이해의 한 걸음	– 며칠 뒤 아기씨가 저기와 함께 미리견을 가자 한다. 김 대감을 찾아가 자신은 서양 의원이 되고 싶다며 버리와 함께 보내 달라 청한다. 의원이 되어 힘을 실어드리겠다고 당차게 말한다. – 그날 밤, 학당에 어머니가 찾아왔다. 김 대감이 어머니를 면천해주었다는 거다. 미리견에 가는 아기씨를 따라가라며. 이제 어머니와 갈 수 있다!	결정 4 → 결말 – 의원이 되겠다는 아기씨, 자신과 함께 미리견에 가자고 제안. – 마음을 돌린 김 대감. 마침내 면천 받은 어머니.
에필로그	– 집채만 한 배 위에 있으니 조선을 떠난다는 것이 실감났다. 미진 아기씨와 미리견에 도착하면 친구로 지내기로 한다. 자전 만들기는 늦더라도 일기는 통변가가 될 꿈을 생각하면 희망에 부풀었다.	결말 – 모두가 꿈을 향해.

총평	- 주인공 '벼리'의 성장이 잘 보이는 몰입감 높은 이야기. 재미있게 잘 읽었다. 처음에는 잉글리시를 출세를 위해 배웠다면 차전을 만들고, 제중원에서 사람들을 도우면서 잉글리시로 의미 있는 일을 하고 싶다는 주인공의 내적 성장이 잘 보였다.
	- 문장도 적절하고, 읽기 편했다.
	- 아버지의 죽음과 어머니의 희생으로 면천된 주인공의 배경이, 막 신분제가 철폐됐으나 여전히 달라지지 않은 시대상을 잘 표현할 수 있는 좋은 설정이라는 생각이 들었다.
	- 복선이를 통해 자신의 과거를 떠올리는 등, 현재와 과거를 오가는 연결이 자연스러웠다. 복선이도 변화하고 성장하는 캐릭터라가 좋았다.
	- 김 대감과 미진 아기씨라는 적대자가 있어 이야기에 적절한 긴장감을 주었던 것도 좋았다. (김 대감이 조금 더 나쁜 사람으로 그려졌어도 좋았을 것 같다.) 특히 작아였던 미진 아기씨가 후반에는 적극적으로 벼리를 도와주는 것이 감동적이었다.

《한밤중 마녀를 찾아간 고양이》 분석표 (분석: 강혜슴)

제목		한밤중 마녀를 찾아간 고양이
등장인물	여름이	바람이 길을 건너왔다. 자신이 살아있다고 느꼈지만, 사실은 바람의 길에서 몸을 잃어버린 고양이다. 죽었지만 무언가 할 일이 있어 이름의 세계로 가지 못하는 반딧 고양이. 여름이는 엄마에게 꼭 할말이 있어서 마녀를 만나러 가야 한다.
	흰고양이 벼리	벼리는 여름이에게 마녀를 만나서는 안되는 이유를 말한다. 벼리는 여름이의 엄마가 친엄마가 아니라는 사실도 알고 있었다. 벼리는 마녀도 도담이도 구름이자씨도 모두 알고 있고, 끝까지 여름이를 도와준다.
	뭉치, 벽돌, 마루	뭉치와 벽돌이는 길고양이(?)으로 잊을 때 언덕에서 놀던 친구 사이이다. 마루는 오랜 친구였는데, 바람의 길을 먼저 건넜고, 박제가 된 후 생쥐에게 몸을 뜯겼다.
	구름 할아버지	여름이를 알고 있는 구름 할아버지다. 구름할아버지는 마녀의 사연도 알고 있다. 구름할아버지가 여름이에게 엄마를 만날 수 있는 방법을 말해주었다.
	마녀	마녀는 박제사다. 마녀도 사실 엄마를 잃어버리고 엄마에게 버림받았다고 생각했다. 엄마를 그리워하는 마음이 깊어서 엄마처럼 동물을 구해주는 박제사가 되었다.
	청설모와 토끼	벼리 옆에서 아는 체하면서 참견하는 동물. 박제된 청설모와 토끼다.
	친엄마와 키워준 엄마	여름이에게는 친엄마가 있다. 친엄마는 하디를 낳은 후 여름이를 다른 동네 고양이에게 맡겼다. 친엄마는 키워준 엄마에게 여름이를 강하게 키워달라고 부탁했다.
	1. 바람의 길을 건너	TP1 [발단] 바람의 길을 건너온 고양이 / 엄마가 여름이를 못 알아봄 → 이 사건을 통해 자신이 누구인지 알게 됨
	2. 반딧 고양이라고?	[전개] 자신의 존재를 알게 됨 → 반딧 고양이 / 구름 할아버지 등장 / 여름이의 목표설정 분명해짐 → 마녀 만나러 가야함
	3. 그래도 마녀를 만나야 해.	[전개] 마녀를 만나러 가는 (1) → 동물원 / 주인공은 계속 나아가고 있음

각장 구조·요약		과거사건 및 배경, 정보 등	단계 및 요약
4. 누군가 따라오고 있어.	[전개] 마녀를 만나러 가는 (2) → 올빼미, 늑대를 만나서 위기를 겪음 / 주인공 위기 극복하고 다음 단계로 나아감		
5. 꼭 해야 할 말	[전개] → [위기] → [전개] 동물원에서 동물을 만나고, 흰 고양이 바리를 만나서 마녀에 대한, 박제에 대한 등 *친엄마가 아니라는 진실 드러남 → 엄마를 왜 만나야 하는지 드러남		
6. 마녀의 선택	[위기] 마녀는 동물들을 박제로 만들고 있었음		
7. 엄마의 진실	[위기] → [절정] 더 많은 진실이 드러남 친엄마와 키워준 엄마는 여름을 버린 게 아니었다. 위험을 무릅쓰고 마녀의 집으로 가는 여름 / 마녀를 만남		
8. 영원의 몸	[절정] → [절망] 진실을 드러내며 마녀의 결심을 변하게 함 / 마녀의 사연 / 영원이 몸이 된 여름이		
장(章)	현재사건을 중심으로 이야기 흐름	과거사건 및 배경, 정보 등	단계 및 요약
1. 바람의 길을 건너	[장면1] 바람의 길을 건너다. 바람의 길을 건너는 여름이, 마침내 아슬한 그 길을 우여곡절 끝에 건넜다.	TP1 바람의 길을 건넌 것부터 시작. (묘사) 심리 묘사, 상황 묘사 - 여름이의 두려움, 외로움, 긴박감 등. - 아찔하고 위험한 길, 뛰는 모습을 통해 긴박한 상황 묘사. - 몹시 혼란스러운 여름이의 상황, 심리 등을 처음부터 묘사했음.	*첫 문장 : 마침내 바람의 길을 건넜어. 발단 바람을 길을 건너는 과정, 심리 묘사. 묘사 → 백돌집 도착. 백돌집에서 여름이의 기억. 회상: 복선 등 나타남.

| 2.
반빛
고양이라고? | [장면2] 벽돌 집에 도착한 여름이. 엄마가 여름이를 못 알아본다.
빨간 벽돌 집에 도착한 여름이는 엄마를 찾았다. 그러나 엄마도 여름이를 알아보지 못하고 동생들은 물론이고 엄마도 여름이를 알아보지 못한다. 아무리 소리치고 두드려도 여름이를 못 알아보는 바람에 여름이는 온몸으로 발악을 한다. | (화상)
- 엄마에 대한 기억, 원래 살던 곳에 대한 기억, 친구들과의 평화로운 추억들
- 손흔들어주던 엄마
- 은행나무 풍경

(복선)
- 바람의 길 한복판에서 환한 빛을 보았고, 어딘가로 내동댕이쳐진 상황
- 친구들(마루 도담이 앞새)에 대한 또렷한 기억이 사라지고 있음 | *정보: 고양이는 집을 나왔었고, 다시 집으로 돌아가 엄마를 찾고 있음. |
| | [장면3] 구름 할아버지에게 바람의 길에서 목을 빼앗겼다는 사실을 알게 되다.
고양이 여름이는 엄마가 자신을 모른 체 한다고 생각하고 하염없이 운다. 그때 구름 할아버지가 나타나 시끄럽다고 그렇게 해서 엄마가 알아보겠냐고 말한다. 구름 할아버지를 통해 여름이는 자신이 바람의 길로 떨어진 것과 바람의 길에서 목을 빼앗겼다는 사실을 알게 된다.

[장면4] 구름 할아버지와 여름이는 이 세상 고양이가 아니다. 여름이는 비로소 모든 것을 알게 되었다.
구름 할아버지는 여름이를 안다. 구름 할아버지는 종종 여름이를 그려 하고 있는 엄마를 보았기 때문이다. 정신이 번쩍 든 여름이는 달려가서 자기를 확인시키지만, 아무리 해도 여름이는 엄마 눈에 보이지도 들리지도 않는 것 같다. 그리고 비로소 바람의 길에서 자기의 몸이 빼앗겼다는 사실을 인식하게 된다. | *구름 할아버지 등장.

*구름 할아버지와의 대화 → 이야기를 전개시키고, 여름이가 왜 지금의 상황에 와있는지에 대한 정보를 제공하는 방법으로 사용됨.
① 엄마는 고양이 여름이를 알아보지 못하다.
② 바람의 길을 건너오면서 목을 빼앗긴 여름이. | *첫 문장 : 울었어.

전개
여름이의 목표가 드러남 / 엄마를 만나기 위해 여름이를 찾아가야 한다. :: 엄마를 찾기 위해서.
그 목표를 이루기 위해 고난과 역경이 기다리고 있을 예정(복선, 암시). |

장(章)	현재사건을 중심으로 이야기 흐름	과거사건 및 배경, 정보 등	단계 및 요약
	그 말은 여름이가 이 세상 고양이가 아니라는 뜻, 죽었다는 뜻이었다. 정말 믿을 수가 없다. 비로소 여름이는 엄마가 자신을 못 알아본 이유와 멍치와 망치가 안절부절하지 못했던 이유도 알게 되었다. 여름이는 구름 할아버지가 자신을 알아보는 것이 이상하다. 구름 할아버지도 이 세상의 고양이가 아니기 때문이었다.		
	[장면5] 반짝 고양이는 마녀를 찾아가야만 이 세상을 떠나지 못하게 한 일을 할 수 있단다. 그러나, 그 일은 위험한 일이라고 한다. 시간이 지나 구름 할아버지에게 '반짝 고양이'라는 말을 듣게 된다. 어두운 세상에 있기 싫어서 중간 단계에 머무는 귀신같은 존재인 것이다. 여름이는 반짝 고양이였다. 반짝 고양이로 지금 있는 이유는 어두운 세상에 가기 싫을 때나, 할 일이 남아 있기 때문이란다. 언젠가 이 세상을 떠나야 하는 반짝 고양이가 할 수 있는 일은 없다. 그러나 마녀를 찾아가면 방법이 생긴다. 쉬운 일은 아니다.	③ 엄마는 여름이를 그리워했다. ④ 여름이는 이 세상 고양이가 아니다. 구름 할아버지도 이 세상 고양이가 아니다. ⑤ 반짝 고양이의 존재에 대해 서술하게 됨. - 마녀에게가면 방법이 생긴다. - 그 일은 위험함을 무릅써야한다.	
	[장면6] 여름이는 마녀를 찾아가기로 결심한다. 엄마에게 할 말이 있어서이다. 마녀를 찾아가는 것이 소원을 이룰 수 있다는 사실은 여름이 되었다, 여름이는 마녀가 너무 무섭다. 너무 무섭지만 여름이는 엄마를 찾아가서 해코지를 당하는 위험을 무릅쓰고라도 여름이는 엄마를 찾아가야 한다. 꼭 할 말이 있기 때문이다. 그 이유는 엄마이나가 그린 것이라고 구름 할아버지에게 말한다. 구름 할아버지는 여름에게 엄마 있는 곳을 가리키며 서쪽으로 지기 전에 마녀에게 가야 한다고 말한다. 어서 가라고, 시간이 없다고. 조심하라는 당부도 잊지 않았다.	*여름이의 결심 : 위험하지만 마녀를 찾아감 결심을 함. 목적은 엄마에게 하고 싶은 말이 있어서이다.	

| 3.
그래도 마녀를
만나야 해. | [장면7] 동물원을 지나서
동물원이 닫았는지 닫았은 여름이, 내키지 않았지만 가야 한다. 귀신이 나올 것 같고 무섭기만 한 동물원에서 여름이는 엄마를 생각하며 힘을 내고 있다. 그때, 길 가운데서 호랑이, 독수리, 곰 등 동물들 동상인지, 진짜 동물인지 모를 여러 종류의 동물들 만나게 되었다.
그들을 피해서 언덕을 오른 고양이는 울퉁불퉁하고 미끄러운 길을 따라서 아두운 길을 간다.

[장면8] 삶을 피해서
그때 삶과 눈이 마주친다. 고양이와는 앙숙인 삶에 대한 트라우마로 무서워하고 있는데 그 눈들은 눈이 마주쳤는데도 불구하고 덤비지 않는다. 삶뿐만 아니라 다른 동물들도 자기들끼리 속닥거리기만 하고 아무도 달려들지를 않는다. 그 순간 여름이는 반복 고양이라는 것을 다시 인식한다.

[장면9] 여우 무리를 피해서
다시 길을 가는 여름이, 여우를 만난다. 여우들도 자신을 못 알아보지 않을까 싶어서 살그머니 여우 우리 안으로 들어갔는데, 여우는 여름이를 알아보았다. 반복 동물인 모양이었다. 구름 할아버지의 말대로였다. 여우는 같은 반복 동물인데 여름이를 미워하고 있었다. 삶을 피해 여우를 피해 여름이는 동물을 피해 여름을 피해 여름이는 달린다. 마녀를 만나러 가기 위해. 꾸이어 넓다란 공원에 도착했고, 여름이는 누군가 뒤쪽에서 쫓아오는 듯한 그림자를 느낀다. | *여름이의 의지 드러남.
- 엄마를 만나기 위해 동물원을 지나가는 여름이, 무섭지만 용기를 내고 있다.
- 여름이는 계속 목표를 향해 움직이고 있다.

*긴박한 상황, 속도감이 드러남. | 전개
마녀의 집을 찾아가는 길 1
- 동물원
- 삶, 여우 |

장(章)	현재사건을 중심으로 이야기 흐름	과거사건 및 배경, 정보 등	단계 및 요약
4. 누군가 따라오고 있어.	[장면10] 누군가 따라오는 느낌이 든다. 구름 할아버지를 만날 때부터 누군가 여름이를 따라오는 것만 같다. 몸을 이쪽으로 저쪽으로, 주위를 둘러보지만 있을 뿐이다. 주위는 어두워지고 그림자가 여름이를 따라온다. 누군가 있다고 느낄 때쯤, 윤뻬미가 나타난다. 꽁지가 빠지게 도망하는 여름이, 윤뻬미는 여름이를 알아보고 있었다. 윤뻬미가 날카로운 발톱으로 공격하려는 순간 대나무 숲이 나타났고 그곳으로 숨는다. 휴 살았다 하고 안심하지만, 대체 뭔가 실게 아직도 누군가 따라오고 있는 듯하다. [장면11] 윤뻬미 피해 위기를 맞이하는 여름이, 윤뻬미를 피해 길을 가면서 엄마를 생각하다가 위기를 극복한다. 윤뻬미를 피해 엄마쯤 있을 때 떠나온 벽돌집에 대한 미련, 후회를 한다. 그러다가 엄마를 다시 떠올린다. 그리고 별똥 떨어지는 곳으로 다시 길을 간다. 길을 가다가 엄마와 동생과의 기억을 떠올리며 마녀의 집을 향해 계속 가는 여름이, 휘어진 길이 끝났다. [장면12] 누군가 만나 죽음 위기를 겪는 와중 흰 고양이를 만나서 위기를 탈출한다. 늑대가 나타났고, 여름이는 위기에 처했다. 늑대에게 물려 죽을 위기가 될 참나, 흰 고양이가 나타났다. 흰 고양이는 담아내라고 하면서 여름이를 도와준다. 흰 고양이는 힘 불빛이 나는 곳으로 달리라고 하고, 늑대가 꼬랑지를 물어뜯기 직전 흰 고양이를 따라 건물 안으로 돌 멀어진다.	*묘사 : 누군가 따라오고 있는 것을 묘사함. - 윤뻬미 등장. - 윤뻬미는 누군가 따라오고 있는 것 같은 두려운, 의심을 드러내기 위한 동물. *회상 : 벽돌집을 떠나온 것에 대한 후회, 미련을 표현. - 길고양이에 대한 기억, 맛치와 벽돌이와의 기억, 삼색이의 기억들. - 엄마에 대한 그리움. - 다시 길을 가야할 목표를 상기시킴. *길에 대한 묘사→회상. - 여름이가 엄마와 동생과의 추억을 상기한다. - 주인공이 계속 나아가고 있음을 말해준다. *흰 고양이 머리 등장.	전개 마녀의 집을 찾아가는 길2 - 윤뻬미를 만나면서 엄마 생각을 하고, 또 나아가다가 늑대를 만난다. - 흰 고양이 만남. *위기 극복하고, 새로운 장면 펼쳐짐.

동화·청소년소설 쓰기의 모든 것

| 5.
꼭 해야 할 말 | [장면13] 흰 고양이를 따라간 곳에서 동물들을 만나다.
흰 고양이는 새로운 장소로 여름이를 데리고 갔다. 우리칸 안에는 여러 종류의 동물이 있는데, 서로 사물벽적하게 이야기를 나누고 있었다. 청설모, 원숭이, 호랑이, 여우, 황새 등 모두가 함께 있는 진기한 풍경이 있다. 그러던 중 동물들이 여름이를 바라보며 눈을 마주쳤다.
그들은 바람의 길에서 여름이가 왔다는 것을 알고 있다. 청설모가 흰 고양이에게 여름이를 데리라고 불렀고, 여름이를 베리에게 데리고 왔나고 묻는다.

[장면14] 흰 고양이는 베리다. 서로도 알고 있는 사이다. 베리와 여름이는 서로에게 궁금한 것을 묻는다.
베리라는 이름을 듣고 놀란 여름이, 베리는 오래 전에 이세 숲에서 뛰어놀던 사이다. 여름이는 아는 척을 했는데, 베리는 기만히 여름이를 바라보고 있다. 여름이는 궁금한 게 많다. 베리는 여름에게 궁금한 게 많다.

[장면15] 여름이는 베리에게 엄마가 자신을 못 알아본다는 것과 그래서 마녀에게 가려고 한다고 말한다. 베리는 마녀에게 가는 것을 반대하지 만, 여름이는 꼭 엄마를 만나야 한다고 말한다.
여름이는 베리에게 엄마를 만나러 갔는데 자신을 알아보지 못한다고 말한다. 그리고, 마녀를 만나야 한다고 말한다. 여름이가 마녀를 만난다는 말에 동물원의 청설모가 깜짝 놀라 안 된다고 말한다. (박제라는 말을 듣게 됨.)
베리는 박제라는 말을 하는 청설모를 말리고, 여름에게 사실을 알리지 않고 싶어 한다. 베리는 왜 아제야 엄마를 만나려고 하나고 말하고, 여름이는 그것을 알고 있었다. | *흰 고양이를 따라와서 우리칸 안의 동물들을 만남.
- 흰 고양이가 베리라는 것을 알게 됨.
- (호상) 베리와의 추억.

*베리와 여름이와의 대화.
- 닮이 뜰 때쯤 마음로 왔음.
- 구름을 헤어지를 만나서 오게 되었다.
- 베리는 헤어졌다를 알고 있다.
- 베리는 이전 모습과 달랐음.
- 베리는 여름이보다 훨씬 먼 저 동물원까지 오게 됨.
- 베리는 여름이가 마녀에게 가는 것이 싫다.
- 청설모는 박제가 되는 것은 더 멋진 모습이 되는 것이라고 말한다.
- 여름이 호기심 생김.
- 마루를 알고 있는 동물들.
- 여름이가 마녀를 하는 엄마 마는 친엄마가 아니다.
- 베리는 그것을 알고 있었다. | 전개
유리칸 안에 있는 동물들과 흰 고양이 베리에게서 여러 가지 이야기를 듣게 됨.
- 여름이의 엄마는 친엄마가 아님.
- 여전히 엄마를 만나 해야 할 말이 있다는 여름이. |

장(章)	현재사건을 중심으로 이야기 흐름	과거사건 및 배경, 정보 등	단계 및 요약
	[장면16] 끼어드는 청설모를 통해 얻게 되는 진실들. 박제, 마루 등. 더욱 호기심이 생기는 여름이 버리는 여름이만 엄마를 잃어버리면 되지 않냐고 하지만, 여름이는 엄마가 자신을 잃어낼 수 없기 때문에 마네를 만나야 한다고 말한다. 버리는 마네를 만나면 위험하다는 이야기를 하고, 옆에 있던 청설모는 마네가 싫어 버리 몸을 돌려준다면서 마네 끼어드는다. 청설모의 말에 여름이는 호기심이 생긴다. 버리는 자꾸 짜증이 난다. 토끼까지 끼어들었다. 그리고, 그들에게서 마루의 이름을 듣게 된다. [장면17] 마네를 찾아가는 길. 굶주린 반빛 늑대에게 공격을 받을 수 있다고 말하는 동물들. 마네에게 가는 것을 막다가 버리가 여름이 엄마는 친엄마가 아니라는 것을 말한다. 마루의 이름을 듣고 놀란 여름이, 마루처럼 다른 친구들도 동물원에 있는 게 아닐까 생각한다. 밖으로 나가지는 버리, 굶주린 반빛 늑대에게 붙잡히면 다시는 돌아올 수 없다는 청설모의 이야기 속에서 달빛 너머의 강에 대해서 알게 된다. 여름이는 버리가 마네에게 가는 것을 반대하고, 여름이는 버리에게 엄마에게 꼭 하고 싶은 말이 있다고 말한다. 버리는 친엄마도 아니면서 왜 그렇게 엄마를 찾느냐고 말한다. 여름이는 미안하다는 말을 전해야 한다고 말하고 마네에게 가는 것을 멈추지 않는다.		

동화·청소년소설 쓰기의 모든 것

| 6.
마녀의 선택 | [장면18] 집을 떠난 여름이. 친엄마 둘째 엄마 동생들에게 받은 상처. 여름이가 집을 떠난 이유를 말하다.
건물을 빠져나온 버리와 여름이, 여름이는 버리에게 친엄마가 아닌 것을 어떻게 알게 되었냐고 묻는다. 버리는 여름이가 집을 나갈 때 동생들이 네 엄마에게 가라고 했다고 말하는 것을 들었다. (화상)
여름이가 떠난 것은 친엄마에게 버림받았다고 생각했기 때문이었고, 두 번째 엄마도 여름이에게 혹독했었다. 여름이는 그 이유를 알지 못했고, 또 버림받을 것 같은 두려움에 버림받기 전에 스스로 가족을 떠난 것이었다. 여름이는 엄마를 믿지 못했다.

[장면19] 도담이를 통해 듣게 된 마녀의 선택, 박제가 된다는 것은 살아나는 것이 아니라 죽는다는 끔찍한 진실을 알게 되다.
여름이가 친엄마를 떠나서 스스로 집을 나간 것이다. 여름이가 친엄마가 혹독했기 때문이고, 또 버림받을까봐 두려워서 스스로 나간 이유는 두 번째 엄마를 만나러 가는 이유를 더 깊이 이야기하려던 찰라 사방에서 고양이들이 나왔다. 버리의 친구들인 고양이들, 그 고양이들에게서 도담이라는 이름도 듣게 된다. 도담이는 버림의 길에서 뛰어들었던 고양이였다. 도담이도 여름이에게 왜 여기에 왔냐고 마지면서 아기부터 여름이를 따라왔다고 말한다. 도담에게서 마녀를 만났고, 마녀가 검은색을 멋지게 변하게 했을 지는 모르지만, 속은 비어버리는 박제가 된다는 사실을 알게 된다. 온몸을 텅 빈 채로 껍데기만 남는다는 진실을 알게 된 여름이, 이제 더 이상 그 진실을 듣고 있기가 힘들어 그만하라고 그만하라고 한다. | (화상 : 여름이의 이름)
여름이에게 동생들은 네 엄마에게 가라고 말했다. 심하게 말한 동생들에게서 상처를 입었던 여름이

(버리에게서 알게 된 사실)
동생들은 여름이가 떠났을 때 미안해했다.

*여름이가 밝힌 진실
친엄마에게 버림받음. 두 번째 엄마는 여름에게 혹독했음. 또 버림받을까봐 두려워서 떠남.

*앞서를 만나서 듣게 되는 엄마 이야기가 있음. (암시 : 또 다른 진실)

*도담이를 통해 드러난 진실
마녀가 마녀를 찾아내는 이야기.
박제가 된다는 것에 대한 끔찍한 진실.

*도담이 등장 | 마녀에게 가면 박제가 된다.
여름이도 박제가 될 수 있다.
- 마녀의 선택(진실)을 알게 된 여름이.
- 그 사실을 알고도 여름이가 마녀에게로 갈 것인가!

전개
위기
마녀에게 가면 박제가 된다. |

장(章)	현재사건을 중심으로 이야기 흐름	과거사건 및 배경, 정보 등	단계 및 요약
7. 엄마의 진실	(장면20) 로빈 때문에 그동안 반짝 동물들이 오해를 받았다는 것을 알게 되다. 로빈은 반짝을 잡아먹는 늑대로 저승사자 같은 동물이다. 로빈 때문에 반짝 동물을 싫어하게 되었고, 마녀도 그런 나쁜 동물이 부탁은 들어주지 않는다. 여름이는 왜 다른 동물들이 반짝 동물들을 싫어했는지, 여우가 왜 자신에게 저주의 말을 퍼부었는지 등을 듣게 된다. 진실을 알게 되었고, 비밤이 붙자 정신이 번쩍 들면서 다시 길을 간다. (장면21) 버디가 마지막까지 꼭 가야하냐고 묻는다. 달을 보며 일어난 여름이를 보며 버디가 묻는다. 그래도 계속 갈 거냐고. 대답을 할 수 없는 여름에게 버디가 바지가 되느는 것에 대해서, 우리 눈앞에 대해서 말해준다. 가슴이 서늘하고 두려웠지만, 여름이는 대답한다. 그래도 가야 한다고. 버디는 다시 바지의 몸이 되면 쥐에게 물어뜯길 수도 있다고 말한다. 마루가 그렇게 되었다는 말도 한다. 여름이는 자기도 모르게 몸이 떨린다. (장면22) 그럼에도 가야 하는 이유가 있다고 말한다. 그런 이유는 일새에게 들은 엄마의 마음을 알았기 때문이었다. 친엄마와 키워준 엄마는 여름이를 사랑했었다. 그래도 가야 하는 이유가 있느냐는 버디의 마지막 질문, 정말 미안하다는 말을 하기 위해 가느냐에 대한 것을 다시 한번 묻는 버디. 비로소 여름이가 고백하는 많은 일새를 통해서 들은 말에 대해서였다. 일새의 엄마는 여름이의 친엄마도 키워준 엄마도 여름이를 정말 사랑했다는 것이었다. 친엄마가 여름이를 버린 것은 사람들에게 쫓겨나서 심한 마음을 당했고, 엄마는 죽기실가로 여름이를 물고 달리고 있고, 가까스로 마을에 이르렀을 때 정신을 잃어 살기 힘들어졌을 그때, 키워준 엄마에게 여름이를 맡긴 것이다.	• 진실을 알게됨 → 로빈 때문에 반짝 동물들이 오해를 받고 있었음 → 그동안의 억울, 함 시의 진실을 알게 되는 여름이 *달과 바람을 보면서 정신이 번쩍 들어 다시 길을 간다. *달의 변화 : 시간의 변화 • 버디의 질문 두 가지 "꼭 가야 하느냐?" "정말 미안하다는 말 때문이냐?" → 마지막까지 여름에게 던진 질문으로 여름이가 위험을 무릅쓰고라도 가야하는 이유에 대한 깊은 이야기가 오가 간다.	위기 마녀를 왜 찾아가는지, 엄마에게 왜 미안하다는 이야기를 해야 하는지에 대해서 알게 된다. *위험에도 무릅쓰고 마녀에게 계속 가는 여름이. - 멈추지 않는다. - 중간중간 두려움에 맞서며 결국 마녀의 집에 도착함.

*알게 된 사실
- 친엄마는 여름이를 버린 게 아니다.
- 친엄마는 학대를 당했고, 즉 지천까지 여름이를 지켰다.
- 친엄마는 키워준 엄마에게 여름이를 강하게 키워달라고 말했다.
- 키워준 엄마는 여름이를 닷 새 동안 정성껏 돌봤다.
- 키워준 엄마는 친엄마의 부탁으로 여름이를 일부러 머질게 대했다.
● 여름이가 두려움을 극복하는 과정을상황 묘사로 전달한다.
→ 긴장감이 드러나게 마녀의 집으로 가는 길을 묘사함. → 여름이 마음의 갈등을 극복한다.

그리고 친엄마의 마지막 부탁은 여름이를 강하게 키워달라는 것이었다. 여름이가 살아날 때까지 닷새 동안 쉬지 않고 상처를 보듬은 키워준 엄마는 여름이가 나은 후부터는 친엄마의 여름이를 강하게 길렀다. 그런 이유는 친엄마의 부탁 때문이었던 것이었다.

버리는 걸까지 친엄마의 여름이를 붙잡았다. 여름이는 자신이 엄마에게 얼마나 미 진 말을 했는지에 대해 다시 이야기하며 결국, 길을 떠났다.

[장면23] 다시 마녀의 집으로 향한 여름이, 마녀의 집에 가까이 도착하자 두려움이 몰려온다.

여름이는 다시 마녀의 집을 향해 갔다. 조금 더 빨리 내딛었다. 오르막, 내리막, 도랑, 오른쪽, 왼편의 길들을 가다가 덩굴식물이 뒤덮쌓고 있는 건물에 도착했다. 마녀가 있다고 생각하니 두려움이 몰려왔다. 여름이는 한동안 어쩔 줄을 몰라 하면서 두려움을 떨었다.

[장면24] 드디어 마녀가 나타났고, 큰 두려움에 휩싸였다. 여름이가 마녀와 마주치기 직전이다.

마녀가 나타났다. 모습은 예뻤다. 마녀는 방에서 바쁘게 만드는 일을 하고 있었다. 세끼 훌훌이에게 눈을 밀어 넣는 모습이었다.

마법을 부리며 훌훌이에게 눈을 넣어주고 있는 마녀를 지켜보는데, 마녀가 여름이 쪽을 바라보고 있었다. 마녀가 여름이를 발견한 것 같은 섬뜩함이 위기 상황이 되었고, 여름이는 큰 두려움에 휩싸였다.

발자국 소리가 들렸고, 마녀가 창가 쪽으로 오고 있고, 주문 소리도 들리고, 엄마가 지났을지 정적이 흐르고, 여름이가 망설이고 있을 그때!

[장면25] 바람 때문에 마녀의 방에 들어오게 된 여름이. 마녀와 드디어 만난 여름이. 마녀는 여름에게 왜 이곳에 왔냐고 묻는다.

장(章)	현재사건을 중심으로 이야기 흐름	과거사건 및 배경, 정보 등	단계 및 요약
	바로 그때, 마녀가 들어왔다. 중얼거리면서 서서히 움직이는 마녀. 여름이는 숨죽이고 있었고 바깥으로 열려 있던 창문으로 닫힌(면서 여름이는 마녀의 방으로 떨어지고야 만다. 펀히 이곳에 왔다 후회할 무렵 마녀가 반딧불임을 알아챈다. 그리고 왜 이곳에 왔냐고 묻는다. 눈 한번 깜빡거리지 않고 손가락을 까닥이며 마녀가 말한다.		
8. 영원의 몸	[장면26] 영원의 몸이 되도록 해줄 수 없다고 말하는 마녀. 절망하는 여름이. 용기를 내려고 마뭇거리고 있는데, 마녀가 먼저 네 몸을 찾으러 왔냐고 묻는다. 마녀는 모든 것을 알고 있었다. 마녀는 자신이 먼저 묻고는 고양이의 부탁은 들어주지 않는다고 한다. 마녀는 바람의 길에서 몸이 산선조각 났기 때문에 그것을 이룰 수 없다고 말한다. 다른다나 오래마면 몸의 흔적을 찾기 힘들기 때문에 어렵다고. 여름이는 그 말에 절망하며 큰 소리로 울고야 만다.	*바람이 길을 건너 동물은 몸이 산선조각 나기 때문에 영원의 몸(박제)가 되기 어렵다는 사실. 도단, 버디는 끔까지 여몸이룸을 돕는 역할.	
	[장면27] 마녀와 여름이의 대화. 여름에게서 엄마라는 말을 들은 마녀는 화가 나기 시작한다. 그때 도담이와 버디가 나타나 여름이가 어디 있는지 안다고, 아직 반딧이 되지 얼마 안 되었기 때문에 찾을 수 있다고 말한다. 마녀는 도담이와 버디에게 안 되는 일을 왜 했냐고 다그치는데, 구름 할아버지가 그 일을 했다고 말한다. 마녀는 다시 영원의 몸이 되는 것이 무슨뜻인지 아냐고 묻는다. 여름이는 엄마를 꼭 만나야만 한다고 말한다. 엄마라는 말에 마녀의 얼굴이 일그러지고, 여름이는 엄마를 반드시 만나서 미안하다는 말을 해야 한다고 말한다. 마녀는 그 말에 더 격해져 돌아가라고 말한다. 마녀의 입술이 파르르 떨리기까지 한다. 마녀는 화가 난 것 같았고 여름이는 뒷걸음질 치려 한다.	*마녀의 사연을 알고 있는 구름 할아버지. - 마녀는 엄마에 대한 기억이 있다. - 엄마를 그리워하고 있는 마녀. - 잃어버린 엄마 때문에 마녀가 된 마녀.	절정 결말 영원의 몸이 되기를 원하는 여름이. 마녀를 통해서 영원의 몸이 되고 싶어 하는 여름이의 진짜 속마음(진심)이 드러난다.

[장면28] 구름 할아버지는 마녀의 사연을 알고 있었고, 구름할아버지의 얘기를 통해 마녀의 마음에 변화가 생긴다.

그때 나타난 구름 할아버지는 마녀에게 묻는다. 아직도 엄마가 밉냐고. 마녀는 적잖된 목소리로 자신에게는 엄마가 없다고 말한다.

마녀는 사실 엄마를 기다리고 있었다. 구름 할아버지는 그런 여름이의 마음을 알고 있었다. 마녀는 마음을 숨기고 싶다. 더 이상 엄마에 대해서 말하고 싶지 않았던 마녀에게 구름 할아버지는 엄마를 보고 싶어 하는 것은 부끄러운 일이 아니라고 말한다.

마녀는 끝까지 엄마는 자신을 버렸다며 자신은 엄마를 기다리는 것을 아니라고 말한다.

구름 할아버지는 진실을 말하는 것을 멈추지 않았다.

엄마는 마녀가 좋아하는 동물을 실례놓았다고. 여전히 엄마를 기다리는 너의 간절한 마음으로 저 아이(여름)의 소원을 들어주면 어떻겠냐고.

[장면29] 마녀는 여름이에게 왜 그렇게 미안하다는 말이 많이 그렇게 중요하냐고 묻고, 여름이는 사랑한다는 말보다 미안하다는 말을 먼저 전하고 싶은 같은 속내를 말한다.

생각에 잠긴 마녀, 잠시 후 마녀가 미안하다는 말이 많이 많이 그렇게 위험을 무릅쓰러 하나고 다시 묻는다. 이미 반벗인 네가 죽을지도 모르는데 위험을 감수해야 하냐고. 하지만, 여름이는 "미안하다는 말은 수없이 많은 말 중에 가장 하기 힘든 말. "이라며 사랑한다는 말은, 미안하다고 먼저 말하고 나서야 할 것"이라고 말한다.

---

*여름이의 어린 시절 이야기.
- 도담이와 구름 할아버지, 여름이를 통해서 듣게 됨.
- 엄마를 잃어버린 마녀, 버려졌다고 믿는 마녀다.

*마녀가 망가진 여름이의 몸을 얻음. 마녀가 여름이를 데리고 가고, 여름이는 영원이 몸이 됨

*목표를 이룸.

TP2 여름이의 진심을 들을 수 있다. (절정)

결말

영원이 몸이 된 여름이. 여름이는 언젠가 엄마를 만날 것이라고, 미안하다고 말할 것이라고 결심한다.

장(章)	현재사건을 중심으로 이야기 흐름	과거사건 및 배경, 정보 등	단계 및 요약
	[장면30] 여름이를 도와주기로 한 마녀였다. 마녀가 여름이의 마음을 들어준 것은 여름이의 용기였다. 마녀는 결심한 듯 말한다. 오랫동안 고통스러울 것이라고. 영원이 몸이 된다는 것은 살아있는 모습인 것 같지만, 죽은 몸 같다고 그래도 괜찮냐고. 여름이는 다시 한번 용기를 낸다. 여름이의 마음을 확인한 마녀는 결심을 하고 여름이의 소원을 들어주기 위해 요장서 간다. *마녀의 사연 드러남 : 마녀가 박제사가 된 이유, 마녀가 된 이유. [장면31] 마녀는 바람의 길에서 여름이의 몸을 찾아 안았다. 그리고 동물원으로 향한다. 여름이가 건넌 바람의 길에 온 마녀, 끝없이 달려오는 자동차의 불빛이 보였고, 마녀는 여름이를 얼추 세운다. 마녀는 죽 늘어진 고양이를 도로 위에서 안아 올렸다. 그건 여름이였다. 여름이 온데의 몸, 심장이 뛰지 않는 몸, 마녀는 여름이의 몸을 오래도록 안고 있다가 아무 말도 하지 않고 달려서 동물원으로 향한다. [장면32] 눈을 떴을 때 여름이는 영원의 몸이 되어 있었다. 여름이는 이전에 동물들을 만났던 곳에서 청설모 사슴 호랑이 사슴 곰을 만났다. 영원의 몸을 가진 동물들은 눈을 뜬 여름에게 멋진 고양이라고 한마디씩 한다. 몸에 상처가 많다고, 이제 눈을 떴다고. 여름이는 자신을 알아보는 동물들을 바라보며 자신의 영원의 몸이 된 것에 기뻐했다. 언젠가 나타날 엄마의 모습을 떠올리며, 엄마를 만나면 인제라도 괜찮으니 미안하다고 말할 것이라고 생각한다.		

420

《안녕, 걱정 인형》 **분석표** (분석: 이지혜)

제목		《안녕, 걱정 인형》
등장인물	박현진	男. 초등학교 6학년. 게임을 좋아하고 잘하고 싶어 한다. 그러던 중 '아이언맨'에게 사기를 당해 곤란한 상황에 처해 있다. 잘 먹지도 못하고 악몽에 시달리던 어느 날 인형뽑기 기계에서 걱정인형을 뽑는다. 문제를 해결하기 위해 혼자 고군분투하다가 도덕적으로 나쁜 선택을 하게 되어 상황은 점점 더 나빠져만 가고, 예민하고 까칠해진다. 걱정이 많으며 홀의에 적극적으로 나서지 못하고 망설인다.
	손해나	女. 현진이가 걱정인형을 뽑은 다음날 전학생으로 왔다. 생김새도 걱정 인형과 비슷하다. 밝고 외향적이며 기는 작지만 붙임성 좋지 못하고 당당하게 이야기한다. 또한 현진이의 일에 관심을 가지고 적극적으로 행동한다.
	이무성	男. 현진과 같은 반. 잘난 척하고 힘을 과시하는 성격이다. 자신의 게임기를 현진이가 훔친 것을 알고, 이를 약점 잡아 자신의 필요를 채운다. 현진이와 대립하는 인물이지만 결국 같은 처지라는 것이 후에 밝혀진다.
	아저씨 (=아이언맨)	초등학생을 대상으로 게임 아이템으로 환심을 끈 다음 사기를 치고 돈을 요구해 내는 사기꾼. 이 이야기의 최종빌런.
	엄마	남편과 따로 아들을 홀로 키우며 살고 있다. 현진이가 게임 하는 것을 너무 싫어한다. 그러나 아침 일찍 출근해 저녁 늦게 퇴근해서 현진이를 꼼꼼하게 살피지 못한다.
시점 및 배경		1인칭 주인공 시점 / 현대 / 크리스마스를 앞둔 겨울 / [가상공간] 걱정 인형 뽑는 기계가 있는 가게=무릎원
1. 돈이 필요해	발단	Lead Scene: 휴대폰과 인터뷰에 민감하게 반응하는 현진이. 또 30만 원을 갖고 오라는 아저씨의 협박을 받은 이후로 악몽에 시달린다.
		Secondary Scene: 해결하기 위해 엄마의 지갑에도 손을 대지만 할 수 없다. 고민하다가 괴롭게 잠을 청한다.

목차 및 주요줄거리				
	2. 적정 인형	전개	Lead Scene	등굣길에 나타나 현진이를 협박하는 아저씨.
			Secondary Scene	아저씨의 등장으로 십난해진 현진은 학원도 빼먹고 길거리를 걷다가 인형뽑기 기계가 있는 가게를 발견하고 적정 인형을 뽑게 된다.
	3. 훔친 게임기	위기	Lead Scene	무성이가 가져온 게임기를 보고, 저 게임기 정도면 아저씨가 요구한 돈을 채울 수 있다는 생각이 든다. 체육 시간, 보건실에 가는 척하며 무성의 게임기를 훔친다. TP1
			Secondary Scene	전학생 해나를 아침에 만난다. 스스럼없이 다가오는 해나지만 현진은 해나가 쳐다볼 때마다 시선을 피하게 된다.
	4. 검쟁이	위기	Lead Scene	게임기가 사라졌다는 것을 알게 되고, 다급이 찾아보지만 나타나지 않는다. 이 과정에서 현진이는 자신이 훔친 것이 걸릴까 조마조마하다.
			Secondary Scene	하굣길. 1층 엘리베이터에서 '아저씨'를 보고 편의점으로 도망친다. 편의점으로 다가오는 아저씨를 해나가 기지를 발휘해 구해주고, 아저씨의 존재에 대해 묻지만 현진이는 얼버무린다.
	5. 중고 거래	위기	Lead Scene	게임기를 거래하기 위해 중고 거래 앱을 깔고 연락을 기다림. 짧은 악몽 뒤 게임기를 샀던느 사람과 장소와 시간을 정해 약속 장소로 나선다.
			Secondary Scene	장소에 나와 있던 사람은 무성과 그의 형이었다. 형을 먼저 보낸 무성이는 학교에서 얘기하지 않는 대신에 현진에게 게임 계정을 넘기라고 하고, 현진은 3일의 여유를 달라고 한다.
	6. 하지 마, 하지 말라고!	위기	Lead Scene	대항소 시간과 무성이의 괴롭힘. 진실을 선생님에게 알린 해나의 노력에도 더 큰 잘못을 가리기 위해 현진은 이 사실을 숨긴다.
			Secondary Scene	답답한 마음에 예전에 살던 납라 옥상으로 간 현진. 그곳에서 돈을 빼앗으려는 아이들에게 둘러싸인 해나를 발견한다. 구할까 모른 척할까 고민하던 현진이는 용기를 내어 무리에게 다가가고 위기의 순간 시간이 멈추는 이상한 경험을 통해 위기를 모면하고 빠져나오게 된다.

동화·청소년소설 쓰기의 모든 것

7. 이상한 무술원	위기	Lead Scene	무술원에서 해나와 겨루기 할 때 스스로 노력하는 모습, 포기하지 않고 노력한 끝에 나무 기둥을 옮기게 된다.
		Secondary Scene	해나와 함께 컵라면을 먹으며 이야기를 나눔. 헌진은 든든함과 따뜻함을 느낀다.
8. 아이언맨	절정	Lead Scene	아이언맨에게 연락처와 주소를 알려주게 된 과정을 떠올리는 헌진.
		Secondary Scene	무성과의 싸움. 선생님이 게임기 훔친 사실을 알게 됨.
9. 게임 계정	절정	Lead Scene	아이언맨에게 협박 당하게 되는 과정을 떠올리는 헌진.
		Secondary Scene	괴로운 기억을 다스리기 위해 정신을 집중해 화분을 움직이려 하고, 화분이 깨지게 된다. 이때 아이언맨에게 다시 협박 문자가 오자 이제는 협박하지 말라는 답장을 보낸다.
10. 안녕, 해나! 안녕, 격정 인형!	절정	Lead Scene	피씨방으로 오라는 해나가 연락을 받고 달려간 곳에서 이자씨가 무성이에게 협박하는 장면을 목격한다. 용기를 내 이자씨에게 맞서게 되고 다른 일당에게 협박을 받지만 뒤쳐나온다. **TP2**
	결말	Secondary Scene	뱡설에서 눈을 뜬 헌진은 엄마와 담임선생님으로부터 사과받으며 아이언맨 일당들이 벌을 받게 되었다는 사실을 알게 된다. 무성과도 화해한다. 사라진 해나를 찾다가 없다는 사실을 깨닫고 고마웠던 마음을 전한다.

장(章)	현재 진행되고 있는 사건	참조
	– 씻고 있는 엄마의 핸드폰이 계속 울린다. 현진이가 슬쩍 보니 발신자가 표시되지 않은 전화였고, 낮에 받았던 '아저씨'로부터 받은 문자가 생각났다. 받으라는 엄마의 재촉에 현진이는 거절 버튼을 누르고 잘못 걸린 전화라 대답한다. – 그 때 이어서 인터폰이 울린다. 화면에 비치는 검은 헬멧을 쓴 이저씨, 얼굴을 확인하려는데 현진을 쾅쾅 치는 소리가 들리고 엄마가 확인하러 나가자 현진이는 몸으로 막다가 방으로 들어간다. 원인) 낮에 '아저씨'에게 집 주소와 엄마 전화번호를 알려줌. – 엄마는 방문을 벌컥 열며, 잘못 찾아온 배달원이었다며 째증을 내고, 이어 현진이의 하얗게 질린 얼굴을 보며 왜 그러냐고 묻는다. 현진이는 아무것도 아니라며 신경질적으로 손을 뿌리친다.	*인물의 심리상태: 불안해 함. (속이 울렁거리고 손톱을 물어뜯는 행동) 설명) 현진이는 며칠째 악몽에 시달린 탓에 몸이 여위었다. 큰 덩치가 있음을 알 수 있다.[복선?]
1. 돈이 필요해	– 긴장이 풀린 현진이는 그대로 침대에서 누웠는데 머리맡에서 진동이 울려 문자를 확인해보니 '아저씨'로부터 30만 원을 구하면 바로 연락하라'는 내용이다. – 따로 살고 있는 아빠에게 연락을 해 볼까 생각해봤지만 이런 일로 연락하기 싫다. – 설핏 들었던 잠에서 깨어난 현진이는 환한 가슴 봉빛을 보고 방에서 나온다. 엄마는 안방에서 깊이 잠든 걸 확인하고 안방에서 문을 닫으려다 엄마 가방이 눈에 띄고, 현진이는 가방을 가지고 몰래 거실로 나온다. – 가방 안 지갑 속에 현금이 만 원뿐인 것을 확인하고, 엄마의 기척에 놀라 안방에 가방을 던지다시피 한 후 방으로 돌아온다. 고민하던 현진이는 악몽을 꾸지 않기 위해 방 불을 켜고, 이불을 머리 끝까지 뒤집어 쓴 채 잠을 청한다.	설명) 과거 엄마와 아빠의 사이가 좋지 않아 떨어져 살기로 함. 지방으로 일하러 간 아빠와는 얼굴을 못 본 지도 오래되었다.

2. 작정 인형	— 등굣길에 아저씨가 나타나 뒷걸음치는 현진이에게 자기 전화를 왜 받지 않느냐며 협박한다. 이때 같은 반 민수기 아는 척하자 아저씨는 황급히 돌음이 도망간다. (최종 발문: 아저씨의 등장) — (회상) — 학교에서도 아저씨를 떠올라 수업에 집중하기 힘들다. '아이언맨'이라는 아이디를 떠올리자 구역질이 나서 급식도 먹지 않고 하교한다. — 수학 학원도 빼먹고, 북적이는 거리로 향한 현진. 그러다 '작정 인형을 뽑아보라'는 작은 가게를 발견하고 들어선다. 유난히 눈에 띄는 인형이 있는 기계에 다가가자 불이 켜지며 모니터에 글씨가 나타나고, 세 번이 시도 끝에 작정인형을 뽑게 된다. — 작정 인형을 손에 쥔 순간, 기계가 안 불이 까지고 번개와 거센 바람이 기계 안으로 빨려 들어가며 현진이의 귀가에 '작정하라 마'라는 목소리가 맴돌고 그간의 두렵고 무서웠던 시간이 떠올라 주저앉는다. — 한참이 시간이 흐른 후, 가게는 처음 들어선 그때와 같았고 작정 인형을 손에 쥐고기를 떠난다.	**화상)** 두달 전 [게임에 빠져들었는데 다른 친구들과는 달리 게임 시간이 모자라 레벨 업을 하지 못했고, 친구들과도 서서히 멀어져 가던 찰나, 랜덤방에서 '아이언맨'을 알게 된다. **묘사)** 크리스마스의 들뜬 분위기와 밝은 아이들의 모습과 유리창에 비친 자신의 모습이 대조되어 보기 싫어짐.
3. 훔친 게임기	— 오랜만에 악몽 없이 잠을 자고 일어난 현진. 작정 인형의 효과에 반신반의하며 가방 앞주 머니에 넣고 집을 나선다. — 엘리베이터가 꼭대기 층에서 한참 멈춰 있자 짜증이 난다. 꼭대기 17층에 사는 할머니가 잠아 둔거라 생각한 현진은 계단에서 내려간다. — 1층에 도착했을 때 엘리베이터 문이 열리며 여자아이가 나오는 것을 보고 놀란다. 여자아이는 매층 현진에게 꾸벅꾸벅 졸며 다니나며, 자신이 이사왔다고 말한다. 이런 곳에 이사왔다는 것이 의아해서 몇 층으로 이사왔냐고 물으니 髎종"이라고 말한다. (암시: 이 아파트는 17층까지 있다. '해나=작정인형'을 암시함.)	**과거)** 이모할머니가 행운을 가져다준다라며 복숭아 낭가지를 주셨지만 현진이 팔이 부러지는 사고가 있으면서 이런 걸 믿지 않게 되었다. (그러나 한편으로는 작정 인형은 다를 것 같다는 기대를 한다.)

묘사) 주인공이 양성이 가책을 느껴 보이는 행동: 고개를 돌림, 가슴이 벌렁거림, 자신에게 웃는 해나를 보며 눈을 마주치지 않고, 해나가 뒷자리에 앉아서 등이 마음거리는 것 같다.

묘사) 훔친 후 현진이의 마음
: 심장이 몸 밖으로 튀어나올 만큼 쿵쾅거림. 숨이 차고 얼굴이 화끈거림.

*1인칭 주인공 시점이지만 자신의 감정에 대한 직접적으로 설명하지 않고 신체적인 변화를 묘사하였다. 이를 통해서도 충분히 주인공의 심리 상태를 파악할 수 있으면서, 긴장감을 유지한 채 주인공의 심리를 알 수 있다.

- 교실에 도착했을 때, 무성은 선물 받은 새 게임기를 아이들에게 자랑하고 있었다. 현진은 무성에게 얼마운 생각이 드는 것도 잠시 저 게임기만 있으면 아저씨가 요구한 돈을 해결할 수 있을 것 같다는 생각이 들어 식은땀이 난다.

- 1교시 시작종과 함께 해나가 전학생으로 인사한다. 해나와 각정 인형이 닮았다고 생각하해 가볍게 뒤졌지만 같다. 다시 쳐다봤을 때 자신을 향해 웃는 해나에게 고개를 돌린다.

- 무성은 해나에게 왜 2학기 말에 전학을 왔냐고 시비를 걸었고, 해나는 이에 지지 않고 응수한다.

- 이 외중에 현진이는 게임기가 들어 있는 무성의 가방에만 신경이 쓰인다. 교실과 복도에 CCTV가 없는 것을 확인한다.

- 쓴 때문에 친구 게임기를 훔칠 생각까지 하게 되자 가슴이 벌렁거리며 쥐고 있던 피통을 바닥에 떨어뜨린다. 예민해져 함부 있이 튀어나왔는데 대신 줍는 해나. 괜찮냐고 묻는 해나의 시선을 피해 피통을 잡아챈다.

- 3교시 체육시간, 운동장에서도 교실 쪽으로 시선이 간다. 피구에서 공을 맞고 나갈 생각만 하고, 공에 맞자 과장되게 아픈 척을 하며 보건실에 가겠다고 하며 건물로 들어간다.

- 잠시 고민하다가 교실로 들어가 무성의 게임기를 자신의 보조 가방에 넣어 사물함 김숙이 넣는다. 보건실로 들어가 보건 선생님에게 누워서 쉬겠다고 한다.

- 초조한 마음으로 있는데, 민수가 현진이를 찾으려 오고, 발목이 많이 좋아졌다며 민수를 따라 서둘러 보건실을 빠져 나간다.

동화·청소년소설 쓰기의 모든 것

4. 경쟁이	– 4교시 후 쉬는 시간, 무성이는 게임기가 없어진 것을 알아차리게 된다. 아이들은 함께 주변 샅샅이 뒤지며 같이 찾고, 현진이는 식은땀이 흐른다. – 교실에서 빠져나가려는데, 선생님이 들어와 무성이에게 비싼 게임기를 들고 온 것을 나무라고 난 무성은 표정이 일그러진다. 어떤 아이가 교실이 비어 있던 체육시간에 다른 반 아이가 들어온 건 아니냐 하고 말한다. – 그러자 무성이가 현진이를 향해 체육시간에 교실에 들어오지 않았느냐 이상하고, 당황한 현진이 대신에 민수가 현진이는 보건실에 있었다며 두둔해준다. – 반 친구들이 다같이 게임기를 다시 한 번 찾게 되고, 현진이도 슬쩍 사물함을 보여주는 척 하며 지나간다. – 선생님은 기회를 주겠다며 게임기를 교실 어딘가에 다시 두던가, 선생님에게 문자로 연락 하라고 한다. 현진이는 5교시까지 각 참다가 보조 가방을 챙겨 나온다. – 하굣길에 해나가 현진이 등을 친다. 놀란 현진이는 낯선 반응을 보이고 먼저 집으로 간다. 해나와 같이 엘베이터를 타기 싫어 느릿느릿 걷는데 다시 해나가 나오고 이상하게 생각하며 건물 안으로 들어가려는데, 아저씨가 보인다. – 아저씨를 보고 놀라 도망가며 편의점에 들어가 진열대에 몸을 숨긴다. 놀란 마음을 진정 시킨 후 다른 곳에서 시간을 맞추려 밖으로 나가려는 데, 편의점으로 들어오려는 아저씨를 발견하고 다시 편의점 진열대에 몸을 숨겼다. – 그때 누군가 아저씨를 불러내 편의점으로 들어오는 것을 막고, 현진이를 이상하게 여기 아줌마가 무슨 일인지 물어보자 얼버무리며 손에 잡히는 젤리를 사서 나온다. – 편의점 문 밖을 나서서 해나가 자신을 기다리고 있었다고 있었다. 그리고 이자씨를 보고 왜 도망쳤 나고 묻는다. 대답하기 곤란한 현진은 말을 돌려 보았지만 소용없었고, 젤리를 가지고 가 버린 실랑이를 벌이다가 부끄러워진 현진이는 먼저 집으로 휙 뛰어간다.	**묘사)** 무성이 없어진 것을 알아차리기 전까지 시간이 느리게 흐르는 것 같음. **묘사)** 이상받는 상황에서 당황한 현진이의 심리. "당황한 입술이 아무렇게나 움직였고 볼 어 낸 말은 이러저리 흩어졌다." – 양심의 가책보다 평생 도둑으로 낙인찍 히는 것에 대한 무서움 *현진이가 나쁜 마음을 먹은 후, 해나를 똑바로 쳐다보지 못하는데 해나는 현진이에게 걱정을 사라지게 해주는 걱정 인형이 아니라 현진이의 마음 속 '양심'을 되찾아 주는 역할을 함을 암시한다. (진정한 걱정 해결은 옳은 선택을 할 때 이루어짐.)

| 5.
중고 거래 | - 중고거래 앱을 깔고 게임기를 올린다. 첫 번째 거래시도는 실패. 물을 뒤쪽이다가 이불 밑에서 작정 인형을 발견하고 바라보는데 해나의 외모와 비슷하다고 생각한다.

- 방은 조용하지만 마음은 불편하고 불안하다. 방문을 쾅쾅 두드리며 시커먼 그림자가 자신을 향해 다가오는 꿈을 꾼다.

- 다시 울리는 알림. 이번에도 거래가 성사되어 만날 장소와 시간을 정했다.

- 장소에 도착해서 고등학생으로 보이는 형을 만나 게임기를 건네준다. 게임기를 이리저리 살펴보던 형은 현진에게 네 것이 맞냐고 묻고, 이상한 느낌에 다시 돌려달라고 했지만 형은 휴대폰을 꺼내 누군가에게 전화를 걸어 이거 네 게임기가 맞다며 오라고 한다.

- 순식간에 나타난 사람은 무성이었다. 게임기를 받아든 무성이는 현진이의 팔을 잡았고, 무성이 형도 경찰서에 가자고 한다. 현진은 울음 섞인 목소리로 미안하다 말한다.

- 무성이는 형에게 나머지는 알아서 하겠다고 가라고 말한다. 형이 가고 난 후 무성이는 하고에 말하겠다고 하고 현진은 사정이 있었다며 말하지 말아 달라고 부탁한다. 대신 무성이 시키는 것을 다 하겠다면서.

- 무성이는 실룩이며 웃으며 그림 게임 계정을 자신에게 넘기라고 말한다. 생각지도 못한 제안에 놀라며 계정거래는 불법이라고 말하자 거래가 아니라 무조건 넘기는 것이라고 한다.

- 현진이는 '게임 계정이 자신의 것이 아니라 줄 수 없다'는 말을 차마 하지 못하고 3일의 시간을 달라고 말한다. 무성이는 선심 쓰듯 일겠다고 말하고 자리를 뜨고, 현진이는 자리에 서서 한참을 고민한다. | (갈등의 증폭)
게임기를 훔친 것을 들켰고, 무성은 뜻밖의 제안을 했으나 현진은 그것을 들어줄 수 없는 상황이다. |

	- 일부러 무성이를 피하는 현진이. 교실 대청소 시간. 청소 구역이 나누어지고 선생님이 자리를 비운 사이 무성이는 현진이에게 다가가 자신의 구역까지 청소하라고 한다. 회가 나지만 순순히 대걸레를 받는다.	→ 무성이의 괴롭힘이 회가 나지만 자신의 약점에 넘에게 드러날까봐 눈치 보면서 부탁을 들어줌.
	- 이때 해나가 씩씩대며 무성이에게 자기 구역은 자기가 하라며 대걸레를 빼앗아 다시 무성이에게 준다. 받기 싫다며 무성과 해나는 실랑이를 벌이고, 현진이는 대걸레를 낚아채 화장실에서 걸레를 빤다.	
	- 다시 돌아온 교실. 교실의 분위기가 이상하다. 해나가 이 사실을 선생님에게 얘기한 것. 선생님이 현진이에게 진실을 묻고, 현진이는 오히려 일을 키운 해나가 원망스럽다. 무성이가 시킨 것 아니라고 하자 무성도 역울한 듯 항변하고, 이 모습에 울적했지만 속으로 참는다.	
6. 하지 마, 하지 말라 고!	- 해나가 왜 마음 못하냐고 하고, 선생님도 무성이와 현진이를 수상쩍은 듯 다시 한 번 쳐다 보았지만 현진이는 둘러댄다. 아무렇지 않게 깡냥대며 무성이에게 화가난다.	→ 변화의 시작) 갈등이나 분쟁을 피하려고만 하는 주인공의 태도의 변화가 일어나는 사건.
	- 하굣길 담담한 마음에 예전에 마음을 달랬던 장소, 예전에 살던 3층짜리 빨라 옥상을 찾아간다. 그러나 예전 갔지 않던 느낌에 돌아가려는데 시끌시끌한 소리가 들린다.	
	- 끝쟁을 긴 아이 몇몇이 한 여자 아이를 둘러싸고 돈을 요구하고 있었다. 아이들이 눈에 띄지 않게 기다리는데 분위기는 거칠어지고, 신고를 해야 하나 고민하고 있는데, 해나의 이름이 들린다.	→ 사건 해결의 기미를 암시 "해나의 어깨 위로 새파란 빛줄기가 실포시 내려 앉았다."
	- 해나를 구하러 내려가야 할지 모르 척할지 고민하다 옮기를 내어 돌멩이를 들고 무리들 앞에 나타난다. 생각보다 큰 무리들이 현진이 말에도 꿈쩍 않고 더 협박하며 해나를 붙잡고 오히려 빼앗은 해나의 휴대폰을 던지려고 한다.	

	- 그 순간 천둥소리와 빛이 쏟아지며 정지화면이 되고, 해나의 휴대폰이 공중에 떠 있다. 비현실적인 장면에 놀라다 우선 해나의 휴대폰을 잡아 주머니에 넣고 휴대폰을 챙기고 해나를 붙잡은 여자 아이도 떼어낸다. - 주위 어른들의 도움으로 무리는 사라지고, 이때다 싶어 해나의 손을 꽉 잡고 골목을 빠져나온다. 해나는 제법이라며 답례로 컵라면을 사겠다고 한다. 안 그래도 무술원 가기 전에 먹기로 했다면서. 현진이가 무술원에 호기심을 보이자 해나는 따라 와 보라고 한다.	
7. 이상한 무술원	- 해나와 편의점에서 컵라면을 먹는 현진. 해나가 무성이에게 무슨 약점이 잡혔느냐 묻는다. 말하지 못하자 아무튼 무성이가 까불면 말하라는 해나의 말에 든든함을 느낀다. 예전에 아저씨를 만났을 때 해나가 어떤 말을 했길래 아저씨가 황급히 나갔는지 묻고, 이에 대해 해나가 답해준다. 위기에서 자신을 구해준 해나에게 고마움을 느끼지만 차마 말하지 못한다. - 해나를 따라 무술원에 가는 길. 이곳은 인형뽑기 기계가 있는 곳이었다. 무술원은 허름하고 할아버지와 유치원생 꼬마만 있는 희한한 곳. 해나를 따라 줄넘기, 겨루기를 한다. 몸이 후들거리지만 끝까지 해내려고 노력한다. - 해나는 작은 체구지만 힘이 세다. 해나가 현진을 바닥에 쓰러뜨리고 등을 짓누르자 정신이 아득해진다. 인형뽑기 가게에서 본 불빛이 쏟아지고 해나의 얼굴이 걱정인형과 겹쳐 보이자 해나에게 도움을 요청해보지만 입밖으로 나오질 않는다. 주먹 쥔 손으로 있는 힘껏 바닥을 내리치며 입 밖으로 소리치자 그제서야 현진이를 누른 힘이 스르르 사라진다. - 관장님(할아버지)이 현진이 허리춤에 오는 나무 기둥을 밀어보라고 한다. 나무는 꼼짝하지 않고, 힘을 다해 밀어보지만 여전하다. 이 때 해나가 정신을 집중하더니 두 손을 뻗어 나무 기둥을 손쉽게 밀쳐버린다. 해나의 모습을 보고 현진은 관장님께 비법을 알려달라고 한다. 관장님은 **"일단 가슴부터 펴라. 그리고 걱정만 하지 말고 너 자신을 믿어야지"** 라고 말하고는 다시 자리로 돌아간다.	*이 장의 역할 무술원에서 단련을 통해 힘이 세지거나 어떤 능력이 생긴 것은 아니지만 절정에 펼쳐질 문제상황에 대해 **주인공이 문제를 해결할 실행력**을 제공해주는 복선과 같은 곳이다. → **주제**

	─ 옆에서 웃는 해나를 보고 지극을 받아 진정한 후 기둥을 힘껏 민다. 나무 기둥을 힘껏 민 것 같은 느껴진다. 현진이는 오랜만에 자신감을 찾은 것이 꽤 괜찮게 느껴진다. ─ 현진 가벼운 마음으로 도장에 나선 듯. 해나는 무성과의 일을 빨리 해결했으면 좋겠다고, 도울 일 있으면 있으라고 한다. 그 일에 따뜻해진 마음. 좋은 함께 눈을 맞는다. ─ 현진은 용기 내어 무성이에게 자신의 계정이 아니라 게임 계정을 넘길 수 없다고 말한다. 하지만 누구 것이냐는 물음에 제대로 대답하지 못한다. ─ (화상) ─ 다음날, 등교하자마자 무성이와 만난 현진이. 무성이는 왜 전화 말하지 않냐며, 약속을 어겼으니 선생님께 게임기 훔친 범인을 말하겠다고 한다. ─ 현진은 무성이에게 매달리며 말하지 말라고 하고, 무성은 현진이에게 멱살을 잡으며 '겁쟁이'라고 말하자 그 일에 발끈하며, 손을 내리치게 된다. 눈이 두려운 무성이가 현진이를 믿고 결국 싸우게 된다. ─ 선생님이 오고, 무성은 피해자인 것처럼 행동한다. 선생님은 상담실로 따라오라고 한다. ─ 고개를 푹 숙인 무성, 억이양양한 무성. 선생님은 둘에게 있었던 일을 자세히 쓰라고 한다. 무성은 선생님이 준 종이를 밀어내며 현진이 자신의 게임기를 훔쳤으며 말하면 안 된다고 협박했다고 말한다. ─ 사실이냐고 묻는 선생님 앞에 협박은 하지 않았다고 말하여 게임기를 훔친 것이 사실이라고 인정한다. 무성은 이 일에 대해 학교폭력으로 신고할 것이라고 말한다. ─ 배알 꼴리다고 생각한 현진으로 영영 운다. 진정하자 선생님은 무성이를 내보내고 단둘이 이야기를 한다. "선생님을 믿고 다 얘기하라"라고 한다. 그러나 강등하는 현진. 조금만 기다려 달라고 말하자 선생님은 하루의 시간을 주겠다고 한다.	화상) '아이언맨'은 자신이 좋아하는 캐릭터인데다 게임에서도 자신에게 친절하고 자신을 생각주는 모습에 호기심이 일어 자신을 생각한다. 레벨 후에도 자신에게 아이템을 주는 등 호의를 베풀며 선물을 주겠다고 하자 현진이는 주소와 연락처를 알려주게 된다. 설명) 주인공의 심리 상태 그 짧은 순간에도 원망이 터졌다. 속으로 '내 일은 왜 매번 걸것을 수 없이 커지는 거냐고, 작은 불씨인 걸을 잃었는데 이렇게 선을 다 태워 버리면 어떡하나'라고 하는 생각이 들었다. →설명) 어른을 믿기 힘든 현진 아빠, 엄마, 아이언맨이 현진이에게 한 행동들 때문에 선생님이 믿으라고 했을 때 도움을 선뜻 청하지 못함.
8. 아이언맨		

	– 그리고 일어나든 현진에게 선생님은 "나에게도 사정이 있을 것"이라고 말한다. 그 말에 현진은 선생님이 자신을 전체로 믿고 있다는 것을 느낀다.	**회상)** 아이언맨은 자신이 여행으로 한달 동안 게임을 못 할 것 같다며, 현진에게 아이디와 비번을 알려주고 나간다. 처음엔 겁이 나서 못 하지만 점차 호기심이 생겨 아이언맨의 계정으로 게임을 하게 되고, 급기야 자신을 무시하던 친구들과 함께 피씨방에 가서 게임을 한다. 자신을 달리 보는 친구들 앞에서 신이나 아이템을 선물하고, 게임을 하느라 한 달만에 게임머니와 아이템을 다 쓴다. 완전히 태도가 변한 아이언맨은 그때부터 욕설하고 협박하며 또 30만 원을 요구한다. 엄마에게 사실대로 말하려 했지만 화부러 내는 엄마에게 말할 기회를 놓치게 되고 혼자 해결하려다가 문제는 더 커지게 된다.
9. 게임 개정	– 집에 돌아와 갈등하는 현진. 이때 관장 할아버지와 헤나의 얼굴이 떠오르고 현진이는 마음을 가다듬는다. – 지난 일을 떠올리는 현진. (회상) – 눈을 뜬 현진은 정신을 딴 데로 돌리고 싶어 무술원에서 한 수련을 떠올렸다. 베란다에 있던 도자기 화분을 거실로 옮기고 들고와 정신을 집중하여 손을 화분에 뻗은 순간 화분이 깨진다. (복선: 문제 해결을 위한 힘을 보태주는 역할) – 놀란 것도 잠시 치워야겠다고 생각한 순간 이자세의 협박 문자가 온다. 현진이는 호흡을 가다듬고 '협박하면 신고할 것'이라고 답장을 보낸다.	

동화·청소년소설 쓰기의 모든 것

10. 안녕, 헤나! 안녕, 작정 인형!	- 헤나에게 도움을 요청하려 문자를 보내려고 하는 그 때 헤나에게서 연락이 온다. 비상이 라며 빨리 스케이 피씨방으로 오라고 한다. 단숨에 뛰쳐간 그곳에는 아저씨가 있었다. 해 나는 아저씨와 무성이 심각하게 이야기를 나눈 것을 보았다며 따라가 보자고 한다. - 그만 가라는 현진이를 붙잡으며 용기를 북돋아 주는 헤나. 공원 놀이터 앞에 선 무성과 아 저씨는 이야기를 시작한다. 무성 또한 현진이와 마찬가지로 계영사기를 당한 것이었다. - 이야기를 듣고 있던 헤나가 아저씨와 무성 앞으로 나가자 현진이도 용기를 내어 그 옆에 선다. 겁이 나지만 아저씨에게 최대한 모박또박 계영사기를 했다며 증거는 모두 갬겨해 놓았다고 말한다. - 현진이의 손목을 잡자 헤나와 무성이 아저씨에게 달려들고, 아저씨가 아이들을 밀쳐 이제 는 도망가야겠다고 생각했을 때, 오토바이를 탄 덩치 큰 남자가 등장해 아이들을 위협하 고 세 명을 다 잡고 놓아주지 않는다. - 아저씨는 내일까지 돈 준비하라고 말하고, 무성이는 울음섞인 목소리로 알겠다고 하는데 현진이는 그러고 싶지 않아 분명히 "싫어요, 안 해요." 라고 말하고 남자의 손아귀에서 벗어나 달아난다. - 무성과 헤나도 뒤쫓는 게 느껴지고 개 느껴지고 방향을 뿔뿔이 흩어져 된다. 숨이 턱까지 차는 순간 사 이렌 소리가 들리고 다행이라 느낀 현진은 바닥에 쪼그려 앉고 쓰러진다. - 병원에서 눈을 뜬 현진. 원인은 영양실조였다. 엄마는 그간의 사정을 모두 들었다며 미안 하다고 말한다. 선생님 말을 듣고 집에 가보니 화분이 깨져있고 두고 간 핸드폰에 아저씨 의 협박 문자를 보고 경찰서에 신고한 것. 화분은 이미 금이 간 것이었다는 것. (복선 해결) - 담임선생님과 무성이 병실로 들어오고, 담임선생님은 어른을 대표로 해 대신 사과하고고 아 이인면 이담은 어른은 병을 받을 것이라는 말을 전한다.	→ 주인공의 성장을 보여줌 ①： 더 이상 휘둘리지 않고, 스스로 문제를 해 결하려고 함.

현진은 무성이에게 먼저 사과한다. 무성 역시 미안하다고 말한다. 해나의 행방을 묻자 다시 전화 줄 것 같다고 말한다.	→ 주인공의 성장을 보여줌 ② 먼저 사과를 건네는 주인공.

- 이틀 뒤 퇴원하자마자 해나의 흔적을 찾는 현진. 아파트의 꼭대기 층은 역시나 17층이었고, 같이 있던 무술원과 인형뽑기 가게도 찾아봤지만 없다. 해나의 휴대폰 번호도 없는 번호다. 그때 패딩 주머니에서 발견한 앞으로 걱정하지 말라는 걱정 인형이 쪽지.

- 해나의 이름을 부르자 하늘에서는 눈이 내리고 있었다. 현진은 해나에게 고맙다는 말을 전한다.

스토리보드 및 기타 분석

[인물 중심 이야기] - 시간 흐름대로 / 주인공을 중심으로
(사건이 일어난 후) 아이언맨과 벌어진 일을 혼자서 해결해야 한다.

■ 주인공의 욕망: (사건 전개 전) 게임을 잘하고 싶다. 게임을 잘해서 친구들에게도 과시하고 싶다.

■ 문제상황[사건]: 아이언맨이 요구한 30만 원을 갚아야 한다.

■ 심리적 분일의 고조: 아저씨가 시시때때로 찾아오거나 문자를 보내 돈을 갚으리라고 한다.

■ 다양한 물리적 행동:
① 엄마의 지갑을 훔쳐본다. → 충분한 돈이 안 된다.
② 무성의 게임기를 훔친다. → 무성이에게 오히려 들통나 게임 계정을 넘기라는 협박을 받는다. [갈등의 고조]
③ 무성의 과물함을 그냥 잠근다(대청소 사건)
④ 마음을 달래러 옥상 발코에 올라갔다가 해나를 괴롭히는 무리에게서 해나를 구해주려 뛰어든다.
⑤ 해나를 따라 무도원에 가고 그곳에서 스스로 나무 기둥을 옮기려는 노력을 통해 문제해결에 대한 용기를 얻는다. [가치관의 변화]
⑥ 용기내어 무성이에게 게임 계정을 넘기지 않겠다는 문자를 보낸다. 다음날 둘 사이에 싸움이 벌어진다.
선생님이 게임기 훔친 사실을 알게 되고 현진은 털어놓지 못한다.
⑦ 집에 와서 계속 감등하다 6시까지 갚으라는 아이언맨의 협박 문자를 계속하면 경찰에 신고하겠다는 답문을 보낸다.

⑧ 해나에게 도움을 요청하려 하는데, 피씨방 앞으로 오라는 연락을 받고 그곳에 간다. 그곳에는 아저씨와 곤란한 상황에 처한 무성이 있다. →도망가지 않고 맞서는 모습을 보여준다. [주인공의 성장]

⑨ 아저씨에게서 벗어나던 현진은 쓰러지고 병실에서 엄마, 선생님을 통해 사건이 해결되었음을 듣는다. 무성과 사과한다.

■ 문제를 대하는 다른 인물들의 모습
*송해나: 붙임성 있고 나서는 모습을 통해 이야기의 초반에서는 검정이, 문제를 회피하는 주인공과 대비되는 성격을 보여준다.
'각정 인형=송해나'라는 것을 암시해 숨기고 싶은 것을 사라지게 하는 데에 힘을 북돋아 준다.
진정한 문제 해결은 걱정을 사라지게 하는 것이 아니라 용기를 가지고 스스로 일을 해결하려는 노력할 때 이룰 수 있다는 주제를 드러내는 역할을 하는 인물.

*이무성: 신 척하고 거침없는 모습을 통해 주인공의 소심한 성격과 대비된다.
이야기의 절정, 발단을 대하는 모습(갈등을 마주하는 인물의 태도)에서 수긍하는 모습을 보인다.
붙임에 맞서라는 주인공의 모습과 대비시켜 주인공이 성장했음을 보여줌을 극적으로 보여주는 역할을 한다.

《시간 고양이》 **분석표** (분석: 김은영)

항목	시간 고양이 1 - 동물이 사라진 세계
	제목
배경	SF적 배경 1) 2065년. 치명적인 바이러스가 지구를 강타했다. 바이러스 출현 3년 후 겨우 치료제가 만들어졌지만, 지구상의 포유류는 멸종됐고, 인간도 절반이 사라졌다. 살아남은 사람들은 이것이 〈세계인류보전기구〉 덕분이라고 생각하고 기구는 세계를 움직이는 거대한 권력을 갖게 된다. 2) 바이러스 출현 25년 후인 2085년의 세계는 철저한 계급사회, 디스토피아다. 오염 구역에서 쓰레기를 모아 겨우 살아가는 빈민층 구역, 그리고 에너지와 모든 자원을 독점하고 재난과 바이러스로부터도 안전한 뉴클린시티로 나뉘었고 뉴클린시티로 갈 수 있는 방법은 '우수 인류 보존 프로젝트'라는 3% 테스트에 통과하는 방법뿐이다.
등장인물	이서림(주인공) (14/여) 오염 구역에서 쓰레기를 모아다 팔면서 살아가는 빈민가 소녀. '뉴클린시티'로 가기를 꿈꾸며 유일한 길(우수 인류 보존 프로젝트)을 위해 악착같이 돈을 모으던 중에 고양이 은실을 만난다. 8년 전 의문의 사고로 기억을 잃은 엄마와 다리가 불편한 아빠와 가족. 하지만 사람에게는 동물과 교감하는 특별한 능력이 있다. 동물이 멸종된 세상에서 지구 최후의 고양이 은실이를 만나면서 위험한 시간 여행을 하게 된다.
	고양이 '은실이' (20/암컷) 치명적인 바이러스로 인류의 절반이 사라지고 동물이 멸종된 세상에서 유일하게 살아남은 고양이. 서림과 과거를 바꾸기 위해 위험한 시간 여행의 모험 속으로 뛰어든다.
	엄호세 (14/남) 컴퓨터와 로봇만 좋아하는 흙재. 하지만 어느 날부터 서림을 좋아하게 되고 서림을 따라 '뉴클린시티'로 들어가 그녀가 어려움에 처할 때마다 뛰어난 실력으로 그녀를 돕는다.
	보라색 원피스 여자 (최레아/여) 뉴클린시티 동물 복원 연구소의 부소장. 엄마의 친구였던 그녀는 뉴클린시티로 가기 위해 엄마를 신고했고, 엄마의 사고 이후 지독한 악몽에 시달리고 있다. 이 악몽을 끊을 수 있는 유일한 방법은 과거로 돌아가기 방법뿐이라고 생각한 그녀는 이를 위해 타임머신을 개발하는데, 소장인 아버지가 서림의 엄마인 은제가 서림 속에서 사고를 일으켰다는 진실을 알고 서림이 타임머신을 탈 수 있도록 돕는다.

436   동화·청소년소설 쓰기의 모든 것

레드홍 (김씨 이자씨)	전설의 해커이며 동시에 아버지와 같은 반정부 단체의 단원. 감춰진 진실을 찾아 누플린시티로 가는 서림을 적극적으로 도와주는 인물이다.
그 외	연구소 소장 : 최혜인의 아버지이자 연구소 소장. 권력을 취기 서림의 엄마(은체)를 죽이려 하고 자신의 딸까지 속인다. 끝까지 서림의 뒤를 쫓고 은실이를 빼앗으려는 악랄한 인물. 서림의 엄마(정은체) : 마지막 포큐론 은실을 만난 후, 엄청난 일들을 겪는다. 그리고 8년 동안 병원에 누워 있게 된다. 서림의 아빠 : '세계 인류 보전기구'에 맞서는 지하조직에 다리를 다치고 지하세계에서 백신 개발에 매달리는 온화한자 과학자.

순서	중심 스토리	사건 요약 및 주인공의 목표
		발단 (1)
1. 고양이라니?	〈병원〉 - 엄마를 보러 병원으로 가는 길에 고양이를 만나지만 포유류가 사라진 세상에서 그럴 리가 없다고 생각한다. - 8년 전, 의문의 사고를 당한 엄마는 좋곤 병원에서 지내며 애착 인형을 손에서 놓지 않는다. 내가 그림책을 읽어 줄 때만 좋은 반응을 보이는 엄마, 그런데 창가에 다시 고양이의 형체가 스친다. 〈23번 오염구역〉 - 집으로 가는 길 다시 고양이를 본다. 누플린시티에서 생산한 애완 로봇이라 생각하며 사라짐을 발로 목적으로 녀석을 뒤쫓는다. 고양이를 따라 23번 오염구역의 깊은 구멍에 빠졌다가 하수도 안에서 새로운 공간으로 나오게 된다. * 회상 - 낮에 선생님이 누플린시티 입하시험에 통과했으니 득득금만 준비하면 된다고 말함.	- 고양이의 등장. - 23번 오염구역의 비밀. 주인공의 목표 : 고양이를 찾아 떠나겠다!

순서	중심 스토리	사건 요약 및 주인공의 목표
2. 지구 최후의 동물	〈하수도 안 * 김세 아저씨의 집〉 - 고양이를 뒤쫓아 하수도를 빠져나가거나 마을이 풍력발전기 쪽이 나온다. - 고양이가 탈몽치를 삼켜 적대대는 걸 보고 진짜 고양이란 사실을 알게 되고 돈을 더 벌려면 고양이를 살려야 한다는 생각에 김세 아저씨를 찾아가 치료를 받는다. - 고양이의 목에 달린 목걸이 이름표에서 '은실이'라는 이름을 알게 되고 정부에 신고하라는 아저씨에게 누클린시티에 가려면 고양이를 팔아서 꼭 돈을 벌어야 한다며 맞선다. 〈집〉 - 집에 아무도 없다. 고양이를 안전하게 팔 방법을 계속 고민한다.	발단 (2) - 고양이가 생명체라는 사실과 '은실이'라는 이름을 알게 됨. 주인공의 목표 : 고양이를 살려서 팔겠다!
3. 엄마의 그림책	〈학교〉 - 선생님이 25년전 일어난 바이러스 재난에 대해 수업한다. * 설명 - 수업을 통해 기후 재난으로 동물이 사라지게 된 상황과 세계 인류 보존 기구를 설명함. - 그때, 갑자기 교실에 고양이 소리가 나는데 그건 호세가 만든 페폐 로봇 고양이였고 호세는 나에게 준다는 말로 호감을 표시한다. 〈집〉 - 고양이를 사려는 사람이 나타나서 데리고 나가는 중에 엄마의 비밀 상자 안에 든 그림책을 보게 된다. 그걸 들고 나간다. 〈풍차가 있는 선목대기〉 - 그림책에 은실이와 은채(엄마의 이름)의 이야기가 담겨 있고 은실이가 엄마가 몰래 키우려고 했던 고양이였던 사실을 알게 된다. 약속한 장소에 남자가 나타난다.	전개 (1) - 그림책을 통해 알게 된 엄마와 고양이의 비밀. - 고양이를 찾는 악당의 등장.

4. 풍차 아래 그 여자	〈풍차가 있는 산꼭대기〉 - 엄마의 고양이였던 사실을 알게 되 나는 고양이를 팔 수 없다. 그때 슬라이더에너지카를 탄 보라색 원피스의 여자가 등장한다. 여자가 남자에게 홀로그램으로 어느 곳의 위치를 알려 준다. - 판매자를 제거해도 좋다는 소리를 듣고 도망치다 남자에게 붙잡힐 뻔한 나는 은실이를 놓아 주고 지하창고로 도망친다. 〈지하창고 * 엄마의 병원〉 - 지하 창고에서 은실이와 재회한다. 그리고 은실이를 데리고 엄마의 병원으로 간다. 그런데 가기 온 남자가 엄마의 상황에 대해 둘은 뒤 누군가에게 전화로 알리는 것을 본다. 기억상실이라 다행이라는 말고 함께. - 엄마는 '래오'의 이름을 부르며 운다. 엄마에게 은실이를 보여주자 기억이 떠올랐는지 인는다. 그때 은실이가 애착 인형을 물어뜯는데 가기서 반지 하나가 나온다.	전개 (2) - 보라색 원피스의 등장. - 사건의 중요 단서인 스마트 링을 찾음. 주인공의 목표 : 은실이와 관련된 엄마의 비밀을 밝혀야 한다.
5. 비밀을 품은 스마트링	〈병원 * 집〉 - 반지가 스마트 링인 것을 알게 되 나는 고치기 위해 호세를 찾아간다. 〈호세의 집〉 - 호세는 풍차에서 전기를 끌어오다가 스마트 링을 고친다. - 복원된 사진 속에는 새끼 고양이인 은실이가 손등에 푸른 점이 있는 사람에게 접혀가는 장면과 엄마(한은채)의 누플린시티 합격 취소 서류를 본다. 취소 사유는 '불법 동물 소지 및 은닝' 이고 8년 전, 누ᄉ 기사인 누플린시티 최연소 연구원, 최래아의 인터뷰를 본다. - 동영상을 복원하기 위해 레드 홈을 찾아보기로 하고 엄마와 은실이 사이의 비밀을 찾을 결심을 한다.	전개 (3) - 복원된 스마트 링을 통해 20년 전 비밀의 일부를 알게 됨.

	〈꿈〉 - 보라색 원피스의 여자가 은실이를 데려가는 악몽을 꾼다. 〈학교〉 - 어제 풍차에서 본 남자가 학교 앞까지 찾아와서 나를 찾는다. 후문으로 도망쳐서 학교로 오지만 불안하다. - 그 남자가 최래아와 부수수장인 사람임을 안다. 그리고 엄마가 잠꼬대로 래아를 불렀던 것을 떠올리며 래아가 왜 은실이를 불법 거래를 하려는지 이유를 품는다. 남자는 내가 떨어뜨린 공룡 인형으로 내 정보를 알아냈다. 〈집〉 - 다행히 집에 은실이가 있는데 지하실 쪽이다. 아빠의 연구실에 백신과 관련된 책이 있는 걸 본다. - 은실이를 찾아 숨어 있는데 지하실에 누군가 찾아와 문을 두드린다. 비밀 통로를 찾아 밖으로 대려 나오지만, 은실이는 마취총을 맞아 쓰러지고 나도 누군가의 공격을 받는다.	위기 (1) - 최래아의 정체가 조금씩 드러나고 누군가 뒤를 바짝 뒤쫓음.
6. 조여오는 검은 그림자		
7. 도와줘! 전설의 레드홍	〈김씨 아저씨 집〉 - 나를 구하러 왔던 호세가 은실이를 보라색 원피스의 여자가 데려갔다고 말해준다. - 그림책을 단서로 보라색 원피스의 여자가 최래아라는 사실을 알게 된 나는 두 사람에게 모든 진실을 밝히고 뉴클린시티로 가겠다고 말한다. - 뉴클린시티로 가려면 레드홍의 도움이 필요한데 호세가 레드홍이 김씨 아저씨라는 사실을 암한다. 아저씨가 준 해킹 프로그램과 연구소 내부 설계도를 들고 뉴클린시티로 간다.	위기 (2) - 은실을 구하기 위해 뉴클린시티로 가기로 함. 주인공의 목표 : 은실이를 구하고 진실을 밝히기 위해 뉴클린시티로 가야 한다.

8. 빛의 도시 뉴클린시티로	〈뉴클린시티 도심〉 - 아저씨의 트럭을 타고 뉴클린시티에 도착한다. * 설명과 묘사 - 최애아 부소장이 멸종된 동물을 복원하여 슈퍼복지 동물을 만들겠다는 연설을 하는 모습을 보게 되고 이빠 연구소에 왜 동물 항체나 세포배양 책들이 있었는지 의문을 갖는다. - 은실이 몸에 섬입한 위치추적기로 보니까 은실이는 지하에 있고 그곳은 1급 연구원만 출입이 가능한 곳, 후세가 드론을 잃어버린 척하고 잠입한 뒤 연구원의 홍채를 복제해와서 나는 그 안으로 들어간다.	위기 (3) - 은실이가 있는 연구소로 가게 됨.
9. 뜻밖의 타임머신	〈연구소〉 - 부소장과 지원이 대화로 부소장이 불면증과 악몽에 시달리고 있다는 사실을 알게 된다. 암호를 풀어 비밀 공간으로 가게 된 나는 케이지에 갇힌 은실을 구하고 뒤따라온 부소장을 피하다가 타임머신을 타게 된다. - 나는 과거 2065년으로 돌아가서 엄마를 만나지만 래아를 조심하란 말을 하지 못하고 돌아온다. - 부소장과 다시 만난 나는 부소장이 엄마가 은실이를 데리고 있다는 사실을 신고해서 뉴클린시티로 가지 못하게 했다는 사실을 알게 되고. 자신의 은채의 딸임을 밝힌다. 그때, 연구소장이 나타나서 8년 전 사고도 자신이 일으켰다고 밝힌다.	위기 (4) - 부소장을 피하다가 타임머신을 타게 됨. - 과거로 돌아갔지만, 엄마에게 래아를 피하라는 말을 못하고 돌아옴.
10. 드러나는 진실	〈연구소〉 - 소장은 딸을 살리기 위해 엄마에게 사고를 일으켰다고 말하고 진실을 알게 된 래아 부소장은 놀란다. 엄마 병원에서 만났던 남자가 소장과 통화했던 사실을 알게 되고 엄마를 구해야겠다고 생각한다. - 타임머신을 만들어 과거를 바꾸고 싶었다는 부소장이 말에 소장은 타임머신을 부수려 하고 은실이를 빼긴 후 나를 창고에 가둔다. 래아 부소장은 엄마에 대한 미안함 때문에 나를 도움치게 도와준다. - 하지만 경보음이 울리고 경비 드론들에 포위됐으며, 후세의 패플 고양이로 유인한 덕분에 다행히 빠져나가고 드론을 타고 온 이빠가 나를 구한다. 그리고 이빠가 진실을 이야기하기 시작한다.	절정 (1) - 뉴클린시티에서의 탈출을 시도함.

11. 과거 속의 열쇠	〈뉴클린시티 도심〉 - 경비 드론을 따돌리기 위해 트럭에서 레드 홍 아저씨를 탈출시키고 나온 후세, 아빠는 트럭을 버리고 숲에 떨어진다. - 아빠는 오염 구역 지하에서 활동하는 반정부 단체의 일원. 은성이는 단체를 보호하는 마지막 자유류였는데. 도망간 은성이를 엄마가 우연히 발견하게 되고. 은성이와 아빠가 만나기로 한 사실을 안 세계 인류 보존기구의 요원들이 엄마 집에 들이닥쳐서 은성은 도망가고 엄마는 인기로 쫓겨났다고 했다. 또 도망치던 아빠는 다리를 다친 것. - 뉴클린 시티의 보안망이 뚫린 틈을 타서 도망 나옴. 아빠는 동물 백신을 개발 중이라고 말하며 세계 인류 보존기구가 권력을 잡은 건 다시 바이러스가 퍼질지 모른다는 공포감을 이용하고 있다는 것, 그래서 일부러 백신 개발을 더 늦추고 있다고 말한다. - 병원에 엄마가 사라졌다는 전화를 받게 되고 엄마를 구할 방법은 타임머신을 타는 방법뿐이라고 생각해서 레아 부소장에게 메일을 보내지만, 타임머신을 폐기했다는 답장이 오고 위치만 노출된다.	절정 (2) - 뉴클린시티 탈출 시도. - 뉴클린시티 탈출을 통해 모든 진실을 알게 됨. - 아빠를 통해 모든 진실을 알게 됨. - 엄마가 사라짐. 주인공의 목표 : 뉴클린시티를 탈출해서 엄마를 구해야 한다.
12. 다시 시간을 거슬러	〈뉴클린시티 도심〉 - 아빠는 자신을 희생해 경비 드론을 따돌리고 그 틈에 나와 후세는 청강 조각에 보낸 레아 부소장이 암호를 풀어 타임머신이 있는 곳으로 간다. 과거를 바꾸면 모든 걸 엎을 수 있다는 말에도 레아 부소장은 모두 되돌려야 한다고 말한다. - 부소장의 차를 타고 연구소로 찾아간. 이것도 많을 이용하여 나를 붙잡으려는 소장의 계획이었다. 결국 부소장은 최후의 수단으로 폭탄물을 터뜨리고 난 은성이와 함께 타임머신을 탄다. 그리고 열여섯의 은제를 만난다. - 타임머신을 타고 열여섯의 은제를 만난다.	절정 (3) - 타임머신을 타고 과거로 감. - 엄마에게 과속 시간을 바꾸라고 말함. 주인공의 목표 : 타임머신을 타고 엄마의 과거를 바꿔야 한다.
13. 모두 안녕	〈2065년 과거 & 2085년 현재〉 - 2065년 레아에게 미래에서 왔다는 사실을 알리고 단체 사람들을 내일 맞고 오늘 만나기로 약속을 변경하라고 말한다. - 결말까지 따다른 소장은 목을 조르 주던 은성이가 소장의 손등을 후린다. - 과거가 바뀐 후 바이러스에 대한 위험과 사람들의 공포도 함께 사라진다. 난 엄마와 아빠와 형 복하게 살고 있다. 그리고 레아이모와 함께 온 아이가 호세였다.	결말 (1) - 과거를 바꾸는데 성공하고 미래도 바뀜.

다른 포스트

뉴스레터 구독

**동화·청소년소설
쓰기의 모든 것**

아이디어가 작품이 되는 이야기 구조의 힘

초판 1쇄   2023년 4월 10일
개정판 1쇄 2024년 8월 18일

지은이   한정영

펴낸이   김한청
기획편집 원경은 차언조 양선화 양희우 유자영
마케팅   정원식 이진범
디자인   이성아
운영   설채린

펴낸곳 도서출판 다른
출판등록 2004년 9월 2일 제2013-000194호
주소 서울시 마포구 동교로 27길 3-10, 희경빌딩 4층
전화 02-3143-6478 **팩스** 02-3143-6479 **이메일** khc15968@hanmail.net
블로그 blog.naver.com/darun_pub **인스타그램** @darunpublishers

ISBN 979-11-5633-627-3 03800

다른 생각이
다른 세상을 만듭니다